BASTEI
LÜBBE

Jan Karon

DAHEIM IN MITFORD

Roman

Ins Deutsche übertragen
von Michaela Link

BASTEI LÜBBE

BASTEI-LÜBBE-TASCHENBUCH
Band 13 885

Erste Auflage: Juli 1997

Deutsche Lizenzausgabe 1997
Bastei-Verlag Gustav H. Lübbe GmbH & Co.,
Bergisch Gladbach
Originaltitel: At Home in Mitford
Titelbild: Donna Kae Nelson
Umschlaggestaltung: Quadro Grafik, Bensberg
Satz: KCS GmbH, Buchholz/Hamburg
Druck und Verarbeitung: Brodard & Taupin,
La Flèche, Frankreich
Printed in France
ISBN 3-404-13885-6

Der Preis dieses Bandes versteht sich einschließlich der
gesetzlichen Mehrwertsteuer.

Für Candace Freeland,
meine Tochter und Freundin

Kapitel 1

Barnabas

Er verließ die kaffeeduftende Wärme der Grillstube an der Hauptstraße und blieb für einen Augenblick unter der grünen Markise stehen.

Die ehrliche Kälte eines noch jungen Bergfrühlings drang ihm bis auf die Knochen.

Wie oft hatte er das kleine Wunder erlebt, durch eine Tür in eine vollkommen andere Welt zu treten, mit anderen Gerüchen und anderen Reizen. Es half, sich der kleinen Dinge im Leben bewußt zu werden, sagte er sich und immer wieder auch seiner Gemeinde. Als er nun die zwei Blocks zum Pfarrbüro zurücklegte, stellte er fröhlich fest, daß er nicht ging, sondern schlenderte.

Dies war ein Vergnügen, das er sich nur selten gestattete. Immerhin konnte es so aussehen, als hätte er sonst nichts zu tun, wovon in Wahrheit keine Rede sein konnte.

Jetzt jedoch beschloß er, sich der verstohlenen Freude seines Tuns hinzugeben, so wie jemand ohne Reue auf einen Schlag eine halbe Schachtel Pralinen verzehrt.

Als er das Büro betrat, sprach er das Gebet, das ihm nun seit zwölf Jahren jeden Morgen an dieser Tür über die Lippen kam: »Vater, gib, daß ich heute irgendeinem Menschen zum Segen gereiche, durch Christus, unsern Herrn. Amen.«

Als er den Schlüssel aus seiner Tasche zog, spürte er etwas Warmes und abscheulich Feuchtes auf seinem Handrücken.

Er blickte hinunter in das Gesicht eines großen, schwarzen, schlammverkrusteten Hundes, dessen Schwanz wild gegen sein Hosenbein schlug.

»Allmächtiger!« rief er und wischte sich die Hand an der Windjacke ab.

Der Hund sprang an ihm hoch und leckte ihm das Gesicht, daß ihm der Speichel des Tieres bis ans rechte Ohr spritzte. »Laß das! Verschwinde!« rief er. Er versuchte, das Notizbuch in Sicherheit zu bringen, aber auch das bekam eine ausgiebige Portion Hundezärtlichkeit, bevor er es in seine Jackentasche stecken konnte.

Er erwog, die Flucht zu ergreifen, aber wenn jemand sah, wie er vor einem zotteligen, schlammbespritzten Hund davonlief, würde binnen einer halben Stunde die ganze Stadt davon wissen.

»Sitz!« befahl er scharf, woraufhin der Hund aufsprang und seinem Kinn eine Dusche verpaßte.

Er versuchte, das Tier mit dem Ellbogen abzuwehren, während er gleichzeitig den Schlüssel in die Bürotür schob. Hätte er von Natur aus dazu geneigt, wie ein Stallknecht zu fluchen, so wäre dies eine erstklassige Gelegenheit gewesen, dieser Neigung ausgiebig zu frönen.

»Laßt kein faules Geschwätz aus eurem Mund gehen …«, zitierte er mit lauter Stimme aus dem Epheserbrief, » … sondern redet, was gut ist, was erbaut …« Plötzlich setzte sich der Hund und blickte mit liebevoller Bewunderung zu seinem Opfer auf.

»Hm, tja«, sagte er gereizt und wischte das Notizbuch am Ärmel ab. »Ich hoffe, du hast diesen Unsinn jetzt hinter dir.« Woraufhin der Hund aufsprang, sich auf die Hinterbeine stellte und dem Herrn Pfarrer die mächtigen Pranken auf die Schultern legte.

»Pater Tim! Pater Tim!« Das war seine Teilzeitsekretärin Emma Garrett.

Er stand hilflos da, während seine Brillengläser unter einem Taifun feuchten Hundeatems beschlugen.

Wumm! Emma ließ ihre Handtasche auf den Kopf des Tieres niedersausen. Dann traf sie den Hund an der Kehrseite.

»Und komm ja nicht wieder!« rief sie, als der jaulende Hund sich in eine Rhododendronhecke flüchtete und verschwand.

Emma gab ihm ihr Taschentuch, das stark nach ›Meine Sünde‹ duftete. »Das war kein Hund«, sagte sie angewidert, »das war ein Buick!«

Im Pfarrbüro ging er direkt in das bescheidene Badezimmerchen und wusch sich Gesicht und Hände. Emma rief ihm durch die Tür zu: »Ihr Kaffee ist in einer Sekunde fertig!«

»Potz-Blitz! Machen Sie besser gleich zwei!« erwiderte er, während er sich die noch auf seinem Schädel verbliebenen Haare kämmte.

Als er das Badezimmer verließ, sah er sich seine Sekretärin zum erstenmal an diesem Morgen richtig an. Daß er sie überhaupt erkannte, war an sich schon bemerkenswert. Denn Emma Garrett hatte sich, erfüllt von den Verheißungen des Frühlings, ihr graues Haar rot gefärbt. »Emma!« rief er erstaunt. »Sind Sie das wirklich?«

»Das«, sagte sie mit tief empfundenem Gefühl, »bin ich mehr als die, die Sie seit Jahren gesehen haben. Diese alte, grauhaarige Eule, das war nicht ich!« Sie schüttelte den Kopf in beide Richtungen, damit er die Wirkung voll auskosten konnte.

Mit einer Mischung aus Entzücken und Verzweiflung stieß er einen tiefen Seufzer aus. Und er hatte gehofft, dies würde ein ganz gewöhnlicher Morgen.

Harold Newland hatte die Post früher als gewöhnlich gebracht und, da Emma zur Bank gegangen war, fein gestapelt dem Pfarrer auf den Schreibtisch gelegt. Ganz unten im Stapel lag, still und bescheiden, das allerwichtigste: der Brief vom Bischof.

Er hatte den Bischof gebeten, sich Zeit zu lassen, sich seine Antwort in Ruhe zu überlegen, und das hatte der Bischof auch wahrhaftig getan. Zwei ganze Monate waren verstrichen, seit er seinen eigenen Brief so bedächtig geschrieben und abgeschickt hatte.

Er blickte auf den elfenbeinfarbenen Umschlag herab. Es stand kein Absender drauf; dies war kein offizielles Kirchenschreiben. Wenn man diese typische, schwungvolle Handschrift nicht so genau kennen würde, käme man niemals auf den Absender.

Er wagte es nicht, ihn hier zu öffnen. Nein, er wollte ganz ungestört sein, wenn er ihn las. Ob der Bischof ihn eigenhändig geschrieben hatte? Wenn ja, würde er daran erkennen, wie ernst man seine Bemerkungen genommen hatte.

Vor Jahren, seinerzeit im Seminar, hatte seinen Freund die Bemerkung des Apostel Paulus stark beeindruckt, daß er den Brief an die Galater ›eigenhändig‹ niedergeschrieben habe – so als sei dies ein Akt großer persönlicher Opferbereitschaft. Als junger Seminarist hatte Stuart Gullen sich dies zu Herzen genommen. Seit seiner Einsetzung als Bischof war er dafür bekannt, alle Briefe, die für seine Diözese von wirklicher Bedeutung waren, eigenhändig niederzuschreiben. Woher er die Zeit dazu nahm, das war eine Frage, über die rege spekuliert wurde. Nun, das traf den Nagel auf den Kopf. Eben diese Zeit hatte er nicht. Was seine handgeschriebenen und nachdenklichen Briefe für alle Empfänger zu einer großen Kostbarkeit machte.

Nein, er würde ihn nicht öffnen, nicht einmal, um nachzusehen, ob ein Sekretär ihn für den Bischof getippt hatte. Er würde bis zum Abend warten, bis ihn die Abgeschiedenheit des Pfarrhauses und der Frieden seines frisch umgegrabenen Gartens umfingen.

Nach einem frühen Abendessen setzte er sich auf die halb mit feinem Moos überwachsene Steinbank unter den überhängenden Zweigen des Rhododendrons.

Dann las er den Brief, der tatsächlich in jener großzügigen, ausladenden Handschrift verfaßt war, die schier über die Seiten zu galoppieren schien.

Mein teuerster Timothy!

Es ist ein schöner Abend, um in diesem freundlichen Zimmer zu sitzen und einen Brief zu schreiben. Das Briefeschreiben ist für mich ein Luxus, der all meine Sinne anspricht, besonders, wenn ich einem alten Freund schreibe.

Ich glaube, es würde Dir gefallen, wie Martha meine unor-

dentlichen Bücherregale umorganisiert und dieses Arbeitszimmer in einen benutzungsfähigen Zustand versetzt hat. Sie hat sogar Deinen Lieblingsläufer flicken lassen, so daß Du bei Deinem nächsten Besuch nicht über die zerschlissene Stelle stolpern und kopfüber in den Lehnsessel fliegen wirst!

Du fragst, ob ich jemals so etwas erlebt habe, wie Du es im Augenblick erlebst. Mein Freund, Erschöpfung und Müdigkeit sind die steten Gefährten eines hingebungsvollen Priesters. Es ist ein Problem von epidemischen Ausmaßen, und ich bitte Dich, tröste Dich damit, daß Du nicht allein bist. Manchmal, wenn man ganz allein in einer kleinen Pfarre sitzt wie Du jetzt – und wie ich früher –, glaubt man, die Dinge, die einen bedrängen, richten sich direkt gegen die eigene Person.

Ich versichere Dir, das ist nicht der Fall.

Ein alter Freund, der als Pastor in Atlanta tätig war, sagte einmal: »Ich habe keine Krise des Glaubens, sondern eine der Emotionen und der Energie. Für die führenden Persönlichkeiten einer Gemeinde ist es ein Ding der Unmöglichkeit, daß ihr Hüter behütet werden muß. Ich war zerschlagen, ausgebrannt, zornig und niedergedrückt.«

Der Ton Deines Briefs – und ich gehe davon aus, daß Du ganz offen mit mir warst, so wie immer – läßt, Gott sei's gedankt, nicht auf Niedergeschlagenheit oder Zorn schließen. Aber ich mache mir Sorgen um Dich, wenn ich darüber nachdenke, was geschehen könnte, wenn diese Sache nicht mit der notwendigen Behutsamkeit behandelt wird.

Hier einige Dinge, die Dir als Denkanstöße dienen mögen: Führe ein Tagebuch und laß ein wenig Dampf ab. Wenn das Deinen Neigungen nicht entspricht, suche Dir einen gottesfürchtigen Therapeuten und schicke mir die Rechnung, die die Diözese gern übernehmen wird.

Deine Mutter hat, so glaube ich, eine beträchtliche Summe hinterlassen, und vielleicht solltest Du einen Teil davon für Dich benutzen, für etwas anderes als das Kinderkrankenhaus, das Du all diese Jahre mit solcher Hingabe unterstützt hast. Ich kenne Dich gut genug, um zu glauben, daß ich Dich nicht ermuntern muß, zu beten. Du hattest in dieser Hinsicht immer einen gewaltigen Antrieb, und wenn sich daran etwas geändert haben sollte, nun, Timothy, dann bringe es wieder in Ordnung.

Du magst es vielleicht nicht wissen, aber Du bist eines der stärksten und festesten Glieder in der Kette dieser Diözese. Du bist mir sehr wichtig, und aus Erkundungen vor Ort weiß ich, daß Du auch für Deine Herde von allergrößter Bedeutung bist. Daran darfst Du niemals zweifeln.

Martha ist zu mir gekommen, um mir zu sagen, daß es Schlafenszeit ist. Ich kann nicht mit Worten ausdrücken, wie wunderbar es ist, manchmal selbst etwas gesagt zu bekommen, statt immer derjenige zu sein, der bestimmt.

Ich hätte mir niemals träumen lassen, daß ich jemals heiraten würde, und niemand hat mehr darüber gestaunt als ich selbst, als ich im Alter von neunundvierzig Jahren bereit und willens war, einen weiteren lebenslänglichen Schwur zu leisten. Anderen ist dieser Schritt ungewöhnlich erschienen, aber mir erschien er als das natürlichste auf Erden.

Ich kann Dir nicht raten, Dir ebenfalls eine Frau zu suchen, Timothy, aber ich möchte sagen, daß diese zehn Jahre mit Martha dem Druck, der auf meiner eigenen Seele lastete, große Linderung verschafft haben. Ich kann nicht sagen, daß das Arbeitstempo sich verringert hätte – es hat sich eher beschleunigt –, aber ich stelle fest, daß meine Fähigkeit, dies zu ertragen, beträchtlich zugenommen hat.

Wie ich mich aus unserer Zeit im Seminar entsinne, hatten wir beide in bezug auf Frauen so ziemlich den gleichen Geschmack. Ich weiß noch, daß Du ganz hingerissen von Peggy Cramer warst, aber als Deine Gefühle für sie Deine Berufung zu stören begannen, hast Du die Verlobung gelöst. Bis auf den heutigen Tag glaube ich, daß es richtig war, Dir damals dazu zu raten. Dennoch frage ich mich manchmal – hast Du Dich jemals ganz mit Deinem Herzen ausgesöhnt?

Da ist sie wieder, mein Freund. Und glaube mir, meine Frau schätzt es gar nicht, wenn sie mich zweimal bitten muß. Daß sie meine Energie in geordnete Bahnen lenkt, ist eine gute Sache. Ansonsten würde ich alle Kraft für Ihn hingeben und hätte nichts mehr übrig, um mich morgens aus dem Bett zu erheben.

Ich kann Dich nur ermahnen, Deine Kraft ebenfalls in geord-

nete Bahnen zu lenken, wie Du es offensichtlich so dringend nötig hättest. Gib der Sache ein Jahr! Oder gib ihr allerhöchstens zwei. Wenn Du aber merkst, daß Du es nicht schaffst, wird Pater DeWilde ab dem Herbst zur Verfügung stehen und wäre dann meine Wahl für die Kapelle Unseres Herrn.

Timothy, wenn Du mit dieser einseitigen Unterhaltung nicht zurecht kommst, dann ruf mich an. Du kennst ja meine Telefonnummer. Ich schließe Dich täglich in meine Gebete ein.

Ich wünsche Dir Seinen Frieden alle Tage,

Stuart

Das Licht verdämmerte langsam, und die Kühle der Steinbank kroch in seine Knochen.

Er stand auf und sah sich in dem ergrünenden Garten um, als sehe er ihn zum erstenmal. Es lag ein merklicher, scharfer Geruch in den Schatten, die sich um das Rosenbeet schmiegten, das er zweimal umgegraben hatte – ein ähnlicher Duft, wie ihn die Blumenrabatten und der Hartriegel verströmten, den er eigenhändig gepflanzt hatte. Er fühlte sich zu Hause in Mitford, ganz und gar und ohne Vorbehalte. Das letzte, was er wollte, war, von hier fortzugehen. Und doch stand ganz oben auf der Liste der Dinge, die er wollte, der Wunsch, etwas anders zu machen, produktiv zu sein – und genau das war das Problem.

Fast jeden Wochentag machte er morgens um Viertel vor sieben Besuche im Krankenhaus, frühstückte dann in der Grillstube und ging hinüber zum Pfarrbüro. Während des restlichen Vormittags arbeitete er, schrieb Briefe, telefonierte und verwaltete seine Gemeinde von fast zweihundert Seelen.

Mittags ging er dann zum Essen wieder in die Grillstube oder aß, wenn es regnete, schneite oder hagelte, die Hälfte von Emmas werktäglichem Ei- und Salatsandwich und dazu einen Teil ihrer Schokoladenbonbons.

Nachmittags arbeitete er dann bis vier an seiner Predigt, erteilte Ratschläge und brachte ganz allgemein Ordnung in die Angelegenheit seiner Berufung. ›Ein Platz für ein jegliches Ding, und ein jegliches an seinem Platz‹, wie er gern aus den Sprüchen Salomos zitierte.

Gelegentlich stimmte es ihn traurig, daß er nie geheiratet und eine eigene Familie gegründet hatte. Aber als Junggeselle hatte man, das mußte er zugeben, viel mehr Zeit für seine Pfarrfamilie.

Am Donnerstagnachmittag ging er mit einem Korb, den ihm ein Mitglied der Altargilde überreicht hatte, nach Hause. Der Korb enthielt selbst eingemachte grüne Bohnen, einen Krug saure Gurken und einen Laib Bananenbrot. Er legte sein Notizbuch obenauf und deckte das Ganze mit einem Entwurf für den sonntäglichen Pfarrbrief zu.

›Wie Rotkäppchen‹, dachte er bei sich, während er den Schlüssel vom Haken nahm. Er trat ins Freie, verschloß die Tür hinter sich und ließ den schweren Schlüssel in seine Tasche gleiten. Dann drehte er sich um und riß ungläubig die Augen auf.

Was da mit erschreckender Geschwindigkeit auf ihn zuschoß, war etwas, das er nie wiederzusehen gehofft hatte.

Es war der große, springende, leckende, schlammbespritzte Hund.

Mehrere Tage lang schien der Hund aus dem Nichts plötzlich aufzutauchen: Einmal, als er die alte Kirchgasse hinunterging, um sich in der Kapelle Unseres Herrn mit dem Klempner zu treffen. Dann wieder, als er längs des Gehweges, der zum Pfarrhaus führte, ein Lavendelbeet anlegte. Ein weiteres Mal, als er zum Krämerladen ging, um Milch und Süßkartoffeln zu kaufen. Und zweimal, als er aus der Grillstube kam. Die Begegnung in der Kirchgasse war ziemlich ereignislos verlaufen. Nachdem sein Angreifer ihm enthusiastisch die Hand geleckt und ihn mit einem tüchtigen Sprung beinahe umgeworfen hätte, hatte der Pfarrer sich in der Lage gesehen, ihn mit einer lauten Rezitation seiner Wäscheliste zurückzuschlagen. Als er bei den Socken angekommen war – drei Paar weiße, vier Paar schwarze, ein Paar blaue –, war der Hund zum Friedhof hinter der Kirche geschlendert und verschwunden.

Am Lavendelbeet hatte die Sache jedoch ganz anders ausgesehen. Er kniete in ernster Konzentration auf einem Pflasterstein, als er plötzlich zwei große Pfoten auf seinen Schultern spürte. Einen Augenblick später wurde seinem linken Ohr ein so nasses Bad zuteil, daß er beinahe vor Überraschung ohnmächtig geworden wäre.

»Gütiger Gott!« rief der Pfarrer, der der Länge nach in einen flachen Korb mit Setzlingen gestürzt war. Der Sturz hatte ihn jedoch nicht seines Pflanzenhebers beraubt.

Er drehte sich um, hob diesen in die Höhe, als wolle er zu einem fürchterlichen Schlag ausholen, und stellte zu seiner Überraschung fest, daß der Hund mit einem Ausdruck glücklicher Erwartung auf den Hinterbeinen stand.

Getrieben von einem merkwürdigen Impuls, warf er den Pflanzenheber so weit weg, wie er konnte. Das aufgeregte Geschöpf sprang hinterher, stieß dabei einen freudigen Refrain wilden Gebells aus und kehrte prompt zurück, um dem Pfarrer den Pflanzenheber zu Füßen zu legen.

Der ob des Zwischenfalls sprachlose Pfarrer warf den Pflanzenheber noch einmal und schaute zu, wie der Hund ihn zurückbrachte. Er konnte nur darüber staunen, wie er es fertigbrachte, sich geschlagene zwanzig Minuten einer solch törichten Beschäftigung hinzugeben. Aber im Grunde genommen war ihm, das wußte er sehr wohl, nichts anderes eingefallen.

Eines Morgens hatte er sich bei den Gästen in der Grillstube erkundigt. »Hat jemand diesen großen, schwarzen Hund schon einmal gesehen?«

»Sie meinen das Vieh, das Sie so ins Herz geschlossen hat?« fragte Percy Mosley. »Den haben wir vor ein oder zwei Wochen das erste Mal gesehen. Ein paarmal ist er wie ein Frachtzug hier vorbeigesaust. Sobald jemand versucht, ihn einzufangen, ist er auf und davon wie ein geölter Blitz.«

»Wir haben versucht, ihm etwas zu Fressen zu geben«, sagte Percys Frau, Velma, »aber er scheint Percys Küche nicht zu mögen.«

»Haha«, sagte Percy, der an sechs Portionen Rösti arbeitete.

»Sie sollten ihn festhalten, wenn er das nächste Mal hinter Ihnen herjagt, und dann das Tierheim anrufen«, schlug Velma vor.

»Also erstens«, sagte Pfarrer Tim, »ist es unmöglich, diesen speziellen Hund festzuhalten. Und zweitens habe ich nicht die Absicht, ihn an einen Ort zu schicken, der seinen endgültigen Untergang bedeuten könnte.« Und drittens, dachte er, ist dieser Hund mir noch nie nachgejagt. Ich bin keinen Millimeter vor ihm zurückgewichen!

»Übrigens, er sitzt genau in diesem Augenblick da draußen und wartet auf Sie«, bemerkte Hessie Mayhew, die mit einem Arm voll überfälliger Bücher auf dem Weg zur Bibliothek war und nur kurz hereingeschaut hatte.

Der Pfarrer erhob sich von seinem Platz in der Nische und warf einen Blick durchs Fenster. Ja, tatsächlich. Jetzt sah auch er das Geschöpf, das so seelenvoll in die Grillstube blickte.

Er konnte nicht dagegen an; er fand es auf seltsame Weise schmeichelhaft, daß jemand auf ihn wartete, selbst wenn es sich um einen Hund handelte. Emma hatte schon vor Jahren gesagt, daß er einen Hund brauche, oder eine Katze, oder wenigstens einen Vogel. Aber nein, so etwas hatte er nicht ein einziges Mal auch nur in Erwägung gezogen.

»Wir sollten das Tierheim anrufen«, insistierte Percy, der fand, daß ein klein wenig Trubel den Morgen verschönern würde. »Die schnappen ihn, bevor Sie im Pfarrbüro angekommen sind.« Der Pfarrer packte verstohlen ein Stückchen gebutterten Toast in eine Serviette und ließ ihn in seine Tasche gleiten. »Warten wir damit noch ein Weilchen, Percy«, sagte er und ging zur Tür.

Dort blieb er einen Augenblick stehen, um sich zu sammeln. Dann öffnete er die Tür und trat hinaus auf den Gehsteig.

Das Dorf Mitford schmiegt sich behaglich in ein breites, sanft abfallendes und von steilen Bergen begrenztes Tal.

Wenn man einem dem Spazierengehen zugeneigten Mitglied der Gemeinde der Kapelle Unseres Herrn Glauben schenken durfte, maß Mitfords Geschäftsbezirk von einem Ende zum anderen exakt dreihundertzweiundvierzig Schritte.

Am nördlichen Ende stieg die Hauptstraße leicht an und beschrieb einen Kreis um eine runde Grünanlage mit einem Kriegerdenkmal in der Mitte, die von einer Hecke aus Hemlocktannen umsäumt wurde. Ringsum standen vier Bänke, von denen man das Ehrenmal und im Frühling ein schmuckes Beet von Stiefmütterchen betrachten konnte – eine gewisse Parteiung der Bürger erkannte dieser Pflanze den Rang einer offiziellen Stadtblume zu.

Nach Süden gewandt, gleich links vom Denkmal, stand das Rathaus, daneben die Erste Baptistenkirche. Mitten in der Gebüsch- und Blütenpracht von deren Frontbepflanzung erhob sich eine Straßenkanzel, die auf ewig den Bibelvers Johannes 3,16 trug, den die Kirchenmitglieder vor langen Zeiten als die zentrale Botschaft ihres Glaubens erachtet hatten.

Rechts vom Denkmal ragte mit Blick auf die Fliederstraße das einst so eindrucksvolle Heim von Miss Rose und Onkel Billy Watson auf, in deren überwuchertem Garten gegenwärtig zwei Eßstühle aus Chrom standen. Darauf saßen sie, wenn sie dem Verkehr rund um das Denkmal zuschauten. Auswärtige Besucher, die die zwei Blocks des Hauptgeschäftsbezirks entlanggingen, zeigten sich stets überrascht, daß die Geschäfte so weit auseinanderlagen, was an den großen Gartengrundstücken zwischen den Häusern lag. In den lehmigen, säuberlich voneinander abgegrenzten Beeten standen Holzschilder:

Gartenlust – Es grüßt Joes Friseurladen, oberes Stockwerk rechts.

Nimm Dir Zeit, die Rosen zu riechen – Mit besten Empfehlungen Oxford Antiquitäten.

Ein Garten für den Leser – Ihre Buchhandlung ›Happy-End‹.

›Mitford‹, stand einmal in einem Reiseartikel einer bekannten Zeitung zu lesen, ›ist ein Dorf, das sich vom übrigen zeitgenössischen Amerika so erfrischend unterscheidet. Hier, wo die Straßen nach Blumen benannt sind und die Dorfbewohner in einem Dutzend wohlduftender Rosenlauben Schatten suchen können, widmet sich im Frühjahr der größte Teil der Bürgerschaft einschließlich der Kaufleute der Gartenarbeit.

... und obwohl Mitfords an die Jahrhundertwende erinnernder Charme und seine Schönheit Besucher anziehen wie das Geißblatt die Bienen, bemüht sich die Stadt bewußt, sich den eigentlichen Tourismus vom Leib zu halten.‹

›Wir wollen, daß die Leute auf einen kurzen Besuch zu uns kommen‹, sagt Bürgermeisterin Esther Cunningham, ›aber wir sind im Grunde nicht daran interessiert, daß sie länger bleiben. Die Collegestadt Wesley, nur fünfzehn Meilen von uns entfernt, ist dafür besser geeignet. Dort gibt es Restaurants und Gasthäuser und alles, was der Tourist braucht. Mitford ist das Richtige für eine kurze Pause zur Erholung.‹

Geht man auf der Hauptstraße nach Süden, kommt man bis zur Kreuzung mit der Blauregengasse am Postamt, der Bibliothek, einer Bank, der Buchhandlung, Winnie Iveys Leckerbäckerei und einem neuen Laden für Herrenbekleidung vorüber.

Nicht zu vergessen den Lebensmittelladen, der für sein frisches Geflügel und sonstige Produkte einheimischer Herkunft berühmt war. Die meisten Leute nannten ihn einfach den ›Laden‹. Seit sechsunddreißig Jahren bot der ›Laden‹ Hühner und Kaninchen, Wurst, Käse, Butter, Kuchen, Pasteten, Eier von Freilandhühnern, Marmeladen und Gelees feil, die von einer Bauerngemeinschaft im Tal stammten, die zur entsprechenden Jahreszeit auch Gemüse und Beeren lieferte. Im Sommer wurden die Fässer auf dem Gehsteig unter der grünen Plane jeden Tag mit frischen Maiskolben der Sorte Silver Queen, die noch in ihren Lieschblättern steckten, gefüllt. Und im Juli fand man im Kühlbehälter Kübel mit dicken Brombeeren.

Die Blauregengasse schlängelte sich links von der Hauptstraße am Pfarrhaus der Episkopalkirche vorbei, dessen schwarze Haustür in die grüne Abgeschiedenheit des Baxter Parks führte, und stieg dann hügelaufwärts zu den Presbyterianern hinauf.

Rechts von der Hauptstraße führte die Blauregengasse lediglich zur Wesley-Kapelle, einer winzigen Methodistenkirche, die am Bachufer in einem Wäldchen von rosa blühendem Kirschlorbeer stand und für ihr besonders süßes Glockengeläut bekannt war.

Der zweite und einzige weitere Geschäftsblock auf der Hauptstraße bestand aus einer Handlung für Landwirtschafts- und Haushaltsbedarf, einem Café, einem Blumenladen, einem irischen Wollgeschäft und einem Antiquitätenladen, jeweils mit Gärten dazwischen.

Als nächstes kreuzte die Alte Kirchgasse die Hauptstraße; zur Linken führte sie steil zum Kirchbergweg hinauf, wo in der Nähe von Miss Sadie Baxters Fernbank die verfallenen Grundfesten von Mitfords erster Episkopalkirche im hohen Gras einer Wiese versanken.

Nach links führte die Alte Kirchgasse zur Kapelle Unseres Herrn, die zwischen zwei unbebauten Grundstücken stand. Jenseits der Kirche, die im übrigen für ihren schönen normannischen Turm und ihre prächtigen Gärten bekannt war, verengte die Gasse sich zwischen einigen wenigen anheimelnden Häusern am Ufer eines munteren Baches, wo angeblich der einblütige Fichtenspargel im Überfluß wuchs.

Wo die Straßen und Gassen talabwärts ins ländliche Umfeld führten, begann das gewellte Bauernland. Hier grasten Hereford- und Guernsey-Rinder auf den Weiden, ungezählte Forellen und rotbrüstige Sonnenfische tummelten sich in den Seen, und Schwanengänse stolzierten schnatternd zwischen den Scheunen umher. Und überall, im ganzen Tal, in der Stadt und außerhalb, war es den

Regenwürmern die reinste Lust, sich durch den fruchtbaren schwarzen Lehmboden zu arbeiten.

In seltenen Fällen, und ohne daß er einen besonderen Grund dafür hätte angeben können, stellte er sich vor, in seinem Arbeitszimmer in Gesellschaft einer geselligen Ehefrau am Feuer zu sitzen. Er würde lesen, und sie würde ihm gegenüber in einem Ohrensessel sitzen.

In dieser Idylle konnte er zwar ihr Gesicht nicht sehen, aber wußte, daß es von mädchenhaftem Liebreiz war und daß sie pausenlos strickte. Stricken, fand er, war ein Trost für die Seele. Es hatte etwas Geordnetes. Etwas ewig Gleichbleibendes. Und am Ende kam etwas dabei heraus.

In diesem Traum stand auf dem Tisch neben seinem Sessel stets eine köstliche Überraschung, und fast immer handelte es sich um ein Stück Torte. In seinem tiefsten Junggesellenherzen liebte er Torte mit einer Leidenschaft, die ihn bestürzte. Und doch lehnte er, wenn man ihm ein zweites Stück anbot, für gewöhnlich ab. »Hätten Sie nicht gern noch ein Stück von dieser leckeren Kokostorte, Herr Pfarrer?« fragte man ihn. »Nein, ich glaube, mehr mag ich nicht«, sagte er dann. Eine glatte Lüge!

In dieser imaginären Kaminszene würde er nicht viel reden, dachte er. Aber hier und da würde er vielleicht auf Kirchenangelegenheiten zu sprechen kommen, laut eine Stelle aus Blake oder Wordsworth vorlesen und einen Entwurf für eine Predigt an seiner Gefährtin ausprobieren.

Das wäre ein Luxus, der jeder selbstgemachten Süßspeise bei weitem überlegen sein mußte – jemanden zu haben, der seinen Entwürfen lauschte und zustimmend nickte oder, wenn es denn unbedingt sein mußte, auch einmal sein Mißfallen kundtat.

Manchmal tauschte er sich mit seinem engen Freund Hal Owen, dem Tierarzt, aus, aber im wesentlichen, fand er, müsse sich ein Mann seine Theologie allein zusammenzimmern.

Über eben jenes Thema dachte er an diesem speziellen

Abend nach, kurz nachdem er dem schwarzen Hund sein Abendessen in die Garage gestellt hatte, als er von einem lauten, kehligen Gähnen überrascht wurde, das von irgendwo in der Nähe seiner bestrumpften Füße herrührte.

Zu seinem Erstaunen stellte er fest, daß der streunende Hund neben seinem Sessel lag und zu ihm aufblickte.

»Verflixt!« rief er. »Ich muß die Garagentür offen gelassen haben.«

Der für gewöhnlich lebhafte Hund strahlte nicht nur eine besinnliche Gemütsruhe aus, sondern blickte mit einem Ausdruck ernsten Begreifens zu ihm auf. Wie seltsam, daß die braunen Augen seines Gefährten eine gewisse Ähnlichkeit mit denen eines alten Gemeindevorstehers aufwiesen, den er als junger Priester gekannt hatte.

Solchermaßen ermutigt, griff er nach einem Band von Wordsworth, der neben ihm auf dem Tisch lag.

»›Es ist ein wunderschöner Abend, ruhig und frei‹«, las er laut vor.

The holy time is quiet as a nun
Breathless with adoration, the broad sun
Is sinking down in its tranquillity;
The gentleness of heaven broods o'er the sea:
Listen! the mighty being is awake,
And doth with his eternal motion make
A sound like thunder, everlastingly.

Der Hund schien mit ehrlichem Interesse zu lauschen. Und als der Pfarrer mit dem Gedicht, das Wortsworth für seine kleine Tochter geschrieben hatte, zu Ende war, ging er frohgemut zu einem Essay über.

›Das Leben und die Welt‹, begann der Aufsatz nicht besonders anspruchsvoll, ›sind zwei erstaunliche Dinge.‹

»Wie wahr, wie wahr«, murmelte er, während der Hund näher zu ihm rückte.

Barnabas! dachte er. So hatte der alte Gemeindevorsteher geheißen. »Barnabas«, sagte er laut in das stille, von einer Lampe erleuchtete Zimmer hinein.

Sein Gefährte hob aufmerksam und erwartungsvoll den Kopf.

»Barnabas?« Der Hund schien zustimmend zu blinzeln, und der Pfarrer bückte sich und tätschelte ihm den Kopf.

»Also gut, Barnabas!« sagte er mit der ganzen Autorität der Kanzel. Die Sache war entschieden, ein und für allemal.

Als er sich erhob, um die Lichter im Arbeitszimmer zu löschen, stand Barnabas ebenfalls auf und gab den Blick auf etwas frei, was den Pfarrer aufstöhnen ließ. Dort, auf dem abgetretenen Aubusson-Teppich, lagen seine Lieblingslederpantoffeln, die ihm zwanzig Jahre treue Dienste geleistet hatten, durchgekaut bis auf die Sohlen.

»Ein Welpe«, stellte Hal Owen fest, während er seine Pfeife entzündete. »Noch nicht ganz ausgewachsen.«

»Wie groß wird er denn noch, was meinst du? So groß?« Pater Tim streckte die Hände aus und hielt sie ein kleines Stück voneinander entfernt.

Hal Owen grinste und schüttelte den Kopf.

»So?« Er hielt die Hände noch weiter auseinander. »Hm, hm. Ungefähr so groß«, meinte Hal.

Barnabas hatte sich in der Ecke neben dem Schreibtisch des Pfarrers niedergelassen und klopfte glücklich mit dem Schwanz auf den Boden.

Während er gemächlich vor sich hin paffte, musterte Hal den Hund mit nüchterner Konzentration. »Eine Prise Schäferhund, würde ich meinen. Jede Menge irischer Wolfshund. Aber überwiegend Bouvier, wenn du mich fragst.«

Der Pfarrer seufzte tief.

»Er wird dir gut tun, Tim. Der Mensch braucht jemanden, mit dem er reden kann, jemanden, der sich seine Klagen anhört und seine Torheiten bestätigt. Und was seine Herkunft betrifft, halte ich es mit E. B. White: ›Ein wirklich umgänglicher und unentbehrlicher Hund ist ein Zufall der Natur. Man kann ihn nicht züchten, und man kann ihn nicht mit Geld kaufen. Er läuft einem einfach über den Weg.‹«

»Nun, er hat tatsächlich eine Vorliebe für die Dichtung des achtzehnten Jahrhunderts.«

»Da siehst du's!« Hal setzte seine Tweedkappe auf. »Bring Barnabas mal mit raus nach Meadowgate, dann lassen wir ihn ordentlich über die Felder laufen. Oh, und March wird dir eine Hühnerpastete backen. Wie würde dir das gefallen?«

Es gefiel ihm besser, als er mit Worten ausdrücken konnte.

»So, jetzt muß ich los. Muß noch bei Tommy McGees Pferden das Gebiß nachsehen und das Hinterteil von Harold Newlands Färse.«

»Deinen Beruf möchte ich nicht haben, mein Freund.«

»Und ich nicht deinen«, entgegnete der Tierarzt fröhlich.

»Ah … Was genau soll ich ihm zu fressen geben?«

»Geld«, sagte Hal ohne jedes Zögern. »Wirf es einfach zweimal täglich da rein, und er wird es verbrennen wie ein Ofen.«

»Das hatte ich schon befürchtet.«

»Ich sag dir was. Ich lasse dir das Futter en gros schicken, ordentliche Qualität. Und wird dich kaum was kosten. Etwa soviel, als hättest du dir eine Hauskatze angeschafft.«

»Gott segne dich.«

»Vielen Dank, Tim. Das kann ich brauchen.«

»Möge er sein Antlitz über dir scheinen lassen!« fügte er mit Inbrunst hinzu.

»Da hätte ich nichts dagegen«, sagte Hal, während er sich die Handschuhe überstreifte. »Ich werde mich morgen oder übermorgen auch um seine Impfungen kümmern.«

Genau in diesem Augenblick hörten sie Schritte – Emma Garretts Schuhe näherten sich der Bürotür. Barnabas hörte sie auch. Mit erstaunlicher Behendigkeit sprang er über den Schreibtischstuhl des Pfarrers, rutschte über den persischen Gebetsteppich zur Tür, stellte sich auf die Hinterbeine und machte sich bereit, Emma zu begrüßen.

»Die Altargilde hilft heute, den Stadtkern mit Stiefmütterchen zu bepflanzen«, sagte Emma, als er mit Barnabas an einer neuen, roten Leine hereinkam. »Und«, fügte sie strahlend hinzu, »es wäre schön, wenn Sie nachher auch kommen könnten und die Farben festlegen.« Es war gewiß nicht so, daß die Altargilde nicht allein mit den Farben zurechtkäme, dachte sie. Aber er hatte immerhin ein paar Preise für seine gärtnerischen Fähigkeiten gewonnen, und in einer Zeitschrift, die von der Elektro-Co-op herausgegeben wurde, hatte ein Artikel über ihn gestanden. Er bemerkte, daß Emma eindeutig so tat, als existiere Barnabas überhaupt nicht, was nicht gerade einfach war in einem Büro, das nur für zwei Schreibtische, zwei Stühle, eine Besucherbank, vier Kleiderhaken und einen gemeinsamen Abfallkorb Platz bot.

»Wie meinen Sie das, ich soll die Farben festlegen?« fragte er, während er seine Telefonnotizen durchging.

»Na ja, Sie wissen doch. Sollen die gelben in die Mitte oder an den Rand, oder was? Und wohin mit den blauen? Nicht neben die purpurnen!« sagte sie voller Überzeugung.

»Ich werde mich darum kümmern.«

Sie sah ihn über ihre Brillengläser hinweg an. »Es steht Ihnen gut, wenn Sie etwas braun werden, das muß ich schon sagen.«

»Vielen Dank, daß Sie es sagen. Verglichen mit der Bräune eines Golfspielers ist die eines Gärtners zwar weniger vornehm, aber sie hat ihre Vorzüge. Man braucht zum Beispiel keine blaßgrünen Golfhosen zu tragen, um sie zu erlangen.«

Emma brüllte vor Lachen. Wenn sie irgend etwas schätzte, dann war es ausgiebiges Gelächter. Und ehrlich, der Pfarrer mochte zwar für viele Dinge gut sein, aber er war nicht immer gut für ein Lachen.

»Sie sehen nicht mehr so schrecklich abgemüht aus wie noch vor einer Weile. Ein- oder zweimal dachte ich schon, wir müßten Sie bald vom Fußboden kratzen.«

»Der Frühling, Emma. Er kuriert die Knochen und läßt den Geist wieder aufleben.«

»Nun, hoffen wir, daß es so bleibt«, sagte sie und sah ihn an, als sei er eine gekochte Kartoffel.

Dann widmete sie sich wieder den Schecks vom Sonntag. »Es ärgert mich ziemlich, daß Petrey Bostic niemals seine Versprechen einhält«, brummte sie.

»Sie wissen, daß ich nichts davon hören will. Ich will nicht nur Dollarzeichen statt Seelen sehen, wenn ich vor meiner Gemeinde stehe.«

»Wissen Sie, was ich glaube?«

Er wußte es nicht.

»Ich glaube, Sie leben in einem Elfenbeinturm. Mir scheint, Sie wollen überhaupt nicht wissen, was wirklich passiert. Denken Sie nur an die Baptisten; die wissen immer über alles Bescheid.«

Emma sprach gern über die Baptisten, da sie früher selbst zu ihnen gehört hatte. »Ach, tatsächlich?« sagte er milde.

»Was reinkommt, was rausgeht, wer Spendenkönig ist. Es gibt nichts, worüber sie nicht Bescheid wissen wollen.«

»Aha«, sagte er. Seit dem Tag, an dem sie sich in einen Rotschopf verwandelt hatte, benahm sie sich entsprechend.

Er wandte sich seiner alten Schreibmaschine zu und tippte mit den Zeigefingern:

Lieber Walter,

Dk. f. D.en Brief v. 12. März. Garten läuft gut, wenn auch immer noch kalt und viel Regen. Vorbereitungen für heilige Woche in vollem Gang.

Hoffe, D.e Stimmung hat sich gebessert. Weiß, daß Er Dich zu richtiger Entscheidung führen wird. Psalm 32,8 verspricht:

»Ich will dich unterweisen und dir den Weg zeigen, den du gehen sollst; ich will dich mit meinen Augen leiten.« Daran zweifel nie!

D. zugetaner Vetter

PS: Hoffe, D. diesen Sommer zu sehen. Grüße an Katherine. Du bist immer in meinen Gebeten.

Als er von dieser kryptischen Botschaft an seinen Vetter und Kindheitsfreund aufblickte, sah er, daß es wieder angefangen hatte zu regnen. Den ganzen Morgen über hatte der Nebel so dick wie Suppe in einer Schale über dem Dorf gehangen, so daß er wieder einmal überlegt hatte, ob er sich nicht einen von diesen orangefarbenen Regenmänteln kaufen sollte, damit man ihn im Nebel sehen konnte.

»Sie haben keinen Wagen?« hatte sein früherer Bischof einmal ungläubig gefragt. Nun, warum sollte er wohl einen haben, bitte schön? Das Pfarrhaus lag zwei Minuten vom Büro entfernt und weniger als drei von der Kirche. Zum Krankenhaus hatte er es nur ein paar Häuserblocks weit, und einer der besten Lebensmittelläden überhaupt lag direkt auf der anderen Straßenseite.

Der alte Gospelprediger Vance Havner hatte genau dieses Phänomen beschrieben: »Wir leben in einer Zeit der Autofahrer, und jeder, der zu Fuß geht, wird mit Argwohn beäugt. Sie sehen einen Mann die Straße herunterkommen; er ist einfach nur in Gedanken versunken, und sie vermuten, daß er entweder verrückt geworden oder ihm das Benzin ausgegangen ist. Es ist eine solche Seltenheit, daß die Hunde anfangen zu bellen, als hätten sie einen Geist gesehen.«

Das Zufußgehen hielt ihn fit und zufrieden, auch wenn er nicht immer wie aus dem Ei gepellt aussah. Und wenn es hart auf hart kam, konnte er jederzeit die Batterie seines Buick Riviera aufladen lassen, den Wagen aus der Garage holen und losfahren.

Er hatte sogar schon ernsthaft daran gedacht, sich ein Fahrrad zu kaufen. Aber jetzt war da natürlich Barnabas.

Und ein Pfarrer mit Priesterkragen auf einem Fahrrad, einen riesigen schwarzen Hund an einer roten Leine?

»Verflixt und zugenäht!« sagte Emma, als sie einen Fehler in ihrer Buchhaltung machte.

Barnabas sprang auf und sprang zu ihrem Schreibtisch, legte die Pfoten auf das Rechnungsbuch, beugte sich vor und hauchte ihre Brillengläser an.

»Mein Gott!« rief sie aus.

Warum sagte sie nur immer »Mein Gott«, wenn es um Dinge ging, die nicht das mindeste mit ihrem Gott zu tun hatten? Er packte Barnabas am Halsband und zog ihn in die Ecke neben seinem Stuhl.

»Ich mache keine Witze«, bemerkte Emma und blinzelte, während sie sich die Brille putzte. »Entweder er oder ich.« Sie griff nach ihrem Butterbrotbeutel, legte ihn in den Schreibtisch und knallte die Schublade zu.

»Sitz!« befahl er. Barnabas stand da und wackelte mit dem Schwanz.

»Bleib!« sagte er, während Barnabas gemächlich zur Tür schlenderte und schnupperte.

»Na gut, dann eben: Sitz!« Barnabas trabte zu seiner Wasserschüssel und genehmigte sich einen guten Schluck.

»Na ja, egal«, murmelte er und brachte es nicht fertig, Emma anzusehen.

Er setzte sich und wandte sich der Lesung aus dem Evangelium für den kommenden Sonntag zu. Bevor er sich anschickte, es übungshalber laut vorzulesen, wie es seinen Gewohnheiten entsprach, räusperte er sich.

Barnabas schien dies als Zeichen aufzufassen, an den Stuhl seines Herrn heranzutreten, seine Vorderpfoten auf dessen Schultern zu plazieren und als Dreingabe ausgiebig die Bibel zu belecken.

Er hatte gerade gelesen, daß es eine fruchtbringende Strategie sein könne, schlechtes Benehmen zu ignorieren und gutes zu loben. »Was Sie auch tun«, hatte der Artikel eindringlich gemahnt, »sehen Sie Ihrem Hund nicht in die Augen, wenn Sie seine Aufmerksamkeit nicht wecken wollen.«

»Und Jesus ging vorüber«, begann der Pfarrer, der den anklagenden Blick seines Hundes sorgsam mied, »und sah einen Menschen, der blind geboren war. Und seine Jünger fragten ihn und sprachen: Meister, wer hat gesündigt, dieser oder seine Eltern, daß er blind geboren ist?«

Barnabas seufzte und legte sich hin.

Ohne den Blick abzuwenden, fuhr er fort: »Jesus antwortete: Es hat weder dieser gesündigt noch seine Eltern, sondern es sollen die Werke Gottes offenbar werden an ihm.«

Er las laut vor bis Vers 5. Dann hielt er inne und musterte Barnabas mit einiger Konzentration.

»Hm, also wirklich«, sagte er schließlich, »das ist sehr ungewöhnlich.«

»Wovon sprechen Sie?« fragte Emma.

»Der Hund scheint ...« – der Pfarrer räusperte sich – »... auf Bibelzitate zu hören.«

»Ganz bestimmt nicht!« entgegnete sie angewidert. »Dieser Hund hört auf gar nichts!«

Genau in diesem Augenblick öffnete sich die Tür, und Miss Sadie Baxter trug dazu bei, die merkwürdige Vermutung zu bestätigen.

Bevor sie etwas sagen konnte, war Barnabas durch den Raum geschossen, um ihr seinen schönsten Gruß zuteil werden zu lassen, woraufhin der Pfarrer das erstbeste rief, was ihm einfiel – und das war, was Petrus den um ihn versammelten Menschen gesagt hatte: »Tut Buße, und jeder von euch lasse sich taufen!« Barnabas legte sich der Länge nach auf den Boden und seufzte zufrieden.

»Ich *bin* schon getauft, vielen Dank«, sagte Miss Sadie und nahm ihren Regenhut ab.

Kapitel 2

Eine zweifelhafte Gabe

Miss Sadie Baxter war das letzte noch lebende Mitglied einer der ältesten Familien Mitfords.

Im Alter von sechsundachtzig Jahren bewohnte sie das größte Haus im Dorf mit dem weitesten Ausblick. Und sie besaß das meiste Land, das zu einem großen Teil von einem alten, aber ertragreichen Apfelgarten beansprucht wurde. In der Tat behaupteten die Köche des Dorfs, daß man die besten Apfelkuchen nicht mit Granny Smiths machte, sondern mit den festen, leicht herben Sadie Baxters, wie man diese Apfelsorte mittlerweile nannte.

Soweit man wußte, hatte Miss Sadie niemals etwas von dem Geld weggegeben, das ihr Vater mit seinem Sägewerk im Tal verdient hatte. Aber sie gab von Herzen gern Äpfel weg – sackweise, scheffelweise, haufenweise. Der einzige Teil von Fernbank, für dessen Instandhaltung sie in den letzten Jahren wirklich etwas getan hatte, waren eindeutig die Obstgärten, denn, wie jeder von der Straße aus sehen konnte, hätte das Dach, das über den Bäumen sichtbar wurde, dringend einiger Reparaturen bedurft. Es wurde behauptet, daß sie bei Regen inmitten einer Reihe von Eimern in ihrem Wohnzimmer saß und daß das Geräusch der Regentropfen, die in die Kübel klatschten, so laut war, daß man sein eigenes Wort nicht verstehen konnte.

Es goß übrigens gerade heftig, als sie an diesem Dienstagmorgen bei ihrem Pfarrer vorbeischaute. »Barmherziger Himmel!« sagte sie und schüttete ihren Regenhut aus. »Was für ein scheußlicher Tag!«

Pfarrer Tim eilte ihr entgegen, um ihr aus dem Regenmantel zu helfen und ihre feuchten Wangen zu küssen. »Was hat Sie denn um Himmels willen bei diesem Unwetter aus dem Haus getrieben?«

»Sie wissen doch, daß das Wetter mich noch nie an

irgend etwas gehindert hat!« sagte sie mit einer Stimme, die so frisch klang wie die eines jungen Mädchens.

Und das stimmte. Jeder wußte, daß Sadie Baxter in ihrem 1958er Plymouth wie der Wind den Hügel hinunterkam – bei jedem Wetter. Nur bei Eis lagen die Dinge etwas anders. »Es ist unberechenbar«, pflegte sie zu diesem Thema zu sagen, »und ich liebe nun einmal das Berechenbare.« Also pflegte sie an eisigen Tagen zu lesen, Klavier zu spielen, die Familienalben durchzusehen oder Louella anzurufen, ihre ehemalige Hausangestellte und Gefährtin, die jetzt bei ihrem Enkel in Marietta, Georgia, lebte.

Pfarrer Tim sah, daß Miss Sadie wie gewöhnlich auf den Gehweg gefahren und ihren Wagen so dicht vor der Treppe geparkt hatte, daß er ihr die Farbe vom Kotflügel kratzen würde, wenn er die Tür des Pfarrhauses ganz aufmachte.

»Setzen Sie sich«, sagte Emma, »und trinken Sie eine Tasse Kaffee.«

»Sie wissen ja, wie ich ihn gern habe«, sagte sie und machte es sich bequem. »Also! Wissen Sie was?«

»Ich habe nicht den leisesten Schimmer«, sagte der Pfarrer.

»Ich wiege genausoviel Pfund, wie ich Jahre auf dem Buckel habe!«

»Nein!« rief Emma.

»O doch. Ich war bei Hoppy, um mich einmal gründlich untersuchen zu lassen, und die Waage zeigte genau sechsundachtzig Pfund an. Hätten Sie das gedacht?«

»Nie!« sagte der Pfarrer.

»Und wissen Sie noch was?« fragte sie, während sie wie ein Schulmädchen auf der Kante der Besucherbank hockte.

»Was denn?« fragte er.

»Louella kommt mich zu Ostern besuchen. Ihr Enkel fährt sie den ganzen Weg von Marietta hier herauf! Sie kann nicht mehr kochen, daher dachte ich, wir essen einfach tiefgefrorene Hühnchenpasteten. Glauben Sie, das ginge, Emma?«

»Aber natürlich. Und vielleicht etwas Obstsalat mit Wackelpudding.«

»Gute Idee! Und Tee. Ich kann immer noch Tee machen. Louella trinkt ihn gerne sehr süß. Was gäbe es sonst noch?«

Emma dachte nach und tippte mit ihrem Bleistift auf die Schreibmaschine. »Hm ...«

»Ich sage Ihnen was«, meldete sich der Pfarrer zu Wort. »Ich backe Ihnen einen Schinken.«

»Das würden Sie für mich tun? Oh, Herr Pfarrer, das wäre so ... Also wirklich, Gott segne Sie.«

»Das tue ich doch gern!« sagte er und fühlte sich bereits gesegnet.

»So, das wäre dann ja geregelt. Und Sie würden von selber nie drauf kommen, also erzähl ich es Ihnen. Gestern bin ich überhaupt nicht aus dem Haus gegangen. Also, ich sage es ja nur höchst ungern, aber ich habe mich nicht einmal angezogen, ist das nicht schrecklich? Ich bin einfach den ganzen lieben langen Tag im Morgenrock herumgelaufen. Meine Mama wäre in Ohnmacht gefallen. Und als nächstes habe ich auf dem Dachboden herumgestöbert und nach einer alten Babypuppe gesucht, die mir plötzlich wieder eingefallen war – eine Babypuppe, die mindestens achtzig Jahre alt sein muß. Aber wir werfen niemals etwas weg, daher wußte ich einfach, daß ich sie finden würde. Oh, und der Staub! Also wirklich, ich habe einen richtiggehenden Staubsturm aufgewirbelt!

Und die Hüte! Ach herrje, die Hüte, die ich gefunden habe! Unmengen schöner Hüte, die meine Mama getragen hat. Ich werde sie irgendwann mal morgens mit in die Sonntagsschule bringen, damit die Kinder sie anprobieren können. Oder wäre das allzu gotteslästerlich?«

Er lachte. »Ganz gewiß nicht!«

»Also, dann habe ich nach einem alten Bild von Papa gesucht, dem Bild mit dem Schnauzbart, und ich bin hinten in dem Teil des Dachbodens herumgekrochen, wo wir immer die Bilder in kleinen Regalen aufbewahrt haben. Und ich habe mal dies herausgezogen und mal das, und wissen Sie, was dann passiert ist? Nun …« Miss Sadie machte eine Pause und sah ihre Zuhörer aufmerksam an.

»Nun, was?« fragte Emma und beugte sich vor.

»Nun, da war dieses alte Gemälde von der Heiligen Jungfrau und dem kleinen Jesus, das Papa aus Übersee mitgebracht hat.«

»Aha!« sagte der Pfarrer.

»Und ich möchte, daß Sie es für die Kirche nehmen, Herr Pfarrer«, fuhr sie fort, »und dort an die Wand hängen.«

Diese Sache konnte gefährlich werden. Er erinnerte sich an zwei oder drei andere Geschenke an die Kirche, die größte Bestürzung ausgelöst hatten. Eins war ein ausgestopfter Elchskopf gewesen, dessen Spender meinte, der Elch sei immerhin ein Geschöpf Gottes gewesen und daher durchaus passend für die Wand des Pfarrhauses, wenn schon nicht für das Kirchenschiff selbst.

»Vielleicht könnte ich eines Tages mal nach Fernbank raufkommen und einen Blick darauf werfen, und es dann … holen.«

»Oh, nein. Das ist nicht nötig. Ich habe es gleich mitgebracht. Wenn Sie nur mit zum Wagen kommen würden …«

»Es regnet in Strömen, Miss Sadie.«

»Oh, ich weiß, deshalb habe ich es ja auch in eine Decke gewickelt, und dann habe ich noch etwas Plastik drumherum gewickelt und mit einer Kordel verschnürt!«

Er stellte fest, daß er seine Bürotür genau bis zur Hälfte öffnen konnte, ohne den grünen Plymouth zu beschädigen. Dann bugsierte er einen Schirm vor sich hinaus ins Freie, spannte ihn vor der Tür auf, trat seitlich aus dem Zimmer heraus, hob den Regenschirm über den Kopf und öffnete zu dem trommelnden Geräusch eines heftigen Regengusses eine der hinteren Türen ihres Wagens. Er beugte sich über den Sitz, griff mit der rechten Hand nach dem schweren Gemälde und hielt mit der Linken seinen Schirm fest.

Es gelang ihm, sich das Gemälde unter den Arm zu klemmen, die Wagentür mit dem Absatz seines durchweichten Schuhs zuzuschlagen, die Bürotür mit der Kappe desselben Schuhs aufzustoßen, das Gemälde anschließend vor sich durch die Tür zu schieben, den Regenschirm zu senken, sich selbst durch die schmale Öffnung zu zwängen und tropfnaß auf den Teppich zu stellen.

»Da ist es!« sagte Miss Sadie beglückt, als hätte sie das Päckchen selbst aus dem Wagen geholt.

Er lehnte völlig erschöpft das schwere Bündel gegen die Wand. »Wenn Sie eine Schere hätten, Emma, würde ich alles weitere erledigen.« Miss Sadie schob sich die Ärmel ihrer Strickjacke hoch und machte sich daran, durch mehrere Schichten Kordel, Stoff und Plastik zu schneiden.

»Also«, sagte sie, »Sie beide sehen in die andere Richtung, und ich sage Ihnen, wann Sie wieder herschauen dürfen.«

Der Pfarrer drehte sich um und blickte aus dem Fenster hinter seinem Schreibtisch, während er sich mit einem Taschentuch sein regennasses Gesicht und die Hände trocken rieb. Emma heftete ihren Blick in stoischer Ruhe auf die Badezimmertür, an der an einem schwarzen Brett die Gemeindemitteilungen hingen.

Nun beeil dich schon, dachte Emma, die noch die Rechnungen für die Osterblumen vor sich hatte.

»Jetzt!« rief Miss Sadie.

Er drehte sich um und war von dem Anblick wie gelähmt.

Das Gemälde in dem breiten, vergoldeten, kunstvoll geschnitzten Rahmen war eine in rosigen Tönen gehaltene Darstellung von Mutter und Kind, die selbst unter dem Schmutz und Staub von Jahren geradezu glühte. Um den Kopf des Säuglings war ein schwacher Heiligenschein zu sehen, und die Mutter blickte mit versonnener Zärtlichkeit auf das Kind in ihren Armen hinab. Im Hintergrund sah man, abgesetzt vom Blau und Gold ihres Gewandes, eine Landschaft, die von einem leuchtenden Fluß durchschnitten wurde und darüber einen Himmel, der in den platin-, rosa- und lavendelfarbenen Tönen einer frühen Morgensonne erstrahlte.

»Nun, also«, sagte er und verspürte den plötzlichen Drang, sich zu bekreuzigen. »Dies ist ganz … ganz und gar wunderschön. Ich habe nicht erwartet …«

»Dann gefällt es Ihnen also?« Miss Sadies Augen tanzten.

»Ob es mir gefällt? Es gefällt mir ungeheuer gut! Es ist wunderschön anzusehen.«

»Ich habe es saubergemacht«, erklärte Miss Sadie stolz. »Zitronenseife.«

Er ging in die Hocke, um das Bild näher in Augenschein nehmen zu können. »Steht da irgendwo ein Name? Wissen wir, wer es gemalt hat?«

»Keine Spur von einem Namen. Ich habe mein Vergrößerungsglas hervorgeholt und es mir von vorn bis hinten angesehen.«

Plötzlich flog die Bürotür auf und wehte ihnen einen Regenschwall sowie einen tropfnassen Harry Nelson ins Zimmer.

»Der Aufenthalt von mehr als drei Personen gleichzeitig verstößt hier gegen das Gesetz«, sagte Emma schlecht gelaunt. Sie konnte den Anblick des ersten Gemeindevorstehers ohnehin nur schwer ertragen, und schon gar nicht in einem nassen Regenmantel, der den dünnen Teppich durchweichte.

»Wenn wir hier jemals richtig zu Geld kommen, reißen wir diese Mauern raus und bauen Ihnen ein paar hundert Quadratmeter an«, sagte Nelson selbstzufrieden.

Nur über meine Leiche, dachte der Pfarrer, der das winzig kleine Steingebäude, das die Gemeinde 1879 errichtet hatte, von Herzen liebte.

Harry Nelson legte seinen Regenmantel in die Ecke, schenkte sich eine Tasse Kaffee ein und setzte sich zu Miss Sadie auf die Besucherbank.

»Okay, Pater, hier ist mein Bericht. Wir haben uns die Sache angesehen und festgestellt, daß wir das Schränkchen unmöglich rausreißen können, weil dann der Altarraum mehr oder weniger zum Teufel gehen würde.«

Während Pfarrer Tim und Harry Nelson Kirchenangelegenheiten diskutierten, besprach Emma mit Miss Sadie das Ostermahl. Emma erbot sich sogar, eigenhändig kleeblattförmige Hefebrötchen zu backen, was sie nicht mehr getan hatte, seit Charly vor zehn Jahren gestorben war. Und Miss Sadie beschloß, mit Louella und ihrem Enkelsohn auf der Sonnenveranda zu speisen, falls sie schönes Wetter haben würden.

»Nun, nun, was ist denn das da?« wollte Harry wissen und deutete mit dem Kopf auf das Gemälde.

»Miss Sadie macht der Kapelle Unseres Herrn ein Geschenk«, sagte Pfarrer Tim stolz.

Harry beugte sich vor, um das Bild besser betrachten zu können. Da Emma direkt hinter ihm saß, kam ihr plötzlich eine so faszinierende Idee, daß ihr beinahe die Luft wegblieb. Harry stieß einen anerkennenden Pfiff aus. »Das sieht mir stark nach einem Vermeer aus«, informierte er die anderen.

»Also wirklich, Harry Nelson, ich hatte keine Ahnung, daß Sie sich mit Vermeer auskennen«, sagte Miss Sadie.

»Auskennen! Nun, das möchte ich doch behaupten! Shirley und ich haben alle möglichen Kurse besucht, um unser Kunstverständnis zu schulen. Wußten Sie, daß es nur fünfunddreißig Vermeers auf der Welt gab, bis ein paar Holländer im letzten Jahr einen ganzen Haufen davon gefälscht haben? Die haben die Bilder im Ofen gebacken, damit sie echt aussahen.«

Er nahm seine Brille ab und sah das Gemälde mit schmalen Augen an. »Haben Sie irgendwo eine Signatur gefunden?«

»Bisher nicht«, erwiderte der Pfarrer.

»Also, wenn der nicht echt ist, fresse ich meinen Hut. Verflixt, ich habe gehört, daß sogar die Fälschungen einen ganzen Batzen einbringen. Ich sag Ihnen was, ich habe einen Freund, der den Wert solcher Bilder schätzt, und den werde ich bitten, von Charlotte herüberzukommen, um es sich einmal anzusehen. Er sagt immer, daß ein paar der größten Kunstfunde in der Geschichte von irgend jemandes Dachboden stammen.«

»Genau daher kommt es auch«, gestand Miss Sadie.

»Nun, ich mache mich auf den Weg. Ich muß über den Berg rüber, um ein paar Kunden zu besuchen. Junge, Junge, dieser Kaffee haut einen aber aus den Socken.«

»Ah, Harry, was diesen Schätzer angeht, ich glaube nicht, daß wir es damit so eilig haben. Ich finde, wir sollten damit warten.«

»Warten? Wer zu spät kommt, den bestraft das Leben.« Harry nahm seinen Regenmantel vom Haken, warf ihn sich über den Kopf, zwängte sich durch die Tür und rief ihnen über die Schulter zu: »Miss Sadie, Sie hätten diesen Plymouth auch gleich durch die Tür fahren können.«

Aus einem Grund, den er nicht näher bezeichnen konnte, fand Pfarrer Tim den Plan, einen Schätzer hinzuzuziehen, seltsam unangenehm. Aber gegen Mittag ereignete sich etwas noch Unangenehmeres.

Während er mit erwartungsvoller Vorfreude seinem gewohnten Regentaganteil cremegefüllter Törtchen aus Emmas Essenstüte entgegensah, sagte sie leichthin: »Cremetörtchen? Auf die verzichte ich während der Fastenzeit.«

Als er eintrat und die Tweedkappe abnahm, die Hal Owen ihm einmal geschenkt hatte, wandte Percy Mosley sich kurz vom Grill ab und nickte ihm zu, um sich dann wieder seinen Würstchen zu widmen.

Seltsam, dachte Pfarrer Tim, nahm in seiner Lieblingsnische Platz und schlug seine Zeitung auf. »Percy«, sagte er, »ich glaube, ich nehme heute zwei mehr als sonst.« Velma kam zu seinem Platz und blickte ihn grinsend an. »Wir haben was zu feiern, wie? Ich hätte auch zwei Eier gegessen, wenn ich nicht an meinen Cholesterinspiegel denken müßte.«

Cholesterin, Cholesterin, dachte der Pfarrer. Er hatte mehr als genug über das Thema Cholesterin gehört. Genauso schlimm wie der Hula-Hoop-Fimmel.

Velma schenkte ihm Kaffee ein. Er war bei vielen Konferenzen, Exerzitien, Seminaren und Workshops gewesen, aber genau hier gab es den besten Kaffee, den er je getrunken hatte. »Wieso, was soll ich denn feiern?«

»Nun, das ganze Geld, das Ihre Kirche nun bekommt.«

»Von welchem Geld reden Sie?« fragte er verwirrt. »Das Kunstgeld. Also, ich habe gehört, Sie hätten da ein Gemälde, das mehr als zweihunderttausend Dollar wert ist.«

Er hatte gerade einen Schluck Kaffee genommen und bedauerte es zutiefst, daß er sich das braune Gebräu nun über die Brust spritzte.

»Meine Güte!« rief Velma und half ihm, den Kaffee abzutupfen.

»Velma, was auch immer Sie gehört haben, es entspricht absolut nicht der Wahrheit. Jemand hat der Kirche ein Gemälde gestiftet, und wir haben es noch nicht einmal schätzen lassen. Es ist ein hübsches Bild, das ist alles.«

»Wir haben gehört, es sei ein Veneer«, brüllte Percy vom Grill herüber.

»Jawohl, genau das haben wir gehört«, meldete sich Mule Skinner zu Wort, der Grundstücksmakler.

Verflixt! dachte er und verlor vollends den Appetit.

Miss Sadie hatte das Gemälde am Dienstag gebracht. Bis Donnerstagabend hatte er eine noch nie dagewesene Anzahl von Telefongesprächen entgegengenommen. Selbst Emma, die den Tag frei hatte, rief an.

Um acht Uhr hatte sich die Summe in der Grillstube auf zweihunderttausend belaufen. Gegen drei Uhr nachmittags hatte er einen Anruf von einem Architekten erhalten, der ihm Pläne für einen Anbau an die Kirche vorlegen wollte und ihm zu der Million Dollar gratulierte, die die Kapelle Unseres Herrn für den Verkauf des alten Meisterwerks erhalten würde. Um halb vier rief die Dorfzeitung an und bat ihn um eine Stellungnahme.

Um vier schmerzte sein Magen. Blutige Magengeschwüre! räsonierte er düster. Er schaltete den Anrufbeantworter ein und ging.

Um fünf nach vier wurde Walters Anruf folgendermaßen erwidert: »Beharret mit wachem Geist und dankbarem Herzen im Gebet. Hier ist das Pfarrbüro der Kapelle Unseres Herrn. Bitte hinterlassen Sie nach dem Piepton eine Nachricht.«

An diesem Abend hängte Pfarrer Tim das Telefon aus, ließ Barnabas sein gewiß allerserstes Bad zukommen, bereitete sich ein Abendessen aus gekochtem Huhn und Spinatsoufflé zu, trank ein Glas Sherry und ging zu Bett. Was war, wenn es sich bei dem Gemälde wirklich um einen Vermeer handelte? Er verstand nicht viel von Kunst, aber er wußte, daß das Werk eine gewisse Macht besaß, eine Vitalität, die nicht in jeder Darstellung der heiligen Jungfrau mit Kind zu finden war.

Er wußte auch um den Aufruhr, der folgen würde, wenn sie tatsächlich im Besitz eines so kostbaren Werks waren. Hatte er nicht schon genug Kopfschmerzen wegen des Wandbehangs aus dem siebzehnten Jahrhundert, der sich im Kirchenschiff befand? Nur um ihn zu versichern, hatte er Monate gebraucht, endlose, teure Telefongespräche und schlaflose Nächte. Zu guter Letzt waren sie gezwungen gewesen, die Kirchentüren verschlossen zu halten, etwas, das ihm zutiefst widerstrebte.

Aber schließlich lief alles auf eine ziemlich einfache Erkenntnis hinaus: Er konnte wie immer darauf vertrauen, daß Gott ihn leiten würde. Im Laufe des Abends wuchs seine Zuversicht, daß er mit Gottes Hilfe in der Lage sein würde, im besten Interesse aller Betroffenen zu handeln.

Als er am nächsten Morgen zum Pfarrbüro ging, hatte sein Schritt etwas Beschwingtes. Natürlich durfte er mit keiner Menschenseele darüber reden. Aber gestern nacht hatte er zum erstenmal in seinem Leben einem Hund erlaubt, am Fuß seines Bettes zu schlafen. Und es war eine Erfahrung gewesen, die ihm unvergleichliche Zufriedenheit beschert hatte.

»Da!« sagte Emma und stellte ihm schwungvoll eine Schachtel Cremetörtchen auf den Schreibtisch. »Sie haben schließlich nicht versprochen, während der Fastenzeit darauf zu verzichten. Sie können meinen Vorrat haben.« Sie hätte übrigens gern gewußt, worauf er während der Fastenzeit verzichten wollte, fand es aber ungehörig, ihn danach zu fragen.

Er schob die Schachtel in seine rechte obere Schreibtischschublade. »Sie«, sagte er mit echtem Gefühl, »sind ein unbezahlbares Juwel.«

»Was ist passiert?«

»Es war ein denkwürdiger Tag. Petrey Bostick hat angerufen, um zu sagen, daß wir einen Teil des Geldes darauf verwenden sollten, eine Klimaanlage in der Kirche einbauen zu lassen.«

Emma rollte mit den Augen. Das schon wieder! Welchen Sinn hatte es, in anderthalbtausend Meter Höhe zu leben, wenn man Klimaanlagen installieren wollte? Jedes Jahr brachten die Leute die alte Leier von der Klimaanlage wieder auf. Im Laufe des Vormittags rief ein Grundstücksmakler an, um ihnen vorzuschlagen, das Land zu beiden Seiten des Kirchhofs zu kaufen, das man ihnen, falls sie interessiert wären, in aller Stille verfügbar machen würde. Es überraschte den Pfarrer keineswegs, daß der Preis, seit der Gemeindevorstand sich vor zwei Jahren einmal danach erkundigt hatte, um fünfzig Prozent gestiegen war.

Von der Zeitung rief jemand an, um zu fragen, ob er ein Foto von dem Gemälde machen dürfe, mit Miss Sadie auf der einen Seite und Pfarrer Tim auf der anderen. Der Schätzer meldete sich und meinte, er werde am Montag um halb zehn zur Stelle sein. Und sie hörten, daß der Gemeindevorstand eine Versammlung angesetzt hatte, um über den Erwerb eines walnußfarben gestrichenen Taubenhauses aus Stahl zu reden, außerdem sollte die Frage erörtert werden, ob man für die Kollekte nicht Sammelteller aus Messing anschaffen wolle statt der traditionellen Körbe und außerdem ein Buntglasfenster für die innere Kirchenvorhalle, das vom Boden bis zur Decke reichen sollte.

Nachdem zwei Gemeindemitglieder erschienen waren, um ihn an die Hungernden überall auf der Welt zu erinnern, kam ein drittes herbei, um ihn an die Hungernden hier zu Hause zu erinnern.

Während einer kurzen Atempause wandte er sich an Emma und sagte schlicht: »Wir dürfen nicht zulassen, daß dies uns die Freude des Osterfests zerstört.«

»Amen«, sagte sie inbrünstig.

Da war nur ein Problem. Er hatte keine Ahnung, wie er verhindern sollte, daß genau das geschah.

Eine kanadische Kaltfront sandte eisige Luftströme über die Berge und in die Täler um Mitford herum.

Nachdem er Barnabas durch den Baxter-Park geführt hatte, seine Krankenhausrunde gemacht und einem Gemeindemitglied beim Frühstück in der Grillstube seinen Rat erteilt hatte, sah er mit Freuden einer friedlichen Zeit an seinem Schreibtisch entgegen. Jetzt mußte er noch die losen Enden der beiden bevorstehenden Ostergottesdienste zusammenknüpfen. Vielleicht, dachte er, würde ihm das nach dem Besuch des Schätzers um neun Uhr dreißig möglich sein. Wenn ihn Ängste über den Ausgang der Schätzung plagten, so waren sie ihm glücklicherweise nicht bewußt.

Er sah zu Winnie Ivey, die wie jeden Morgen, den Gott werden ließ, den Gehweg vor ihrer Leckerbäckerei fegte. Das machte ihm immer besondere Freude: einen Menschen zu sehen, der seine Sachen in Ordnung hielt.

»Guten Morgen, Winnie!«

Winnie war warm eingepackt. Pfarrer Tim konnte nur runde Wangen und leuchtende Augen über ihrem Schal sehen. »Herr Pfarrer, ich bin froh, daß ich Sie erwische! Ich habe Ihnen die Napoleons von gestern aufgehoben!«

Hoppy hatte ihn erst vor kurzem gewarnt: »Halten Sie sich von diesem Zeug fern, mein Freund. Stecken Sie sich lieber Rosinen in die Taschen.« Rosinen, wahrhaftig! Und schlimmer noch, er hatte neulich gehört, wie jemand von ihm als den ›beleibten Priester von der Kapelle Unseres Herrn‹ sprach.

»Winnie«, sagte er, während er ihr in die Bäckerei folgte und tief die nach Zimt duftende Luft einatmete: »Hoppy meint, ich soll nicht so viel Süßes essen.«

»Das erzählt er mir schon seit Jahren, und ich wünschte wirklich, ich könnte auf ihn hören«, sagte sie leutselig und nahm drei Napoleons aus der Theke. »Vielleicht könnten Sie die Miss Rose und Onkel Billy schenken, wenn sie vorbeikommen.«

»Oh, machen Sie sich darum mal keine Gedanken! Die bekommen schon die Haferküchlein von gestern.«

Er fragte sich, warum er sich so hilflos fühlte, als sie ihm die Papiertüte reichte und den Arm tätschelte.

Für den Fall, daß Hoppy auf dem Weg zum Krankenhaus an ihm vorbeifahren sollte, stopfte er sich die Tüte vorsichtig in seine Manteltasche. Er würde nicht einen Bissen davon nehmen, versprach er sich. Nicht einen einzigen. Er würde sie sofort an Emma weitergeben, die dann selbst sehen sollte, wie sie mit dem verführerischen Charme von Winnie Iveys Napoleons fertig wurde.

Als er schließlich in Sichtweite seines Büros war, sah er dort zu seinem Erschrecken eine kleine Gruppe, die an der Tür wartete. Es schienen Harry Nelson, Bud Simmons und Maude Beatty zu sein. Außerdem parkten mit laufendem Motor zwei Autos auf dem Gehsteig.

Er verspürte den verwegenen Drang, sich hinter einem Rhododendronbusch zu verstecken und sich über den gesamten Inhalt der Tüte in seiner Tasche herzumachen.

Er war froh, daß er Barnabas schlafend in der Garage zurückgelassen hatte, denn es hätte buchstäblich kein Streichholz mehr in sein Büro gepaßt. Er öffnete die Badezimmertür, was Platz für zwei Leute schuf, schob den Abfalleimer unter seinen Schreibtisch, was Platz für einen dritten schuf, und ließ die übrigen für sich selbst sorgen.

»Pfarrer Tim«, sagte Harry ein wenig töricht, »ich weiß, Sie haben kein so großes Spektakel heute morgen hier erwartet, aber wir fanden, der Gemeindevorstand sollte hören, was dieser Schätzer zu sagen hat.«

»Wie Sie unschwer sehen können, Harry, ist überhaupt kein Platz mehr für den Schätzer, um hier hereinzukommen und irgend etwas zu sagen.«

Harry lachte schwach und preßte sich enger an die Wand.

Der Pfarrer schaltete die Elektroheizung ein und machte sich dann daran, Kaffee zu kochen. ›... in Geduld‹, rief er sich ins Gedächtnis, ›erträgt einer den anderen in Liebe ...‹

Seltsam, wie seine morgendlichen Lesungen ihm tagsüber oft bei verschiedenen Gelegenheiten entgegensprangen. Einige Minuten später füllte der Geruch von Kaffee den kleinen Raum und begann, die Herzen der Anwesenden zu wärmen. Aber da die Maschine nur vier Tassen machte und sieben Leute zugegen waren, schenkte er nur sehr vorsichtig aus.

Emma öffnete mit finsterem Blick die Vordertür und zwängte sich hinein. Sie verabscheute kalte Frühjahrsvormittage und hatte das dumpfe Gefühl, sie seien eine Art von Verrat.

»Oh, um Himmels willen!« sagte sie mit einem Blick auf Maude Beatty, die auf ihrem Stuhl saß, als gehöre er ihr.

Der Schätzer kam pünktlich um halb zehn, zog seinen Mantel aus, reichte ihn Harry Nelson und machte sich schnurstracks an die Arbeit.

Dabei summte er leise vor sich hin und klapperte mit den Zähnen. Niemand sagte ein Wort.

»Hmmmm«, sagte er gelegentlich.

Er holte ein Vergrößerungsglas aus der Tasche und untersuchte jeden Zoll der Leinwand, die er an einen Bücherstapel auf des Pfarrers Schreibtisch gelehnt hatte.

Dann öffnete er einen kleinen, schwarzen Kasten und förderte eine Zange und einen Hammer zutage. »Ich suche nach einer Signatur«, informierte er die faszinierten Zuschauer.

Einen Augenblick später löste sich der Rahmen, und der Schätzer hielt die Leinwand gegen das Licht. »Hm«, sagte er.

Pater Tim fand es einfach wunderbar, daß ein Mann nur ›Hm‹ zu sagen brauchte und die konzentrierte Aufmerksamkeit eines ganzen Raums voller Menschen auf sich ziehen konnte. Selbst seinen markigsten Predigten war etwas ähnliches niemals vergönnt.

»Kann ich Ihr Badezimmer benutzen?« fragte der Schätzer. Die beiden Kirchenvorstandsmitglieder entfernten sich aus dem winzigen Raum, der kaum die Größe eines Küchenschranks hatte, und preßten sich flach gegen Harry Nelson.

Der Schätzer klemmte sich die Leinwand unter den Arm, ging hinein und suchte die Wände und die Fußleisten ab. »Haben Sie hier irgendwo eine Steckdose?«

»Sie müssen die Heizung rausziehen«, sagte Emma gereizt. Warum in Gottes Namen saß Bud Simmons auf den Rezepten, die sie aus der *Southern Living* gerissen und auf ihren Schreibtisch gelegt hatte? War er blind?

Der Schätzer schloß die Badezimmertür hinter sich, und alle Versammelten sahen sich mit schwachem Lächeln an.

Wenn es irgend etwas gab, was Harry Nelson nicht mochte, dann war es nervöses Schweigen. »Haben Sie schon den von der Beerdigungsprozession gehört?« erkundigte er sich.

Ach du grüne Neune, dachte Emma.

»Also, diese Beerdigungsprozession ging den Hügel zur Kirche rauf, als die Hintertür des Leichenwagens aufflog und der Sarg rausgeschossen kam. Und dann saust er, krach-bum, über die Kreuzung; alles hupt wild durcheinander, und die Leute springen zur Seite, und der Sarg saust weiter die Straße runter, springt auf den Gehweg und schießt durch die Apothekentür, den Gang runter zum Apotheker hin, und der Deckel spring auf, und der

Bursche setzt sich hin und sagt: ›Haben Sie irgendwas, um diesen Sarg aufzuhalten?‹«

Darüber würde ich nicht lachen, und wenn es um mein Leben ging, dachte Emma, als der Schätzer aus dem Badezimmer kam.

»Es könnte ein Vermeer sein«, sagte er trocken. Ein leises Raunen ging durch die Menge.

»Andererseits könnte es auch keiner sein. Ich habe vernünftigen Grund zu der Vermutung, daß das Bild Mitte bis Ende des siebzehnten Jahrhunderts gemalt wurde, und zwar von einem der etwa zwölf Maler, die unter Vermeers Einfluß gearbeitet haben.

Ich kann keine Signatur finden, und es gibt auch keine Hinweise darauf, daß das Gemälde irgendwann einmal restauriert wurde. Ich würde empfehlen, die Leinwand sofort nach New York schicken zu lassen, zu einem Expertenteam, das die Sache gründlicher untersuchen kann und mehr einschlägige Kenntnisse besitzt als ich.«

Der Schätzer hatte seinen Bericht beendet. Und ohne auch nur auf eine Reaktion von der erstaunten Versammlung zu warten, begann er, seine Werkzeuge in die Kiste zu packen und die Schnur seiner schwarzen Lampe aufzurollen.

Allgemeines Gemurmel erhob sich. Bud Simmons stand auf, versprengte dabei die Rezepte über den Boden und sprach mit leiser Stimme auf Harry Nelson ein. Die anderen warteten.

»Wir meinen, das Bild sollte nach New York geschickt werden«, sagte Harry beträchtlich lauter, als es in dem kleinen Raum von Nöten gewesen wäre.

»Einverstanden!« erklärte Lester Shumaker und sah sich Zustimmung heischend um.

Der Schätzer holte einen Stapel Papiere hervor und ließ Harry Nelson jedes davon unterzeichnen. Dann zog er Mantel und Schal an, wickelte das Gemälde in eine Plastikfolie, ließ es in einen großen Sack gleiten, griff nach seiner Werkzeugkiste, verbeugte sich kurz und steif und war verschwunden.

Binnen weniger Minuten waren die anderen auch weg.

»Emma«, sagte der Pastor mit einem Anflug von Müdigkeit, »machen wir uns noch eine Kanne Kaffee.«

»Tolle Idee!« sagte Emma, die die seltenen Gelegenheiten, da er eine zweite Kanne wünschte, als ein kleines Fest ansah.

Er warf einen Blick auf die Besucherbank. Dort stand, direkt unter den Kleiderhaken an die Wand gelehnt, der leere Bilderrahmen.

Er zwängte sich an Emma vorbei, die den Maxwell-House-Kaffee abmaß, und brachte den Rahmen ins Badezimmer. Er paßte perfekt hinter die Duschkabine.

»Da!« sagte er zufrieden. »Aus den Augen, aus dem Sinn.«

Um elf Uhr bekam er einen sehr willkommenen Telefonanruf.

»Tim, Hal hier. Ich habe gehört, wie das mit dem Gemälde gelaufen ist, und falls dir die ganze Sache bis oben hin steht, würde ich dir etwas dagegen verschreiben.«

Er wußte nicht, was er davon halten sollte, wenn ein Tierarzt ihm medizinische Versorgung anbot.

»Mein Rezept lautet wie folgt: Sei morgen früh um acht bereit, ich hole dich und Barnabas mit dem Lieferwagen ab. Wir verbringen den Tag in Meadowgate, jagen Kaninchen und halten nach Spechten Ausschau. Zum Abendessen macht Marge uns eine große Hühnerpastete, und ich bringe dich rechtzeitig zurück, damit du vor der Messe am Sonntag dein Schönheitsschläfchen kriegst.«

Wenn er einen Anruf bekommen hätte mit der Mitteilung, er habe in der Lotterie gewonnen, hätte er nicht glücklicher sein können. Dem Himmel sei Dank, daß er die ganze Woche an seiner Predigt gearbeitet hatte und so in den Genuß eines freien Samstags kam.

Er trank zwei volle Becher Kaffee, was ungewöhnlich war, mit Sahne, was noch ungewöhnlicher war, und verbrachte, laut Emma, den ganzen Rest des Vormittags damit, zu ›plappern wie eine Elster‹.

Die Farm Meadowgate lag in einem der schönsten Täler in der Nähe von Mitford. Nur zehn Meilen vom Dorf entfernt folgte eine Staffel steiler Berge der nächsten – wie auf den Bildern, die er von Schottland gesehen hatte.

Eine Schafherde graste auf einer grünen Weide, nur durch einen Zaun von einer Horde selbstzufriedener Guernseys getrennt. Die weißen Blüten vom wilden Blutwurz leuchteten an den Straßenrändern, und hier und da war der Wall eines alten Gehöftes mit kriechendem, rosablühenden Phlox überzogen.

Er führet mich zum frischen Wasser, dachte er glücklich. Er erquicket meine Seele!

Es war ein herrlicher von Vogelgezwitscher erfüllter Morgen, und als sie in die Einfahrt einbogen, kam dem roten Lieferwagen eine Horde von Hofhunden entgegengesprungen. Da waren Buckwheat, ein englischer Foxhound, Bowser, ein Chow-Chow, Baudelaire, ein seelenvoller Dachshund, Bodacious, ein Welsh Corgi. Und Bonemeal, ein Findling von unbestimmbarer Rasse, der als Welpe die neuen Tulpenzwiebeln ausgegraben hatte, um den Dünger zu fressen.

Der Pfarrer öffnete vorsichtig seine Tür, und Barnabas tauchte in das bellende Hundeknäuel ein. War es möglich, daß sein Gehör dauerhaften Schaden erleiden konnte? »Geben wir ihnen Zeit, sich miteinander bekannt zu machen«, sagte Hal.

An der Hintertür nahm Marge den Pfarrer kräftig in die Arme, eine Geste, die er herzlich erwiderte.

»Tim! Du hast schon wieder deine alljährliche Gartenbräune!«

»Und du deine ganzjährige *joi de vivre*!«

In der Mitte der Küche standen Bänke zu zwei Seiten eines großen, mit den Jahren ausgebleichten Kieferntisches. Ein Mason-Krug mit frühen Wildblüten prangte auf dem Tisch, daneben stand eine ofenfrische Apfeltorte. Durch die Fenster, von denen aus man einen Blick auf die Ställe hatte, fiel strahlendes Licht.

Ihr Gast stand wie gebannt da. »Ein Vorgeschmack aufs

Paradies!« sagte er und spürte eine augenblickliche Erquickung des Geistes.

»Setz dich«, sagte Marge, die ihr blondes Haar mit einem Halstuch von der Farbe ihres Kleides gebändigt hatte. »Wir fangen mit frisch gemahlenem Kaffee und klebrigen Zimtplätzchen an. Dann habe ich euch Essenspakete zurechtgemacht, weil ich gehört habe, daß ihr durch die Wälder traben wollt.«

»Bis wir umfallen«, versprach Hal, während er sich seine Pfeife anzündete. »Tim muß eine gewaltige Portion Streß abbauen. Die heilige Woche, zwei Ostergottesdienste, einen Vermeer, einen neuen Hund von der Größe eines Buicks, vierzehn Azaleen, die in die Erde müssen und ...« Er sah Tim an. »Und da muß noch etwas sein.«

»Mir jucken die Füße«, sagte er fröhlich.

Um halb drei läutete Marge die Hofglocke, und bald kamen die Männer hinter Barnabas, Bowser und Buckwheat, die ihnen vorangesprungen waren, über die Frühjahrsfelder herbeigelaufen. Die Glocke wurde nur im Notfall geläutet.

»Trissie, Stevens Pony. Hat sich in einem Stacheldrahtzaun verfangen. Blutet schlimm«, verkündete Marge in dem telegrammartigen Stil, mit dem sie ihrem Mann dringende Nachrichten übermittelte.

»Willst du mitkommen oder hierbleiben, Tim? Du hast die Wahl.«

»Oh, bleib hier!« sagte Marge. »Wir hatten schon hundert Jahre keinen netten Besuch mehr. Außerdem hast du den ganzen Tag nur über Männerkram geredet. Jetzt sind wirklich mal Pfingstrosen und Rosenbüsche an der Reihe.«

Er war von dem schnellen Lauf quer über die Felder noch immer ein wenig außer Atem. »Nun«, sagte er ein wenig lahm und dachte bereits an ein Glas von Marges süßem Eistee.

»Ich bin weg«, sagte Hal und küßte seine Frau auf die Wange.

Marge räumte die Überreste des Teigs, den sie für die Pastete ausgerollt hatte, beiseite; auf dem Ofen köchelte das Huhn vor sich hin.

»Setz dich und erzähl mir was, während ich das eben fertig mache. Der Tee ist im Krug, frische Pfefferminze. Ein paar Triebe sind schon raus; das hohe Gras beim Gartenschuppen hat die Pflanzen im Winter geschützt.«

Er schenkte den Tee ein, holte sich Eis aus dem Kühlschrank und setzte sich in den Schaukelstuhl, der Marges Vater gehört hatte. Es war Balsam für seine Seele, in diesem hellen, hohen Raum mit seinen wunderbaren Gerüchen und goldfarbenen Bodendielen zu sitzen. Auf dem Hof Meadowgate schien sich niemals etwas furchtbar Dramatisches zu ereignen. Das Leben plätscherte anscheinend genüßlich dahin, ohne große Überraschungen oder Hindernisse, die zu überwinden wären.

Marge setzte sich auf den Stuhl am Fenster und schob ihr Haar zurück unter das Tuch. Er fand, daß sie ungewöhnlich glücklich, ja geradezu strahlend aussah.

»Hat Hal es dir erzählt?«

»Was soll er mir erzählt haben? Was?«

Vielleicht, daß ihre Annie sich verlobt hatte. Oder vielleicht hatte Hal sich endlich mit dem heißumstrittenen Frankreichurlaub abgefunden, zur Feier ihres fünfzigsten Geburtstages.

»Ich bin schwanger«, sagte sie schlicht und wischte sich die Hände an ihrer Schürze ab.

Nach dem Abendessen, von dem der Pfarrer verkündete, es sei ›das Beste überhaupt‹ gewesen, besorgten die Männer den Abwasch. Dann versammelten sie sich alle vor einem kleinen Feuer im Küchenkamin. Hal und Marge saßen auf dem gemütlichen, chintzbezogenen Sofa, das für gewöhnlich die Hunde bevorzugten, und hielten Händchen wie frisch Verliebte. Bowser und Baudelaire schliefen friedlich vorm Feuer, und Barnabas döste vor sich hin, den Kopf auf die Füße seines Herrn gebettet.

Der Pfarrer hob ein Glas von Hals ältestem Port.

»Auf Marge, die Tapferste der Tapferen! Möget ihr mit einem Kind gesegnet sein, das voller Anmut und Frohsinn ist und das die Gelassenheit seiner schönen Mutter geerbt hat.«

»Vielen Dank, aber ich bin nicht tapfer, überhaupt nicht. Ich habe eine Heidenangst. Ich denke dauernd, daß Hoppy anruft und sagt: ›Haha, ich habe nur Spaß gemacht. Jetzt können Sie wieder zu Ihrem wirklichen Leben zurückkehren.‹«

Barnabas stieß im Traum ein leises Bellen aus.

»Er jagt Eichhörnchen«, meinte Hal. »Weißt du, ich glaube, du hast dir da wirklich einen schönen Hund zugelegt. Er scheint im Charakter doch ein Wolfshund zu sein. Es gibt da eine alte Geschichte, die sagt, ein Wolfshund braucht einem Mann nur ins Gesicht zu sehen, um zu wissen, ob seine Absichten gut oder böse sind.«

»Eine Fähigkeit, um die wir anderen ihn zutiefst beneiden müssen«, sagte der Pfarrer, von neuem Stolz auf seinen Gefährten erfüllt.

»Lies uns etwas vor, Timothy. Du mußt in einer Stunde aufbrechen, und du weißt, wieviel mir daran liegt, daß du uns vorher noch etwas vorliest.« Marge schlug das Kissen in ihrem Rücken auf und lehnte sich behaglich an ihren Mann.

Sie hatte mehrere Bücher auf den Tisch neben seinem Stuhl gelegt. »Fangen wir mit dem ersten besten an«, sagte er wohlgelaunt und schlug willkürlich irgendeinen Band auf.

The Sun above the mountain's head,
A freshing lustre mellow
through all the long green fields has spread
His first sweet evening yellow.

Während Pater Tim las, wachte Barnabas auf, gähnte und begann, in verzückter Aufmerksamkeit zu lauschen.

Books! 'tis a dull and endless strife:
Come, hear the woodland linnet
How sweet his music! on my life,
there's more of wisdom in it.

Sweet is the lore which Nature brings
our meddling intellect
mis-shapes the beauteous forms of things
we murder to dissect.

Enough of Science and of Art
Close up those barren leaves
come forth, and bring with you a heart
That watches and receives.

Barnabas stieß einen Seufzer aus, der tiefer Zufriedenheit zu entspringen schien, und sah den Pastor an, als warte er auf mehr.

»Bemerkenswerter Hund«, stellte Hal fest.

Kapitel 3

Neue Möglichkeiten

Zu seiner großen Erleichterung kam ihm während der heiligen Woche kaum etwas über das Gemälde zu Ohren.

Es war ein segensreicher Palmsonntag für die Gemeinde gewesen, und am Gründonnerstag hatte er wahrhaftig eine tiefe und bereichernde Traurigkeit erfahren. Am Karfreitag fastete er, und am Ostersonntag fühlte er sich deswegen in jeder Hinsicht sehr viel besser.

Der Ostermorgen dämmerte hell und strahlend herauf. »Sinnbetörend!« sagte ein Gemeindemitglied. Die schöne, alte Kirche war bei beiden Messen bis auf den letzten Platz besetzt, und das Beben der Freude, das man sich für diesen hohen Tag stets erhoffte, war allgegenwärtig.

Einer der Höhepunkte war für ihn vielleicht der Anblick der Teilnehmer an der Elf-Uhr-Messe, unter denen er auch Miss Sadie mit Louella und deren Enkelsohn entdeckt hatte. Die Gesichter dieser drei hatten etwas Leuchtendes ausgestrahlt, das die Evangelienseite in ein ganz besonderes Licht tauchte.

Nach der Messe hielt Louella ihn fest und zog ihn an ihren Busen.

»Da haben Sie aber einen schönen Schinken geschickt«, sagte sie. »Wir haben ihn gestern abend angeschnitten, und dazu gab's Gelee. Und Miss Sadie wird ihn uns heute noch einmal servieren.«

Hal und Marge waren ebenfalls da, und die gute Neuigkeit leuchtete ihnen aus den Augen.

Emma trug einen Hut mit einem Paradiesvogel drauf und gab stolz mit ihrer Tochter aus Atlanta an, die sie begleitete. Und Miss Rose und Onkel Billy, die für gewöhnlich eine Vorliebe für die Presbyterianer hatten, waren zum erstenmal zur Messe in die Kapelle Unseres Herrn gekommen.

Er sah Gesichter, die er noch nie zuvor gesehen hatte

und auch nie wieder sehen würde, und Gesichter, die ihm so vertraut geworden waren wie sein eigenes. Er lebte jetzt gut zwölf Jahre in Mitford.

In den Tagen nach dem Ostersonntag bemerkte er eine gewisse geistige Mattigkeit bei sich. Dann trat er an seine Hintertür und betrachtete die Azaleen, die noch immer in ihren Pflanzkübeln dort standen.

Außerdem war da noch ein Korb mit Stiefmütterchen zu pflanzen und ein Dutzend der seltenen rosafarbenen Tageslilien.

Aber die Freude, mit der er nur wenige Tage zuvor an die Gartenarbeit herangegangen war, schien wie weggeblasen. Nach dem Hochdruck der hohen Festtage war ein kleines Tief wohl zu erwarten gewesen.

Mittags ging er in die Bibliothek und setzte sich dort hin, las irgend etwas, hätte gern ein Nickerchen gehalten, vergaß, zu Mittag zu essen. Endlich zwang er sich dann dazu, sich ein Buch auszusuchen. Er nahm den letzten Dick Francis zur Hand, ein Buch über Hundezucht, einen Band von Voltaire und Maeterlincks *Intelligenz der Blumen*. Schon allein die Auswahl der Bücher strengte ihn derart an, daß er etwas gänzlich Ungewöhnliches tat: Er rief Emma an, um ihr mitzuteilen, daß er nach Hause fahren werde.

»Ich werde sofort Hoppy anrufen«, sagte sie erschrocken.

»Es gibt nicht den leisesten Grund zur Besorgnis. Ich bin nur ein wenig müde, das ist alles. Ich werde morgen früh bestimmt in bester Laune wieder da sein.«

»Hm, morgen ist mein freier Tag, wie Sie wissen, aber ich werde trotzdem um zehn vorbeikommen. Ich habe eine neue Sorte Cremetörtchen für uns entdeckt und bringe Ihnen eine Schachtel mit.«

Er brachte einfach nicht genug Energie auf, um Einwände zu erheben. Und er bemerkte dunkel, daß die Erwähnung einer seiner Lieblingssüßigkeiten keinerlei Reiz auf ihn ausübte.

Als er nach einem Block am neuen Laden für Herrenkonfektion kam, bedauerte er, die Bücher ausgewählt zu haben, die er bei sich trug, vor allem den Voltaire, der plötzlich das Gewicht des Gesamtwerks zu haben schien.

Miss Rose und Onkel Billy wohnten in Mitfords Hauptstraße, in einem einzigen Zimmer eines Hauses, das abwechselnd als ›Schandfleck‹ und ›Beleidigung für die Augen‹ oder als ›himmelschreiender Skandal‹ bezeichnet wurde.

Das Haus hatte gegen Ende der zwanziger Jahre Willard Porter erbaut, Miss Roses Bruder, der vom Zusammenbrauen und Verkaufen von Roses Arzneimitteln gelebt hatte.

Sein größter Verkaufserfolg, ein Mittel zum Einreiben der Brust, hatte dem Haus ein zweites Stockwerk beschert, Holzläden mit taubenförmigen Ausschnitten, eine Rundumveranda und einen kleinen, mit einem Geländer geschützten Ausguck hoch oben auf dem Dach.

Zu dem Haus gehörte auch ein prächtiger Anbau, der groß genug für Tanzveranstaltungen war und an den Erfolg eines wohlschmeckenden Lippenbalsams erinnerte. Und vier aus Stein gemeißelte Gartenbänke mit Engelsköpfen, die inmitten eines einst majestätischen Rosengartens prangten, legten Zeugnis ab vom gelungenen Debut eines Hustensirups mit Bergkräutern.

Das Haus war ehemals der Stolz des Dorfes gewesen, wie es da am Rand des alten Dorfangers gegenüber des Kriegerdenkmals stand und die schönste Architektur seiner Zeit zur Schau stellte.

In den letzten Jahren hatte sich das alles jedoch geändert. Die Steinbänke mit den skulpturierten Engelsköpfen zerfielen zu Staub. Viele der Fensterläden lagen, wo sie gerade hingefallen waren, im Gras. Und Onkel Billy hatte auf dem Ausguck ein Schild mit der Aufschrift: *Kein Zutritt* angebracht.

Eine Innenarchitektin aus Raleigh hatte oft versucht, Porter Place als Zweitwohnsitz zu erstehen, weil sie fand, daß er einen spektakulären Hintergrund für Partys abgeben würde. Als alle Bemühungen, das Haus durch Vermittlung von Mule Skinner zu kaufen, gescheitert waren, nahm sie die Mühe auf sich, Miss Rose und Onkel Billy persönlich einen Besuch abzustatten. Die beiden saßen auf zwei Chromstühlen im Garten, an einer hölzernen Kabeltrommel, die früher zum Aufrollen von Elektrokabeln benutzt worden war, aßen Mortadellabrote und tranken Eistee aus Puddingschalen.

Miss Rose wischte sich an einem fadenscheinigen T-Shirt mit der Aufschrift: *Ich habe am Strand von Laguna gesurft* den Mund ab.

»Mein Name ist Susan Parnell Phillips«, informierte der Eindringling sie mit größerem Eifer, als nötig gewesen wäre.

»Das ist Rose«, sagte Onkel Billy, »und ich bin der Dorn.«

Daraufhin grinste Onkel Billy breit, zeigte seine sämtlichen drei Zähne vor, von denen einer ›genug Gold drauf hatte, um das Dach neu zu decken‹, wie ein Nachbar einmal bemerkt hatte.

Miss Rose funkelte die Besucherin wütend an. »Ich verkaufe nicht.«

»Verkaufen? Aber woher wissen – ich meine, was bringt Sie auf den Gedanken, daß ich kaufen will?«

»So etwas sehe ich immer auf den ersten Blick«, fuhr Miss Rose sie an.

Vor kurzem hatte der neue Herrenausstatter versucht, das Haus zukaufen. Genauso wie ein Dutzend anderer im Laufe der Jahre. Aber Miss Rose ließ sich nicht kleinkriegen. »Daheim ist dort, wo das Herz ist«, hatte sie einmal einem kaufwilligen Herrn gesagt, der im Januar an ihre Tür geklopft hatte. Sie trug bei dieser Gelegenheit ein Chenillekleid, einen Trenchcoat aus dem zweiten Weltkrieg, ein Paar Gummistiefel, einen Herrenfilzhut und etwas, bei dem es sich augenscheinlich um Onkel Billys flanellene Schlafanzughose handelte.

Soweit der durchgefrorene Besucher feststellen konnte, war das Haus unbeheizt. Da er eine fürsorgliche Seele war, hörte er sich um und erfuhr, daß die Presbyterianerkirche

Miss Roses Öltank im November aufgefüllt habe, und daß er bei der letzten Überprüfung noch immer voll gewesen sei.

Die meisten Leute wußten auch, daß das alte Pärchen jeden Nachmittag – immer Hand in Hand – zu Winnies Bäckerei ging, um sich dort Reste geben zu lassen. Winnie indes war nicht der Typ, der leichtfertig etwas weggab. Sie überlegte genau, was die beiden an diesem Abend und am nächsten Morgen essen würden, und mehr bekamen sie nicht. Der Gedanke, daß Miss Rose ihre Plunderteilchen, die erst einen Tag alt und noch vollkommen in Ordnung waren, an die Vögel verfütterte, behagte ihr überhaupt nicht.

Nach ihrem Besuch in der Bäckerei schauten Miss Rose und Onkel Billy, die wegen Arthritis und eines halben Dutzends anderer Wehwehchen nur sehr langsam vorankamen, bei Velma vorbei, um festzustellen, was in der Grillstube an der Hauptstraße für sie übrig geblieben war.

Für gewöhnlich waren es ein paar Scheiben Schinken und Leberbrei vom Frühstück oder ein Topf Suppe und ein paar Hamburger vom Mittagessen. Gelegentlich gab Velma ihnen auch ein wenig Hühnersalat, den Percy eigenhändig und erst am selben Morgen zubereitet hatte.

Im allgemeinen hieß es, daß es Miss Rose und Onkel Billy in Mitford recht gut ging. Viele Leute freuten sich zu sehen, daß die beiden auch etwas für ihren geistigen Unterhalt taten, indem sie sonntags zur Kirche gingen.

Vor kurzem war genau dieses Thema Gegenstand eines Gesprächs im Dorf gewesen, da sie vier Sonntage hintereinander, einschließlich Ostern, die Kapelle Unseres Herrn und Erlösers besucht hatten, wie die kleine Kirche mit vollem Namen hieß.

»Werden Sie Miss Rose und Onkel Billy besuchen?« fragte Emma eines Morgens, als Pfarrer Tim mit Barnabas hereinkam.

Er hängte seinen Hut auf einen Haken. »Sollte ich das?«

»Nun, für gewöhnlich besuchen Sie alle, die ein paarmal bei uns in der Kirche waren.«

»Ja, ich werde die beiden besuchen. Schon bald. Erinnern Sie mich dran.«

»Essen Sie bloß nichts, wenn Sie dort sind«, warnte sie ihn. »Es heißt, Miss Rose kocht manchmal selbst.«

Er ging die Post durch, die Harold Newland ihm gerade hereingereicht hatte; der Briefkasten war zu klein, um alles aufnehmen zu können, was heute morgen gekommen war. Er entdeckte einen Brief von Walter.

»Sie sehen heute aber ziemlich blaß aus, wie?« fragte Emma.

»Blaß? Ich sehe blaß aus?«

»Wie ein Geist.« Er öffnete langsam den Brief, starrte etwas an, das sich in einem verschwommenen Nebel zu verwandeln schien, und ließ sich dann schwer auf die Ecke seines Schreibtischs sinken.

»Etwas ...« sagte er vage. »Etwas ... stimmt nicht mit mir.«

Emma stand auf, um ihn zu stützen. »Rühren Sie sich nicht von der Stelle«, sagte sie aus Angst, daß er vielleicht zu Boden stürzen könne. »Ich bringe den Wagen an die Tür, und wir fahren ins Krankenhaus.«

»Da«, sagte Dr. Walter Harper, der in der Stadt auch als Hoppy bekannt war, »haben wir den Salat.«

»Und das heißt?«

»Das heißt, die Party ist vorbei, Kumpel. Sie müssen ein paar Veränderungen vornehmen. Und zwar entscheidende.«

Er seufzte. Veränderungen! Wenn es irgend etwas gab, das er nicht mochte, dann waren es Veränderungen.

Emma, die ihre Brille im Büro liegen gelassen hatte, beäugte gerade mit zusammengekniffenen Augen die Cartoons in einem alten *New Yorker*, als Hoppy und Pfarrer Tim ins Wartezimmer kamen.

Hoppy Harper war groß, schlank und sah mit seinen

durchdringenden, grünen Augen, dem eindringlichen Blick und dem entschlossenen Kiefer sogar einigermaßen gut aus.

Erst im letzten September war seine Frau nach sechzehnjähriger Ehe an Krebs gestorben, und der Kummer hatte ihn merklich altern lassen. Die Leute, denen er wichtig genug war, um genau hinzusehen – und davon gab es eine ganze Menge –, sahen aber auch, daß der Kummer noch etwas anderes bewirkt hatte. Er hatte ihm eine neue Tiefe verliehen.

»Emma«, sagte er, »wir müssen mal mit Ihnen sprechen.«

O Gott! dachte Emma, und diesmal benutzte sie die Anrufung des Herrn genauso, wie sie gemeint war: Mach, daß alles wieder gut wird.

»Mit Tim habe ich es bereits durchgekaut. Aber ich finde, es sollte auch jemand, der ihm nahesteht, wissen, wie die Dinge liegen.«

»Dies ist ein düsterer Tag, Emma«, sagte der Pfarrer und brachte ein schwaches Lächeln zustande.

»Diabetes«, sagte Hoppy. »Das ist die schlimme Nachricht. Die gute Nachricht ist, daß es sich um eine nicht insulinabhängige Form handelt. Was bedeutet, daß er keine regelmäßigen Insulingaben benötigt. Was er jedoch dringend benötigt, ist eine Veränderung seines Speiseplans. Cremetörtchen, Kuchen, Pasteten, Süßigkeiten – weg damit. Wir haben ihm in den Finger gepiekst, um den Blutzucker zu messen, und er liegt bei über dreihundertfünfzig. Gar nicht gut. Und er hat vier Plus Zucker im Urin. So, das wär's in aller Kürze.«

Etwas in den grünen Augen des Doktors veranlaßte Emma, sich jedes einzelne Wort genau einzuprägen.

»Bewegung. Ich würde Jogging empfehlen. Dreimal die Woche, nicht weniger. Morgens, mittags, abends, ganz egal. Aber er muß es machen.«

Der Pfarrer setzte eine gequälte Miene auf.

»Weniger Fett in den Speisen, Fruchtsaft, jede Menge frisches Obst. Und er darf keine Mahlzeit auslassen.«

Hoppy grinste und sah seinen Patienten an. »Jetzt kommt das Wichtigste. Die Veränderung Ihres Zeitplans. Sie haben seit zwölf Jahren keinen richtigen Urlaub mehr gemacht, und Sie arbeiten für gewöhnlich sieben Tage die Woche. Ich kann Ihnen nicht sagen, wo Sie da den Hebel ansetzen sollen, aber es muß sich etwas ändern. Denken Sie darüber nach, mein Freund.« Hoppy fuhr sich mit den Fingern durch sein ungebärdiges Haar. Emma fand, daß er müde aussah, und fragte sich, wer sich eigentlich zu Hause um ihn kümmerte.

Er nahm ein hastiges Mittagessen bei Percy ein, Suppe und Salat, und ging nach Hause, um ein Wort mit Barnabas zu reden. Auf diese Weise kam er an dem neuen Herrenausstatter vorbei, bei dem er noch nicht wieder hereingeschaut hatte, seit er vor Ostern mit einigem Trara eröffnet worden war. ›Der Kragenknopf‹ hieß der Laden.

Es war überhaupt lange her, seit er das letzte Mal ein Bekleidungsgeschäft betreten hatte. Erstens kaufte er nicht gern ein. Zweitens waren die Preise für Kleidung heutzutage absolut – ja, er fand, daß er es ehrlich so bezeichnen konnte – sündhaft. Und drittens, welchen Nutzen hatte die Mode für einen Pfarrer, der nicht auffallend gut angezogen wirken wollte?

Er ließ seine Hand in seine Jackentasche gleiten und tastete nach seinen geflickten Handschuhen, die er ab und zu, in kalten Morgenstunden, immer noch benötigte. Er durfte sich auf keinen Fall zu irgendwelchen Torheiten hinreißen lassen, dachte er. Er würde sagen, er wolle sich nur mal umschauen.

Der ›Kragenknopf‹ war zwar neu, machte aber einen sehr gediegenen Eindruck. Die Wände waren dunkel, mit blanken Mahagonivertäfelungen, im Kamin brannte ein bescheidenes Feuer, und daneben lag ein großer Golden Retriever, der beim Eintritt des Pfarrers ein Auge öffnete.

»Du lieber Himmel!« sagte er, von ernsthaften Befürchtungen erfüllt. Das war ja wie damals – ganz, als trete er in einen entlegenen Winkel von Cambridge in das Arbeitszimmer, wo er einst an einer Arbeit über Leben und Werk von C. S. Lewis gesessen hatte.

»Pfarrer Tim, wenn ich mich nicht irre!« dröhnte eine tiefe Stimme, und hinter einer Wand aus Brokatvorhängen trat der neue Besitzer hervor und hielt dem Pfarrer die Hand hin.

»Stimmt. Woher wissen Sie das?«

»Oh, ich habe Sie ab und zu vorbeikommen sehen, und ich dachte bei mir, der Mann wäre ein hervorragender Kandidat für den Kragenknopfstil!«

»Und, äh, worin genau besteht dieser Stil?«

»Wir zielen auf den Mann von nachdenklicher Gemütsverfassung und zurückhaltendem Geschmack – den englischen Gentleman, den Landadligen, den Dorfpfarrer.«

»Aha.«

»Was darf ich Ihnen zeigen? Oh, und hätten Sie vielleicht gern ein Gläschen Sherry?«

Solchermaßen geblendet von dem unerwarteten, modernen Einkaufsgefühl, war ihm plötzlich ganz benommen zumute.

Als er den ›Kragenknopf‹ verließ, trug er eine große Tüte mit zwei Jogginganzügen und eine Schachtel mit einem neuen Sportsakko fürs Frühjahr.

Er hätte im ganzen Leben nicht erklären können, wie sich das alles zugetragen hatte. Er mußte wohl ein Wort übers Joggen verloren haben, denn bevor er noch wußte, wie ihm geschah, stand er in einem türkisfarbenen Jogginganzug vor einem Spiegel und versuchte, den Bauch einzuziehen.

Er mußte zugeben, daß er tatsächlich so etwas wie einen Trainingsanzug brauchte, wenn er anfangen wollte zu joggen. Er konnte es gewiß nicht in Jacke und Hose tun und in einem Hemd mit Priesterkragen. Während er mit seinen Paketen unterm Arm nach Hause eilte, murmelte er alles vor sich hin, was ihm an Entschuldigungen dafür einfiel, eine so große Summe Geldes für sich selbst ausgegeben zu haben.

Am Samstagmorgen zog er den waldgrünen Jogginganzug an und ein Paar alte Nike-Turnschuhe, die er seit einigen Jahren im Garten trug.

Laufschuhe fielen bislang in eine Kategorie, an deren Erkundung er sich nicht heranwagte. Jemand hatte ihm kürzlich erzählt, daß Schuhe heutzutage über Teile verfügten, die einen geradezu hochkatapultierten. Es war ein esoterisches Reich, und daher würden es wohl für den Augenblick seine alten Gartenschuhe tun müssen.

Er war jedoch sofort vollkommen hingerissen von der Behaglichkeit seines neuen Jogginganzugs. Ja, er erging sich sogar in lauten Lobesreden.

»Also wirklich, man fühlt sich darin genauso wie im Pyjama«, sagte er in den bodenlangen Spiegel hinter der Gästezimmertür.

Barnabas bellte und sprang zurück, als er den Pfarrer in den Flur kommen sah. »Du wirst dich daran gewöhnen müssen, alter Knabe. Wenn ich tue, was der Doktor angeordnet hat, sehe ich jetzt dreimal die Woche so aus. Also, beruhige dich.«

Barnabas konnte seine Erregung darüber, daß etwas Neues in der Luft lag, nicht bezwingen. Er sprang auf, setzte seinem Herrn die Vorderpfoten auf die Brust und legte den Kopf zur Seite.

»Jesus sagte zu den Jüngern: ›Ein neues Gebot gebe ich euch, daß ihr euch untereinander liebt, wie ich euch geliebt habe.‹« Der Pfarrer sah Barnabas streng in die Augen.

Barnabas seufzte tief und legte sich seinem Herrn zu Füßen. »Und daß mir das nicht noch mal vorkommt«, sagte er und klopfte seinen neuen Jogginganzug ab.

Er wollte auf keinen Fall, daß man ihn dabei sah. Erstens wollte er es an einem Ort ausprobieren, an dem es keinen Verkehr gab. Auch wenn er schon zahllose andere Jogger in aller Gemütsruhe die Hauptstraße entlanglaufen gesehen hatte, fand er doch irgendwie, daß das Joggen eine intime Aktivität sei, die von Schnauben und Schwitzen, Husten und Spucken und einer gehörigen Menge Prusten und Japsen begleitet war. Warum jemand darauf versessen sein konnte, das mitten in der Stadt zu erledigen, ging über seinen Verstand.

Er trat an das Fenster im Arbeitszimmer im hinteren Teil des Pfarrhauses und spähte über seinen grünenden Garten hinweg zum Baxter-Park. Soweit er sehen konnte, war die Luft rein.

Er begann mit einer Art federndem Gang über die Pflastersteine an seinen Beeten entlang, von da durch die Lücke in der Hecke in den Baxter-Park, wo er sich nach links wandte und dicht an die Hecke aus Hemlocktannen hielt.

Als er in der Mitte des Parks ankam, war ihm die Puste ausgegangen. »Gehen Sie die Sache hübsch langsam an«, hatte Hoppy zu ihm gesagt. »Versuchen Sie nicht gleich beim ersten Mal, den Marathon-Rekord zu brechen.«

Er hatte bereits angefangen, ganz leicht zu schwitzen.

Ein Eichhörnchen huschte über eine der alten Parkbänke. Ein Streifenhörnchen sprang durchs Gras. Und der alte Brunnen, der jetzt mit grünem Moos und Algen überwachsen war, ließ sein liebliches, plätscherndes Geräusch hören.

Auf einer Bronzeplatte am Brunnen stand zu lesen: *Gespendet in liebevollem Gedenken an Rachel Livingstone Baxter, 1889–1942.* Miss Sadies Mutter, dachte er voller Dank für eine solche Oase des Friedens. Allerdings fragte er sich, warum er diesen wunderschönen alten Park in den letzten Jahren überhaupt nicht mehr aufgesucht hatte, obwohl er direkt an seinen Garten grenzte und er fast jeden Tag einen kurzen Blick darauf warf.

Dann setzte er sich wieder in Bewegung und joggte über die Alte Kirchgasse. Anschließend lief er mit überraschender Mühelosigkeit hügelaufwärts zu der Wiese, auf der die Überreste der alten Kapelle Unseres Herrn standen. Keuchend, schweißüberströmt und mit wild hämmerndem Herzen setzte er sich auf die zerfallene Steinmauer, die einst den Kirchhof umfriedet hatte – und sah, als sei es das erste Mal, das, was vor ihm lag.

Es war, dachte er, wie im Bilderbuch.

Unter ihm lag das kleine Tal mit Kirchtürmen, friedlichen Bauernhöfen und frisch bestellten Feldern. Dann stiegen die Hänge des Tals auf der gegenüberliegenden Seite steil an und lösten sich in einer Staffel von Hügeln auf, die wie Welle um Welle tiefblauer, in Nebel gehüllter Berge aufeinander folgten.

Ziemlich lange saß er wie betäubt da. Dann versuchte er sich daran zu erinnern, wann er das letzte Mal hier oben gewesen war.

Es mußte sieben oder acht Jahre her sein, überlegte er, seit er damals mit Walter und Katherine und einem Picknickkorb diesen steilen Weg hinaufgeklettert war. Er fragte sich, mit wem er dieses Erlebnis heute teilen konnte, aber es fiel ihm niemand ein. Abgesehen von Barnabas natürlich.

Sein Herz hatte aufgehört zu hämmern, und eine leichte Brise wehte vom Tal herauf und schien den süßen Duft von Erde und Dung mitzubringen, von vermoderten Blättern und aufs neue erblühten Bäumen.

Er erhob sich von der Mauer und fragte sich müßig, wie lange er wohl dort gesessen hatte, bevor er die Alte Kirchgasse wieder hinunterjoggte.

Jetzt versuchte er auch nicht länger, sich hinter der Hecke zu verstecken. Um genau zu sein, entdeckte er plötzlich, daß er sich ganz ›spitzenmäßig‹ fühlte, wie Walter es vielleicht ausdrücken würde.

Während er lief, wurde ihm bewußt, daß ihm die seltsamsten Gedanken durch den Kopf gingen. Zum Beispiel die Frage, wie er wohl in seinem neuen Sportsakko fürs Frühjahr aussehen würde; oder wie es dem kleinen Mädchen ergehen mochte, dessen Pony sich im Stacheldraht verfangen hatte; ob Emma ihr Haar zu Hause gefärbt hatte, oder ob sie deswegen zu Fancy Skinner gegangen war. Außerdem hoffte er, daß die rosablühenden Taglilien ihn nicht enttäuschen und nur orange blühen würden.

Er lief aus der strahlenden Sonne in den kalten Morgenschatten des Baxter-Parks und blieb erneut stehen, um sich am Brunnen auszuruhen.

Vielleicht war diese Joggerei ja doch nicht so übel.

Neue Möglichkeiten lagen vor ihm, so schien es, obwohl er noch nicht genau wußte, worin diese bestanden. Vielleicht war es an der Zeit, noch ein paar andere Veränderungen vorzunehmen, etwas Neues zu tun, etwas anderes und Unerwartetes.

Die Idee kam ihm ganz plötzlich. Er würde eine Dinnerparty geben.

Kapitel 4

Lammeintopf

In dem kleinen Dorf von weniger als tausend Einwohnern begann jedes größere Essen – ob es sich nun um eine Party handelte oder nicht – im ›Laden‹, es sei denn, jemand wollte die Fünfzehnmeilenfahrt zum Supermarkt auf sich nehmen. Natürlich konnte man auch über den Highway zum Cloer's Market fahren, aber Hattie Cloer war bekannt dafür, ihren Kunden von all ihren Wehwehchen vorzujammern, so daß kaum jemand bei ihr einkaufte.

»Sehen Sie das hier?« würde sie zum Beispiel sagen und sich dabei an die Schulter greifen. »Letzte Nacht habe ich da irgendwas bekommen, so groß wie eine Pampelmuse. Ich habe gesagt: ›Clyde, leg mal deine Hand drauf, damit du das fühlen kannst. Was meinst du, was das ist?‹

Und Clyde hat gesagt: ›Ach herjeminee, das fühlt sich wie ein Golfball oder so was an‹, und wissen Sie was, Darlene hat plötzlich angefangen zu bellen, und dieses Ding da hat angefangen weh zu tun, und ich habe kein Auge zugemacht, bis es Morgen wurde. Möchten Sie nicht vielleicht ein oder zwei Pfund von diesen schönen Brechbohnen?«

Noch schlimmer als sie selbst war einigen Leuten zufolge Darlene, ihr Chihuahua, der auf einem Sack neben der Kasse lag. Jedesmal, wenn Hattie einen Preis eintippte, knurrte der Hund und schnappte nach dem Kunden.

Avis Packard meinte einmal, daß Hattie Cloer dem Laden mehr Kunden zugeführt hätte, als jede Zeitungsanzeige es hätte bewirken können.

Zwei Wochen nachdem er das erste Mal den Kirchhügel hinaufgejoggt war, stattete Pfarrer Tim eines frühen Samstagmorgens dem Laden einen Besuch ab.

Da Barnabas ihn mittlerweile auf seinen Ausflügen begleitete, fand er es sehr zweckmäßig, daß ein alter Fahrradständer vor der Tür stand, an dem er den Hund anbinden konnte.

Er war immer noch außer Atem, und Barnabas keuchte ebenfalls vor Erschöpfung. Sie hatten jetzt ihre festgelegte Route. Sie liefen durch den Baxter-Park und den Kirchhügel hinauf und dann über die ruhige Straße, die parallel zu Miss Sadies Apfelwiesen verlief. Danach ging es vorbei an der Presbyterianerkirche, dreimal um den Parkplatz, schließlich den Fliederweg zur Hauptstraße hinunter und dann zur Blauregengasse, wo sie kehrtmachten und nach Hause liefen.

»Haargenau zwei Meilen«, bemerkte er mit immenser Zufriedenheit.

»Guten Morgen, Pfarrer Tim«, sagte Avis, der an der Kasse saß. »Was tun Sie eigentlich lieber? Joggen oder eine Predigt ausarbeiten?«

»Tja, Avis, ich kann da keinen großen Unterschied sehen. Ich fürchte beides, aber wenn ich erst mal angefangen habe, gibt es nichts, was ich lieber täte.«

»Wir haben heute wieder diese schönen, braunen Eier da, die Sie so gern essen. Und Luther Lovells Jungs haben uns die hübschesten Brathühnchen vorbeigebracht, die Sie je gesehen haben. Da sollten Sie unbedingt mal einen Blick drauf werfen! Und sehen Sie sich auch diese entzückende Kalbsleber an, wenn Sie schon mal dabei sind.«

Eine Eigenschaft, die Pfarrer Tim an Avis Packard gefiel, war die Art und Weise, wie er sich für seine Waren begeistern konnte. Über die ersten frischen Himbeeren aus dem Tal konnte er ins Schwärmen geraten. »Wir haben ein Sonderangebot heute. Ein wunderbar zartes Lendenstück, das Sie mit der Gabel durchschneiden können.«

»Hm ja, ich will eigentlich gar nichts kaufen, Avis. Ich will nur mal schauen.«

»Wonach schauen Sie denn?« Avis legte den Kopf zur Seite, wie er es immer tat, wenn er eine Frage stellte.

»Nach Ideen. Wissen Sie, ich habe beschlossen, eine Dinnerparty zu geben.«

»Das ist doch nicht Ihr Ernst!«

»O doch. Aber die Sache ist die, ich weiß nicht, was ich kochen soll.«

»Nun, Sir, das ist in der Tat ein Problem. Ich werde darüber nachdenken, während Sie sich umsehen«, versicherte Avis ihm.

An der Kasse hatte sich mittlerweile eine kleine Schlange gebildet, so daß der Pfarrer nun Platz machte und die verschiedenen Käufer im Vorbeigehen begrüßte.

Er blieb bei jedem stehen, um kurz mit ihm zu reden, merkte sich, daß vier Leute ihn fragten, wo er denn seinen Kragen habe, und nur einer etwas über das Gemälde wissen wollte, wofür er sehr dankbar war.

An den Lebensmittelauslagen gestand er sich ein, daß seine Idee ihn langsam ein wenig nervös machte. Vor allem hatte er nicht einmal eine Gästeliste.

Natürlich würde er Emma einladen und, ja gewiß, auch Miss Sadie. Er dachte, daß sie eine große Bereicherung der Feier sein würde. Außerdem hatte er gehört, daß sie früher in Paris zur Schule gegangen war, und er wollte mehr darüber wissen.

Und natürlich Hal und Marge. Das war gar keine Frage.

Und Hoppy Harper. Das war eine gute Idee, jetzt, da seine Frau tot war, und er abgesehen von seiner alten Haushälterin niemanden mehr hatte, der sich um ihn kümmerte. Damit waren sie mit ihm selbst zu sechst.

Sechs. Er konnte sich beim besten Willen auf niemanden besinnen, der zu dieser kleinen Gesellschaft noch gepaßt hätte. Vielleicht sollte er Winnie Ivey einladen, da sie sonst immer allen anderen zu essen gab. Vielleicht würde er das wirklich tun.

Avis kam mit einem Funkeln in den Augen den Gang hinunter. »Ich habe meinem Jungen die Kasse überlassen. Ich muß Ihnen doch helfen, Ihre Party in Schwung zu bringen. Was halten Sie von einem Bœuf Stroganoff, einem grünen Salat mit Chicorée, Orangenscheiben und Frühlingszwiebeln, und dazu neue Kartoffeln, die Sie mit frischem Rosmarin rösten? Und ich würde das Ganze natürlich mit einer schönen Flasche Cabernet krönen. 1982er.«

Eines Abends saß er mit einem Haufen Kochbüchern auf dem Schoß neben Barnabas. So sehr er Avis Packards Menüvorschlag auch zu schätzen wußte, Bœuf Stroganoff erschien ihm zu gewöhnlich. Er wollte etwas, das von Frühling kündete, das den Leuten das Gefühl gab, einer echten Feier beizuwohnen, und das sie sättigen würde, ohne ihnen zu schwer im Magen zu liegen.

»Es gibt noch viel zu tun«, vertraute er sich Barnabas an, der ihn durchaus zu verstehen schien. »Und ich habe nicht mal angefangen.«

Er fragte sich, warum er so lange gezögert hatte, Gäste einzuladen. Ihm war klar, daß er das Feiern mit anderen verlernt hatte, obwohl es ihm früher einmal so lieb gewesen war. Er hatte den Bischof und seine Frau dreimal zum Tee und zweimal zum Dinner dagehabt, der Gemeindevorstand war bei mindestens vier Gelegenheiten zu einem leichten Abendessen bei ihm zu Gast gewesen, und einmal hatte er sogar den Mut aufgebracht, ein Mittagessen für die Mitglieder der Altargilde zu geben, die sich so gut amüsiert hatten, daß sie erst um vier Uhr wieder gegangen waren.

Nicht daß er ein großer Koch gewesen wäre, natürlich nicht. Trotzdem verstand er sich recht ordentlich darauf, Rippchen zu grillen, ein Lendensteak zuzubereiten, das einem auf der Zunge zerging, um es einmal mit seinen eigenen Worten zu sagen, und im Sommer den Mais der Sorte ›Silver Queen‹ genau sechzig Sekunden lang in Milch zu kochen. Und dann gab es da natürlich immer noch Pfarrers Fleischklopse, wie er dieses zweckmäßige Gericht genannt hatte, das er sich mindestens einmal die Woche zubereitete.

Früher hatte er sich sogar sein eigenes Brot gebacken, aber das interessierte ihn heute nicht mehr. Heute war ihm die Gartenarbeit wichtiger. Und die Zeit, die er früher bei der Lektüre von Kochbüchern zugebracht hatte, widmete er jetzt Katalogen von Wayside Gardens und White Flower Farms, ganz zu schweigen von Jackson und Perkins.

»Und noch etwas«, sagte er zu Barnabas, der daraufhin

ein Ohr hob, »wir müssen an die Kosten denken. Ist dir klar, was man heutzutage für so eine Party ausgeben kann?«

Barnabas gähnte.

»Lamm. Ja, es sollte Lamm sein«, überlegte er im Bett. Und er fand, es sollte nicht nach der Nouvelle Cuisine zubereitet sein.

Der Gedanke kam ihm, als er den Kopf aufs Kissen bettete. Lammeintopf! Es war ein altes, beinahe vergessenes Rezept, aber eins, bei dem seine früheren Gäste überschwenglich geschwelgt hatten. Mit einem Blick auf die Uhr stellte er fest, daß es bereits elf war, aber trotzdem schlüpfte er in die angekauten Lederpantoffeln und ging nach unten, um nach dem Rezept zu suchen.

Die Suche enthüllte das Durcheinander, das in seinen Schränken herrschte – was ihn veranlaßte, den Schrank in der Diele aufzuräumen, den seine Gäste höchstwahrscheinlich zu Gesicht bekommen würden.

Als er fertig war, bemerkte er zu seiner Überraschung, daß es bereits zwei Uhr morgens war und er schon eine ganze Schachtel voller Krimskrams für den Wohltätigkeitsbasar beisammen hatte.

Ihm wurde bewußt, daß es ihm ein gewisses Gefühl von Freiheit bescherte, zu einer so ungewöhnlichen Stunde durchs Haus zu wandern. Um diese seltsame Freiheit noch ein wenig weiter zu erkunden, ging er in die Küche, machte sich ein Fleischklopssandwich ohne Mayonnaise und setzte sich an den Tisch, um die *Bon Appetit* zu lesen, die er sich zu seiner Inspiration gekauft hatte.

»Kein Wunder, daß ich so was schon jahrelang nicht mehr gemacht habe«, murmelte er. »Es ist einfach zu anstrengend.«

Er fühlte sich wie damals, als man ihn gebeten hatte, daß sein Garten Teil der ›Garten-Route‹ werde.

Obwohl es dabei nur um den Garten ging, hatte er auch

das Pfarrhaus Zimmer für Zimmer genauestens unter die Lupe genommen. Es war ihm vorgekommen, als sähe er das Haus zum erstenmal. Zu seinem Erstaunen hatte er an der Decke in jeder Ecke Spinnweben, in seiner Badewanne einen deutlichen Ring und auf den Kacheln der Dusche Schimmelflecken entdeckt; die Küchenschränke hatten sich in einem solchen Durcheinander befunden, daß er erst nach einer geschlagenen halben Stunde seinen Wasserbad-Topf hatte finden können.

Wann sein Haus in diesen Zustand geraten war, hatte er nicht zu sagen vermocht, aber der Befund war zweifelsfrei gewesen. Bis die Besichtigungen begannen, hatten ihn seine Bemühungen in Haus und Garten dermaßen erschöpft, daß er für das ganze Wochenende die Flucht zur Meadowgate Farm antrat und einen im Ruhestand befindlichen Priester aus Wesley bat, die Sonntagsgottesdienste zu übernehmen.

Jetzt säuberte er zwanghaft Schubladen, die seine Gäste niemals öffnen würden, und Schränke, die sie niemals zu sehen bekämen, und polierte Silber, das sie nie benutzen würden, Aber, so redete er sich ein, es war ein idealer Zeitpunkt, um das Haus auf Vordermann zu bringen. Eine Dinnerparty lieferte einem Gastgeber den besten nur denkbaren Vorwand.

»Sie brauchen eine Haushaltshilfe«, hatte Emma wieder und wieder auf ihn eingeredet.

Aber andererseits erzählte man ihm häufig, daß er das eine oder andere brauche: eine Katze, einen Vogel, einen Wintergarten, Ohrenschützer, englische Gartenwerkzeuge, einen Computer, einen Urlaub, ein Fahrrad, eine Ehefrau und, vor Barnabas, einen Hund. Mehrere Leute hatten ihm sogar den höchst unwillkommenen Vorschlag gemacht, sich einen Mikrowellenherd anzuschaffen.

Als er Emma am Montagmorgen einlud, inspirierte sie dies augenblicklich zu eigenen Plänen.

»Ich bringe den Kartoffelsalat mit«, verkündete sie überglücklich. »Und ich mache ein Blech Hefebrötchen.«

»Nein, Sie bringen überhaupt nichts mit. Das ist eine

richtige Einladung, bei der nicht mehr von Ihnen erwartet wird, als daß Sie zur vereinbarten Zeit kommen.«

»Warum bringt nicht einfach jeder was mit? Dann brauchen Sie die ganze Kocherei nicht allein zu erledigen. Marge könnte ihren Schokoladenkuchen stiften, über den sie in der Zeitung geschrieben haben, und Hoppy Harpers Haushälterin könnte ebenfalls etwas beitragen ...«

Sie tat es schon wieder – behandelte ihn wie einen Zehnjährigen.

»Emma, es ist nicht nötig, überhaupt irgend etwas mitzubringen. Und damit ist das Thema erledigt.«

Daß das Thema tatsächlich erledigt war, konnte sie deutlich sehen. Er wusch den Schonbezug seines Sofas im Arbeitszimmer, staubte diejenigen Bücher auf den Regalen ab, die nah genug standen, um von jedermann herausgegriffen werden zu können, bestellte vier Pfund Lammfleisch von Avis Packards im Tal gezogenen Lämmern und zwei Flaschen eines lächerlich teuren Cabernet, bat Winnie Ivey, einen ganz besonderen Schokoladenkuchen mit Himbeerfüllung zu backen, hängte einen neuen Vogelring vor das Fenster des Eßzimmers und dachte sogar darüber nach, das Fenster des Arbeitszimmers zu putzen, von dem aus man den besten Blick über den Garten hatte. Das war ihm dann aber doch zuviel.

Wie er sich hätte denken können, schien jeder im Dorf über den Abend Bescheid zu wissen, von dem sie jetzt nur noch ein paar Tage trennten. Es erstaunte ihn, daß man nicht einmal eine schlichte Dinnerparty geben konnte, ohne die Aufmerksamkeit seiner gesamten Umgebung zu wecken, angefangen vom Postbeamten bis hin zu dem Mann von der Reinigung. »Wir hören, Sie schmeißen eine große Party«, sagte sein Friseur, während er etwas mehr von den Seiten abschnitt, als besprochen war. Sahen die Leute ihn an, als hätte er sie auch einladen sollen? Konnte man nicht ein paar Freunde zu sich bitten, ohne die ganze verwünschte Stadt einladen zu müssen?

Obwohl er gern noch zwei weitere Gäste eingeladen hätte, konnte er sich doch für niemanden entscheiden.

Nichtsdestoweniger hatte er für acht Personen bestellt, bereitete sich auch auf acht vor und war erleichtert darüber, daß die geladenen Gäste nicht nur allesamt kommen konnten, sondern sich auch auf den Abend zu freuen schienen.

Er hatte natürlich auch an Barnabas gedacht. Vielleicht sollte er seinen Freund nach dem Dinner ins Arbeitszimmer lassen. Was natürlich bedeutete, daß Barnabas ein Bad benötigte.

Am nächsten Morgen im Büro ging ihm durch den Sinn, daß er, statt Barnabas in der Gästezimmerdusche zu baden, in den Landhandel gehen und eine große Zinnwanne kaufen könnte. Auf diese Weise konnte er ihn zukünftig im Garten baden und die anschließende Säuberung des Badezimmers umgehen.

Nach einem schnellen Mittagessen mit Harry Nelson, der ihm berichtete, daß der Ursprung des Gemäldes noch immer nicht ermittelt werden konnte, ging er noch einmal in den Landhandel.

Einer seiner Lieblingsgerüche war der, der einem alten Haushaltswarenladen anhaftete. Ja, dieser Geruch konnte es mit dem Duft von Holzrauch aufnehmen, dem Duft von ledergebundenen Büchern und dem Herbstlaub nach einem Regenguß. Dieser Geruch brachte ihm unfehlbar eine Vielzahl von Erinnerungen an seine Kindheit in Mississippi zurück.

Als Kaninchenzüchter mit vierhundert Tieren, der er zwei Jahre lang gewesen war, hatte er im Landhandel öfter Material für den Stallbau sowie Futter gekauft. Er konnte sich sogar daran erinnern, wie er eines Tages sechs gelbe Gänschen aus einer Kiste genommen hatte, die dort von einer Glühbirne warm gehalten wurden.

Heute entschied er sich für eine Zinnbadewanne zu zweiundzwanzig Dollar fünfundneunzig und brachte sie zu Dora Pugh an die Kasse.

»Wollen Sie Ihren Wagen vorfahren, damit wir die Wanne einladen können, Herr Pfarrer?«

»Nein, Dora, ich trage sie zu Fuß nach Hause.«

»Ach, ich sehe Sie jeden Tag hier vorbeigehen und vergesse trotzdem immer, daß Sie keinen Wagen fahren. Wie um alles in der Welt kommen Sie da bloß zurecht?«

»Gar nicht so schlecht. Ich habe fast alles, was ich brauche, und so manches, was ich nicht brauche, direkt hier in der Nachbarschaft.«

»Ich schätze, Sie werden diese Badewanne auf dem Kopf nach Hause tragen wie die Leute in Afrika?«

Er zählte ihr das Geld bis auf den Penny genau hin. »Ich weiß nie genau, wie ich etwas anfange, *bevor* ich es anfange.«

Er versuchte, die Badewanne unterm Arm zu tragen, aber das schien nicht zu funktionieren; daher hielt er sie an einem der Griffe fest und mußte zu seiner Enttäuschung bemerken, daß ihm der Rand der Wanne beim Gehen gegen den Knöchel schlug.

Als er sich noch einmal umdrehte, um sich zu verabschieden, sah er, daß Dora hinter einer Taschenmesservitrine in Deckung gegangen war und vor Lachen bebte.

»Dora, ich sehe sehr wohl, daß Sie da hinten hocken und kichern. Sie sollten das besser lassen und der Kirche ein wenig Respekt erweisen!«

Dann winkte er ihr fröhlich zu und trat hinaus auf den Gehweg. Er freute sich, sowohl über seine Idee wie auch über seinen Kauf – er hoffte nur, daß die Leute ihn nicht für allzu exzentrisch hielten. Viel lieber wäre es ihm gewesen, als einfallsreich oder praktisch zu gelten.

Als er an der Ecke bei der Bank abbog und seinem Haus entgegenstrebte, war er bereit zuzugeben, daß ein Auto nicht nur Bequemlichkeit bedeutete. Es bedeutete eine gewisse Privatsphäre. Ansonsten konnte jeder, der vorüberkam, einen anstarren, und genau das schienen alle zu tun, die seinen Weg kreuzten.

Den letzten halben Block zum Pfarrhaus legte er im Laufschritt zurück, dann setzte er die Badewanne auf einer freien, von Rhododendren umgebenen Stelle ab und wickelte den Gartenschlauch auf, um sicherzustellen, daß er auch weit genug reichte. »Perfekt!« rief er und freundete sich im Geiste langsam mit der Aufgabe an, die ihm am Freitag bevorstand.

Am Freitag verließ er das Büro ein wenig früher, ging beim Laden vorbei und von da aus nach Hause, um in ein altes T-Shirt und Khakihosen zu schlüpfen.

Er würde die Sache mit dem Bad gleich hinter sich bringen, dachte er, sich dann gegen drei dem Eintopf widmen, um sechs den Wein öffnen, damit dieser atmen konnte, und um sieben wäre dann alles bereit, um seine Gäste zu empfangen. Als er die Tür zur Garage öffnete, sprang Barnabas in den Flur, rutschte fast über die gesamte Länge eines kleinen, orientalischen Läufers, schoß dann in die Küche und sprang mit einem Satz auf den Barhocker, wo er sich daran machte, das Plastikplatzdeckchen auf der Theke abzulecken.

Der Pfarrer legte Barnabas seine längste Leine an. Sie würde ihm nicht nur die Freiheit geben, in der Wanne herumzuzappeln, sie würde ihn auch davon abhalten, auf die Straße hinauszustürzen, falls diese neue Prozedur ihn erschrecken sollte.

Unglücklicherweise erwies sich dies als die schlechteste Idee, die der Pfarrer seit sehr langer Zeit gehabt hatte.

Er fand, daß er der Badewanne genau den richtigen Platz zugewiesen hatte. Die kleine Lichtung wurde durch die Rhododendronbüsche von der Straße abgeschirmt und gab ihm reichlich Ellbogenfreiheit. Sobald Barnabas gebadet war, würde er ihn mit einem Handtuch abreiben, dachte er, und ihn dann in die Garage bringen, wo er ihn ganz trocken bekommen und sich selbst wieder in einen präsentablen Zustand versetzen konnte.

Er band das freie Ende der Leine an einem Rhododendronzweig hoch über seinem Kopf fest und ermutigte Barnabas, in das Wasser zu steigen, das er großzügig mit Seife versetzt hatte.

Barnabas warf sich mit einem einzigen, gewaltigen Satz in die Badewanne.

Genauso schnell, wie er sich hineingestürzt hatte, kam er wieder raus und schoß zwischen den Beinen des Pfarrers hindurch. Er umkreiste dessen rechtes Bein und sprang abermals ins Wasser, wobei er seinen Herrn von Kopf bis Fuß durchnäßte.

Dann schoß er aus der Badewanne heraus, raste wieder zwischen Pater Tims Beinen hindurch und tollte fröhlich um dessen linken Knöchel, bevor er auf einen Rhododendronbusch zusauste.

Dem Pfarrer schien es, als sei all das binnen weniger Sekunden geschehen. Und obwohl er im Geiste verzweifelt nach einem Bibelzitat suchte, wollte ihm nichts Rechtes einfallen.

Barnabas umkreiste den Busch mit mörderischer Geschwindigkeit, verhedderte sich in der Leine und fand sich abrupt zum Stehen gebracht.

Die strammgezogene Leine hatte sich restlos um den Busch gewickelt. Barnabas war gefangen. Und beide Knöchel des Pfarrers waren fest mit Hundeleine umwickelt.

Pfarrer Tim nahm diese Lage der Dinge erschüttert und in einer sitzenden Position wahr und befand sich im tiefsten Schockzustand, an den er sich erinnern konnte.

Wie durch ein Wunder saß die Brille immer noch auf seiner Nase.

Barnabas hatte sich mittlerweile niedergelegt, obwohl die Leine so stramm um den Busch gewickelt war, daß er nicht einmal den Kopf senken konnte. Er sah Pfarrer Tim an und machte offensichtlich das ganze Elend der Reue durch. So tief ging seine Zerknirschung, daß er es nicht ertragen konnte, seinem Herrn ins Auge zu blicken, und in einen tiefen Schlaf zu versinken schien.

Der Pfarrer stürzte sich spontan in die mitreißendste Predigt seiner Laufbahn.

Sein gewaltiger Gedächtnisschatz von Bibelzitaten flutete zurück, und die geballte Kraft seiner leidenschaftlichen Ermahnungen ließen dem schwarzen Hund geradezu die Haare zu Berge stehen. Und tatsächlich öffnete

Barnabas nun auch wieder die Augen und lauschte hingebungsvoll jedem einzelnen Wort.

Als er mit seiner feierlichen Ansprache zu Ende war, fühlte der Pfarrer sich hinreichend erleichtert, um über seinen nächsten Schritt nachzudenken.

Er konnte es bildlich vor sich sehen. Seine Gäste klingelten an der Tür, kamen schließlich herein, durchsuchten das Haus, riefen an der Hintertür nach ihm und entdeckten ihn dann in diesem erbärmlichen Zustand, während der Eintopf kalt auf dem Herd stand.

Kein Wunder, daß heutzutage so viele Menschen über Herzflimmern klagten, Bluthochdruck und tausend andere, streßbedingte Krankheiten. Zweifellos waren all diese Menschen Hundebesitzer.

Herr, sei mein Helfer, betete er.

»Pfarrer Tim! Sind Sie das da hinten?«

Avis Packard zwängte sich durch die Lorbeerhecke, blickte auf seinen treuen Kunden herab und bemerkte ohne mit der Wimper zu zucken: »Ich habe Sie doch tatsächlich ohne Ihre Butter weggehen lassen. Wollen Sie, daß ich sie in den Kühlschrank lege, oder soll ich sie gleich hier lassen?«

Glücklicherweise lag er nach dem Zwischenfall mit dem Waschzuber nur eine Stunde hinter seinem Zeitplan zurück.

Der Eintopf köchelte auf dem Herd vor sich hin, und im Pfarrhaus verbreitete sich ein köstlicher Duft. Der alte Walnußeßtisch funkelte unter dem Kronleuchter und warf einen sanften Glanz über eine Silberschale mit gelben Rosen, die leicht rötlich überhaucht waren. Der Cabernet glitzerte in der Kristallkaraffe, die lieblichen Weisen einer Mozartsonate erfüllten die Räume mit freudiger Erwartung, und der Garten wirkte im verblassenden Tageslicht von jedem Fenster aus frisch und einladend.

Er selbst fühlte sich ebenfalls ziemlich frisch und einladend, nachdem er sich rasiert und geduscht hatte. Außerdem trug er sein neues Sportsakko. Ihm war niemand mehr eingefallen, den er zu seinen anderen Gästen einladen konnte, aber das betrachtete er als Vorteil. Die kleine Runde heute abend würde entspannt und locker sein wie eine Familie, und alle würden Gelegenheit haben, einander besser kennenzulernen.

Um Viertel vor sieben klingelte es an der Haustür, und obwohl er seine Gäste erst für sieben Uhr eingeladen hatte, war er bereits fertig und in erwartungsvoller Stimmung. Er öffnete die Tür und fand sich Miss Rose und Onkel Billy gegenüber, die händchenhaltend in ihrem schönsten Sonntagsputz auf der Veranda standen.

»Herr Pfarrer«, sagte Onkel Billy mit breitem Grinsen, »wir wußten nicht, ob Sie uns jemals besuchen würden, also sind wir einfach zu Ihnen gekommen.«

Emma kam um Punkt sieben und parkte ihr fliederfarbenes Oldsmobile in der Einfahrt zum Pfarrhaus. Hoppy Harper stellte seinen alten Volvokombi hinter ihren Wagen.

Als Hoppy auf die Tür ihres Wagens zukam, warf Emma einen verstohlenen Blick in den Rückspiegel, um festzustellen, ob sie auch genug Lidschatten aufgelegt hatte. Sie fand, daß Hoppy, der ein Baumwollsweatshirt und Khakihosen trug, überraschend jungenhaft aussah.

Als der Pfarrer sie auf der Verandatreppe begrüßte, war Emma so angetan davon, ihren Pfarrer in einem neuen Jackett zu sehen, daß sie ihn ausgiebig umarmte und ihm einen Luftkuß zukommen ließ, der sich etwa wie ›Ummmwah!‹ anhörte.

Dann ging sie ins Wohnzimmer.

Dort saßen Miss Rose und Onkel Billy Watson auf dem alten Chippendalesofa und nippten an einem Glas Sherry.

Miss Rose trug Strümpfe aus Florgarn, die sie bis zu den Knien hinuntergerollt hatte, dazu ein Paar ungeschnürte Herrenslipper, vorne auf ihr Kleid geheftet drei Orden aus dem Zweiten Weltkrieg, jede Menge Rouge und einen Cocktailhut mit Schleier.

Onkel Billy hatte einen Anzug an, der seinem Schwager gehört hatte, mitsamt Weste und goldenem Uhrkettchen. Ein breites Grinsen entblößte seinen Goldzahn, der sich sehr hübsch in das Gesamtbild einfügte.

»Emma, Hoppy, setzt euch doch«, sagte der Gastgeber mit der ganzen heiteren Gelassenheit eines Cherubim. »Und hättet ihr vielleicht auch gern ein Glas Sherry?«

»Für mich einen doppelten«, sagte die erstaunte Emma.

Miss Sadie kam mit Hal und Marge, die sie von Fernbank abgeholt hatten.

Sie hatte eine kleine Einkaufstasche bei sich, die mehrere Leckereien für den Kühlschrank des Pfarrers enthielten: zwei Swanson-Hühnerpasteten, ein Päckchen Fruchttaschen von Sarah Lee und eine Schachtel Eierpralinen. Das war Miss Sadies Vorstellung von einem ordentlichen Gastgeschenk, wenn es für Baxter-Äpfel gerade nicht die richtige Jahreszeit war.

Marge war eifrig damit beschäftigt, alle und jeden zu umarmen, auch Miss Rose, die für Umarmungen nicht viel übrig hatte.

Hal unterhielt sich mit Hoppy und Onkel Billy über Baseball, und Miss Sadie schwatzte mit Emma.

Die Feier ist ja schon richtig im Gange, dachte der Pfarrer glücklich und beobachtete, wie zwei goldene Finken den Futterkasten ansteuerten.

»Miss Sadie, Ihre Apfelbäume sind die schönsten, die ich je gesehen habe«, sagte Marge und nahm ein Glas Mineralwasser von ihrem Gastgeber entgegen.

»Wissen Sie, daß ganze Wagenladungen von Menschen dieses Jahr an den Obstgärten vorbeigefahren sind? Sie waren eine richtiggehende Touristenattraktion! Und eine Frau aus Wesley hat gefragt, ob sie unter den Bäumen, die zum Kirchhügel hinaufführen, heiraten dürfte.«

»Und was haben Sie gesagt?«

»Ich habe sie gefragt, wann das denn sein solle. Sie wußte es noch nicht, denn er hat noch nicht um ihre Hand angehalten.«

Ihr Gastgeber brachte ein Tablett mit Käse und Kräckern herein. Er weigerte sich strikt, ihnen etwas zum Dippen zu servieren. Er fand das Dippen auf Partys gelinde gesagt gefährlich. Wenn man sich nicht selbst mit der Dippsoße bekleckerte, bekleckerte man ganz bestimmt jemand anderes. Er hatte einmal ein langes Gespräch mit seinem neuen Bischof geführt und, als er anschließend an sich herunterblickte, festgestellt, daß sein Hemd die ganze Vielzahl verfügbarer Dippsoßen zur Schau stellte, einschließlich Schinken und Zwiebel.

Die Tatsache, daß er keine Dippsoßen servierte, war besonders für Miss Rose sehr günstig, die von allem, was ihr angeboten wurde, zwei Portionen nahm, eine aß und die andere in die Tasche ihres Kleides steckte. Onkel Billy dagegen nahm immer zwei und aß beide auf der Stelle auf.

Als der Pfarrer die Pilze in Blätterteig herumreichte, bewunderte Miss Sadie gerade Miss Roses Militärorden.

Er mußte zugeben, daß er eine Party wie diese noch nie erlebt hatte.

Der Lammeintopf, der mit der Schale einer Orange und einer roten, mit Nelken gespickten Zwiebel auf dem Ofen geköchelt hatte, war ein rauschender Erfolg. Der Pfarrer war alles in allem so zufrieden, daß er weich wurde und Barnabas nach dem Essen ins Arbeitszimmer ließ.

Marge half ihm gerade, Kaffee und Torte zu servieren, als der Duft von Rosen durch die offenen Fenster hereinwehte.

Barnabas war der Anstand in Person, lag gelassen neben dem Ohrensessel seines Herrn und wackelte nur gelegentlich mit dem Schwanz.

»Sie müssen diesem Hund das ganze Buch Deuteronomium hergesagt haben«, sagte Emma, die sich immer noch weigerte, das Tier bei seinem Namen zu nennen.

»Dieser Hund«, sagte er steif, »hat die rote Karte gesehen.«

»Hm, oh«, sagte Hal. »Ich schätze, das heißt eine Woche lang kein Fernsehen?«

»Kein Fernsehen, keine Pizza, keine Telefongespräche.«

»Sie Unmensch!« sagte Marge.

»Was hat der Bursche denn angestellt?« fragte Hoppy und beugte sich vor, um Barnabas hinter den Ohren zu kraulen.

»Ich fürchte, es ist etwas Unaussprechliches gewesen.«

»Oh, wunderbar!« rief Miss Sadie. »Dann müssen Sie es uns ganz genau erzählen.«

Miss Sadie hatte solchen Spaß an der Geschichte von dem Hundebad, daß sie ein Spitzentaschentuch zutage förderte, um sich die Augen abzutupfen.

Miss Rose jedoch fand das ganze überhaupt nicht komisch. »Ich halte nichts von Hunden.«

»Unfug. Die Hunde halten nichts von dir«, sagte ihr Mann.

»Egal«, sagte Miss Rose mit einer wegwerfenden Handbewegung.

Hoppy stellte seinen Kuchenteller auf den Kamin, lehnte sich dann behaglich zurück und streckte seine langen Beine aus. Dann betrachtete er seinen ältlichen Patienten, der ihn fast seit einem Jahrzehnt konsultierte, mit einem warmherzigen Blick. »Onkel Billy, ich würde jetzt gern einen Witz hören, wenn Sie einen auf Lager haben.«

Onkel Billy grinste. »Kennen Sie schon den über den Burschen, der Fallschirmspringen lernen wollte?«

»Ich hoffe, Sie haben den Witz nicht von Harry Nelson«, sagte Emma, die Harry Nelsons Witze nicht ausstehen konnte, nicht einmal aus zweiter Hand.

»Nix da. Ich habe diesen Witz von einem Typen in der Grillstube. Er war auf der Durchreise. Kam aus Texas.«

Alle anderen lehnten sich zufrieden zurück, und Miss Rose gab Onkel Billy das Startzeichen, indem sie ihn mit dem Ellbogen in die Seite stieß.

»Tja, also dieser Bursche, der wollte Fallschirmspringen

lernen, nich? Also geht er zu dieser Schule und macht alles mögliche an Training mit und so weiter, und dann kommt also der Tag an dem er aus so 'nem Flugzeug springen soll. Tut er auch. Geht ab wie 'ne Tonne Ziegelsteine, immer weiter runter, bis er schließlich anfängt, an der Schnur zu ziehen. Passiert aber nichts, rein gar nichts. Also fällt er immer weiter runter und zieht schließlich an der Schnur für den Reserveschirm, und es passiert immer noch nix, und plötzlich kommt ihm da dieser andere Bursche entgegengeflogen, schießt vom Boden rauf, und der Bursche, der runterfliegt, sagt: ›Hey, Kumpel, verstehst du was von Fallschirmen?‹, und der, der raufgeflogen kommt, sagt: ›Nee. Aber verstehst du was von Gasherden?‹«

Onkel Billy blickte stolz in die Runde. Er hätte es als Untertreibung betrachtet, wenn man gesagt hätte, daß alle Anwesenden vor Lachen brüllten.

»Ich hab' diese blödsinnige Geschichte jetzt schon vierzigmal gehört«, sagte Miss Rose und zog eine Scheibe Käse aus ihrer Tasche, um sie zum Kaffee zu knabbern.

Miss Sadie folgte ihrem Gastgeber in die Küche. »Ich amüsiere mich blendend heute abend, Pfarrer Tim!«

»Da sind wir schon zu zweit!« sagte er und schüttete noch ein paar Kaffeebohnen in die Mühle.

»Ich möchte Sie bald mal zum Mittagessen einladen. Ich würde gerne etwas mit Ihnen bereden, das mir schon lange durch den Sinn geht.«

Es war in der Tat selten geworden, daß Miss Sadie jemanden nach Fernbank einlud. »Geht es vielleicht wieder um etwas, das Sie auf Ihrem Dachboden gefunden haben?«

»Ach herrje, nein. Diesmal ist es etwas viel Wichtigeres!«

»Ich freue mich schon darauf«, sagte er und legte einen Arm um ihre zerbrechlichen Schultern. »Wissen Sie, wir müßten eigentlich nächste Woche etwas über unser Gemälde erfahren.«

»Ja, ich weiß. Und ich hoffe, Sie finden es nicht schändlich von mir ...«

»Wovon sprechen Sie?«

»Ich hoffe aus ganzem Herzen, daß es kein Vermeer ist.«

Er wußte ganz genau, was sie meinte. Obwohl er das keiner Menschenseele gegenüber erwähnt hatte, hegte er dieselbe Hoffnung.

»Das war Papas Gemälde. Ich erinnere mich noch daran, wie er es nach Hause gebracht hat und wie wir es unten an der Wand aufgehängt haben. Wir sind alle ein paar Schritte zurückgetreten und haben es stundenlang einfach nur angesehen. Es war ein echtes Gemälde aus Europa! Ich würde es schrecklich gern in der Kapelle Unseres Herrn sehen.«

»Ich auch«, sagte er gütig.

Als sie wieder ins Arbeitszimmer ging, gesellte sich Hal zu ihm, und die beiden Männer gingen hinaus auf die Veranda hinterm Haus. Die Luft war mild und süß und roch nach Frühling.

»Ein schönes Essen, Tim.«

»Danke. Es tut gut, wieder etwas geselliger zu sein.«

»Der Diabetes scheint dir nicht zu schaden. Im Gegenteil.«

Hal setzte sich aufs Geländer und stopfte seine Pfeife. »Du hast mich auf den Posten im Kirchenvorstand angesprochen«, begann er. »Ich will es einmal folgendermaßen ausdrücken: Siebzig Hektar Land, eine Vollzeitpraxis, fünf Hunde, zwei Pferde, fünfzehn Kühe, ein altes Bauernhaus, das jede Menge Zeit verschlingt, und eine zunehmend schwangere, fünfzig Jahre alte Ehefrau.«

»Mehr brauchst du nicht zu sagen.«

»Es paßt jetzt einfach nicht … Und diese Fahrten nachts runter in die Stadt … Du weißt, daß ich mich nützlich machen will, daß ich etwas geben will. Und daß ich das in der Vergangenheit auch geschafft habe und es auch in Zukunft wieder tun werde.«

Pfarrer Tim nickte. »Wann immer du es einrichten kannst, Hal. Du weißt, ich hätte dich gern als Gemeindevorstand.«

Hal zog an seiner Pfeife und nickte nachdenklich. Sie hörten in der Ferne einen Hund bellen und einen Zug pfeifen. »Erinnerst du dich an das Pony, das sich im Zaun verfangen hatte? Wir haben ihm heute einen Sattel aufgesetzt.«

»Das ist mal eine gute Nachricht! Die Sache ist mir nicht aus dem Kopf gegangen.«

Als der Kaffee durchgelaufen war, gingen sie hinein. »Du willst doch einen guten Mann im Kirchenvorstand«, sagte Hal mit einem leisen Kichern. »Frag Onkel Billy. Er würde dir diese Bande schon aufmischen.«

Pfarrer Tim goß in jede Tasse frischen Kaffee.

»Miss Sadie«, sagte er, »ich habe gehofft, daß Sie uns heute abend etwas über Ihre Schulzeit in Paris erzählen würden.«

»Ach, wollen Sie diese alten Kamellen wirklich hören?«

»Ja!« sagte Marge und machte es sich neben Hal auf dem Sofa gemütlich. Sogar Barnabas nahm eine erwartungsvolle Haltung an. Und Emma bemerkte, daß Hoppy Harper, der in des Pfarrers Ohrensessel saß, so entspannt war ›wie ein Geschirrtuch‹, wie sie es später ausdrückte.

»Ich weiß ja kaum, wo ich anfangen soll, so lange her ist das alles. Aber wenn Sie wirklich wollen …«

Alle Anwesenden wollten. Wirklich.

»Nun, ja. Dann …« sagte sie, setzte sich aufrechter hin und straffte die Schultern. »In Paris, in Frankreich, habe ich mich verliebt.«

Miss Sadie schwieg einen Augenblick lang, einen Leuchten ging über ihr Gesicht, und sie sah sich im Zimmer um. Pfarrer Tim stellte fest, daß sich ihm hier, direkt vor seinen Augen, der Ausdruck *gebanntes Publikum* in seiner tiefsten Bedeutung enthüllte.

Sie saß einen Augenblick lang schweigend da, als müsse sie die Erinnerungen aus weiter Ferne herbeirufen. »Ich war sechzehn Jahre alt, als Mama und Papa mir erlaubten, in Paris zu studieren«, begann sie.

»Oh, sie wollten nicht, daß ich fortging, überhaupt nicht. Aber Onkel Haywood hat sie dazu überredet, weil er meinte, Mitford sei so ziemlich das Ende der Welt, und ich würde hier niemals etwas Anständiges lernen. War das nicht abscheulich von ihm?

Also reiste ich mit Mama ab, die mich hinbringen und ein oder zwei Monate in der Nähe der Akademie bleiben wollte, bevor sie nach Hause zurückfuhr. Ich erinnere mich bis auf den heutigen Tag an das Kleid, das ich bei unserer Abreise trug. Es war ein cremefarbenes Batistkleid mit einem Mieder aus Georgette, das mit Staubperlen bestickt war. Und in der Taille wurde es von Satinschleifen zusammengehalten. Oh, es war einfach wunderhübsch!

Papa hat uns nach Charleston zum Schiff gebracht. Mama und Papa und ich haben während der ganzen Fahrt geweint. Wir haben einander in den Armen gelegen und geheult, denn mein Papa hat sich nie davor gefürchtet, eine Träne zu vergießen. Er hatte so ein empfindsames Herz und hat sich immer solche Mühe gegeben, das Richtige zu tun.

Wir sind dann auf dieses alte Schiff gestiegen, und ich hatte so ein furchtbar flaues Gefühl. Wirklich, wir hatten nicht mal den Hafen hinter uns, als uns solches Heimweh überfiel, daß wir am liebsten über Bord gesprungen wären.«

»Ach herrje!« sagte Onkel Billy zutiefst gerührt.

»Aber es waren so interessante Leute auf dem Schiff! Meine Güte, was für eine Mischung! Und sie haben mich einfach unter ihre Fittiche genommen, bedachten mich mit Kosenamen und luden uns an ihren Tisch ein.

Als wir dann in Paris ankamen, hatte ich aufgehört zu weinen und bin einfach in diese Akademie hineinmarschiert und habe angefangen, mit dem übelsten englischen Akzent, den Sie sich vorstellen können, Französisch zu sprechen. Die Leute sind vor Lachen fast umgefallen.

In der Akademie war noch ein anderes Mädchen von daheim, aus Virginia, und an die habe ich mich gehalten wie die Borke an dem Baum. Mama wohnte in der Nachbarschaft und konnte mich nur am Wochenende und mittwochs besuchen. Sie war so einsam, und sie konnte nur

›*Oui, oui*‹ sagen, und außerdem war sie ihr ganzes Leben noch keine einzige Nacht von Papa getrennt gewesen.

Tja, ich habe dann angefangen zu lernen, wie man Aquarelle malt und Gedichte deklamiert und das Pianoforte spielt. Ich habe Handarbeiten gemacht und alte Geschichte studiert und was weiß ich noch alles. Sie wollten wunders was für eine feine Dame aus mir machen! Und wissen Sie was, ich wollte im Grunde genommen nur ein ganz normales Mädchen sein.

Können Sie sich ein Mädchen vorstellen, das jedes Privileg der Welt genießt und im Grunde genommen nur ganz normal sein möchte? Ich wußte, daß es eine Enttäuschung für Papa sein würde und auch für Mama, und zum Kuckuck mit Onkel Haywood! Ich wollte nach Hause, nach Mitford, Walnüsse auflesen und in Fernbank mit meinem Puppenhaus spielen, Puppenkleider nähen und China Mae in der Küche helfen und barfuß mit Louella unter den Apfelbäumen spazierengehen.

An unseren allerersten Mittwoch in Paris waren Mama und ich so glücklich darüber, unsere Freiheit zu haben, daß wir einfach die Straße hinuntergehüpft sind, die zur Konditorei führte.

Und dort hat Mama mir dann erlaubt, richtigen Kaffee zu trinken. Oh, es war das dickste, stärkste, schwärzeste Zeug, das man sich nur vorstellen kann! Und ich fand es einfach herrlich! Ich dachte, wenn Paris und Frankreich ein Geschmack und keine Stadt wären, dann würden sie genauso schmecken!«

Miss Sadies strahlende Augen schienen in weite Ferne zu blicken. Marge fand, so müsse es sein, wenn man ein altes Buch aufschlug und ein Märchen las, das mit verblichenen Aquarellen bebildert war.

»Während wir dort in der Konditorei saßen, hörten wir diese Stimme. Und wir blickten auf, und da war dieser … dieser hübsche, junge Amerikaner, der ein Stückchen Torte und eine Tasse Kaffee bestellte.

›Hör nur, wie er spricht!‹ sagte Mama. ›Nein, wirklich, er klingt, als stamme er aus Mitford!‹

Er war mit einem anderen jungen Mann zusammen, und oh, die beiden waren so hübsch und jung und sorglos, und sie lachten, und es war wie Musik in unseren Ohren.

Mama hatte noch nie in ihrem Leben einen Fremden angesprochen. Die meisten Leute fanden sie sehr würdevoll. Sie hielt ihm einfach ihre hübsche Hand hin und sagte: ›Junger Mann, woher kommen Sie?‹

Und er sagte: ›Aus Mitford in North Carolina, Ma'am. Das liegt in den Vereinigten Staaten von Amerika.‹«

Ein erstauntes Raunen lief durch Miss Sadies Publikum.

»Ich werde nie vergessen, mit welchem Stolz er dies sagte, ganz so, als käme er aus der besten Stadt auf Erden. Was Mitford natürlich auch ist«, sagte sie strahlend.

»Amen!« Emmas Stimme klang wie ein Donnerschlag.

»Er war gerade mit seiner Familie und seiner jüngeren Schwester aus Tennessee nach Mitford gezogen, und er war in Paris, um einige seiner pharmazeutischen Erfindungen vorzuführen. Nun, ich könnte immer weiter erzählen, aber naja, jedenfalls lud er Mama und mich ein, am selben Abend mit ihm zu speisen, und er gab uns seine Karte. Mama war sicher, es mit einem Gentleman zu tun zu haben.

Danach traf er uns jeden Mittwoch auf ein Stück Kuchen und eine Tasse Kaffee in der Konditorei, und er schickte Mama und mir Blumen in ihre kleine Pension.«

Miss Rose aß einen Schinkenwürfel und etwas Havarti aus ihrer Tasche. Barnabas war eingeschlafen, und der Doktor, den Monate unablässiger Anstrengung in seiner gutgehenden Praxis zutiefst erschöpft hatten, schnarchte leise im Ohrensessel vor sich hin.

»Eines Tages sagte ich: ›Mama, ich weiß nicht, wie ich es dir beibringen soll, aber ich hasse diese Stadt und alles, was mit ihr verbunden ist. Wann immer ich einen Hund male, sieht er genauso aus wie eine Eule, und ich spiele immer noch ›Drei blinde Mäuse‹ auf dem Pianoforte, und mein Französisch ist gräßlich. Ich will nach Hause und schlicht und einfach Sadie sein.‹

Und wissen Sie, was meine Mama sagte? Sie sagte: ›*Oui, oui!*‹

Als der junge Mann erfuhr, daß wir abreisten, schickte er Mama ein Dutzend gelber Rosen und mir ein Dutzend rote. An meinem Blumenstrauß hing ein Kärtchen, auf dem stand: ›Eines Tages, wenn ich mein Glück gemacht habe, würde ich Sie gern bitten, meine Frau zu werden.‹

Also fuhren wir nach Hause, und Papa holte uns ab, und ich habe nie wieder in meinem Leben auch nur ein einziges Wort Französisch gesprochen. Und bis auf den heutigen Tag«, sie hielt inne und sah sich um, »habe ich diesen hübschen, jungen Mann aus Mitford nie vergessen.«

Marge beugte sich vor. »Aber um Himmels willen, Miss Sadie, wer war er denn?«

Miss Sadie sah Miss Rose Watson in die Augen, deren Cocktailhütchen ihr verwegen in die Stirn gerutscht war.

»Dieser junge Mann«, sagte Miss Sadie, »war Miss Roses Bruder, Willard Porter.«

Hal, Marge und Miss Sadie blieben noch ein wenig länger, nachdem die anderen bereits gegangen waren, und aßen belgische Pralinen. »Ich war die ganze Woche sehr, sehr brav, um das hier tun zu dürfen«, erklärte Marge und sah nur ein klein wenig verlegen drein, als sie noch eine Praline aus der Schachtel nahm.

Der Pfarrer hatte sich seinen Ohrensessel zurückerobert und legte die Füße hoch. »Miss Sadie, in all den Jahren, die ich Sie nun kenne, waren Sie immer ein sehr verschlossener Mensch. Warum haben Sie uns heute abend diese wunderbare Geschichte aus Ihrer Zeit in Paris erzählt?«

Miss Sadie dachte einen Augenblick über seine Worte nach. »Als ich Ihnen dieses Gemälde brachte, hat es etwas ausgelöst. Ich habe angefangen, über Dinge nachzudenken, über die ich nie zuvor nachgedacht habe. Und habe bemerkt, daß ich es müde bin, festzuhalten … Meinen

Obstgarten festzuhalten, meine Erinnerungen festzuhalten.

Ich habe beschlossen«, sagte sie fest, »langsam loszulassen. Und das ist der Grund, warum ich Sie gern nächsten Donnerstag zum Mittagessen bei mir sehen würde, falls Sie es einrichten können, Pfarrer.«

»Ich werde pünktlich da sein, darauf können Sie sich verlassen.«

»Swansons Hühnerpastete?«

»Meine Lieblingsspeise!« erklärte ihr müder, aber nichtsdestoweniger begeisterter Gastgeber.

Um ein Uhr morgens stellte er, nachdem er alle Hilfsangebote abgelehnt hatte, den letzten Teller weg und ging, dankbar dafür, daß morgen Samstag war, nach oben. Er war sicher, daß an Miss Sadies Geschichte über Willard Porter noch mehr dran war, aber einer anderen Sache war er noch sicherer: Wenn er über diese Abendeinladung von Anfang bis Ende nachdachte, von der eigentlichen Idee bis zum letzten abgetrockneten Teller, hatte die Sache genau sechs Wochen seines Lebens in Anspruch genommen. Und, wenn er auch einen wunderbaren Abend gehabt hatte, und dasselbe für all seine Gäste galt, so war er doch ganz sicher, daß er so etwas für eine ganze Weile nicht wieder tun würde.

Er nahm sein aufgeschlagenes Gebetbuch vom Nachttisch.

»›Am Tage sendet der Herr seine Güte‹«, las er aus Psalm 42. »›Und des Nachts singe ich ihm und bete zu dem Gott meines Lebens.‹«

Kapitel 5

Sechs : Null

Als der Schätzer in der folgenden Woche wiederkam, war der Nebel noch dichter als bei seinem ersten Besuch, ein Umstand, der nicht dazu beitrug, seine Laune zu bessern.

»Ist das hier immer so im Juni?« erkundigte er sich mit einer Spur Sarkasmus.

»Nicht immer«, erwiderte der Pfarrer milde.

Wie Pfarrer Tim es gewünscht hatte, entsandte der Kirchenvorstand an diesem Morgen nur einen Vertreter, und zwar Harry Nelson. Aus Respekt hatte der Pfarrer auch Miss Sadie eingeladen, und zusammen mit ihm und Emma würden diese beiden die einzigen sein, die die Neuigkeiten direkt aus dem Mund des Schätzers vernehmen sollten.

Wenn es ein Vermeer war, überlegte der Pfarrer, kommen wir in die Zeitung und ins Fernsehen, und das Telefon wird pausenlos klingeln. Er hatte selbst einige Nachforschungen in der Sache angestellt und gelesen, daß ein kleiner Vermeer kürzlich bei einer Auktion für über zwanzig Millionen Dollar verkauft worden war.

Wie die Kirche das Geld verwenden würde, würde natürlich zum Gegenstand der ernsthaftesten Diskussionen und Überlegungen werden. Und zumindest zwei seiner Kirchenvorstandsmitglieder, so überlegte der Pfarrer mit einigem Bedauern, würden fast bei jeder Diskussion verschiedener Meinung sein.

Das kleine Büro summte geradezu vor Spannung und Erwartung. Und wie beim ersten Mal, trug der Schätzer wenig dazu bei, diese Spannung zu lösen.

»Kaffee«, sagte er schroff zu Emma, zog seine Jacke aus und hängte sie auf einen Haken.

Jetzt brauchst du nur noch deinen Hemdkragen zu öffnen, dachte Emma, und ich kippe dir eine ganze Tasse hinein.

»Keine Sahne, es sei denn, Sie hätten richtige Sahne da.«

Oder, dachte sie, vielleicht hättest du den Kaffee ja gern in deinem linken Ohr serviert.

Als jeder seine Tasse in der Hand hielt, zog der Schätzer die Leinwand aus der Folie, stapelte fünf Bücher über anglikanische Kirchengeschichte auf den Schreibtisch des Pfarrers und lehnte das Gemälde dagegen. »Dieses Gemälde war Gegenstand ernster Diskussion zwischen den besten Vermeer-Experten Amerikas.

In Kürze wird sogar eine Arbeit veröffentlicht werden, in der das ganze Ausmaß der Nachforschungen dargelegt werden wird.«

Der Pfarrer hörte sich seufzen. Obwohl er gelesen hatte, daß das Seufzen bei den Südstaatenfrauen sehr verbreitet sei, wußte er aus sicherer Quelle, daß diese unglückselige Angewohnheit auch Männer befiel.

Der Schätzer fuhr noch eine Weile fort und pries die Vorzüge der Gelehrsamkeit.

Miss Sadie spielte mit dem Diamantkreuz, das um ihren Hals hing. Emma war wütend. Harry Nelson hielt es nicht länger aus. »Sagen Sie uns einfach, zu welcher Quintessenz Sie gekommen sind!« stieß er hervor.

Der Schätzer musterte ihn mit einem frostigen Blick. »Die Quintessenz?« fragte er arrogant.

»Genau!« fuhr Harry ihn an.

»Die Quintessenz ist, daß dieses Bild kein Vermeer ist.«

»Halleluja!« rief Emma.

»Hurra!« sagte Miss Sadie und klatschte in die Hände.

Pfarrer Tim bekreuzigte sich glücklich.

Harry Nelson jedoch war am Boden zerstört. Er lehnte sich gegen die Bücherregale neben der Besucherbank, holte ein Taschentuch heraus und tupfte sich die Stirn ab. Dann setzte er sich kopfschüttelnd hin. Das war ein schwerer Schlag. »Also, wer hat es gemalt, und wieviel ist es wert?«

»Wir wissen nicht, wer es gemalt hat, aber wir können sicher davon ausgehen, daß es zu Lebzeiten Vermeers oder kurz nach seinem Tod gemalt wurde. Es ist keine der berühmten Vermeer-Fälschungen des letzten Jahrhunderts.

Was seinen Marktwert betrifft, können wir ohne Übertreibung erwarten, daß es sieben- oder achttausend Dollar bringt, wenn es an der richtigen Stelle angeboten wird.«

»Und wieviel schulden wir Ihnen dafür, daß Sie das herausgefunden haben?« fragte Harry heiser.

Der Schätzer griff in seine Jackentasche und holte einen frischen Umschlag heraus, den er dem Kirchenvorsteher reichte.

Harry öffnete den Umschlag, faltete das Blatt Papier auf und las laut vor:

»Für geleistete Dienste im Zusammenhang mit der Taxierung eines Bildes wie unten genauer aufgeführt, viertausendsiebenhundertzweiundfünfzig Dollar und dreiundsiebzig Cent.«

»Meine Reisekosten sind schon inbegriffen«, sagte der Schätzer und rückte seine Brille zurecht.

»Gott sei gelobt!« rief er immer wieder, als er am nächsten Morgen zur Grillstube ging.

Er war gerade aus dem Krankenhaus gekommen, wo er die Arme um einen sehr kranken Patienten gelegt und damit für einen anderen Menschen getan hatte, was Gott so oft für ihn tat. Während einige Priester ihre Krankenhausbesuche fürchteten, freute er sich immer darauf. Es war eines der göttlichen Mysterien, daß er sich danach immer stärker fühlte und im Geiste erfrischt. »Meine Krankenhausbesuche«, sagte er häufig, »sind eine sehr gute Medizin.«

Er war, offen gesagt, überrascht, daß er im Augenblick so viel Arbeit in einen einzigen Morgen zu zwängen vermochte. Er ging pflichtschuldigst dreimal die Woche joggen und nahm sich jetzt fest vor, auf viermal zu erhöhen. Nahmen die Wunder denn überhaupt kein Ende mehr?

Heute war er sogar einem Impuls gefolgt und hatte sein neues Sportsakko angezogen.

»Sie kriegen 'nen neuen Nachbarn«, erzählte Mule Skinner ihm beim Frühstück. »Irgendwann im Herbst.«

»Wunderbar.«

»Sieht ziemlich gut aus.«

»Was macht er denn beruflich?«

»Ist kein Er. Ist 'ne Sie.«

»Aha.«

»Sie wissen doch sicher noch, daß der alte Joe Soundso da gelebt hat. Das war ihr Onkel, der alte Geizhals.«

»Percy hat sich mal wieder selbst übertroffen mit diesen pochierten Eiern.«

»Blond, blaue Augen«, sagte Mule und sah den Pfarrer direkt an. »Und tolle Beine.«

»Wer? Percy?«

»Ihre neue Nachbarin.«

Er hatte das kleine Haus nebenan fast vergessen, da es hinter einer großen Rhododendronhecke kaum mehr zu sehen war. Vielleicht hatte die Familie ja Kinder, dachte er. Es wäre schön, mal wieder Kinderlachen zu hören, dachte er.

Später, als er in sein Büro ging, hörte er tatsächlich jemanden lachen. Es klang nach Emma.

Er warf einen Blick auf seine Armbanduhr. Zu früh für Emma, dachte er, öffnete die Tür und ging hinein.

Dort stand Harold Newland, der Postbote. Er hatte seinen Postsack in der Hand und beugte sich über ihren Schreibtisch. Und Emma stand wie erstarrt da und sah überrascht ihren Pfarrer an, den sie in einer Versammlung im Rathaus wähnte.

»Prediger, ich meine Herr Pfarrer, guten Morgen«, stammelte Harold und errötete wie ein Backfisch.

Er betrachtete verwundert Harolds nackte Beine. Anscheinend hatte die Post die Jahreszeit für kurze Hosen eingeläutet.

»Guten Morgen, Harold! Haben wir heute so viel Post bekommen, daß sie nicht in den Briefkasten paßte?«

»So ist es. Zuviel Post«, sagte Harold und ging langsam rückwärts zur Tür. »Konnte nicht alles in den Briefkasten kriegen und mußte es deswegen reinbringen. Auf Wiedersehen. Wünsche noch einen schönen Tag allerseits.«

Der Pastor nahm den sehr dünnen Stapel zur Hand, der nur drei Briefe und eine Ausgabe des *Anglican Digest* enthielt.

»Aha«, sagte er, so gut wie gar nicht überrascht.

»Es tut mir leid, Ihnen zu sagen, daß es keine Hühnerpastete geben wird, Pfarrer Tim.«

Miss Sadie suchte im Gesicht des Pfarrers nach einem Zeichen für Enttäuschung. »Es gibt ein Sandwich mit salzarmem Schinken und fettarmem Käse.«

Das war denn nun doch eine kleine Enttäuschung.

»Mit Kartoffelchips!« versicherte sie ihm.

Die Behauptung, er sei gern in Fernbank am oberen Ende der Alten Kirchgasse, wäre eine Untertreibung gewesen. Er hatte das Gefühl, als sei er in ein anderes Land entflohen. Hier oben war die Luft getränkt mit Vogelgezwitscher, die Apfelgärten lagen im hellen Sonnenschein, und die breite, kühle Veranda war so tröstlich wie das Kirchenschiff der Kapelle Unseres Herrn.

Aus einer Kristallkaraffe schenkte sie ihrem Gast ein Glas Sherry ein, der genauso schmeckte wie Aluminiumfolie, fand er.

»Drei achtundneunzig in Cloer's Market!« verkündete sie.

Von der Veranda Fernbanks bot sich ihm ein eindrucksvoller Blick auf Mitford. Es war ein Spielzeugdorf, das da zu seinen Füßen lag, wie etwas, das man unter einem Christbaum fand und das von einer elektrischen Eisenbahn durchfahren wurde.

Dort war die Hauptstraße, die Mitford säuberlich in zwei Hälften teilte und der grüne Kreis des Stadtdenkmals am Nordende. Und zwischen den einzelnen Läden die bunten Flecken mit Blumenbeeten, die dem Ganzen den Anschein von Ordnung und Sicherheit verliehen.

Er konnte den Glockenturm der Wesleykapelle sehen, den massigen der Ersten Baptistenkirche und, grün wie Jade, die freien Grundstücke zu beiden Seiten der von

Bäumen umstandenen Kapelle Unseres Herrn. Ein Stückchen weiter im Westen zogen sich die blauen Berge dahin wie sanfte Wellen.

»Wäre es nicht wunderbar, Miss Sadie, wenn das Leben so vollkommen sein könnte wie der Ausblick von Ihrer Veranda?«

»Dasselbe habe ich schon viele Male gedacht. Als Hoppys Frau im Sterben lag, habe ich oft auf sein Haus hinuntergeblickt und gedacht, daß wir nie, niemals, wissen können, welches Herzeleid unter diesen Dächern verborgen liegt.«

»Ich habe einmal einen Prediger aus Mississippi sagen hören, daß jeder Mensch versucht, etwas zu schlucken, das einfach nicht durch seine Kehle paßt.«

»Nun, da hatte er sicher recht.«

Sie hatte die Glasteller auf einen grünen Korbtisch gestellt, auf dem ein Hauch von einer weißen Spitzendecke lag.

Eine Vase mit altmodischen Rosen stand auf dem Tisch, daneben ein großer Krug mit gesüßtem Tee. Sie setzten sich zum Mittagessen nieder, und Miss Sadie hielt dem Pfarrer die Hände hin.

»In Fernbank«, sagte sie, »halten wir einander immer an den Händen, wenn wir das Tischgebet sprechen.«

Er betete mit zufriedenem Herzen. »Nimm, o Herr, unseren Dank und unser Lob für alles, was du für uns getan hast. Wir danken dir für den Segen von Familie und Freunden und für die liebevolle Fürsorge, die uns von allen Seiten umgibt. Vor allem wollen wir danken für die große Gnade und das Versprechen, das du uns durch Jesus Christus, unseren Herrn, gegeben hast, in dessen Namen wir beten.«

»Amen!« sagten sie einstimmig.

Er stellte mit einiger Überraschung fest, daß sein Sandwich bemerkenswert einladend aussah, obwohl es aus weißem Brot gemacht war.

Nach dem Mittagessen setzten die beiden sich auf die Veranda und nippten an ihrem Tee. Er hatte vorausschauenderweise seine Termine für heute nachmittag abgesagt, weil er nicht wollte, daß er unter Zeitdruck geriet.

»Zum Nachtisch gibt's Schokoladeneiscreme.«

»Ich hoffe, nicht irgendeins dieser entfetteten Spezialitäten.«

»Wenn wir auf Fernbank ein Dessert zu uns nehmen, gibt es keine halben Sachen! Meine Mama hat mir beigebracht, daß das Dessert der Höhepunkt eines Mahls sein sollte.«

»Eine Lebensart, die mir sehr zusagt«, erwiderte er und stand auf, um seiner Gastgeberin zu helfen.

Was er heute zu hören bekommen würde, davon hatte er nicht die leiseste Ahnung. Aber was es auch sein mochte, er sah ihm mit Gelassenheit entgegen. Seltsamerweise kamen einige Gemeindemitglieder mit den atemberaubendsten Verleumdungen zu ihm, als sei dies ihre heilige Pflicht.

Er saß auf dem Verandageländer und aß gerade den Rest seiner Eiscreme, als Miss Sadie endlich zur Sache kam.

Daß er beinahe rückwärts vom Geländer gefallen wäre, als er von ihrem Plan erfuhr, war nicht weiter verwunderlich. Und wenn er tatsächlich gefallen wäre, erzählte er später immer, wäre er fein säuberlich über ihren steilen Rasen gerollt, dann durch den Apfelgarten und schließlich über den Kirchbergweg.

Von dort aus wäre er den Hügel Richtung Stadt gekullert und auf dem Dach seines Friseurs gelandet, wo er gleich auf die Füße hätte springen und lauthals die gute Nachricht verkünden können.

Die nächstliegende Aufgabe bestand in der Einberufung einer sofortigen Versammlung des Gemeindevorstands, die dann so prächtig wie nur menschenmöglich aufgezogen werden mußte.

Er ging hastig seine Liste mit den Dingen durch, die noch zu erledigen waren. Ein Besuch beim Bischof. Konfirmationsgottesdienste. Eine Hochzeit. Ein Ausflug mit den Sonntagsschulkindern. Ein Grillabend der Gemeinde mit Autowäsche. Die künstlerische Neugestaltung des Kirchenbriefkopfs. Zwei Sonntagsgottesdienste. Und jetzt das hier.

Das hätte sogar Pfarrer Roland ganz schwindlig gemacht. Wenn Jefrey Roland glaubte, er habe mit seiner großen Gemeinde in New Orleans alle Hände voll zu tun, dann sollte er mal nach Mitford kommen, wo nur zweihundert Seelen genügten, um jeden wachen Augenblick des Tages auszufüllen.

Er führte ein Telefongespräch. »Miss Sadie, was ist das Allerschönste für Sie?«

»Hm, mal nachdenken. Das Geräusch von Regen auf einem Blechdach!«

Er lachte. »Ich hätte mich wohl genauer ausdrücken sollen. Was essen Sie am allerliebsten? Abgesehen von Hühnerpastete, meine ich.«

»Hm. Erdnußbutter und Gelee, glaube ich. Geht es Ihnen nicht genauso?«

Für das Abendessen im Pfarrhaus bereitete er zwei Platten mit Erdnußbutter- und Geleesandwiches vor, von denen er die Kruste abschnitt, bevor er sie in kleine Quadrate teilte. Auf der einen Platte lag knuspriges Brot, auf der anderen weiches.

Dann legte er Servietten, mit einer Zeichnung der Kapelle Unseres Herrn bedruckt, auf den Tisch. Anschließend stellte er Kaffeetassen, Teebecher und Dessertschüsseln hin, legte Winnie Iveys Schokoladenkekse auf ein kleines Tablett und einen frischen Zitronenkuchen aus dem Laden auf eine Tortenplatte.

Er schnitt ein paar Blüten von der duftenden Rose namens ›Wohlstand‹ ab und nahm auch eine Handvoll Blüten, die so groß wie Pfingstrosen waren, von seiner nach Nelken riechenden ›Sarah von Fleet‹. Sämtliche Blumen stellte er in eine Vase und wartete auf die gewiß dramatischste Kirchenvorstandsversammlung, die es in der Geschichte seiner Pfarre je gegeben hatte. Bis auf eine, vor all den Jahren, als die Gemeindevorsteher entscheiden mußten, was nach dem furchtbaren Feuer geschehen sollte – nach dem Feuer, das nur eine geschwärzte Ruine über dem grünen Tal zurückgelassen hatte.

Miss Sadie saß auf einem Stuhl vor dem Kamin seines Arbeitszimmers. Sie trug ein hochgeschlossenes smaragdgrünes Samtkleid mit einer Brosche, die ihre Mutter selbst bemalt hatte. Sie eine auffallende Erscheinung zu nennen, wäre eine Untertreibung gewesen.

»Ich weiß, Sie haben sich gefragt, warum ich in all diesen Jahren niemals irgendwelche nennenswerten Summen gespendet habe.«

»Aber nein, gewiß nicht«, sagte irgend jemand.

»Und behaupten Sie nicht, Sie hätten sich nicht darüber gewundert, denn ich weiß, daß Sie sich gewundert haben.«

Es herrschte tiefe Stille.

»Der Grund, warum ich nicht so großzügig gewesen bin, wie Sie es von mir erwartet haben, ist schlicht und einfach der: Ich habe Papas Geld gehortet.« Sie sah sich ganz langsam in der Runde um und blickte in jedes Augenpaar.

»Ich habe Zinsen für das Kapital bekommen und die Zinsen investiert und habe dabei nicht töricht gehandelt oder Hinz und Kunz etwas gegeben, sobald sie die Hand ausstreckten.«

Es erhob sich deutliches zustimmendes Gemurmel.

»Was ich also heute abend tun will, ist folgendes. Ich möchte der Kapelle Unseres Herrn ein besonderes Geschenk machen, in liebevoller Erinnerung an meine Mama und meinen Papa und als Anerkennung für die Kirche, die ich, seit ich neun Jahre alt bin, als meine Heimat betrachte.«

Sie schwieg einen Augenblick lang. »Das Geschenk beläuft sich auf die Summe von fünf Millionen Dollar.«

Nach einem allgemeinen Atemstillstand brach im Arbeitszimmer des Pfarrhauses ein Tumult aus, wie man ihn für gewöhnlich bei der Parade vom vierten Juli hörte, wenn die Lamas vorbeikamen.

»Scht!« sagte Miss Sadie, »ich bin noch nicht fertig. Das Geld soll nur zu einem einzigen Zweck verwendet werden. Nämlich für den Bau eines Pflegeheims.« Sie sah sich im Raum um. »Aber ich meine nicht irgendein Pflegeheim. Es soll ein Haus mit großen, sonnigen Zimmern sein, mit einem Gewächshaus und einem Vogelhaus.

Ich möchte, daß es dort Bücher und Musik gibt und einen schönen Perserteppich im Gemeinschaftsraum und die hübscheste kleine Kapelle, die Sie je gesehen haben. Ich will einen Goldfischteich und einen Wasserfall, der im Speisesaal über kleine Felsen plätschert.

Über jeder Tür soll ein Bibelvers stehen, und ich weiß auch schon, welcher Vers über der Haustür stehen soll: ›Deine Güte, Herr, sei über uns, wie wir auf Dich hoffen.‹«

Miss Sadie faltete die Hände im Schoß und beugte sich vor. »So, das war's!« sagte sie und strahlte dabei wie ein junges Mädchen. »Ist das nicht wunderbar?«

Natürlich war es wunderbar.

Sie schien noch aufrechter auf ihrem Stuhl zu sitzen als zuvor. »Sie können sich natürlich denken, daß das nur die Hälfte des Plans ist – aber für den Anfang reicht es wohl.«

Als die Versammlung sich um halb zehn auflöste, hatten sie zwei Kannen Kaffee und einen Krug Tee getrunken und jedes Erdnußbutter- und Geleesandwich auf den Platten verzehrt. Und obwohl niemand es ausgesprochen hatte, hatte man den verreisten Gemeindevorsteher nicht besonders schmerzlich vermißt.

Alles in allem war es eher wie eine große Party gewesen, bei der Miss Sadie Baxter im Mittelpunkt der Aufmerksamkeit gestanden hatte, die Ballkönigin sozusagen.

Emma hatte ihm wieder und wieder gesagt, daß heute um ein Uhr und keinen Augenblick später ein Drucker kommen würde, um den Auftrag für den neuen Kirchenbriefkopf abzuholen.

Der Drucker habe sie gebeten, sagte sie, ihn folgendes zu fragen:

Wollte er die Zeichnung der Kapelle Unseres Herrn in Dunkelgrün oder Burgundrot gedruckt haben, oder wäre ihm Purpur lieber, was immer eine gute, religiöse Farbe war und, nach der Geschichte vom Bau des Tempels Salomos, auch eine von Gottes Lieblingsfarben?

Und wollte er die Adreßzeile direkt unter der Tuschillustration der Kirche oder unten auf der Seite wie bei den Presbyterianern? Und wollte er eine Helvetica, eine Baskerville oder eine Bodoni wie die Baptisten?

Er hatte das Gefühl, daß er an diesem Morgen unter anderem die Bedeutung von Helvetica, Baskerville und Bodoni nachschlagen sollte.

Es war ungewöhnlich kühl für Ende Juni, und er genoß seinen kurzen Spaziergang zum Büro, bei dem ihm auffiel, daß er sich so gut fühlte wie schon seit Jahren nicht mehr. Er hatte nach seinem Morgengebet noch schnell ein paar Zeilen an Walter geschrieben und die ermutigende Botschaft von Hebräer 4,16 zitiert: Darum laßt uns hintreten mit Zuversicht zu dem Thron der Gnade, damit wir Barmherzigkeit empfangen und Gnade finden zu der Zeit, wenn wir Hilfe nötig haben.

Mit Zuversicht! Das war das großartige und mächtige Schlüsselwort. Predige mit Zuversicht! Liebe mit Zuversicht! Jogge mit Zuversicht! Und das wichtigste von allem, tritt nicht winselnd und bettelnd vor deinen Herrn, sondern mit Zuversicht – wie ein Kind des Königs.

»Also«, sagte Emma, als sie Kaffee kochte, »ich finde, Sie sind so mager wie eine Eisenbahnschiene.«

»Das habe ich auch gehört«, sagte er mit offensichtlicher Befriedigung.

»Wie meinen Sie das?«

»Niemand bezeichnet mich heute noch als ›diesen beleibten Priester‹.«

»Dagegen kann ich was tun«, sagte sie und öffnete ihre untere Schreibtischschublade, um mehrere Tupperbehälter zu präsentieren. Aus der geöffneten Schreibtischschublade strömte ein herrlicher Duft, der schon bald den kleinen Raum erfüllte.

»Schweinebraten mit Soße, grüne Bohnen, kandierte Süßkartoffeln, Krautsalat und Hefebrötchen.«

»Was, um alles in der Welt, ist das?«

»Das Mittagessen!« sagte Emma. »Ich schätze, wenn wir es bald essen, ist es noch warm.«

Gerade als seine Kleider langsam wieder bequem saßen, sah er sich von allen Seiten von der Versuchung bedrängt. Er konnte vor Winnie Ivey davonlaufen, aber in einem Büro von knapp drei mal viereinhalb Metern? Also sah es nun doch stark nach Schweinebraten mit Soße aus, da gab es kein Zurück.

»Emma, das dürfen Sie nicht wieder tun.«

»Nun, das tue ich auch nicht, darauf können Sie sich verlassen. Sie waren so folgsam wie ein Lamm beim Schlachter, und ich dachte, ein ordentliches Essen wäre jetzt genau im Sinne des Doktors.«

»Nicht direkt«, sagte ihr Pfarrer, der aber das Mahl voll auskostete. Nach dem Mittagessen tauchte Emma kopfüber in die tiefe untere Schublade ein und suchte nach etwas. Sie kam mit einem großen, in Cellophanpapier gewickelten Knochen wieder hoch.

»Für Barnabas«, sagte sie, sehr zu seinem Erstaunen. Daß sie seinen Hund beim Namen genannt hatte, war ein Jahrhundertereignis. Und daß sie ihm einen Knochen mitgebracht hatte, grenzte an ein Wunder.

»Ich weiß nicht, warum Sie so gut zu mir sind«, sagte er fröhlich.

Sie funkelte ihn wütend an und erwiderte barsch: »Das habe ich Ihnen doch gerade gesagt, um Himmels willen. Haben Sie mir nicht zugehört?«

In den letzten zwei Wochen war ihm aufgefallen, daß ihre Launen so unberechenbar waren wie das Wetter.

»Emma, was ist los?«

»Was meinen Sie damit, was ist los? Was ist was?« fragte sie, brach dann in Tränen aus, floh ins Badezimmer und schlug die Tür hinter sich zu.

Als sie schließlich eine Entschuldigung gemurmelt hatte und sie sich zusammen für die Schrift Baskerville und burgundrote Farbe entschieden und auch festgelegt hatten, wohin die Adreßzeile kommen sollte, war es fast ein Uhr.

»Ziehen Sie Ihr Sportsakko an«, sagte sie.

»Weshalb das denn?«

»Nun, tun Sie es einfach, wenn es Ihnen nichts ausmacht.«

»Ist das nicht derselbe Drucker, den wir schon früher hatten? Der trägt auch kein Sportsakko.«

»Papperlapapp! Tun Sie einfach mal, was ich sage, und ziehen Sie Ihr Sportsakko an. Sie könnten sich vielleicht auch Ihr Haar kämmen.«

Plötzlich war das Büro so winzig geworden, daß er einen verzweifelten Augenblick lang dachte, Harry Nelson habe vielleicht doch recht – sie sollten die Wände rausschlagen lassen und ein paar hundert Quadratmeter hinzufügen.

Als er sein Sportsakko anzog, sah sie auf ihre Armbanduhr. »Ein Uhr«, verkündete sie energisch. Dann ging sie zur Tür, riß sie auf und rief: »Da kommt er!«

Er blickte in ein richtiggehendes Meer lächelnder Gesichter. Und alle sangen: »Happy Birthday.«

J. C. Hogan sprang mit einem Fotoapparat vor ihn hin, während Emma ihn, benommen wie er war, die Treppe hinunter und auf den Gehsteig führte.

Zu behaupten, er wäre überrascht gewesen, hätte die Sache nicht getroffen. Er war wie vom Donner gerührt. Es war ihm vollkommen entfallen; der achtundzwanzigste Juni war sein Geburtstag.

Er sah Pearly McGee in einem Rollstuhl mit einer Krankenhausschwester. Und da war auch Hoppy Harper, der grinsend aus der Menge herausragte. Miss Sadie in einem rosafarbenen Strohhut. Hal und Marge, mit Barnabas an seiner roten Leine. Miss Rose und Onkel Billy, händchenhaltend in der ersten Reihe. Und Percy Mosley, Mule Skinner, Avis Packard und Winnie Ivey.

Er sah auch Andrew Gregory aus dem Antiquitätengeschäft ›Oxford‹ von der anderen Straßenseite, Bürgermeisterin Esther Cunningham und mehr als ein Dutzend anderer. Wer, bitte schön, organisierte eigentlich diese Stadt?

»Sehen Sie mal da oben!« sagte Emma und zeigte hoch über seinen Kopf auf die Mauer des steinernen Pfarrhauses. Er tat wie geheißen und sah ein großes Spruchband über der Tür. *Alles Gute zum Geburtstag, Pfarrer Tim, und zum Sechs : Null* stand dort in großen, roten Lettern zu lesen.

»Was Sie heute morgen für ein Eichhörnchen auf dem Dach gehalten haben, war in Wirklichkeit Avis Packard auf einer Leiter, als er dieses Ding da aufgehängt hat!«

»Gut gemacht, Avis!« Die Menge applaudierte.

»Verstehen Sie jetzt, warum ich Ihnen gesagt habe, Sie sollten dieses verflixte Sportsakko anziehen?« sagte Emma, während Miss Sadie ihm eine Rosenknospe daranheftete. »Er hat ein Revers!«

J. C. Hogan verknipste bereits seine zweite Filmrolle und bemerkte, hier sei ja mehr los als bei dem Grillfest der American Legion.

Dann kam Hoppy, um dem Geburtstagskind die Hände zu schütteln und es zu umarmen. Er war direkt aus dem Krankenhaus gekommen und trug seinen weißen Mantel, von dem Emma fand, daß er sehr romantisch aussah. »Ein junger Walter Pidgeon!« flüsterte sie der Bürgermeisterin zu.

»Avis, der sich solche Dinge merkt, meint«, sagte Hoppy, »daß es sieben Jahre her sei, seit Sie beim Osterfasten auf Ihren Wagen verzichtet haben.«

»Genau!« antwortete er. Endlich war er in der Lage, überhaupt etwas zu sagen.

»Tja, wir finden, daß ein Mann von Ihrem Ansehen einen fahrbaren Untersatz haben sollte. Aber unglücklicherweise konnte diese Meute dort sich nur zwei Räder leisten.«

Er hörte einen lauten, explosionsartigen Krach hinter der Hemlockhecke auf dem Grundstück nebenan.

»Laßt sie los!« rief Percy, und hinter der Hecke heulte auf, was irgend jemand später als ›ein Fest für müde Augen‹ bezeichnete.

Es war Mule Skinner in einem Second-hand-Outfit aus dicker Wolle, der auf einer roten Vespa in einem wilden Zickzackkurs die Straße herunterkam.

Barnabas führte die Menge an, die jetzt auf den Gehweg drängte. »Wie bremst man dieses Ding?« schrie Mule.

Hal sprang vor seine schwangere Frau. »Dreh den Schlüssel um!«

Mule fuhr eine unsichere U-Kurve, drehte den Schlüssel um, streckte den Fuß aus, um den Motorroller abzubremsen, und stand schließlich, sichtbar erschüttert, vor Pfarrer Tim.

Zu einem laut geschmetterten ›For He's a Jolly Good Fellow‹, angeführt von Esther Cunningham, stieg der erstaunte Pfarrer, ein wenig bleich unter seiner Sonnenbräune, auf den Motorroller und fuhr mit einer Mischung aus Aufregung und böser Vorahnung zur ersten Rosenlaube auf der Straße und dann wieder zurück.

Als er die Vespa auf dem Gehsteig parkte und den Ständer ausklappte, bemerkte er, daß er nicht aufhören konnte zu grinsen.

»Sie brauchen keine Rede zu halten, da Sie das ja ohnehin schon jeden Sonntag zweimal tun«, meinte Mule und schlug ihm energisch auf den Rücken.

»Wir wissen, daß der Roller nicht neu ist«, sagte Hoppy, »aber er ist in einem super Zustand. Wir haben ihn von einer kleinen alten Dame, die ihn nur sonntags gefahren hat.«

»Baujahr 1982, 125 Kubik, so gut wie neu«, sagte Percy und trat mit dem Fuß gegen einen Reifen.

»Sehen Sie mal hier«, sagte Percy, »da ist Ihre Hupe …« Er drückte auf die Hupe, und alle klatschten.

»Und da ist Ihr Fernlicht und da das Abblendlicht.« Er führte beides vor, was die Menge ein weiteres Mal in Hochstimmung zu versetzen schien.

»Und die Blinker. Sieht das nicht prachtvoll aus? Ich

hab' das Ding den ganzen Weg von Wesley hierhergefahren, hat geschnurrt wie ein Kätzchen.«

Emma legte beide Hände um den Mund und machte eine Ansage. »Sie sind alle auf ein Stück Kuchen und eine Tasse Eistee eingeladen. Aber Sie müssen abwechselnd reinkommen und dürfen nicht trödeln. Wir können immer nur vier Leute gleichzeitig verkraften.«

Sie hatte einen Kuchen aus den unendlichen Tiefen ihrer untersten Schublade zutage gefördert und zwei große Krüge Tee mit Styroporbechern.

Hal und Marge füllten die Becher mit Eistee, Pfarrer Tim schnitt den Kuchen an, J. C. Hogan verknipste noch eine Rolle Schwarzweißfilm, und Esther Cunningham spielte auf dem Kazoo.

Am folgenden Montag standen in der *Mitford Muse* auf der Vorderseite zwei Artikel über die lokale Episkopalkirche.

Ein Bild von Pfarrer Tim auf dem Motorroller trug fälschlicherweise folgende Überschrift: ›Pfarrer der Kapelle Unseres Herrn erhält Geschenk im Wert von fünf Millionen Dollar.‹ Die Geschichte mit dem Bild von Miss Sadie, die dem Pfarrer einen Barscheck überreichte, hatte überhaupt keine Überschrift und nannte die Spenderin Sudie Bixter. Mule Skinner warf einen Blick auf die Vorderseite der Zeitung und seufzte. »Ach, du lieber Gott«, sagte er, »J. C. hat's wieder mal geschafft.«

Kapitel 6

Dooley

Das Heu lag, zu fetten, runden Ballen gebunden, auf den Feldern.

Am Straßenrand wurden die Brombeeren an ihren Sträuchern langsam grün.

Filigrane Holunderblüten schmückten die Wiesenraine.

Seiner Meinung nach war die Welt so, wie sie sein sollte. Natürlich abgesehen von der bitteren Enttäuschung, die seine Taglilien ihm bereitet hatten.

Obwohl man sie ihm als die seltenen pfirsichfarbenen verkauft hatte, erblühten sie in einem fatalen Orange, genauso wie ihre ganz gewöhnlichen Schwestern am Wegrand. Um genau zu sein, fand er sie sogar deutlich weniger hübsch, denn ihre Farbe war im Vergleich zu der kühnen Tönung ihrer ländlichen Vettern von fader Blässe.

Er beklagte sich bei Emma.

»Wenn Taglilien alles wären, was ich an dieser Welt auszusetzen hätte, wäre ich eine glückliche Frau.«

»Was *haben* Sie denn an der Welt auszusetzen?« erkundigte er sich wohlgelaunt.

Sie warf ihm einen durchdringenden Blick zu, und er bemerkte, daß ihre Unterlippe zitterte. Woraufhin er sich klugerweise in seinem Drehstuhl abwandte, um das Bücherregal anzusehen und scheinbar nach einem Nachschlagewerk Ausschau zu halten.

Dieser Drehstuhl war ein Segen des Himmels, überlegte er zum hundertsten Mal. Wenn man schon in diesem höllisch kleinen Raum nirgendwohin konnte, konnte man sich immer noch in die andere Richtung drehen.

Sein Blick fiel auf ein Buch über Streß am Arbeitsplatz. Er nahm es vom Regal und schlug es, erfüllt von der kühnen Hoffnung auf einen klugen Rat, augenblicklich auf.

»Also«, sagte Emma nach einem beträchtlichen Schweigen, »interessiert es Sie denn gar nicht?«

Er drehte sich nicht um. Er konsultierte den Index.

»Was soll mich nicht interessieren?«

»Was ich an der Welt auszusetzen habe.«

»Ich habe Sie doch gefragt, was Sie auszusetzen hätten.«

»Ja, aber dann haben Sie sich nicht mehr für die Antwort interessiert.«

Der Pfarrer räusperte sich. Er war an diese Art von Problemen nicht gewöhnt, obwohl er sie in den Beziehungen zahlloser anderer Menschen erlebt hatte. Langsam drehte er sich zu seiner guten Freundin und Teilzeitsekretärin um.

»Es interessiert mich sogar sehr«, sagte er so freundlich er konnte.

Tränen traten in Emmas Augen und kullerten ihr die Wangen herunter.

»Nun, wenn Sie es unbedingt wissen wollen«, sagte sie, »ich beklage mich, weil ich glaube, ich ... Weil ich drauf und dran bin, mich in Harold Newland zu verlieben!«

»Aha«, sagte er und dachte hilflos an Harold Newlands Beine in seinen sommerlichen Uniformshorts.

»Jetzt sind Sie wahrscheinlich schockiert«, sagte sie, obwohl es ihr schwer fiel, überhaupt etwas zu sagen.

»Kein bißchen, kein bißchen. Erzählen Sie mir mehr darüber.«

Sie putzte sich mit Papiertüchern, die sie am Morgen in die Handtasche gestopft hatte, die Nase, und faßte sich wieder. »Nun, jedesmal, wenn ich etwas zu früh ins Büro kam, brachte er die Post rein, weil er draußen meinen Wagen gesehen hatte.

Dann dauerte es nicht mehr lange, und wir haben uns über dies und das unterhalten, und eines Abends sind wir nach Wesley ins Kino gefahren und dann nach Holding zu einem Grillabend und, naja ... Was glauben Sie, was als nächstes passiert ist? Ich habe für ihn gekocht!«

Emma sah dem Pfarrer ins Gesicht und sprach mühsam weiter. »Es ist mir furchtbar, Ihnen das zu erzählen, aber das üppige Geburtstagsessen, das ich Ihnen mitgebracht habe, war ein Rest von Harolds Essen am Abend davor.«

»Zwei Fliegen mit einer Klappe«, sagte er freundlich.

Sie tupfte sich die Augen ab. »Sie wissen ja, wie lange Charly jetzt tot ist.«

»Zehn Jahre.«

»Zehn *lange* Jahre«, sagte sie und fing wieder an zu weinen.

Er wartete.

»Es ist schön, mit Harold zusammen zu sein. Er kann fast alles reparieren. Er hat sogar drei Teile von meinem guten Porzellan wieder zusammengeklebt; man kann kaum sehen wo. Ich hatte die Hoffnung schon aufgegeben, daß ich dieses Porzellan jemals wieder benutzen könnte! Und Sie wissen, wie schwer es ist, neuen Boden urbar zu machen.«

»Oh ja, das weiß ich.«

»Aber er hat draußen hinterm Haus einen kleinen Garten angelegt, mit nichts als einer Hacke, und er hat ein Dutzend Tomaten gepflanzt, ›Big Boys‹.«

»Das wird sich gegen Ende des Monats schon auszahlen.«

Emma hatte sich für ihr Thema erwärmt. »Und Sie erinnern sich doch sicher an die Treppe zum Dachboden, die ich nie aufklappen konnte? Jetzt funktioniert sie wieder wie geschmiert! Ganz zu schweigen davon, daß er, wo er schon mal dabei war, gleich eine neue Deckenisolation angebracht hat.«

»Unglaublich!« rief ihr interessierter Zuhörer.

»Und – er hat die undichte Stelle im Keller ausgebessert. Ihretwegen sind all die Kleider, die ich für den Flohmarkt dort aufbewahre, modrig geworden.« Emma fragte sich, ob er eigentlich begriff, worauf sie hinauswollte. »Sie wissen ja, wie die Dinge in zehn Jahren runterkommen können.«

»In meinem Haus reichen manchmal schon zehn Tage!«

Es entstand ein freundschaftliches Schweigen.

»Gehört Harold zu einer Gemeinde hier in Mitford?«

»Nun, nicht direkt *in* Mitford. Mehr außerhalb. Harold hat einen Bauernhof, wissen Sie, vier Hektar. Er besucht eine Baptistenkirche auf dem Land. Er sagt, er hat sein Herz schon als Junge dem lieben Gott geschenkt.«

Er mußte gestehen, daß er nicht viel über Harold Newland wußte, da er erst seit einem Jahr die Post auf dieser Route austrug. Gelegentlich, wenn ihre Wege sich kreuzten, blieben sie stehen und plauderten ein wenig draußen beim Briefkasten.

»Also. Er geht zur Kirche und weiß auch warum. Er hat einen Bauernhof, er hat eine Arbeit, er ist geschickt im Haus und er mag, was Sie kochen. Weshalb beklagen Sie sich also?«

Ihr Kinn begann zu zittern. »Es ist so peinlich!« sagte sie und wischte sich neue Tränen mit dem kleinen Papierbällchen ab. »Das ist auch der Grund, warum das Tomatenbeet im Garten hinterm Haus liegt, statt da, wo es die meiste Sonne bekommen würde.«

»Was soll denn das nun wieder heißen«

»Nun, im Garten hinterm Haus kann man einen nicht so gut sehen wie vorm Haus, und ich wollte nicht, daß irgend jemand sah, wie Harold meine Tomaten gepflanzt hat, weil … Naja, eben weil …«

»Also warum denn nun, um Himmels willen?«

»Weil er erst fünfundvierzig ist!« jammerte Emma.

Er schwieg einen Augenblick. »Entschuldigen Sie, wenn ich Sie so direkt frage, aber wie alt sind *Sie* denn?« Er glaubte sich daran zu erinnern, daß sie nur zwei Jahre jünger war als er.

»Vierundfünfzig!«

»Pfadfinderehrenwort?«

»Achtundfünfzig«, sagte sie, sichtlich erschöpft von der Pein der Beichte.

»Ich habe in nicht ganz zwanzig Minuten eine Verabredung und würde Sie gern bitten, über eines einmal kurz nachzudenken.«

Er sah sie mit freundlicher Offenheit an. »Wie Paulus an Timotheus schrieb: ›Denn Gott hat uns nicht gegeben den Geist der Furcht, sondern den Gott der Kraft und der Liebe und der Besonnenheit.‹«

Sie putzte sich die Nase. »Könnten Sie mir das aufschreiben?«

»Wer ist denn hier die Sekretärin, Sie oder ich?« fragte er grinsend.

Eines Morgens Anfang August, als er über den Kirchweg lief, blieb Barnabas urplötzlich stehen, woraufhin Pfarrer Tim Hals über Kopf in einen Graben fiel, der mit den Überbleibseln der sommerlichen Zuckererbsen angefüllt war.

Als er später als gewöhnlich aufs Büro zuhumpelte, war er stark versucht, Emma zu belügen.

»Was haben Sie denn da wieder angestellt?« fuhr sie ihn an.

Er konnte nicht lügen. »Wir sind gelaufen. Barnabas ist stehengeblieben, ich bin über ihn gestolpert. Und in einem Graben gelandet.«

»Barnabas!« rief sie erbost. »Seit dem Tag, an dem Sie sich von diesem Geschöpf übertölpeln lassen und es in ihrem Haus aufgenommen haben, ist Ihnen ein Unglück nach dem anderen zugestoßen! Sie haben Diabetes bekommen, Ihre Taglilien haben orangefarben geblüht, und jetzt sind Sie am ganzen Körper schwarz und blau und obendrein noch halb verkrüppelt!«

»Es versteht sich wohl von selbst, daß da keine böse Absicht im Spiel gewesen ist.« Er ließ sich auf seinen Drehstuhl sinken, und ein scharfer Schmerz schoß ihm durch sein linkes Knie.

»Das reicht!«

»Was reicht?« fragte er, obwohl er die Antwort gar nicht wissen wollte.

»Das war's, das war's einfach!«

Wenn sie eine besondere Gabe hatte, dann die Fähigkeit, sich in Parabeln und Doppeldeutigkeiten auszudrücken. Und obwohl die Möglichkeit, sich in aller Öffentlichkeit mit Harold Newland zu zeigen, sie etwas milder gestimmt hatte, sah er sich jetzt einem schlimmen Rückfall ihres Temperaments ausgesetzt.

»Wissen Sie, wie oft wir alle versucht haben, Sie dazu zu bewegen, sich eine Haushälterin zu suchen?«

»Oh, das weiß ich ganz genau.«

»Und wie oft haben Sie das kategorisch abgelehnt?«

»Jedes einzelne Mal, wenn ich mich recht entsinne.«

»Nun, dieser Hund hat Ihnen gerade zu einer Haushälterin verholfen, ob Sie wollen oder nicht!«

»Was soll das bedeuten?«

»Das bedeutet, daß der Gemeindevorstand hinter Ihrem Rücken eine Sitzung abgehalten hat, um etwas zu erledigen, das Sie selbst ja nicht in die Hand nehmen wollen! Sie brauchen Medikamente, Sie kochen selbst, Sie haben ein großes Haus und einen Garten, eine anstrengende Pfarrgemeinde und zwei Gottesdienste am Sonntag, Sie weigern sich, Urlaub zu nehmen, und jetzt auch noch das! Der Gemeindevorstand hat beschlossen, sofort eine Haushälterin für Sie einzustellen, wenn ich das Zeichen dafür gebe. Sie schicken sie Ihnen jeden Mittwoch- und Freitagmorgen punkt acht zum Pfarrhaus rüber, aber sie wollten, daß ich es Ihnen sage, weil sie dazu nicht den Mut haben!«

Eine Haushälterin! Er hatte das Gefühl, als habe er gerade einen Schlag in den Solarplexus bekommen.

Er konnte sich etwas Zeit zum Nachdenken verschaffen, überlegte er, indem er sich auf seinem Drehstuhl zum Bücherregal umdrehte. Auf der anderen Seite konnte er augenblicklich Harry Nelson anrufen und versuchen, die Entscheidung des Gemeindevorstands rückgängig zu machen.

Statt dessen tat er endlich das, wozu Emma Garrett ihn in der letzten Zeit so oft beinahe getrieben hätte.

Er stand von seinem Schreibtisch auf, ging zur Tür und verließ das Büro, ohne ein einziges Wort zu sagen.

Er ging mit langen Schritten bis zur Ecke und bog rechts ab. Vorm Antiquitätengeschäft ›Oxford‹ lud Andrew Gregory ihn auf einen Kaffee ein, aber er verlangsamte nicht einmal seinen Schritt. Wenn dir dein Gemeindevorstand in den Rücken fällt und deine Sekretärin deinen Hund haßt, dachte er, gibt es keinen besseren Ort auf der Welt, um deinen Kummer zu ertränken, als die Grillstube.

Das Wetter ermöglichte es Andrew Gregory, etwas zu tun, das ihm sehr gefiel. Nämlich in der offenen Tür des Antiquitätengeschäfts ›Oxford‹ auf einer Bank aus dem achtzehnten Jahrhundert zu sitzen, die nicht zum Verkauf stand, und die leichte Brise in den Laden einzulassen, während er ein Buch aus seiner Raritätensammlung las.

Wenn Kunden kamen, war es ihm am liebsten, sie nahmen auf der anderen, ebenfalls aus dem achtzehnten Jahrhundert stammenden Bank Platz – als eine Art Vorspiel zu dem eigentlichen Verkauf. Und dann redete er mit ihnen über Politik, Golf, den Goldmarkt, die königliche Familie, Winston Churchill, alte italienische Meister und ein Dutzend anderer Themen, die ihn fesselten.

Ohne irgendwann einmal eine Entscheidung in diese Richtung gefällt zu haben, hatte Andrew sich im Laufe der Zeit zu einem Experten entwickelt – nicht nur für alte und seltene Bücher, sondern auch für Zweipersonenschreibtische aus dem achtzehnten Jahrhundert, englische Bronzearbeiten, Kamingitter, spitzenbesetzte Sessel und, im Interesse seiner jüngeren Kundschaft, bäuerliche Kieferntische. Er präsentierte diese Kostbarkeiten ganz schlicht, ohne auch nur eine einzige Schale mit Potpourri auf irgendeinem Tisch. Und doch war die Atmosphäre vom Geist der Eleganz durchdrungen. Die alten Kieferndielen funkelten unter einer gleichmäßigen Wachsschicht, die er eigenhändig aufzutragen pflegte. Und die Möbel wurden jeden Monat sorgfältig mit Limonenöl eingerieben, das dem Laden seinen verführerischen, unverkennbaren Duft verlieh.

Da er verwitwet war, gab es natürlich jede Menge Gerede um den Besitzer des schönsten Antiquitätenladens der Stadt. Schließlich war er attraktiv und gepflegt, er kleidete sich elegant und verfügte auf Grund seiner frühen Jahre in Italien über eine gewisse, von europäischen Sitten geprägte Vornehmheit.

Außerdem blieb es nicht unbemerkt, daß ihm seine Bräune gut zu Gesicht stand und er zu Frauen immer besonders freundlich war.

»Fünf Jahre verwitwet und zeigt immer noch kein Interesse an irgend jemandem, soweit wir sehen können. Hoffnungsloser Fall, würde ich sagen«, meinte eine Kundin einmal zu Winnie Ivey in der Bäckerei.

»Es gibt immer Hoffnung«, entgegnete Winnie. Obwohl sie die Sache nicht persönlich interessierte, hatte sie das Gefühl, daß Andrew Gregory genauso wie ihre nur einen Tag alten Teilchen nicht verschwendet werden sollte.

Es hatte irgendwann einmal etwas Gerede über Andrew und Emma Garrett gegeben, aber Emma hatte das als Unfug abgetan.

»Viel zu schick für mich!« sagte sie. »Und außerdem, wer hätte schon Lust, mit diesen düsteren alten Möbeln im Haus zu leben?« Emma, die sich Sonnenblumenabziehbilder auf ihre Verandatür klebte und eine Vase mit künstlichen Tigerlilien auf ihrem Büroschreibtisch stehen hatte, konnte sich keine georgianische Kommode in ihrem in dänischem Stil eingerichteten Eßzimmer vorstellen – genauso wenig wie einen Ehemann, der pausenlos über Winston Churchill redete.

Da seine Kinder in Connecticut lebten, fragte sich mancher, warum er in Mitford blieb. Die Wahrheit war, daß er mit seinem Leben im Dorf immer zufrieden gewesen war, und daß das Dorf genauso zufrieden mit ihm war.

Es war Andrew Gregory, den der Stadtrat zu Myra (von Myras Schönheitssalon) geschickt hatte, damit er ihr auseinandersetzte, warum sie keine Ladenmarkise in Kaugummipink haben konnte und sich an das traditionelle Grün zu halten hatte.

Und als es Scherereien gab, weil der Laden landwirtschaftliche Produkte aus dem Tal verkaufte, war es Andrew, den sie in die Hauptstadt schickten, um die Sache wieder geradezubiegen.

Trotzdem war er der einzige Italiener in der Stadt, und man weiß ja, wie die Italiener sind, fanden einige Leute.

Deren Leben besteht aus Umarmungen, Küssen, großen Hochzeiten und Familienfesten, alles Dinge, die vor Ort kaum zu haben waren. Aber abgesehen von jenen Tagen, an denen er sich nach der blauen Ruhe des Mittelmeers sehnte und nach einer unbarmherzigen Sonne, die die Blumen so groß wie Frühstücksteller werden ließ, war er ganz zufrieden.

Pfarrer Tim war ein wenig verwirrt angesichts zu zahlreicher Wahlmöglichkeiten, was sein Privatleben betraf. Jahrelang war er um fünf Uhr aufgestanden, hatte sein Morgengebet gesprochen, an seiner Predigt gearbeitet und dann Kaffee gekocht und sich angezogen.

Danach besuchte er das Krankenhaus, ging zum Frühstück in die Grillstube und machte sich zu Fuß auf den Weg ins Büro.

So einfach war das.

Jetzt mußte er jeden Tag, den Gott werden ließ, neue Entscheidungen treffen.

Ob er Barnabas zum Laufen mitnehmen sollte, wenn das Wetter schlecht war. Ob er Barnabas ins Büro mitnahm oder in der Garage ließ. Ob er zu Fuß zur Arbeit gehen sollte oder verwegen sein und die Vespa benutzte.

Er hatte sogar über etwas nachgedacht, von dem er geglaubt hatte, daß es ihm niemals durch den Sinn gehen würde: nämlich, ob er anfangen sollte, morgens entkoffeinierten Kaffee zu trinken.

Bei seiner Geburtstagsfeier hatte Hoppy ihn jedoch an eine noch schwierigere Entscheidung erinnert, die er treffen mußte: wann er in Urlaub gehen würde.

»Besuchen Sie Walter und Katherine«, sagte sein Arzt. Aber er wollte nicht nach New Jersey fahren, schon gar nicht im Sommer.

»Komm raus und bleib eine Woche bei uns«, sagte Hal. Aber der Gedanke, sich seinen Freunden eine ganze Woche lang aufzudrängen, und das, wo Marge fast im sechsten Monat war, schreckte ihn.

Er hatte nie viel dafür übrig gehabt, seinen eigenen Urlaub zu planen; er hatte einfach kein Talent dazu. Er neigte dazu, seinen Urlaub zu etwas Praktischem zu nutzen, um Zeit und Ausgaben zu rechtfertigen, genauso wie er es bei seinem zweimonatigen Cambridgeaufenthalt gehalten hatte. Er hatte ursprünglich die Absicht gehabt, diese Reise nur zu seinem Vergnügen zu machen und aus dem Nachlaß seiner Mutter zu finanzieren. Aber er konnte einfach keine Entschuldigung dafür finden, sich ausschließlich zu amüsieren. Daher stellte er, während er dort war, Studien über C. S. Lewis an und schrieb einen Essay zu dem Thema, der einige Beachtung fand.

Vor kurzem hatte er erfahren, daß die Frau des Bischofs versuchte, ein paar Weggenossen für eine Wanderung über eine Teilstrecke des Apalach-Weges zu finden, aber da er Moskitos gleich in ganzen Schwärmen anzuziehen pflegte, kam diese Möglichkeit nicht in Betracht.

Als er früher als gewöhnlich ins Büro kam, saß Onkel Bill auf der Stufe vor der Tür; er trug den schönsten Dreiteiler seines verblichenen Schwagers und roch stark nach Mottenkugeln.

Als er Pfarrer Tim näherkommen sah, nahm er den Hut ab. »Moin, Prediger.«

»Guten Morgen, Onkel Billy. Sie sind aber früh dran.«

»Ich und die Rose, wir stehen mit den Hühnern auf«, sagte er, und sein Goldzahn funkelte.

Während der Pfarrer Kaffee kochte, sah Onkel Billy sich aufmerksam die Bücher an, die die Wände des Büros säumten.

»Ich wollt' ja immer was dazulernen«, sagte er nüchtern. »Aber ich hab' da unten im Tal gelebt und konnte nicht lange in der Schule bleiben, müssen Sie wissen. Ich hab' rechnen gelernt, und ich hab' zu meiner Zeit auch ein paar Bilder gemalt, aber das war so ziemlich alles.«

»Was für Bilder?«

»Ach, Hunde und so. Und Berge. Und Felder und Blumen und Obstbäume, solche Sachen eben. Sachen von draußen, Sie verstehen schon, was ich meine.«

»Nun, Sir, ich würde mir gerne ein paar von Ihren Bildern ansehen, wenn's Ihnen recht ist.«

»Oh, ich hab ein paar zu Hause, wo man sie nicht sehen kann. Ich bring' mal welche mit, wenn Sie sicher sind, daß Sie einen Blick drauf werfen wollen. Sie sind nichts Besonderes; mit dem Bleistift gezeichnet, und ich hab sie bisher niemandem außer Rose gezeigt.«

Der Pfarrer goß eine Tasse Kaffee ein und reichte sie Onkel Billy. »Wie geht es Miss Rose?«

»Tja, hm. Es ist nicht einfach, würde ich sagen.«

»Ist das wahr?«

»Es ist so bös, wie es nur sein kann. Aber das ist ihre Krankheit. Manchmal ist sie aus reinem Gold, und das sind die Tage, für die ich lebe. Als ich aus dem Tal rauf kam und die Rose gefunden und geheiratet hab, dachte ich, ich wär' der glücklichste Mann auf Erden, und das denke ich immer noch. Wir sind jetzt dreiundvierzig Jahre verheiratet, und ich wußte ja, daß sie krank war. Von Anfang an wußte ich, worauf ich mich da einließ. Ich war nie eine Nacht von ihr getrennt. Sie ist alles, was ich habe, und ich bin dankbar dafür.«

Pfarrer Tim wußte, daß Miss Rose schizophren war und täglich Medikamente nehmen mußte.

»Ich war nach meiner Hochzeit mit Rose nie mehr unten bei meinen Leuten, ich hab sie nie wiedergesehen. Vielleicht hätt' ich mal zurückfahren sollen, aber ich konnt' sie nicht allein lassen. Und in den ersten Jahren hatten wir keinen Wagen. Ich hab zu Hause gearbeitet, Rohrstühle geflochten, Vogelkäfige gebaut, Schilder gemalt. Rose bekam jede Menge Geld von Willard, aber sie hat immer gesagt: ›Billy, das ist nicht deins, es ist meins, bleib ja davon. Verdien dir dein eigenes Geld.‹ Manchmal hat sie mich wohl irgendwie verachtet, aber das war ihre Krankheit.

Es gibt Tage, da kommt sie und setzt sich auf meinen Schoß und nennt mich ihren süßen William. Dann lacht sie und tanzt zur Musik aus dem Radio, und ich bin ganz aus dem Häuschen und denke, es geht ihr gut. Dann dreht sie sich um und zischt mich an wie eine Klapperschlange. Es macht mich traurig, daß sie nie gesund geworden ist, wie ich es immer gehofft habe.«

»Können wir Ihnen irgendwie helfen, Onkel Billy?«

»Hm, Sir, ich wüßt' nicht wie. Die Baptisten haben's versucht, die Presbyterianer haben's versucht, die Methodisten haben auch getan, was sie konnten. Wir haben sie alle abgeklappert, aber nichts hat funktioniert. Ich war am Anfang nicht dafür, hierherzukommen, wegen dem ganzen Hinknien und Wiederaufstehen, rauf und runter, aber es gefällt uns.«

»Es freut mich, das zu hören. Und Sie brauchen sich auch nicht hinzuknien. Sie können aufstehen oder auch einfach sitzenbleiben, ganz wie Sie wollen. Jesus hat auch im Stehen und Sitzen gebetet.« Es entstand ein kurzes Schweigen, während Onkel Billy dankbar an seinem Kaffee nippte und diese Mitteilung verdaute.

»Wissen Sie, Onkel Billy, unsere Kirche kann Miss Rose genauso wenig heilen wie die Methodisten oder die Baptisten. Nur Gott kann heilen. Aber wir werden tun, was wir können, darauf gebe ich Ihnen mein Wort.«

»Ich danke Ihnen, Prediger.«

Pfarrer Tim stellte den Anrufbeantworter an, wie er es immer tat, wenn er mit einem Gemeindemitglied sprach. Dann setzte er sich auf seinen Drehstuhl. »Warum erzählen Sie mir nicht, was Ihnen im Kopf rumgeht?«

»Tja, also wissen Sie, vor all diesen Jahren, als Willard, ihr Bruder, starb, wußte er, daß seine kleine Schwester irgendeine Krankheit hatte, also hat er ihr dieses große, alte Haus mit all den schönen Antiquitäten hinterlassen. Und so wie's in seinem Testament steht, würde alles an die Stadt fallen, wenn sie stirbt. Jetzt hab' ich Angst, daß ich keinen Platz mehr habe, wenn Rose vor mir geht.

Manchmal im Winter weigert sie sich, den Ofen anzumachen und wird furchtbar krank auf der Brust, aber sie läßt mich nicht den Doktor holen. Und an solchen Tagen denke ich dann, ich falle dem Staat zur Last oder der Wohlfahrt, wenn es mit ihr irgendwann mal schlecht ausgeht.«

»Ich verstehe.«

»Alle möglichen Leute wollen dieses Haus kaufen, niemand weiß ja, daß die Stadt es kriegen soll, außer Roses altem Rechtsanwalt drüben in Wesley.«

»Ich verstehe nicht viel von juristischen Dingen«, meinte der Pfarrer. »Aber ich glaube, die Stadt könnte da etwas machen, wenn sie wollte. Ich glaube, man könnte eine Möglichkeit finden, um Sie weiter dort wohnen zu lassen, ganz egal, was die Stadt mit dem Besitz vorhat.

Ich werde mich um die Angelegenheit kümmern, und wenn Sie nächste Woche mal wieder vorbeikommen und mir Ihre Zeichnungen mitbringen, reden wir drüber.«

»Ich hätte nicht gern, wenn sich herumspricht, daß das Haus einmal an die Stadt fällt. Rose hat nie darüber geredet.«

»Von mir wird niemand etwas erfahren.«

Onkel Billy grinste. »Tja, Prediger, Sie haben mir eine große Sorge abgenommen, das steht fest. Ich schlag mich schon 'ne ganze Weile damit rum, und jetzt überlaß ich das ganze Problem einfach Ihnen.«

»Das ist ein guter Plan, Onkel Billy. Gott hat uns gesagt, wir sollen uns keine Sorgen um morgen machen.«

»Das ist aber ganz schön schwierig, Prediger.«

»Das ist es. Und man braucht einige Übung dazu. Halten Sie sich einfach an das Heute, das ist sein Rat. Natürlich hilft es auch, wenn Sie sich an *ihn* halten.«

»Ich halt' mich jetzt seit ziemlich vielen Jahren an ihn. Nicht so, wie ich sollte, aber ich will mich bessern, das versprech' ich.«

»Warum sprechen wir nicht einfach ein Gebet zusammen?« Er legte einen Arm um Onkel Billys Schultern.

»Vater, wir danken dir für Bill Watsons Vertrauen in dich und für seine Bereitschaft, dir die Führung zu überlassen. Wir legen diese Sache jetzt in deinen Schoß und bitten dich um die Weisheit, den richtigen Weg einzuschlagen, durch Christus, unseren Herrn. Amen.«

»A-men! Wissen Sie, der Herr kennt mich seit jeher als Bill und nicht als Billy, genauso wie Sie es gerade gesagt haben!«

Als die beiden Männer sich verabschiedet hatten, rief Pfarrer Tim seinen Vetter Walter an, der außerdem sein Rechtsanwalt war.

Dann machte er sich an seine Predigt. Und seltsam, sein Gespräch mit Onkel Billy hatte ihm genau die Einsicht geschenkt, die er bei einer gewissen schwierigen Stelle noch gebraucht hatte.

»'tschuldigung, Pater, aber Sie haben Fledermäuse in Ihrem Glockenturm.« Russell Jacks drückte die Bürotür auf und spähte hinein.

»Ah, Russell! Das ist schon immer so gewesen. Kommen Sie rein.«

Russell war fast zwanzig Jahre lang Küster in der Kapelle Unseres Herrn und Erlösers gewesen, lebte jetzt aber infolge eines Rückenleidens seit einem Jahr bei seiner Tochter im Tal. »Ich freue mich ja so sehr, Sie zu sehen, mein Freund«, sagte Pfarrer Tim und drückte Russells schwielige Hand mit echtem Gefühl. »Willkommen daheim!«

»Sobald wir die Fledermäuse da raus haben, fege ich ihren Dreck zusammen und werfe ihn auf die Blumenbeete.«

Russell Jacks war wieder da und fest entschlossen, seine Arbeit wieder aufzunehmen.

»Wann um alles in der Welt bekommen wir unsere Glocke wieder?« wollte er wissen.

»Oktober, November, irgendwann um den Dreh. Den ganzen Weg von England bis nach Amerika! Es war eine lange, traurige Zeit, in der keine Glocken in der Kapelle Unseres Herrn geläutet haben. Und es war eine lange, traurige Zeit ohne Sie, Russell. Erzählen Sie mir, wie es Ihrem Rücken geht. Alles wieder in Ordnung?«

»Ich würd' ja gern noch mit Ihnen reden, Pater, aber draußen wartet mein kleiner Enkel.« Russell preßte sich den Hut aufs Herz, wie er es für gewöhnlich in Anwesenheit von Kirchenmännern zu tun pflegte.

»Dann holen Sie ihn rein!« Der Pfarrer trat an die Tür

und blickte hinaus. Dort, an der Ecke des Steinhauses, stand ein barfüßiger, sommersprossiger, rothaariger Junge in einem schmutzigen Overall.

Wahrhaftig, dachte der Pfarrer, Tom Sawyer, wie er leibt und lebt!

»Seiner Mama geht's nicht gut«, sagte Russell, »und deshalb kann sie nicht auf ihn aufpassen. Sie hat sich um mich gekümmert, als es mir schlecht ging, und ich habe ihr versprochen, mich für eine Weile um ihn zu kümmern. Er ist der Älteste von fünfen.«

Dem Pfarrer fiel plötzlich ein, daß irgendwo in seinem Büro, auch wenn er sich nicht genau daran erinnern konnte, wo, eine letzte Schachtel mit Cremehütchen stehen mußte. Er schob die Hand hinter einen Band von Bonhoeffers *Gemeinsames Leben* und zog die Schachtel mit Süßigkeiten heraus.

»Wie heißt Ihr Enkel?«

»Dooley!« antwortete Russell Jacks mit offensichtlichem Stolz.

»Dooley!« rief er durch die Tür, »komm rein und laß dich mal ansehen!«

Der Junge kam und blieb auf dem Gehsteig stehen, um den Pfarrer anzusehen. Jetzt, da er ihn aus der Nähe sah, bemerkte Pfarrer Tim einen Ausdruck in den Augen des Jungen, der ihn älter erscheinen ließ, als er war.

»Gehört das hier nicht zur Kirche?« fragte der Junge skeptisch.

»Hm, ja, es ist ein Pfarrbüro.«

»Dann kann ich nich' reinkommen. Bin nich' gewaschen.«

»Du brauchst dich nicht zu waschen, um reinzukommen.«

»Sie verkohlen mich doch nicht, oder? Wo Sie doch 'n Pfaffe sind?«

»Nein. Nein, ich lüge nicht.«

Der Junge sprang die Stufe hinauf und durch die Tür und unterzog den Raum einer genauen Musterung. »Kann ich hier irgendwo pinkeln gehen?«

Kapitel 7

Eine wahre Perle

Es war jetzt eine Woche her, seit Puny Bradshaw um Punkt acht Uhr morgens an seiner Tür geklingelt und sein Haus übernommen hatte.

Glücklicherweise ging er gerade zur Tür hinaus, als sie hereinkam, wodurch ihm die unangenehme Aufgabe erspart blieb, ihr sagen zu müssen, was sie tun sollte.

Es demütigte ihn, wenn er daran dachte, daß er am Abend zuvor seine schmutzige Wäsche in einem Kopfkissenbezug versteckt und diesen hinter seinen Schrank gestopft hatte wie ein gemeiner Räuber oder ein Hühnerdieb. Erheblich schlimmer war jedoch die Tatsache, daß sie die Wäsche gefunden hatte. Als er gegen Mittag nach Hause kam, um sein Büchlein mit den Notizen für die Predigt zu holen, kam sie ihm im Flur entgegen.

»Herr Pfarrer«, sagte sie und hielt schamlos die am meisten verschlissene Unterhose hoch, die er besaß, »Ihre Unterwäsche sieht aus, als wären Sie in eine Katzenbalgerei geraten. Wie, um alles in der Welt, können sie in diesen Dingern predigen?«

Diese Szene setzte ihn solchermaßen in Erstaunen, daß er nicht hatte antworten können.

»Vor mir brauchen Sie keine Hemmungen zu haben«, sagte sie, als sie sah, daß ihm die Sache fürchterlich peinlich war. »Mein Opa war Prediger, und ich habe ihn jahrelang von vorne bis hinten bedient, also könnte man sagen, ich sei geradezu wie geschaffen für diesen Job. Ich sag Ihnen was, das nächste Mal, wenn ich bei Wal-Mart drüben in Wesley bin, kaufe ich Ihnen ein Dutzend Unterhosen, weil ich diese da nämlich als Putzlumpen verwenden werde!«

Als er dann am Spätnachmittag gegen halb sechs nach Hause kam, fand er eine dampferfüllte, aber makellos saubere Küche und eine rotwangige Puny vor.

»Dieser Scheffel Tomaten hätte mich fast umgebracht!« erklärte sie. »Nachdem ich diese Riesenladung Kürbisse eingefroren hatte, hab' ich in Ihrer Garage ein paar Krüge gefunden. Die hab' ich dann in Ihrem Suppentopf sterilisiert und die Tomaten eingekocht. Riskieren Sie mal 'nen Blick«, sagte sie stolz und zeigte auf vierzehn Mason-Krüge, in denen zinnoberrote Tomaten lagen.

»Puny«, rief er in freudigem Erstaunen, »bei diesem Anblick geht einem ja das Herz auf.«

»Nicht nur das. Ich habe auch Ihr Badezimmer geschrubbt, daß es nur so funkelt, und eines will ich Ihnen gleich sagen, Herr Pfarrer. Falls ich hierbleibe – und ich brauche die Arbeit dringend –, müssen Sie wirklich Ihren Toilettensitz hochklappen, wenn Sie sich erleichtern.«

Er spürte, wie sein Gesicht brannte. Eine kleine Emma, dachte ihr Arbeitgeber düster. Jetzt habe ich eine im Büro und eine zu Hause, ein Duo, wie es im Buche steht. Er konnte jedoch nicht umhin, sich trotzdem über die vierzehn Krüge mit Tomaten zu freuen, die da in Reih und Glied auf seiner Küchentheke prangten.

Als er am Freitagnachmittag ins Pfarrhaus zurückkehrte, war dieses von geradezu atemberaubenden Düften erfüllt.

Gebackenes Huhn. Kürbiseintopf. Gedämpfter Brokkoli. Geröstete Maiskolben. Und geeister Joghurt mit einer dicken Schicht eingekochter Baxter-Äpfel oben drauf. Du Kleingläubiger, warum hast du gezweifelt? zitierte er bei sich.

»Ich kenne mich mit diesem Altersdiabetes aus. Mein Großvater war da schlimmer dran als sie«, erklärte Puny ihm mit sichtlicher Befriedigung. »Und ich kann nicht nur für Diabetes kochen, ich kann auch für hohen Blutdruck kochen, für Herzprobleme, einen nervösen Magen und Verstopfung.«

Während der vergangenen zwölf Jahre hatte er sich manchmal in einem Anfall von Frustration gefragt: »Herr, was habe ich getan, um Emma Garrett zu verdienen?« Jetzt fragte er aus ganzem Herzen: »Herr, was habe ich getan, um Puny Bradshaw zu verdienen?«

Er wählte seinen besten Anzug aus, der gerade erst von der Reinigung in Wesley zurückgekommen war, und hängte ihn auf den Haken hinter seiner Schlafzimmertür. Dann legte er sich ein Paar brandneue Boxershorts heraus, die Puny Bradshaw ihm freundlicherweise von Wal-Mart mitgebracht hatte, und ein von ihr geradezu perfekt gebügeltes Hemd. Er putzte die schwarzen Halbschuhe, räumte das Schuhputzzeug weg und dachte sogar daran, sich ein sauberes Taschentuch aus der obersten Schublade zu nehmen.

Er hatte sein Morgengebet bereits hinter sich und beschäftigte sich mit der herausfordernden Botschaft von Lukas 12: Darum sage ich euch: Sorgt nicht um euer Leben, was ihr essen sollt, auch nicht um euren Leib, was ihr anziehen sollt. Denn das Leben ist mehr als die Nahrung und der Leib mehr als die Kleidung.

Seht die Raben an: Sie säen nicht, sie ernten auch nicht, sie haben auch keinen Keller und keine Scheune, und Gott ernährt sie doch. Wieviel besser seid ihr als die Vögel!

Nur einer von tausend sah in diesem Satz mehr als einen poetischen Erguß, dachte er, während er sich anzog. Sorgt euch nicht. Die meisten Sterblichen betrachteten Sorge als absolute Notwendigkeit. Und doch wurde der Gläubige wieder und wieder ermahnt, seine Sorge zu vergessen und nur zu Gott aufzuschauen.

Was es auch sein mochte, Vernunft war es jedenfalls nicht. Aber ›Vernunft ist nicht Glaube‹, hatte Oswald Chambers geschrieben, ›und der Glaube ist nicht Vernunft.‹

Er näherte sich dem Teil der Woche, in dem seine Predigt ihm ständig durch den Sinn ging. ›Nehmen wir einmal an, daß ich glaube, Gott wird mir alles geben, was ich brauche‹, hatte Chambers geschrieben, ›um mich dann auf

Grund laufen zu lassen, ohne Hoffnung für die Zukunft, nur um festzustellen, ob ich diese Erprobung des Glaubens durchstehe oder … auf eine niedrigere Stufe zurücksinke.‹

Er steckte das Taschentuch ein und sah in den großen Spiegel auf der Rückseite der Gästezimmertür.

Ja. So würde es gehen.

Er griff nach seinem Predigtnotizbuch, ging zur Garage, um sich von Barnabas zu verabschieden, und machte sich auf den Weg zu seinem frühen Treffen mit Bürgermeisterin Cunningham.

In ihrem Büro im Rathaus aß Esther Cunningham ein Wurstbrötchen mit einer Portion Pommes frites und trank eine Cola light, was Pfarrer Tim in Anbetracht der Tatsache, daß es erst sieben Uhr morgens war, bemerkenswert fand.

»Einen wunderschönen guten Morgen!« sagte sie und hob mit großer Geste ihren Becher. »Kommen Sie, setzen Sie sich, wohin Sie wollen, und greifen Sie zu!«

Und es gab tatsächlich einiges, worauf man im Büro der Bürgermeisterin Platz nehmen konnte. Als sie vor vierzehn Jahren zum ersten Mal gewählt wurde, hatte sie einen Umzugslaster gemietet und, sehr zum Erstaunen ihres Ehemannes, ihre gesamten Wohnzimmermöbel von zu Hause herbringen lassen. Jetzt standen ein graublaues Sofa, ein lederner Zweisitzer, zwei Clubsessel, eine Polstertruhe und ein dänischer Cocktailtisch im Büro. Keines dieser Möbelstücke trug jedoch dazu bei, die Tatsache zu verbergen, daß die Wände langsam schimmelten, eine Widrigkeit, die das Rathaus einer undichten Stelle im Dach verdankte, die in all den Jahren niemand hatte finden können.

»Wie gefällt Ihnen diese leichte Kälte in der Luft heute morgen?« fragte er und setzte sich in einen Clubsessel, Esther gegenüber.

»Himmlisch! Ray und ich werden mit dem Wohnmobil

zum erstbesten Forellenbach fahren, den wir finden können. Gleich nach dem nächsten Enkelkind natürlich.«

Die Bürgermeisterin war berühmt für eine Anzahl schöner Töchter und eine erstaunliche Schar von Enkelkindern, aber er konnte sich nicht darauf besinnen, wieviel die letzte Zählung ergeben hatte.

»Und das wievielte Enkelkind wird das sein?«

»Das dreiundzwanzigste!« sagte sie. Eigentlich hätte in diesem Augenblick eine Blaskapelle einen Tusch blasen müssen.

»Aha!« sagte er und sah sich nach Kaffee um. Soweit er sehen konnte, gab es im Büro der Bürgermeisterin keinen Tropfen davon. »Esther, Ihre Mädchen tun alles, was in ihrer Macht stehen, um unsere Steuern in die Höhe zu treiben.«

»Jammern Sie nicht. Bisher haben Sie zwei Müllmänner, einen Postboten, einen Bankkassierer und einen Parkaufseher dafür bekommen. Ganz zu schweigen von einem Feuerwehrmann und einer Wagenladung Sonntagsschullehrer.«

»Wie vergeßlich ich doch geworden bin. Nun, wollen wir gleich zur Sache kommen?«

»Wär' wohl besser. Ich habe um acht eine Stadtratssitzung wegen der Auswahl der Stadtblume. Die haben jetzt so lange auf dieser Sache rumgekaut, daß ich am liebsten kein Wort mehr darüber hören würde, aber die Zeitung in Wesley will eine Story, und die werden uns erst in Ruhe lassen, wenn wir die Sache bekanntgegeben haben.

Welche Blume es auch wird, wir werden sie auf Schilder malen und am Stadteingang aufstellen; wir werden eine Tafel am Denkmal anbringen und einen Feiertag mit einer Parade festsetzen, und wir werden den Gouverneur dazu bewegen, an der Zeremonie teilzunehmen ... So ein Theater habe ich seit dem Baxter-Äpfel-Wettbacken noch nicht wieder erlebt.«

»Erinnern Sie mich bloß nicht daran«, sagte der Pfarrer, der im vergangenen Jahr sechzehn Apfelkuchen gebacken hatte, um Geld für die Bibliothek aufzutreiben.

»Welche Blume sollte denn Ihrer Meinung nach Stadtblume werden? Sie sind doch schließlich Gärtner.« Sie knüllte ihre Brötchentüte zusammen und bugsierte sie mit einem gelungenen Wurf in den Abfalleimer.

»Die Stiefmütterchenliga ist ziemlich stark.«

»Ja, aber sehen Sie sich doch nur all die Rosenlauben in der Alten Kirchgasse an.«

»Das stimmt, aber da, wo sie wachsen, fallen sie nicht so auf. Was sehen die Touristen in den Blumenkästen auf der Hauptstraße? Stiefmütterchen! Und um das Stadtdenkmal herum? Stiefmütterchen, nichts als Stiefmütterchen! Und die Ladengärten? Voller Stiefmütterchen!«

»Möchten Sie irgend jemanden zum Stiefmütterchentag einladen? Ich meine, denken Sie doch mal drüber nach, würden Sie jemanden in Raleigh oder Salisbury anrufen und sagen: Hey, komm doch mal rüber zum Stiefmütterchentag?«

»Tja, Bürgermeisterin, das ist ein Argument. Ihren Job möchte ich nicht haben, um nichts in der Welt.«

»Und, um die Wahrheit zu sagen, ich habe ihn auch schon viel zu lange. Ich möchte nicht, daß Sie das verbreiten, aber ich baue eins meiner Enkelkinder für die nächste Wahl auf.«

»Nein!«

»Während ich noch was für mein Cholesterin tue, können Sie mir erzählen, was Sie auf dem Herzen haben.«

»Was würde geschehen, wenn nach dem Tod eines gewissen Bürgers der Stadt ein großes Haus zur allgemeinen Benutzung überlassen würde und im besagten Haus noch ein Familienmitglied lebte, das nirgendwo anders hin könnte? Das überlebende Familienmitglied ist ein guter Kerl, gesund an Leib und Seele und fällt niemandem zur Last. Meinen Sie, der Stadtrat würde zustimmen, das überlebende Familienmitglied weiter im Haus wohnen zu lassen? Juristisch gesehen wäre die Sache in Ordnung.«

»Ich nehme nicht an, daß Sie bereit wären, irgendwelche Namen zu nennen?«

»Mein Mund schweigt«, erwiderte er lächelnd.

»Tja, da nichts von alledem bisher wirklich eingetreten ist und ich nicht klipp und klar weiß, worüber Sie eigentlich reden – ich schätze, Sie wollen, daß ich Ihnen meine subjektive Meinung dazu sage?«

»Genau das.«

»Ich würde sagen, wenn das, was Sie mir berichtet haben, stimmt, und das hat es bisher ja immer, könnten wir die Sache wohl hinbiegen. Wir kümmern uns um unsere Leute hier in Mitford; das war immer eine meiner wichtigsten Aufgaben hier. Sie wissen doch sicher, daß wir zum Beispiel immer dafür sorgen, daß Miss Rose und Onkel Billy Öl in ihrem Tank haben.«

»Gutes Beispiel.«

»Also«, sagte die Bürgermeisterin und bedachte ihn mit einem breiten Grinsen.

»Also. Für welche Stadtblume werden Sie denn stimmen?«

»Tausendschön!« antwortete sie lächelnd.

»Also, wenn Sie irgend jemanden dazu kriegen können, den ganzen Weg von Charlotte oder Raleigh zum Tausendschön-Tag hierherzukommen, lade ich Sie zu einem gewaltigen Steak in Wesley ein.«

»Ich komme darauf zurück!« sagte die Bürgermeisterin und schüttelte ihm energisch die Hand.

Als er nach einem Besuch bei der schwerkranken Pearly McGee ins Büro kam, fand er Onkel Billy vor, der auf der Treppe auf ihn wartete und in der Hand ein Päckchen hielt, das er locker in vergilbte Ausgaben der *Mitford Muse* gehüllt hatte.

»Moin, Prediger.«

»Guten Morgen, Onkel Billy«, sagte er und half dem alten Mann auf die Füße.

»Diese verflixte Arthritis ist wieder mal besonders schlimm. Ich komm kaum noch runter, geschweige denn rauf. Dauert bestimmt nicht mehr lange, und Sie können mich an die Wand lehnen wie ein Brett.«

»Wir könnten Sie vielleicht als Hutständer benutzen.«

»Und vielleicht machen Sie ein kleines Vogelhaus oben drauf und stellen mich auf den Hof.« Onkel Billy lachte und zeigte seine sämtlichen drei Zähne. Im Büro ließ er sich auf die Besucherbank nieder und legte vorsichtig sein Päckchen über die Knie.

Pfarrer Tim stöpselte die Kaffeemaschine ein und öffnete die Fenster. »Um gleich zur Sache zu kommen, Onkel Billy, ich habe ein paar Erkundigungen angestellt. Mein Rechtsanwalt ist mit Fällen wie dem Ihren vertraut. Ja, rein juristisch ließe es sich arrangieren, daß Sie weiter in Porter Place leben können. Und die Bürgermeisterin glaubt, der Stadtrat würde in dieser Sache auf jeden Fall hinter ihr stehen. Ich habe natürlich keinen Namen genannt.

Wir beide wissen, daß wir nicht ahnen können, was der morgige Tag bringen wird oder wie die Führung der Stadt sich verändert, aber für mich sieht es so aus, als hätten Sie keinen Grund zur Sorge.«

Onkel Billy senkte für einen Augenblick den Kopf. Als er wieder aufschaute, standen Tränen in seinen Augen. »Vielen Dank, Prediger.«

»Nein, Onkel Billy, ich habe Ihnen zu danken. Ich glaube, der Heilige Geist hat mir durch Ihre schwierige Situation eine Predigt geschenkt.« Die Jünger waren immer wieder mit einem einfachen Wort belehrt worden: Fragt. Onkel Billy hatte, wie ein großer Teil der übrigen Menschheit, kostbare Jahre damit zugebracht, sich zu sorgen, statt zu fragen.

»Ich hoffe, Sie haben Ihre Zeichnungen da drin.«

»Ich war schon drauf und dran, sie überhaupt nicht herzubringen. Ich hab sie mir angesehen und zu Rose gesagt: ›Rose, ich kann diesen alten Kram unmöglich zum Prediger rüberbringen.‹ Naja, sie hat angefangen zu schimpfen und gesagt, ich hätte nie viel Zutrauen zu mir gehabt. Das stimmt nicht. Ich weiß, ich kann genauso gut wie jeder andere Rohrstühle machen und Schilder, und ich stelle mich auch gar nicht übel an, wenn es um ein Vogelhaus geht. Aber dieser Kram hier ist nichts wert.«

»Und ich habe mich so darauf gefreut, Ihre Bilder zu sehen, seit Sie letzte Woche davon gesprochen haben.«

Der alte Mann stand langsam auf und legte sein Päckchen auf den Schreibtisch. Dann machte er sich daran, die brüchigen Zeitungen aufzufalten.

Pfarrer Tim stellte fest, daß er eine Ausgabe der *Mitford Muse* von 1952 in Händen hielt. Und dann sah er die erste Zeichnung.

In schweigender Verblüffung betrachtete er die schöne, detaillierte Bleistiftzeichnung eines großen Hundes auf einem Kornfeld, eines Himmels voller Wachteln und – in der Ferne – eines Jägers mit erhobenem Gewehr vor einem Hintergrund spätherbstlicher Bäume.

»Allmächtiger«, sagte er leise.

Am Freitag tat er etwas, das er kaum je getan hatte. Er nahm sich den Tag frei.

Immerhin kam der Reinigungswagen von Wesley herüber, und er mußte noch die Taschen seiner sämtlichen Anzüge durchsehen und Zettel mit einfachen Änderungswünschen daranheften. Er mußte zum Friseur und sich seinen Nacken ausrasieren lassen, wie Jo Ivey immer sagte. Außerdem brauchten seine Schuhe neue Sohlen, und er mußte etwas kaufen, womit er den Bieraufkleber von seinem Schutzhelm, den er für Fahrten mit der Vespa brauchte, entfernen konnte.

Da er wie gewohnt erst ins Krankenhaus und dann in die Grillstube ging, bevor er sich diesen Aufgaben widmete, war er nicht zu Hause, als Puny um acht Uhr morgens kam.

Sie hoffte, daß er irgend etwas mit dem Scheffel Baxter-Äpfel gemacht hatte, der immer noch in der Garage lagerte. Aber die Äpfel lagen immer noch da, umschwärmt von zahllosen Fliegen.

Als Barnabas in wilder Freude auf sie zugestürzt kam, rezitierte Puny mit lauter Stimme eine der wenigen Bibelstellen, die sie jemals auswendig gelernt hatte:

»Und das ist sein Gebot, daß wir glauben an den Namen seines Sohnes Jesus Christus und lieben uns untereinander.«

Barnabas legte sich der Länge nach vor ihre Füße und seufzte.

»Also, so was wie dich habe ich mein Lebtag noch nicht gesehen«, sagte sie bewundernd. »Wir sollten dich ins Fernsehen bringen.«

Puny nahm den Scheffel Äpfel und brachte ihn in die Küche, wo sie die Früchte in der Spüle abwusch. Drei Einmachgläser waren alles, was sie, nachdem sie mit den Tomaten fertig war, übrig behalten hatte. Was nur eins bedeuten konnte: sie würde Apfelkuchen backen und den Rest trocknen müssen.

»Wahrhaftig«, beklagte sie sich bei Barnabas, »man kommt hier zu rein gar nichts!«

Sie öffnete die Hintertür, um frische Luft einzulassen und erschrak, als sie einen rothaarigen Jungen in zerfetztem Overall auf der Treppe stehen sah. Nach allem, was sie gehört hatte, mußte dies Russell Jacks' Enkelsohn sein. Barnabas bellte freudig und schoß zur Tür, wo er unter lautem Winseln versuchte, ins Freie zu kommen. »Halt den Mund und leg dich hin! Philipper 4,13, verflixt und zugenäht!«

Der Junge sah sie durch die Fliegentür durchdringend an.

Puny wußte nicht, was bemerkenswerter war, seine blauen Augen oder seine schmutzigen Füße.

»Ich wollte gerade klopfen«, erklärte er. »Sind wir verwandt?«

»Nicht, daß ich wüßte. Wie kommst du darauf?«

»Sie haben genau so 'ne Sommersprossen wie ich.«

»Wir können nicht verwandt sein. Du kommst von unten aus dem Tal!«

»Das heißt gar nix«, entgegnete er weise.

»Was kann ich für dich tun?«

»Mein Opa hat mir gesagt, ich soll herkommen und den Prediger holen.«

»Pfarrer Tim ist nicht hier; er ist im Krankenhaus.«
»Was hat er denn?«
»Er hat gar nichts. Er besucht kranke Leute dort und spendet ihnen etwas Trost.«
Er blickte auf seine Füße hinab und sagte mit leiser Stimme: »Meine Mama is' auch krank.«
»Warum kommst du nicht rein und wartest auf ihn? Er ist sicher gleich wieder hier.« Als sie die Fliegentür aufdrückte, knurrte Barnabas.
»Beißt der Hund da?«
»Nur wenn es sein muß«, entgegnete Puny, die Barnabas am Halsband festhielt. »Setz dich auf den Hocker da.«
Er lief zu dem Hocker hinüber und stellte seine Füße auf die oberste Sprosse. »Einmal hätte mich ein Hund nämlich gerne aufgefressen.«
»Schon auf Grund deines Overalls würde sich dieser Hund von dir fernhalten«, sagte sie mit echter Überzeugung.
»Wie heißen Sie?«
»Puny.«
»Wieso haben Sie denn so'n komischen Namen?«
»Weil ich bei meiner Geburt ganz krank und mickrig war. Und sowas nennt man auf englisch ›Puny‹.«
»Und wie haben Sie's geschafft, nich' mehr mickrig zu sein?«
»Harte Arbeit, Jungchen, damit hab ich's geschafft.« Sie machte sich daran, den gewaltigen Berg Äpfel in der Spüle zu schälen. »Und wie heißt du?«
»Dooley.«
»Dooley? Hast du keinen richtigen Namen wie Howard oder Buddy oder Jack oder so was?«
»Dooley ist ein richtiger Name!« sagte er hitzig.
Es entstand ein langes Schweigen, während Puny sich ganz ihrer Aufgabe widmete. »Ha'm Sie's jemals mit dem Wasser aus einem hohlen Baum versucht?« fragte Dooley.
»Wasser aus einem hohlen Baum! Barmherziger, ich habe alles versucht, aber nichts hat funktioniert.«

»Ich hab gehört, wenn man sein Gesicht in frischen Kuhdung legt, das würde klappen.«

Sie drehte sich um, ohne den Apfel, an dem sie gerade arbeitete, wegzulegen. »Hast du's mal ausprobiert?«

»Nee.«

»Ich auch nicht, weil ich gehört habe, man muß 'ne ganze Weile drin liegen bleiben, damit es einwirkt.«

»Kann ich vielleicht einen von den Äpfeln da kriegen?«

»Wenn du ›bitte‹ sagst, kriegst du einen.«

»Bitte«, sagte Dooley.

Er steckte ihn sich hastig in eine Tasche des Overalls. »Mein Onkel sagt, wenn man sein Gesicht mit demselben Lumpen wäscht, mit dem man auch die Füße wäscht, das würde helfen.«

»Das würde ich an deiner Stelle nicht versuchen. Außerdem glaube ich, wir sollten zufrieden sein mit dem, was der liebe Gott uns gegeben hat. Ich pfusche nicht mehr an meinen Sommersprossen rum, und ich finde, du solltest auch aufhören, deine Zeit mit so was zu verschwenden.«

Er betrachtete seine Füße, die er jetzt, da Barnabas eingeschlafen war, wieder frei vom Hocker baumeln ließ. In der Küche war es still. Vogelgezwitscher drang durch das offene Fenster, und eine sanfte Brise blähte die Vorhänge auf.

Dooley beschloß, seinen Apfel zu essen. »Worüber wollen wir denn jetzt reden?«

»Wie alt bist du?«

»Elf.«

Puny schälte grimmig weiter. »Ich bin froh, daß ich nicht mehr elf bin.«

»Warum?«

»Ich fand es gar nicht schön, ein Kind zu sein. Dauernd hat dich einer geschlagen, dich an den Haaren gezogen, dich durchs Haus gejagt oder mit Schlamm beworfen. Ich möchte nicht noch mal so alt sein wie du, nicht für allen Tee in China und erst recht nicht für den in Japan.«

»Wenn ich zwölf bin, werde ich irgend jemand gewaltig zusammenschlagen.«

»Du solltest in diesem Haus besser nicht solche Worte benutzen. Nein, mein Herr, so etwas möchte ich hier nicht hören.«

Er aß seinen Apfel. »Wann kommt denn dieser Prediger endlich? Mein Opa hat gesagt, ich soll's kurz machen.«

»Er kommt, wenn er kommt. Was ist los mit deiner Mama?« Puny machte sich daran, die geschälten Äpfel in Scheiben zu schneiden. In der Küche war es ganz still, das einzige Geräusch machten die Apfelscheiben, wenn sie in den Topf fielen. »He, hat's dir die Sprache verschlagen?«

»Darüber red ich nicht mit Ihnen.«

»Warum nicht?«

»Weil Sie das, verdammt noch mal, nix angeht.«

Sie drehte sich um und sah ihn an. Sein Gesicht wurde hart, und er sah älter aus. Wie ein kleiner alter Mann, der auf einem Hocker hockte.

»Dann laß dir mal eins gesagt sein, Bürschchen. Bilde dir nicht ein, daß du mit deinen schmutzigen Füßen in meine Küche marschieren und mir dumm kommen kannst. Dann findest du deinen kleinen Hintern nämlich im Handumdrehen auf der Veranda wieder.«

Er ließ sich von dem Stuhl runterrutschen und ging auf die Tür zu. »Blöde, alte Hexe!«

Sie erwischte ihn auf der Treppe. »Hexe, wie? Weißt du, was Hexen mit frechen kleinen Jungen machen?« Sie packte ihn am Kragen und zog ihn ganz dicht an sich heran. »Sie kochen sie in diesem großen, alten Topf da drüben, bis sie schön weich sind.«

»Ach ja?«

»Ja!« Sie sah ihn mit entblößten Zähnen drohend an. »Und dann …«

»Und dann was?« fragte Pfarrer Tim, der gerade auf den Hof kam.

»Ich wollte dieses Bürschchen hier gerade bei lebendigem Leibe gar kochen«, sagte sie, »und da kommen Sie daher und verderben mir alles.«

Als Pfarrer Tim, Dooley und Barnabas am Nebeneingang der Kapelle Unseres Herrn ankamen, verschwendete Russell Jacks keine Zeit mit irgendwelchen schönen Reden.

Er nahm respektvoll den Hut ab und sagte: »Das Schloß ist aufgebrochen worden.«

Ihm wurde plötzlich kalt. In all den Jahren, seit er als Pfarrer in dieser Gemeinde tätig war, hatte es niemals irgendwelchen Vandalismus gegeben, ja sie hatten kaum je einmal eine Bierdose auf dem Rasen gefunden.

»Sonst ist aber, soweit ich sehen kann, alles in Ordnung.«

»Dooley«, sagte Pfarrer Tim, »könntest du mir einen Gefallen tun und Barnabas Gesellschaft leisten? Setz dich einfach dort ins Gras, und ich binde seine Leine an der Bank fest. Auf diese Weise könnt ihr zwei euch ja miteinander bekannt machen.«

Dooley betrachtete den riesigen, schwarzen Hund, der auf dem ganzen Weg zur Kirche versucht hatte, ihm das Gesicht abzulecken, argwöhnisch. »Du tust, was der Herr Pfarrer dir sagt«, mischte Russell Jacks sich ein und hielt dem Geistlichen die Tür auf.

Mit einem seltsamen Gefühl der Sorge ging er nach Hause. In der Stunde, die sie darauf verwendet hatten, nach irgendwelchen anderen Spuren von Gewalt zu suchen, hatten sie nichts Ungewöhnliches gefunden. Der kostbare Wandteppich war unversehrt, vom Altar war nichts gestohlen worden, nichts war, soweit er feststellen konnte, weggenommen oder an einen anderen Platz gestellt worden. Wenn irgend jemand eingebrochen hatte, um nach Geld zu suchen, wo hätte er dann wohl gesucht? Emma nahm das Geld von der Kollekte immer mit nach Hause und brachte es am Montag ins Büro.

Er hatte die Schubladen in der Sakristei überprüft und achtzehn Dollar vierunddreißig in einem Umschlag gefunden, ungefähr den Betrag, den sie für gewöhnlich da hatten, um für Messingpolitur oder Altarkerzen zu bezahlen.

Warum sollte sich irgend jemand die Mühe machen, sich mit Gewalt Eintritt zu verschaffen, ohne irgend etwas zu stehlen? Aber nein, er bauschte die Sache zu sehr auf. Es war immerhin nur ein aufgebrochenes Schloß, sonst nichts.

Obwohl er nicht fand, daß er zu den Menschen zählte, die sich allzusehr auf ihre Gefühle verließen, fühlte er sich unwohl. Vielleicht sollte er Rodney Underwood anrufen, den jungen Polizeichef, und feststellen, was der dazu zu sagen hatte.

Allerdings hatte die ganze Geschichte auch ihr Gutes gehabt.

Draußen im Gras neben der Gartenbank hatte Dooley Barlowe einen Freund gefunden.

Als er nach Hause kam, ging er direkt in die Küche, um nach Puny zu suchen, und fand sich statt dessen einem ungewöhnlichen Anblick in seinem Garten gegenüber. Sie hatte in der Garage eine alte Fliegentür entdeckt, hatte sie mit dem Schlauch abgespritzt und über zwei Stühle gelegt, um eine Unmenge Apfelscheiben auf der Fliegentür auszubreiten.

»Das ist unser Trockengestell«, sagte sie mit einiger Autorität. »Bevor ich heute weggehe, tragen wir's ins Gästezimmer. An sonnigen Tagen bringen wir es wieder runter. Ich weiß, das macht etwas Mühe, aber das ist eben der Preis, den Sie für heiße Obstpasteten im Winter bezahlen. In der Zwischenzeit habe ich sechs Apfeltorten im Ofen und sechs weitere, die noch gehen müssen, und ich wünschte wahrhaftig, Sie könnten diesen Jungen dazu bewegen, sich die Füße zu waschen.«

Pfarrer Tim war zutiefst erstaunt, als er sich selbst sagen hörte: »Puny, haben Sie montags schon eine Arbeit?«

»Nein, hab ich nicht, aber ich bräuchte welche.«

»Nun denn«, sagte er, »jetzt haben Sie welche!«

Am Samstagmorgen stattete er dem Antiquitätengeschäft ›Oxford‹ einen Besuch ab – mit einem Apfelkuchen im Korb.

»Wie Rotkäppchen!« sagte Andrew Gregory, als er aus dem hinteren Teil des Ladens kam, um ihn zu begrüßen.

Der Pfarrer hielt ihm den Korb hin. »Selbstgebackener Apfelkuchen«, sagte er mit einem gewissen Stolz.

»Die besten Ärzte sind Apfelkuchen und Käse!« rief Andrew und zitierte damit einen Dichter aus dem neunzehnten Jahrhundert. »Was für eine Köstlichkeit, mein Freund. Vielen Dank, und kommen Sie herein.« Er schien sich wie ein Kind zu freuen, als er den Korb in Empfang nahm. »Warum verputzen wir nicht alles gleich an Ort und Stelle, und Sie können Ihren Korb wieder mit nach Hause nehmen?«

Die beiden Männer lachten.

»Ich fürchte, ich muß meinen Korb auf jeden Fall wieder mit nach Hause nehmen, da ich noch fünf weitere Kuchen auszuliefern habe.«

»Ich weiß nicht, woher Sie die Zeit nehmen, Ihre Schäfchen nicht nur seelisch, sondern auch körperlich mit Nahrung zu versorgen.«

»Andrew, das Schicksal hat mich mit der besten Haushälterin gesegnet, die ein Mann sich nur wünschen kann. Sie heißt Puny Bradshaw und hat gestern nicht nur ein Dutzend Kuchen gebacken, sie hat letzte Woche auch vierzehn Krüge Tomaten eingemacht.«

»Wirklich außergewöhnlich!«

Sie setzten sich auf die beiden Sofas am Ladeneingang.

»Und ich habe sogar etwas noch Außergewöhnlicheres auf Lager. Ich habe herausgefunden, daß Onkel Billy Watson ein großartiger Maler ist. Ungebildet aufgewachsen im Tal, hatte niemals irgendeine Ausbildung. ›So grob wie ein Stück Eierkohle‹, wie er selbst sagt. Und trotzdem zeichnet er wie ein georgianischer Gentleman.«

»Sie haben es anscheinend immer mit irgendeinem Vermeer oder so zu tun.«

»Die Zeichnungen liegen in meinem Büro, und ich hätte

gern Ihre Meinung dazu gehört. Vielleicht könnten Sie ja Montagmorgen mal vorbeikommen. Immerhin trinke ich jetzt seit Jahren Ihren Kaffee, also könnten Sie ruhig mal vorbeikommen und meinen versuchen.«

»Ich freu' mich drauf«, sagte Andrew. »Und bitte gehen Sie noch nicht. Ich möchte Ihnen etwas zeigen.«

Andrew ging ins Hinterzimmer und kam mit zwei Büchern zurück.

»Sehen Sie sich das mal an!« sagte er. »Eine Erstausgabe des ersten Bandes von Churchills *History of the English-Speaking Peoples*. Etwas, das ich mir schon seit sehr langer Zeit gewünscht habe.« Er schlug das Buch auf der ersten Seite auf und las laut vor: »›Das Zentrum unserer Geschichte ist eine nicht allzuweit vom Festland getrennte Insel, die so geneigt ist, daß ihre Berge alle im Westen und Norden liegen, während eine sanft gewellte Landschaft bewaldeter Täler, freier Höhen und langsam fließender Flüsse das Antlitz des Südens und Ostens prägt. Sie ist für Eindringlinge leicht zugänglich, ob sie nun in friedlicher oder kriegerischer Absicht, als Piraten oder Kaufleute, als Eroberer oder Missionare kommen.‹

Ah«, sagte Andrew, der sich nicht schämte, übers ganze Gesicht zu strahlen. »Was für ein Prachtstück! Ich werde sämtliche Bände noch einmal lesen. Und jetzt zu Ihnen«, sagte er mit einem Zwinkern in den Augen. »Hier haben Sie Ihr eigenes Prachtstück.« Er reichte dem Pfarrer eine frühe, in Leder gebundene Ausgabe von Wordsworth.

Das Gefühl der weichen, abgegriffenen Buchdeckel unter seinen Fingerspitzen griff dem Pfarrer ans Herz. Es war, als hätte das Buch ihm schon die ganze Zeit gehört und wäre nun endlich nach Hause gekommen.

Lächelnd blätterte er die Seiten um, bis er an einen seiner Lieblingsabschnitte kam. »Andrew, wenn Sie erlauben, würde ich gern einen Augenblick Ihrer Zeit in Anspruch nehmen, um etwas laut vorzulesen.«

Es war ein Samstagmorgen in Mitford. Das ganze Dorf war auf den Beinen, und doch lag über allem ein träger, süßer Friede, eine gewisse Harmonie von Stimmung und

Gefühl. In der geöffneten Tür des Ladens saßen die beiden Männer; der eine las, der andere hörte zu, und beide waren für einen flüchtigen Augenblick vollkommen zufrieden.

Er hatte recht. Während Miss Sadie die Bevölkerung des Dorfs scheffelweise mit Äpfeln beschenkte, hatte niemand in diesem Jahr daran gedacht, ihr einen Kuchen zu bringen.

Nach dem Mittagessen gingen er und Barnabas den steilen Hügel nach Fernbank hinauf. Obwohl man dem prächtigen, alten Haus sein Alter ansah, war es immer noch wunderschön und lag stolz auf dem Gipfel eines Hügels, der mit wildem Farn überwuchert war.

Miss Sadie kam ihm an der Tür entgegen. »Ich habe zwei Liter Apfelsoße bekommen«, berichtete sie, »einen Liter Apfelbutter und ein Dutzend Töpfe Gelee. Aber ach, wie ich mich über diesen Kuchen freue!«

Sie überredete ihn, mit ihr zusammen ein Stück davon auf der Veranda zu verzehren und ein Glas kalte Milch zu trinken.

»Dieses alte Haus kommt furchtbar herunter; ich kann es kaum noch erhalten. Luther hat dieses Jahr fleißig im Obstgarten gearbeitet, aber er ist zu alt, um den Rasen zu mähen und obendrein auch noch die Äpfel zu pflücken. Hier oben heißt die Devise nur noch: Durchwurschteln.« Miss Sadie seufzte. »Was ich brauche, ist jemand, der jung und kräftig ist!«

Der Spaziergang den Hügel hinauf hatte sein Gehirn mit frischem Sauerstoff versorgt. »Dooley Barlowe!« platzte er heraus.

»Wie war das?«

»Miss Sadie, ich kenne einen Jungen, der vielleicht genau richtig für Sie wäre. Elf oder zwölf Jahre alt, würde ich sagen, alt genug, um einen Rasenmäher zu schieben und auch ein oder zwei Büsche zu beschneiden, wenn Sie ihm zeigen, wie man es macht. Soll ich da mal nachhaken?«

»Und zwar so schnell wie möglich!« sagte sie strahlend.

»Mach' ich gleich am Montagmorgen. So, haben Sie noch irgendwelche Ideen gehabt, was den Standort des Krankenhauses betrifft? Ich muß zugeben, daß ich da selbst schon eine ziemlich konkrete Vorstellung hätte.«

»Pfarrer Tim«, sagte sie nüchtern, »da kommt überhaupt nur ein Platz in Frage.«

»Und welcher wäre das?«

»Gleich die Straße runter, da wo die alte Kirche stand.«

»Genau! Ganz genau das habe ich mir auch gedacht!«

»Große Geister denken gleich!« sagte sie und klatschte in ihre kleinen Hände.

»Der Ausblick ...«

»Könnte gar nicht besser sein.«

»Die Nähe zum Dorf ...«

»Absolut perfekt!« rief sie.

»Und da das Geld, das Sie so großzügig gespendet haben, auch den Preis für das Land abdecken wird ...«

» ... bedeutet das, daß die Kirche Geld für das Land erhält und die Kapelle Unseres Herrn ein neues Dach bekommt!«

Barnabas blickte auf und betrachtete das seltsame Paar, die beiden älteren Menschen, die da in trautem Einklang in ihren Schaukelstühlen schaukelten und wie die Kinder lachten. Er ließ ein gewaltiges Gähnen hören.

»Ich muß zugeben, ich habe mir Sorgen um Sie gemacht, weil Sie doch das ganze Geld Ihres Vaters weggeben. Ich hoffe nur, daß ... Ich hoffe, Sie haben nicht buchstäblich Ihren letzten Heller weggegeben.«

Sie sah ihn, wie er fand, beinahe kokett an. »Pfarrer Tim, was ich weggegeben habe, ist nur das, was Papa gehört hat. Ich habe dann immer noch Mamas Geld.«

Am Montagmorgen verließ Andrew Gregory gerade mit einem großen, flachen Päckchen unterm Arm das Pfarrbüro, als Russell Jacks kam.

»Herr Pfarrer«, sagte der Küster und machte es sich auf

der Besucherbank gemütlich, »mein kleiner Enkelsohn kann noch nicht zu seiner Mama nach Hause zurück, und es heißt, die Schule fängt wieder an. Er will aber nicht hin, weil es so ein komischer Ort ist, wie er sagt. Ich weiß, das Gesetz sagt, er muß in die Schule, und das ist auch ganz richtig so, aber ich weiß wirklich nicht, wie ich ihn dahinbekommen soll.«

Die Schule! Nun, natürlich fing die Schule jetzt wieder an.

»Russell, er muß angemeldet werden.« Und, dachte der Pfarrer, von oben bis unten gründlich geschrubbt werden.

»Sie meinen richtig amtlich?«

»Genau das meine ich, und wir müssen herausfinden, wann und wie wir das erledigen können. Ich glaube, irgendwann nächste Woche ist der erste Schultag.«

Er nahm den Telefonhörer und rief den Schulleiter an. Dann wählte er die Nummer des Polizeireviers.

»Ist es in Ordnung, wenn zwei Leute auf einem Motorroller nach Wesley fahren?« wollte er wissen.

Ersatzhelm, schrieb er auf seinen Notizblock und legte auf.

»Außerdem, könnten Sie gleich noch mal bei der Polizei anrufen«, meinte Russell.

»Und warum, bitte schön?«

»Weil wir dieses aufgebrochene Schloß noch nicht gemeldet haben. So was muß man doch melden, oder?«

Aha, dachte Pfarrer Tim. Viel Wind um nichts. »Ich nehme die Sache in die Hand, Russell. Im Augenblick wollen wir erst mal zusehen, daß wir Dooley in die Schule kriegen.«

Um halb elf verließ er das Büro. Es war ihm gelungen, sich einen zweiten Helm zu borgen, und er war mit einem begeisterten Dooley Barlowe hinter sich auf der Vespa nach Wesley gefahren.

Um zwei Uhr standen sie mit einer großen Plastikeinkaufstüte im Gepäck vor der Hintertür des Pfarrhauses.

Sie stapften die Stufen hinauf und sahen durch die Fliegentür Puny, die den Teig für eine Hühnerpastete ausrollte.

»Hier ist ein Junge, der dringend gewaschen werden muß«, sagte Pfarrer Tim. »Und hier sind ein paar Sachen zum Anziehen für ihn.« Er öffnete die Fliegentür, ließ Dooley in die Küche und händigte Puny ihre Einkäufe aus. »Ich weiß nicht, wie Sie es anfangen sollen, aber ich weiß, daß Sie genau die Richtige für den Job sind.«

Nachdem er das gesagt hatte, brach er ziemlich eilig auf und ließ Puny mit der Tüte in der Hand stehen.

»Also habe ich heißes Wasser in die Wanne gelassen«, sagte sie, als sie ihm später berichtete, »und ihm ein Stück Seife in die Hand gedrückt und gesagt, er soll da reinsteigen und sich gründlich einweichen lassen.

Naja, er meinte dann, ich sei schließlich nicht seine Mama und hätte kein Recht, ihm zu sagen, was er tun soll, also hab ich ihm einen Knoten in sein Schwänzchen gemacht.«

Er fand, daß sie ziemlich selbstgefällig dreinschaute. »Und wie genau haben Sie diesen Knoten gemacht?«

»Das müssen Sie schon selbst rausfinden. Bei allem Respekt natürlich.«

»Natürlich.«

»Das war's, mehr hab ich nicht getan. Während er in der Wanne saß, habe ich seinen Overall gewaschen und ihn mit demselben Overall nach Hause geschickt. Ich hab's einfach nicht fertiggebracht, ihn in seine neuen Kleider zu stecken, damit er sich gleich was draufkippt oder sich in einen Hundehaufen setzt. Ich hab Mr. Jacks' Haus gesehen, und es ist nicht gerade das Taj Mahal.«

»Gut gemacht.«

»Er war stinksauer deswegen, aber Mr. Jacks bringt ihn morgen früh her, und dann kriegt er seine neuen Sachen, und Sie können ihn rauf zu Miss Sadie bringen. Ich hab die Preisschilder abgeschnitten und alles gebügelt, und er kann seine neue Bluejeans mit dem grünen Karohemd anziehen.«

»Sie sind ein Schatz«, sagte er und seufzte vor Erleichterung.

»Im Augenblick bin ich vor allem eins, nämlich erschöpft, wenn Sie nichts dagegen haben. Also wirklich, die Arbeit bei einem Pfarrer ist der härteste Job, den ich je gemacht habe.«

»Wirklich?«

»Das können Sie mir glauben«, sagte sie.

»Miss Sadie, ich möchte Ihnen gern Mister Dooley Barlowe vorstellen! Also, was sagst du jetzt?«

»Ich sage guten Tag und: Erfreut, Sie kennenzulernen.«

»Tadellos!«

Die Sonne war rausgekommen, und obwohl Dooley lieber mit dem Motorroller gefahren wäre, waren sie übereingekommen, zu Fuß nach Fernbank zu gehen.

Der Junge sah in seiner neuen Jeans, dem Karohemd und den frischen Socken und Schuhen so verändert aus, daß der Pfarrer kaum seinen Augen trauen mochte. Er hatte Dooley höchstpersönlich das Haar angefeuchtet und gebürstet und ihm sogar ein paar zottlige Enden mit der Küchenschere abgeschnitten.

Als sie in Fernbank ankamen, saß Miss Sadie auf der Veranda und winkte. Ein Krug mit Limonade und ein Teller mit gekauften Plätzchen standen auf dem Korbtisch.

»Miss Sadie, ich möchte Ihnen gern Mister Dooley Barlowe vorstellen!«

»Tja, Herr Pfarrer, *Sie* haben Ihren Text aber nicht so ganz hingekriegt«, meinte Dooley lakonisch.

In den wenigen Tagen, bevor die Schule anfing, verdiente Dooley vierundvierzig Dollar. Wie vereinbart, kam er zum Pfarrbüro und berichtete darüber, was er getan hatte.

»Ich hab so dies und das gemacht.«

»Welches dies und welches das?«

»Ich hab ihr die Asche aus einem alten Ofen geholt und auf ihre Azaleen gestreut. Dann hab ich ihren Rasen gemäht, mußte zweimal drübergehen, hätte mich fast umgebracht. Ein Wespennest habe ich dabei getroffen.«

»Aha.«

»Ich bin zweimal gestochen worden, hab 'n paar Büsche beschnitten und irgendwelches Zeugs zu einem Waschhaus getragen. Dann bin ich die Treppe rauf- und runtergerannt, um Bücher auf den Dachboden zu bringen.«

»Du hast Büsche beschnitten?«

»Hat mir mein Opa beigebracht.«

»Was sonst noch?« fragte der Pfarrer, den die Sache langsam wirklich interessierte.

»Ich hab 'n Stück Hühnerpastete gegessen und 'n Glas Limonade getrunken und anschließend noch 'n halbes Pfund Kuchen verdrückt und Ihrem Klo 'nen Besuch abgestattet. Dann ist der Türknauf von der Klotür abgegangen, und ich mußte aus 'm Fenster klettern.«

»Gut gemacht!«

Dooley nahm das Geld aus seiner Overalltasche und gab es dem Pfarrer, der vierzig Dollar abzählte und in einen Karteikasten steckte.

»Das ist für dein Fahrrad. Was hast du gesagt, was für eine Farbe du haben willst?« Er erinnerte sich natürlich ganz genau daran.

»Rot! Rot wie ein Feuerwehrauto!«

»Na bestens.« Er nahm die übrigen vier Dollar und reichte sie ihm über den Schreibtisch. »Das ist für dich, wie abgesprochen. Nächste Woche kannst du wieder vier Dollar haben. Diese Nachmittagsarbeit bei Miss Sadie verschafft dir dein Fahrrad bestimmt im Handumdrehen.«

Die Sache ist einfach zu leicht, dachte er, als er eines Abends im September in seinem Arbeitszimmer saß und vor sich hingrübelte. Aus irgendeinem Grund, den er nicht erklären konnte, hatte er das Gefühl, daß er sich auf irgend etwas gefaßt machen mußte.

»Seien Sie bloß froh, daß Sie nie verliebt waren«, meinte Emma.

»Wer sagt, daß ich nie verliebt gewesen bin?«

Sie blickte ihn über ihre Halbbrille hinweg durchdringend an. »Sie meinen, Sie waren?«

»Das müssen Sie schon selbst herausfinden.«

»Ich hasse es, wenn Sie zu so albernen Redensarten greifen.« Sie wußte nicht, was sie sich sehnlicher wünschte, über Harold Newland zu reden oder über das Liebesleben ihres Predigers. Sie entschied sich für beides. »Wie schlimm war es?«

»Wie schlimm?«

»Lassen Sie's mich anders ausdrücken. Wie schön war es, verliebt zu sein?«

»Wie schnell Sie doch vergessen, Emma. Ich hab' nicht gesagt, daß ich verliebt gewesen wäre.«

»Ich hätte wissen müssen, daß Sie mir das Wort im Mund herumdrehen. Er möchte, daß ich seine Mutter kennenlerne.«

»Toll.«

»Toll? Wie würde es Ihnen gefallen, irgend jemandes Mutter kennenzulernen, die nur fünf Jahre älter ist als Sie selbst? Mir ist zum Sterben, mir ist einfach zum Sterben.«

»Sterben Sie nicht. Der Sekretärinnentag ist nicht mehr weit, und ich habe vor, Sie zum Dinner nach Wesley einzuladen.«

Ihr Gesicht leuchtete auf. »Wirklich?«

»Auf meinem Motorroller.«

»Dafür bekämen Sie einen Tritt, wenn Sie kein Priester wären.«

»Das würde andere nicht davon abhalten«, sagte er.

Kapitel 8

Goldene Tage

Während der Elfuhrmesse blickte er von der Lesung aus Matthäus auf und fand eine Frau für Hoppy Harper. Auf der Evangelienseite saß eines der hübschesten Geschöpfe, das er je gesehen hatte.

Seine Reaktion war so unvermittelt und überwältigend, daß die Inspiration einfach von oben gekommen sein mußte. Wie er die Sache angehen solle, das wurde ihm jedoch nicht offenbart.

Aus eigener Erfahrung wußte er, daß Kuppelei nicht nur riskant war – sie erwies sich mitunter als regelrecht katastrophal.

Im Laufe seiner Amtszeit als (unverheirateter) Priester hatten immer wieder irgendwelche Leute versucht, ihn unter die Haube zu bringen. Einige Gemeindemitglieder hatten dieses Ziel mit größerem Eifer verfolgt als andere, aber die Gemeinde der Kapelle Unseres Herrn war mit Sicherheit die schlimmste von allen gewesen.

Er war seinerzeit kaum in Mitford angekommen, als auch schon drei Mitglieder des Kirchenvorstands sich ›zusammenrotteten‹, wie er es ausdrückte, und im Sommerhaus einer Dame namens Roberta Simpson einen Tee zu seinen Ehren arrangierten.

Roberta war so ungeheuer reich, daß die Summe, über die getuschelt wurde, sein Vorstellungsvermögen überstieg.

»Die sollten Sie sich angeln«, hatte jemand die Unverschämtheit zu sagen. »Dann könnten Sie es sich leisten, das Predigen aufzugeben.«

Nach mehreren qualvollen Begegnungen, die völlig ohne sein Wissen oder seinen Segen eingefädelt wurden, kehrte Roberta nach Florida zurück und heiratete ihren Börsenmakler. Als er den Mann im folgenden Sommer kennenlernte, konnte er den Impuls, ihn nach europäischer Manier auf beide Wangen zu küssen, nur mit Mühe unterdrücken.

Dann war die Becky-Nelson-Kampagne gekommen. Becky war eine zierliche und charmante Witwe, die rund um die Uhr Bridge spielte und Wordsworth für ein Kaufhaus in Dallas hielt. An dieses Fiasko erinnerte er sich gar nicht gern. Man konnte genauso gut mit einem Stein reden wie mit Becky Nelson.

Es dauerte Jahre, bis seine wohlmeinenden Gemeindemitglieder das Handtuch warfen. »Ich geb's auf«, hörte er jemanden beim Kirchenessen erklären. Pfarrer Tim hatte diese gute Nachricht mit einer zweiten Portion süßer Pastete gefeiert.

Diese Gründe waren es unter anderem, warum er sich weigerte, für irgendeine arme, arglose Seele und erst recht für Hoppy Harper, der schon genug Sorgen hatte, den Amor zu spielen.

Am Montag war Emma ganz Lächeln. »Es hat geholfen.«

»Was hat geholfen?«

»Ihr Gebet, daß mein Treffen mit Harolds Mutter gut ausgeht.«

»Lassen Sie nicht zu, daß ich sage, ich hätt's Ihnen ja gesagt.«

Sie setzte sich und verstaute ihr Mittagsbrot in der unteren Schreibtischschublade. »Dottie Newland ist wahrhaftig ein Spaßpaket. Wirklich, wir haben uns so gut amüsiert, daß Harold sich richtig ausgeschlossen fühlen mußte.«

»Erzählen Sie. Alles.«

»Wir sind zu Dottie nach Hause gefahren, und Harold hat Steaks gegrillt. Sie hat Kartoffelsalat gemacht und gefüllte Eier und Tee, und ich habe grüne Bohnen mitgebracht und einen Früchtekuchen. Ich habe anschließend das Geschirr abgewaschen, Harold hat abgetrocknet und sie hat weggeräumt. Und jetzt raten Sie mal!«

»Kann ich nicht.«

»Sie ist sechs Jahre älter als ich, nicht fünf.«

»Freut mich zu hören.«

Emma schloß die Mittelschublade auf. »Und jetzt raten Sie mal, was sonst noch passiert ist.«

»Weiß der Himmel.«

»Ich glaube, ich habe eine Frau für Hoppy Harper gefunden.«

»Nein!«

»Haben Sie diese neu zugezogene Frau gesehen, die Sonntag auf der Evangelienseite saß?«

»Ich weiß nicht, vielleicht.«

»Schwarzes Haar, helle Haut, wirklich hübsch. Rotes Kostüm, kleiner Hut, schwarze Pumps.«

»Aha.«

»Witwe. Ist gerade in die Fliederstraße gezogen, in das alte Sommerhaus ihrer Mutter. War als kleines Mädchen in den Ferien immer hier. Heiratete später einen sehr erfolgreichen Ingenieur – Brücken oder so was –, der reich wie ein Krösus war. Der Mann ist beim Absturz eines dieser kleinen Flugzeuge ums Leben gekommen.« Emma schien fest entschlossen zu sein. »Ich werd' mir mal überlegen, wie ich die beiden zusammenbringen kann.«

»Halten Sie mich auf dem laufenden«, sagte er freundlich.

Am Nachmittag stieß Russell Jacks die Bürotür auf und trat ein.

»Ich hab meinen Enkel zu den Blumenbeeten geschickt. Soll die Fledermausschiete aufsammeln«, sagte er mit augenfälligem Stolz. »Wir werden die Sache hierherum auch noch mal zum Blühen kriegen.«

Russell stand, den Hut ans Herz gepreßt, da und begutachtete seine Schuhe.

»Haben Sie irgendwas auf dem Herzen, Russell?«

»Tja, Herr Pfarrer, morgen fängt die Schule an, das wissen Sie ja. Und ich wäre ...« Er räusperte sich. »Ich wäre Ihnen sehr verpflichtet, wenn ...«

»Wenn was?«

»Wenn Sie mit ihm gehen würden.«

»Wie meinen Sie das?«

»Nun, wenn Sie die Papiere unterschreiben und ihn dort unterbringen und alles.« Russell griff in eine Tasche seines Overalls und zog einen zerknitterten Zehndollarschein heraus. Den legte er dem Pfarrer auf den Schreibtisch.

»Da ist das Geld dafür«, sagte er, als wäre die Sache damit endgültig erledigt.

Am Dienstag ging er mit Dooley die Hauptstraße hinauf, überquerte die Blauregengasse und wandte sich nach rechts Richtung Schule.

»Ich wär lieber tot«, sagte Dooley grimmig.

»Aha.«

»Schön zurechtgelegt in einem Sarg.«

»Ach, wirklich?«

»Mit Würmern, die auf mir rumkrabbeln.«

»Ich verstehe nicht, warum. Ich bin immer gerne in die Schule gegangen.«

»Sie waren eben ein Weichling, darum.«

»Ach, das weiß ich nicht. Ich war ein ziemlich harter Bursche.«

»Die werden bestimmt mit mir kämpfen wollen.«

»Wer sind die?«

»Diese Blödmänner aus der Gegend, wo Opa wohnt.«

»Damit würde ich an deiner Stelle nicht rechnen. Dann passiert's vielleicht auch nicht.«

»Die hätten mich gern kalt gemacht, als ich hierherkam, aber was mein Opa und ich sind, wir ha'm einfach die Beine in die Hand genommen. Einem von denen hab' ich eins auf die Nase gegeben; danach sind sie nicht wieder aufgetaucht.«

»Werden sie wahrscheinlich auch nicht mehr.«

»Ja, aber ... Die warten bestimmt schon drauf, daß sie mich in der Schule windelweich prügeln können.«

»Wenn du mich fragst, werden die Jungs alle Hände

voll zu tun haben, ihre Lektionen zu lernen statt sich Gedanken über Dooley Barlowe zu machen.«

»Hm! Sie wissen ja nicht, wie gemein die Leute sein können. Priester ha'm vom wirklichen Leben kein' Schimmer.«

»Mein Junge, wenn das eine Tatsache wäre, wäre ich ein glücklicher Mann.« Schließlich standen sie vor der alten Ziegelsteinschule, die in einem Wäldchen aus Eichen- und Ahornbäumen lag; letztere zeigten schon eine erste zarte Röte. Kinder mit leuchtend bunten Kleidern und Büchertaschen liefen schnatternd über die Gehsteige.

»Wenn's Ihnen nichts ausmacht«, meinte Dooley, »wäre ich Ihnen dankbar, wenn Sie 'n Stück weggehen würden, denn ich möchte nicht, daß irgend jemand denkt, ich hätte 'n Priester am Rockzipfel hängen.«

»Das könnte dir bei der Angelegenheit, die dir augenblicklich Sorgen bereitet, vielleicht noch von Nutzen sein«, entgegnete der Pfarrer darauf.

An diesem Abend schrieb er in seinem Arbeitszimmer einen Brief an Pfarrer Roland, der in einer großen Gemeinde in New Orleans tätig war.

»– wollte dich nur wissen lassen«, tippte er mit beiden Zeigefingern, »daß das verschlafene leben, das ich deiner meinung nach führe, ausschließlich das ergebnis deiner aus dem achtzehnten jahrhundert stammenden romantischen vorstellungen ist. in zwei kurzen tagen bin ich acht meilen gelaufen, habe einen äußerst schmutzigen und riesigen hund gewaschen, einer frau, die sich in unseren postboten verliebt hat, rat erteilt, zwei säcke kohl geputzt, die predigt für nächsten sonntag skizziert, mit den kranken in unserem kleinen hospital gebetet, sämtliche abendgedichte von wordsworth gelesen (die ich dir übrigens nachdrücklich empfehlen möchte, mein freund), an einer kirchenvorstandssitzung teilgenommen, in der es um den standort unseres neuen pflegeheims ging, höchstpersönlich einen fünftkläßler in der schule angemeldet und einen eimer fledermausdreck auf meinen rosenbeeten untergepflügt.

jetzt«, schloß er, »berichte mir doch bitte, wie es dir so ergeht.«

»Gott, steh mir bei!« rief Puny am Mittwoch. »Hier gibt's dauernd was zu kochen. In manche Häuser geht man hin und muß bloß sauber machen – die reinste Erholung. Wenn ich hierherkomme, erwartet mich ein Scheffel von diesem, ein Sack von jenem und noch die eine oder andere Kleinigkeit sonst.«

»Ich dachte, Sie kochen gerne.« Er saß am Küchentisch, aß ein Fleischklopssandwich und trank ein Glas Tee.

»Ich koche auch gerne«, sagte sie und verschränkte die Arme wie zu einem Plattenpanzer vor der Brust, »aber nicht für die gesamte russische Armee.«

»Aha.«

»Außerdem hat dieser Kohl das ganze Haus verpestet, daß man's kaum noch aushalten kann.«

»Nächstes Mal koche ich den Kohl, und Sie waschen Barnabas. Wie würde Ihnen das gefallen?«

»Dieser Hund, den Sie da haben, sieht aus, als würd' er sich den ganzen Tag im Dreck wälzen. Warum Sie sich überhaupt die Mühe machen, ihn zu waschen, geht über meinen Verstand, wo er doch einfach raus geht und sich gleich wieder von oben bis unten schmutzig macht.«

»Es ist dasselbe Prinzip wie beim Bettenmachen. Wozu die Mühe, wenn man sich doch sowieso wieder reinlegen wird? Oder was das betrifft, warum sollte man das Mittagsgeschirr spülen, wenn man es abends eh wieder braucht?«

»Das ist nicht dasselbe«, sagte sie spitz und ließ sich mit dem Schrubber auf Hände und Knie nieder. »Na ja. Wie hat sich übrigens Dooley an seinem ersten Tag gehalten?«

»Blaues Auge«, sagte er.

»Ach, herrje! Das sind diese roten Haare. Meine Brüder

und ich, wir haben uns auch immer auf die Rothaarigen gestürzt. Hat er zurückgeschlagen?«

»Einen linken Haken in den Solarplexus und einen rechten auf die Nase.«

»Klasse!« sagte sie mit offensichtlicher Befriedigung.

»Puny, ich weiß, es geht mich nichts an, wie Sie Ihre Pflichten hier verrichten, aber ich wünschte doch, Sie würden den Fußboden nicht auf allen vieren sauber machen.«

»Aber nur so macht man es richtig. Meine Mama hat es so gemacht und ihre Mama auch.« Sie schob sich eine verirrte Haarsträhne aus den Augen. »Und ich, ich werde es auch so halten.«

Eine richtige kleine Emma! dachte er und trank seinen Tee aus.

Sie sah ihn strahlend und mit geröteten Wangen an. »Hat er es ihm auch wirklich gegeben?«

»Ich habe nicht versucht, sämtliche schmutzigen Details aus ihm rauszupressen.«

Sie legte den Kopf zur Seite. »Also, Pfarrer Tim ...«

»Na schön, Puny, na schön!« Er trat ans Spülbecken und spülte sein Teeglas aus, damit sie nicht sehen konnte, daß er grinste wie ein Idiot. »Ja! Die Antwort ist ja, er hat's ihm gegeben.«

»Ich backe ihm einen Kuchen!« sagte Puny und machte sich mit neu entfachtem Eifer über die abgetretenen Fliesen her.

Im Drugstore lief er Hoppy Harper über den Weg, der eine Tüte Geleebohnen kaufte.

»Zweimal die Woche ziehe ich mir eine Überdosis von diesem Zeug rein«, sagte der Doktor. »Und die grünen esse ich immer zuerst.«

Der Pfarrer seufzte in gespielter Verzweiflung. »Und mir verderben Sie den ganzen Spaß. Ich habe seit Ostern kein einziges Cremetörtchen gegessen.«

»Das Schlimme bei Ihnen ist«, sagte Hoppy, »daß Cremetörtchen Ihr einziger Spaß überhaupt waren.«

Hoppy bezahlte seine Geleebohnen, riß den Beutel dann sofort auf und suchte sich eine grüne Bohne heraus. »Also, wann fahren Sie in Urlaub?«

Wenn Hoppy Harper ihn das nicht schon mindestens hundertmal gefragt hatte, wollte er einen Besen fressen. Andererseits war es eine Tatsache (auf die er keineswegs stolz war), daß er sich noch nie darauf verstanden hatte, seine eigene Erholung zu organisieren. Die Reise nach Cambridge war das beste Beispiel gewesen.

Während das englische Wetter einmal von seiner gewohnten Launenhaftigkeit abließ und herrlich mild und sonnig war, hatte er sich hoffnungslos in eine Forschungsarbeit vergraben, die ihn auf Tage in dem staubigen Fächergewölbe der Bibliothek gefangen hielt.

»Es gibt Rennpferde«, bemerkte einmal ein Bischof zu ihm, »und es gibt Ackergäule, und die Kanzel kann beide Sorten gut brauchen.«

Er versuchte nicht, sich etwas vorzumachen. Seiner eigenen Einschätzung nach war er ein Ackergaul reinsten Wassers. Er marschierte zum einen Ende des Feldes, pflügte sich dann zum anderen vor und kam gleich wieder zurück.

Trotzdem spürte er jedoch, wie er sich mehr und mehr zu einem vertrockneten, alten Knaben entwickelte, und sein Arzt hatte absolut recht mit der Behauptung, es fehle ihm an allem, was Spaß machte.

In Mitford hielt der Herbst Einzug, und die goldenen Tage wurden einer nach dem anderen von dem wechselhaften Licht erhellt.

Neue, wilde Blumen sprossen in den Hecken und auf den Feldern. Ganze Äcker überzogen sich mit Goldrute und Flohkraut. Der Wilde Phlox, der aus den gepflegten Gärten schon lange geflohen war, hüllte die Straßenränder mit seinem Duft ein. Und hier und dort streckte der Schwalbenwurz seine dicken, über und über mit seidenfeinen Fäden bezogenen Schoten aus.

Manch einer konnte sich vor Begeisterung über die frischen, neuen Herbsttage und den gelegentlichen Hauch von Holzqualm in der Luft kaum fassen. Anderen wiederum widerstrebte es, den Sommer ziehen zu lassen, den sie ›den süßesten Sommer des Himmels‹ nannten oder ›den besten seit vielen Jahren‹.

Aber niemand konnte den Sommer festhalten, wenn sich in der Fliederstraße die prächtige Reihe von Ahornbäumen scharlachrot und golden zu färben begann. Die Reihe nahm ihren Anfang gegenüber dem alten Porter Place, sprang auf die Hauptstraße über und schlängelte sich von dort aus vom Kriegerdenkmal bis zum Rathaus, paradierte schließlich vor der Ersten Baptistenkirche einher, nahm längs der Hinterfront von Winnie Iveys kleinem Cottage Aufstellung und endete in einem leuchtenden Farbenmeer am Kleinen Mitfordbach.

Wenn dieses Spektakel begann, gaben sogar die Sommerenthusiasten – deren Anzahl bis zu diesem Zeitpunkt soweit geschwunden war, daß man sie an den Fingern einer Hand zählen konnte – die Sache auf und hießen das großartige Schauspiel eines Herbstes im Gebirge willkommen.

»Das ist ja ein richtiger Schatz, den Sie da aufgetan haben«, erklärte Andrew Gregory dem Pfarrer. »Primitiv ja, aber von großer Sensibilität, großer Tiefe. Sie haben etwas Liebreizendes an sich und sind trotzdem von überraschendem Schliff. Ich würde Ihnen gern zeigen, wie sie sich gerahmt ausmachen.«

»Ich komme gegen Mittag mal vorbei.«

»Wer weiß, was er noch alles zustande gebracht hätte, wenn diese Arthritis ihn nicht befallen hätte!«

»Und wer weiß, was verloren ging, als Miss Rose seine Tuschezeichnungen verbrannte, weil er ihre Portion Eingemachtes gegessen hat.«

Beide Männer schüttelten bedauernd den Kopf.

»Ich fürchte, unser Gemeindehaus wird viel zu klein

für den Andrang sein. Vielleicht hätten wir die Ausstellung im Rathaus machen sollen.«

»Der Moder wird die Massen fernhalten«, erinnerte Andrew ihn weise.

»Da haben Sie natürlich recht. Nun, wie sieht es denn mit dem ›Oxford‹ aus?«

»Möglich«, sagte Andrew nachdenklich. »Möglich. Mit etwas Glühwein als Stärkung – vielleicht irgendwann im Oktober?«

»Hervorragend!«

»Natürlich könnten wir den ganzen Rummel verkaufen, ohne uns die Mühe zu machen, die Bilder auszustellen. Miss Sadie ist Kunstliebhaberin und wäre für mindestens eins der Bilder gut. Und Esther Cunningham würde sehr wahrscheinlich zwei fürs Rathaus kaufen.«

»Hoppy Harper wahrscheinlich auch zwei.«

»Und was ist mit Ihrem Tierarztfreund und seiner Frau?«

»Ein oder zwei bestimmt.«

»Ich werde selbst ein halbes Dutzend kaufen, aus dieser Serie vom Tal, die er gemalt hat.«

»Wie viele Zeichnungen sind es eigentlich insgesamt? Das vergesse ich dauernd.«

»Dreiundvierzig Bilder, die im Laufe von vielleicht fünfzehn oder zwanzig Jahren entstanden sind. Es ist ziemlich einfach, sie in die richtige Reihenfolge zu bringen, da seine frühen Waldschnepfen wie trauernde Tauben aussehen. Und einen seiner ersten Vorstehhunde habe ich irrtümlich für einen Hirsch gehalten.«

Sie lachten gutmütig. Es erfüllte sie mit großer Befriedigung, daß Onkel Billy nicht nur ein freundlicher, von Rheuma geplagter, mittelloser Dorfbewohner war, sondern ein begabter Künstler.

»Ich würde natürlich eins für mein Arbeitszimmer nehmen und eins als Weihnachtsgeschenk für Walter und Katherine.«

Auf Andrews Gesicht leuchtete sein wohlbekanntes Lächeln auf. »Da sitzen wir nun hier und haben gleich ein paar Dutzend Bilder verkauft!« Er nahm ein kleines schwarzes Buch aus der Brusttasche seines Jacketts und blickte hinein. »Nun denn! Wie wär's mit Samstag, dem zwanzigsten Oktober, gegen vier Uhr nachmittags? Im ›Oxford‹! Ich erwarte eine neue Schiffsladung aus England und einen Container mit Büchern aus einem Herrenhaus in Northamptonshire. Man hat mir erzählt, Beatrix Potter sei als Kind dort zu Gast gewesen und habe zwei Bände über Maulwürfe vollgekritzelt.«

Der Pfarrer lachte. »Ich staune, daß überhaupt zwei Bücher über Maulwürfe existieren! Obwohl ich natürlich, wenn sie unter meinem Rasen hinterm Haus ihre Tunnel bauen, selbst ganze Bände zu diesem Thema füllen könnte.«

Als Andrew sich zum Gehen wandte, konnte der Pfarrer nicht umhin, die tadellose Garderobe seines Freundes zu bewundern. Man durfte getrost behaupten, daß Andrew Gregory mehr Kashmirjacken besaß als jeder andere Bewohner Mitfords, und sämtliche Jacken waren so genau auf seine Figur zugeschnitten, daß eine Gewichtszunahme von kaum zwei Pfund ihn in ein anderes Kleidungsstück gezwungen hätte. Disziplin! Das ist das Zauberwort! dachte der Pfarrer, den es betrübte, daß er das Joggen mehr und mehr schleifen ließ. Er brachte seinen Nachbarn von der anderen Straßenseite zur Tür. »Ich hoffe, im ›Oxford‹ gehen die Geschäfte gut.«

»Besser denn je! Und es ist etwas Merkwürdiges passiert. Am Wochenende habe ich die Hälfte der englischen Stücke an einen Engländer verkauft! Der Bursche nimmt den ganzen Kram zurück nach Ipswich! Aber wie steht's denn mit Ihrem Geschäft?« erkundigte Andrew sich mit einem Zwinkern seiner blauen Augen.

»Ach, das geht auf und ab«, erwiderte der Pfarrer.

Er saß gerade in seinem Arbeitszimmer am Schreibtisch, als das Telefon klingelte.

»Tim, mein Lieber!« sagte eine fröhliche Stimme. »Wir

sind ganz deiner Meinung, daß Barnabas ein wunderbarer Hund und ein Pfundskerl ist, aber wie kommt es, daß er so mühelos zwei alte Freunde ersetzen kann?«

»Marge! Ich denke jeden Tag an euch; du und Hal, ihr seid immer in meinen Gebeten. Aber das könnt ihr natürlich nicht wissen. Bitte, verzeih mir.«

»Dir verzeihen, wahrhaftig! Deine Strafe ist eine Baxter-Apfelpastete, die du angeblich in solchen Mengen eingefroren hast, daß du damit handeln könntest.«

Er stimmte in das Gelächter der ersten Freundin, die er seinerzeit in Mitford gefunden hatte, ein.

»Hal geht am Freitagnachmittag ins Dorf, um Besorgungen zu machen«, sagte Marge. »Warum kommst du nicht mit Barnabas raus und schläfst bei uns und fährst Samstag irgendwann wieder heim?«

»Hm, ich ...«

»Kann er dich gegen vier abholen?«

»Hm ...«, sagte Pfarrer Tim und dachte an die Rosenbüsche, die umgepflanzt werden mußten, an den englischen Efeu, der ausgegraben und eingetopft werden mußte, an die Flecken auf dem Teppich, die zu entfernen er Puny hoch und heilig versprochen hatte, an das Bad, das Barnabas dringend benötigte, an den Haufen von Papieren und Zeitschriften, die sich auf seinem Schreibtisch angesammelt hatten, an den neuen Helm, den er bestellen mußte, an die Staudenbeete, die seiner Aufmerksamkeit bedurften, und an die Briefe, die beantwortet werden mußten.

Sein Blick fiel auf die Bibel vor ihm. »Von deinem Freund und deines Vaters Freund laß nicht ab«, begann ein Vers in den Sprüchen.

»Um vier Uhr. Abgemacht«, sagte er.

Am nächsten Morgen ging er quer über den saftiggrünen Kirchhof und umrundete, auf der Suche nach Russell Jacks, die Ostecke der Kapelle Unseres Herrn. Der alte Küster ölte gerade seinen Rasenmäher.

»Russell, wie behandelt die Welt Sie heute morgen?«

Russell stand langsam auf und nahm seinen zerbeulten Hut ab. »Tja, Sir, für die Bösen gibt es keine Ruhe, und die Gerechten brauchen keine.«

»Aha.«

»Die Blätter kommen jetzt in ganzen Wagenladungen runter«, sagte er ernst und blickte zu der fein ziselierten Decke aus Eichen- und Ahornzweigen auf.

»Ich möchte Sie um einen Gefallen bitten«, sagte Pfarrer Tim. »Wenn Sie ihn einmal entbehren können, würde ich mir Ihren Enkel gern am Freitagnachmittag ausleihen und ihn am Samstag, bevor es dunkel wird, wieder zurückgeben.«

»Aber gern!«

»Ich fahre raus auf eine Farm, auf der es nur so wimmelt von Kühen und Pferden und Hunden und schönen Kletterbäumen, und ich dachte, Dooley hätte vielleicht seinen Spaß dabei.«

»Um die Wahrheit zu sagen, ist das ein richtiger Segen für mich. Er macht mich ganz fertig. Naja, sagen wir nur, er ist alt genug, um fahren zu wollen, aber nicht groß genug, um an die Pedale ranzukommen, wenn Sie verstehen, was ich meine.«

»Sie sehen aber gar nicht mitgenommen aus«, sagte der Pfarrer, dem ein neues Leuchten in den Augen des alten Mannes aufgefallen war.

Dann begutachtete er den Mulch, den Russell auf die Rhododendronbüsche unter den Fenstern gab. Da, wo noch kein Mulch hingekommen war, bemerkte er etwas Ungewöhnliches.

»Russell, das sieht ja aus wie Asche. Mischen Sie etwa Asche unter den Mulch?«

»Nee, bestimmt nich.«

Er war kein Vertreter der Werfen-wir-doch-Asche-zwischen-alle-Sträucher-im-Garten-Schule. Er nahm einen Spaten aus dem Werkzeugkorb aus grünem Bast und kratzte den Haufen Asche von den Wurzeln weg. »Sieht so aus, als hätte jemand hier die Asche von einem Grill abgeladen.«

»Was die Leute heutzutage alles anstellen ...«

»Wenn das noch mal vorkommt, erzählen Sie's mir. Wir haben den Grillplatz seit ein paar Jahren nicht mehr benutzt; ich weiß nicht, woher diese Asche kommen könnte.«

Er stand auf und wischte sich die Hände an einem Taschentuch ab, das Puny gerade erst gebügelt hatte. »Tja Russell, nur weiter so. Sie haben unseren Garten zu einem richtigen Schmuckstück gemacht, und ich möchte Ihnen sagen, daß wir uns alle sehr darüber freuen.«

Russell drückte sich den Hut aufs Herz. »Haben Sie das aufgebrochene Schloß schon gemeldet?«

»Also, um die Wahrheit zu sagen – nein, habe ich nicht.« Er spürte förmlich, daß Russell glaubte, daß das Ausbleiben einer Anzeige bei der Polizei irgend jemanden geradezu ermutigen würde, demnächst auch noch die Türen einzutreten. »So, und während Dooley auf dem Bauernhof ist, ruhen Sie sich mal schön aus.«

»Ich werde mir jede Menge Gemüse kochen und mir etwas Schweinefleisch braten, genau das werde ich tun!« sagte er eifrig. »Erdnußbutter und Gelee kann ich nämlich nicht mehr sehen.«

Als er am Freitag zum Mittagessen nach Hause fuhr, bügelte Puny das Hemd und den Overall, die Dooley liegen gelassen hatte, als er sich für das Gespräch bei Miss Sadie umzog.

»Genau das Richtige für ein Wochenende auf dem Land!« sagte er höchst zufrieden. »Ich wünschte, Sie würden mit uns kommen, Puny.«

»Ich kann Bauernhöfe nicht ausstehen«, sagte sie mit ungewöhnlichem Nachdruck. »Man muß dauernd aufpassen, wo man hintritt.«

»Ich bin ganz sicher, daß es Ihnen in Meadowgate gefallen würde.«

»Bauernhöfe machen bloß Arbeit! Und keine Verschnaufpause! Man kann nicht mal schnell nach Ashville fahren und runter zum Lure-See oder sonstwohin, wenn man diese ganzen Tiere am Rockzipfel hat. Die Bauersfrauen, die ich kennengelernt habe, sehen in meinem Alter schon aus wie ihre eigene Großmutter. Kein Wunder, daß sie sich alle auf die Arbeit in der Konservenfabrik stürzen, auch wenn sie anschließend nach Sauerkraut stinken.«

»Sie brauchen mir keine Predigt zu halten.«

Sie stemmte die Hände in die Hüften und sah ihn gelassen an. »Ich schrubbe Ihre Böden und wasche Ihre Unterhosen und pflanze Ihre Tomaten ein und füttere Ihren Hund, aber ich putze Ihnen nicht die Schuhe, wenn Sie auf einem Bauernhof rumgetrampelt sind.«

»Sie haben mein Wort. Ich fahre nicht nach Meadowgate, um in einen Misthaufen zu springen. Ich fahre hin, um durch die Wälder zu wandern, mein neues Buch zu lesen und um heute abend beim Essenkochen zu helfen. Was gibt es daran auszusetzen?«

»Und ich werde auch Dooley Barlowe nicht waschen, wenn er mistbeschmiert zurückkommt.«

Emma, wie sie leibt und lebt! Dachte er. »Abgemacht«, sagte er.

Als sie sich dem Tor der Farm näherten, rannten die Hofhunde dem roten Laster entgegen.

»Da kommen sie!« übertönte Hal das Getöse. »Mach die Tür auf!«

Pfarrer Tim riß die Tür auf, und Barnabas sprang heraus, um Buckwheat, Bowser, Baudelaire, Bodacious und Bonemeal zu begrüßen.

»Werfen Sie mich bloß nicht hier aus dem Wagen!« brüllte Dooley und hielt sich die Ohren zu.

»Wirf ihn hier raus!« rief Hal und faßte Dooley an den Schultern.

»Nein, nein, diese verflixten Hunde werden mich fressen! Werfen Sie mich nicht raus!«

»Na schön, meinetwegen«, sagte Pfarrer Tim lachend. »Wir werden dich erst an der Scheune rauswerfen!«

Als der Pick-up vor dem Schuppen hielt, entdeckte Dooley eine braune Stute, die seelenvoll über ihre Stalltür blickte.

»Jetzt! Jetzt können Sie mich rauswerfen!« rief er voller Begeisterung über seine erste Begegnung mit Gänsedaunen Owen.

Auf der Liste seiner Lieblingsbeschäftigungen gehörte ›in der Küche von Meadowgate sitzen‹ eindeutig zu den fünf ersten Punkten. An diesem Nachmittag jedoch hätte er es ganz, ganz oben hingeschrieben.

Im Kamin brannte ein niedriges Feuer und wärmte die Herbstluft, die bis zum nächsten Morgen einen dichten Nebel über die Felder ausbreiten würde.

Auf dem schwarzen Küchenherd siedete der Topf mit den Klößen still vor sich, und auf dem Kieferntisch sowie an den Fenstern quollen wilde Blumen aus ihren Vasen.

Heute war es ihm jedoch nicht vergönnt, in der Küche von Meadowgate zu sitzen. Dooley zerrte ihn zum Stall hinaus und sagte bei jedem Schritt, den er tat: »Ich will dieses Pferd reiten, ich muß einen Ritt mit diesem Pferd machen.«

»Dooley, hast du schon jemals ein Pferd geritten?«

»Nee, aber ich weiß, wie's geht.«

»Wie denn?«

»Man bringt es rüber zum Haus, stellt sich auf die oberste Stufe der Veranda, springt rauf, und schon geht's los.«

»Was ist mit einem Sattel?«

»Brauch ich nicht.«

»Bestimmt nicht?«

»Ich habe eine Million Mal drüber nachgedacht. Es wird funktionieren.« Pfarrer Tim fand, daß Dooleys Haare röter waren, die Augen blauer und die Sommersprossen unter dem Schirm der neuen Baseballmütze brauner als sonst.

Hal kam mit der schwarzen Arzttasche aus seiner Praxis und ging um den Stall herum.

»Endlich habe ich diese Tasche mal in Ordnung gebracht«, sagte er. »Ich stell sie nur noch in den Pick-up, und dann bin ich gleich wieder da.«

»Ich möchte gern auf diesem Pferd reiten«, sagte Dooley und wich dem Tierarzt nicht mehr von der Seite.

»Ich denke, das ließe sich machen. Schon mal auf einem Pferd draufgesessen?«

»Nee, aber ich hab die Sache im Geiste durchgespielt, wieder und wieder, bis ich wußte, wie's geht.«

»Um die Wahrheit zu sagen, so habe ich auch Reiten gelernt. Gänsedaunen hat Temperament, aber ich glaube nicht, daß sie dich abwerfen wird.« Hal schob die Tasche durch das offene Wagenfenster und stellte sie auf den Vordersitz. »Garantieren kann ich das natürlich nicht.«

»Ich krieg das schon hin«, sagte Dooley und hängte seine Daumen in die Gürtelriemen seines Overalls.

Hal führte Gänsedaunen Owen über den Stallhof. Dooleys Gesicht war so weiß wie Kleister.

»Bleib schön oben!« sagte Hal.

Bei der zweiten Runde verbesserte sich seine Farbe etwas.

»Sieht gut aus!« sagte Hal.

Beim dritten Mal lief Hal, der immer noch den Zügel hielt, mit, und Dooley hüpfte mit triumphierendem Gesicht auf und ab. »Lassen Sie los!« brüllte er.

Hal ließ los.

Gänsedaunen Owen galoppierte auf den Schweinestall zu, blieb am Tor plötzlich stehen und warf ihren Reiter in einen Trog mit frischem Schweinefutter.

Die Tatsache, daß es sich nur um Apfelschalen, saures Weizenmehl, Orangenrinde, Kohlblätter und gekeimte Kartoffel handelte, war kein Trost.

»Schweinefraß!« stieß Dooley hervor, während er sich aus dem Trog in den Schlamm rollte. »Ich hätte gute Lust, das Pferd zu ermorden!«

Gänsedaunen Owen war zurück zum Stall getrabt und

hielt die ganze Szene aus der Behaglichkeit ihrer Box im Auge. Dooley stand auf und schüttelte die Faust in Richtung Stall. »Ich reite dich wieder, du maultierköpfiger, alter Gaul!« Pfarrer Tim schlenderte zu Dooley rüber, als dieser gerade durch das Tor des Schweinestalls kroch.

»Hast du, ehm, hast du eine Ahnung, was passieren würde, wenn Puny Bradshaw dich jetzt sehen könnte?«

Er strich sich mit einem bis zum Ellbogen schmutzigen Arm das Haar aus den Augen. »Jawoll. Ich wär'n toter Mann.«

Das Abendessen in Meadowgate war immer ein Ereignis, und der heutige Abend bildete da keine Ausnahme. Marge hatte ein köstliches Huhn mit Würstchen, Brotkrümeln, Orangenschale und selbstgezogenen Zwiebeln gefüllt und im Ofen gebacken. Dazu servierte sie in Brandy eingelegte Früchte und einen Topf Klöße, die so herrlich waren, daß der Pfarrer ihr empfahl, das Rezept bei der Landesausstellung einzureichen.

Als die Männer das Geschirr abräumten, erhob sich ein dreiviertelvoller Mond am Himmel und schien durch die Fenster mit Ausblick auf die Wiese.

Dooley saß in einem Gewirr von Hunden auf dem Boden. Bodacious und Bonemeal kauten an Lederstreifen. Barnabas schlief neben dem Kamin, in dem ein niedriges Feuer schwelte. Baudelaire lag in sich zusammengerollt auf dem Chintzsofa und schaute trübselig umher. Buckwheat versuchte nach seinem Schwanz zu schnappen und bellte, und Bowser saß zufrieden auf Dooleys Schoß und leckte ihm das Gesicht.

Marge erhob sich aus dem Schaukelstuhl ihres Vaters. »Hunde!« sagte sie mit gespieltem Widerwillen. »Die ersten Worte des Babys sind bestimmt ›Wuff, wuff‹.«

»Hättet ihr vielleicht Interesse an einer Kunstausstellung am Zwanzigsten?« wollte der Pfarrer wissen. »Andrew Gregory rahmt mehr als vierzig Bilder von Onkel Billy.«

Marge rieb sich ihren beträchtlichen Bauch. »Ich habe im Augenblick so ziemlich an gar nichts Interesse, mein lieber Tim.«

»Wenn sie es schafft, werden wir auf jeden Fall kommen«, sagte Hal. »Wie jeder andere auch hat sie ihre guten und ihre schlechten Tage.«

»Davon kann ich ebenfalls ein Lied singen«, sagte der Pfarrer, als das Telefon klingelte.

Hal griff in einen hölzernen, mit Zierkürbissen gefüllten Brotkorb und pflückte ein schnurloses Telefon heraus. »Hallo! Hier Meadowgate.«

Er lauschte mit kläglicher Miene und hielt sich dann den Hörer vom Ohr weg. Trotz des Lärms, den die Hunde machten, konnte man die Stimme am anderen Ende der Leitung deutlich hören.

» … und Sie sollten sich besser beeilen, denn ich weiß nicht, wie lange sie schon zugange ist. Brüllt sich die Seele aus dem Leib, und ich lieg mit Lungenentzündung im Bett und kann nicht aus dem Haus.« Es folgte ein langer, qualvoller Hustenanfall, dann ein Räuspern, das wie eine Explosion klang und schließlich ein allgemeines Bronchienfeuerwerk, das jeden Hund im Raum aufblicken und das Telefon anstarren ließ, das Hal jetzt hoch über seinen Kopf hielt.

»Ist sie im Stall?» rief Hal.

»Im Stall und an ihren Futtertrog gebunden. Es hört sich böse an. Sie tritt wie verrückt gegen die Wand, und wenn ich sie auch noch verliere, nachdem ich schon Mister Cooley verloren habe, brauchen Sie mit mir nicht mehr zu rechnen; dann geh ich ein wie 'ne Primel.«

»Halten Sie durch, Miss Reba, ich bin in zwanzig Minuten bei Ihnen.«

»Sag ihr, sie soll sich eine Tasse heißen Tee mit Honig machen, um Himmels willen!«

»Meine Frau sagt, Sie sollen eine Tasse heißen Tee mit Honig trinken!«

Dieser Rat wurde mit einem Hustenanfall von solcher Gewalt quittiert, daß das ganze Publikum wie gebannt dasaß. Schließlich kam Hal wieder zu sich und knipste das Telefon einfach aus.

»Reba Cooley«, verkündete er, als erkläre das alles.

»Verflixt!« sagte Marge, als Hal aus der Küche eilte und sich eine Jacke von dem Haken im Flur nahm.

»Ich mag diesen Hund«, meinte Dooley, der nichts mehr wahrnahm, außer Bowsers hingebungsvoller Zuwendung.

Pfarrer Tim trocknete sich die Hände ab. »Ich würde gern mitkommen.«

»Schrecklich gerne, alter Junge. Greif dir deine Jacke, es wird kalt heute abend.«

Hal küßte seine Frau, zerzauste Dooley das Haar und war fort, und der Pfarrer mit ihm. Gemeinsam traten sie in das Mondlicht hinaus, das sich wie eine Platinschicht über den Rasen von Meadowgate gebreitet hatte.

Hal fuhr ein paar Meilen über die mondbeschienene Schnellstraße und dann durch eine Reihe kleinerer Straßen, die sich steil um einen Berg schlängelten.

»Du solltest mal hier langfahren, wenn kein Mond scheint«, sagte er. »Da wünscht man sich dann nur noch einen anständigen Priem.«

Je höher sie kamen, desto niedriger wurde die Temperatur.

»Die Sache mit dem Pflegeheim bedrückt mich«, meinte der Pfarrer, während er eine Wolljacke überzog, die stark nach Pferd roch. »Fünf Millionen Dollar! Ist doch ein riesiges Projekt für so eine kleine Gemeinde.

Irgendwie ist es dasselbe wie bei diesem Vermeer-Fiasko. Ich habe, wie du weißt, darum gebetet, daß es kein wertvolles Gemälde sei, denn es hätte uns den Boden unter den Füßen weggerissen. Ich will nicht sagen, daß wir uns anschließend nicht wieder zusammenreißen könnten, aber ich fürchte die … nun ja, die Heftigkeit der Detonation. Eine kleine Gemeinde ist ein zerbrechliches Biotop.«

»Das stimmt.«

»Wir stehen kurz vor der Bildung eines Bauausschusses. Und du würdest nicht glauben, was für Horrorgeschichten ich schon über Bauausschüsse gehört habe!«

Hal legte seine Linke fester um das Steuerrad. Er wußte genau, worauf sein Pfarrer hinauswollte. Er tastete in seiner Tasche nach der Pfeife, die ihren Stammplatz in dieser speziellen Jacke hatte, gestopft und rauchfertig, um in jedem Notfall gleich angezündet werden zu können.

»Ich werde natürlich auch in dem Ausschuß sitzen«, sagte Tim, »und ich nehme an, man wird Ron Malcolm fragen ...«

»Pensionierter Bauunternehmer«, meinte Hal. »Ein guter Mann.«

»Und natürlich Miss Sadie. Dann Jeb Reynolds.« Er hielt inne und preschte dann wieder vor. »Du weißt, ich brauche dich in diesem Ausschuß, auch wenn Marge nur einen Monat von einem Ereignis entfernt ist, das euer beider Leben ändern wird.«

Gerade in diesem Augenblick bog der Wagen um eine Kurve, und die Scheinwerfer beleuchteten ein kleines Bauernhaus mitsamt Scheune. Außerdem bemerkten sie eine merkwürdige Ansammlung von Schuppen und Hühnerställen, großen Drahtballen, einer ganzen Flotte verrosteter Trecker und Handpflüge sowie drei kläffenden Hunden, die Seite an Seite am Nebeneingang des Hauses Aufstellung genommen hatten.

Das Verandalicht erwachte mit einer so grimmigen Wattzahl zum Leben, daß der Pfarrer eine Hand über die Augen legte. Eine Sekunde später wurde die Tür aufgerissen, als sei sie von einer Sturmböe getroffen worden. Reba Cooley spähte hinaus.

»Da sind wir«, rief Hal, »und wir fahren am besten gleich weiter zur Scheune. Ich brauche einen Eimer warmes Wasser. Ich schicke Ihnen den Pfarrer rein.«

Der Pfarrer beugte sich vor und hob die Hand. Reba als auffällige Erscheinung zu bezeichnen, wäre eine Untertreibung von lächerlichen Ausmaßen gewesen. In seinen

Augen sah sie aus wie ein riesiger, mit einem Chenillemorgenmantel bekleideter Felsbrocken, den jemand vor die Tür gerollt hatte. Ihr Haar war kurz geschoren wie bei einem Mann, so daß er später meinte, er hätte schwören können, es sei Mr. Cooley gewesen, hätte er nicht gewußt, daß der arme Kerl jetzt in einem Stückchen Land hinter dem Hühnerstall ruhte.

Der Kuhstall war feucht und kalt, und Tim war dankbar für die Jacke. Er konnte sich nicht daran erinnern, wann er das letzte Mal das Gebrüll einer Kuh gehört hatte, aber plötzlich brachten die Gerüche und Geräusche Erinnerungen an seine Kindheit in Mississippi zurück.

Sein Vater war in ihrer kleinen Stadt namens Holly Springs Anwalt gewesen, und keine zwei Meilen von seinem Büro entfernt hatte eine Farm gelegen. Sie hatten dort nie große Tiere gehabt wie andere Familien. Aber es hatte dutzendweise Kaninchen gegeben und ganze Herden kastanienbrauner Zwerghühner.

Er erinnerte sich daran, daß er einmal mit unermeßlicher Enttäuschung gefragt hatte, warum alles auf ihrer Farm so klein sein mußte.

»Weil die Farm eigentlich stillgelegt ist«, hatte sein Vater mit absoluter Endgültigkeit festgestellt, und wie sehr seine Mutter auch betteln mochte, sie hatte seine Meinung nicht ändern können.

Er erinnerte sich plötzlich auch wieder an Harold Johnson, einen stämmigen Jungen, der drei Jahre hintereinander die dritte Klasse besuchte und den er um seine Kenntnisse des Farmlebens beneidete. »Gestern Nacht hat 'ne Kuh gekalbt«, sagte Harold zum Beispiel mit selbstgefälligem Lächeln. »War 'n Riesenvieh.«

Dann war da noch Raymond Lereaux gewesen, der Pferde vorführte und mit blauen Schleifchen ausgezeichnet wurde, die er am nächsten Tag zum Angeben mit in die Schule brachte.

Es hatte eine Weile gedauert, bis er sich für etwas so kleines wie Kaninchen zu interessieren vermochte, aber als es einmal soweit war, war er mit Feuereifer bei der

Sache, und es war kaum ein Wunder, daß er sich dafür entschied, Flämische Riesen zu züchten.

Die dunkelhaarige Jessica Raney, die bestickte Schürzen trug und auf einer Farm lebte, die auf Milchwirtschaft spezialisiert war, riß vor Bewunderung die Augen auf, als er mit seinen eleganten Paradekaninchen seine ersten Schleifen gewann. Und in dem Jahr, als eine Seuche seine gesamte Herde auslöschte, schickte sie ihm eine Karte, um ihm zu sagen, wie leid es ihr tat. Nur das, sonst nichts. Aber er hatte die Karte in seine Sockenschublade gelegt, und da war sie sehr lange Zeit geblieben.

Der Tod der Herde und der Schock, die Tiere steif in ihren Ställen liegen zu sehen, hatte seinem Vater gar nicht gefallen.

»Schluß jetzt«, hatte er ihn angefahren, bevor er mit schnellem Schritt von den Kaninchenställen zum Wagen ging. Er war hinter seinem Vater hergelaufen und hatte einen Geschmack von Eisen im Mund gehabt, während sein Herz so schwer wie Stein gewesen war. »Warte!« hatte er seinem Vater nachgerufen, der in den Wagen stieg und, ohne noch einmal zurückzublicken, die Einfahrt hinunterjagte.

Er würde nie vergessen, welche Qualen er durchlitten hatte, als wäre mit der Herde auch etwas von ihm selbst zugrunde gegangen. Das Furchtbarste waren für ihn ihre Beine gewesen, die steif in die Luft geragt hatten, ein demütigender Verlust an Würde bei Geschöpfen, die ihm immer so gelassen und klug erschienen waren.

Hal Owen untersuchte seine Patientin sehr sorgfältig und packte seine Tasche dann mehr oder weniger vollständig aus. Narkosemittel, Spritze, Gleitmittel, Handschuhe, Beinketten, Haken, Handtücher. Pfarrer Tim legte den Geburtshelfer, den er aus dem Wagen herbeigebracht hatte, auf einem Regal zurecht. Die Kuh brüllte fürchterlich.

»Tim, kannst du das Wasser holen? Ich will mal sehen, was mit ihr los ist. Vielleicht dauert es gar nicht mehr lange bis zum Countdown. Und sieh zu, daß das Wasser wirklich warm ist, denn es wird heute nacht bestimmt höllisch kalt. Und bring gleich einen ganzen Eimer voll mit.«

Er zog den Reißverschluß seiner Jacke hoch und ging zum Haus, wo er von dem Trio kläffender Hunde begrüßt wurde. Sie sprangen ihm um die Beine und bis zur Brust hinauf und bellten hysterisch; es überraschte ihn nicht weiter, daß seine Bibelzitate nicht das geringste dazu beitrugen, das Chaos in den Griff zu bekommen.

Er hämmerte an die Sturmtür und wartete.

Als Reba Cooley die Tür aufriß, konnte er nicht umhin, festzustellen, daß sie unter ihrem Morgenmantel einen Overall trug.

»Priester«, sagte sie, »ich hab' eine Arbeit für Sie.«

In der Küche überreichte sie ihm eine Taschenlampe und einen Eimer warmes Wasser.

»Keinen einzigen richtigen Priester konnte ich kriegen, um ein Wort über Mister Cooley zu sagen.« Daraufhin hustete sie so heftig, daß das Wasser ihm in die Schuhe schwappte.

»Alles, was ich kriegen konnte, war ein Laienprediger, und der war kaum älter als zwanzig.« Sie griff in eine Tasche ihres Overalls. »Hier nehmen Sie, und gehen Sie rüber, und machen Sie Ihre Sache richtig. Ich würd' ja mit Ihnen kommen, aber ich bin eine kranke Frau.« Bevor sie auf die Veranda hinaustraten, legte er das Geld auf den Tisch. Der silbrige Mond, der ihnen in Meadowgate den Weg beleuchtet hatte, weigerte sich beharrlich, bei den Cooleys das Seinige zu tun.

»Gleich da drüben«, sagte sie und zeigte in die tintenschwarze Dunkelheit. »Gehen Sie um diesen Drahtballen herum, dann weiter an dem Trecker vorbei. Am Hühnerstall müssen Sie nach links, dann stehen Sie schon auf seinem Grab.«

Eine schöne Art es auszudrücken, dachte er und überprüfte die Taschenlampe. Sie spendete nur noch ein sehr schwaches Leuchten.

»Ist ein kleiner Familienfriedhof, ungefähr ein Dutzend Leute. Mister Cooleys Grab ist das jüngste, Sie können's nicht verfehlen«, sagte sie und wurde von einem neuerlichen Hustenanfall überwältigt.

Es gelang ihm, sich zum Drahtballen vorzutasten und den Eimer neben dem Trecker abzusetzen, wo er ihn wieder abholen wollte, sobald er seine Mission erfüllt hatte. Die Hunde fanden seine Gesellschaft schließlich langweilig und rannten voraus.

Er beleuchtete den Weg mit der Taschenlampe und ging vorsichtig um den riesigen Ballen verrosteten Drahts herum. Seine Aufgabe würde wohl nur einen Augenblick dauern. Am besten, er brachte sie gleich hinter sich und ging dann zurück in die Scheune, um Hal zu assistieren.

»Aha!« sagte er und erwartete, das Gesuchte vor sich zu sehen, da der Mond nun endlich durch die bleischweren Wolken brach.

In dem schauerlichen, platinfarbenen Licht stellte er fest, daß er sich tatsächlich auf einem Friedhof befand, aber nicht auf der einen Art, die ihm vertraut war. Soweit er sehen konnte, lagen da drei verrostete Chevrolets, ein Pontiac ohne Motorhaube, Baujahr 1956, ein aufgebockter Dodge Pick-Up und ein paar mit Heu gefüllte Studebakers.

»Lieber Gott«, sagte er, »ich weiß nicht, wo das Grab dieses Burschen liegt, und es ist zu dunkel, um hier durch die Gegend zu stolpern und danach zu suchen. Ich brauche gewiß nicht davorzustehen, um für den Mann zu beten. Also, es geht los.«

Er senkte den Kopf und betete für den Dahingeschiedenen. Dann schied auch er, und zwar mit so großer Hast, daß er über den Eimer fiel, den er neben dem Trecker stehengelassen hatte und dessen Inhalt sich nun ins Gras ergoß.

»Linker Fuß ist nach hinten gebogen«, sagte Hal. »Wo zum Kuckuck bist du gewesen?«

»Bei einer Beerdigung«, sagte er und stellte den zum zweiten Mal gefüllten Eimer ab.

»Ich hab mich unter einem Kranen gewaschen, den ich draußen gefunden habe. Und jetzt haben wir hier eine Kleinigkeit zu erledigen.«

Es war nach zwei Uhr, als sie mit dem Wagen, dessen Heizung sie voll aufgedreht hatten, wieder nach Hause fuhren. Der Mond schaute unterwegs immer mal wieder kurz zwischen den Wolken hervor und enthüllte plötzlich offene Wiesen, hohe Hügel und Kühe, die unter den Bäumen auf ihren Weiden schliefen.

Hal war erschöpft, aber glücklich. »Hast du gesehen, wie ich sie zu dem Kalb umgedreht habe? Wenn sie es erst einmal abgeleckt hat, wird sie es nie wieder im Stich lassen.«

»Die heutige Nacht müßte eigentlich mindestens für ein paar Predigten gut sein.«

»Es war doch nicht zuviel für dich, oder? Ich meine, als ich dich gebeten habe, das Plazentagewebe von dem Kalb abzuwischen, warst du weiß wie ein Laken.«

»Ich möchte doch um etwas differenziertere Ausdrucksweise bitten. Als ich das tat, war ich lediglich blaß. Weiß wie ein Laken wurde ich erst, als du gesagt hast, ich soll dir helfen, den mechanischen Geburtshelfer zu benutzen.«

»Gute, ehrliche Arbeit!«

»Sagen wir nur, ich möchte nicht den Job mit dir tauschen.«

»Ich auch nicht mir dir, alter Junge. Da fasse ich lieber jeden Tag einer Kuh ins Hinterteil!«

»Harry Nelson wird übrigens nach Birmingham versetzt«, bemerkte Tim milde; er hatte sich seinen Höhepunkt für den richtigen Augenblick aufgespart.

Hal war ein paar Meilen weit still.

»Na schön«, sagte er schließlich. »Ich werde einen Antrag stellen, in den Bauausschuß aufgenommen zu werden, und ich werde mit Marge sprechen. Nächste Woche sage ich dir Bescheid. Und jetzt reden wir über etwas anderes, ja?«

Gerade als er eine gewisse Erwärmung seiner Laune verzeichnen konnte, spürte er die schleichende Kälte in seinen Füßen. Aber erst später, im hellen Licht der Verandalampe, sah er etwas, das Puny Bradshaw mit Entsetzen erfüllt hätte.

Nicht nur seine Slippers, sondern auch der größere Teil seiner Socken und Hosenaufschläge waren mit Kuhdung überzogen.

»Herr, steh mir bei!« sagte er, was zwar im allgemeinen nur so dahingesagt wird, in diesem Fall aber durchaus wörtlich gemeint war.

Er saß mit einer Tasse Kaffee auf der Hintertreppe des Farmhauses und putzte seine Schuhe. Es war ein herrlicher Morgen, wie es die meisten Morgen in diesem einmalig schönen Herbst gewesen waren.

Er sang achtlos vor sich hin. Wenn es irgendeinen Platz auf Erden gab, an dem er aus Leibeskräften seine Lieblingskirchenlieder singen konnte, dann hier im Sonnenschein auf eben dieser Hintertreppe.

Die Fliegentür fiel ins Schloß. »Ich will dieses Pferd reiten«, sagte Dooley und setzte sich neben ihn.

»Du könntest erst mal guten Morgen sagen.«

»Guten Morgen, ich will dieses Pferd reiten.«

»Wußtest du, daß es auf dieser Farm auch Kühe gibt? Und Hühner? Und Pferdehufe und Crocket und einen Laubengang und Apfelbäume? Soweit ich mich erinnere, steht unten am Bach sogar ein Holzhaus, das mal für jemanden gebaut wurde, der genauso alt war wie du jetzt. Hättest du Lust, dir das alles anzusehen, wenn ich diese Schuhe fertig geputzt habe?«

»Hätte ich. Sobald ich dieses Pferd geritten habe.«

»Dooley, du bist ein Mensch, der nur ein Ziel kennt, eine Eigenschaft, die dich, wenn du sie richtig im Griff hast, in dieser Welt weit bringen wird.«

»Es gibt Pfannekuchen.«

»Wunderbar. Wer hat dir das Haar gekämmt?«

»Niemand.«

»Habe ich mir gedacht. Was hast du mit den Kleidern gemacht, die du bei deinem Bad im Schweinetrog anhattest?«

»In eine Papiertüte gesteckt und ins Auto geworfen. Ich dachte, Puny könnte sie waschen.«

»Ha!« sagte er und gab seinen Slippers den letzten Schliff.

Eine Weile saßen sie schweigend da, schauten zur Scheune hin und dann zu dem steilen Hügel, der mit einer flammenden Woge herbstlicher Ahornbäume überzogen war.

»Brüllen Sie eigentlich, wenn Sie predigen?«

»Brüllen? Ach, nicht viel. Warum?«

»Miss Sadie will, daß ich morgen mit ihr in die Kirche gehe, und wenn Sie brüllen täten, würd' ich wahrscheinlich abhauen.«

»Wirklich?«

»Einen brüllenden Prediger kann ich einfach nicht ausstehen.«

»Ich auch nicht.«

»Na, dann werde ich also kommen.«

»Aber kämm dir zuerst die Haare«, sagte der Pfarrer.

Der Morgen war so schön und golden, daß er seine Gemeinde nach der Messe auf dem Rasen begrüßte. »Und, hab ich gebrüllt?« fragte er Dooley.

»Ein- oder zweimal haben Sie mich ganz schön erschreckt«, meinte der Junge.

Miss Sadie gab ihm wie gewohnt einen flüchtigen Kuß auf die Wange. »Louella zieht wieder zu mir nach Fernbank!« sagte sie fröhlich. »Die Bank, in der ihr Enkel arbeitet, hat ihn nach Los Angeles versetzt, und Louella sagte, wenn sie in Los Angeles leben müßte, würde sie sich umbringen! Ich bin ja so froh, Pfarrer Tim. Könnte ich Sie gleich morgen früh wegen ein paar Versicherungspapieren sprechen? Ich brauche Ihren Rat.«

Harold Newland schüttelte ihm die Hand. »Wenn es in Ordnung geht«, sagte er errötend, »würde ich Sie morgen früh gerne irgendwann sprechen.«

Die neu zugezogene Frau, die derzeit auf der Evangelienseite saß, griff nach seiner Hand und lächelte ihn an. »Olivia Davenport, Herr Pfarrer. Die Messe hat mir sehr gefallen.«

»Wir freuen uns, Sie bei uns zu haben, Olivia. Ihr Hut ist ein hübscher Anblick.«

»Ich fürchte, ich bin ein wenig altmodisch, daß ich in der Kirche immer noch gern einen Hut trage.«

»Nicht altmodischer als ich. Ich freue mich immer, wenn ich einen Hut sehe!« Ja wirklich, genau die richtige Frau für Hoppy Harper.

»Wäre es wohl möglich, daß ich Sie morgen früh um zehn kurz besuchen kann?«

»Ich freue mich schon darauf«, sagte er. »Also gegen zehn?«

Bisher stapelten sich seine Montagmorgentermine so hoch wie die Flugzeuge über Atlanta.

Kapitel 9

Nachbarn

»Pfarrer Tim, ich komme zu Ihnen, um Sie um Emmas Hand zu bitten.«

Harold Newland sagte, was er zu sagen hatte, errötete tief und rutschte auf der Besucherbank hin und her wie ein Schuljunge. »Sehen Sie, sonst kann ich ja niemanden fragen, und ich finde, daß das dazugehört.«

»Das finde ich auch, Harold. Und ich bin froh, daß Sie gekommen sind. Ich möchte Ihnen sagen, daß ich unendlich viel von Emma Garrett halte. Sie ist so verläßlich wie der Tag lang, so großzügig, wie ich es beinahe noch nie erlebt habe. Sie hat mir ungeheuer gut getan, und ich nehme an, sie wird Ihnen doppelt so gut tun.«

»Ich nehme sie Ihnen natürlich nicht weg. Sie wird weiter arbeiten wollen, und ich dachte, ich besorge ihr vielleicht einen Wagen mit Vierradantrieb, da wir ziemlich weit draußen wohnen.«

»So ein Wagen würde bestimmt gut zu Emma passen.«

»Wir werden in mein Haus ziehen und ihres verkaufen, sobald wir können.«

»Was meinen Sie denn, wann die Hochzeit stattfinden sollte?«

»Emma findet, wir sollten bis zum Frühling warten, aber ich sage, je eher, desto besser. Und ich hatte gehofft ...« Harold zögerte und fühlte sich offensichtlich unwohl.

»Was hatten Sie gehofft?«

»Daß Sie die Zeremonie vielleicht zusammen mit meinem Pfarrer abhalten werden.«

»Nun, ich wüßte nicht, was dagegen spräche. Je mehr Leute, um so fröhlicher die Feier!«

Zwei Termine erledigt und noch einen abzuhaken, dachte er, als er im Badezimmer des Büros auf die Toilettenspülung drückte und sich für seinen nächsten Besucher fertig rüstete.

Die schöne, dunkelhaarige Olivia Davenport tat etwas Seltsames. Statt sich auf die Besucherbank zu setzen wie alle anderen, ging sie auf Emmas Stuhl zu, nahm ihm gegenüber Platz, schlug ihre wohlgeformten Beine übereinander und sagte:

»Pfarrer Tim, ich werde bald sterben.« Er konnte nur hoffen, daß sein Gesicht nicht das Entsetzen verriet, das er empfand.

»Ich möchte Sie bitten, mir bei der Suche nach etwas zu helfen, das mir den Rest meines Lebens lebenswert erscheinen läßt.

Meine Mutter hat mir ihre Winter- und Sommerhäuser hinterlassen, und ich habe selbst ein beträchtliches Vermögen. Das bedeutet, ich könnte diese letzten Monate sorglos und müßig verbringen, und glauben Sie mir, die Versuchung ist groß. Aber ich bin nicht nach Mitford gekommen, um dem Club beizutreten und am Pool zu sitzen. Dagegen ist im Grunde nichts einzuwenden, aber für mich wäre das absolut falsch.

Ich bin nach Mitford gekommen, um etwas zu tun, das wichtig ist. Und wenn ich auch selbst nicht klug genug bin, um zu wissen, was das sein soll, bin ich doch fest davon überzeugt, daß Sie es mir sagen können.«

Als er Olivia Davenport das erste Mal gesehen hatte, hatte er das Gefühl gehabt, der Heilige Geist selbst habe zu seinem Herzen gesprochen. Diesmal war es nicht anders. Er spürte sofort, daß Olivia Davenport die Antwort auf ein Gebet war, das er vor zwei Jahren zum ersten Mal gesprochen hatte.

»Olivia, ich würde Sie gern bitten, etwas vorzulesen, wenn Sie so freundlich sein wollen.«

Er reichte ihr seine aufgeschlagene Bibel, zeigte auf den siebenundzwanzigsten Psalm Davids, und kurz darauf las sie mit klarer, heller Stimme vor:

»›Der Herr ist mein Licht und mein Heil; vor wem sollte ich mich fürchten? Der Herr ist meines Lebens Kraft; vor wem sollte mir grauen? Denn er deckt mich in seiner Hütte zur bösen Zeit; er birgt mich im Schutz seines Zeltes und erhöht mich auf einen Felsen. Harre des Herrn; sei getrost und unverzagt und harre des Herrn!‹«

Sie ließ das Buch auf ihrem Schoß liegen.

»Wenn Sie krank wären«, sagte er leise, »und niemanden hätten, der an Ihrem Bett sitzt, der Ihre Hand hält, wenn Sie einsam sind, oder der sich mit Ihnen freut, wenn es Ihnen gut geht, gäbe es da irgendeinen Grund, für den es sich zu leben lohnte?«

Olivia sah ihn ruhig an. Es war eine rhetorische Frage.

»Es würde vielen Menschen Mut machen, den Glauben und den Sieg in diesen Worten zu hören.«

Sie lächelte und wiederholte, ohne auf das Buch in ihrem Schoß herabzuschauen, eine Stelle, die sie offensichtlich sehr gut kannte. »›Denn er deckt mich in seiner Hütte zur bösen Zeit; er birgt mich im Schutz seines Zeltes und erhöht mich auf einen Felsen.‹«

»Hat er auch Sie in seiner Hütte gedeckt?«

Sie lächelte, und Tränen leuchteten in ihren Augen auf. »Und er hat mich auf einen Felsen erhöht.«

»Würden Sie etwas tun, um den Patienten im Mitforder Hospital das Leben lebenswert zu machen? Wären Sie bereit, Ihnen jeden Morgen, den Gott werden läßt, vorzulesen? Es ist eine große Aufgabe.«

»Er ist ein großer Gott«, sagte sie, und ihre Stimme klang erregt.

In einem Zeitraum von genau sieben Minuten – länger hatte ihr Besuch kaum gedauert, schätzte er – hatte er eine furchtbare Wahrheit erfahren, die Antwort auf ein Gebet erfahren, jemandem geholfen, eine Aufgabe zu finden und selbst eine unaussprechliche Erfrischung seines Geistes erlebt. Vielleicht, dachte er, sollten wir alle so leben, als müßten wir bald sterben.

Der Brief kam mit Marken, auf denen das Bild der Königin zu sehen war. Die Glocken würden wieder nicht geliefert werden. Vielleicht gegen Weihnachten …

Er war enttäuscht. Er hatte gehofft, die Glocken würden

zur Geburt von Owens Baby läuten. Ach naja, vielleicht zur Taufe, dachte er auf dem Heimweg.

Heute abend würde er Puny verpassen, und sie würde sicher denken, daß er es so geplant hatte. Da war immerhin diese Tüte mit Dooleys schmutziger Wäsche, die er ihr auf die Waschmaschine gestellt hatte. Soweit es ihn persönlich betraf, waren seine Schuhe blitzblank, er hatte seine dungdurchweichten Socken ausgewaschen und seine eigenen Hosenaufschläge saubergemacht. Aber irgendwann war's genug.

Er dachte auch an Olivia Davenport. Olivia wollte keine Zeit verschwenden, denn sie hatte keine zu verschwenden. Am Mittwoch würden sie sich um sieben Uhr im Krankenhaus treffen und die erste Patientin, die sie besuchen wollten, war die unheilbar kranke Pearly McGee. Anschließend mußte er weiter und auf mehr als eine Schulter klopfen und mehr als ein Gebet sprechen.

Er ging um die Ecke auf sein Haus zu und hörte das vertraute, dröhnende Gebell aus der Garage. Er fühlte sich beschwingt und hell wie das Wetter und freute sich auf ein frühes Abendessen und Punys gegrillte Rippchen.

In letzter Zeit hatte er es manchmal gewagt, Barnabas von der Leine zu lassen, wenn auch nur in seinem eigenen Garten. Barnabas sauste dann auf die Hecke zu, die das Pfarrhaus vom Baxter-Park trennte, um sein Geschäft zu verrichten, und kam gleich wieder zurückgesprungen, um sich seinen supergroßen Milchknochen abzuholen.

Vielleicht, nur vielleicht, dachte er, könnte sich dies zu ihrem Gute-Nacht-Ritual entwickeln. Er selbst kam auf diese Weise noch mal aus dem Haus, um frische Luft zu schnappen und sich die Sterne anzusehen, und Barnabas war noch eine kleine Ablenkung vergönnt; nebenbei konnte er gleich noch den Forderungen der Natur nachkommen. Eventuell ersparte er sich sogar den nächtlichen Spaziergang zum Denkmal. Es war bereits dunkel, als er das Geschirr in die Spüle stellte und im Radio einen klassischen Sender suchte, der mehr Rauschen als Mozart von sich gab.

Er stand an der Fliegentür und versuchte, die Stimmung seines Gefährten einzuschätzen. Wenn Barnabas heute abend aufgeregt war, würde er ihn an die Leine nehmen, ohne Frage. Aber der Hund stand ruhig, ja sogar nachdenklich neben ihm. Die Töne einer Geige übertönten das leise Knurren, das ihm genau in dem Augenblick entfuhr, als der Pfarrer die Tür öffnete.

Barnabas schien förmlich durch die Luft zu segeln, nahm die Treppe mit einem Satz und landete nur wenige Zentimeter von einer weißen Katze entfernt, die durch den Garten strolchte.

Wütend auf sich selbst sah er zu, wie Barnabas durch die Hecke verschwand, die an den Nachbargarten grenzte, wo er zu seiner Überraschung das Schimmern erleuchteter Fenster sah.

»›Gott legt uns eine Last auf, aber er hilft uns auch!‹« rief er aus einem Psalm, dann stürmte er auf die Hecke zu.

Barnabas konnte jedoch über das Getöse des ewigen Kampfes Katz gegen Hund überhaupt nichts hören.

Pfarrer Tim blickte in den Garten, wo eine gedemütigte Katze einen Hemlockbaum hinaufschoß. »Barnabas!« brüllte er.

Barnabas stand am Fuße des Baums, sein dichter Pelz hatte sich aufgestellt, und erfüllte die Nacht mit einem Bellen, das bis zum Denkmal zu tragen schien und von den Ladenfronten zurückhallte.

»›Laßt euch von Geist erfüllen!‹« rief er. »›Ermuntert einander mit Psalmen und Lobgesängen und geistlichen Liedern!‹« Er wußte nie, welche Stelle aus der Heiligen Schrift in solchen Notfällen an die Oberfläche treten würde.

»Ich werde *Sie* mit dem Geist erfüllen!« verkündete eine Stimme. Plötzlich leuchtete ihm der Strahl einer Taschenlampe direkt in die Augen. »Was haben Sie in meiner Hecke zu suchen?«

»Ich versuche, meinen Hund aus diesem Garten herauszuholen, was denn sonst?«

»Ich habe nicht die leiseste Ahnung«, entgegnete die Stimme kalt. »Beeilen Sie sich, und holen Sie das Tier auf der Stelle raus.«

Der Taschenlampenstrahl wanderte weg von seinen Augen, und obwohl er einen Moment lang blind war, rief er seinem Hund einen donnernden Vers aus Jeremia hinterher.

Barnabas krachte folgsam durch den Rhododendron und setzte sich zitternd seinem Herrn vor die Füße. Pfarrer Tim packte ihn grob am Kragen.

»Es tut mir leid, und ich entschuldige mich«, sagte er der Hecke zugewandt, denn er konnte immer noch nicht feststellen, wer da gesprochen hatte.

Die neue Nachbarin, die Mule Skinner angekündigt hatte, trat endlich in den Bannkreis ihres Verandalichts; sie trug einen Bademantel und Pyjamas und hatte eine Taschenlampe in der Hand, die sie nun barmherzigerweise etwas gedämpft hatte.

»Ist das die Art, wie Ihr … Hund sich für gewöhnlich benimmt?« Das Wort ›Hund‹ sprach sie mit einem vernehmlichen Anflug von Verachtung aus.

»Durchaus möglich, wenn Ihre Katze weiter durch unseren Garten schleicht und dabei jede Vorsicht außer acht läßt.«

Es entstand ein unbehagliches Schweigen.

Dann lachte die Frau und streckte eine Hand durch eine kahle Stelle im Blätterwerk.

»Cynthia Coppersmith«, sagte sie, »und Sie müssen Pfarrer Tim sein.«

»Der bin ich. Und es tut mir leid, daß wir Ihnen so ein jämmerliches Willkommen bereitet haben. Ich verspreche, ich werde es wiedergutmachen.« Ihre Hand fühlte sich warm an und klein wie die eines Kindes.

»Nicht nötig«, sagte sie. »Mir tut es auch leid. Die Nerven, wissen Sie. Bei diesem Umzug hat auch rein gar nichts geklappt! Violet ist selbst das reinste Nervenbündel. Sie wissen ja, Katzen mögen Umzüge überhaupt nicht, und ich sah diesen Mann in meiner Hecke und Violet oben auf dem Baum und einen Hund, so groß wie mein Küchenschrank und na ja …«

»Dann bin ich ja noch mal davongekommen.«

»Ja! Kann man wohl sagen!«

Sie lachten beide.

»Die Möbelpacker haben meinem Tisch die Beine abgebrochen, einen französischen Spiegel zerschmettert, das Teeservice meiner Großmutter angeschlagen, und der Himmel weiß, welche weiteren Greueltaten ich entdecken werde, wenn sich erst der Staub gelegt hat.«

Sie spähte über den Rand einer Lesebrille hinweg in seine Richtung. »Ich hoffe doch, Sie werden mal vorbeischauen, wenn die Dinge sich etwas beruhigt haben.«

»Und Sie müssen auch mal bei mir reinschauen«, sagte er, während er versuchte, das wimmernde Geschöpf an seiner Seite zum Schweigen zu bringen.

Er faßte Barnabas mit großer Autorität am Halsband und führte ihn ins Haus. Dann nahm er ihn an die Leine und ging mit grimmiger Entschlossenheit zum Denkmal und zurück, wobei er den ganzen Weg über vor sich hin murmelte und sich ohne Scham seinem Zorn überließ.

Irgendwann während ihres verzweifelten Gesprächs durch den Rhododendron hatte er festgestellt, daß seine Nachbarin überraschend attraktiv war, sogar wenn sie den Kopf voller pinkfarbener Lockenwickler hatte. Morgen nachmittag, beschloß er mit nachbarschaftlichem Eifer, würde er einen Fleischklops backen und ihn nach nebenan bringen. Oder besser noch, er würde eine Baxter-Apfelpastete aus der Tiefkühltruhe nehmen. Immerhin war Mitford noch eine Bastion altmodischer Gastfreundschaft und Großzügigkeit, und da durfte er es auf keinen Fall versäumen, dies bei jeder sich bietenden Gelegenheit zu demonstrieren.

»Eine Katze!« sagte er bei sich, als er die Lampe an der hinteren Veranda ausknipste. »Von allem, was man direkt nebenan haben kann, kriegen wir ausgerechnet eine vermaledeite Katze!«

Am folgenden Abend hörte er ein leises Klopfen an der Hintertür. »Ich würde mir gern etwas borgen«, sagte Cynthia Coppersmith mit hoffnungsloser Miene. »Sehen Sie, mein Neffe kommt, um mir bei den Fußleisten zu helfen, und ich dachte, ich könnte einen Kuchen backen.«

Sie hielt ihm einen Meßbecher hin.

»Ja, Fußleisten sind wirklich unerläßlich. Kommen Sie doch rein.« Er konnte nicht umhin zu bemerken, daß Mule Skinner den Nagel auf den Kopf getroffen hatte – ihre Beine waren Klasse.

Barnabas schlidderte durch den Flur in die Küche, galoppierte auf Cynthia zu, stellte sich auf die Hinterbeine und legte ihr seine Pfoten mitten auf die Schultern.

»Ach, du liebe Güte«, rief sie, »wie groß bist du? Ich bin einsfünfundfünfzig!«

Er packte Barnabas am Halsband, ließ die Leine einschnappen und machte ihn am Griff der Schublade mit dem Alltagsbesteck fest. »Tut mir leid. Wirklich.« Würde dieses Geschöpf denn für alle Zeiten Brillen einnebeln und Leute niederrennen und ihre Kleider mit Schlamm bespritzen?

»Braunen Zucker oder weißen?« fragte er atemlos, während er nach dem Meßbecher griff. »Für einen Kuchen werden Sie wohl weißen brauchen.«

»Weiß wäre schön. Aber brauner tut's auch. Ganz egal!«

Er verspürte eine seltsame Mischung aus Verwirrung und Entzücken. Es war ungewöhnlich, daß jemand unangemeldet an die Pfarrtür klopfte, denn man hatte ihm eine zurückhaltende Gemeinde gegeben, die sich vor einem Besuch pflichtschuldigst anmeldete.

»Riecht gut hier drin!« rief sie und schnupperte mit freudiger Neugier.

»Gegrillte Rippchen«, gestand er. Gegrillte Rippchen für einen Kirchenmann? Es klang vielleicht ein klein wenig nach Prasserei, dachte er, war aber in Wirklichkeit ein seltener Leckerbissen nach endlosen Wochen Fleischklops.

»Wissen Sie, daß ich den ganzen Tag noch nichts gegessen habe? Ich wollte eigentlich zum Laden gehen, aber dann kam immer irgendwas dazwischen, und außerdem sah ich einfach abscheulich aus. Und dann hatte ich kein Wasser. Irgendwas mit dem Hauptwasserrohr. Aber jedenfalls konnte ich weder baden noch Kaffee kochen noch die Schränke schrubben. Und Violet hat mir eine Maus auf den Küchenteppich gelegt.«

Sie wirkte ein wenig abgehetzt, fand er. Eine kleine Aufmunterung konnte ihr gewiß nicht schaden. »Eine Tasse Tee wäre jetzt sicher genau das Richtige für Sie. Oder vielleicht lieber ein Glas Sherry?«

»Beides, glaube ich!« sagte seine Nachbarin.

Er bat seinen Gast an der Küchentheke Platz zu nehmen. Dort schwatzte sie glücklich vor sich hin, nippte an einem Glas Sherry, trank zwei Tassen Darjeeling-Tee, aß drei kalte Rippchen und tupfte die Soße mit einem Mohnbrötchen auf. Unterdessen stand er am Herd und versuchte angestrengt, nicht nach ihren Beinen zu schielen. Wenn Mule sie nie erwähnt hätte, wären sie ihm wahrscheinlich gar nicht aufgefallen, dachte er; jetzt mußte er sich ungeheuer zusammennehmen, um ihr direkt in die Augen zu blicken.

Er war froh, daß er zufällig ein Blech Lebkuchen gebacken hatte, die er am nächsten Morgen ins Krankenhaus mitnehmen wollte, und seine neue Nachbarin, die begeistert ein großes Stück davon verzehrte und sich anschließend die Finger leckte, war nicht minder froh darüber. Aber offenbar hatte sie nicht sämtliche Überreste des Gebäcks abgeleckt, denn als sie die Hand ausstreckte, um Barnabas den Kopf zu tätscheln und gute Nacht zu sagen, sprang der Hund dem verführerischen Duft ihrer Finger entgegen und riß dabei die Besteckschublade heraus, so daß sich ihr ganzer Inhalt in der Küche und sogar in dem frisch gebohnerten Flur verteilte.

Eine Gabel segelte rücklings den ganzen Weg bis zur Haustür.

»Bingo!« rief Cynthia.

Dann krochen sie beide volle zwanzig Minuten lang auf allen vieren herum und sammelten Besteck für zwölf Personen, Holzspießchen und einen Wirrwarr von Pfannenhebern und Kochlöffeln ein.

Als er an diesem Abend in den Badezimmerspiegel blickte, mußte er zu seiner Demütigung feststellen, daß sein Kinn mit Grillsoße beschmiert war – und die war zweifellos während Cynthia Coppersmiths Besuch schon dagewesen.

Diesen Umstand bedauerte er ebenso heftig wie vergeblich, so sehr, daß er noch einmal kurz nach draußen treten mußte, um Luft zu schnappen.

»Ausgerechnet!« sagte er laut. »Ausgerechnet!«

Er hatte nun doch beschlossen, Emma zu erzählen, was man ihm streng vertraulich mitgeteilt hatte.

»Ihre Arbeit für die Kapelle Unseres Herrn hat Ihnen schon das eine oder andere Geheimnis enthüllt.«

»Das will ich meinen! Und auf ein paar davon hätte ich wahrhaftig gern verzichtet.«

»Nun, das, was ich Ihnen jetzt anvertraue, wird vielleicht auch zu dieser Sorte gehören. Hatten Sie nicht irgendwelche klugen Ideen, wie Sie Olivia Davenport und Hoppy … zusammenbringen könnten, wie man so schön sagt?«

»Darauf können Sie wetten. In letzter Zeit hatte ich allerdings so viel mit Harold Newland zu tun, daß ich kaum geradeaus gucken konnte.«

»Dann sollten Sie wohl wissen – und das ist etwas, das außerhalb dieses Raumes niemals wiederholt werden darf –, daß Olivia Davenport bald sterben wird.«

Emma saß regungslos da und wurde blaß.

»Das hätte ich tatsächlich lieber nicht gewußt.«

»Ich auch nicht. Und ich habe es Ihnen nicht gern erzählt. Aber ich finde, wir sollten auf keinen Fall versuchen, Hoppy Harper gleich zweimal hintereinander zum Witwer zu machen.«

Emma trommelte mit den Fingern auf ihre Schreibmaschine. »Wie schlimm ist es?«

»Was soll das heißen, wie schlimm ist es? Sterben ist sterben.«

»Ich meine, wie lange hat sie noch?«

»Sie sprach von Monaten.«

»Hm, na ja. Ich dachte, wenn es ein paar Jahre wären, könnten wir vielleicht trotzdem ...«

»Emma, Sie sind ... mir fehlen die Worte.«

»Aber die beiden sind wie geschaffen füreinander!« beharrte sie. »Oh, wie ich das hasse! Woran wird sie denn sterben?«

»Um die Wahrheit zu sagen, ich habe keine Ahnung. Das Gespräch hat sich nicht in diese Richtung entwickelt. Genau gesagt, es schien das unwichtigste Detail auf der Welt zu sein.«

»Mein lieber Schwan, ich bin froh, daß Sie nicht Reporter bei der *Muse* sind.«

»Was glauben Sie, wie froh ich erst bin.«

»Tja«, seufzte sie. »Es tut mir schrecklich leid um sie. Ich hoffe, ich werde jetzt nicht zu nett zu ihr sein, als wüßte ich, daß sie sterben muß. Sie wissen, was ich meine?«

»Versuchen Sie einfach, Ihr gewohntes, aufreizendes, überlauniges Selbst zu sein, dann wird sie niemals Verdacht schöpfen.«

»Haha.«

Er sah seine Telefonnachrichten durch.

»Hat Hal gesagt, was er wollte?«

»Er hat nur gesagt, Sie sollen ihn anrufen. Er würde Ihnen etwas erzählen, das Sie gern hören würden.«

»Dank sei Gott! Evie Adams?«

»Sie sagte, ihre Mutter hatte angefangen, die nasse Wäsche in den Ofen zu stopfen; Miss Pattie hält ihn für die Trockenmaschine. Sie ist drauf und dran, aus dem Fenster zu springen.«

»Wer, Miss Pattie?«

»Nein. Evie.«

»Miss Sadies Pflegeheim wird wirklich keinen Augenblick zu früh gebaut. Ich werde nach dem Mittagessen bei

Evie vorbeischauen. Wissen Sie, weswegen die Schulrektorin angerufen hat?«

»Nun, ich wollte ja nichts sagen, aber da Sie gefragt haben …«

»Ich sehe ein, ich hätte nicht fragen sollen.«

»Dooley Barlowe hat einen anderen Jungen grün und blau geschlagen.«

In Gedanken sah er genau vor sich, wie es laufen würde.

Er würde den Hörer aufnehmen und etwas tun, was – wenn es auch zu nichts anderem nutze war – doch wenigstens verhindern würde, daß er den Verstand verlor.

»Hallo, Walter? Sag Katherine doch bitte, sie soll den Weihnachtsschmuck aus dem Bett im Gästezimmer nehmen: ich komme zu euch rauf. Für wie lange? Ach, ich weiß nicht, einen Monat oder zwei, vielleicht länger! Wir beide können angeln gehen, wie wir es uns immer vorgenommen haben. Vielleicht mache ich sogar etwas von dem Geld locker, das ich deiner Meinung nach haben soll, und wir sausen mal rüber nach Sligo und betreiben etwas Ahnenforschung.

Ja, genau. Du hast richtig gehört. Nein, Walter, du brauchst den Notarzt nicht zu verständigen. Ich bin durchaus bei Verstand.

Also, morgen gegen elf bin ich bei euch. Nein, mach dir keine Mühe, ich nehme ein Taxi. Ja, ich weiß, daß ein Taxi ein Vermögen kostet, aber weißt du was, Walter? Es ist mir egal! Walter? Walter! Habe ich da etwas auf den Boden krachen hören?«

Er lachte. Wenn er auch nur halb soviel Mann war, wie er es sich gern einbildete, würde er genau diesen Anruf tätigen und für eine Weile verschwinden, so wie Hoppy es von ihm wollte.

Naja, er *würde* auch für eine Weile verschwinden. Später.

Im Augenblick hatte er andere Dinge zu tun. Er mußte sich Dooley Barlowe vorknöpfen, der Buster Austin zwei blaue Augen, eine geschwollene Lippe und eine blutige Nase verpaßt hatte und Buster dann, der Himmel stehe ihm bei, mit einem Baseballschläger in das Büro der Rektorin gejagt hatte.

Buster Austin hatte Dooley am Trinkbrunnen aufgelauert. Während Dooley sich vorbeugte, um zu trinken, hatte Buster ihm in die Kniekehlen geschlagen, so daß er auf den Boden fiel und sich am Brunnen den Mund aufschlug und die Lippe zerschnitt. Er stand fäusteschwingend auf.

»Ich habe es gesehen«, sagte Rektorin Myra Hayes, die hinter ihrem Schreibtisch stand, die Arme in die Seite gestemmt. »Buster hat ihn provoziert, aber es gibt ja doch gewisse Regeln, und man formt keinen Charakter, indem man alle Regeln bricht.

Natürlich war die Sache für Dooley damit noch nicht erledigt! Nachdem er Buster verprügelt hatte, packte er sich einen Softballschläger von Willie Bush und jagte Buster den Flur hinunter in mein Büro. Er sagte, wenn Buster mir nicht auf der Stelle erzählen würde, wer Schuld hätte, würde er ihm den Schädel einschlagen.«

»Aha«, sagte Pfarrer Tim. Warum mußte sie nur so finster dreinschauen? Das war doch nicht das Ende der Welt.

»Er wird eine empfindliche Strafe bekommen und Buster ebenfalls. Und wenn sich ein ähnlicher Vorfall wiederholen sollte, sind wir entschlossen, zu drastischeren Mitteln zu greifen. Sie verstehen.«

»Oh, ja, ich verstehe.«

Er hatte das Gefühl, als zöge sie eine ganz besondere Art von Strafe in Erwägung – allein für das Vergehen, Dooley Barlowe auch nur zu kennen.

Um Viertel nach drei fing er Dooley an der Ecke ab und ging mit ihm zur Kirche, wo Russell Jacks Hortensien umpflanzte.

»Die blöde Rektorin hat mir heute eine Predigt gehalten«, bemerkte Dooley.

»Gut! Dann kann ich mir die Mühe ja sparen.«

Eine Weile gingen sie schweigend nebeneinander her. Die Blätter entlang der Bordsteine hatten sich zu einem dicken goldroten Teppich aufgetürmt und raschelten unter ihren Füßen. Ah, noch einmal so jung zu sein wie Dooley Barlowe und zahllose Herbste vor sich zu haben!

»Du magst doch Gänsedaunen Owen, nicht wahr?«

»Lieber als Schnupftabak«, sagte er; das war einer von Russell Jacks Lieblingsausdrücken.

»Und du bist ziemlich schnell darüber hinweggekommen, daß sie dich in den Pferdetrog geworfen hat.«

»Ach, das war doch gar nichts. Sie wollte doch nur spielen. Nächstes Mal werde ich diesem Pferd schon zeigen, was eine Harke ist.«

»Ja, reden wir über nächstes Mal.«

Sie überquerten die Alte Kirchgasse und gingen ins Büro. »Hast du Hausaufgaben auf?«

»Nur 'n dämliches Buch, das ich lesen soll.«

»Dein Großvater kommt dich in einer Stunde abholen.« Er öffnete die Fenster und schaltete den Ventilator in seinem Bücherschrank ein. Das Licht am Anrufbeantworter blinkte, aber das konnte warten. »Ich habe nachgedacht«, sagte er und setzte sich auf die Ecke seines Schreibtischs. »Wir alle brauchen ab und zu mal einen Tapetenwechsel, und ich finde, dafür gibt es hier in der Gegend keinen besseren Ort als Meadowgate.«

Das Gesicht des Jungen leuchtete auf.

»Ich möchte dich etwas fragen. Möchtest du gern eines Tages herausfinden, was für ein Gefühl es ist, ein eigenes Pferd zu haben?«

Dooley war so erstaunt über diesen außergewöhnlichen Gedanken, daß er kein Wort herausbrachte. Nur seine Augen sprachen Bände.

»Sagen wir, daß du und ich einmal im Monat aufs Land fahren. Und daß du lernst, Gänsedaunen zu pflegen und zu füttern und sich um ihr Zaumzeug zu kümmern – alles, was dazugehört. Aber«, sagte er, als Dooley von der Bank aufsprang, »es gibt nur eine Möglichkeit, wie wir das zuwege bringen können.«

»Und die wäre?«

»Du darfst dich in Zukunft weder von Buster Austin noch von sonst jemandem zu einer Schlägerei verleiten lassen.« Er ließ seine Worte ihre Wirkung tun. »Hast du mich verstanden?«

Dooley blickte zu Boden. »Denk schon.«

»Erzähl mir, was ich dir deiner Meinung nach sagen will.«

»Ich krieg' mein eigenes Pferd, sozusagen, und kümmere mich drum und alles, aber ich darf Buster Austin keine mehr verpassen.«

»Und auch keinem anderen.«

»Auch keinem anderen.«

»Wir werden uns mal ein bißchen darüber unterhalten, was du tun kannst, wenn Buster – oder ein anderer Junge – versucht, dich in eine Schlägerei zu verwickeln. Also, bist du bereit, dich ordentlich zu benehmen, um dir einmal im Monat ein eigenes Pferd zu verschaffen?«

»Bin ich!«

»Kannst du es schaffen?«

»Kann ich!«

Er stand auf und nahm Dooleys Sparbüchse vom Regal. »Nun denn, wir reden später weiter. Willst du morgen arbeiten? Du hast achtundachtzig Dollar auf deinem Fahrradkonto.«

»Ich will weder morgen arbeiten noch sonst irgendwann. Ich hab keine Lust mehr, diese blöde Asche aus dem Keller raufzuschleppen und den ganzen alten Müll rauszuräumen. Neulich haben wir Luthers Laster dreimal voll gemacht!« Dooley ging ins Badezimmer und schlug die Tür zu.

Lieber Gott, betete der Pfarrer, ich bin nicht sehr gut in solchen Dingen. Vielen Dank, daß du auch diesen Jungen unendlich liebst, und wo wir schon dabei sind – könntest du mir vielleicht auch ein paar Tricks beibringen?

Er hörte die Toilettenspülung, dann riß Dooley die Tür auf. »Wissen Sie, was gerade in meinem Pups war?«

»Nicht die leiseste Ahnung«, sagte er abweisend.

»Mais. Große Stücke von dem Mais, den ich zu Mittag gegessen habe. Das hat mich daran erinnert, was ich nächstes Mal für diesen alten Gaul tun werde.«

»Ach.«

»Ich werde seinen Stall ausmisten. Unmöglich zu sagen, wie lang er schon in dem ekligen Zeug rumwatet.«

Bevor er das Büro verließ, rief Esther Cunningham an.

»Ich wollte Sie eigentlich fragen, ob Sie nicht mal morgens auf einen Kaffee und ein Wurstbrötchen vorbeikommen wollen, aber der verflixte Moder hier ist so schlimm, daß ich mir überlege, ob ich nicht bei der Feuerwehr einziehe. Na, wie dem auch sei, ich habe große Neuigkeiten.«

»Dann erzählen Sie's mir, bevor J. C. Hogan es von oben bis unten verdreht.«

»Es wird Sie mit Stolz erfüllen, daß man Sie dazu auserkoren hat ... Tatatata ... das Rosenfestival zu eröffnen!«

»Was ist aus den Stiefmütterchen, den Stockrosen und dem ganzen Rest geworden?«

»Überstimmt! Und so soll das Ganze aussehen: Wir sperren die Hauptstraße ab, winden eine große Rosengirlande um das Stadtdenkmal, halten Reden – das ist die Stelle, an der Sie ins Spiel kommen –, laden den Gouverneur ein, machen Haus- und Gartenführungen – oh, und Ihr Haus gehört übrigens auch dazu. Sie brauchen nur ja zu sagen. Außerdem verkaufen wir Potpourri und Rosenbüsche und machen Blumenarrangements und ich weiß nicht, was noch alles. Und dann erst das Essen – es gibt Picknickpakete, Kuchen, Pasteten, Winnies Doughnuts, was Sie wollen.«

»Ihr habt ja wirklich keine Skrupel, uns übrigen jede Menge Arbeit aufzuhalsen«, meinte der Pfarrer dazu.

»Mein lieber Freund, warten Sie nur, bis Sie hören, was einige Leute alles tun werden. Sie sind noch gut dabei weggekommen. Aber noch was anderes – Sie sind doch dick befreundet mit Miss Sadie, und wir würden gern ihr Haus für eine Führung haben, aber keiner von uns hat den Schneid, sie zu fragen.«

»Und wieso glauben Sie, ich hätte ihn?«

»Sagen wir nur, ich verlasse mich auf Sie, Pfarrer Tim. Und das ist ja noch lange hin. Bis nächsten Sommer. Denken Sie sich was Hübsches für Ihre Rede aus. So, jetzt muß ich aber los, Ray hupt draußen schon wie verrückt, und ich hab' das Abendessen auf dem Herd.«

Eins mußte man Esther Cunningham lassen. Bei ihr ließ man sich beinahe gern herumkommandieren, tyrannisieren und ganz beiläufig unter den Tisch reden.

»Sie sind mir ja einer! Holen sich 'ne Hilfe ins Haus, und wir kriegen Sie hier nicht mehr zu sehen«, sagte Percy Mosley und wischte einen Tisch ab. »Einer meiner besten Stammkunden, und jetzt ist er wieder ein Fremder für mich.«

Der Pfarrer seufzte. »Was soll man denn tun? Wenn man drei Tage die Woche jemanden zu Hause hat, der kocht und backt und großes Tamtam um einen macht, geht man nicht mehr nach Hause, man rennt. Zumindest, wenn man ein Geschenk des Himmels zu würdigen weiß.«

»Sie haben meine letzte Spezialität verpaßt. Hatte sie so lange auf der Speisekarte, daß sie schon bald wieder runterkommt.«

»Bringen Sie's mir.«

»Aber ich hab' Ihnen ja nicht mal gesagt, was es ist.«

»Überraschen Sie mich. Ich brauche mehr Überraschungen in meinem Leben.«

Als er sich hinsetzte und sein Predigtbüchlein aufschlug, hörte er zwei Frauen in der Nische hinter ihm Platz nehmen.

»Nun, natürlich gefällt es mir hier, aber es gibt überhaupt nichts zu tun!«

»Weißt du, daß es in dieser kleinen Stadt praktisch mehr Junggesellen gibt als in Miami Beach?«

»Und wo sollen die, bitte schön, sein? Auf der Liste des Kriegerdenkmals?«

»Da wäre einmal J. C. Hogan, den kennst du ja …«
»Zu fett!«
»Und Andrew Gregory. Der ist *Italiener*!«
»Zu alt!«
»Wie wär's mit Harold Newland?«
»Zu schüchtern. Außerdem ist er vergeben.«
»Dann vielleicht Avis Packard. Der könnte dir beibringen, wie man irgendwelche Sachen flambiert. Oder wie man eine Gans brät.«
»Ha! Ich habe schon meine eigenen Gänse gebraten, lange bevor ich in dieses Provinznest gezogen bin.«
»Marlene, mit der Einstellung wirst du hier in der Gegend bestimmt niemanden finden. Wie wär's mit dem Pfarrer von der Kapelle Unseres Herrn? Der ist doch süß.«
»Zu klein!«
»Okay, okay! Ich kapier' schon! Aber jetzt kommt einer, für den man sterben könnte. Hoppy Harper!«
»Zu hübsch.«
»Zu hübsch? Bist du *verrückt*?«
»Gutaussehende Männer kreisen immer um sich selbst.«
»Marlene, eines Tages werden deine Ansichten das einzige sein, woran du dich noch festhalten kannst!«
»Worüber lachen Sie?« erkundigte Percy sich, während er einen Teller vor ihn hinstellte.
Pfarrer Tim blickte mit echter Bestürzung auf seine Mahlzeit.
Leber!
»Warum haben Sie aufgehört zu lachen?« wollte Percy wissen.

»Wie gefällt Ihnen Ihre neue Nachbarin?« Emma legte Lippenstift auf, weil sie sich im Landhandel mit Harold Newland treffen wollte; sie wollten Handtuchringe aus Messing kaufen, um ihre Eigentumswohnung etwas reizvoller zu gestalten, bevor sie sie zum Verkauf anboten.
»Oh, gut, wirklich gut.«

»Was macht sie denn so?«

»Was sie macht? Ich habe nicht die leiseste Ahnung. Sie hat eine Katze.«

»Arbeitet sie?«

»Ich weiß es nicht, sie hat nichts davon gesagt.«

»Reich kann sie jedenfalls nicht sein, wenn sie in diesem kleinen Haus lebt, das nicht mal groß genug für eine Puppe und ein Teeservice ist. Also muß sie wohl arbeiten.«

»Wie ich bereits sagte, ich weiß es nicht.«

»Wie sieht sie denn aus?«

»Klein, würde ich sagen. Zierlich.«

»Klein, zierlich, hat eine Katze. Die Informationen sprudeln ja nur so aus Ihnen raus!« Sie blickte in den Spiegel ihres Kompaktpuders und preßte die Lippen zusammen. »Und Sie wissen immer noch nicht, woran Olivia Davenport stirbt?«

»Nein, weiß ich nicht. Olivia Davenport ist im Augenblick ganz mit Leben beschäftigt, nicht mit Sterben, und wir reden nicht darüber.«

»Wie macht sie sich denn so? Ich meine, wenn sie den Kranken aus der Bibel vorliest?«

Er hatte sich an diesem Morgen nicht besonders gut gefühlt, und hinzu kam noch ein schlechtes Gewissen, weil er mit dem Joggen so nachlässig geworden war.

»Emma«, sagte er scharf, »Sie sind diejenige, die sich als Reporterin bei der *Muse* betätigen sollte.« Und vielleicht sollten Sie noch heute hingehen und sich nach einer Stelle erkundigen, dachte er, während er die Abdeckhaube von seiner Schreibmaschine riß.

Er folgte Miss Sadie durch den Flur des zweiten Stocks von Fernbank.

»Ich weiß nicht, wann ich je so aufgeregt war!« sagte sie, während sie mit ihren Tennisschuhen hastig weitertrippelte. »Daß Louella bei mir wohnen will, wird die beste Medizin für mich sein. Wußten Sie, daß Leute, die allein leben, angeblich früher sterben? So, das ist das erste

Zimmer, das Sie sich ansehen sollen. Sagen Sie mir, was Sie davon halten.«

Die Jahre hatten eindeutig von der früheren Pracht Fernbanks ihren Tribut gefordert. Die Räume rochen modrig und schlecht belüftet, und die Tapeten schälten sich von den Wänden. Aber nicht einmal das konnte der Schönheit von Mitfords prächtigstem Haus Abbruch tun.

»Diese kleine Kammer war Mamas Nähzimmer. Sehen Sie nur, wie gut das Licht hier ist! Und dann der Ausblick. Finden Sie diesen Ausblick nicht wunderbar? Treten Sie doch mal ans Fenster, dann können Sie bis hinunter nach Mitford schauen. Sehen Sie? Da unten ist Ihr Büro! Wir könnten das Bett da drüben hinstellen, Dooley könnte mir helfen. Und da käme die Ankleidekommode hin. Was meinen Sie?«

»Wie weit ist diese Kammer von Ihrem Zimmer entfernt?«

»Naja, ein gutes Stück.«

»Sehen wir uns doch mal das Zimmer direkt neben Ihrem an«, schlug er vor.

Dort fand er ein Wohnzimmer mit großen, luftigen Ausmaßen vor, ausgestattet mit einem kleinen Sofa, zwei bequemen Stühlen, einem Einzelbett, einem warmen Läufer für den Winter und einem prächtigen Ausblick auf den Obstgarten.

»Miss Sadie, ich glaube, Sie und Louella sollten besser direkt nebeneinander wohnen.«

»Hm, wenn Sie meinen«, sagte sie, »dann wollen wir's so machen. Wissen Sie, Pater, ich habe beschlossen, hier in Papas Haus zu bleiben, ganz egal, was passiert. Wir werden einfach gemeinsam verfallen, das Haus und ich, und wenn ich sterbe, hinterlasse ich es der Kirche, wie ich es immer geplant habe, und Sie lassen das Dach reparieren und die Mauern instandsetzen.«

Er fragte sich, wieviel von Miss Sadies Großzügigkeit die Kapelle Unseres Herrn noch aushalten konnte.

»Also, ich frage Sie«, sagte sie, während sie den Staub aus einem Kissen mit Petit-point-Stickerei, das auf dem

Sofa gelegen hatte, ausschüttelte, »wie viele Damen haben einen Priester, der zu ihnen kommt und ihnen sagt, in welchem Zimmer sie jemanden unterbringen sollen?«

Er lachte. »Ich bemühe mich um Vielseitigkeit.«

»Da wir schon mal hier oben sind – möchten Sie gern ein anderes Gemälde sehen, das Papa in Europa gekauft hat?«

»Vielleicht sollte ich langsam wieder ins Dorf gehen ...«, sagte er und marschierte auf die Treppe zu.

»Nein, Pater, diesmal ist es kein falscher Vermeer. Das ist ein echter Monet!«

Er folgte Miss Sadie in ihr Schlafzimmer, wo er ein kleines, leuchtendes Ölgemälde bestaunte, das eine Gruppe von Badenden zeigte. Aber was ihn noch mehr fesselte, waren die alten Fotos in angelaufenen Silberrahmen, die auf einem Tischchen vor den Fenstern standen.

Eine sehr bemerkenswerte, dunkelhaarige Frau mit leuchtenden Augen blickte ihm entgegen. »Also, das ist ja enorm! Diese Frau ist das genaue Abbild von Olivia Davenport!«

»Das war meine Mutter«, sagte Miss Sadie, »und als ich vor ein paar Sonntagen Olivia Davenport kennenlernte, war ich fast sprachlos. Ich hatte das Gefühl, als wäre ich wieder ein kleines Kind, das seine schöne Mutter ansieht. Es war ein so merkwürdiges Gefühl, daß es mich erschüttert hat. Ich glaube, es sind vor allem die Augen. Sie haben so etwas ... so etwas ...«

»Gewinnendes!«

»Ja, genau. Genau das wollte ich sagen!«

Der Mann auf dem Foto neben Rachel Livingstone Baxter sah bemerkenswert gut aus und hatte eine starke Ausstrahlung; er war vielleicht Ende zwanzig.

»Darf ich fragen, wer das ist?«

»Das war der junge Mann, den ich in Paris kennenlernte. Das war Miss Rose Watsons Bruder, Willard Porter.«

Hand in Hand gingen sie Fernbanks breite Treppe hinunter. »Ich hatte gehofft, diese Treppe eines Tages im Brautgewand hinunterzuschreiten«, sagte sie, »und an Papas Arm in den Salon zu gehen. Ich habe es mir so lebhaft vorgestellt und so lange, daß ich später manchmal die Dinge durcheinander brachte und glaubte, es sei wirklich passiert.

In meiner Vorstellung stand Willard am Kamin im Salon, den Mama und China Mae mit weißen Hortensien in Silbervasen geschmückt hatten. Ich stellte mir gern vor, daß Papa auf eine Leiter gestiegen wäre, um wilde Reben um den Bogengang zu schlingen; und ich hätte Teerosen aus dem Garten hineingewunden.«

Als sie den Treppenabsatz erreichten, drehte sie sich zu ihm um.

»In all diesen Jahren habe ich niemals jemanden meine Liebesgeschichte erzählt. Ich möchte nicht sterben, ohne sie mit einem anderen Menschen geteilt zu haben. Und ich hatte immer gehofft, Pfarrer Tim, daß Sie das sein würden.«

»Ich betrachte das als hohe Ehrung.«

»Wenn man bedenkt, wie alt ich bin, sollten wir vielleicht nicht mehr allzulange warten«, sagte sie lächelnd. »Also, wenn Sie eines Tages mal nichts anderes zu tun haben, als sich das Gerede einer alten Dame anzuhören, vielleicht an einem Regentag, wenn Sie keine Lust haben, Ihren Verpflichtungen nachzukommen, dann ...«

»Ich werd's nicht vergessen«, sagte er.

»Wenn ich Ihnen meine Geschichte erzählt habe, werden Sie der einzige noch lebende Mensch außer mir sein, der weiß, was in der Nacht jenes schrecklichen Feuers wirklich passiert ist.«

Er fröstelte plötzlich. Und obwohl das Gefühl schnell verflog, gefiel es ihm überhaupt nicht.

Kapitel 10

Ein großartiges Festmahl

»Ich wünschte, ich könnte Ihnen ein Maisbrot backen«, sagte Puny sehnsüchtig. »Wie gerne ich das täte!«

»Und Sie können nicht ahnen, wie sehr ich mich darüber freuen würde, aber trotzdem, vielen Dank für die gute Idee«, sagte er und biß in ein mayonnaiseloses, aus Vollkornweizen gebackenes Thunfischsandwich. »Aber ich darf wegen dieser abscheulichen Diabetes kein Maisbrot essen.«

»Ich könnte Speck auslassen und Pflanzenöl benutzen. Aber das wäre nicht dasselbe.«

»Genau!«

»Wenn mein Großvater nicht einmal am Tag sein Maisbrot bekam, sagte er, daß er den Tag nicht überleben würde. Wenn ich ihm abends ein Maisbrot buk, hat er es zur Hälfte noch warm aufgegessen. Dann stand er nachts auf und aß auch noch den Rest in Milch gebröselt.«

»Wirklich?«

»Und er ist sein ganzes Leben lang dünn wie eine Bohnenstange gewesen. Meinte, wenn man das Wort Gottes predige, würde das Fett ferngehalten.«

»Mir hat es in dieser speziellen Hinsicht leider nie geholfen, muß ich zu meinem Bedauern sagen.«

Puny füllte den Putzeimer und machte sich mit ihrer Bürste an die Arbeit.

Sie auf allen vieren den Boden schrubben sehen, war nach wie vor ein Anblick, den er nicht mochte. »Puny, darf ich so kühn sein zu fragen, warum jemand, der so tüchtig ist wie Sie, nie geheiratet hat?«

»Der liebe Gott hat nie den Richtigen vorbeigeschickt, deshalb.«

»Und Ihre Familie? Gibt es überhaupt eine Familie?«

Sie blickte auf. »Mein Papa starb, als ich noch klein war, und Mama zog mich und meine beiden Schwestern groß, bis wir alle in der High-School waren. Meine Zwillingsbrüder sind zu meiner Tante gezogen, weil sie in der Lage war, sie zur Schule zu schicken. Danach wurde Mama krank und siechte dahin. Sie sagte, sie sei nur deshalb noch nicht tot, weil sie uns auf das Leben vorbereiten wolle.«

Puny hockte sich auf die Fersen.

»Sie wußte, daß sie sterben mußte, und jeden Abend, wenn wir mit den Schularbeiten fertig waren und das Geschirr vom Abendessen abgewaschen hatten, rief Mama uns zu sich, und wir mußten uns auf ihr Bett setzen.

›Heute abend werde ich euch von harter Arbeit erzählen‹ sagte sie zum Beispiel. ›Ich habe nur eines dazu zu sagen, nämlich – fürchtet euch nicht davor.‹

Das war die ganze Lektion über harte Arbeit, und dann lehnte sie sich zurück, und wir bürsteten ihr das Haar und lackierten ihr die Fingernägel und spielten sozusagen mit ihr wie mit einer Puppe.

Sie hatte das gern und schlief dann irgendwann darüber ein. An einem anderen Abend sagte sie dann vielleicht: ›Mädchen, ich will mit euch über Männer reden, und folgendes habe ich zu dem Thema zu sagen: Laßt euch nicht von einem Mann aussuchen. Ihr seid diejenigen, die aussuchen.‹

Wissen Sie, wenn das alles ist, was jemand zu einem Thema zu sagen hat, denkt man mehr darüber nach, als wenn sie pausenlos geredet hätte.«

Er fand, daß sie da gar nicht so unrecht hatte.

»Mama sagte immer zu uns: ›Ich möchte nicht vom Himmel hinabblicken und sehen, daß meine Mädchen sich zum Narren machen.‹«

»Nun, ich bin sicher, daß sie zufrieden sein wird, Puny, denn Sie sind eine hart arbeitende, gutgelaunte, junge Frau, auf die jede Mutter stolz sein könnte.«

»Nach Mamas Tod hat sich die Kirche meiner Schwester angenommen und sie hierhin und dorthin geschickt, und ich bin von der Schule abgegangen, um mich um meinen Großvater zu kümmern. Der wohnte ganz allein auf dem Land, hatte aber ein hübsches, kleines Haus, und das hielt er sauber wie nur was; da brauchte bloß ein Blatt auf den Hof zu fallen, und schon war er draußen, um es wegzufegen. Er war ein Rauhbein, 'n richtiger alter Ziegenbock, aber ich hatte ihn gern. Der konnte vielleicht predigen! Da klapperten die Fenster im Rahmen!« Sie sah ihn ernsthaft an. »Wie sind Ihre Predigten?«

»Zu diesem Thema gibt es ungezählte Meinungen«, antwortete er lachend. »Sie müssen einfach mal in die Kirche kommen und sich selbst ein Urteil bilden.«

Puny hatte gebackenes Huhn und grüne, mit neuen Kartoffeln gekochte Bohnen dagelassen, eins seiner Lieblingsgerichte. Er nahm sein Abendessen mit ins Arbeitszimmer, um sich die Nachrichten anzusehen. Die Ereignisse in der Welt erinnerten ihn ständig daran, welch ein Segen es für ihn war, daß er in dem Frieden und der Ruhe Mitfords leben und arbeiten durfte. Nur der Gnade Gottes sei es zu verdanken, sagten manche Leute, daß ihr Dorf immer noch unverdorben war.

Aber ein großer Teil des Verdienstes gebührte natürlich auch Esther Cunningham. Die Bürgermeisterin war wie eine große, gluckende Henne, die auf ihrem Nest saß – und dieses Nest war die zerbrechliche Ökologie ihrer kleinen Stadt, die sie mit ihrem Leben verteidigen würde.

Trotzdem schossen in den Außenbezirken der Stadt die Gebäude wie Gräser in die Höhe. Direkt hinter der großen Kurve, hinter Lew Boyds Esso-Tankstelle, stand das leuchtend gelbe Motel mit dem riesigen neonbestrahlten grünen Kaktus. Der Ruf nach einem Einkaufszentrum wurde immer lauter, und eine Nahrungsmittelkette hatte sich genau da breit gemacht, wo das Stadtausfahrtsschild stand. Es war nur eine Frage der Zeit, da war man sich in der Grillstube einig. »Aber nur über meine Leiche«, sagte Esther, die sich an die Churchill-Worte hielt: Nie aufgeben.

Nach den Nachrichten stellte er das schmutzige Geschirr in die Spüle und ging an seinen Schreibtisch, um sich Notizen für seine Predigt zu machen. Er dachte an J.

Hudson Taylor, den englischen Missionar in China, der sich einmal zu dem Vers aus Matthäus geäußert hatte: »Woher sollen wir soviel Brot nehmen in der Wüste, um eine so große Menge zu sättigen?«

»Was Gott uns gegeben hat«, hatte Taylor geschrieben, »ist alles, was wir brauchen; mehr ist nicht nötig. Es ist keine Frage großer Vorräte – es ist eine Frage der Gegenwart Gottes.«

Das war eine Predigt, die man in der heutigen Welt kaum noch halten konnte. Warum sollte man diesen schmalen und schwierigen Pfad beschreiten, wo breite Boulevards einer Gemeinde im allgemeinen einladender erscheinen mußten?

Barnabas bellte schroff, sprang dann mit einem Satz durchs Arbeitszimmer und in die Küche, wo er seine Vorderpfoten gegen die Hintertür stemmte und abermals bellte. Pfarrer Tim hörte ein leises Klopfen.

»Ihr Zucker!« sagte Cynthia Coppersmith, als er die Tür öffnete. Er hielt Barnabas unerbittlich am Halsband fest.

»Das wäre doch nicht nötig gewesen. Wirklich! Ich mache gerade ein paar Notizen fertig, und dann wollen wir es uns mit einem Stückchen Wordsworth gemütlich machen ...«

»Ich liebe Wordsworth!« rief sie und gab ihm den Becher mit Zucker.

Erst fiel ihm absolut nichts ein, was er hätte antworten können, aber dann kamen ihm Jahre gesellschaftlicher Erfahrung zu Hilfe. »Möchten Sie nicht reinkommen?« platzte er sehr zu seiner Überraschung heraus.

»Hm ... Ja! Ja, gern, wenn Sie nichts dagegen haben.«

Verwünscht! dachte er, während er mit der einen Hand sein Hemd in die Hose stopfte und mit der anderen Barnabas festhielt.

Da er abends so gut wie nie unerwartete Gesellschaft hatte, wußte er kaum, was da zu tun war. Ein Drink? Boten die Leute nicht ihren Gästen Drinks an? Nun, er hatte nichts derartiges im Haus. Also würde es Sherry sein müssen oder vielleicht Tee und einen Teller mit ... was? Keksen.

Um sich etwas Zeit zum Nachdenken zu verschaffen, brachte er Barnabas zur Hecke hinten im Garten, was seiner Nachbarin Gelegenheit gab, fröhlich seine Bücherregale zu inspizieren.

Als er zurückkehrte, saß sie auf dem Sofa im Arbeitszimmer, brütete über einem Buch mit Vorträgen von Oswald Chambers und schien sich inmitten des Wirrwarrs abgenutzter Petit-point-Kissen merkwürdig heimisch zu fühlen.

Sie blickte auf und zitierte den schottischen Lehrer, der zufällig einer seiner Lieblingsautoren war: »›Der Glaube verlangt aus seiner eigenen Natur heraus danach, auf die Probe gestellt zu werden‹, sagt er. Finden Sie das auch?«

Er setzte sich in seinen Ohrensessel und fühlte sich jetzt, da er Gesellschaft hatte, plötzlich ebenfalls heimischer. »Absolut!«

»Ich war nie ein großer Anhänger von körperlicher Ertüchtigung«, sagte sie, »aber was Gott mit unserem Glauben macht, muß eine Art Konditionstraining sein. Er sorgt dafür, daß unser Glaube in die Länge gezogen und zusammengedrückt, gereckt und gestoßen und bis an seine Grenzen geführt wird, damit die Grenzen sich ausdehnen können.«

Das gefiel ihm – bis an seine Grenzen geführt, damit die Grenzen sich ausdehnen können. Ja!

»Wenn er nicht trainiert wird«, sagte sie nachdenklich, »wird er wie ein schwacher Muskel, der uns im Stich läßt, wenn wir ihn wirklich brauchen.«

Er spürte, wie ein törichtes Lächeln über sein Gesicht glitt, obwohl seine Frage ganz ernst gemeint war. »Würden Sie mir zustimmen, daß wir bereit sein müssen, Gott für jede Erprobung unseres Glaubens zu danken, ganz gleich, wie schwer sie sein mag, einfach deshalb, weil sie uns größere Kraft schenkt?«

»Ich bin absolut bereit, das zu sagen, aber immer wieder unfähig, es zu tun.«

»Das ist der Haken!«

Als er in die Küche ging, um eine zweite Kanne Tee zu

kochen, stellte er zu seinem Erstaunen fest, daß es bereits elf Uhr war. Daß kaum jemand in Mitford bis elf Uhr aufblieb, war allgemein bekannt.

Mittags ging er mit forschem Schritt und mit Barnabas an seiner roten Leine vom Pfarrbüro zur Kapelle Unseres Herrn.

Er mußte einen ganzen Stapel Korrespondenz erledigen, und am Nachmittag stand noch ein weiterer Besuch im Krankenhaus auf dem Programm. Deshalb hatte er sich ein Sandwich mit dem Rest vom gestrigen Hühnchen mitgebracht, das er ganz früh am Morgen in den Kühlschrank des Gemeindehauses gelegt hatte.

Der Himmel war düster bewölkt, aber Pfarrer Tim schenkte dem Wetter kaum Beachtung. Er dachte an die unerwartete Besucherin vom gestrigen Abend und an die gemeinsamen Stunden.

Er drehte den Schlüssel im Schloß und ging auf die Seitentür des alten Gemeindehauses zu. Obwohl hier kaum genug Platz für fünfzig Leute war, quetschten sich nach dem Spätgottesdienst oft fünfundsiebzig Personen oder mehr zum Kaffee hinein.

An drei Wänden hing eine Sammlung gerahmter Petitpoint-Stickereien, die die Gemeindemitglieder seit 1896 fertiggestellt hatten; dazu gehörten auch einige reich verzierte Kreuze, der Ausblick von der zerstörten Kirche auf dem Hügel (der ersten Kapelle Unseres Herrn), eine Dornenkrone und sein persönliches Lieblingsbild: ein Gewirr von Rosen, das den Spruch von Psalm achtundsechzig umrahmte: »Gott legt uns eine Last auf, aber er hilft uns auch.«

An der vierten Wand befand sich eine hohe Fensterreihe, durch die man den schönsten der Gärten sehen konnte, die zur Kapelle Unseres Herrn gehörten. Als er an den Fenstern vorbeiging, sah er, daß es anfing zu regnen.

Er öffnete den Kühlschrank, aber die Tüte mit seinem Mittagsbrot sah er nicht. »Seltsam«, sagte er laut zu Barnabas, »ich habe sie doch gleich hier neben den Wein gelegt.« Mit einigem Erstaunen bemerkte er, daß der Meßwein ebenfalls verschwunden war, eine Tatsache, die sofort ins Auge fiel, da der Kühlschrank bis auf zwei Dosen Halb und Halb und den Krug mit Apfelsaft für die Sonntagsschule leer war.

»Habe ich vielleicht geträumt, daß wir am Morgen das Sandwich hineingelegt haben?« Barnabas gähnte ausgiebig und legte sich neben den Küchentisch. »Also wirklich! Was in aller Welt ...«

Vielleicht war die Altargilde hier gewesen und hatte den Kühlschrank saubergemacht. Obwohl Pfarrer Tim sich reichlich töricht dabei vorkam, sah er im Besenschrank nach und untersuchte auch den Inhalt der Schubladen. Immerhin hatte er einmal ein Päckchen Butter in den Ofen gelegt, während er mit dem Konzept für eine Predigt zum Thema Gier rang. Die Tüte war jedoch nirgends zu finden. »Nun denn«, sagte er gereizt. »Wenden wir uns also an Percy.«

Als er hinter sich abschloß, glaubte er, ein kaum vernehmliches Wispern gehört zu haben, eine bloße Andeutung des Chorals vom vergangenen Sonntag. Er lauschte, hörte aber nichts mehr.

»Engel!« sagte er, dann traten sie hinaus in den leichten Herbstregen.

»Jetzt weiß ich alles über Ihre Nachbarin«, eröffnete ihm Emma.

»Wirklich?«

»Sie ist Malerin und Schriftstellerin. Malt Aquarelle für die Kinderbücher, die sie schreibt. Und die weiße Katze, die sie hat? Die ist der Star ihrer Violet-Bücher! *Violet hält Einzug, Violet wächst heran, Violet bekommt Kätzchen, Violet fährt nach England.* Was Ihnen auch einfällt, diese Katze hat es getan.« Sie hielt inne und hoffte auf irgendeine Reaktion, bekam aber keine.

Sie wählte eine weitere Information aus, so wie man vielleicht eine Packung Pralinen durchstöbert, bis man eine ganz bestimmte gefunden hat. »Sie war früher mit einem wichtigen Mann verheiratet.«

»Nein, wirklich?«

»Mit dem Senator«, sagte sie großspurig.

»Aha.«

»Ihr Onkel hat ihr dieses kleine Haus geschenkt. Erinnern Sie sich noch an ihn? Der alte Geizkragen!«

Und ob er sich erinnerte. Er hatte versucht, freundlich zu sein und sogar regelmäßig für seinen unfreundlichen Nachbarn gebetet, da ihm klar war, daß er dessen bedurfte. Nichts, was er getan hatte, nicht einmal die Apfeltorte, die er ihm gebacken hatte, konnte das Herz des alten Mannes für ihn erwärmen. Dann war sein Nachbar vor zwei Jahren gestorben und hatte das kleine Haus leer und vernachlässigt zurückgelassen.

»Genaugenommen war es nicht der Onkel, der es ihr gegeben hat«, sagte Emma. »Es war die Tochter ihres Onkels. Hat sie angerufen und gemeint, sie wolle es nicht haben. Ob Cynthia es vielleicht wollte? Cynthia sei die einzige, die ihr alter Daddy je gemocht habe.«

»Hm«, sagte er und sah weiter seine Telefonnachrichten durch.

»Hatte nie Kinder. Hat aber den Neffen ihres Ehemannes mehr oder weniger adoptiert.«

Sie wartete, denn sie war fast auf dem Grund ihres Informationsfasses angelangt. »Fährt einen Mazda!« sagte sie zu guter Letzt.

»Bei Ihrer Findigkeit würden Sie sich bestimmt zur Reporterin eignen. Sie sollten mal mit J. C. Hogan über eine Stelle bei der *Muse* reden.«

»Das ist mehr, als Sie in hundert Jahren rausfinden würden!«

»Da haben Sie recht, wie gewöhnlich«, entgegnete er trocken. »Besonders faszinierend finde ich es, daß wir nun wissen, was für einen Wagen sie fährt.«

Emma schürzte die Lippen. Ganz tief im Innern, dessen war sie sicher, war er froh darüber, daß sie all das herausgefunden hatte.

Unterdessen hatte er seine Telefonnachrichten in die richtige Reihenfolge gebracht. »Und wie genau haben Sie all das in Erfahrung gebracht?«

»Ich habe getan, was jeder andere auch getan hätte. Ich habe sie danach gefragt!«

Er fragte den Küster, als dieser vorbeikam, um seinen Scheck abzuholen. »Russell, waren sie gestern in der Kirche?«

»Nein, Sir, war ich nicht. Ich wollte mir eigentlich in der Küche etwas Suppe warm machen, aber der Himmel sah aus, als würde es den ganzen Tag regnen, also bin ich nach Hause gegangen und hab' mir etwas Leberkäse gebraten. Dooley ist mit dem Bus nach Hause gekommen.«

»Die Altargilde war auch nicht da. Es ist wirklich ein Rätsel.«

»Wovon reden Sie?«

»Gestern morgen habe ich ein Sandwich in den Kühlschrank gelegt, und als ich es essen wollte, war es verschwunden. Zusammen mit einer Flasche Meßwein.«

Russell kratzte sich am Kopf. »Ich war bis gegen Mittag auf dem Kirchhof, bis ich Sie zur Hauptstraße habe gehen sehen. Sonst war keine Menschenseele da.«

Der Pfarrer schüttelte den Kopf. »Ach? Nun ja! Glauben Sie, daß Sie noch vorm Winter dazu kommen, diese zerbrochenen Pflastersteine auszuwechseln?«

»Ich arbeite dran, Herr Pfarrer«, sagte er, als das Telefon klingelte.

»Pfarrer Tim«, sagte Olivia Davenport. »Pearly McGee ist gerade gestorben.«

»Ich bin sofort da«, sagte er. Kaum hatte er den Hörer aufgelegt, klingelte das Telefon schon wieder.

Marge Owen hatte ein gesundes, kleines Mädchen zur Welt gebracht. Sieben Pfund, zweihundertvierzig Gramm. Rebecca Jane!

Freud und Leid, dachte er, so unentwirrbar miteinander verwoben, daß er kaum zu sagen vermochte, wo das eine aufhörte und das andere begann.

Als er sich für die Kunstausstellung im ›Oxford‹ ankleidete, gab er sich besondere Mühe. Auf diese Weise hoffte er, seinen Respekt für Onkel Billy bezeugen zu können. Und jetzt trug er also die zweite neue Jacke, die er innerhalb eines Jahres erstanden hatte, ein Umstand, der in seinen Augen fast an ein Wunder grenzte. Falls es je zuvor schon ein Jahr gegeben haben sollte, in dem er sich zwei neue Jacken gekauft hatte, konnte er sich jedenfalls nicht mehr daran erinnern.

Natürlich hätte er dieser speziellen Jacke auf gar keinen Fall widerstehen können. Sie hatte nicht nur die Farbe, die ihm nach Emmas Einschätzung besonders schmeichelte, sondern war auch bequem, saß perfekt, würde zu all seinen übrigen Sachen passen und war außerdem herabgesetzt. Also, was war ihm anderes übrig geblieben?

»Englisch-Kupfer!« hatte der Besitzer vom ›Kragenknopf‹ ein wenig großspurig die Farbe beschrieben. »Zu Ihren schwarzen Kirchengewändern geradezu umwerfend.«

Umwerfend? Er war sich nicht sicher, ob er ausgerechnet ›umwerfend‹ aussehen wollte.

Das ›Oxford‹ hüllte sich in diesen speziellen Duft, der sein Markenzeichen war – Bohnerwachs, Limonenöl, altes Holz und abgenutztes Leder. Andrew hatte sich sogar die Mühe gemacht, in Mitfords ›Blumenlädchen‹ Blumen zu kaufen und sie eigenhändig in einem antiken silbernen Weinkrug zu arrangieren. Diesen Krug hatte er dann auf einen soeben aus Cumbria eingetroffenen Jagdtisch gestellt.

Glücklicherweise gab es eines, worauf sich ein Gastgeber in Mitford verlassen konnte. Die Dorfbewohner kamen entweder zu früh oder haargenau pünktlich, und jeder, aber auch jeder, nahm zu einer anständigen Stunde seinen Abschied.

Als er mit geringfügiger Verspätung – fünf Minuten nach vier Uhr – erschien, war der Teetisch bereits umlagert.

Er begrüßte Esther Cunningham, die sich ein großes Stück Brie gönnte, und schüttelte ihrem Mann Ray die Hand. Als er sich dann den Bildern zuwandte, traf er auf eine weitere Sehenswürdigkeit. Es war Miss Rose Watson, die zum Tee ein Abendgewand aus grünem Taft gewählt hatte, dazu eine mottenzerfressene, buntkarierte Samtschärpe, ellbogenlange Satinhandschuhe, einen Offiziersmantel aus dem Zweiten Weltkrieg und Herrenslipper aus Lackleder.

Mit der behandschuhten Linken umklammerte sie mehrere Teesandwiches, die Rechte hielt sie ihm huldvoll hin; »Guten Tag«, sagte sie zu dem Pfarrer, der plötzlich überhaupt nicht mehr das Gefühl hatte, mit seiner neuen Jacke zu elegant gekleidet zu sein.

Die wunderschön gerahmten Zeichnungen hingen in einer langen, chronologisch geordneten Reihe an der linken Wand, beginnend mit Onkel Billys Bild von drei Hirschen in einem Fichtenwäldchen, die aus dem Becken eines Wasserfalls tranken. Sie gerahmt an der Wand hängen zu sehen, war unerwartet beeindruckend. »Sehr ausdrucksvoll, nicht wahr?«

Cynthia Coppersmith stand neben ihm; sie trug einen Pullover und einen Rock, die beide die Farbe von Immergrün hatten, und hielt einen in eine Serviette gewickelten Cracker in der Hand.

»Wahrhaftig!« sagte er. »Ich wußte ja, daß sie gut waren, aber das, nun, das ist …«

»Außergewöhnlich!« sagt sie hilfreich.

»Emma hat mir erzählt, Sie seien Malerin und Schriftstellerin.«

»Ich verdiene mir einen Teil meines Lebensunterhalts

mit dem Pinsel, ja. Aber ich würde mich nie als echte Malerin bezeichnen. Ich kann zum Beispiel keine Menschen malen. Meine größte Stärke sind Tiere, vor allem Katzen.«

Da schlug ihm jemand so kräftig auf den Rücken, daß er beinahe gegen ein Bild von einer Wachtel auf ihrem Nest geprallt wäre.

»Ich sehe, Sie lernen Ihre Nachbarin zu lieben wie sich selbst!« sagte Harry Nelson. »Das wird wohl das letzte Mal sein, daß wir uns sehen. Shirley und ich haben den Wagen gepackt und fahren gleich hinter dem Umzugswagen her.«

»Nehmen Sie ja nicht irgendwelche falschen Vermeers mit«, bemerkte Mule Skinner, der zu ihnen getreten war.

Onkel Billy saß auf einem Chippendale-Ohrensessel, hatte sich eine Papierserviette in den Hemdkragen gestopft und balancierte einen Teller mit Käse und Weintrauben auf dem Schoß.

J. C. Hogan schrieb mit der linken Hand etwas in sein Notizbuch und wischte sich mit der rechten die Stirn ab. »Was sagten Sie, wann haben Sie angefangen zu malen?«

»Oh, da muß ich ungefähr zehn oder zwölf gewesen sein. Mein Onkel war Eisenbahner, und jedesmal, wenn er durch das Dorf kam, fing er bei Elk Grove an zu tuten, und bis er dann drüben in Isinglass war, stand ich an den Schienen, und er warf mir was raus.

Manchmal war's ein Beutel Lakritze oder Eukalyptusbonbons, und einmal war es so 'n kleines Päckchen Bleistifte, so richtig breite mit weichem Blei. Mein Pa meinte, das wär ein blödsinniges Geschenk für einen Jungen, der nicht schreiben kann, also habe ich angefangen zu zeichnen.«

»Haben Sie auch mal mit Tusche gezeichnet?« fragte J. C.

»Tja, Sir, ein paar Bilder hab' ich wohl mit Tusche gemacht, aber dann hab' ich einen Krug Eingemachtes aufgegessen, von dem Rosi meinte, er hätte ihr gehört, und da hat sie den ganzen Stapel Tuschezeichnungen verbrannt.«

»Nein!« rief Winnie Ivey, den Tränen nahe.

»Also, von mir hätte sie dafür 'ne Kopfnuß gekriegt«, meinte Percy Mosley mitfühlend.

Miss Rose raschelte mit ihrem Taftgewand. »Das sind doch olle Kamellen, Bill Watson! Ich habe die Geschichte hundertmal gehört, und sie ist erstunken und erlogen.«

»Ist sie nicht«, widersprach Onkel Billy grinsend.

»Größtenteils schon. Es war kein Eingemachtes. Es war Senfgemüse.« Als sie sich auf dem Absatz umdrehte und von dannen schritt, konnte der Pfarrer nicht umhin, den Reiskräcker zu bemerken, der aus ihrer Schärpe fiel und unter einen Stuhl rollte.

»Ich höre, Sie haben aufgehört zu malen«, sagte J. C. »Warum?«

»Arthur«, sagte Onkel Billy.

»Arthur wer?«

»Arthur-itits. Kleiner Scherz am Rande. Und jetzt erzähl ich Ihnen noch einen, für Ihre Zeitung.«

»Wir drucken in der *Muse* keine Witze ab«, fuhr J. C. ihn gereizt an.

»Na, wenn das keine Lüge ist!« sagte Percy Mosley, der an einer der jüngeren Ausgaben eine ganze Menge auszusetzen hatte.

Am Essenstisch plauderte er mit Rodney Underwood, Mitfords neuem, jungen Polizeichef, der Diakon bei den Ersten Baptisten war.

»Mein Großpapa und mein Papa waren beide Polizeichefs in dieser Stadt. Und so sehr ich mir immer wünschte, bei der Post zu arbeiten, es ging einfach nicht. Völlig ausgeschlossen. Nach vier Jahren als zweiter Mann drüben in Wesley habe ich klein beigegeben und mich vom Stadtrat einfangen lassen.«

»Nun, ich nehme an, es ist ein gutes Leben. In der *Muse* liest man kaum jemals über irgendwelche Verbrechen.«

»Aber es gibt sie, machen Sie sich da nichts vor. Sie haben ja keine Ahnung, was sich hinter diesen Rosenlauben alles abspielt ...«

Nein, wirklich nicht, dachte er, während er weiterging. Und ich möchte es auch gar nicht wissen.

»Da sind Sie ja wieder, Pater«, sagte Cynthia, die etwas in der Hand hielt, das so aussah wie der Kräcker von vorhin in der Serviette von vorhin. »Ich wollte Ihnen schon die ganze Zeit sagen, daß Sie in dieser kupferfarbenen Jacke einfach umwerfend aussehen.«

Er spürte, wie ihm die Röte in die Wangen stieg. Umwerfend! Er wußte doch gleich, daß er besser die marine-blaue gekauft hätte!

»Also, was halten Sie davon?«

Andrew Gregory saß auf einem der Queen-Ann-Eßstühle, die jemand in einem exakten Kreis um Onkel Billy herum aufgestellt hatte.

»Ein voller Erfolg!« sagte der Pfarrer. »Eindeutig! Wie viele haben wir verkauft?«

Andrews Freude war unübersehbar. »Siebenundzwanzig!«

Er sah Hoppy Harper mit Olivia Davenport durch die Tür treten. Ihre Wangen waren leicht gerötet und ihre violetten Augen sprühten Funken. Soweit er sehen konnte, wirkte Hoppy ausgeruhter als in den ganzen letzten Monaten. Grüne Geleebohnen! dachte er. Das Allheilmittel.

»So, ich muß jetzt los«, sagte Andrew. »Miss Rose und die Bürgermeisterin haben den ganzen Brie aufgegessen, und ich muß schnell zum Laden und ihn mit Cheddar ersetzen!« Cynthia Coppersmith nahm auf dem Stuhl Platz, von dem Andrew gerade aufgestanden war. »Das ist mein erstes gesellschaftliches Ereignis im Dorf. Abgesehen natürlich von meinen Besuchen im Pfarrhaus.«

Ihm fiel absolut nichts ein, was er darauf hätte erwidern können.

»Violet ist mir heute weggelaufen«, sagte Cynthia sachlich.

»Nein, wirklich?«

»Aber sie ist wiedergekommen.«

»Schön! Ich habe gehört, Sie schreiben Bücher über Ihre Katze und illustrieren sie auch selbst.«

»Ja. *Violet hält Einzug, Violet geht aufs Land* … oh, und natürlich *Violet bekommt Kätzchen*. Um nur ein paar zu nennen!«

»Was für ein erfülltes Leben! Wie alt ist Violet übrigens?«

»Gerade zwei geworden.«

»Zwei! Und da hat sie schon so viel erlebt?«

»Nun, sehen Sie, dies ist Violet die Dritte. Ich muß meine Violets immer wieder ersetzen. Die ursprüngliche Violet war sieben, als ich sie bekam, und ich habe sie zwei Jahre lang gemalt, bevor sie an einer Leberinfektion starb.

Dann kam eine sehr hochmütige Violet, die ich durch eine Zeitungsannonce fand. Oh, sie war wunderschön anzusehen, aber über alle Maßen anspruchsvoll. Mit dieser Violet sind drei Bücher entstanden, bevor sie mit einem gelben Kater auf und davon ging.«

»Aha.«

»Ich war ganz schön in der Bredouille, wie Sie sich leicht vorstellen können. Ein Vertrag für ein siebtes Buch und kein Modell!«

»Konnten Sie nicht eine Katze mit einer anderen Farbe nehmen und sie für Ihre Illustrationen einfach, öhm, weiß malen?«

»Nein, nein. Ich muß eine echte Violet haben, um diese Arbeit zu machen. Und natürlich ist auch nicht jede weiße Katze schon eine Violet.«

»Natürlich nicht.«

»Also haben wir alle nach einer anderen Violet gesucht, und die Zeitung bekam Wind davon und, was glauben Sie, was dann passierte? Siebenundfünfzig weiße Katzen tauchten auf.«

Er hatte eine Vision von Barnabas, der inmitten von siebenundfünfzig weißen Katzen wütete.

»Dann gewann die achte Violet-Geschichte einen Buchpreis – die Davant-Medaille. Das ist der begehrteste Preis für Kinderliteratur, und die ganze Sache raubte mir schier den Atem! Plötzlich verkauften sich alle Bücher wie …«

»Pfannkuchen?« fragte er. Verwünscht! Er hatte ›warme Semmeln‹ sagen wollen.

»Ja! Und jetzt habe ich nach ungezählten Jahren in irgendwelchen Wohnungen mein eigenes richtiges Haus und sogar ein wenig Geld. Es ist ein Wunder!« sagte sie auf so ernste Art und Weise, daß ihre Augen noch blauer wirkten. »Aber ich muß zugeben, daß ich die Violet-Bücher langsam leid bin. Nächstes Mal mache ich vielleicht etwas mit … oh, vielleicht mit Maulwürfen!«

Sein schlimmster Feind! Wahrhaftig, in jedem Frühjahr, das Gott in Mitford werden ließ, konnte man plötzlich bis zum Knie in einem Maulwurfsloch stehen. Wenn es ein noch verabscheuenswerteres Geschöpf im Tierreich gab, dann wußte er wahrhaftig nicht, welches das sein sollte.

»Wenn Ihnen der Sinn nach Maulwürfen steht, finden Sie alles, was Ihr Herz begehrt, gleich nebenan. In meinem Rasen.«

»Sie sind nett, wenn Sie lachen«, sagte sie mit einem offenen Lächeln.

»Vielen Dank. Da werd' ich wohl öfter lachen müssen.«

»Sie waren so freundlich zu mir, und ich hatte gehofft, daß Sie nächste Woche vielleicht irgendwann mal zum Abendessen kommen könnten. Bis dahin habe ich mich sicher eingerichtet.«

Er stand auf. »Nun …«

»Gut!« sagte sie. »Ich werde Ihnen Bescheid sagen, wann.«

Andrew Gregory kam auf sie zu, knöpfte sich die Kaschmirjacke über seiner schlanken Taille zusammen und sah sogar noch zufriedener und energischer aus als vor einer Stunde.

»Neunundzwanzig!« sagte er überschwenglich zu Pfarrer Tim. Dann wandte er sich an Cynthia. »Wenn Sie soweit sind, würde ich Ihnen gerne die Bücher zeigen, in denen sich Miss Potter angeblich Notizen gemacht hat.«

Als sie zusammen weggingen, fühlte der Pfarrer sich plötzlich klein, blaß und übergewichtig und war sich überdeutlich der Tatsache bewußt, daß seine Jacke mehr Polyester als Wolle enthielt.

»Warum haben Sie mir nichts von dieser Frau erzählt?« wollte Hoppy wissen, als sie vor Andrews Büro im hinteren Ladenteil standen und darauf warteten, daß die Toilette frei wurde.

»Was hätte es denn da zu erzählen gegeben?«

»Daß sie bezaubernd ist und neu in der Stadt und in die Kapelle Unseres Herrn geht, ich weiß nicht, was. Ich gehe letzte Woche den Flur hinunter und sehe diesen Engel an Pearlys Bett sitzen und ihr aus den Psalmen vorlesen. Das werde ich nie vergessen. ›Du bist mein Schutz und mein Schild; ich hoffe auf dein Wort‹, sagte sie. Es ging mir bis ins Mark.«

Was auch kein Wunder war, dachte der Pfarrer, den die Ausstrahlung dieser Frau selbst bis ins Mark getroffen hatte.

»Ich bin nun schon so lange von der Kirche weg ... so lange ... vom Glauben weg.« Hoppy lehnte sich gegen die Wand und wich dem Blick des Pfarrers aus. »Ich war sehr wütend auf Gott.«

»Das verstehe ich.«

»Er hat ohne jede Narkose operiert.«

Er sah den Mann an, der nach sechzehnjähriger Ehe seine Frau verloren hatte, und sah den unverkennbaren Stempel, den Bitternis und Überarbeitung hinterlassen hatten. Aber irgend etwas war heute abend anders an ihm.

Percy Mosley kam aus der Toilette. »Seien Sie besser vorsichtig«, sagte er, »diese rosa Seife riecht schrecklich penetrant.«

Er bestand darauf, Hoppy den Vortritt zu lassen, und

schlenderte in Andrews behaglich unaufgeräumtes Büro. Dort setzte er sich in einen Ohrensessel neben Andrews Schreibtisch und betrachtete die Gemäldesammlung an den Wänden und das Durcheinander von Büchern und Zeitschriften, die aus Körben und von Regalen quollen. Müßig richtete er seine Aufmerksamkeit auf einen Zeitungsausschnitt, der unter einem ledernen Tintenlöscher auf dem Schreibtisch hervorragte.

»Juwelen bei Museumsausstellung verschwunden«, las er schweigend und ohne besonderes Interesse. »Als am vergangenen Abend die Wohltätigkeitsgala im neuen Flügel des Sonningham in Gang kam, bemerkte ein bewaffneter Wachposten, daß jemand eine unbezahlbare Sammlung antiker königlicher Juwelen gestohlen hatte, während er nur wenige Meter neben der Glasvitrine stand.

›Ich bin vielleicht anderthalb Minuten weggewesen, um festzustellen, was es mit dem Rattern auf sich hatte, das ich vom Oberlicht hörte‹, sagte Nigel Hadleigh, zweiundsechzig Jahre alt und Mitglied der Armed Forces Inc., einer privaten Wach- und Schließgesellschaft. ›Als ich wieder zu der Vitrine hinsah, waren die Juwelen weg.‹

Die Ermittlungsbeamten haben bisher weder einen Fingerzeig bezüglich des Diebstahls noch einen Verdächtigen. Es befanden sich auch keine Fingerabdrücke auf der Vitrine, die bis neun Uhr dreißig am ersten Abend der Museumsveranstaltungen kostbare Juwelen von allen britischen Inseln enthielten, darunter auch ein Halsband, das Prinzessin Louise einmal getragen hat.

›Der Vorfall ist uns schrecklich peinlich‹, sagte Museumsdirektor Wilfred Cappman. ›Was wird die Königin dazu sagen?‹«

Aha, da liegt der Hase im Pfeffer! dachte der Pfarrer.

Hoppy kam aus der Toilette und spähte ins Büro. »Ich müßte sehr bald mal mit Ihnen reden. Aber diesmal«, sagte er, »lasse ich Sie das Rezept ausstellen.«

Man soll das Eisen schmieden, solange es heiß ist! dachte er. »Wie wär's mit Donnerstag in der Grillstube? Da gibt's bei Percy immer Lachskroketten.«

»Kommen Sie ja nicht zu spät«, warnte ihn der Dorfarzt grinsend.

Als er sich die Hände wusch, hörte er auf der anderen Seite der Toilettenmauer Gelächter. Es war Cynthia Coppersmith. Offensichtlich fand sie Maulwürfe sehr, sehr amüsant, was der seltsamste Charakterzug war, der ihm in letzter Zeit bei irgend jemandem aufgefallen war.

Als er nach Hause kam, fand er auf der Hintertreppe einen seiner Tortenteller und darauf einen quadratischen Umschlag.

Er enthielt ein Aquarell von Barnabas. Das Bild war so lebensecht, daß es eigentlich auch hätte bellen müssen. Außerdem steckte noch ein Zettel in dem Umschlag: »Vielen Dank für die Freundlichkeit, die Sie einer Fremden in Ihrer Mitte erwiesen haben. Cynthia.«

»Wirklich erstaunlich«, murmelte er, während er das Aquarell mit verzückter Faszination betrachtete.

»Ihre Predigt gestern war wirklich gut«, sagte Emma am Montagmorgen.

Über Geschmack läßt sich wahrlich streiten, dachte der Pfarrer, der sich daran erinnerte, daß ein Baby während der Messe geschrien und ein Eichhörnchen irgend etwas hinter der Mauer angenagt hatte; außerdem war ihm ein Brillenglas in die Bibel gefallen, als er das Evangelium las.

»Ich habe Sie bei der Kunstausstellung gesehen«, sagte sie, »aber als ich endlich dahin durchgekommen war, wo Sie gestanden hatten, waren Sie schon weg.«

»Ja, hm … Wie geht es Harold?«

»Arbeit, Arbeit, Arbeit. Tut dies, tut das. Repariert das Dach. Streicht die Veranda. Wechselt das Öl. Gibt Mulch auf seine Maiskolben. Na ja, so ist das eben mit den Baptisten, Sie wissen schon.«

»Wirklich?«

»Einen Episkopalen würde man nie dabei sehen, wie er Mulch auf seine Maiskolben gibt.«

»Vielleicht haben sie keine Maiskolben zu mulchen.«

»So wird's sein.«

Emma nahm aus der obersten Schublade ihr Rechnungsbuch sowie einen abgeschlossenen Kasten mit den Sonntagsspenden.

»Ich hatte den Eindruck, daß Sie auf der Kunstausstellung ständig Ihre neue Nachbarin auf den Fersen hatten.«

»Meine Nachbarin ... Oh ja, Sie meinen Miss Coppersmith.«

»Genau die meine ich, stimmt. Wo Sie auch hingingen, Miss Coppersmith ging mit. Ein richtiger Eistanz.«

»Hatten Sie nichts Besseres zu tun, als Ihren Pfarrer zu bewachen?«

»Als erstes wird es wohl noch ein paar mehr von diesen Katzentiteln geben. Wie zum Beispiel: *Violet geht in die Kirche, Violet besucht den Pfarrer ...*«

»Emma, nun machen Sie aber mal halblang.«

»Und war Miss Rose nicht herrlich aufgedonnert?«

»Ziemlich.«

»Und Onkel Billy, was wird er nur mit all dem Geld anfangen«

»Schwer zu sagen.«

Ein plötzlicher Wind ächzte um das kleine Steingebäude und ratterte an den Fenstern. Sie sahen einander an.

»Für die Nacht ist Schnee gemeldet«, bemerkte er.

»Vielleicht sollte ich Harold doch vorm Frühjahr heiraten«, sagte sie.

Bevor Pearly McGee starb, hatte sie ihm einen Scheck über eintausendvierhundertsechsundfünfzig Dollar gegeben. »Nehmen Sie ihn, um irgend jemanden glücklich zu machen«, hatte sie zu ihm gesagt. »Genau das wünsche ich mir, daß irgend jemand glücklich ist.«

Er dachte, das Geld würde Dooley Barlowe wirklich

sehr glücklich machen, wenn er sein rotes Fahrrad unterm Weihnachtsbaum fand.

Dooley hatte hundert und acht Dollar verdient, und genau so viel brauchte er, um das rote Mountainbike anzuzahlen, damit der Händler es für ihn zurücklegte.

Vielleicht, überlegte er, sollte er fünfundvierzig Dollar von seinem eigenen Geld nehmen und fünfundvierzig von Pearlys ›Wohltätigkeitsfonds‹.

Er erwähnte es Emma gegenüber.

»Ich weiß nicht recht. Vielleicht sollte er für die ganze Summe arbeiten.«

»Warum?«

Sie zuckte die Achseln. »Er ist ein Hitzkopf. Die Arbeit wird ihn vielleicht ein wenig abkühlen.«

Als Emma weg war, rief er den Fahrradladen in Wesley an. Ja, sie könnten vor Weihnachten noch etwas nach Mitford liefern.

Als er Puny erzählte, daß das rote Fahrrad in der Garage versteckt werden müsse, dachte er, diese Neuigkeit würde sie freuen. Tat sie aber nicht. »Ich hoffe, Sie wissen, was Sie tun«, sagte sie ausdruckslos.

Am Dienstag frühstückte er mit Olivia Davenport und erlaubte ihr, ihn ins Büro zu fahren; es regnete so stark, daß sie die Lichter der Autos, die ihnen auf der Hauptstraße entgegenkamen, kaum sehen konnten.

»Haben Sie gehört, was gestern abend bei der Versammlung der Laienprediger passiert ist?« fragte Emma ihn, als er seinen Regenmantel auszog.

»Esther Bollick hat ihre Nachahmung des Bischofs zum besten gegeben?«

»Noch schlimmer. Jemand hat ihren berühmten Orangenmarmeladenkuchen aus dem Kühlschrank des Gemeindehauses gestohlen.«

»Gestohlen?«

»Hat einfach den Kuchenbehälter aufgemacht und alles mitgenommen, bis auf den letzten Krümel.«

»Das verstehe ich nicht.«

»Jeder hat eine Kleinigkeit mitgebracht. Nach der Versammlung in der Kindertagesstätte, wo es warm war, sind sie in die Küche gegangen, um Tee zu machen, und der Kuchen war weg. Hilda Lassiter sagte, sie hätte zwei Jahre darauf gewartet, diesen Marmeladenkuchen endlich kosten zu dürfen, und als sie ihn nicht finden konnte, hätte sie am liebsten geweint.«

Er kratzte sich am Kopf. »Ich verstehe nicht, warum sie ihn nicht finden konnten.«

»Worauf es ankommt«, sagte sie ungeduldig, »ist doch, daß er nicht mehr im Kühlschrank war, wo Esther ihn zurückgelassen hatte. Er war weg. Futsch. Nix mehr da. Wie vom Erdboden verschluckt.«

»Sie haben den Kuchen in den Kühlschrank gelegt, und als sie nach der Versammlung zurückkamen, war er weg?«

»Genau das versuche ich Ihnen schon seit einer Weile zu erklären. Aber wer auch immer ihn gestohlen hat, Marge Houcks gestürzten Ananaskuchen hat er nicht angerührt.«

»Das wiederum kann ich durchaus verstehen«, sagte er.

Am Mittwochabend nahm er eine Dusche und zog sich an und machte sich bereit, seine neue Nachbarin in ihrem winzigen Haus nebenan zu besuchen. Cynthia Coppersmith hatte ihr Versprechen gehalten und ihn zum Abendessen eingeladen. Und die Einladung kam, wie es ihm schien, genau zum rechten Zeitpunkt.

Den Rest von seinem Fleischklops hatte er aufgegessen, und dafür war er, weiß Gott, dankbar. Zu seinem Verdruß war ihm mehr Hafermehl als sonst hineingeraten, was zu dem abscheulichsten Mahl geführt hatte, das er seit Jahren gekostet hatte. Aber er hatte sich tapfer durchgeschlagen und den ganzen Fleischlaib im Laufe mehrerer Tage verzehrt. Er schämte sich so sehr dafür, daß er ihn ganz hinten im Kühlschrank versteckt hatte, wo er hoffte, daß Puny ihn nicht finden würde.

Die Lichter des kleinen Hauses strahlten warm durch den dichten Nebel, der über dem Dorf lag.

»Wie nett!« sagte er laut. »Ein kleines Haus für eine kleine Person.« Er hob den alten Messingklopfer an und klopfte dreimal.

Da auf sein Klopfen hin nichts geschah, versuchte er es noch einmal.

Nichts.

Da Besucher gelegentlich an die Hintertür des Pfarrhauses kommen mußten, um ihn in seinem Arbeitszimmer aufzustöbern, dachte er, dasselbe gelte vielleicht in diesem Falle. Er stolperte um das Haus herum und tastete sich über zerbrochene Pflastersteine auf ein Licht über der Hintertür zu.

Er klopfte und wartete. Nichts.

Vorsichtig öffnete er die Tür und spähte in eine winzige, aber einladende Küche.

Auf dem Herd stand eine brodelnde Pfanne, in der ein schwarz gewordener Braten lag. Daneben war ein Topf übergekocht, und auf der Theke stand trostlos ein Backblech mit ungebackenen Brötchen. »Hallo!« rief er. Eine weiße Katze sprang auf den Frühstückstisch, sah ihn neugierig an und begann, ihre Pfoten zu säubern. »Violet, wenn ich mich nicht irre?« Er hatte noch nie viel für Katzen übrig gehabt.

Er hörte sie die Treppe herunterkommen, dann stand sie mit rot geweinten Augen an der Küchentür.

»Es ist mir schon wieder passiert«, sagte sie schniefend. »Ich kriege es einfach nicht hin. Ich habe mich nur für eine Minute an meinen Zeichentisch gesetzt. Eine Minute! Eine Stunde später blickte ich auf, und der Reis war übergekocht und der Braten angebrannt, und na ja, Sie sehen ja selbst.«

»›Was immer deine Hände zu tun finden, tu es mit deiner ganzen Kraft!‹« zitierte er fröhlich aus dem Prediger Salomo. »Sie müssen etwas getan haben, was Sie gern tun.«

Sie seufzte. »Ich habe Maulwürfe gezeichnet.«

Schon wieder Maulwürfe! Das erklärt alles, dachte ihr Besucher. »Sehen Sie mal«, sagte er, »wenn es Ihnen nichts ausmacht, lassen sie mich mal damit herumexperimentieren.« Er zeigte mit ausladender Geste auf das ruinierte Abendessen.

»Dazu bedarf es schon eines Wunders«, sagte sie tonlos.

»Ich bin einem guten Wunder nie abgeneigt. Wo ist Ihr Tranchiermesser?«

Er zog das scharfe Messer durch das Ende des Bratens und löste mühelos eine dicke Scheibe ab. »Ah, na also! Genauso, wie ich es mag. Schön kroß außen und innen roh.« Er schnitt ein Scheibchen ab und hielt es seiner Gastgeberin auf der Messerspitze hin. »Was sagen Sie dazu?«

Cynthia betrachtete das Fleisch argwöhnisch und tat, was er ihr vorgeschlagen hatte. »Köstlich!« erklärte sie mit Nachdruck. »Es *ist* ein Wunder!«

Er hob den Deckel von dem Topf, der übergekocht war, und rührte den Inhalt mit einem Holzlöffel durch. »Er ist am Boden angebacken, aber ich glaube, sonst gerade richtig. Ja, wirklich. Wildreis. Eins meiner Lieblingsgerichte!«

»Sie sind wirklich höllisch nett«, sagte sie spitz.

»Nicht nett. Ausgehungert. Ich hab' das Mittagessen heute völlig vergessen.«

»Nun«, sagte sie, während die Farbe in ihre Wangen zurückkehrte, »als Vorspeise habe ich Krabbenpastete gemacht. Die ist gelungen! Und dann hätte ich noch glasierte Zwiebeln mit Rosmarin und Honig, die ebenfalls eßbar scheinen.« Sie nahm zwei duftende, dampfende Schalen aus dem Ofen und stellte sie auf die Küchentheke.

»Und ich habe mir sagen lassen, daß Sie ab und zu nichts gegen einen Tropfen Sherry hätten«, meinte sie und schenkte aus einer Flasche mit einem namhaften Etikett ein. Sie reichte erst ihm ein Glas und schenkte sich dann selbst eins ein.

»Was für ein großartiges Festmahl Sie da zubereitet haben!« rief ihr Gast.

»Wohlsein!« sagte seine erleichterte Gastgeberin.

Kapitel 11

Ein weißes Erntedankfest

Das Erntedankfest überzog das Dorf unerwarteterweise mit einer dicken Schneedecke.

»Auf Mitford wartet ein weißes Erntedankfest«, schrieb *Muse*-Redakteur J. C. Hogan, »und jede Menge Truthähne sind auf Backblechen den Baxter-Hügel hinuntergetrudelt.«

Winnie Ivey ging, eingehüllt in den Schal vom letzten Weihnachten, mit schwerem Korb und leichtem Herzen zur Wohnung ihres Bruders über dem Friseurladen.

Miss Rose und Onkel Billy zogen ihre Stiefel an und machten sich auf den Weg zum Allgemeinen Kirchfest, wobei Miss Rose jede Menge Wachspapier in den Taschen hatte, um kleine Leckerbissen darin einzuwickeln.

Miss Sadie, die fürchtete, daß sich unter dem Schnee schon Eis gebildet hatte, zog es vor, zu Hause zu bleiben, aß eine Hühnerpastete und machte eine Liste mit allem, was vor Louellas Ankunft in der Woche nach Weihnachten noch zu erledigen war.

Puny Bradshaw briet einen Truthahn und fuhr zu ihren Schwestern.

Und Russell Jacks buk ein Huhn, kochte eine Unmenge Kohl und machte einen Maiskuchen. Als die Dorfbewohner den Rauch aus Russells Schornstein aufsteigen sahen und sein Alteisenfriedhof unter einem Mantel aus frischem Schnee verborgen lag, waren sie geradezu verzaubert.

Bevor er zum Kirchfest ging, das dieses Jahr von den Ersten Baptisten veranstaltet wurde, legte Pfarrer Tim zwei Pasteten und einen Topf mit Punys Soßendressing in einen Korb und ging mit Barnabas zum Kleinen Mitfordbach.

Als er an Winnie Iveys Cottage neben der Brücke kam, bog er nach links ab und ging weit den Bach entlang, in die schneestillen Wälder.

Hier und dort fielen kleine Schneewolken mit einem

sanften Geräusch auf die weiße Kruste des Waldbodens, was Barnabas veranlaßte, mit einer Mischung aus Freude und Erschrecken an seiner roten Leine zu zerren.

Was, fragte er sich, hatte er nur jemals ohne Barnabas angefangen? Ohne die langen, gemächlichen Spaziergänge, die Freude und den Verdruß, die die Sorge um ein lebendiges Wesen mit sich brachten, ohne das wachsende Verständnis zwischen ihnen und ja, die helle Freude?

›Sohn des Trostes‹ war die Bedeutung, die dem Namen Barnabas im vierten Kapitel der Apostelgeschichte gegeben wurde, und er war all das und mehr.

Barnabas hatte etwas für ihn getan, was niemand anders je getan hatte. Dieser große, schwarze, streunende Hund war der Grund, warum er sich jetzt zwanzig Jahre jünger fühlte.

Sie folgten frischen Spuren zu einer seichten Stelle am Bachufer und gingen über eine Reihe großer Steinbrocken auf die andere Seite hinüber. Dort führten die Spuren zu der Tür eines baufälligen Hauses, das in der Nähe einer klapprigen Brücke stand.

Aus dem Schornstein stiegen Wolken wunderbar duftenden Holzqualms auf, und aus dem Haus selbst, das kaum größer war als ein Werkzeugschuppen, drang der Klang von Gelächter.

»Kommen Sie rein, kommen Sie rein!« rief Samuel K. Hobbes, als er die Tür öffnete und auf seiner Krücke zur Seite humpelte. »Kommen Sie rein, und wärmen Sie sich am Feuer auf!«

Barnabas sprang hinein, um alle Anwesenden mit dem Wasser aus seinem feuchten Fell zu besprengen, bevor er sich neben den glühenden Holzofen legte. Der Pfarrer stellte zu seiner Freude fest, daß jede Kirche der Stadt in diesem kleinen Raum repräsentiert war – alle hatten Hobbes, der unter dem Beinamen ›Der Heimatlose‹ bekannt war, eine Tasche oder einen Korb gebracht.

Der Heimatlose lief geschickt auf seiner schon arg mitgenommenen Krücke hin und her und schenkte jedem Gast Kaffee ein.

»Sie könnten hier noch einen Stuhl gebrauchen«, meinte ein Methodistendiakon, der in einer Ecke stand.

»Nein, Sir, könnte ich nicht«, entgegnete Hobbes und stellte den leeren Kaffeetopf auf ein Regal. »Mr. Thoreau selbst hatte zwei und hat es oft bedauert. Tatsache ist, von meinen zwei Hosen ist eine überflüssig.«

Pfarrer Tim wickelte sich den Wollschal vom Hals. »Was ist mit diesen beiden Kürbispasteten? Soll ich eine davon wieder mitnehmen?«

»Nein, mein lieber Pfarrer, sollen Sie nicht. Hosen und Pasteten sind zwei verschiedene Sachen.«

»Da haben Sie auf jeden Fall recht!« meinte Rodney Underwood, der selbst eine Pastete beigesteuert hatte.

Der Heimatlose zog seine Hosenträger hoch und warf einen Blick auf den kleinen Tisch. »Seht euch nur diesen Schatz an! Zwei, drei, vier, fünf ... sieben Pasteten. Skandalös! Viel zu viele Pasteten für den alten Heimatlosen. Und obendrein noch eine große fette Henne und ein Sack Schinkenbiskuits und ein Kilo Kohl und jede Menge Süßkartoffeln ...«

»Und vergessen Sie nicht den Sack Hafergrütze und die Schinkenhaxe für die Suppe«, sagte Rodney, der Pedant.

»Und Puny Bradshaws Würstchensoße«, ergänzte der Pfarrer.

Hobbes ließ seinen Blick über die Anwesenden schweifen. »Nun, Leute, so sehr ich all das zu schätzen weiß, muß ich euch doch reinen Wein einschenken.«

»Und was, bitte, wäre das?« erkundigte sich der Diakon argwöhnisch.

»Das meiste von den Fressalien hier werd' ich Leuten geben, die schlimmer dran sind als ich.«

»Ich wußte gar nicht, daß es hier jemanden gibt, der noch schlimmer dran wäre als Sie«, meinte der junge Jack Teague von den Presbyteriern.

»Das denken Sie, mein Sohn. Aber gehen Sie mal von diesem Bach aus den Hügel rauf und auf der anderen Seite wieder runter, da werden Sie genug Leute finden, die schlimmer dran sind als ich. Und noch dazu mit ein paar Kleinen.«

»Machen Sie damit, was Sie wollen«, sagte Rodney. »Es gehört Ihnen, im Namen des Herrn.«

»Und ich danke Ihnen dafür«, sagte Hobbes.

Rodney reichte ihm den Korb mit Schinkenbiskuits, den seine Mutter ihm mitgegeben hatte. »Laßt uns diese Schinkenbrötchen segnen, Leute«, sagte er und stürzte sich kopfüber in ein Gebet, das alles abdeckte, den Hunger in der Welt, Essensmarken, streunende Tiere, Feuerholz, die Baptistenkonferenz, den Kleinen Mitfordbach, den Großen Midfordbach, die Kranken, die Unerlösten, eine unwillkommene Wettervorhersage, die noch mehr Schnee verhieß, die Entscheidung des Stadtrats bezüglich der Gehsteige für die Fliederstraße, den Präsidenten, den Kongreß, den Senat, das Repräsentantenhaus sowie die einheimische Feuerwehr und die Polizei.

»Amen!« sagte der Heimatlose. »Das sollte mir eigentlich bis nächstes Jahr um diese Zeit reichen.«

»Mr. Hobbes«, meldete Jack Teague sich noch einmal zu Wort, »ich höre, Sie haben früher in New York City gelebt.«

»Stimmt. Hatte ein großes, phantastisches Büro auf der Madison Avenue und ein Appartement gleich am Hudson River.«

»Im Ernst?« fragte Jack und schüttelte verwundert den Kopf. »Und wie lange sind Sie jetzt schon heimatlos … Sir?«

»Mein Freund, wie Sie deutlich sehen können, bin ich nicht im mindesten heimatlos.« Er zeigte auf den Holzofen, einen wackligen Tisch, auf dem eine Wachsdecke lag, zwei Regale, eine Kerosinlampe, einen Stuhl, ein Feldbett, eine Spüle und eine Toilette, die teilweise von einem roten, über einen Draht gespannten Tischtuch verdeckt wurde.

»Die Art, wie ich heute lebe, ist nicht nur hundertprozentig streßfrei, sondern auch garantiert rezessionssicher. Ganz egal in welche Richtung sich die Wirtschaft entwickelt, mich betrifft das alles nicht mehr.

Um die reine Wahrheit zu sagen, das ist das schönste Heim, das ich je hatte, und ich habe in großem Stil zwischen New York City und Dallas in Texas gelebt, ganz zu schweigen von einem Aufenthalt in Los Angeles in Kalifornien.«

»Allmächtiger! In welcher Branche waren Sie denn tätig?«

»Werbung, mein Junge!« sagte der Heimatlose mit einem bösartigen Grinsen. »Werbung!«

Eines Samstagmorgens erwachte Mitford unter einer zweiten Schneedecke, so daß Pfarrer Tim seinen Meadowgate-Ausflug mit Dooley absagte. Statt dessen aß er in der Grillstube zu Mittag und ging mit Onkel Billy einkaufen.

»Rose braucht was zum Anziehen«, sagte sein Freund, der beschlossen hatte, einen Teil seiner Einkünfte aus der Kunstausstellung auszugeben. »Ich bin wahrhaftig kein eitler Mensch, Prediger, aber diese alten Armeesachen, die sie aus dem Schrank zieht – da schäm' ich mich fast zu Tode.

Das Kleid, das sie bei der Bilderausstellung anhatte, war von der Müllkippe auf der Forks Road. Denken Sie nur, sie hat die Schleppe raushängen sehen, als wir ein paar Eßzimmerstühle dort abgeladen haben.«

»Ich weiß nicht, wie weit ich Ihnen da von Nutzen sein kann, Onkel Billy. Ich habe in meinem ganzen Leben noch nie Frauenkleider gekauft. Ich kann mit Mühe und Not für mich selber einkaufen.«

»Ja, aber Sie sind 'n Prediger, und Sie wissen, was für sonntagmorgens das Richtige ist.« Onkel Billy ließ seine Goldzähne in einem gewinnenden Lächeln aufblitzen. »Ich wäre Ihnen sehr verpflichtet.«

»Also gut, abgemacht!« sagte der Pfarrer. Sie machten sich in schweren Stiefeln und Mänteln auf den Weg zu dem Bekleidungsgeschäft gegenüber dem Kriegerdenkmal.

Als er am Samstagnachmittag mit Barnabas zur Kapelle Unseres Herrn ging, war er tief in Gedanken versunken. Sein Einkaufsausflug mit Onkel Billy war ein voller Erfolg gewesen, und er konnte es kaum erwarten, Miss Rose am Sonntag zu sehen, wenn sie sich mit dem schwarzen Kostüm herausputzte, das um vierzig Prozent runtergesetzt gewesen war, und dazu den Wollmantel, den sie zum halben Preis ergattert hatten.

Das Dumme war nur, daß es in Mitford kein Schuhgeschäft für Damen gab. Daher war es sehr wohl möglich, daß Miss Rose in den Armeestiefeln ihres Bruders auftauchen würde.

Der zweite Schneefall hatte die Alltagsgeräusche im Dorf gedämpft, so daß er beim Gehen nur das Knirschen ihrer Schritte in der noch unversehrten Schneedecke auf dem Gehsteig hörte.

Unterwegs sah Barnabas sich gezwungen, den Schnee an mehreren Stellen zu schmelzen. Anschließend stürmte er jedesmal eifrig weiter, als sei er sehr zufrieden mit seinen Leistungen.

»Rezessionssicher!« murmelte Pfarrer Tim laut vor sich hin und dachte an Hobbes' Kommentar zu seiner mehr als dürftigen Existenz. Wenn nur die anderen Bewohner Mitfords dasselbe Privileg für sich in Anspruch nehmen dürften! In den vergangenen Monaten hatte er nicht erst die Nachrichten einzuschalten brauchen, um die immer schlimmer werdenden Auswirkungen der Rezession zu sehen – er konnte sie auch in den Gesichtern der heimischen Händler lesen. Als er schließlich vorm Drugstore stand, hoffte er, Sparks kurz durchs Fenster zuwinken zu können, sah aber nur Hoppy Harper. Kauft sich wahrscheinlich seine Dosis grüne Geleebohnen, dachte er. Es freute ihn unaussprechlich, daß Hoppy sich nicht nur bereit gefunden hatte, dem Bauausschuß beizutreten, sondern auch wieder am Kirchenleben teilnehmen wollte.

Als er am Fenster vorbeiging, sah er Olivia Davenport; sie ging, in einen dicken Pelz gehüllt, mit strahlendem Lächeln auf Hoppy zu.

In dem Sekundenbruchteil, den der Verschluß einer Kamera sich öffnet, um ein Bild einzufangen, hatte er etwas gesehen, das ihm zu schaffen machte: Er hatte einen Ausdruck unverkennbaren Glücks auf dem Gesicht seines Freundes erblickt, eine tiefe Zärtlichkeit, mit der er zu Olivia Davenport geblickt hatte, auf Olivia Davenport, die bald sterben würde.

An der Kirche fand er die Tür unverschlossen, so daß er mit seinen schneeverkrusteten Stiefeln eintrat. Sogleich schlug ihm der süße, verlockende Duft von Blumen entgegen; ihr frischer Geruch hellte seine düsteren Gedanken auf.

Er schlang die rote Leine um ein Stuhlbein, und Barnabas legte sich zufrieden nieder, während er selbst die Stiefel auszog. Offensichtlich war die Altargilde dagewesen, um die Blumen zu arrangieren, und hatte vergessen, den Nebeneingang abzusperren. Er mußte natürlich mit ihnen darüber reden.

Nicht, daß er nicht auch gern eine unverschlossene Kirche gehabt hätte. Nein, wirklich; ihm wäre es so lieber gewesen. Es gab nichts Entmutigenderes als verriegelte Türen, wenn man zu Gebet und geistiger Erfrischung in eine Kirche gehen wollte.

Aber der Mortlake-Wandbehang, der 1675 gewoben worden war und jetzt hinter dem Altar hing, war eine solche Kostbarkeit, daß die Versicherungsgesellschaft nicht nur einen verdunkelten Raum und verschlossene Türen forderte, nein, sie setzte sogar die Art der Schlösser fest.

Es war ungewöhnlich, daß er die Kapelle Unseres Herrn am Samstag aufsuchte, aber heute brauchte er selbst ein wenig geistige Erfrischung. Aber wer konnte dem Ratgeber Rat geben? Er bekreuzigte sich. »Erquicke mich, oh Herr«, betete er, »wie du es verheißen hast.«

Tagelang hatte er sich niedergedrückt und schwer gefühlt, aber das kam nicht vom Feiertagstruthahn oder von der Soße. Im Gegenteil, er war vorsichtiger denn je mit seiner Diät gewesen. Sein Geist war beschwert, und das zu einer Zeit, da die Kirchenereignisse in vollem Gang waren und die Adventsvorbereitungen ihn mit halsbrecherischem Tempo auf Weihnachten zu jagten.

Und doch war es nicht die immer schlimmer werdende Hetze des Alltags, die ihm zu schaffen machte. Das eigentliche Problem waren seine Predigten.

In den vergangenen Wochen waren sie lauwarm und starr gewesen. Irgendwie kahl. Es war, als hätte der Heilige Geist die Hände von ihm genommen, um beobachtend und aufmerksam zurückzutreten.

Mit einem Seufzer öffnete er die Tür zum Mittelschiff und stellte fest, daß er damit unbedingt aufhören mußte. Seufzen stand niemandem gut zu Gesicht, schon gar nicht einem Pfarrer. Vielleicht konnte er Emma die Bürde auferlegen, indem er sagte: ›Emma, ich habe da diese lästige Angewohnheit zu seufzen, wie Sie zweifellos bemerkt haben werden. Von jetzt an sagen Sie mir jedesmal Bescheid, wenn ich es tue, dann lege ich einen Dollar in den Opferstock.‹

Einen Dollar! dachte er. Schon die bloße Härte der Strafe müßte das Problem eigentlich lösen.

Bevor er betete, wollte er sich jedoch einer Pflicht entledigen. Wenn er am Samstag in die Kirche kam, erfüllte er grundsätzlich zuerst eine Pflicht.

Heute wollte er dem Kolumbarium, einem Schrank im Korridor des Gemeindehauses, in dem sechs mit Asche gefüllte Urnen lagerten, die längst überfällige Aufmerksamkeit schenken.

Er tastete nach dem Schlüssel oben auf dem Türrahmen, sperrte auf und knipste das Licht an.

Für eine letzte Ruhestatt wahrlich kein besonders prächtiger Ort, dachte er. Er selbst wollte einmal auf altmodische Art beerdigt werden, mit singenden Vögeln und Rosen, die über ihm erblühten.

Er schob die Gebetsbücher von 1928, die jemand auf dem Regal neben den Urnen aufgestapelt hatte, zur Seite und füllte einen Abfallkorb mit den gläsernen Aschenbechern, die sie vor der segensreichen Erleichterung des Rauchverbots im Gemeindehaus benutzt hatten. Ein Fall für den Wohltätigkeitsbasar!

Dann versenkte er zwei Plastikweihnachtssterne im Mülleimer, damit sie ja niemand fand und auf den Gedanken kam, sie noch einmal zu benutzen. Als nächstes ging es einem Stapel Gesangbücher an den Kragen, die so abgegriffen waren, daß die Buchdeckel sich bereits gelöst hatten. Recycling-Container!

Mit einem warmen Gefühl der Befriedigung angesichts der Ergebnisse, die seine zwanzigminütigen Bemühungen gezeitigt hatten, ging er in die Küche, um sich einen Putzlappen zu holen, und kehrte dann ins Kolumbarium zurück, um die Überreste von Parkinson Hamrick abzustauben.

»Auch schon im Himmel!« sagte er mit einem Lächeln und erinnerte sich des freundlichen Mannes, der gesungen hatte wie ein Engel.

Als er die Urne wieder hinstellte, gab Parkinsons Asche ein dumpfes Klappern von sich. Obwohl er nie in einen dieser morbiden Behälter hineingeschaut hatte, hatte Pater Roland ihm erzählt, daß sich kleine Stückchen verkohlten Knochens mit der Asche vermischten, was der Grund für das Klappern war.

»Lydia Newton«, murmelte er laut und nahm die nächste Urne zur Hand. Lydia Newton war, selbst verwitwet, zu ihrer verwitweten Schwiegermutter nach Mitford gezogen, wo die beiden jahrelang glücklich miteinander gelebt hatten. ›Wo du stirbst‹, hatte Ruth in der Bibelgeschichte zu Naomi gesagt, ›da sterbe ich auch, da will ich auch begraben werden. Der Herr tue mir dies und das, nur der Tod wird dich und mich scheiden.‹ Es war eine der schönsten Stellen in der Heiligen Schrift, die irrtümlich bei protestantischen Hochzeiten benutzt wurde.

Der modrige, kleine Schrank erwachte in gewissem Sinne zum Leben. Und Pater Tim fühlte sich bereits besser. Dann griff er nach der nächsten Urne. Während aus den anderen Urnen ein dumpfes Klappern gekommen war, stellte er fest, daß die sterblichen Überreste von Parrish Guthrie anders klapperten. Er schüttelte die Bronzeurne noch einmal.

Merkwürdig. Klang überhaupt nicht wie die anderen. Das Klappern war heller, wie von etwas kleinem und hartem, Kieselsteinen etwa.

Er war neugierig. Schließlich hatte er nie in eins von diesen Dingern hineingeschaut. Er blickte zu der trüben, nackten Glühbirne hinauf und beschloß, die Urne in die Küche zu tragen, zu dem großen Fenster über der Spüle.

Er nahm ein Geschirrtuch von dem Ständer neben der Spüle und übte ein wenig Druck auf den Deckel der Urne aus. Der Deckel rührte sich nicht. Ich brauche eins von diesen Gummidingern, mit denen man Krüge aufschraubt, dachte er, dann versuch ich's noch mal. Die Urne klapperte hell. Muscheln, dachte er und fühlte sich an seine Kindheit an der Golfküste erinnert. Es klingt wie ein Krug mit kleinen Muscheln.

Dann gab der Deckel der Urne schließlich nach und ließ sich aufschrauben, als wäre er geölt worden.

Er hielt die offene Mündung der Urne ins Licht und spähte hinein. Etwas funkelte.

»Ich hoffe, es handelt sich nicht um den Goldzahn des alten Knaben!« sagte er laut.

Er breitete das Geschirrtuch auf der Theke aus, legte dann die Urne auf die Seite und schüttelte sie sanft. Ein kleiner Stoffbeutel wurde sichtbar und kullerte auf das Geschirrtuch.

Als er die Kordel aufband, rollten ihm leuchtende, geschliffene Juwelen entgegen wie Erbsen.

»Gütiger Gott!« krächzte er mit versagender Stimme.

Das Winterlicht, das durchs Fenster fiel, glitt mit spielerischer Willkür über die Steine hinweg. Einige, die die Form winziger Globen hatten, verströmten ein scharlachrotes, bezauberndes Funkeln. Andere hatten die Form von Tränen und schienen sich in einem grünen, lebendigen Feuer zu verzehren. Wieder andere waren vom dunklen Blau ferner Berge.

Er stand neben der Spüle und merkte gar nicht, daß er den Atem anhielt. Er konnte sehen, daß der Krug noch weitere von diesen locker verpackten Päckchen enthielt, und ihn befiel eine solche Angst, daß es ihm die Brust zuschnürte.

»Vater, hier ist etwas ganz und gar nicht in Ordnung. Ich brauche deine Weisheit. Hilf mir, diese Sache zu durchdenken …« Er stieß den angehaltenen Atem aus und setzte sich auf den Hocker neben dem Telefon. Seine Knie waren weich. Unannehmlichkeiten! Was ihm da bevorstand, waren eindeutig Unannehmlichkeiten. Soviel stand fest.

Er hatte sich vor ungefähr drei Jahren das letzte Mal persönlich um diese Urnen gekümmert; das genaue Datum fand sich gewiß in seinem Tagebuch auf dem Regal im Büro. Zu diesem Zeitpunkt hatte Parrish Guthrie nicht anders geklappert als die übrigen. Also mußten die Juwelen später in die Urne gelangt sein.

Diesem Schrank kam so gut wie nie jemand in die Nähe. Vielleicht öffnete gelegentlich mal jemand die Tür, warf etwas Müll hinein und verschwand wieder. Einmal hatte man einer Sonntagsschulklasse den Schrank gezeigt, in einer Unterrichtsstunde über den Tod. »Schauerlich!« sagte ein Zehnjähriger. Wenn es einen vernachlässigten, kaum benutzten Teil der Kirche gab, dann war es dieser Schrank. Also der perfekte Platz, um das zu verstecken, was er gerade gefunden hatte.

Aber hatte er etwas wirklich Wertvolles gefunden? Waren diese Juwelen echt? Er verstand nichts von Schmuck. Als Bezahlung einer Gerichtsgebühr war sein Vater, der Anwalt, einmal in den Besitz einiger ungeschliffener Diamanten gekommen, die ihm glanzlos, grau und uninteressant erschienen waren. Aber als sie erst geschliffen waren, glitzerten sie wie Feuer. Wirklich ein Wunder!

Nein, er hatte keine Ahnung von Juwelen. Aber etwas sagte ihm, daß diese Steine echt waren. Eben dieses leuchtende, unbeschreibliche Feuer hatte er seinerzeit in den geschliffenen Diamanten seines Vaters gesehen.

Und jetzt? Er erhob sich von dem Hocker und ging in der Küche auf und ab.

Im Grunde genommen, dachte er, mußte er jetzt Rodney Underwood anrufen, der endlose Fragen stellen würde. Worte wie Ermittlung und Fingerabdrücke gingen ihm durch den Sinn. Genau wie im Fernsehen.

Rodney, der stets Übereifrige, würde seine kleine Polizeitruppe überall herumkriechen lassen – ja, herumkriechen –, und es war fast Weihnachten, und der Chor mußte seine neuen Stücke einüben. Gewiß würde die Schönheit und Heiligkeit einer Zeit, die heutzutage ohnehin schon von Streß und Ablenkungen gezeichnet war, noch mehr zu leiden haben.

Dann wäre da noch J. C. Hogan.

J. C. würde einen Artikel auf der ersten Seite bringen, ausgeschmückt mit den gewohnten Ungenauigkeiten. Sehr wahrscheinlich würde er Emma Garrett interviewen, Russell Jacks, den Kirchenvorstand und alle, die in der Grillstube ihre Meinung äußerten, also jeden im Dorf.

Und schlimmer noch, J. C. würde tagelang vor der Kapelle Unseres Herrn und dem Pfarrbüro campieren, würde nach einem ›Knüller‹ Ausschau halten und dabei zahllose Tüten m & m's verspeisen, von denen eine große Anzahl zertreten auf dem Fußboden enden würde.

Die Alternative war, schlafende Hunde weiterschlafen zu lassen und bis nach Weihnachten zu warten, bevor er Rodney Underwood verständigte. Über das, was er als nächstes tat, dachte er im Grunde genommen kaum noch nach.

Er legte die Juwelen wieder auf das Tuch, band die Kordel zu und schob das Päckchen in die Urne, schraubte den Deckel auf, faltete das Geschirrtuch zusammen und hängte es wieder über den Ständer. Dann ging er durch den Flur und stellte die Urne auf das nächstgelegene Regal zurück – genau dahin, wo er sie hergeholt hatte –, staubte die drei anderen Urnen ab, knipste das Licht aus, nahm den vollen Abfalleimer und die Staubtücher mit hinaus, verschloß die Tür, legte die Staubtücher unter die Küchenspüle, verstaute den Abfalleimer in der Rumpelkammer und sah noch einmal bei Barnabas vorbei, bevor er ins Mittelschiff trat, um zu tun, weswegen er immerhin hierher gekommen war:

Für seine blutleeren Predigten zu beten.

Als er verharrte, um zu warten, bis seine Augen sich an die Dunkelheit des Mittelschiffs gewöhnt hatten, hörte er ein seltsames Geräusch. Dann sah er ganz vorne auf der Evangelienseite einen Mann in einer Bankreihe knien. Plötzlich lehnte dieser sich zurück und stieß einen so verzweifelten Aufschrei aus, daß sich das Herz des Pfarrers zusammenzog.

Schenk mir Weisheit, betete er zum zweiten Mal an diesem Morgen. Dann stand er einfach nur da und wartete. Er wußte nicht, worauf.

»Wenn du da oben bist, beweis es! Zeig es mir! Wenn du Gott bist, kannst du es beweisen!« In der Stimme des Besuchers lag eine Mischung aus Zorn, Verzweiflung und einer seltsamen Hoffnung.

»Ich werde dir diese Frage nie wieder stellen«, sagte der Mann kalt und rief dann mit einer Wut, die seinen Zuhörer frösteln ließ, noch einmal: »Bist ... du ... da ... oben?«

Mit einer Geste abgrundtiefer Erschöpfung stützte der Mann dann den Kopf in die Hände und ließ die Frage durch das Mittelschiff hallen.

Pfarrer Tim glitt in die Reihe auf der anderen Seite des Gangs und kniete auf dem abgenutzten Kissen nieder. »Vielleicht stellen Sie die falsche Frage«, sagte er leise.

Erschrocken hob der Mann den Kopf.

»Ich glaube, die Frage, die Sie eigentlich stellen wollen, ist nicht: ›Bist du da oben?‹, sondern: ›Bist du hier unten?‹«

»Was für eine Art Witz soll das sein, zum Teufel?«

»Bitte, fluchen Sie nicht an diesem Ort.«

Der Mann zog ein Taschentuch aus seiner Anzugtasche und wischte sich das Gesicht ab. Er war ordentlich gekleidet, bemerkte der Pfarrer, und sein Anzug sowie die Krawatte schienen teuer zu sein. Offensichtlich ein Geschäftsmann. Ziemlich wahrscheinlich auch erfolgreich. Ganz gewiß nicht aus Mitford.

»Gott wäre nicht Gott, wenn er nur dort oben säße. Einer seiner Namen lautet übrigens Immanuel, was bedeutet: ›Gott mit uns.‹« Er staunte selbst über den beiläufigen Klang seiner Stimme, als hätten sie sich hier verabredet, um ein Weilchen zu plaudern. »Er ist gerade jetzt bei uns, in eben diesem Raum.«

Der Mann sah ihn an. »Das würde ich gern glauben, aber ich kann nicht. Ich kann ihn überhaupt nicht spüren.«

»Dafür gibt es einen Grund …«

»Die Dinge, die ich getan habe«, sagte der Mann tonlos.

»Haben Sie ihn um Vergebung für diese Dinge gebeten?«

»Ich versichere Ihnen, daß Gott das weit von sich weisen würde.«

»Ob Sie's glauben oder nicht, ich kann Ihnen versprechen, daß er das niemals täte. Wir haben sein festes Versprechen, daß wir auf seine Vergebung bauen dürfen.«

Der Mann sah auf seine Armbanduhr. »Ich habe einen Termin«, sagte er, machte aber keine Anstalten, zu gehen. er blieb auf den Knien.

»In welcher Branche sind Sie?« Es war eine von diesen Fragen, die auf eine Cocktailparty paßten oder auf eine Rotarierversammlung, aber nun war sie schon einmal draußen.

»Schuhe. Wir fertigen Herrenschuhe an. Ich war unterwegs zu einer Verkäuferversammlung in Wesley, als ich diese Kirche sah und reinkam. Ich wollte es eigentlich nicht, aber ich konnte nicht dagegen an. Ich mußte reinkommen. Und jetzt weiß ich nicht, was zum Teufel – 'tschuldigung –, was ich hier eigentlich tue. Ich muß weiter.«

Und immer noch machte er keine Anstalten, sich zu erheben.

Es war ein seltsamer Gedanke, aber der Pfarrer sprach ihn aus. »Sagen wir, Sie müssen in ein neues Fabrikgebäude umziehen. Das Problem ist nur, daß es mit lauter nutzlosen, veralteten Apparaten überfüllt ist. Bis Sie den Müll rausgeräumt und die richtigen Maschinen installiert haben, sind Sie lahmgelegt, Sie können nicht produzieren.«

»Woher wußten Sie, daß wir uns nach einer neuen Fabrik umsehen?«

»Ich wußte es gar nicht. Ein göttlicher Zufall.«

Es entstand ein langes Schweigen. Ein Eichhörnchen huschte über den Dachboden.

»Sie können die Fabrik geschlossen halten und unproduktiv sein, oder Sie können aufräumen und sich an die Arbeit machen. Funktioniert Ihr Leben?«

»Schon seit Jahren nicht mehr.«

Irgendwo in der dunklen Kirche knarrte der Fußboden. »Ich weiß nicht, wie ich es sonst ausdrücken soll – aber wenn Sie Gott in Ihr Leben Einzug halten lassen, zieht der Müll aus. Der Zorn beginnt sich aufzulösen, und mit ihm der Groll und die Angst. Und an dieser Stelle kann Gott Ihnen helfen, Ihre Ausrüstung aufzubauen und in Gang zu setzen, könnte man sagen.«

»Hören Sie, ich will mich nicht in diesem Gottgesülze suhlen wie ein Schwein im Futtertrog. Ich möchte lediglich ein paar Antworten haben, das ist alles.«

»Welche Fragen hätten Sie denn gern beantwortet?«

»Im wesentlichen: Ist er da oben, ist er wirklich?«

»Im wesentlichen: Er ist hier unten, er ist gerade in diesem Augenblick bei uns.«

»Beweisen Sie's.«

»Kann ich nicht. Ich möchte es nicht einmal versuchen.«

»Heiliger Himmel«, sagte der Mann kopfschüttelnd.

Dies ist wie ein Blindflug bei vereister Windschutzscheibe, dachte der Pfarrer. »Ich habe das Gefühl, daß Sie sich ehrlich wünschen, Gott möge wirklich sein; vielleicht wollen Sie ihm sogar nah sein, aber … aber Sie halten an irgend etwas fest, halten an einer dieser Sünden fest, von denen Sie glauben, Gott könne sie nicht verzeihen – nur, daß in Wirklichkeit Sie nicht von dieser Sünde ablassen wollen.«

Die Stimme des Mannes war kalt. »Ich würde gern jemanden töten, ich denke die ganze Zeit daran, ihn zu töten. Ich würde es niemals tun, aber er verdient es, und schon der bloße Gedanke hilft mir. Ich denke gern daran.«

Der Pfarrer fühlte sich plötzlich erschöpft, als sei der Zorn in seine eigenen Knochen eingedrungen, in seinen eigenen Geist. Er wünschte sich, die Windschutzscheibe würde auftauen; wohin führte das alles?

»Hat Ihnen der Herbst in diesem Jahr gefallen?«

Der Mann stieß ein merkwürdiges Lachen aus. »Warum?«

»Einer der Gründe, warum ein totes Blatt zu Boden fällt, ist der, daß die Knospe des neuen Blattes das alte verdrängt. Wenn Sie Gott erlauben, Sie mit seiner Liebe und seinem Verzeihen zu erfüllen, werden die Dinge, an denen Sie glauben, verzweifelt festhalten zu müssen, langsam von Ihnen abfallen ... und wir bemerken ihr Verschwinden kaum.«

Der Mann sah auf seine Armbanduhr und machte Anstalten, sich zu erheben. Seine Erregung war förmlich greifbar.

»Ich möchte Ihnen eine Frage stellen«, sagte der Pfarrer. »Wollen Sie Christus in Ihr Leben lassen?«

Der Fremde starrte in das verdunkelte Gotteshaus. »Ich kann es nicht, ich habe es versucht.«

»Das ist keine Prüfung, die man bestehen muß. Es erfordert keine Disziplin und keine Intelligenz ... nicht einmal Kraft oder Ausdauer. Es erfordert nur Glauben.«

»Ich glaube nicht, daß ich den habe.« Es entstand ein langes Schweigen. »Aber ich wäre bereit, es zu versuchen ... noch einmal.«

»Wollen Sie ein einfaches Gebet mit mir sprechen?«

Er blickte auf. »Was habe ich zu verlieren?«

»Gar nichts.« Der Pfarrer erhob sich steif von der Kniebank und tat den kurzen Schritt durch den Gang, um dem Mann die Hände auf den Kopf zu legen.

»Wenn Sie das wiederholen würden«, sagte er. »Ich danke dir, Gott, daß du mich liebst und daß du deinen Sohn zu uns geschickt hast, damit er für meine Sünden stirbt. Ich bereue meine Sünden aufrichtig und empfange Christus als meinen persönlichen Retter. Und jetzt, als dein Kind, überantworte ich dir mein ganzes Leben. Amen.«

Der Mann wiederholte das Gebet, und sie schwiegen.

»Ist das alles?« fragte er schließlich.

»Das ist alles.«

»Ich weiß nicht … was ich fühlen sollte.«

»Was Sie auch fühlen, es ist genau das, was Sie fühlen sollten.«

Der Mann war plötzlich verlegen; das Ganze schien ihm peinlich zu sein. »Ich muß hier raus. Ich war unterwegs zu einem Termin in Wesley, und da sah ich diese alte Kirche, und ich … Die Dinge, die gewesen sind, was ich gewesen bin … Ich muß hier raus. Also, hm, vielen Dank. Ich danke Ihnen«, sagte er und schüttelte dem Pfarrer die Hand.

»Bitte … melden Sie sich doch wieder einmal.«

Er stand einen Augenblick an der Tür und sah dem Mann nach. Es gab so vieles, was er nicht gesagt hatte, so vieles, was er ausgelassen hatte. Aber der Heilige Geist würde die Lücken füllen.

Als sie die Kirche verließen, blickte Barnabas auf, schnupperte und begann wie wild die Decke anzubellen. Seine dröhnende Stimme erfüllte das kleine Mittelschiff wie der Baß einer Orgel.

Mit einiger Schwierigkeit konnte Pfarrer Tim seinen Schützling jedoch endlich aus dem Narthex loseisen und ihn an der Leine hinter sich herziehen.

Es schienen Jahre vergangen zu sein, seit er durch die Kirchentür getreten war. Und doch sagte ihm seine Uhr, daß er kaum mehr als zwei Stunden in der Kapelle Unseres Herrn gewesen war.

Als er den Spuren des fremden Mannes durch den verschneiten Weg bis auf die Straße folgte, erfüllte ihn plötzlich ein seltsamer Frieden.

Je näher das Weihnachtsfest kam, um so schwerer fiel ihm das Einschlafen. Stundenlang lag er wach, während Barnabas zu seinen Füßen lag und schnarchte. Er hatte erfolglos versucht, die Juwelen ganz aus seinen Gedanken zu verbannen. Wenn er sich dabei ertappte, wie er über das Undenkbare nachgrübelte, warf er sich bald auf diese Seite, bald auf jene, bis das Bett ein einziges Durcheinander aus Decken und Laken war und Barnabas sich einen kleinen Happen aus der Küche geholt hatte, den er so lautstark zermalmte, daß eigentlich die Nachbarn davon aufwachen müßten.

Eine Überlegung, die ihn auf die Frage brachte, wie es wohl seiner Nachbarin ergehen mochte. Er glaubte, vor kurzem einmal Andrew Gregorys grauen Mercedes vor ihrem Haus gesehen zu haben, aber er konnte nicht sicher sein, da er sich noch nie gut darauf verstanden hatte, Autos zu identifizieren.

Ob sie mit Andrew Gregory ausging? Ob sie ihn auch zu geschwärzten Braten und verbrannten Brötchen einlud? Er erinnerte sich an Cynthias silberhelles Lachen hinter der Toilettenmauer und an sein merkwürdiges Empfinden, im Vergleich zu Andrew dick, klein und langweilig zu sein. Dieses Gefühl hatte ihm überhaupt nicht gefallen.

Er setzte sich auf die Bettkante.

Gerade eben war ihm in den Sinn gekommen, daß in Parrish Guthries Urne überhaupt keine Asche gewesen war. Keine Asche hatte sich auf das weiße Geschirrtuch ergossen, und eindeutig hatte auch keine Asche die funkelnden Juwelen beschmutzt, die nur locker in das poröse Tuch eingewickelt gewesen waren. Also stellte sich immerhin die Frage, was aus der Asche geworden war?

Asche. Asche. Etwas versuchte zu ihm durchzudringen, aber er konnte sich nicht darauf besinnen. Außerdem meinte er sich daran erinnern zu können, etwas über gestohlene Juwelen gelesen zu haben.

Er stand auf, trat ans Fenster und blickte hinunter auf Cynthia Coppersmiths Haus. Er fragte sich, wie sie zurechtkamen, sie und Violet, und ob sie in Mitford glücklich war. In ihrem Haus brannte Licht, obwohl es mindestens Mitternacht sein mußte. Und er sah die winzigen, weißen Lichter, die sie schon für Weihnachten in die

Büsche vor ihrer Vordertreppe gehängt hatte. Wie schön, jemanden in diesem Haus zu wissen!

Er setzte sich in seinen Ohrensessel und nahm den *Observer* zur Hand, brachte es aber nicht fertig zu lesen. Gestohlene Juwelen. Er hatte irgendwo irgend etwas gelesen …

Der Zeitungsartikel, der unter dem Tintenlöscher auf Andrew Gregorys Schreibtisch hervorgelugt hatte! Juwelen! Dem Wachmann unter der Nase weggestohlen. Etwas über die Königin, die sich aufregen würde.

Nein, dachte er, dabei ging es um eine Kette, die den Königlichen Hals geziert hatte, nicht um lose Steine. Ach, na gut.

Asche, dachte er wieder. Aber dann döste er fast augenblicklich in seinem Sessel ein.

Olivia Davenport öffnete die Bürotür und sagte fröhlich: »Klopf, klopf!«

Sie trug ein smaragdfarbenes Kostüm mit schwarzen Borden und hatte eine Bibel unterm Arm. Alles in allem, fand er, ein wunderschöner Anblick.

»Setzen Sie sich, Olivia, und berichten Sie mir das Neueste vom Tage.«

»Ich bin ja so aufgeregt, Pater! Wir organisieren eine Lesung im Krankenhaus. Jesaja, Ruth, Psalmen, Teile aus dem Johannes-Evangelium. Ich hoffe, Sie schließen sich uns an und lesen ebenfalls etwas vor. Wollen Sie? Sie haben so eine schöne Stimme. Oh, und dann wollen wir das Ganze noch mal im Krankenhaus in Wesley machen.« Olivias Wangen waren gerötet, und ihre violetten Augen funkelten. Unter welcher Krankheit sie auch leiden mochte, ihre neue Aufgabe war offensichtlich eine gute Medizin für sie.

»Zählen Sie auf mich!« sagte er. »Geben Sie mir nur die Termine, dann werde ich versuchen, dabei zu sein.«

»Wunderbar«, sagte sie und stand auf, um zu gehen. »Ich wollte gerade noch schnell beim Krämer vorbeispringen …«

»Olivia…?«

»Ja?«

»Könnten Sie wohl noch einen Augenblick bleiben?«

Sie lächelte und nahm wieder Platz.

Er wollte es nicht, aber es mußte sein. »Olivia, was genau geht da vor?«

Ihre violetten Augen blickten erstaunt. »Was … was genau meinen Sie?«

»Irgend etwas sagt mir – und das ist nicht Hoppy, das versichere ich Ihnen –, daß er eine wachsende … wie soll ich sagen … Zuneigung zu Ihnen faßt.«

Sie sah ihn wortlos an.

»Das macht mir Sorgen«, sagte er einfach.

»Mir auch.«

»Weiß er es?«

»Nein, er weiß es nicht.«

»Ich wäre dankbar, wenn Sie mir alles sagen würden. Es versteht sich von selbst, daß ich es streng vertraulich behandeln werde.

Sie sagen, Sie würden bald sterben. Aber warum müssen Sie sterben? Warum erscheinen Sie so überaus gesund? Welchen Verlauf wird diese … Krankheit … nehmen? Haben Sie Schmerzen?« Er hielt inne. »Das sind ernste Fragen. Aber für mich geht es vor allem um eines: Wenn Sie sterben, kann ich es nicht ertragen zuzusehen, wie ein Freund, den noch vor kurzem der Kummer über den Tod seiner Frau niedergebeugt hat, jetzt eine Zuneigung entwickelt, die …«

Olivia erhob sich. »Bitte! Ich verstehe.« Sie sah plötzlich gehetzt und bleich aus. »Ich werde Ihnen alles erzählen. Sie sollten es wirklich wissen, und ich entschuldige mich. Es ist nur so, daß ich, als ich hierher zog, versuchen wollte, es zu vergessen. Ich wollte … leben, ohne ans Sterben zu denken.«

Sie schwieg einen Augenblick. »Bevor ich weiterspreche, würde ich Sie gern bitten, etwas für mich zu tun.«

»Betrachten Sie Ihre Bitte als erfüllt«, sagte er impulsiv.

»Wenn ich Ihnen alles erklärt habe, hätte ich gern, daß Sie es ihm sagen.«

Er schwieg.

»Ich habe es schon versucht«, sagte sie, »aber schließlich hat er mir gegenüber nichts von seinen Gefühlen gesagt. Es mag zwar schändlich erscheinen, aber ich bin zu stolz, um zu sagen: ›Sehen Sie, Sie scheinen sich in mich zu verlieben, und das dürfen Sie nicht.‹ Was ist, wenn er sich gar nicht in mich verliebt hat, wenn ich mit meiner Vermutung falsch liege und wir uns beide gedemütigt fühlen?«

»Sie liegen nicht falsch.«

»Dann werden Sie es ihm also sagen?«

»Das werde ich. Aber ich möchte, daß Sie auch etwas für mich tun.«

»Alles, was Sie wollen«, sagte sie ernsthaft.

»Dies ist das zweite Weihnachtsfest, das er allein verbringt, und ich habe das Gefühl, daß er immer noch einiges an Trauer zu verarbeiten hat. Wenn wir es ihm jetzt sagen würden … würden wir die Dinge nur über Gebühr komplizieren. Sie werden ihn in der Kirche sehen und auch im Krankenhaus. Aber ich wäre Ihnen dankbar, wenn Sie ihm aus dem Weg gingen. Dann, nach den Feiertagen, werde ich es ihm erzählen.«

»Das kann ich tun«, sagte sie langsam. »Ich habe ihn sehr gern. Er ist ein wunderbarer Mann.«

»Das ist er wirklich.«

»Nun denn«, sagte sie und setzte sich wieder hin. »Ich nehme an, viel länger kann ich diese Angelegenheit nicht mehr hinauszögern.«

Nachdem Olivia Davenport gegangen war, saß er schweigend da und starrte die Tür an. Dann räumte er seinen Schreibtisch auf und tippte einen längst überfälligen Brief an Walter, in dem er Römer 8,28 zitierte: ›Wir wissen aber, daß denen, die Gott lieben, alle Dinge (alle Dinge, Walter!) zum besten dienen, denen, die nach seinem Ratschluß berufen sind.‹

Er tippte geschickter als gewöhnlich vor sich hin, als plötzlich Russell Jacks die Tür aufdrückte.

»Russell! Kommen Sie rein, setzten Sie sich. Trinken Sie eine Tasse Kaffee.« Er stand auf und schenkte dem alten Mann, der müde und ausgezehrt aussah, eine Tasse ein. »Wie geht es Ihnen denn so, Russell?«

Der Küster verfiel in einen trockenen Husten. »Keine Rast für die Bösen«, antwortete er grinsend.

»Und wie macht sich Dooley? Wir haben wegen des Schnees unsere Fahrt nach Meadowgate verpaßt, und da jetzt Weihnachten vor der Tür steht, wird es wohl Januar werden, bevor wir wieder rausfahren können.«

»Nun, Pfarrer Tim«, sagte Russell, der seinen Hut zwischen den Händen rollte, »traurig wäre wohl das richtige Wort für den Jungen.«

»Traurig? Dooley?«

»Ja, Sir. Das ist das richtige Wort.«

»Wo liegt das Problem?«

Russell zögerte und blickte zu Boden. »Nun, es ist seine Mama. Er hat schlimmes Heimweh.«

»Kann er nicht mal zu Besuch hinfahren? Das wollte ich schon länger mal fragen.«

»Ich denke, das könnte er wohl ...«

Pfarrer Tim wartete.

»Aber, um die Wahrheit zu sagen, ich glaube, er kann nicht.«

Neuerliches Schweigen.

»Was ist los, Russell? Sagen Sie mir, was los ist, wenn Sie möchten. Was genau stimmt nicht mit Ihrer Tochter?«

»Die Nerven«, murmelte Russell.

»Die Nerven?«

Der alte Mann blickte auf. Sein Gesicht war traurig. »Alkohol, um die Wahrheit zu sagen. Seine Mama ist ständig betrunken.«

»Das tut mir leid.«

»Sie hat all ihre Kleinen weggegeben, alle fünf. Hat sie einfach verteilt wie Süßigkeiten. Ich hätte ja zwei genommen, wenn ich gekonnt hätte, aber ...« Er zuckte die Achseln und fing dann wieder an zu husten. »Der Junge war der Älteste und hat sich fast sein ganzes Leben lang um die Kleineren gekümmert. Die Leute haben sie sich geschnappt wie Kätzchen aus einer Schachtel, einen dahin, einen dorthin, für den Jungen ist es schrecklich.«

»Das tut mir leid. Das wußte ich nicht.« Er hatte unendliches Mitleid mit Dooley.

Ein neuer Hustenanfall überkam ihn, und Russell hielt sich seinen Hut vor den Mund. Als es vorbei war, sah sein Gesicht äschern aus.

»Was tun Sie eigentlich gegen diesen Husten, Russell?«

»Ein bißchen hiervon, ein bißchen davon, könnte man sagen.«

»Wie sieht es bei Ihnen mit Weihnachten aus?«

»Oh, wir kommen schon klar, ich und der Junge.«

»Mir wär's aber lieber, wenn Sie mehr als nur klarkommen würden.« Er zog seine obere, rechte Schreibtischschublade auf und tastete nach dem Päckchen mit Geldscheinen. Er hatte tausend Dollar von Pearlys »Glücks«-Geld auf der Bank eingezahlt und sich eine kleine Summe in bar für Fälle wie diesen beiseite gelegt.

Er gab Russell einen noch neuen Hundertdollarschein.

»Im Namen des Herrn, Russell, kaufen Sie dem Jungen einen Baum und hängen Sie ein paar Lichter dran, wenn Sie können.«

»Ich danke Ihnen, Herr Pfarrer«, sagte Russell, der ebenso verlegen wie erleichtert wirkte. »Glauben Sie, der Herr hätte was dagegen, wenn wir uns vom Wechselgeld einen schönen Schinken kaufen würden?«

»Dagegen? Also wirklich, ich glaube, er hätte was dagegen, wenn Sie das nicht täten! Und hier, das ist für diesen Husten.« Er nahm einen Zwanzigdollarschein aus seiner Tasche.

Der Küster faltete die Geldscheine respektvoll zusammen und schob sie in seine Overalltasche. »Ich danke Ihnen. Wir sind übrigens vor dem ersten Schnee mit dem Mulchen der Rhododendronbüsche fertig geworden; ich dachte, das sollten Sie wissen.« Rhododendron. Mulch. Asche!

Er erinnerte sich wieder an den Herbsttag, an dem er zu dem Nebeneingang rübergegangen war, an dem Russell mulchte. Er hatte Asche gefunden, die aussah, als hätte jemand seinen Gartengrill ausgeleert. Jetzt erinnerte er sich auch wieder daran, Russell gefragt zu haben, wo die Asche hergekommen sei. Anschließend hatte er sich Russells Handschuhe geborgt und die Asche in die Erde eingegraben.

Plötzlich wußte er es. Er hatte die sterblichen Überreste des Parrish Guthrie in dem Rhododendronbeet der Kirche untergegraben.

Im Herbst hatte irgend jemand die Asche aus dem Nebeneingang in den Garten gekippt. Dann mußte derjenige die Juwelen in die saubere Urne gelegt haben, wo er sie in Sicherheit wähnte.

Der Gedanke, es könne ein Gemeindemitglied gewesen sein, entsetzte ihn. Andererseits – wer außer einem Gemeindemitglied konnte über den Schrank Bescheid wissen und auch wissen, daß die Tür kaum je geöffnet wurde? Unwillkürlich ging er die Liste seiner Gemeindemitglieder durch und dachte über jeden Namen nach. Diese Beschäftigung machte ihn wütend und niedergeschlagen. Die Entdeckung jener Steine war eine böse Störung gewesen, die ihm Frieden und Ruhe raubte, und das in einer Zeit, in der man sich nach beidem so sehr sehnte.

Die gemeinsame Lesung und musikalische Gesellschaft erfreuten sich reger Teilnahme, und der Chor hatte seiner Meinung nach einen neuen Gipfel erklommen. Nach dem Auftritt in der Kirche zog der Chor durch die Kirchentore nach draußen auf die Hauptstraße und sang, ausgerüstet mit Laternen, in der kühlen Abendluft seine Weihnachtslieder. Dann folgte eine strahlende Prozession durch die alte Straße, und die Sänger blieben hier und dort an einem offenen Geschäft stehen, um sich mit heißem Apfelwein und Plätzchen zu stärken.

Ein Tenor und ein Bariton lösten sich schließlich aus

dem Chor und gingen das dunkle, kalte Bachufer entlang zu dem kleinen Haus von Hobbes, dem Heimatlosen, wo sie sich am Holzofen aufwärmten und zusammen mit ihrem Gastgeber und mit großer Wonne so viele Weihnachtslieder sangen, wie es ihnen noch möglich war.

Der Pfarrer führte den Weihnachtschor zu seiner letzten Station, dem Pfarrhaus, wo er im Arbeitszimmer ein Feuer entzündet und ein Festmahl bereitgestellt hatte, das Puny eine mehrtägige Vorbereitung gekostet hatte. Shrimps in Curry, mit Honig glasierter Schinken, ofenwarme Brötchen, Preiselbeersalat, gebratenes Huhn, Bratkartoffeln mit Rosmarin und in Brandy eingelegte Früchte standen großzügig bemessen bereit.

Die kleine Gruppe scharte sich um das flackernde Feuer, und als letztes Weihnachtslied des Abends erklang ein Lied, von dem sie wußten, daß ihr Pfarrer es besonders liebte.

»In Mittwinters Kälte«, ging die erste Zeile des Liedes von Christina Rosetti, »fährt Eiseswind durch Mark und Bein, steht Erde hart wie Eisen, friert Wasser fest zu Stein …«

Und dann die entscheidenden letzten Zeilen: »Was gebe ich Ihm, arm wie ich bin? Wär ich ein Schäfer, brächte ein Lämmchen ich hin; wär ich ein Weiser, wüßt ich mein Teil; doch bleibt mir noch eins, mein Herz biet ich Ihm feil.«

Das ist der Schlüssel! dachte er, als die Leute ihre schweren Mäntel, ihre Handschuhe, Schals und Stiefel wieder anzogen. Dann stampften sie lachend und mit herzlichen Umarmungen zur Tür hinaus in den schneidend kalten Wind.

»Der Herr sei mit euch!« rief er, und sein Atem bildete graue Wölkchen in der frostigen Luft.

»Und mit Ihnen!«

Danach saß er noch lange am Feuer, überließ sich der Weihnachtsfreude, die ihn erfüllte, und wußte mit unerschütterlichem Glück, daß Christus wahrhaftig in seinem Herzen wohnte. Nicht weil er ein ›Prediger‹ war. Nicht weil er in gewisser Weise zu den ›Guten‹ zählte. Sondern weil er ihn vor langer Zeit in sein Herz eingeladen hatte.

Er arbeitete an seiner Predigt für den Weihnachtsmorgen und war froh, am warmen Feuer seines Arbeitszimmers sitzen zu dürfen, statt in den heulenden Wind hinaus zu müssen. Er war auch froh um die Suppe, die Puny ihm leise köchelnd auf dem schwarzen Brenner hinterlassen hatte, denn sie verlieh dem Haus neben einem Duft, der einem das Wasser im Mund zusammenlaufen ließ, auch eine gewisse Heiterkeit.

Während seine Gedanken von der Predigt abirrten, bewunderte er die hohe Fichte, in die eine Girlande bunter Lichter eingewoben war, wie er es aus seiner Kindheit in Holly Springs kannte. Außerdem hingen noch kleine Zierstücke daran, die es irgendwie geschafft hatten, Dutzende vergangener Weihnachten zu überleben.

Unter dem Baum stapelten sich Geschenke in einer solchen Menge, daß es ihn in leichte Verlegenheit stürzte.

Walter und Katherine hatten ihm etwas geschickt, das er törichterweise für eine Elektroeisenbahn hielt. Miss Sadie hatte ihm ein sehr großes, mit einer roten Schleife verschnürtes Paket überreicht. Dooley hatte ihm in der Schule ein Geschenk gemacht. Winnie Ivey hatte auf ihres geschrieben: *Das habe ich zwar nicht selbst gebacken, aber ich hoffe, Sie mögen es trotzdem.*

Emma, die stets gern im voraus schon die Identität ihrer Geschenke enthüllte, hatte ihm einen Gutschein für den ›Kragenknopf‹ überreicht, mit dem er sich den ersten neuen Pyjama seit Jahren zu kaufen gedachte.

Die Geschenke nahmen kein Ende. Aber wer würde sie mit ihm öffnen? Das war ein Nachteil des Junggesellendaseins.

Gelegentlich ging er in die Garage und betrachtete das rote Fahrrad. Keines der Geschenke unter seinem Baum weckte in ihm solche Aufregung wie der Gedanke, Dooley Barlowe seinen Herzenswunsch erfüllen zu können.

Er hatte eine große Schleife an den Lenker gehängt und eine Karte geschrieben, auf der stand: *Für Dooley, von Dooley und außerdem von seinem Freund, dem Prediger: Wenn Du das siehst, fang bitte nicht an zu brüllen.*

Als er das Klopfen hörte, dachte er, es sei Barnabas, der an der Tür kratzte.

Dann hörte er es wieder. Dooley Barlowe stand an der Hintertür, atemlos und zitternd in seiner dünnen Jacke.

»Großpapa ist schlimm krank«, sagte er mit verzweifeltem Gesicht. »Sie müssen kommen.«

Er gab dem Jungen eine Daunenjacke, Handschuhe und eine Wollmütze, dann fuhren sie durch den eisigen Wind, der ihnen die Gesichter zerkratzte, mit dem Motorroller zu Russell Jacks Haus.

Nächstes Jahr um diese Zeit, dachte er, werde ich wieder meinen Wagen fahren. Jetzt ist es acht Jahre her, daß ich für die Fastenzeit auf ihn verzichtet habe, und das ist wahrhaftig lange genug.

»Lungenentzündung«, sagte Hoppy.

Der Pfarrer war nicht überrascht.

Als er und Dooley bei Russell ankamen, hatten sie den alten Mann im Bett gefunden. Er war kaum in der Lage gewesen zu atmen, und aus seiner Brust hörte man ein erschreckendes Rasseln. Pfarrer Tim hatte die Kohlen im Ofen geschürt, den Küster mit den Decken aus Dooleys Bett zugedeckt und war, weil Russell kein Telefon hatte, ins Hospital gefahren. Dort gab er dann Anweisung, der Krankenwagen möge seinen Freund und dessen erschrockenen Enkel abholen.

Hoppy war im Laufschritt von seinem drei Häuserblocks entfernten Haus herbeigeeilt. »Na, das dürfte ein ganz hübsches Stückchen Arbeit werden«, meinte er. »Er ist in sehr schlechter Verfassung. Kann der Junge irgendwo hin?«

Pfarrer Tim sah Dooley an, dessen Gesicht aschfahl geworden war. »Er kann zu mir nach Hause kommen.«

»Sind Sie beide etwa auf diesem verfluchten Motorroller hergefahren?«

»So ist es.«

»Parken Sie ihn in der Krankenhausgarage, um Himmels willen. Ich schicke Sie mit Schwester Herman nach Hause.«

»Nein, Sie brauchen wirklich nicht …«

»Oh, und ob ich brauche! Wir haben zwanzig Grad unter Null, und die Temperatur sinkt weiter, und wenn ich mich demnächst zum regelmäßigen Kirchgänger entwickele, hätte ich gern einen lebenden Prediger auf der Kanzel.«

Als sie aus dem Krankenhaus kamen, rannte Barnabas ihnen entgegen, legte Dooley die Vorderpfoten auf die Schultern und leckte ihm mit glücklicher Selbstvergessenheit das Gesicht ab.

»Dieser blöde Hund hat Mundgeruch.«

»Von dir hat er nur Gutes gesagt«, erwiderte Pfarrer Tim, während er Dooley aus der Daunenjacke half.

»Muß Großpapa sterben?«

»Ich glaube nicht.«

Dooley zog sich Mütze und Handschuhe aus, warf sie auf den Boden und ging davon.

»Dooley …«

Er blickte zum Pfarrer auf. Der Pfarrer blickte auf Mütze und Handschuhe hinab.

Ein langer Augenblick verstrich, bevor der Junge schwer seufzte und die Sachen aufhob. »Hier zu wohnen wird wohl nicht besonders lustig sein«, murmelte er.

»Wenn ich du wäre, würde ich mich da noch nicht festlegen. Leg deine Mütze und die Handschuhe gleich hier in den Korb. Häng deinen Mantel an diesen Haken. Dann möchte ich dir etwas zeigen.«

Als sie ins Arbeitszimmer traten, das noch immer warm von dem Feuer im Kamin war, sah Dooley die duftende Kiefer, die bis hinauf zu den Deckenbalken reichte. Hunderte bunter Lichter glitzerten an ihren Zweigen und darunter lagen Geschenke, Dutzende davon. »Vielleicht wird's ja doch nicht so schlimm, hier zu wohnen«, meinte er.

Dooley trat in Pfarrer Tims Pyjamahose, zurrte die Kordel fest und rollte die Hosenbeine auf. Dann knöpfte er sich das Oberteil über seinem Unterhemd zu und streifte ein paar grüne Socken über. Zu guter Letzt zog er noch einen burgundfarbenen Frottee-Morgenmantel an, der ihm bis auf den Boden reichte.

»Nun, wie findest du das?« fragte der Pfarrer, der sich ebenfalls Pyjama und Morgenmantel angezogen hatte und nun an der Küchentheke die Suppenschalen füllte.

»Bloß gut, daß Sie so klein sind«, sagte Dooley und zeigte auf den Saum des Morgenmantels. »Das komische Ding paßt mir genau.«

Das Telefon klingelte.

»Sieht nach viraler Lungenentzündung aus«, sagte Hoppy. »Das ist eine böse Sache, weil sie nicht auf Antibiotika anspricht. Wir geben ihm Sauerstoff, und wir haben ein Stückchen Lungengewebe entfernt, so daß wir morgen mehr wissen. Ich rufe Sie an.«

»Sie sind in meinen Gebeten.«

»Das ist ein guter Platz«, meinte Hoopy und legte auf.

»Wird Großvater sterben?«

»Ich glaube nicht.«

»Dann können wir ja jetzt essen«, sagte Dooley.

Irgendwann am frühen Morgen wachte er auf. Während Barnabas noch schnarchte, blickte er zur Decke auf und betete für Russell Jacks und Hoppy Harper, für Cynthia Coppersmith und Hobbes, den Heimatlosen, und für jeden anderen, den ihm der Heilige Geist ins Gedächtnis rief. In Zeiten wie diese ließ sein Geist die Schutzwälle des

Alltags sinken, und ihm fielen die Namen von Menschen ein, an die er seit Monaten oder gar Jahren nicht mehr gedacht hatte.

Plötzlich setzte er sich aufrecht hin.

Das rote Fahrrad!

Es stand in der Garage, wo jeder es mühelos entdecken konnte.

Er kroch aus dem Bett, schlüpfte in seine alten Lederpantoffeln und legte schnell seinen Morgenmantel über. »Du bleibst hier«, sagte er zu Barnabas, der ein Auge öffnete, es wieder schloß und mit dem Schwanz aufs Bett schlug. Er wollte auf gar keinen Fall, daß Barnabas sich die Seele aus dem Leib bellte und Dooley weckte.

Die Straßenlaterne leuchtete durch das breite Flurfenster und war das einzige Licht, das er je benutzte, um im Dunklen die Treppe hinunterzugehen.

Er tapste leise die Stufen hinunter und durch den Flur, öffnete dann die Garagentür und knipste das Licht an.

Das Fahrrad stand neben seinem seit langem unbenutzten Wagen. Mit seiner großen, roten Schleife und der handgemachten Karte hatte es die Garage in etwas Magisches verwandelt.

Was, wenn er Junge es dort in hellem Tageslicht hätte stehen sehen? All diese sorgfältig zurechtgelegten Pläne – mit einem Schlag zunichtegemacht!

Er nahm mehrere Decken aus einem Vorratsschrank und wickelte sie um das Fahrrad. Dann legte er es vorsichtig auf die Seite und schob es in die Ecke, wo man es von der Arbeitszimmertür aus nicht sehen konnte. Anschließend legte er noch einige Stapel von der Mitford-*Muse* obenauf.

»Hervorragend!« sagte er und trat einen Schritt zurück, um seine Tarnung zu begutachten.

Also knipste er das Licht aus, ging leise zur Treppe und stieg hinauf. Er war fast schon auf dem Treppenabsatz angekommen, als er eine plötzliche und gewaltige Explosion in seinem Kopf spürte. Er taumelte rückwärts, schlug gegen das Treppengeländer und sah noch ein blendendes

Licht, dem ein scharfer Schmerz in seinen Schläfen folgte, dann wurde alles schwarz.

Als er wieder zu sich kam, saß er auf der Treppe.

Dooley Barlowe weinte und blickte ihm verzweifelt ins Gesicht. Barnabas leckte sein Ohr ab.

»Was in Gottes Namen ...«, begann er schwach.

»Ich wußte nicht, daß Sie das waren!« schluchzte Dooley. »Ich dachte, es wäre so ein verdammter Einbrecher, der mich holen wollte!«

Er fühlte sich genauso, als hätte ihn ein Zug überrollt, aber es war nur Dooleys Tennisschuh, ironischerweise einer der Schuhe, die er dem Jungen selbst zum Schulanfang gekauft hatte.

»Einmal ist ein Dieb bei meiner Mama eingebrochen, und da waren wir Kleinen ganz alleine, und er hat sich genauso angehört wie Sie, als Sie da im Dunkeln die Treppe raufschlichen.« Dooleys Furcht machte einem jäh anschwellenden Zorn Platz. »Wieso schleichen Sie eigentlich Ihre eigene blöde Treppe rauf? Wieso können Sie nicht einfach raufgehen wie jeder andere? Dann wär das nicht passiert!«

Später, als er einem unruhigen Schlaf entgegentrieb, murmelte er eine tiefe Wahrheit. »Es ist doch was anderes, wenn man einen Jungen im Haus hat.«

Rodney wegen der Juwelen verständigen – nach Weihnachten.

Mit Hoopy über Olivia reden – nach Weihnachten.

Auf seiner Liste zu erledigender Dinge ragten diese beiden Pflichten ins Leere, wie Eiszapfen, die von einem Dach herabhingen.

Am Tag nach dem Zwischenfall auf der Treppe wurde Mitford von einer dichten Decke aus Nebel und Regen eingehüllt. Und da seine Gemeindemitglieder offensichtlich mit anderen Dingen beschäftigt waren, machte er im

Büro früh Schluß und ging nach Hause. Aber trotz des Aspirins hämmerte sein Kopf geradezu abscheulich.

»Mein lieber Schwan!« sagte Percy bewundernd, als er auf eine Tasse Suppe in der Grillstube vorbeisah. »Da hat Ihnen aber jemand ganz schön einen übergezogen.«

»Kann man wohl sagen.«

Er bezahlte einen Dollar neunundsechzig für die Suppe, was er ungeheuerlich fand, und verschwand, ohne Percy über die Details zu informieren. Als er am Fenster vorbeikam, sah er Percy mit verletztem Gesichtsausdruck an der Kasse stehen. Wenn es irgend etwas auf der Welt gab, wofür Percy sich begeistern konnte, überlegte er, dann waren es Details.

Um vier Uhr half er Dooley bei seinen Hausaufgaben und legte sich einen kalten Waschlappen auf die immer größer werdende Beule, die langsam schwarz, blau und grün wurde.

»Es tut mir leid«, sagte Dooley kläglich.

»Nicht mehr als mir. Aber alles in allem finde ich, warst du sehr tapfer.«

»Meinen Sie wirklich?«

»Meine ich. Ich habe nur eins an deinem Verhalten auszusetzen.«

»Und was wäre das?«

»Du hättest genauer hinsehen können, bevor du zuschlugst. Ein bißchen Licht war immerhin im Treppenhaus, daher hättest du meinen Schädel leuchten sehen können.«

»Ich habe ihn leuchten sehen! Aber Sie sind nicht der einzige Mann auf der Welt, der eine Glatze kriegt, wissen Sie. Auch Einbrecher kriegen Glatzen.«

Um neun Uhr bekamen sie Neuigkeiten über Russell Jacks. Es ging ihm nicht besonders gut, aber er schlief. Hohes Alter und virale Lungenentzündung seien keine gute Kombination, sagte Hoppy. Während Dooley ein Bad nahm, erledigte der Pfarrer zwei Telefonanrufe und brachte Miss Sadie auf den neuesten Stand.

Dann streckte er sich vor dem flackernden Feuer aus und schloß die Augen. Puny war heute nicht dagewesen, was ihm erstaunlicherweise stark auffiel. Er verließ sich immer mehr auf sie, das wußte er. Und verläßlich war sie ja auch.

Er würde ihr einen schönen neuen Hundertdollarschein in ihren Weihnachtsumschlag schieben. Und der würde aus seinem eigenen Glücksfonds kommen, nicht aus Pearly McGees. Dieser Fonds wurde nun binnen weniger Tage schon das zweite Mal strapaziert, und er stellte fest, daß es ihm großen Spaß machte. Sehr großen sogar.

Dooley kam ins Zimmer; er roch nach Seife und hatte Barnabas im Kielwasser.

Mit einer gewissen Zufriedenheit schaute der Pfarrer die beiden an. »Übernimmst du meinen Hund?«

»Dieser blöde Hund rennt mir dauernd hinterher. Es ist nicht meine Schuld, daß er mich mag.«

»Nun, geh rauf ins Bett und lies dein Buch. Ich komme gleich nach und sag dir noch Gute Nacht.«

»Ich bin ganz schön fertig«, meinte Dooley seufzend.

»Da bist du nicht der einzige, mein Junge.«

An der Tür drehte Dooley sich um und blickte noch einmal zurück. »Als Sie gestern nacht die Treppe raufgegangen sind …«

»Ja?«

»Schleichen Sie nicht noch mal so durchs Haus, ich kann Schleichen nicht ausstehen.«

Der Junge mußte noch eine Menge lernen, dachte er, während er die Füße hochlegte. Von morgen an wollen wir zu ein paar Redewendungen zurückkehren, die man heutzutage kaum noch hört. Nämlich ›Ja, Sir‹ und ›Nein, Sir‹, ganz zu schweigen von ›Danke‹ und ›Bitte‹. Das jemanden in den Schädel zu hämmern, mußte mindestens so viel Spaß machen wie Zähneziehen.

Er überlegte, ob er sich nicht vielleicht ein wenig hinlegen und einfach den erleuchteten Baum ansehen könnte. Aber dann schlief er garantiert ein, und Dooley würde vergeblich oben auf ihn warten. Daher ging er in die Küche und stellte den Brenner unter dem Teekessel an.

Von der Tür her kam ein leises, zartes Klopfen.

Keine Rast für die Bösen, zitierte er in Gedanken Russell Jacks.

Es war seine Nachbarin, die einen gelben Regenmantel trug, über den der Regen strömte.

»Nur einen Augenblick«, sagte sie, »länger dauert es nicht. Darf ich reinkommen?«

»Aber natürlich! Bitte sehr.«

»Ich bleibe hier auf der Matte stehen, damit ich Ihnen nicht die ganze Küche volltropfe. Ich wollte Ihnen bloß schnell Ihr Weihnachtsgeschenk geben!« Sie hatte eine Hand unter ihren Regenmantel geschoben.

»Aber das wäre doch nicht nötig gewesen!« rief er und meinte es auch. Um Himmels willen, warum hatte er nur so voreilig all diese belgischen Pralinen an die Krankenschwestern im Hospital geschickt, statt ein oder zwei Pfund für Notfälle zu Hause zu behalten? »Ich wollte mir gerade eine Tasse Tee machen, und ich würde mich sehr freuen, wenn Sie mir Gesellschaft leisten.«

»Ach, das täte ich schrecklich gerne«, sagte sie mit unvermindertem Enthusiasmus, »aber ich kann nicht. Ich habe Ihr Geschenk erst vor ein paar Minuten fertig gemacht und konnte es nicht erwarten, es Ihnen zu geben.« Er sah diesen ernsthaften Ausdruck in ihren blauen Augen. »Ich hoffe, Sie werden es heute abend aufmachen.«

»Nun, ja«, sagte er ein wenig verdattert. »Aber möchten Sie nicht doch reinkommen und sich kurz ans Feuer setzen, dann mache ich es auf, während …«

»Nein wirklich, ich kann nicht. Ich muß mich beeilen. Hier!« Sie zog ihre Hand aus dem nassen Regenmantel und gab ihm einen flachen Umschlag. »Oh, gut!« rief sie mit einem schnellen Blick auf den Umschlag. »Trocken wie Zunder!«

Dann drehte sie sich um und schoß durch die Tür hinaus. Im Leuchten des Verandalichts sah er sie quer durch den Garten und durch die Hecke laufen, und das Wasser spritzte um ihre Stiefel.

»Fröhliche Weihnachten!« rief er hinter ihr her. Aber sie war schon fort. Und die gräßliche, vielfarbige Beule auf seinem Kopf hatte sie nicht einmal erwähnt.

Kapitel 12

Ein leeres Gefäß

Die Nachrichten aus dem Krankenhaus waren nicht gut. Russell Jacks' Zustand war zwar stabil, besserte sich aber auch nicht. »Lungenentzündung tritt in vielen Formen auf«, sagte Hoppy. »Für einen Mann in Russells Alter ist dies die schlimmste Form. Wir tun alles, was wir können, und es besteht durchaus noch Hoffnung, aber es ist wie der Versuch, stromaufwärts zu schwimmen.«

Russells Name kam auf die Liste derer, für die in der Kapelle Unseres Herrn gebetet wurde, und wurde in eine gemeinschaftsweite Gebetskette aufgenommen. Es überraschte Pfarrer Tim nicht, daß seine Gemeinde solchen Anteil nahm. Die Leute mochten den schweigsamen alten Mann, dessen liebevolles Herz nur in den prächtigen Pflanzen, den kunstvollen Pfaden und den gutgepflegten Beeten der Kirchgärten offenbar wurde.

Alle möglichen Leckerbissen hagelten auf das Pfarrhaus herab, um ihm bei seiner unerwarteten Pflicht, einen Jungen mit durchfüttern zu müssen, zu helfen.

»Jungs in dem Alter sind ein Faß ohne Boden«, meinte Percy, der frischen Kartoffelsalat und Pimentkäse schickte.

Winnie Ivey brachte Doughnuts, Cremehörnchen und einen Kokosnußkuchen.

Miss Sadie schickte Luther mit einer Hühnerpastete und einem Früchtekuchen rüber, und die Altargilde brachte ihm einen gebratenen Truthahn.

»So was habe ich noch nie nich' erlebt«, gestand Dooley, der beim Mittagessen unter einem Dutzend Speisen wählen konnte.

»Also ich ... ich hab' so was auch noch nie gesehen, und das ist eine Tatsache«, sagte Pfarrer Tim, als sie an der Küchentheke saßen.

In Kürze würde er sich einmal mit Dooleys Englisch befassen müssen, aber da er gerade erst angefangen hatte, sich um ›Bitte‹ und ›Danke‹ zu kümmern, wollte er es nicht übertreiben.

Plötzlich fiel sein Blick auf den Umschlag, den Cynthia Coppersmith ihm vor einigen Tagen in strömendem Regen gebracht hatte.

»Ich hoffe, Sie werden ihn heute abend aufmachen!« hatte sie gesagt. Er schämte sich zutiefst, daß er es dann einfach vergessen hatte. Wie konnte er nur? Er hatte ihn zwischen ein paar Bücher auf dem Regal gesteckt, damit er ja keinen Tee darüberschüttete. Er hatte ihn mit ins Bett nehmen wollen, ihn dann aber völlig vergessen. Was auch in dem Umschlag sein mochte, er hatte es eindeutig nicht verdient.

Er holte das Geschenk aus dem Umschlag und zog ganz vorsichtig das Einwickelpapier weg, damit es nicht zerriß. ›Weißt du, woran ich zum ersten Mal sah, daß ich alt wurde?‹ hatte seine Mutter einst gesagt. ›Ich fing an, benutztes Geschenkpapier aufzubewahren.‹

Es war ein wunderschönes Aquarell von einem flauschigen Geschöpf, das einen dunklen Anzug mit Priesterkragen trug und eine Hornbrille auf der Nasenspitze sitzen hatte. Das kleine Geschöpf hatte winzige Zehen an seinen pelzigen Füßen, ein sehr breites Lächeln und ein paar sehr einnehmende Augen.

»Pater Talpidae«, lautete die Unterschrift.

»Das ist aber lustig«, sagte Dooley, der ihm über die Schulter schaute.

Der Pfarrer fand, es sei das bezauberndste Geschöpf, das er seit Jahren gesehen hatte; besser als Beatrix Potter es sich hätte je ausdenken können.

›Pater Talpidae‹, lautete eine Legende auf der Rückseite, ›ist der gute Pfarrer einer kleinen Gemeinde, die unter dem grünen Gras von Pfarrer Tims Pfarrgarten in Mitford angesiedelt ist. Pater Talpidae sagt, er sei überglücklich, verkünden zu dürfen, daß seine Gemeinde ständig wachse und daß er nicht die geringste Absicht habe, in Ruhestand zu treten.‹

›Maulwurf‹, informierte ihn der Webster: ›oder L. talpidae.‹ Er lachte so herzlich wie schon lange nicht mehr.

»Na, so komisch ist es nun auch wieder nicht«, sagte Dooley.

»Das ist deine Meinung.«

»Ich find's schön, wenn Sie lachen«, sagte Dooley. »Dann ist es viel lustiger hier.«

»Wenn das so ist, will ich versuchen, öfter zu lachen«, sagte er, immer noch kichernd. Hatte er Cynthia Coppersmith nicht vor kurzem etwas Ähnliches versprochen?

An diesem Abend gingen er und Dooley mit Barnabas zum Denkmal und blickten in alle Schaufenster. Über den Türen hingen Buchsbaumgirlanden, und die Fenster waren mit winzigen blinkenden Lichtern geschmückt. Mitford zu Weihnachten war ein Märchenland. Wenn nur der Weihnachtsschnee nicht schon zum Erntedankfest gefallen wäre!

Dooley betrachtete die Auslagen in jedem Fenster, angefangen von Manschettenknöpfen und Sportjacketts im ›Kragenknopf‹ bis hin zu Eisenpfannen, Angelzeug und Baumständern im Haushaltswarengeschäft.

Als sie um die Ecke bogen und auf das Pfarrhaus zugingen, war er sicher, Andrew Gregorys grauen Mercedes vor dem kleinen Haus nebenan erkannt zu haben.

»Heiße Schokolade?« fragte er Dooley, als sie die Mäntel ausgezogen hatten. Er war merkwürdig geistesabwesend, und es fiel ihm schwer, sich zu konzentrieren. Er hatte in letzter Zeit Andrews Wagen mindestens fünfmal an genau dieser Stelle parken sehen.

»Nein.«

Vielleicht sechsmal, dachte er, während er den Topf auf den Herd stellte. »Nein, danke. Milch und Fruchtkuchen?«

»Nein.«

»Nein, danke. Was denn dann?«

»Nichts.«

Dooley war in letzter Zeit wieder traurig, wie Russell es ausdrückte. »Wissen Sie, was ich machen würde?« hatte Puny am Mittwoch gesagt. »Ich würde ihm 'n Tritt verpassen. Sagen Sie einfach, beug dich mal vor, Schätzchen, und rumms, Sie haben einen ganz anderen Jungen vor sich. Mein Opa hat mir das auch nur so lange durchgehen lassen, wie es ihm schmeckte. Und zack, riß er mich eines Tages hoch und hielt mir eine Predigt, die mir die Haare vom Kopf brannte.«

»Ich habe großen Respekt für diese Methode, aber ich glaube nicht, daß ich sie erfolgreich anwenden könnte.«

»Sie kämen besser zurecht, wenn Sie teilweise Baptist wären.«

»Es interessiert Sie vielleicht zu erfahren, daß ich genau zu fünfzig Prozent Baptist bin.«

Sie sah ihn argwöhnisch an.

»Meine Mutter war eine glühende Baptistin und mein Vater war … ein lauwarmer Episkopale.«

»Lauwarm! Ich mag nicht mal mein Spülwasser lauwarm!«

»Puny, was ist, wenn Russell Jacks es nicht schafft? Was machen wir dann mit Dooley?«

»Haben Sie jemals rausgefunden, was eigentlich mit seiner Mama los ist?«

»Alkohol. Die ganze Geschichte kenne ich allerdings nicht. Sie hat ihre sämtlichen fünf Kinder weggegeben.«

Puny schwieg lange, während sie das Silber putzte und in Seifenwasser legte. »Nun«, sagte sie, »vielleicht braucht er doch keinen Tritt in den Hintern.«

»Oh?«

»Vielleicht ist alles, was er braucht … jede Menge … Liebe.«

Na also! dachte er. Das ist eine Idee, in die ich mich, wie man so schön sagt, verbeißen könnte. »Puny«, meinte er, »das ist ein hervorragender Gedanke. So hervorragend, daß er eine besondere Würdigung verdient. Bitte, trocknen Sie sich die Hände ab.«

Er ging ins Arbeitszimmer und holte den cremefarbenen Umschlag aus seiner Schreibtischschublade, den er ihr an der Spüle überreichte.

»Fröhliche Weihnachten!«

Sie blickte in den Umschlag, sah den Hundertdollarschein und brach genau in dem Augenblick, in dem Dooley mit Barnabas hereinkam, in Tränen aus.

»Also ich pupe auf das blöde Kreuzworträtsel, das Sie mir gegeben haben«, sagte er und funkelte Puny wütend an.

Pfarrer Tim sah, wie ihr die Röte in die Wangen schoß.

»So einen Blödsinn habe ich überhaupt noch nie gesehen«, sagte Dooley. »Ich hab's in den Müll geworfen.«

»Und weißt du, was ich jetzt mit dir machen werde?« fuhr sie ihn an.

»Was denn?«

»Ich werde dir einen Knoten in dein Schwänzchen machen!« Sie trat auf ihn zu, und hinter den frischen Tränen in ihren Augen brannte ein Feuer.

Dooley trat zurück und auf Barnabas, der aufjaulte und den Flur hinunter floh.

»Aber weißt du, was ich vorher noch machen werde?« Sie grinste Dooley, dessen Augen sich vor Schreck weiteten, heimtückisch an. »Ich werde dich packen und dich ganz fest in die Arme nehmen!«

»Oh, nein, das werden Sie nicht!«

Als er die Treppe hinaufrannte, drehte Puny sich wieder zum Pfarrer um. »So«, sagte sie mit triumphierendem Blick. »Das dürfte ihn für eine Weile in Schach halten.«

Am Nachmittag des Heiligen Abends wollten Pfarrer Tim und Dooley den Küster besuchen, der sich im Bett hinsetzen durfte und keinen Sauerstoff mehr brauchte.

»Am besten schauen wir vorher im Blumenlädchen vorbei«, meinte Pater Tim, »und bringen Russell eine Gloxinie mit.«

Unterwegs machten sie beim Drugstore halt, wo er eine Tüte Geleebohnen für Hoppy und einen Schokoriegel für Dooley kaufte.

Als sie in den Blumenladen kamen, sah er zu seiner Überraschung Hoppy hinter der Theke stehen; er trug einen Operationskittel, dazu seine blaue Marinejacke, mit Schafsfell gefütterte Stiefel, einen abgetragenen, khakifarbenen Regenmantel und eine Mütze mit Ohrenschützern.

»Ich hab das Krankenhaus Krankenhaus sein lassen«, sagte er grinsend.

»Mein Freund, Sie sehen aus, als hätte Miss Rose Watson Sie angezogen.«

Hoppy lachte. Ein glückliches Lachen, dachte der Pfarrer, und eins, das er viel zu lange nicht mehr gehört hatte.

»Das sind die besten, die wir haben«, sagte Jenna Ivey, als sie mit einem Eimer Rosen aus dem Kühlraum kam. »Hallo, Pfarrer Tim! Fröhliche Weihnachten! Fröhliche Weihnachten, Dooley!«

»Das ist meine Lehrerin in der Sonntagsschule«, flüsterte Dooley dem Arzt zu.

Jenna stellte den Eimer stolz auf die Theke.

»Was meinen Sie, Sportsfreund?« fragte Hoppy. »Sie sind hier der Rosenexperte.«

Jennas Rosen waren in Holland gewachsen, eine Tatsache, die sie beträchtlich verteuerte, aber dafür ließen sie auch niemals nach einem Tag in der Vase die Köpfe hängen, und sie rochen immer wie Rosen. Er nickte voller Überzeugung.

»Zwei Dutzend!« sagte Hoppy und nahm seine Brieftasche heraus. »Und Jenna, liefern Sie sie doch bitte gleich aus. Sie kennen das Haus ja.«

Während Jenna die Stiele in einer langen, rosafarbenen Schachtel arrangierte, wandte er sich dem Pfarrer zu. »Sie hat praktisch aufgehört, mit mir zu reden«, sagte er.

»Sie?«

»Na, Sie wissen schon. Olivia.«

»Aha.«

»Von kühl nach eiskalt.«

Pater Tim spürte, wie sein Herz dumpf zu schlagen begann. Am liebsten hätte er seinem Impuls gehorcht und Hoppy gleich auf die andere Straßenseite zum Kirchbüro gebracht, um ihm sofort die Wahrheit zu sagen. Aber nein, er hatte sich fest vorgenommen, es ihm erst nach Weihnachten zu erzählen, nach der Freude und der ängstlichen Erwartung, zwei Dutzend herrliche Rosen verschickt zu haben, nach Olivias Entzücken und Kummer über diese Gabe. Lieber Gott, warum mußte das ausgerechnet zwei der besten Menschen passieren, die er kannte?

»Sie sind aber mächtig still heute. Wissen Sie etwas, das ich nicht weiß?« fragte Hoppy.

Der Pfarrer griff in seine Jackentasche. »Alles, was ich weiß, ist, daß dieser Beutel mindestens elf grüne Geleebohnen enthält, da ich jede einzelne, die ich durch das Papier sehen konnte, gezählt habe. Frohe Weihnachten!«

Hoppy lachte und riß den Beutel auf. »Wollen Sie Russell besuchen?«

»Wir sind gerade unterwegs zu ihm.«

»Mein Wagen steht vorne, ich nehme Sie mit.«

Als sie mit der purpurnen Gloxinie den Laden verließen, zog Dooley den Pfarrer am Ärmel. »Warten Sie mal«, sagte er und ging zurück zur Theke, wo er Jenna Ivey seinen Schokoriegel überreichte.

Im Krankenhaus standen sie vor Russells geöffneter Tür und redeten.

»Es ist ein kleines Wunder«, sagte Hoppy. »Er wird sich wahrscheinlich wieder erholen, aber es gäbe da noch ein Problem.«

»Und das wäre?«

»Er wird monatelang liegen müssen. Die beste Art, sich von dieser Krankheit zu erholen, ist jede Menge Bettruhe. Das bedeutet, er wird nicht in der Lage sein, sich um den Jungen zu kümmern. Um genau zu sein, wird er jemanden brauchen, der sich um *ihn* kümmert.«

»Hm«, sagte Pfarrer Tim, der darauf nichts zu erwidern wußte.

Dooley stand neben dem Bett und sah seinen Großvater ängstlich an. Der alte Mann war schwach und sprach mit geschlossenen Augen.

»Dooley, benimmst du dich auch anständig?«

»Nee.«

»Mach mir keine Schande, Junge. Hörst du?«

»Schon gut, Großvater, kannst dich auf mich verlassen.«

Bevor er ging, ergriff Dooley die Hand seines Großvaters. »Opa«, sagte er, »bitte, stirb nicht!«

Russell Jacks öffnete die Augen und sah seinen Enkel mit einem schwachen Lächeln an. »Schon gut, Junge, kannst dich auf mich verlassen.«

Wenn man den Gemeindemitgliedern Glauben schenken durfte, war die Weihnachtsmesse in der Kapelle Unseres Herrn schöner, kraftvoller und anrührender als je zuvor.

Auf den Fenstersimsen brannten inmitten duftender Kiefern- und Fichtenzweige ungezählte Kerzen. Frische Tannenkränze wanden sich um die hohen Zedernbalken über dem Mittelschiff. Ein prächtiger Baum vom Meadowgatehof stand in der Nähe der Kanzel, und darunter entfaltete sich ein üppiger Garten cremefarbener Weihnachtssterne.

Vor allem in der Mitternachtsmette herrschte eine erwartungsvolle Stille, die über das gewohnte ehrerbietige Schweigen vor der Messe hinausging, und eine Frau meinte, daß sie zum ersten Mal in ihrem Leben in ihrem Herzen das holde Jesuskind gespürt habe.

»Einst stand in König Davids Stadt ein bescheidener Stall, wo eine Mutter ihr Kind in eine Krippe legte …«

Jemand, der draußen durch die milde Luft wanderte, hörte eine herrliche Musik aus der kleinen Steinkirche kommen, eine Musik von durchdringender Klarheit und Entschlossenheit.

»… dieses Kind, dieser kleine, hilflose Junge, soll unsere Zuversicht und unsere Freude sein …«

»Horcht! Die Engel singen zum Ruhme des neugeborenen Königs!«

Miss Rose kam am Arm von Onkel Billy; sie trug ihr

Kostüm und den Wollmantel und dazu ein paar rotblaue Marinestiefel.

»Wir machen uns«, sagte Onkel Billy nach dem Gottesdienst zu Pater Tim. »Man könnte sagen, wir sind ein ganzes Stück weitergekommen, aber wir haben es nicht ganz bis nach unten geschafft.«

Als er kurz vor halb zwei Uhr morgens mit Dooley nach Hause ging, war er von tiefer Dankbarkeit erfüllt, aber auch ungewöhnlich erschöpft.

Er konnte sich noch nie entscheiden, wann er seine Geschenke aufmachen sollte. Am Heiligen Abend, wenn er weit nach Mitternacht und nach zwei Gottesdiensten nach Hause kam, war er dazu kaum noch in der Lage. Und am Weihnachtsmorgen hielten ihn die beiden planmäßigen Messen bis nach Mittag in der Kapelle Unseres Herrn fest.

»Ich entscheide das von Fall zu Fall«, hatte er Emma einmal erzählt, die es sich gar nicht vorstellen konnte, ihre Geschenke nicht zu öffnen, wann immer ihr der Sinn danach stand – angefangen mit dem fünfzehnten Dezember oder noch früher.

Um zwei Uhr morgens saßen sie also bei heißer Schokolade und Winnies Doughnuts auf dem Fußboden, und er gab Dooley seine Geschenke von Miss Sadie, Puny, Emma und eins von sich selbst: einen Wollschal vom ›Kragenknopf‹.

Miss Sadie hatte zwei Taschentücher geschickt, ein paar Schnürsenkel und einen Fünfdollarschein, den sie in Aluminiumfolie eingewickelt und mit einer roten Schleife zugebunden hatte. Puny hatte ihm eine gelbe Windjacke geschenkt, und von Emma war ein ganzer Berg Schokoriegel gekommen.

Dooley saß traurig inmitten seiner Geschenke. »Ich hab' mir doch ein Fahrrad gewünscht.«

»So wie sich deine Einnahmen aufstapeln, wirst du es bestimmt bald haben. Und jetzt würde ich gern dein Geschenk für mich aufmachen.«

»Warten Sie bis morgen früh. Es wird Ihnen sowieso nicht gefallen.«

»Ich würde diese Entscheidung gern selber treffen.«

»Warten Sie bis morgen. Ich bin fix und fertig«, sagte Dooley gereizt.

Es war halb drei, als die beiden nach oben trotteten, eine ganze Weile später als Barnabas, der sich bereits am Fußende des Betts breitgemacht hatte und laut schnarchte.

Auf dem Treppenabsatz legte er Dooley eine Hand auf die Schulter. »Ich werde vor Morgengrauen wach sein, weil ich mich noch auf zwei Messen vorbereiten muß, und du kannst also damit rechnen, daß jemand auf der Treppe rumschleicht. Aber wenn ich dich dabei erwische, wie du mit einem Schuh hinter mir herkommst …«

»Bin ich ein toter Mann.«

»Genau!«

Um halb sieben wurde Dooley von Pfarrer Tim und Barnabas geweckt.

»Ich will nicht aufstehen!« jammerte Dooley. »Sie haben mich schon ganz fertiggemacht mit diesen ewigen Kirchbesuchen. Ich werde mein ganzes Leben in keine Kirche mehr gehen. Ich wußte gar nicht, daß es soviel Kirche auf dieser ganzen blöden Welt überhaupt gibt.«

»Mein lieber Freund, du wirst erfreut sein zu erfahren, daß der Nikolaus gestern nacht dieses bescheidene Pfarrhaus besucht hat und im Arbeitszimmer etwas für einen gewissen Dooley Barlowe zurückgelassen hat.«

»Es gibt keinen Nikolaus. Ich glaub' nicht an diesen alten Quatsch.«

»Nun denn, dann kannst du meinetwegen da liegenbleiben und glauben, was du magst. Ich gehe jedenfalls runter, um meinen berühmten Weihnachtseintopf zu verspeisen.«

Barnabas sprang auf Dooleys Bett und begann, sein Ohr zu lecken.

»Dieser blöde Hund ist das Abscheulichste, was ich je gesehen habe!« stöhnte Dooley und drehte sein Gesicht zur Wand.

»Komm, Barnabas. Laß ihn in Ruhe.«

Barnabas blieb resolut auf Dooleys Bett liegen und starrte seinen Herrn an. Wenigstens Barnabas schien fest entschlossen zu sein, Punys gute Idee in die Tat umzusetzen.

Er stellte zwei Gedecke auf die Theke und nahm den blubbernden Wursteintopf vom Herd. Heute würde es keine Diät geben. Dann stellte er den Kassettenrekorder an und lauschte den vertrauten, wenn auch etwas zerkratzten Tönen des *Messias*.

Nach einer Weile tauchte Dooley in dem burgundroten Morgenmantel an der Küchentür auf. »Hörte sich für mich so an, als wäre eine ganze Armee hier unten eingezogen.«

»Mein lieber Freund, da hast du den Nagel auf den Kopf getroffen. Es ist eine Armee der prachtvollsten Stimmen der jüngsten Geschichte, und sie singt eines der majestätischsten Musikstücke, die je geschrieben wurden!«

Dooley rollte mit den Augen.

»Ich glaube, du bist eingeladen worden, den heutigen Morgen mit Jenna Ivey und deinen Freunden aus der Sonntagsschule zu verbringen, stimmt das?«

»Hm.«

»Ja, Sir.«

Keine Antwort.

Gleich nach Weihnachten würde er sich gründlich mit diesem starrköpfigen Benehmen auseinandersetzen.

»Mir geht's nich besonders.«

»Ach, ja? Wo liegt das Problem?«

»Ich hab was Grünes ausgekotzt.«

»Wirklich?«

»War auch 'ne Menge Braunes dabei.«

»Der Spaziergang zur Kirche wird dich wieder munter machen. Aber sieh doch bitte erst mal im Arbeitszimmer nach, was Barnabas da treibt!«

Er folgte dem Jungen ins Arbeitszimmer, um zu sehen, was er sich wochenlang ausgemalt hatte:

Den Ausdruck freudigen Staunens auf Dooley Barlowes Gesicht.

Dooley war tatsächlich nicht gut dabei, dachte er, als er von der Kirche nach Hause ging. Er hatte versprochen, sich nicht vom Sofa im Arbeitszimmer wegzurühren, sein neues Fahrrad anzusehen und 7-Up zu trinken. Obwohl der Pfarrer von drei verschiedenen Gemeindemitgliedern zum Weihnachtsessen eingeladen worden war, wünschte er sich nichts sehnlicher, als nach Hause zu gehen und sich aufs Ohr zu legen. Später konnten sie dann, falls Dooley sich etwas besser fühlte, das neue Fahrrad auf dem Schulhof und drüben auf dem Parkplatz der Presbyterier ausprobieren.

Dieser Plan hatte nur einen Haken.

Dooley war weder im Arbeitszimmer noch irgendwo sonst im Haus. Genauso wenig wie das neue rote Fahrrad.

Die Daunenjacke hing nicht mehr am Haken, die Handschuhe lagen nicht im Korb. Und wenn er auch die Taschentücher und Schnürsenkel von Miss Sadie mühelos entdecken konnte, waren doch die Windjacke, der Fünfdollarschein und die Schokoriegel spurlos verschwunden.

Schwester Herman sagte, sie habe Dooley nicht gesehen, und nein, sie würde dieses Gespräch Russell gegenüber nicht erwähnen.

Er fuhr mit dem Motorroller über den Spielplatz an der Schule und dann rüber zum Parkplatz der Presbyterier.

Er fuhr zweimal die Hauptstraße rauf und runter, umkreiste das Kriegerdenkmal und sah auch auf dem Parkplatz hinter der Post nach. Es war kaum eine Menschenseele draußen auf der Straße, obwohl die Weihnachtslichter in den Schaufenstern fröhlich blinkten. An der Ecke der Alten Kirchgasse verlangsamte er das Tempo, bog dann nach links zu seinem Büro ab und fuhr den Hügel hinauf nach Fernbank. Vielleicht wollte der Junge ja Miss Sadie das Fahrrad zeigen, dachte er, aber als er vor der stillen, weißen Villa stand, war da keine Spur von einem Besucher zu sehen, ja nicht einmal Miss Sadies Wagen stand an seinem Platz.

Während er den Hügel durch den immer kälter werdenden Wind hinunterrollte, kam er zu dem einzig möglichen, verzweifelten Schluß: Dooley Barlowe war ausgerissen.

Unter dem ausgelassenen Gekicher seiner drei kleinen Töchter meldete Rodney Underwood sich am Telefon. »Ah, der hat sicher nur 'ne kleine Spritztour gemacht«, meinte der Polizeichef. »Vielleicht ist er über all die schlechten Wege nach Farmer raufgefahren.« Der Pfarrer war davon überzeugt, daß Dooley Barlowe mit seinem neuen roten Fahrrad nicht über schlechte, unbefestigte Wege fahren würde. Der Junge war weg. Er spürte es in den Knochen, und er wußte, daß er diesem Gefühl trauen konnte.

Rodney sagte, er würde persönlich eine Vermißtenanzeige aufgeben und einen Beamten mit dem Streifenwagen losschicken. »Machen Sie sich mal keine Sorgen, Pfarrer Tim. Ein rothaariger Junge auf einem roten Fahrrad wird kaum verloren gehen. Wir finden ihn.«

Nachdem er mit Rodney gesprochen hatte, ging er ins Krankenhaus, wo Russell Jacks in seinem Bett saß und mit einiger Anstrengung eine Schale Suppe aß.

»Dooley wollte eigentlich auch mitkommen, Russell, aber heute morgen hat er … ehm, sich übergeben.«

»Hat gekotzt, wie?« fragte der alte Mann mit augenscheinlichem Stolz.

Die Hitze in dem kleinen Raum war erdrückend. Pfarrer Tim zog sein Jackett aus und setzte sich auf die Bettkante. »Wissen Sie, Russell, ich habe mir Gedanken über seine Mutter gemacht. Hat ihr irgend jemand mal zu helfen versucht?«

»Sie kriegt Essensmarken und so weiter, und ich hab' mal versucht zu helfen.«

»Ich verstehe. Aber ich meinte Hilfe, was das Trinken betrifft …«

»Sie war mal draußen in Broughton auf Entziehung. Ist zurückgekommen und hat gleich wieder angefangen.« Seine Hand zitterte, so daß sich die Suppe über seinen Krankenhauskittel ergoß. Pfarrer Tim hatte ein elend schlechtes Gewissen, an einem Tag, an dem der Kranke eigentlich besonderer Aufheiterung bedurft hätte, solche Fragen stellen zu müssen.

»Wie heißt Ihre Tochter eigentlich, und wo wohnt sie?«

»Sie heißt Pauline; hat einen Burschen namens Barlowe geheiratet, der an dem neuen Highway gearbeitet hat, den sie da oben gebaut haben. Hat ihr fünf Kleine hintereinander beschert, diesen Highway fertiggebaut, sich dann in seine Karre geschwungen und ist über eine seiner Straßen abgehauen. Und nie mehr zurückgekommen.«

Er hatte nie aufgehört darüber zu staunen, wieviel Leid es doch in der Welt gab. ›Ein Tränental‹, hatte der Dichter es genannt und damit völlig recht gehabt.

»Und sie lebt immer noch unten in Holding?«

»Das hoffe ich zu Gott.«

»Und sie hat ein warmes Plätzchen dort?«

»'n alten Wohnwagen, drüben hinter Shoneys Laden. Da hat sie 'ne Weile gearbeitet, bis sie sie rausgeworfen haben, weil sie während der Arbeitszeit getrunken hat.«

So. Damit ließ sich schon was anfangen. Im Wartezimmer gab es ein Telefon, von dem aus er Rodney anrufen konnte.

»Russell«, sagte der Pfarrer, der nun mit betont frischer Stimme das Thema wechselte, »wenn Sie genau einen Weihnachtswunsch äußern dürften, wie würde er lauten?«

Russell schob die Suppenschale von sich und wischte sich mit zitternder Hand den Mund ab. Dann legte er sich wieder in die Kissen und schloß die Augen, so daß Pfarrer Tim einen Moment lang glaubte, er hätte die Frage nicht gehört.

Dann sagte er: »Ich wünschte, Ida würde noch leben; sie wäre ein Segen für den Jungen ... und ich wünschte, der Rhododendron würde richtig gute Knospen kriegen, damit den Leuten im nächsten Frühjahr die Spucke wegbleibt, wenn sie unsere Hecke sehen.«

Er hatte sie gern da, wo er nur die Hand auszustrecken brauchte und sie gleich fand. Aber jetzt konnte er seine kleine, abgenutzte, in Leder gebundene Bibel, auf deren Buchdeckel er seinen Namen gestempelt hatte, nicht finden.

Er knipste die Lichter über der Kanzel an und suchte noch einmal in dem leeren Regal.

Ärgerlich ging er zurück ins Büro. Die Bibel enthielt Randbemerkungen und besondere Verweise, die unersetzlich waren. Wer mochte so gedankenlos gewesen sein, sie woanders hinzulegen – und vor allem, *wohin* hatte der Betreffende sie gelegt?

»Verschwundene Bibeln, verschwundene Kuchen, verschwundene Jungs«, sagte Emma, als fülle sie eine Anzeige aus.

»Hat Rodney angerufen?«

»Nicht, seit er um zehn mit Ihnen geredet hat.«

Am Weihnachtsnachmittag hatte Rodney die Polizei von Holding verständigt und ihnen Pauline Barlowes Namen und den Standort des Wohnwagens mitgeteilt. Holding hatte zurückgerufen, um zu melden, daß der Wohnwagen verlegt worden sei und sie weitere Nachforschungen anstellen würden.

Jetzt sind es bald drei Tage, dachte er ängstlich.

Emma fing die Telefonanrufe ab. »Nein, wir wissen noch nichts. Vielen Dank für Ihren Anruf. Wir wissen Ihre Anteilnahme zu schätzen. Wir haben keine Ahnung. Ja, wir werden es Sie wissen lassen.«

Er bemerkte, daß sie angefangen hatte, sich mit dem zusammengeknüllten Papiertaschentuch die Augen zu wischen.

»Ist alles in Ordnung mit Ihnen?« fragte er.

Und da rückte sie endlich mit der Sprache heraus:

»Dieser arme, kleine Waise! Ein Geschenk zu kriegen,

für das er noch nicht reif war! Ich hasse es, sagen zu müssen, ich hab's Ihnen ja gesagt!«

Er wandte sich ab und stieß wütend hervor: »Dann sagen Sie es um Gottes willen auch nicht!« Als er zum Mittagessen nach Hause ging, war Puny, die die Feiertage bei ihrer Schwester verbracht hatte, wieder zurück. Er erzählte ihr von Dooley.

Ihr Gesicht wurde weiß. »Ich hätte es Ihnen sagen können«, sagte sie.

Ah, die unverwüstliche Selbstgefälligkeit der Menschen! Er hätte seufzen mögen, mußte aber an den Opferstock denken, der mittlerweile elf Dollar enthielt, die ihm sein verflixtes Seufzen eingetragen hatten.

»Sapperlot«, sagte Puny, als er sich auf den Weg ins Büro machte, »ich bin schon ganz krank vor Sorge um diesen kleinen Frechdachs!« Dann brach sie in Tränen aus und lief den Flur hinunter in die Küche. Puny zufolge, die Emma beim Krämer über den Weg lief, hatte der Pfarrer »in seinem Mittagessen rumgestochert wie ein Vogel und war ganz grau im Gesicht.«

»Hmpf«, schnaubte Emma, die ihren früheren Zusammenstoß mit dem Pfarrer noch nicht ganz verwunden hatte. »Wenn Sie mich fragen, benimmt er sich genauso wie damals, bevor er Diabetes bekam.«

»Na, die kann er ja nicht wieder kriegen, da er sie schon hat.«

»Also kriegt er vielleicht was anderes«, unkte Emma.

›Nichts ist erschöpfender‹, hatte Agatha Christie gesagt, ›als Dinge, die man schon geschrieben hat, durchzugehen und zu versuchen, sie in die richtige Reihenfolge zu bringen oder wieder umzudrehen.‹ Wie sehr er ihr recht gab, dachte er, während er mit seiner Predigt rang. Unmittelbar nach der Begegnung mit dem Fremden im Mittelschiff hatten seine Predigten einen unverkennbaren Aufschwung erlebt; er war damals geradezu außer sich vor Glück gewesen. Dann hatte er plötzlich das

Gefühl, wieder genau da zu sein, wo er angefangen hatte.

»Das Schlimme bei dir ist«, hatte Walter während eines noch nicht lange zurückliegenden Telefongesprächs gesagt, »daß du zu gut vorbereitest. Du gibst dem Heiligen Geist keine Chance, wunderbare Dinge zu wirken. Du müßtest ab und zu mal ein Risiko eingehen, und dann – naja, das ist es, was das Leben prickeln, zischen und knallen läßt.»

Prickeln, zischen und knallen? Nicht nur, daß die Leute über alle Maßen gern sagten, sie hätten's einem ja gesagt, sie steckten auch noch bis oben hin voller guter Ratschläge.

Er warf einen Blick auf die Uhr auf seinem Schreibtisch. Wenn der Junge nicht in den nächsten paar Stunden wieder auftauchte, hatten er und Miss Sadie verabredet, nach Holding zu fahren, wo sie die Stadt mit einem ganz feinzackigen Kamm zu durchkämmen gedachten.

»Ich habe neue Tennisschuhe«, erzählte sie ihm. »Ich gehe die eine Seite der Straße rauf und Sie die andere!«

»Hör dir das an«, sagte der Pfarrer zu Barnabas, der malerisch zu seinen Füßen lag. Als er ihm den ersten Entwurf seiner Predigt vorlas, lauschte Barnabas mit aufrichtigem Interesse.

Im Grunde war sein Hund wohl aufmerksamer als viele Mitglieder seiner Gemeinde. Auf der anderen Seite würde sich keines seiner Gemeindemitglieder jemals so offen und heftig kratzen. Also waren sie wohl quitt.

Er stand auf, ging zu der hohen Fichte mit ihren funkelnden Lichtern und sah sich die vielen Geschenke an, die immer noch darunter lagen. Irgendwie machte es ihm keinen Spaß mehr, sie zu öffnen. Nur das Geschenk seines Vetters hatte er irgendwann aufgerissen und festgestellt, daß es tatsächlich eine elektrische Eisenbahn war. Sobald Dooley zurückkommt, dachte er, bauen wir sie auf. Ganz klar, daß Dooley zurückkommen würde. Plötzlich erinnerte er sich an das Geschenk, das Dooley für ihn gemacht hatte, und entdeckte es neben Winnies unförmigem Präsent.

Voller Eifer riß er es auf.

Es war ein Brillenetui, das der Junge in der Schule gemacht hatte. Zwei Stückchen Leder, an drei Seiten zusammengeklebt und mittels Schablone mit einem Monogramm versehen. *P.T.* war auf die eine Seite gedruckt, *D.B.* auf die andere. *Ich habe meine Initialen auch drauf gemacht*, hatte Dooley auf ein Stück Papier aus einem Notizblock gekritzelt, *damit Sie mich nicht vergessen.*

Dooley Barlowe vergessen? Nie!

Viele Jungen, die aufgewachsen waren wie Dooley, überlegte er, würden sich zu Taugenichtsen entwickeln. Dooley dagegen taugte für eine ganze Menge Dinge, davon war er überzeugt. Es mußte sich nur noch rausstellen, welche Dinge das waren.

Er wünschte, er hätte jemanden im Haus, mit dem er über diese beunruhigende Wendung der Ereignisse hätte reden können. Jemanden wie Walter, den er seit seiner Kindheit, bei allem, was ihm wichtig war, ins Vertrauen zog.

Er schob das Brillenetui in seine Hemdtasche und ging wieder zu seinem Schreibtisch. ›Mit Hoppy reden. Rodney Bescheid geben. Cynthia danken‹, stand oben auf seinen Schreibtischkalender gekritzelt. Er beschloß, die Liste von unten nach oben abzuarbeiten.

Cynthia hatte augenscheinlich keine Probleme gehabt, sich häuslich einzurichten. Als er bei ihr anrief, um sich für das Maulwurf-Aquarell zu bedanken, schlug sie eine Kanne Tee vor, und er entgegnete, er habe gerade den Kessel aufgesetzt. In weniger als zwei Minuten war sie »durch die Hecke gesprungen«, wie sie sich ausdrückte, machte es sich auf seinem Sofa im Arbeitszimmer gemütlich und nahm sich einen Keks. Voller Faszination betrachtete er nun ihren rosa Lockenwickler, den sie offensichtlich übersehen hatte, und der ihren Hinterkopf zierte.

»Es tut mir so leid«, sagte sie, als er ihr von Dooley erzählte. »Ich dachte immer, Jungs, die von zu Hause weglaufen, würden wieder auftauchen, sobald sie Hunger kriegen.«

»Ja, hm, diese Sache wird dadurch kompliziert, daß hier nicht sein Zuhause ist.«

»Hat ihn denn irgend jemand gesehen?«

»Rodney sagt, drei verschiedene Leute hätten ihn auf dem Weg den Berg runter gesehen. Sie erinnerten sich an das rote Fahrrad.«

»Und haben diese Leute noch was anderes gesagt?«

»Sie sagten, er sei ... hm, geflogen.«

»Geflogen! Ach herrje.«

Einen Augenblick lang hingen sie beide schweigend ihren Gedanken nach. »Ich habe nie einen Jungen großgezogen«, meinte Cynthia.

»Da haben wir etwas gemeinsam.«

»Aber ich versuche trotzdem, ihre Gefühle zu verstehen. Wenn ich meine Violet-Bücher schreibe, tue ich immer so, als wäre ich ein Kind, und dann schreibe ich genau das, was ich hören will.«

Ist das vielleicht die Art, wie er seine Predigten schreiben sollte? Indem er genau das sagte, was er selbst gern hören würde?

»Der Verleger, der sich das erste Manuskript angesehen hat, sagte: Oh, das können wir nicht drucken, das ist viel zu dumm. Aber der nächste Verleger hat es begriffen, und seither sind acht Bände erschienen. Allesamt dumm!«

»Und allesamt erfolgreich, glaube ich.«

»Hm, ja und dann hat man mir die Davant-Medaille zuerkannt, und alles ging in die zweite oder dritte Auflage. Ich meine, wir müssen versuchen, uns in seine Haut zu denken, auch wenn es dumm erscheint. Das könnte funktionieren! Mal sehen ... Wenn ich ein Junge mit einem neuen Fahrrad wäre, wo würde ich dann hinfahren?« Sie starrte versunken ins Feuer und zog die Stirn kraus.

»Wir denken, er ist zu seiner Mutter gefahren, aber wir können sie nicht ausfindig machen.«

»Wo wohnt sie?«

»Sie hatte einen Wohnwagen unten in Holding, aber der ist nicht mehr da.«

»Wir könnten uns in der Gegend, in der sie wohnte, umhören. Irgend jemand müßte doch etwas wissen.«

»Das macht die Polizei schon. Sie haben nichts herausgefunden.«

»Wie ich das hasse«, sagte sie.

»Ich hasse es noch mehr.«

Wie konnte er nur hier an einem warmen Feuer sitzen, ging es ihm durch den Sinn, wenn irgendwo da draußen ein vaterloser Junge herumstrolchte, der sicher Hunger hatte und fror?

Es klopfte an der Hintertür. Als Barnabas von seinem Platz vorm Kamin aufsprang und in die Küche rutschte, schlug dem Pfarrer das Herz bis zum Hals. Rodney! Es mußte Rodney sein, der irgend etwas in Erfahrung gebracht hatte.

Als er die Tür aufmachte, sah ihm Dooley Barlowe direkt in die Augen. »Meine Mama hat gesagt, ich soll wieder herkommen.«

»Komm rein«, sagte der Pfarrer heiser.

Auf dem Gesicht des Jungen war ein häßlicher Striemen zu sehen. Barnabas leckte ihn ab, während Dooley schweigend seine Handschuhe, die Daunenjacke und schließlich die gelbe Windjacke auszog. Er warf die Handschuhe in den Korb und hängte die Jacken über den Haken.

»Komm rein und sag Miss Coppersmith guten Tag.«

Dooley hielt Cynthias Blick stand, ohne zu blinzeln. »Hi«, sagte er.

»Selber hi.«

Sein Gesicht war nach der Fahrt durch den kalten Wind gerötet, und er zitterte vor Kälte.

»Es wäre vielleicht eine gute Idee, wenn ich dir eine heiße Schokolade zum Aufwärmen machen würde«, sagte der Pfarrer.

Aber Dooley marschierte, mit Barnabas dicht auf den Fersen, direkt auf die Treppe zu. »Ich kann nicht hier rumstehen und reden«, sagte er über seine Schulter, »ich muß erst unter die Dusche springen.«

Der Pfarrer, dem eine zornige Röte ins Gesicht gestiegen war, sah seine Nachbarin an.

»Mich brauchen Sie nicht anzusehen«, sagte sie. »Ich habe nie einen Jungen großgezogen!«

Bevor er Rodney wegen der Juwelen anrief, telefonierte er mit Walter.

»Du bist im Besitz gestohlener Güter«, sagte Walter.

»Gütiger Gott!«

»Ich glaube kaum, daß Rodney Anklage erheben wird, aber du solltest doch wissen, wo du stehst, nachdem du deinen Fund nicht gemeldet hast.«

»Ich wußte, daß ich ihn hätte melden müssen. Es ist nur, daß der Chor für drei verschiedene Vorstellungen proben mußte und ich alle Hände voll mit Bibellesungen und Weihnachtsliedern hatte, und Rodney hätte unendlich lange Nachforschungen angestellt, und …«

»Glaub mir, ich verstehe dich. Aber es war trotzdem eine Riesendummheit von dir«, sagte Walter.

Nach dem Gespräch mit Walter saß er, den Kopf auf die Hände gestützt, noch einen Augenblick lang da. Dann rief er Rodney an.

»Ich möchte Ihnen etwas zeigen. Wie wär's mit heute Vormittag in der Kapelle Unseres Herrn?«

»Sagen wir, ich springe noch schnell auf einen Kaffee in der Grillstube vorbei und bin dann gleich drüben.«

Ihm war übel. Im Besitz gestohlener Güter! Und das ihm, einem Mann der Kirche, um Himmels willen. Wenn es eine Strafe gab, dann war es die Übelkeit erregende Demütigung, die er empfand, und die war gewiß Strafe genug. »Sie sehen aus wie Braunbier mit Spucke«, sagte Emma, die durch die Tür trat.

»Eine nette Art, guten Morgen zu wünschen.«

Sie seufzte. »Dooley Barlowe tut Ihnen ungefähr so gut wie ein Anfall von Diabetes, wenn Sie mich fragen.«

»Er ist gestern abend zurückgekommen.«

»Na, Gott sei Dank! Ich wünschte, Sie hätten mich angerufen!«

»Hab' ich auch. Ist niemand drangegangen.«

»Oh, ja, hm ... Ich war bei Harolds Mama, und wir haben an meinem Kostüm gearbeitet.«

»An Ihrem Kostüm?«

»Das, in dem ich heiraten will. Rot. Mit schwarzen Knöpfen. Peplon. Hochgeschlossener Kragen.«

»Verstehe.«

»Schwarze Lackschuhe. Schwarze Strümpfe. Perlohrringe. Wo war er?«

»Bei seiner Mutter, wie wir uns gedacht haben. Sie hat ihn zurückgeschickt, hat ihm gesagt, sie könne sich nicht um ihn kümmern.«

»Bricht mir das Herz«, sagte Emma.

Wie ermutigend, dachte er.

»Aber vor allem bringt es mich auf die Palme.«

Aha! Jetzt kommt es.

»Sie kriegen eine Haushaltshilfe, ändern Ihren Speiseplan, schaffen sich zur Gesellschaft einen netten Hund an, fangen an, sich besser zu fühlen, und was passiert?«

Er war so erstaunt, Emma von Barnabas als einem netten Hund sprechen zu hören, daß es ihm die Rede verschlug.

»Was passiert? Sie kriegen einen Jungen ins Haus, der Sie fix und fertig macht und Sie halb zu Tode aufregt, und Sie sind wieder genau da, wo Sie angefangen haben. Also eins steht fest, ich hab' schon erlebt, daß Sie mit Diabetes besser ausgesehen haben als heute morgen.« Sie holte tief Luft und stürzte sich dann gleich wieder mitten hinein. »Wissen Sie eigentlich, wie alt Sie sind?«

Das hat mir gerade noch gefehlt! dachte er, während er ihren Wortschwall über sich ergehen ließ.

»Keine fünfundzwanzig! Keine zweiunddreißig! Sechzig! Sie sind zu alt, um sich einen Fünftkläßler aufzuladen und das noch zu allem anderen, zu Ihren Gottesdiensten und Ihren Besuchen im Krankenhaus und bei den Alten und Ihren Versammlungen und den Vorbereitungen für Olivia Davenports Lesungen, ganz zu schweigen von den Glocken, die bald geliefert werden, und dem Pflegeheim, das organisiert werden muß, und diesem alten Köter, den Sie waschen müssen …«

Jetzt war der nette Hund also wieder ein alter Köter.

Während sie ihr verbales Massaker fortsetzte, kam ihm eine nüchterne Erkenntnis. Er würde es ihr gewiß nie sagen, aber eines mußte er zugeben:

Sie hatte recht.

»Dunkel hier drin«, meinte Rodney. »Aber es riecht gut.«

»Das sind das alte Holz und Jahre voller Weihrauch und Bienenwachs und Blumen und Zitronenöl und getrocknete Hyazinthen. Es ist ein wunderbarer Duft!« pflichtete er dem Polizisten bei, während er die Lichter einschaltete. »Kommen Sie hier lang. Was ich Ihnen zeigen will, ist in dem Raum, in dem wir die Asche der Verblichenen aufbewahren.«

Sie gingen den Flur hinunter und blieben vor der Kammer stehen, wo er den Schlüssel von der Oberschwelle der Tür herunternahm.

Rodney zog sein Halfter zurecht. »Wird uns da irgendwas ins Gesicht springen?«

»Ich hoffe inbrünstig, daß das nicht der Fall ist.«

Er öffnete die Tür, schaltete das Licht ein und stellte zu seiner Erleichterung fest, daß alles genauso ordentlich war, wie er es hinterlassen hatte. Niemand hatte irgendwelche abscheulichen Plastikblumen oder abgegriffene Gesangbücher hineingeworfen.

»So«, sagte er, während er sorgfältig die Bronzeurne, die als dritte von links neben den anderen stand, zur Hand nahm, »das ist Parrish Guthrie. Erinnern Sie sich an ihn?«

»Ha! Wie könnte ich den alten Fiesling vergessen? Ich war nicht der einzige, der aufgeatmet hat, als man ihn zu Grabe trug … oder wie auch immer Sie dieses Ding da nennen.«

»Das ist eine Urne. Nachdem der Körper eingeäschert ist, wird die Asche – die überwiegend aus Knochenstückchen besteht – hier bestattet.«

»Knochenstückchen!« sagte Rodney schaudernd. »Ich bin mehr für die altmodische Art – die Radieschen von unten betrachten.«

»Nehmen wir diese Urne und gehen wir zurück in die Küche.« Sein Herz hämmerte. Oh, wie sehr es ihm verhaßt war, die bittere Wahrheit über sein Fehlverhalten beichten zu müssen.

Er stand an der Spüle und öffnete den Deckel der Bronzeurne, der sich leichter aufschrauben ließ als beim ersten Mal. »Ich werde Ihnen etwas zeigen, das mich sehr … wie sagt man noch? Etwas, das mich sehr bekümmert.« Mit der anderen Hand nahm er das weiße Geschirrtuch vom Haken und legte es auf das Abflußbrett. Dann schüttelte er die Urne sanft, so daß der Inhalt herauskullern konnte.

Aber es kullerte nichts.

Er schüttelte die Urne abermals und stellte sie fast auf den Kopf. Es kam kein Rattern, das wie Muscheln in einem Krug klang, und es rollte auch nichts auf das Geschirrtuch. Ihm war klar, daß es dafür nur eine einzige gute Erklärung gab:

Die Bronzeurne war leer.

Er fühlte sich seltsam benommen und verwirrt. »Ich verstehe nicht«, begann er.

»Was soll das Ganze?«

Der Pfarrer schüttelte die Urne. »Ich weiß nicht. Ich …«

»In diesem Ding sollte was drin sein. Stimmt's?«

»Juwelen«, sagte er schwach. »Juwelen, die ich irgendwann vor Weihnachten in eben dieser Urne gefunden habe.«

»Kapier' ich nicht.«

»Setzen wir uns.«

Rodney nahm auf dem Hocker neben dem Wandtelefon Platz. Pfarrer Tim setzte sich auf den alten Kieferntisch in der Mitte des Raumes.

»Vor Weihnachten«, gestand er, »habe ich diese Kammer sauber gemacht und entrümpelt. Dabei habe ich auch Parrishs Urne zur Hand genommen und festgestellt, daß sie merkwürdig klapperte. Mir fiel ein, daß ich noch nie den Inhalt einer Urne gesehen hatte, also habe ich sie aus Neugier mit in die Küche genommen und geöffnet. Es waren kleine Stoffsäckchen voller Juwelen drin. Geschliffene Juwelen.«

»Vielleicht war es eine andere Urne, die Sie geöffnet haben.«

»Nein. Es war ganz eindeutig Parrishs.«

Rodney legte eine Hand auf den Kolben seiner Pistole. »Und? Warum haben Sie es nicht gemeldet?«

So! Da war sie endlich, die Frage, vor der er sich die ganze Zeit gefürchtet hatte.

Als er die Gründe für sein Verhalten nannte, nahm Rodney seine Mütze ab und kratzte sich den Kopf.

»Ich weiß nicht«, sagte der Polizeichef, »so was ist mir noch nie passiert. Aber was ich weiß, ist eines – als Sie sie damals fanden und die Sache nicht gemeldet haben, waren Sie im Besitz gestohlener Güter.«

»Das sagt mein Vetter auch. Er ist Rechtsanwalt.«

»Aber jetzt, da hier nichts mehr zu finden ist, tja, da gibt's wohl auch nichts, was ich Ihnen vorwerfen könnte. Vielleicht sollten wir mal in den anderen Krügen nachsehen.«

Der Pfarrer zuckte die Achseln. Er glaubte nicht, daß sie das weiterbringen würde.

»Das ist wirklich unheimlich«, sagte Rodney, während er in die Urnen spähte und ihren Inhalt mit einem Brotmesser aus der Besteckschublade durchsuchte. »Ich wünschte zu Gott, ich hätte mir 'n Priem mitgenommen.«

Als sie eine Stunde später fertig waren, hatten sie nichts Ungehöriges entdeckt. »Ich werd' einfach einen Bericht schreiben, und Sie unterzeichnen ihn, und ich hefte ihn ab.«

»Wo? Wo werden Sie ihn abheften?«

»In meiner rechten Schublade drüben im Revier.«

»Aha! Ich dachte, Sie würden vielleicht J. C. Hogan was davon sagen.«

»Oh, nein, nicht, wenn ich es irgendwie verhindern kann«, entgegnete Rodney.

Pfarrer Tim war ganz schwach vor Erleichterung.

Er hatte seiner Nachbarin für ihr phantasievolles Geschenk gedankt.

Er hatte Rodney seine unselige Entdeckung und sein gleichermaßen unseliges Benehmen gebeichtet.

Und jetzt stand nur noch ein Punkt auf seiner Liste, und das war das Gespräch mit Hoppy Harper.

Am liebsten hätte er sofort den Flugplatz angerufen und einen Non-Stop-Flug nach Shannon gebucht, um sich da einen Wagen zu mieten und nach Sligo zu fahren. Dort würde er mindestens vier Wochen in einem entlegenen Gasthaus verbringen, mit dem Fahrrad durch schmale Gassen fahren und mit dem Fuß den Rhythmus der Geigenmusik klopfen, die man in den kleinen, strohgedeckten Landhäusern dort spielte.

Statt den Flugplatz anzurufen, rief er Hoppy an.

»Harper.«

»Ihr guter Pfarrer hier«, sagte er, obwohl er sich gerade in diesem Augenblick keineswegs gut fühlte. »Wie geht's Russell?«

»Schon erstaunlich, wie schnell die Infektion abklingt. Gar nicht typisch für solche Fälle. Und wie geht es Ihnen? Laufen Sie noch?«

»Nicht mehr so oft.«

»Darauf habe ich nur drei Worte zu sagen, mein Freund: Tun Sie's einfach.«

»Okay. Sie haben recht, und ich will mich bessern. Ich würde Sie gerne was fragen. Ich müßte mit Ihnen über … über eine wichtige Angelegenheit reden. Bei Ihnen oder bei mir?«

»Bei mir, wenn's Ihnen nichts ausmacht. So ziemlich

jeder zwischen hier und Wesley hat eine Entzündung der oberen Atemwege zu beklagen. Ich kann nicht weg.«

»Legen Sie die Uhrzeit fest.«

»Gegen sechs.«

»Ich werde da sein.«

Er legte den Hörer auf. Es war das erste Mal, daß er einen Augenblick Zeit zum Atemholen fand, und sofort kamen ihm die Juwelen wieder in den Sinn.

Warum waren sie aus der Urne verschwunden? Warum hatte sie jemand herausgenommen? Wußte jemand, daß er sie gefunden hatte? Plötzlich überkam ihn ein merkwürdiges Frösteln, und dieses Gefühl gefiel ihm überhaupt nicht.

»Virale Myokarditis!« Hoppy sah aus, als hätte man ihn geschlagen. »Großer Gott«, sagte er leise und lehnte sich in seinem Sessel zurück.

Pfarrer Tim warf einen Blick auf die Notizen, die er sich während Olivias Bericht gemacht hatte. Die Herzmuskelentzündung war eine komplexe Angelegenheit, und er hatte versucht, die Fakten korrekt zusammenzutragen.

Der Arzt beugte sich vor. »Erzählen Sie mir genau, was sie gesagt hat.«

»Begonnen hat die Krankheit mit etwas, das sie damals für eine Grippe hielt, ungefähr vor zwei Jahren.«

»Keine Energie«, sagte Hoppy. »Atemnot, Brustschmerzen.«

»Stimmt. Sie sagte, sie hätte das Gefühl gehabt, auseinanderzufallen. Sie ging zum Arzt, hat Antibiotika eingenommen, ihre Vitamindosis erhöht, sich jede Menge Ruhe gegönnt, aber nichts half. Sie haben ungezählte Bluttests mit ihr gemacht und nichts gefunden.«

»Typisch.«

»Schließlich haben sie ein EKG gemacht und einige Anomalien festgestellt. Und danach ein Echokardiogramm, das ein vergrößertes Herz zeigte.«

»Und dann die Biopsie«, sagte Hoppy.

»Genau. Virale Myokarditis. Herzmuskelentzündung.« Der Arzt war aschfahl geworden.

»Die Symptome kamen und gingen. Manchmal fühlte sie sich eine Zeitlang völlig normal, so wie jetzt, seit sie nach Mitford gekommen ist, aber dann gab es ernsthafte Krankheitsschübe, während derer sie kaum atmen konnte und wegen der Ödeme in ihren Beinen fast außerstande war zu laufen.«

»Die Schübe sind absolut unberechenbar. Wer ist ihr Arzt?«

»Ein Mann von Ihrer alten Alma mater, der Mass. General.«

»Leo Baldwin, will ich hoffen.«

Er warf einen Blick auf seine Notizen. »Genau! Leo Baldwin.«

»Der Beste. Ich kenne ihn. Erstklassige Referenzen. Wie ging es nach der Gewebebiopsie weiter?«

»Coxsackie B, sagte sie. Man hat es mit Medikamenten versucht, aber die Nebenwirkungen waren schrecklich, das Blutbild wurde ziemlich schlecht.«

»Haben Sie schon mal Termiten in Aktion gesehen?« fragte Hoppy.

»Ja. Zu meinem Leidwesen direkt unter meiner Hintertreppe.«

»Und genauso frißt die Coxsackie den Herzmuskel weg. Bösartig, heimtückisch, unheilbar. Warum hat man keine Transplantation vorgenommen?«

»Sie wissen, wie die Chancen stehen, einen Spender mit normaler Blutgruppe zu finden.«

»Fünfundsiebzig, hundert zu eins.«

»Und jetzt rechnen Sie sich die Chancen aus, einen Spender mit Blutgruppe B zu finden.«

»Tausend zu eins.«

»Und dann die Chancen, das Herz genau zur rechten Zeit zu dem Patienten zu kriegen.«

Hoppy nahm seine Brille ab und rieb sich die Augen. »Scheiße«, sagte er leise.

Er rief Walter an.

»Nicht da? Du meinst einfach … verschwunden?«

»Die Urne war leer.«

»Also, Timothy, du hast eine harte Zeit hinter dir. Du hast seit Jahren keinen Urlaub mehr gehabt und …«

»Nein, ich sehe keine weißen Mäuse, und es war keine Einbildung. Vor Weihnachten waren die Juwelen da. Ich habe zwar nur einen kleinen Beutel aufgemacht, in dem fünfzehn oder zwanzig Steine drin gewesen sein müssen, aber ich konnte sehen, daß noch mehr von diesen kleinen Beuteln drin waren, andere Mullsäckchen, genau wie der erste.« Er seufzte. »Andererseits, ein Gutes hat das Ganze.«

»Und das wäre …?«

»Ich bin nicht mehr im Besitz gestohlener Güter.«

Kapitel 13

Herzensangelegenheiten

»Er spricht kaum noch mit mir«, sagte Olivia.

Percy kam an ihren Tisch und putzte sich an seiner abgetragenen Schürze die Hände ab. »Ich glaube nicht, daß ich schon mal das Vergnügen hatte«, sagte er zu Olivia.

»Ich möchte Sie mit Olivia Davenport bekanntmachen«, sagte Pfarrer Tim. »Olivia Davenport, Percy Mosley, der Besitzer dieser ehrenwerten Einrichtung. Als wir zum Frühstück hier waren, war er gerade nicht da. Lag mit Grippe im Bett.«

Sie lächelte und hielt ihm die Hand hin. »Ich höre, Ihre Kalbsleber mit Zwiebeln hätte vier Sterne verdient.«

»Von mir hat sie das nicht«, sagte der Pfarrer.

»Nun, der gute Pfarrer Tim mag keine Leber und Miss Rose auch nicht, aber wir anderen sind nicht so schwer zufrieden zu stellen.«

»Ich freue mich schon darauf, mir selbst ein Urteil bilden zu dürfen.«

»Für Sie«, sagte Percy, der augenscheinlich von seinem neuen Gast bezaubert war, »können wir die Leber ab Dienstag wieder auf die Speisekarte bringen.«

»Nun, dann dürfen Sie mich Dienstagmittag hier erwarten!«

Percy ging in solcher Ekstase von dannen, daß den Pfarrer düstere Vorahnungen wegen Percys Angina pectoris beschlichen.

»Er spricht also kaum noch mit Ihnen?«

»Ich weiß natürlich, woran es liegt. Er hat Angst.«

»Ja, natürlich. Und er schämt sich.«

»Wie meinen Sie das?«

»Ich meine, daß er sich sehr wünscht, die Kraft zu haben, seine Gefühle für Sie trotzdem waschsen zu lassen. Aber er hat auch Angst vor dem Schmerz, und ich glaube, er schämt sich für diese Angst.«

Olivia zog die Stirn kraus. »Ja. Ja, das verstehe ich.«

»Außerdem habe ich das Gefühl, daß Hoppy …«

»Daß er was?« fragte sie eifrig.

»Daß er nachdenkt.«

»Nachdenkt?«

»Er kennt Ihren Arzt.«

»Nein! Leo? Er kennt Leo?« Diese Neuigkeit fand sie offensichtlich faszinierend.

»Hoppy hat im Mass. General sein Praktikum absolviert.«

Olivia lachte mit unverhohlener Herzlichkeit. Wieder tanzten in ihren Augen kleine Funken. »Das Mass. General ist wie ein Zuhause für mich! Ich habe einen so großen Teil meines Lebens dort verbracht, also wirklich, ich kriege schon … schon fast Heimweh, nur weil wir darüber reden. Und Hoppy … Er hat dort sein Praktikum gemacht, und er kennt Leo.« Sie sagte das sehr sanft, als zöge sie großen Trost daraus.

»Ich glaube, Hoppy denkt vielleicht darüber nach, wie Sie … das heißt, was er tun könnte, damit …«

»Eine Transplantation? Nein. Das ist zuviel. Ich habe aufgegeben. Die Chancen, die Risiken … Nichts spricht zu meinen Gunsten. Hören Sie, Pfarrer Tim – ich kann es einfach nicht.«

»Nun, Olivia, alles, was ich darauf zu erwidern habe, ist: Philipper 4,13.«

Sie lachte unbefangen. »Ich finde es herrlich, wenn Sie so reden!«

Emma reichte ihm mit zaghaftem Gesichtsausdruck das Telefon. »Harolds Prediger«, sagte sie.

»Mein lieber Bruder«, sagte die Stimme am anderen Ende der Leitung, »hier spricht Absalom Greer – Obstgartenwärter, Kramladenbetreiber, Pastor von drei kleinen Kirchen und Mädchen für alles im Weingarten des Herrn.«

»Pastor Greer!« sagte der Pfarrer, den der Klang dieser

Stimme sofort in seinen Bann schlug. »Was kann ich für Sie tun?«

»Nun, mein Freund, da wir zusammen eine Zeremonie abzuhalten haben, wäre ich Ihnen sehr verbunden, wenn wir uns vorher kennenlernen könnten!«

»Abgemacht«, sagte er mit warmherziger Vorfreude. »Betrachten Sie es als abgemacht!«

»Also, eins steht fest«, sagte er am Mittwoch zu Puny, »wenn Dooley und ich nicht bald nach Meadowgate kommen, wird Rebecca Jane vorher aufs College gehen.«

»Wann ist die Taufe?«

»In zwei Wochen. Das Wetter war so wechselhaft – sonntags hat es entweder geregnet oder geschneit –, daß ich die Kleine noch kein einziges Mal zu Gesicht bekommen habe.«

»Ich würde gern mal ein Baby im Arm halten«, sagte Puny sehnsüchtig.

»Dann, junge Dame, suchen Sie sich am besten einen Ehemann.«

»Ha! Hier gibt es keine Menschenseele, für die ich mich entscheiden könnte.«

»Wie wollen Sie das wissen, wenn Sie die Suche auf Mitford und Wesley beschränkt haben?« Das war eine gute Frage, fand er.

»Mama sagte, man macht sich nicht auf die Jagd, man läßt die Männer sozusagen wie in einer Parade an sich vorbeimarschieren.«

»Nun ja, das mag wohl sein. Aber haben Sie in letzter Zeit irgendwelche Paraden hier aufmarschieren sehen?«

Sie seufzte. »Was hätten Sie denn gern zum Abendessen?«

»Das fragen Sie mich?«

»Nun, zur Abwechslung dachte ich, ich könnte ja mal fragen, statt Sie mit dem Essen zu überraschen.«

»Puny, bitte versuchen Sie nicht, etwas zu reparieren, das gar nicht kaputt ist.«

Sie sah ihn verwirrt an. »Was ist das für ein Gerede?«

»Ich meine, daß ich Sie aus ganzem Herzen anflehe, alles genauso weiterzumachen, wie Sie es bisher gemacht haben. Ihre Überraschungen sind eine nimmer endende Freude für mich.«

Sie lächelte dankbar, wenn auch ein wenig gequält, und sortierte seine sauberen Socken.

»Puny«, sagte er, »es vergeht kein Tag, an dem ich nicht für Sie bete. Aber ich glaube, ich werde diesem Gebet etwas hinzufügen. Ich werde den Herrn bitten, die Parade in Marsch zu setzen!«

Puny errötete und senkte den Blick. Zu seinem Erstaunen sah er, wie sich eine Träne ihre sommersprossige Wange hinunterschlich.

Ohne zu wissen, warum, berührte ihn das so tief, daß er sich abwandte. Er hörte, wie sie sich die Nase putzte.

»Maisbrot!« sagte sie plötzlich mit großem Nachdruck.

»Maisbrot?«

Sie flog zum Backofen. »Ich werde Ihnen ein Maisbrot machen, und es ist mir ganz egal, was Ihre Ärzte sagen! Und ich gebe Salz hinein und ausgelassenen Schinken und brate das ganze in Crisco, weil ich es endgültig satt habe, Ihnen mein gutes Maisbrot vorzuenthalten.«

»Nun denn!« sagte er voller Bewunderung. »Dann tun Sie's doch!«

Am Donnerstagmorgen war das Wetter ausgesprochen grimmig. Er war sich die ganze Nacht hindurch des Regens draußen bewußt gewesen, und irgendwann gegen vier Uhr hatte sich Dooley in sein Schlafzimmer geschlichen.

Als sie ein Geräusch hörten, hatten er und Barnabas sich im Bett aufgesetzt, aber nur eine Silhouette in der Tür gesehen. Barnabas knurrte finster.

»Ach, halt die Klappe!« sagte Dooley, »ich bin kein Einbrecher. Ich bin hergekommen, um zu sagen, daß ich mir da drin den Hintern abfriere.«

Er stand auf und drehte den Thermostat auf 15 Grad hoch, und Dooley stapfte zurück in sein Bett. Der Fußboden war wie Eis, und der Regen klatschte gegen die Fensterscheiben.

Um fünf Uhr, kurz bevor er zu Morgengebet und Bibelstudium aufstehen wollte, kam Wind auf. Er peitschte die Bäume vor seinem Schlafzimmerfenster, ächzte um das Pfarrhaus und rief ihm den unheilverkündenden Wetterbericht ins Gedächtnis, demzufolge sich bis zum Vormittag eine dicke, glasartige Eisschicht über die Straßen legen würde. Dann fiel ihm wieder ein, daß dies der Tag war, an dem Louella in Mitford ankommen und zum zweiten Mal in ihrem Leben in Fernbank Fuß fassen sollte.

Er trat ans Fenster und blickte hinunter auf das kleine Haus nebenan. In einem Fenster im oberen Stock brannte eine Lampe, ein Teich warmen Lichts in Dunkelheit und strömendem Regen.

»Nun denn, lieber Gott», sagte er laut, während er dort stand. »Ist das eine neuerliche Mahnung deinerseits, meinen Wagen zu Lew Boyd zu bringen, damit ich wieder einen fahrbaren Untersatz habe? Wie soll der Junge bei diesem Wetter in die Schule kommen? Und wie komme ich in diesem Regenguß ins Krankenhaus?«

Er hörte ein Geräusch hinter sich.

»Sind Sie das, der hier drin redet?«

»Ja.«

»Hm, es klingt ganz schön unheimlich, wie dieser blöde Sturm da draußen heult und wie Sie hier im Dunkeln sitzen und mit sich selber quasseln.«

»Ich quassele also, ja?«

»Das ist genau die Art Geräusch, die wie quassel, quassel, quassel, quassel klingt.«

Er blickte auf das ängstliche Gesicht des Jungen hinab und legte ihm die Arme um die Schultern.

»Dooley?«

Dooley zögerte. Dann sagte er: »Ja, Sir?«

»Wie wär's, wenn wir heute mal etwas anders machen würden?«

»Und was soll das sein?«

»Wie wär's, wenn wir zu Hause bleiben und mit der

Eisenbahn spielen, die mein Vetter mir geschickt hat?« Dooley brüllte so laut, daß Barnabas vom Bett sprang und in den Flur hinausrannte, um seinen Schatten an der Wand anzubellen.

»Das ist eine tolle Idee! Mann, was für eine Idee!«

»Dann wärst du also bereit zuzugeben, daß auch Priester gelegentlich tolle Ideen haben?«

»Jaaa! Ja, Sir! Mannomann!«

»Und wo wir schon dabei sind, warum machen wir uns nicht ein paar von deinen Lieblingsspeisen, wie heiße Schokolade mit drei Marshmallows und Chili und ...«

»Popcorn, eine Apfeltorte mit Eiscreme ...«

»Und ein bißchen Wordsworth ...«

»Pfui Spinne!«

»Und wir lassen einfach unsere Schlafanzüge und Morgenmäntel an.«

»Cool!«

»Um halb neun rufe ich in deiner Schule an und sage: ›Dooley Barlowe ist heute zwar nicht krank, aber er kann bei diesem Wetter nicht aus dem Haus gehen, da würde er nämlich krank werden, also dürfen Sie erst morgen wieder mit ihm rechnen.‹«

Ohne ein weiteres Wort nahm Dooley die Hand des Pfarrers und schüttelte sie energisch.

Schon früh am folgenden Morgen rissen der bleierne Himmel auf, die Sonne kam raus, und das Dorf begann sich aus seiner Erstarrung zu rühren. Nach seinem Krankenhausbesuch nahm er das Telefongespräch mit Lew Boyd in Angriff, der sich sofort bereit fand, alles Notwendige zu tun, um seinen Wagen wieder fahrtüchtig zu machen.

Dann fuhr er auf seinem Motorroller nach Wesley und machte die Führerscheinprüfung, die er, wie er später meinte, ausschließlich durch göttliche Gnade bestanden habe.

Lew Boyd blickte gerade aus dem Fenster, als er den Pfarrer am Kriegerdenkmal vorbeigehen sah, Richtung Bahnhof. »Da kommt er, Jungs«, sagte er und schnitt sich einen Tabakpriem ab.

»Hat seit zwanzig Jahren nicht mehr selber hinterm Steuer gesessen«, bemerkte Coot Hendrick.

»Nein, stimmt nicht«, widersprach Bailey Coffey. »Sind erst vierzehn, vielleicht fünfzehn.«

»Keiner von euch hat recht«, sagte Lew. »Ist jetzt genau acht Jahre her, daß er diesen Buick das letzte Mal gefahren hat. Ich hab' nachgesehen.«

»Die Zeit vergeht im Fluge«, meinte Coot und kippte ein Päckchen Erdnüsse in seine Colaflasche.

»Jungs«, sagte Pfarrer Tim, der gerade durch die Tür trat, »der Wagen sieht aber gut aus.«

Lew ging seine Liste durch. »Wir haben ihn gewaschen, ihn gewachst, Ihre Gürtelreifen aufgezogen, das Öl gewechselt, Ihnen eine neue Batterie verpaßt, den Wagen gestaubsaugt, Ihren Vordersitz gereinigt, Ihre Matten abgewaschen, vollgetankt, sind einmal um den Block gefahren, haben auf die Hupe gedrückt und das Radio ausprobiert.«

»Sie haben gerade mein Lieblingslied gespielt«, sagte Coot.

»Wir haben uns alle reingezwängt und 'ne Runde gedreht, wenn Sie die Wahrheit wissen wollen«, gestand Bailey Coffey.

»Hier ist die Rechnung«, sagte Lew, »und ich sage Ihnen gern, daß das 'ne faustdicke Lüge ist.«

Coot klopfte auf den Eßzimmerstuhl neben seinem. »Sie setzen sich wohl besser, das ist alles, was ich dazu zu sagen habe.«

»Vierhundertsechsundachtzig Dollar und achtundsiebzig Cent?« fragte der Pfarrer.

»Und da ist Ihr Pfirsichdeodorant schon mit drin.«

»Ein echtes Sonderangebot!« rief er und schüttelte Lew erfreut die Hand.

Die Männer folgten ihm zum Wagen. »Jungs«, sagte

Lew, als der Pfarrer die Zündung anließ, »da er keine Fahrpraxis hat, würd' ich an eurer Stelle mal 'n Schritt zurücktreten.«

Sie standen da und sahen zu, wie der Wagen um das Denkmal kreiste und die Hauptstraße hinunter verschwand, wo mehrere Leute sich umdrehten und mit ungläubigem Staunen zusahen, wie er Priester ein Auto fuhr; es sah aus, als sei er ganz in Gedanken versunken, aber in Wirklichkeit hatte er in seinem Radio den Country-und-Western-Sender eingestellt und lauschte hingebungsvoll.

Während des Gottesdienstes am folgenden Sonntag fragte er die Gemeinde, ob jemand seine Bibel gesehen habe, die er in allen Einzelheiten beschrieb:

Schwarz, mit seinem Namen in Goldlettern drauf. In Leder gebunden. Abgegriffen. Klein. Hervorhebungen in Rot. Mit Randglossen.

Keine Menschenseele hob die Hand, stand auf, beichtete oder ließ sonst irgendwelche Kenntnisse über den Aufenthaltsort des Buches durchblicken. Er wußte nicht, warum ihm dieser Gedanke kam, aber er hatte das Gefühl, daß er die Kirche durchsuchen sollte. Den Keller, den Dachboden, alles. Es war in letzter Zeit einfach zu viel verschwunden; irgend etwas erschien ihm seltsam daran, wie ein Bild, das schief an der Wand hing.

Es war bereits dunkel, als er zur Kapelle Unseres Herrn aufbrach. Unterwegs fiel ihm das Schild an der Tür des ›Oxford‹ auf. ›Abwesend‹ stand darauf, was Andrews einzigartige Ausdrucksweise für ›Geschlossen‹ war. Er hatte gehört, daß Andrew letzte Woche zu seiner alle zwei Jahre stattfindenden Englandreise aufgebrochen war. Dort kaufte er Antiquitäten und traf sich mit einer Gesellschaft, die Churchill-Memorabilien sammelte. Jetzt würde der graue Mercedes wohl eine ganze Weile nicht mehr am Straßenrand parken, ein Umstand, der ihn mit einer verwirrenden Erleichterung erfüllte.

Als er schließlich in der Kirche stand, knipste er alle Lichter an und ging zuerst in den Keller. Er durchsuchte den weitverzweigten, unfertigen Raum sehr gründlich und sah sogar in den Essensschränken nach, in denen sie Konservendosen für das nächste Kirchessen aufbewahrten. Bei den wenigen Gelegenheiten, bei denen er in diesen Schrank geschaut hatte, war er immer wohlgefüllt gewesen, da Esther Bolick, die Haushofmeisterin aller Küchenaktivitäten, geradezu besessen von dem Gedanken war, immer genug Vorräte zu haben.

Diesmal war der Schrank fast leer; sie waren sogar mit Toilettenpapier knapp dran. »Haben Sie jemals versucht, drüben bei den Baptisten das stille Örtchen zu benutzen?« hatte Esther einmal gefragt. »Die haben nie Toilettenpapier. Man muß das Kleenex aus seiner Handtasche benutzen, wenn man das Glück hat, welches dabei zu haben!« Esther hatte einen merkwürdigen Ehrgeiz entwickelt, dafür zu sorgen, daß der Kapelle Unseres Herrn dieser spezielle Artikel nie ausging.

Als er das Gemeindehaus betrat, schlug ihm überraschenderweise der unverkennbare Geruch von Hühnernudelsuppe entgegen. Er hätte diesen Duft überall wiedererkannt, da er sich während seiner ersten Jahre im Priesteramt von eben dieser Suppe fast ausschließlich ernährt hatte.

Es gab keine Hinweise darauf, daß jemand in der Kirche gewesen war. Es waren keine Versammlungen angesetzt. Die Altargilde arbeitete sonntags grundsätzlich nicht; sie pflegte die Tradition, montags sauberzumachen. Und Russell lag krank im Hospital.

Plötzlich überkam ihn eine seltsame Vorahnung. Irgend etwas stimmte nicht, stimmte ganz und gar nicht. Er konnte es spüren, und es gefiel ihm nicht.

Links vom Altar streckte er die Hand aus und zog an der Kette, mit der man die Dachbodentreppe herunterließ.

Warum um Himmels willen jemand auf den Gedanken gekommen war, die Dachbodentreppe direkt neben dem Altar anzubringen, ging über seinen Verstand. Andererseits konnte man in den Frühjahrs- und Sommermessen wunderbar einen Blumenkorb daran befestigen.

Hühnernudelsuppe! Als er die Dachbodenlichter anknipste und die knarrende Treppe hinaufkletterte, roch er es noch deutlicher als vorher.

In den zwölf Jahren seines Dienstes bei der Kapelle Unseres Herrn war er nur ein einziges Mal auf dem Dachboden gewesen und hatte festgestellt, daß er genauso groß war wie der Heuboden einer Scheune in New England. Miss Sadie zufolge hatte man beim Kirchbau Platz für ein mögliches Anwachsen der Sonntagsschule gelassen. Als er schließlich auf dem Speicher stand, sah er nichts als einen riesigen, leeren Raum voller Schatten.

Es war ein seltsam friedliches Gefühl, in einem Raum zu stehen, ohne von ›Dingen‹ umgeben zu sein.

In der Nähe des Fensters lag etwas auf dem Boden. Aber als er hinüberging, sah er, daß es nur das Einwickelpapier eines Schokoriegels war. Nuts. Mochte er selbst auch gern.

Er hob das Papier auf. Es verströmte immer noch einen Hauch von Schokoladenduft.

Er steckte es sich in die Hosentasche und ging zu der Tür, die in den beinahe leeren Glockenturm hinausführte. Drei der riesigen Glocken waren aus ihren Eichenhalterungen verschwunden. Die vierte, die große und feierliche ›Todesglocke‹, wie sie hier genannt wurde, hing schweigend in der Ecke des normannischen Turms.

Wonach suchte er eigentlich? Fragte er sich. Vielleicht hoffte er, daß die Juwelen noch einmal irgendwo auf dem Kirchgrundstück auftauchen würden und daß Rodney Underwood sie an sich nehmen würde, so daß er selbst den ganzen Zwischenfall endlich vergessen konnte. War es nicht immerhin denkbar, daß derjenige, der sie in die Urne gelegt hatte, sie nun irgendwoanders in der Kirche versteckt hatte?

Wenn ihm sein Ausflug auch sonst nichts eintrug, so konnte er sich doch wenigstens einmal an dem unverfälschten Zustand des alten Gebäudes erfreuen, auch wenn das Licht der nackten Glühbirnen nur sehr schwach war.

Er schloß die Tür zum Glockenturm und ging zur Treppe.

Höchstwahrscheinlich, dachte er, war der Dieb von Esther Bolicks Marmeladenkuchen in der Gemeinde selbst zu suchen. Ein Schelmenstück eines der vielen glühenden Anhänger dieses berühmten Kuchens. Seine Bibel tauchte gewiß irgendwann an einem ganz unwahrscheinlichen Ort auf, der sich im Nachhinein aber als völlig vernünftig erweisen würde.

Bei den Juwelen lagen die Dinge allerdings anders. Er hatte gehofft, der Aufenthalt oben auf dem Dachboden oder unten im Keller würde ihm einen gewissen Seelenfrieden schenken. Aber vergebens. Die Sache mit den Juwelen ließ ihm einfach keine Ruhe.

Als er Montag vom Büro nach Hause kam, stand Puny wartend an der Tür. Er konnte das Feuer in ihren Augen sehen, noch bevor er die Fliegentür öffnete.

»Das ist aber mal eine angenehme Überraschung«, sagte er, obwohl er auf den ersten Blick erkannte, daß es keineswegs angenehm werden würde. »Sie sind für gewöhnlich ja nicht mehr da, wenn ich nach Hause komme.«

»Beten Sie immer noch dieses Paradegebet?« fragte sie, als er mit einem Liter Milch und einem Laib Brot eintrat.

»Paradegebet?«

»Ach, Sie wissen doch, das, wo Sie den Herrn bitten, die Parade in Marsch zu setzen?«

»Aha! Ja, doch, das tue ich.«

Sie funkelte ihn wütend an. »Wenn Sie nichts dagegen hätten, wäre ich Ihnen dankbar, wenn Sie dem Herrn sagen würden, er soll mit der Parade aufhören!«

»Nun, hm«, sagte er, stellte die Lebensmitteltüte weg und setzte sich auf seinen Küchenhocker. »Was ist denn los?«

»An genau dem Tag, an dem wir darüber geredet haben, bin ich zum Laden gegangen, um diese Nektarinen zu kaufen, von denen Avis so geschwärmt hat, und da stehe ich nun vor dem Obst, und dieser blöde Kerl baut sich vor mir auf und fängt an: ›Nun, junge Dame, wo sind Sie bloß mein ganzes Leben gewesen?‹

Er hatte den ganzen Mund voll Tabak, eine Portion, an der selbst ein Ziegenbock erstickt wäre. Dann lief er hinter mir her, bis ich ihm fast 'ne Ohrfeige verpaßt hätte, um ihn loszuwerden.

Und am nächsten Tag«, fuhr Puny, die immer noch ziemlich rot im Gesicht war, fort, »machte ich meine Besorgungen im Einkaufszentrum; ich wollte ein paar Putzlumpen kaufen, da taucht dieser baumlange Tölpel plötzlich wie aus dem Nichts hinter mir auf und sagt: ›Wollen Sie vielleicht ein paar Fischstäbchen in der Arkade kaufen?‹

Fischstäbchen! Ich habe ihm seine Fischstäbchen gegeben!«

»Puny«, sagte er, »wenn Sie zu einer Parade gehen, gefällt Ihnen da jeder einzelne Festwagen, der vorbeifährt?«

»Manche gefallen mir wohl besser als andere«, sagte sie widerwillig.

»Na also.«

»Ich weiß nicht. Ich meine, Sie sollten was anderes beten. Dieses Gebet erschreckt mich noch zu Tode.«

»Warten Sie's ab«, sagte er gütig. »Das ist nur der Anfang. Wir haben die Trommelschläger und die Hornbläser noch nicht gesehen, von den Marschkapellen ganz zu schweigen!«

»Was immer das bedeuten mag«, sagte sie mit ehrlichem Abscheu.

An diesem Abend entzündete er vorm Essen ein Feuer. Dooley machte Popcorn, und Barnabas verrichtete sein Geschäft praktischerweise an der Hecke. Pfarrer Tim freute sich wie ein Kind auf die Freuden von Heim, Ruhe und Frieden.

Er griff nach der mittlerweile schon vier Tage alten Mitford *Muse* – nach seiner Schätzung schon zum vierten oder fünften Mal – und versuchte, Esther Cunninghams Artikel über das Rosenfestival im Juli zu lesen. J. C. hatte es wieder einmal geschafft. ›Das Festival der Lose wird die Hauptstraße verwandeln‹, hieß es in der Überschrift.

Als das Telefon in der Küche klingelte, ging Dooley dran. »Pfarrhaus. Jawoll, der ist hier, aber er will mit keinem reden.«

Dooley legte eine Hand über den Hörer und schrie: »Da ist der Doktor!«

»Leg auf«, sagte er, während er das schnurlose Telefon neben dem Sofa zur Hand nahm. »Haben Sie was gegen Erschöpfung, Schlaflosigkeit und allgemeinen Verdruß?« erkundigte er sich.

»Dasselbe wollte ich Sie gerade fragen.«

»Der Blinde führt den Blinden. Wie geht es Ihnen, mein Freund?«

»Dieses Krankenhaus frißt mich bei lebendigem Leibe. Ich muß mal für eine Weile raus. Die Köchin hat angeboten, mir ein Essen einzupacken. Und nun dachte ich, ich könnte damit zu Ihnen kommen. Mal auswärts essen, sozusagen.«

»Natürlich!« sagte er und versuchte, die Müdigkeit in seiner Stimme zu unterdrücken.

»Ich bringe Ihnen auch einen Teller mit.«

»Ich weiß nicht«, sagte der Pfarrer mit einiger Vorsicht. »Was denken Sie … eh, was denken Sie, wird es sein?«

»Weiß der Himmel.«

»Ah, das hab' ich schon ein paarmal gegessen. Na schön, dann bringen Sie's mit. Ich brauche mehr Überraschungen in meinem Leben.«

»Pfui Spinne«, sagte Dooley, »geben Sie mir bloß nichts von diesem Zeug ab. Gestern hab ich was von Großvaters Teller im Hospital genommen, und ich wär' fast dran erstickt.«

»Nett, daß du mich daran erinnerst.«

»Ich werd' bloß 'n bißchen Popcorn essen und Erdnußbutter und Gelee und gebratene Mortadella.«

»Pfui Spinne«, sagte der Pfarrer.

»Wann schlafen Sie eigentlich mal, um Himmels willen?« fragte er seinen Arzt. Sie saßen mit ihren Tabletts auf dem Schoß am Feuer.

»Demnächst mal.«

»Das sagen Sie immer. Und dieses ›demnächst‹ kommt nie. Da sitzen Sie nun vor mir – ein Harvard-Abgänger, der überall im Land praktizieren könnte – und haben sich ausgerechnet unser merkwürdiges kleines Dorf ausgesucht, wo Sie für drei schuften müssen.«

»Demnächst wird ein Mann aus Wesley ein paarmal die Woche nachmittags bei mir aushelfen. Guter Arzt. Wilson. Sie werden ihn mögen. Jung.«

»Ein Lamm, das zum Schlachter geführt wird.«

Hoppy grinste. »Also, was halten Sie nun von der Kochkunst des Krankenhauses?«

»Hm, tja … Da fehlen mir die Worte.«

»Na, kommen Sie. Wir reden hier über Hühner-Cordon-Bleu.«

Er lachte. »Wenn es das ist, worüber *Sie* reden, mein Freund, dann sprechen wir eindeutig zwei verschiedene Sprachen.«

Hoppy schlang sein Essen herunter, eine Gewohnheit, die von zuviel Arbeit und zuwenig Personal herrührte, und lehnte sich dann in den Ohrensessel zurück. »Ich brauche Ihre Hilfe. Sie müssen für mich etwas überprüfen«, sagte er und blickte ins Feuer.

»Nur zu.«

»Ich weiß nicht, wohin mich das führen wird. Vielleicht nirgendwohin.« Er schwieg eine Weile, und nur das Feuer knisterte. Barnabas erhob sich von den Füßen seines Herrn und legte sich neben die von Hoppy. Dieser Akt schlichten Trostes war einer der Gründe, warum Pfarrer Tim den Charakter des Hundes bewunderte.

»Als Carol starb, konnte ich nichts tun. Ich konnte nur den Schmerz beherrschen. Es war … hoffnungslos.«

»Ja. Das war es.«

Hoppy wandte sich vom Feuer ab. »Schwere Myokarditis ist nicht hoffnungslos!« sagte er heftig.

»Sprechen Sie weiter.«

»Was bedeutet, daß ich nicht hilflos bin!«

»Ich höre Ihnen zu.«

Hoppy stand auf und ging im Wohnzimmer auf und ab. »Ich bin fast verrückt vor Angst. Ich kenne diese Frau kaum. Auf der Kunstausstellung haben wir etwas Zeit zusammen verbracht, ich habe sie ein paarmal in der Kirche gesehen, und wir haben im Ärztezimmer zusammen Kaffee getrunken. Und ich sehe natürlich, was sie für meine Patienten tut. Sie ist die beste Medizin, die wir da oben haben.«

Pfarrer Tim hörte, wie Dooley sich oben Badewasser einließ.

»Hören Sie mir zu, und sagen Sie mir, ob das, wovon ich rede, Sinn ergibt.«

»Schießen Sie los.«

»Schwere Myokarditis ist aus einem einzigen Grund nicht hoffnungslos – Transplantation. Aber diese Möglichkeit wird durch ihre Blutgruppe erschwert. Wer weiß, ob wir in hundert Jahren einen passenden Spender finden würden. Und wenn wir einen fänden, wäre ihr Zustand dann stabil genug, um das Herz zu empfangen? Eine andere Sache – es kann nicht einfach irgend jemand mit ihrer Blutgruppe sein, es muß jemand sein, der ungefähr dasselbe Gewicht hat wie sie. Es ist eine beängstigende Angelegenheit, aber was ich sagen will, ist ...«

Er trat vor das Feuer, und seine hochgewachsene, schlaksige Gestalt verschwand im Halbschatten. »Ich kenne diese Frau kaum, aber ... ich empfinde etwas für sie, das so stark ist, so ... zwanghaft ... daß ich ihr helfen möchte. Ich möchte alles auf eine Karte setzen, um ihr zu helfen. Ich will, daß sie ein gesundes Herz bekommt. Ich will ...«

»Was wollen Sie?«

»Ich will, daß sie lebt«, sagte Hoppy leise.

»Das will ich auch.«

»Dann beten Sie für uns, ja?«

»Das werde ich.«

»Sie denken sicher, ich bin verrückt, aber ich habe alle Möglichkeiten durchgespielt. Ich habe einen Freund in Wesley, der Pilot ist. Er ist nicht immer leicht aufzufinden, aber wir sind hier nur zwanzig Minuten von seinem Flugzeug entfernt. Und wenn ich Millard nicht finden kann, gibt es auf demselben Flugplatz eine kleine Chartergesellschaft mit ein paar Cessnas.

Ganz egal, wo man das Herz auftreibt, man könnte es auf Eis legen, bis wir kommen. Oder man könnte es in Eis einpacken und nach Boston fliegen. Ich werde mit Lou Baldwin vom Mass. General reden.«

Eine seltsame Mischung aus Erschütterung und Freude überkam Pfarrer Tim.

»Wir können sie auf eine nationale Warteliste setzen lassen, und wenn ihre Blutgruppe auftaucht, müßten wir sofort zur Tat schreiten. Sie wird einen Pieper tragen müssen, und ... ich hätte gerne, daß Sie auch einen bekommen. Wenn die Sache losgeht, mein Freund, werden wir Ihren Beistand brauchen.« Die ernüchternde Wirkung dieses Planes machte sich nun auch bei ihm bemerkbar. Es würde bedeuten, daß sie alle verfügbar sein mußten, jede Stunde eines jeden Tages.

»Der Anruf könnte jederzeit kommen, von überall«, sagte Hoppy. »Wir könnten vielleicht sogar in der Lage sein, den Spender am Leben zu halten, das Herz weiterschlagen zu lassen, bis wir sie hingeschafft haben, wo wir sie haben müssen.«

»Wäre das wünschenswert?«

»Je länger es in physiologischer Umgebung bleibt, um so besser.«

»Ich verstehe.«

Hoppy rieb sich die Augen und setzte sich müde wieder hin.

»Was soll ich ihr sagen?« fragte er seinen besorgten Gastgeber. »Daß ich bereit bin, alles zu tun, was in meiner Macht steht, daß ich bereit bin, mein Leben und meine Praxis für Gott weiß wie lange auf den Kopf zu stellen, bloß weil ich ein netter Kerl bin? Wie soll ich vor ihr verbergen ... Was würde sie denken, warum ich mich dermaßen engagiere?«

Pfarrer Tim beugte sich auf dem Sofa vor. »Ich würde vorschlagen, Sie machen sich mal keine Sorgen darüber, was sie denkt. Sie sind Arzt. Ihr Geschäft ist es, Leben zu retten.«

»Aber Ihnen zufolge hat sie den Gedanken an eine Transplantation völlig verworfen. Lou Baldwin hat ihr wahrscheinlich all diese Schreckensszenarien ausgemalt; sie hat ernsthaft darüber nachgedacht und die Möglichkeit verworfen. Schluß, aus. Also, wer soll ihr das jetzt schmackhaft machen?«

»Wahrscheinlich nicht ich, wahrscheinlich nicht Sie.«

»Wer dann?«

»Gott«, sagte er schlicht.

»Reden Sie weiter.«

»Wenn wir ein Team sein sollen, mein Freund, müssen wir denken wie ein Team. Und zu diesem Zweck müssen wir uns im Gebet einig sein.«

»Rechnen Sie auf mich.«

»Weder Sie noch ich werden vielleicht in der Lage sein, sie bezüglich dieser Transplantation zu überzeugen, aber wenn sie in Gottes Augen das Beste für sie wäre, ist es nur eine Frage der Zeit.«

»Dann stürzen wir uns hinein«, sagte Hoppy.

Die beiden Männer senkten die Köpfe, und Barnabas legte sich auf die Füße des Doktors.

Als sein Freund gegangen war, saß er noch eine Weile auf dem Sofa. Dann ging er nach oben, sagte Dooley gute Nacht und nahm eine heiße Dusche. Aber noch eine Stunde, nachdem er zu Bett gegangen war, pumpte das Adrenalin so schnell und heftig durch seine Adern, daß er bis drei Uhr morgens schlaflos dalag. Um vier wachte er erschöpft auf und starrte, bis der Morgen dämmerte, das vom Mond beschienene Fenster an.

Diese schleichende Müdigkeit, die ihm in jüngster Zeit

zu schaffen machte, war ihm ein Rätsel. Er war nur noch sporadisch zum Laufen gekommen, und er hatte ein paar Nahrungsmittel, die für ihn eigentlich tabu sein sollten, klammheimlich wieder in seinen Speiseplan aufgenommen. Aber seine Vergehen in dieser Hinsicht waren im Grunde genommen nur geringfügig gewesen, nicht mehr als ein Stück Maisbrot hier, ein Bröckchen Schokolade da.

Lieber Gott, was für ein gräßliches Gefühl, krank zu sein, wo er sich doch den größten Teil seines Lebens bester Gesundheit erfreut hatte. Während er so dalag, mußte er über die Hilflosigkeit der älteren Menschen nachdenken, Menschen, die ihre Gliedmaßen nicht bewegen konnten, die nicht zum Friseur gehen, ja, nicht mal aufstehen und zur Toilette gehen konnten.

Er hatte sein Leben der Fürsprache im Gebet gewidmet, hatte wenig für sich selbst erbeten und auf Gottes Vorsehungen vertraut, ein Vertrauen, das er in jeder Hinsicht bestätigt sah. Aber jetzt lag er da, spürte, daß seine schiere Lebenskraft irgendwie verebbte, und betete inbrünstig um Stärke, um Klugheit und Erneuerung für sich selbst.

Die Taufe war ein wahrhaft gesegnetes Ereignis. Als er die Kleine in den Armen hielt und sagte: »Rebecca Jane, du bist vom Heiligen Geist in der Taufe umschlossen und auf alle Ewigkeit als Anhängerin Christi gezeichnet«, durchströmte ihn eine ungeheuerliche Wärme, und das Baby in seinen Armen regte sich und blickte ihm in die Augen.

Beim Empfang im Gemeindehaus standen sie Schlange, um die entzückende Rebecca Jane im Arm halten zu dürfen, die mit ihren grünen Augen, ihrem zu Berge stehenden rotblonden Haar und dem Grübchen im Kinn Dutzende von Herzen zum Schmelzen brachte.

Obwohl Dooley nicht versuchte, sie selbst in den Arm zu nehmen, stand er wie ein Zinnsoldat neben jedem, der sie aufnahm, und sah sie aufmerksam und voller Staunen an.

»Ich mag dieses Baby«, erklärte er Pfarrer Tim. »Ich mag dieses Baby lieber als ...«

»Lieber als Kautabak?«

»Nee. Lieber als Gänsedaunen Owen!«

»Das ist aber ein Kompliment.«

»Nur ihr Haar ist irgendwie komisch. Sieht aus wie 'n Baumstumpf voller Weberknechte.«

»Jedes Baby ist etwas Besonderes«, sagte Pfarrer zu Marge, der es endlich gelungen war, sich ihre Tochter von den übereifrigen Gemeindemitgliedern zurückzuholen. »Aber Rebecca Jane ist irgendwie noch bemerkenswerter als andere. Ich spüre einen Geist, in dem Gottes Verheißungen besonders lebendig sind.«

»Das spüre ich auch«, sagte sie und küßte den daunenweichen Kopf ihres Babys.

Es war wohltuend, Louellas breites, mahagonifarbenes Gesicht zu sehen, das ihm in diesen Tagen von der Evangelienseite entgegenlächelte. Ihre Anwesenheit brachte dem Geist der Gemeinde etwas Nährendes, wie Rosinen, die man einem Brotteig hinzufügte.

Auch ihre Stimme war eine Bereicherung, ein klangvoller Mezzosopran, den sie mit überraschender Kraft zu den anglikanischen Gesängen erhob, Gesängen, die sie als kleines Mädchen in eben dieser Kirche erlernt hatte.

»Sie gibt mir das Gefühl, wieder jung zu sein«, sagte Miss Sadie, als Pfarrer Tim einmal zum Mittagessen auf Fernbank war. »Wenn ich mit Louella zusammen bin, ist es so, als wäre ich meiner Mama wieder nahe!«

»Wußten Sie, daß Miss Sadie mich in ihren Armen gewiegt hat, als ich ein Baby war?« fragte Louella voller Stolz. »Daher fühle ich mich, wenn ich mit Miss Sadie zusammen bin, selbst wieder jung!«

»Wir wissen gar nicht, wer wen großgezogen hat!« sagte die Herrin von Fernbank.

Was für zwei reizende alte Damen, dachte der erfreute Pfarrer.

Am Donnerstagabend ging es ihm durch den Sinn, daß er seine Nachbarin noch nie eingeladen hatte, an einem Gottesdienst in der Kapelle Unseres Herrn teilzunehmen. Was für eine Art, seine Gastfreundschaft zu zeigen, dachte er, während er ihre Nummer wählte.

»Ich muß Ihnen sagen«, gestand er, »daß ich Sie die ganze Zeit schon einmal zu einem Gottesdienst einladen wollte, aber, hm, irgendwie vergesse ich es dauernd. Und ich entschuldige mich dafür!«

»Wässern Sie Ihre Bohnen?« fragte Cynthia.

»Hm, ja. Ja, das tue ich«, entgegnete er verwirrt.

»Ich koche mir schrecklich gern mal einen Topf Bohnen. Aber Sie werden nie erraten, was ich vor ein paar Tagen getan habe, wo wir gerade von Vergeßlichkeit reden.«

»Ich habe keine Ahnung«, sagte er, was nun wirklich und wahrhaftig die Wahrheit war.

»Ich habe einen großen Topf Bohnen gewässert und den Deckel auf den Topf gesetzt und die Bohnen auf den Herd gestellt, und eine Woche später war da plötzlich dieser schauerliche Geruch, und ich dachte, in meiner Küche wäre etwas gestorben, daß Violet, hm, na ja, Sie wissen schon …«

»Daß Violet eine Maus getötet hat?«

»Genau! Aber raten Sie mal, was es war? Es waren diese Bohnen! Ich hatte sie einfach im Topf vergessen, und sie waren … hm …«

»Verdorben.«

»Genau! Also, nehmen Sie es sich nicht zu Herzen, daß Sie vergessen haben, mich in die Kirche einzuladen.«

»Na schön, ich werde es mir nicht zu Herzen nehmen. Aber wann immer Sie kommen möchten, Sie sollen wissen, daß wir uns alle über Ihren Besuch freuen würden.«

»Ich bin zu den Presbyteriern gegangen«, sagte sie, »aber ja, ich werde bald mal vorbeikommen!«

Nachdem er seine Nachbarin eingeladen hatte, rief er im Krankenhaus an, um sich nach Russell zu erkundigen.

Schwester Herman sagte, er habe sein Abendessen fast unberührt zurückgeschickt und gemeint, er selbst hätte es besser zubereiten können, daher vermutete sie, daß er auf dem Weg der Besserung war, und ob der Pfarrer bitte ein Pfund Leberkäse mitbringen könnte, wenn er das nächste Mal ins Krankenhaus kam, da das zu den Dingen gehörte, die sie gewöhnlich nicht kauften, und Russell meinte, er würde eine Kriegspension für eine Portion davon geben.

»Und er sagte auch«, berichtete Schwester Herman weiter, »daß er in die Küche runtergehen und es eigenhändig braten würde, und Doktor Harper meinte, schön, er soll ihm auch eine Portion braten. Ist das noch zu fassen?«

»Leberkäse«, schrieb Pater Tim auf die Liste, die er noch abzuarbeiten hatte.

Nach einer nutzlosen und frustrierenden Versammlung am Freitagnachmittag beschloß er, mit Barnabas einen langen Spaziergang zu machen. Als Dooley mit seinem Fahrrad davongefahren war, um ein paar Arbeiten auf Fernbank zu erledigen, machte er sich mit Barnabas, der an seiner Leine zerrte, zum Kleinen Mitfordbach auf den Weg.

Der nasse Winter versprach einen herrlichen Frühling, und hier und da drängten sich verstohlen die ersten grünen Triebe durch den durchweichten Blatthumus und wärmten Pfarrer Tim das Herz. Er liebte den Geruch der Wälder und des feuchten Schwemmlands, das die Berge wie eine Decke umschloß.

Aus dem Schornstein wogte dunkler Rauch, und die große Aluminiumbadewanne, die der Heimatlose zum Baden benutzte, stand an einer Seite des Hauses, und auf der Wäscheleine wehte farbenfrohe Wäsche im Wind. Auf seine Krücke gestützt und von Kopf bis Fuß in eine verschlissene Indianerdecke gehüllt, machte der Heimatlose ihm die Tür auf.

»Nun, Sir, das nenne ich aber eine Überraschung! Schneit mir doch der Pfaffe ins Haus! Kommen Sie rein, kommen Sie rein, fühlen Sie sich ganz wie zu Hause!«

Der Pfarrer und sein Hund fanden ein tosendes Feuer

in einem alten Herd vor, einen Suppentopf, der auf der Herdfläche siedete, und ein aufgeschlagenes Buch auf dem kleinen Tisch, auf dem sich außerdem eine Öllampe nach Kräften bemühte, das verblassende Nachmittagslicht aufzuhellen. In der Ecke stand das ordentlich gemachte Bett mit zwei abgenutzten Steppdecken, die zusammengefaltet am Fußende lagen.

»Also wirklich, Heimatloser, ich könnte hier einziehen und mich so wohlfühlen wie ein Fisch im Wasser.«

»Und ich fühle mich so wohl wie ein Igel im Matsch. Setzen Sie sich gleich hier her«, sagte er und bot dem Pfarrer seinen einzigen Stuhl an; dieser nahm auch sogleich Platz, denn er wußte, daß es seinen Gastgeber freute, ihm den besten Platz im Haus anzubieten. Der Heimatlose setzte sich auf die Holzkiste zwischen dem Tisch und dem Herd.

»Mein Freund«, sagte der Pfarrer, »in den letzten Tagen spüre ich die Unannehmlichkeiten der Welt besonders stark. Ich dachte, ich komme mal her und rede mit einem Mann, der über schlichte Vernunft verfügt.«

»Sie reden mit einem Mann, der wirklich ganz schön schlicht sein muß, denn er sitzt hier vor Ihnen und hat keine Hose an. Ein Paar hängt draußen auf der Wäscheleine, und das andere habe ich weggegeben. 'n Bursche, der oben beim Bach lebt, war zu zerlumpt, um sich Arbeit zu suchen, also bin ich aus meiner Hose rausgetreten, und er hat sie angezogen und ist in die Stadt marschiert. So schlicht möchten Sie selbst wahrscheinlich nicht werden.«

»Nein. Nein, wirklich nicht. Da haben Sie recht. Das wäre doch etwas zu schlicht für mich.«

»Manchmal muß man am Feinen erst ersticken, bevor man das Schlichte zu schätzen weiß, so jedenfalls sehe ich das. Ich habe zu viele Jahre fein gegessen, mich fein gekleidet und geschwollen dahergeredet. Vor einer Weile beschloß ich, wieder so zu leben, wie ich es in meiner Kindheit gelernt habe, und zum ersten Mal seit vierzig Jahren verstehe ich wenigstens selber, was ich sage.«

Sie lachten.

»Genauso wie jetzt habe ich viele Jahre lang geredet«, sagte der Heimatlose. »Sie haben vielleicht gedacht, ich hätte einen Abschluß von 'nem College. Meine Laufbahn war ziemlich kunterbunt, könnte man sagen.« Er grinste. »So, und das ist nun aber das Ende zum Thema Klugschwätzerei ...«

»Es würde mich interessieren, was Sie in all den Jahren in der Werbebranche gemacht haben.« Es erfüllte den Pfarrer mit einem merkwürdigen Gefühl der Erleichterung, hier mit dem Stuhl zu wippen, als wäre er auf und davon gelaufen und hätte seine Sorgen hinter sich gelassen.

»Ich war ein sogenannter *account man*, hatte mehrere Etats zu verwalten, Zahnpasta, Bier und Kraftfahrzeuge. Und Corn-flakes. Als ich mit Corn-flakes anfing, kriegte mich der Alkohol zu packen. Wenn ich noch dabeigewesen wäre, als die Haferkleie aufkam, wäre mir vielleicht noch Schlimmeres als Alkohol passiert.«

Der Heimatlose stand auf, öffnete die Ofentür und stocherte in den Holzscheiten herum. Die Decke verrutschte und glitt zu Boden, aber er hob sie auf, legte sie ordentlich hin und setzte sich mit breitem Grinsen wieder auf seine Holzkiste. »Sie glauben gar nicht, wie sehr ich mich versucht fühle, mir noch eine Hose zu kaufen, aber ich kämpfe dagegen an.«

Pfarrer Tim lachte herzlich.

»Es läuft auf folgendes hinaus. Ich war dreißig Jahre lang betrunken. Dreißig Jahre! Das erstaunt mich bis auf den heutigen Tag. Ich habe Verträge unterzeichnet, Präsentationen gemacht, Autos gefahren, Flugzeuge geflogen, Versammlungen geleitet, und die ganze Zeit war ich halb besoffen.

Ich habe drei Ehefrauen verloren, neun Jobs, vier Häuser, zwei Kinder und einen Fuß. Das einzige, was ich nicht verloren habe, ist meine Selbstachtung, und das auch nur, weil ich nie welche hatte.« Barnabas lauschte aufmerksam.

»Man könnte sagen, ich habe alles getan, um mir den

Namen ›Heimatloser‹ zu verdienen und ihm gerecht zu werden. Und jetzt, da die Dinge sich geändert haben und ich neun Jahre lang nüchtern war, versuche ich nicht, meinem Namen auszuweichen. Er erinnert mich an das, was ich war. Heimatlos! Krank! Sabbernd in der Gosse! Allmächtiger Gott.«

»Was hat Sie wieder hierher geführt?«

»Ich habe mich gefragt, wo ich am glücklichsten war, und das war eben genau hier, zu Hause, wo ich groß geworden bin. Es waren harte Zeiten, als ich heranwuchs, aber es waren auch gute Zeiten. Und ich war an den Punkt gelangt, an dem ich alles gesehen hatte. Ich hatte das große Geld gemacht, hatte die großen Spesenkonten, alles, was dazugehört. Ich habe mich aus eigenem Antrieb in die Klinik einweisen lassen, um trocken zu werden, und ich bin trocken geblieben. Ich habe alles verkauft, meine Schulden bezahlt und bin mit sechzig Mäusen in der Tasche in Wesley aufgekreuzt.«

»Haben Sie je zurückgeblickt?«

»Nein, nie.«

Das Feuer knisterte im Ofen.

»Ich will Ihnen nicht verhehlen, daß ich gern wüßte, wie Ihre Beziehungen zu Gott aussehen.«

»Wir reden miteinander«, sagte der Heimatlose. »Unsere Beziehungen sind jedenfalls keine wortlosen. Ich bin auch keineswegs durch und durch Heide, ganz und gar nicht. Ich bin in der Kirche groß geworden und wurde als kleiner Junge getauft. Aber irgend etwas fehlt da, und ich weiß nicht, was es ist. Es ist so, als würde mich etwas ständig scheuern, würde mir keine Ruhe lassen. Ich kann es nicht benennen, und um Ihnen die Wahrheit zu sagen, ich möchte auch gar nicht darüber nachdenken.

Sie wissen, was die Kirchen in der Stadt so machen, sie bringen mir Essen und versuchen, mich auf eine ihrer Bänke zu kriegen. Ihr kommt hier rauf zum Bach und gebt mir das Gefühl, als wäre ich ein Frosch, den ihr fangen wollt.«

Der Pfarrer hatte einen Stock aus dem Holzkorb herausgefischt. Es war tröstlich, ihn in der Hand zu drehen, die Knoten zu betrachten und die Maserung. Er verspürte den Drang, mit einem Messer daran herumzuschnitzen, aber nicht den Drang zu reden. Der Heimatlose hatte recht.

»Hm, es ist wahrscheinlich abscheulich, sowas auszusprechen, aber mit Ihnen kann ich reden, wie mir der Schnabel gewachsen ist, frei von der Leber weg.«

»Das weiß ich zu schätzen, mein Freund. Ab und zu brauche ich selbst mal jemanden, mit dem ich so reden kann.«

»Das können Sie mit mir jederzeit. Aber im Augenblick«, sagte der Heimatlose und griff nach seiner Krücke, »würde ich gern mal eben den Tisch decken und zur Abwechslung *Ihnen* was zu essen geben!« Er hob den Deckel, und der Duft, der dem Topf entströmte, war so himmlisch, daß sein Gast wie gebannt dasaß.

»Ich fürchte, ich kann leider nicht bleiben. Ich habe einen kleinen Jungen zu Hause, der sein Abendessen braucht.«

»Ich hätte da einen schönen großen Schinkenknochen für den alten Barnabas hier drin«, sagte der Gastgeber, während er mit einem langen Löffel in der Suppe rührte.

Barnabas klopfte mit dem Schwanz auf den Boden.

»Sie wissen gar nicht, wie gern wir bleiben würden, aber der Junge …«

»Wie alt ist dieser Junge?« fragte der Heimatlose, während er ein gußeisernes Backblech auf die Herdfläche setzte.

»Dooley ist elf.«

»Als ich elf war, hatte mein Daddy eine große Farm drüben auf der anderen Seite von Wesley. Seit dem Tod meiner Mama stand ich jeden Morgen um vier auf, hab das Frühstück für die drei Kleinen gemacht, die Kühe gemolken, die Küche geputzt und bin zur Schule gegangen. Wenn dieser Junge sich nicht mal ein Marmeladenbrot schmieren kann …«

»Decken Sie für mich mit«, sagte Pfarrer Tim.

»Ich habe ein Abkommen mit Avis«, vertraute ihm der Heimatlose an, während er die Eßschale seines Gastes zum zweiten Mal auffüllte. »Alles, was er wegwirft, sehe ich mir an. Aber keine Bange, Ihre Suppe ist hygienisch völlig einwandfrei. Den Kohl habe ich gut gewaschen, die Kartoffeln mit einer Bürste geschrubbt, aus der Zwiebel die weichen Stellen rausgeschnitten und aus der Rübe eine schlechte Stelle geschabt. Anschließend hab ich mein Bad genommen und mich gewaschen – und das Ganze aufgesetzt. Ich habe immer was zu tun. Ich bin keiner, der die Hände in den Schoß legt.«

Der Pfarrer dachte, daß dies vielleicht die beste Suppe war, die er je gelöffelt hatte, und dabei mochte er gelbe Rüben nicht einmal besonders.

Der Heimatlose deutete mit einer schwungvollen Geste auf ihr Abendessen, zu dem auch Becher mit dampfendem Kaffee gehörten und das heiße, einen Tag alte Brot, das er auf dem Backblech geröstet und mit Butter bestrichen hatte. »Den Kaffee und die Butter hab ich bezahlt, aber sonst keinen Krümel. Der ganze Zauber hat wahrscheinlich weniger als fünfundzwanzig Cent gekostet!«

»Nun, das ist wahrhaftig Zauberei.«

»Im nächsten Frühjahr werde ich nicht mal für den Kaffee bezahlen. Ich werde jede Menge Zichorien eingraben, die Wurzeln rösten und anschließend mahlen. Wenn man das morgens früh kocht und trinkt, steht man gleich mit beiden Beinen auf dem Boden.«

»Alles in allem, mein Freund, würde ich Sie zu den reichsten Leuten in Mitford zählen.«

Der Heimatlose blinzelte und lachte sein rauhes Lachen. »Der ist der reichste Mann, dessen Freuden die billigsten sind!«

»Thoreau«, sagte Pfarrer Tim.

»Volltreffer«, strahlte sein Gastgeber.

Als er und Barnabas bei Winnie Iveys Cottage auf die Fliederstraße traten, fühlte er sich, als sei er im Urlaub gewesen.

»Wozu ein Vermögen ausgeben, um für einen Monat nach Sligo zu fliegen«, fragte er laut in die hereinbrechende Dunkelheit, »wo ich doch ein oder zwei Stunden am Mitfordbach verbringen kann?«

Den Wagen, der langsam und ohne Fernlicht auf sie zugefahren kam, bemerkte er kaum, aber Barnabas tat es. Er bellte grimmig und zerrte den Pfarrer mit aller Kraft weiter. Plötzlich verlangsamte der Wagen und machte Anstalten anzuhalten.

Genau in diesem Augenblick kam einer von Rodney Underwoods Männern mit einem Streifenwagen die Fliederstraße heruntergefahren.

Der Pfarrer konnte die zornige Energie, die da an der Leine zerrte, kaum noch bändigen, als der verrostete Impala jäh den Motor hochjagte und in einer Wolke giftiger Abgase an ihnen vorbeischoß.

Kapitel 14

Absalom, mein Sohn

Als er am nächsten Sonntag in die Kirche kam, fand er seine verschwundene Bibel aufgeschlagen auf der Kanzel. Er war zutiefst erleichtert, als hätte sich ein Bild, das schief an der Wand gehangen hatte, beinahe von selbst wieder geradegerückt.

Am Montagnachmittag rief Rodney Underwood an.

»Ich habe gerade einen interessanten Artikel gelesen. Da steht drin, daß ein Ring englischer Antiquitätenhändler in hohlen Tischbeinen und geheimen Schreibtischschubladen Juwelen hierher verschifft hat. Außerdem, hm, Moment mal, ja, außerdem steht drin, daß drei englische Händler gegenwärtig im Verdacht stehen, seltene gestohlene Edelsteine und antike Juwelen in Möbeln zu verstecken und die Möbel dann in versiegelten Containern und per Schiff ins Ausland schmuggeln. Bisher waren die Behörden nicht in der Lage, eine solche Schiffsladung in die Finger zu bekommen, da die Edelsteine, die in letzter Zeit für Amerika bestimmt waren, zu anderen, unbekannten Häfen umgeleitet wurden. Sie denken doch nicht, daß Ihre Juwelen damit vielleicht etwas zu tun haben könnten, oder?«

Bitte, nennen Sie sie nicht meine Juwelen! dachte er. »Ich glaube nicht. Tatsache ist, ich habe gerade erst die Kirche durchsucht, weil ich dachte, daß … nun, ich habe jedenfalls nichts gefunden. Nichts als ein einsames Schokoladenpapier, um die Wahrheit zu sagen.«

»Schokoladenpapier? Was für eine Art Schokoladenpapier?«

»Nuts.«

»Wo haben Sie es gefunden?«

»Auf dem Speicher. Es war absolut das einzige, was ich da oben gefunden habe, da wir diesen Raum nie benutzen.«

»Wie soll es dann da raufgekommen sein?«

»Ich habe nicht die leiseste Ahnung.« Er verspürte eine schleichende Besorgnis, daß Rodney vielleicht seine Leute jeden Winkel der Kirche und des Kirchhofs nach Fingerabdrücken suchen lassen würde – und das nur wegen eines harmlosen Schokoladenpapiers.

»Sie sollten mich besser mal einen Blick auf dieses Schokoladenpapier werfen lassen«, meinte Rodney.

»Wenn Sie beim Haus vorbeifahren und Puny bitten wollen, in der Tasche meiner braunen Hose nachzusehen, müßten Sie es dort eigentlich finden.«

»Ich schicke einen Streifenwagen hin«, sagte Rodney, den diese Wendung der Ereignisse offensichtlich in Hochstimmung versetzte.

Nach einer Stunde rief der Polizeichef wieder an. »Sind Sie sicher, daß Sie die Kirche gründlich durchsucht haben? Haben Sie auch hinter den Sachen nachgesehen?«

»Ich habe das ganze Gebäude mit einem feinen Kamm durchzogen. Natürlich habe ich keine Dielenbretter aufgestemmt und auch nicht hinter die Bücherregale gesehen.«

»Wir haben das Schokoladenpapier. Die Schokolade, die dranklebt, ist noch frisch. Sie sagen, niemand geht jemals auf den Speicher rauf?«

»Niemand.«

»Nun, das Schokoladenpapier ist voller Fingerabdrücke. Aber da Sie es ja in der Hand hatten, müssen wir erstmal rüberkommen und Ihnen die Fingerabdrücke abnehmen, damit wir feststellen können, was was ist und wer wer.«

Jetzt geht's los, dachte er.

»Keine Fingerabdrücke außer Ihren«, berichtete Rodney, als er am Abend im Pfarrhaus anrief. »Aber eins kann ich Ihnen sagen.«

»Und das wäre?« fragte er, während er sich mit dem schnurlosen Telefon auf das Sofa im Arbeitszimmer setzte.

»Die Tatsache, daß wir gar keine anderen Fingerabdrücke gefunden haben, bedeutet, daß, wer immer dieses Nuts gegessen hat, Handschuhe trug. Verstehen Sie, was ich meine?« fragte er den Pfarrer, der eindeutig nicht verstand. »Jemand, der einen Schokoriegel mit Handschuhen ißt, führt nichts Gutes im Schilde.«

»Aha.«

»Also sollte ich wohl besser morgen mal mit meinen Jungs rüberkommen und mir das Gebäude vornehmen.«

Nun, warum auch nicht? Vielleicht konnte die Sache auf diese Weise endlich zu den Akten gelegt werden.

»Nur zu«, sagte er.

Als er am nächsten Morgen ins Büro kam, klingelte gerade das Telefon.

»Herr Pfarrer!« sagte der Anrufer, »Pete Jamison hier.«

»Pete Jamison?«

»Sie wissen doch, der Mann, den Sie gerettet haben.«

Der Fremde im Mittelschiff! »Da möchte ich doch sofort klarstellen, daß nicht ich Sie gerettet habe, Pete – diese Macht hat nur Gott. Wie geht es Ihnen, mein Freund?«

»Ach, nicht schlecht, denke ich. Wenn ich wieder mal in Ihre Gegend komme, würde ich gern auf einen Sprung vorbeikommen und mit Ihnen reden. Im Augenblick rufe ich aus einem Café in Duluth in Minnesota an. Ich wollte mich nur bei Ihnen bedanken. Danke, daß Sie da waren. Darf ich Sie wieder anrufen?«

»Ich wäre enttäuscht, wenn Sie es nicht täten«, antwortete der Pfarrer, der eine unverkennbare Veränderung in Pete Jamisons Stimme hörte.

Während des Tages durchsuchten Rodney, Joe Joe Guthrie und ein anderer Polizeibeamter die Kapelle Unseres Herrn. Sie suchten nach Dielenbrettern, die vielleicht vor kurzem aufgestemmt worden waren; sie hämmerten gegen Wände, suchten geheime Hohlstellen. Sie spähten im Kinderhort unter Teppiche, überprüften die Decken auf lose Quadrate, entfernten die Verschalungen der Heizkörper und wirbelten insgesamt einen solchen Staub auf, daß der Pfarrer den ganzen Tag lang husten und niesen mußte.

Sie suchten in den Gärten nach irgendwelchen Spuren, die möglicherweise darauf hindeuteten, daß etwas anderes als Blumenzwiebeln gepflanzt worden war. Sie zogen Handschuhe und Masken an, um auf dem Speicher einige Streifen der Isolierung abzureißen. Sie leuchteten mit Taschenlampen in den Glockenturm, suchten unter der Küchenspüle des Gemeindehauses und guckten hinter die Türen des Retabels.

Die Suche förderte jedoch nichts zutage als ein vor langer Zeit verlorengegangenes Gebetbuch, das Wilma Malcolms Großmutter gehört hatte, ferner eine Schachtel mit Palmsonntagsankündigungen von 1947 sowie mehrere Eichhörnchennester, in denen die Tiere sich einen Vorrat an Pekannüssen von den Bäumen hinten auf dem Kirchhof angelegt hatten.

»Sapperlot!« sagte Rodney, und man merkte, es kam ihm von Herzen.

Als der Nachmittag sich seinem Ende näherte, wäre der Pfarrer am liebsten zum Laden gegangen, um sich eine Schachtel Cremetörtchen zu kaufen und den ganzen Inhalt in seiner Küche, wo ihn niemand sehen konnte, zu verzehren. Und er wollte nicht mal abwarten, bis das Teewasser gekocht hatte.

Im schwindenden Nachmittagslicht hätte Absalom Greers schlanke Gestalt vielleicht die eines Zwanzigjährigen sein können, als er die Treppe der alten Gemischtwarenhandlung hinuntereilte.

»Willkommen in Gottes Land!« sagte er, während er die Tür des Buick aufhielt. »Steigen Sie aus und kommen Sie rein, Pfarrer Tim!«

Der Pfarrer sah zu seinem Erstaunen, daß das Gesicht seines sechsundachtzigjährigen Gastgebers bemerkenswert wenig Falten aufwies, und daß er, was noch erstaunlicher war, einen vollen Haarschopf hatte.

»Ich hatte erwartet, von einem älteren Herrn empfangen zu werden. Pastor Greer muß seinen Sohn geschickt haben!«

Der alte Mann lachte herzlich. »Ich kann immer noch eine Ameise durchs Gras krabbeln hören«, sagte er mit großer Zufriedenheit, »aber in meinem Kopf sitzt kein einziger Zahn mehr, den ich mein eigen nennen könnte.« Der Landprediger führte den Dorfpfarrer die Treppe hinauf und in das düster beleuchtete Innenleben des ältesten Ladens in mehreren Landkreisen.

Pfarrer Tim hatte das Gefühl, in ein Rembrandt-Gemälde eingetreten zu sein, denn der letzte Rest Sonnenlicht hatte nun die Farbe geschäumter Butter angenommen und warf einen goldenen Glanz auf die Kastanienholzwände und die Kiefernböden.

»Mein Vater hat diesen Laden gebaut, als ich sechs Jahre alt war. Hier stecken die ersten Nägel drin, die ich je ins Holz getrieben habe. 1974 kam der Laden dann in fremde Hände, aber ich habe ihn zurückgekauft, und ich werde ihn behalten, auch wenn er nicht viel zu meinem Unterhalt beiträgt.

Jetzt würde ich Ihnen gern erst mal einen kleinen, ländlichen Cocktail anbieten«, sagte sein Gastgeber, der einen grauen Anzug und ein gestärktes Hemd trug. Er wählte ein kaltes Getränk aus einem Eisschrank hinter der Kasse aus, öffnete es und reichte es dem Pfarrer.

»Sie stehen genau da, wo ich meine besten Predigten halte«, sagte er und schlug auf das abgegriffene Holz der alten Theke. »Genau hier findet das Leben statt.

Wie die Griechen zu Philipp sagten: ›Herr, wir möchten Christus sehen.‹ Wenn sie Ihn nicht sechs Tage die Woche hinter dieser Theke sehen, könnten wir meine Sonntagspredigten genauso gut aus dem Fenster werfen. Wo ist Ihre Alltagskanzel, mein Freund?«

»In der Grillstube an der Hauptstraße.«

»Das ist ein guter Platz. Ein paar Krieger sitzen da immer herum, riechen den Kaffee und schauen zu, wie der Speck gebraten wird, und Sie sind mitten im Kampfgetümmel.«

»Absalom«, sagte eine ruhige Stimme aus dem hinteren Teil des Ladens, »das Abendessen ist fertig. Ihr könnt jederzeit kommen.«

Eine Tür wurde leise geschlossen.

»Meine Schwester Lottie«, sagte der alte Mann mit offenkundigem Stolz. »Sie lebt bei mir und besorgt das Kochen und den Haushalt. Seien Sie versichert, daß ich niemals etwas getan habe, um ihre Fürsorge zu verdienen. Sie ist ein Engel des Herrn!«

Sein Gastgeber drehte das Schild an der Eingangstür um, daß man draußen ›Geschlossen‹ lesen konnte, und sie gingen über quietschende Dielenbretter durch den besinnlicher Laden, vorbei an Fässern mit Saatgut und Nägeln, in Reih und Glied aufgestellten Konservendosen, Säcken mit Tierfutter, Garn, Knöpfen, Eisenpfannen und Aluminiumbadewannen.

Absalom Greer drückte eine Tür auf, und der Pfarrer stand in frohem Staunen auf der Schwelle. Vor ihm lag ein Zimmer mit alten Bleiglasfenstern, in denen die letzten Sonnenstrahlen tanzten. In der Mitte des Raumes stand ein großer Tisch, der mit einem weißen Tischtuch und einer Vielzahl dampfender Schüsseln gedeckt war, und inmitten der ganzen Pracht brannte eine alte Öllampe. In einer Ecke des Raumes prasselte ein Feuer im Kamin, und hinter zwei behaglichen Lesesesseln waren die Wände von Büchern gesäumt. Auf dem Tisch neben einem der Sessel lag eine abgegriffene schwarze Bibel, und auf dem tiefen Fenstersims hatte sich eine orangefarbene Katze friedlich zusammengerollt.

Er glaubte, noch nie ein Heim betreten zu haben, in dem ein so friedvoller Geist herrschte.

Eine hochgewachsene, schlanke Frau, die eine Schürze trug, trat von der Küche ins Wohnzimmer. Ihr blaues Kleid paßte gut zu ihrem ergrauenden Haar, das sie sich zu einer schlichten Frisur aus dem Gesicht gekämmt und mit einer Schleife zusammengebunden hatte. Sie lächelte scheu und hielt ihm die Hand hin. »Pfarrer Tim«, sagte Absalom Greer, »Lottie Miller! Meine Freude und meine Krone, mein irdischer Schild und Schutz, meine verwitwete Schwester.«

»Es ist mir eine große Freude«, sagte der Pfarrer, der das Gefühl hatte, auf Besuch in ein anderes Land geraten zu sein.

»Meine Schwester ist scheu wie ein Reh, Pfarrer. Wir haben hier nicht viel Gesellschaft, da ich meine Arbeit für gewöhnlich in der Kirche oder im Laden verrichte. Warum setzen Sie sich nicht so hin, daß Sie das kleine Feuer im Kamin sehen können? Es ist immer ein besinnlicher Anblick.« Nachdem er sich in einem adretten Badezimmer die Hände gewaschen hatte, setzte Pfarrer Tim sich an den Tisch und stellte fest, daß sogar der harte Stuhl unter ihm etwas Tröstliches zu haben schien.

»Ich bin von der Schule abgegangen, als ich zwölf war«, sagte Absalom Greer während des Essens, »um meinem Papa im Laden zu helfen, aber ich hab's geschafft, mir abends selbst noch etwas beizubringen. Eines Abends, da muß ich so ungefähr vierzehn gewesen sein – ich war hier in eben diesem Zimmer und habe in einem Buch gelesen –, da fing der Wind an zu heulen und zu blasen, wie man es nur selten hört.

Lottie war noch ein Baby und lag in den Armen meiner Mutter. Ich sehe heute noch meine Mutter vor mir, die am Feuer saß, Lottie wiegte und eine Melodie summte. Ich selbst lag gleich da drüben in einem kleinen Bett.

Ich hatte die Augen so weit geöffnet wie gerade jetzt, als ich plötzlich eine große Heerschar von Engeln sah. Der ganze Raum war vom Leuchten der Engel erfüllt!

Sie waren aus reinem Weiß, und nur in ihren Flügeln war etwas Farbe, Farbe, wie sie ein Prisma wirft, wenn die Sonne hindurchscheint. Nie im Leben habe ich etwas so Schönes gesehen, weder vorher noch nachher. Ich konnte kein Wort sagen, und meine Mutter saß einfach mit geschlossenen Augen da und wiegte und summte, und da standen Engel überall um sie herum, und der ganze Raum war erfüllt von diesen leuchtenden himmlischen Heerscharen.

Dann schien es, als gäbe es da eine goldene Treppe an der Tür, und die Engel wandten sich um, schwärmten diese Treppe hinauf und waren verschwunden. Ich erinnere mich, daß ich anfing zu schluchzen, aber meine Mutter hörte es nicht. Und ich streckte die Hand aus, um mir die Tränen vom Gesicht zu wischen, aber es waren keine da.

Im Laufe der Jahre habe ich so manches Mal daran zurückgedacht, und ich glaube, es war mein Geist, der vor Freude weinte.«

Lottie Miller hatte nichts gesagt, sondern, wie es dem Pfarrer schien, jede Schale und jedes Tablett genau zur richtigen Zeit herumgereicht. Er nahm sich eine zweite Portion Kartoffeln, die in Scheiben geschnitten und mit Steinsalz und Schnittlauch gebraten waren, und noch etwas gebratenes Lammfleisch, das feiner war als alles Lammfleisch, das er in letzter Zeit gekostet hatte.

»Es ist mir ein Rätsel, wie das geschehen konnte, aber ich hatte diese himmlische Vision völlig vergessen«, sagte der Prediger, der gerade ein Brötchen mit Butter bestrich.

»Dann, so etwa mit sechzehn, hatte ich das Gefühl, überhaupt keine Seele zu haben. Sie nahmen mich mit in die Kirche, damit ich mir eine Predigt anhörte, und ich konnte nicht hören. Sie nahmen mich mit, damit ich mir eine Heilung ansah, und ich konnte nicht sehen. Mein Papa sagte, es sei der Name, den sie mir gegeben hätten – Absalom! Ein bösartiger, rebellischer, gottloser Charakter, wenn es je einen gegeben hat, aber meine Mutter war jung, als ich geboren wurde, und unbedacht. Ihr gefiel der Klang dieses Namens, und ich hatte ihn schließlich am Hals. Später, als ich begann, das Wort Gottes zu lesen, da verstand ich langsam Absalom und seinen Vater und diese traurige Beziehung, die sie zueinander hatten. Seitdem war der Name nicht länger ein Fluch für mich, sondern wurde mir zum Segen, und – gelobt sei Gott – einige meiner besten Predigten habe ich meinem Namen zu verdanken.

Nun, so etwa mit zwanzig, verabschiedete ich mich von meinen Eltern und meiner kleinen Schwester, ging nach Wesley und setzte mich in den Zug. Ich hatte einen mit Zwirn verschnürten Pappkarton bei mir und machte mich auf den Weg nach Westen.

Die Zeiten waren so hart, daß ich keine Arbeit fand. Am Ende schob ich die Pappe des Kartons in meine Schuhe. Jemand erzählte mir, daß unter einem meiner Füße ›Weizenkleie‹ stand und unter dem anderen ›Diese Seite nach oben‹.

Auf dem Karton lief ich drei Monate lang herum, bis ich endlich in einer Silbermine Arbeit bekam. Ganz weit unten in der Mine, in dieser tiefen, dunklen Grube, hörte ich Gott nach mir rufen. ›Absalom, mein Sohn‹, sagte er klar und deutlich, ›geh nach Hause. Geh heim und predige deinem Volk mein Wort.‹

Nun, mein Herr, ich kannte sein Wort nicht, so daß ich es auch nicht predigen konnte, aber ich bin sofort rauf und hab mich auf den Weg nach Hause gemacht, bin mit dem Zug quer durch dieses große Land gefahren und in Wesley ausgestiegen, bin mitten in der Nacht die zwölf Meilen nach Farmer gegangen, bis an die Tür meiner Eltern hier draußen, wo ich mich mit den Hunden niedergelegt habe und auf einem Mehlsack eingeschlafen bin.

Immer wieder sagte ich mir, daß ich niemals den Ruf des Herrn vernommen hätte, daß ich mich nur einsam gefühlt und nach einem Vorwand gesucht hätte, um nach Hause zurückzukehren.

So habe ich ein oder zwei Jahre weitergemacht, bin in die Kirche gegangen, um mir die Mädchen anzugucken, und habe meinem Daddy im Laden geholfen. Aber das war nicht genug, irgend etwas fehlte in meinem Leben. Eines Tages fing ich an, alle theologischen Bücher zu lesen, die ich in die Finger bekam.

Ich versenkte mich in Spurgeon, pflügte mich durch Calvin, ich saugte Whitefield auf und verschlang Matthew Henry. Aber ich kämpfte gegen meine Berufung, und mein Herz war wie Stein.

Eines Tages saß ich in dem Obstgarten, den ich als Junge gepflanzt hatte, und wieder sprach der Herr zu mir. ›Absalom, mein Sohn‹, sagte er klar und deutlich, ›verbreite mein Wort unter deinem Volk.‹

Mir standen die Haare zu Berge. Aber fünf Minuten später hatte ich mich im Sonnenschein niedergelegt und war eingeschlafen wie eine Eidechse.

Auf diese Weise machte ich noch etwa drei Jahre weiter und hörte nicht auf Gott, bis er mich eines Nachts weckte. Ich dachte, man hätte mir mit einem Vorschlaghammer auf den Schädel geschlagen.

Es war wie ein Lichtblitz, der mich aus dem Bett und auf den Boden warf. Bums! ›Absalom, mein Sohn‹, sagte der Herr, ›gehe und predige deinem Volk mein Wort, und beeile dich endlich.‹

Ich stand vom Boden auf, lief hier in dieses Zimmer, in dem es kalt genug war, um eine Leiche darin aufzubewahren, wickelte mich in eine Decke, entzündete eine Öllampe und fing an, die Bibel zu lesen und hörte zwei Jahre lang nicht mehr auf.

Alle dachten, ich wäre übergeschnappt.

›Absalom Greer hat's plötzlich mit der Religion‹, sagten sie, aber sie hatten nur zum Teil recht. Es war die Religion, die es mit mir hatte, es war Gott selbst, der mich zu guter Letzt auch bekommen hat. Das war die aufregendste Zeit meines Lebens.

Die Worte sprangen mir von der Buchseite entgegen, ich verstand Dinge, die ich nie zuvor verstanden hatte. Ich brauchte nur einen beliebigen Vers zu nehmen, den ich in der Kirche einfach heruntergeplappert hatte, und plötzlich sah ich wunderbare und aufregende Dinge in ihm.

Ich ging zur Arbeit ins Sägewerk und nahm die Bibel mit. Dort saß ich dann auf der Toilette und las. Ich las, wenn ich in die Stadt ging, und war dabei so entrückt, daß ich manchmal in den Graben fiel, einfach wieder aufstand, die Seite umblätterte und weiterging.

Zwei unglaubliche Jahre lang hatte ich das Gefühl, als spräche Gott unaufhörlich zu mir. Gloria, Gloria, Gloria!« sagte der alte Prediger mit leuchtenden Augen.

»Eines Sonntagmorgens saß ich in dieser kleinen Kirche ungefähr drei Meilen die Straße hinunter; damals war Joshua Hoover der Pastor. Ich erinnere mich noch daran, wie ich da in der freundlichen kleinen Kirche saß und Pastor Hoover den Gang hinunterkam und weiß war wie ein Geist.

Er sagte: ›Absalom, Gott hat mich gebeten, dich heute die Messe halten zu lassen.‹

Ich wäre am liebsten tot vor seine Füße gesunken.

Er sagte: ›Ich weiß nichts davon, und es ängstigt mich, aber genau das hat der Herr mir aufgetragen.‹

Als ich aufstand, gaben meine Beine unter mir nach, und ich wäre am liebsten wie ein Mädchen in Ohnmacht gefallen.«

Lottie Miller lachte leise.

»Ich erinnerte mich an etwas, das Billy Sunday gesagt hatte. Er sagte, wenn du Milch und Honig auf deinem Brot haben willst, mußt du in das Land der Riesen gehen. Also stieg ich in die Kanzel, und ich betete, und die Gemeinde betete mit. Als nächstes hielt dann der Heilige Geist in dieser Kirche Einzug, und ich predigte das Wort Gottes. Es war wie ein Mühlrad, das sich immer weiter und weiter drehte, und wir alle machten uns daran, das Korn zu mahlen!«

»Göttliche Gnade!« sagte der Pfarrer verständnisvoll.

»Göttliche Gnade, mein Freund, wahrhaftig! Nichts auf Erden läßt sich mit dem Erscheinen des Geistes Gottes vergleichen, und mir ist er erschienen, vierundsechzig Jahre lang, immer wieder, bei schönem Wetter und bei schlechtem.«

»Hat es keine Dürrephasen gegeben?«

Der Prediger schob seinen Teller weg, und Lottie erhob sich, um den Tisch abzuräumen. Pfarrer Tim roch die Art

Kaffee, an die er sich noch vom Mississippi her erinnerte – stark und schwarz und auf dem Herd gebraut.

»Dürre ist nicht das richtige Wort, mein Bruder. Es gab eine Zeit, da ging ich unter wie ein Stein in einem Teich und sank bis auf den Grund. Zwei elende Jahre lag ich auf dem Grund dieses Teichs, und ich dachte, ich würde nie wieder das Licht des Tages in meiner Seele sehen.«

»Ich kann nicht behaupten, daß mein gegenwärtiges Leiden dem vergleichbar wäre. Aber auf merkwürdige Art und Weise scheint es mir fast noch schlimmer.«

»Was ist es denn?« erkundigte Absalom Greer sich mitfühlend.

»Wenn es darum geht, seine Schäfchen zu nähren, fürchte ich, sind meine Predigten ungefähr so nahrhaft wie Pappkarton.«

»Ruhen Sie sich aus?«

»Ausruhen?«

»Ausruhen. Manchmal nimmt uns die Notwendigkeit, nützlich zu sein, so mit, daß wir nutzlos werden. Ich frage Sie, was ein anderer Prediger einmal mich gefragt hat: Sind Sie zu erschöpft, um wegzulaufen, und zu verängstigt, um auszuruhen?«

Zu verängstigt, um auszuruhen! So hatte er das noch nie betrachtet. ›Wann in Gottes Namen machen Sie endlich mal Urlaub?‹ hatte Hoppy erst gestern wieder gefragt. Zu diesem Zeitpunkt hatte er die Wahrheit noch nicht gekannt, aber jetzt glaubte er, den Dingen auf den Grund gekommen zu sein, – ja tatsächlich, er war zu verängstigt, um sich auszuruhen.

Die Augen des alten Predigers waren so klar wie Edelsteine. »Mein Bruder, ich würde Ihnen dringend empfehlen, in dieser Angelegenheit das Herz Gottes zu suchen, denn es war seinerzeit genau dieses Gefühl, das mich auf den Grund des Teiches hat sinken lassen.«

Sie sahen einander mit ernstem Verstehen an. »Ich werde Ihrer Gebete bedürfen«, sagte Pfarrer Tim.

Als die beiden Männer sich ans Feuer setzten und die Newland-Hochzeit besprachen, zog Lottie Miller sich schüchtern einen Ohrensessel heran und gesellte sich zu ihnen. Sie saß mit gesenktem Blick da und vertiefte sich in die Strickarbeit auf ihrem Schoß.

»Miss Lottie«, sagte Pfarrer Tim, »das war eine der besten Mahlzeiten, die ich seit langem genossen habe. Ich danke Ihnen für die Schönheit und die Güte dieser Mahlzeit.«

»Wir danken Ihnen, daß Sie gekommen sind«, sagte sie mit offensichtlicher Anstrengung. »Absalom und ich haben nicht oft Gesellschaft beim Abendessen, und ich bin stolz darauf, daß mein Bruder einen gebildeten Mann zu Gast hat. Es ist ein Segen für ihn.«

Einen gebildeten Mann! dachte Pfarrer Tim. Dabei ist es Absalom Greer, der mir etwas beibringen kann!

»Nehmen Sie ein paar von unseren Äpfeln mit.« Lottie reichte ihm einen Korb mit Äpfeln, die wie Rome Beauties aussahen.

»Wenn Sie sie mögen«, sagte ihr Bruder, »geben wir Ihnen bei Ihrem nächsten Besuch ein ganzes Scheffel mit!«

»Ich danke Ihnen von Herzen. Wir haben in Mitford, wie Sie vielleicht wissen, selbst einen recht berühmten Obstgarten. Miss Sadie Baxter pflanzt die Früchte an, die wir mittlerweile als Baxter-Äpfel bezeichnen.«

Ein seltsamer Ausdruck strich über Lottie Millers Gesicht.

»Miss Sadie Baxter«, sagte Absalom leise. »Dieser bemerkenswerten Dame habe ich einmal einen Heiratsantrag gemacht.«

Schon wieder Regen! dachte er, als er den Teekessel aufsetzte. Aber jeder Tropfen, der fiel, enthielt das Versprechen eines neuen Blattes, einer neuen Blüte, eines neuen Grashalms im Frühling. Und was noch erfreulicher war, er würde dazu beitragen, Russell Jacks' Wunsch in Erfüllung gehen zu lassen, denn die Knospen, die sich im Rhododendron bildeten, waren so groß wie altmodische Weihnachtsbaumlichter.

Obwohl es ziemlich warm war, hatte er Feuer gemacht und sich überlegt, daß er und Dooley vielleicht im Arbeitszimmer zu Abend essen könnten. Aber als er in den Kühlschrank blickte, fand er wenig Inspirierendes darin.

»Reste!« sagte er, gerade als das Telefon klingelte.

»Hallo, Pfarrer Tim!« sagte seine Nachbarin. »Mir fiel gerade ein, daß Puny donnerstags nicht zu Ihnen kommt, und ich habe eine Bouillabaisse mit frischen Shrimps und Muscheln gemacht. Darf ich Ihnen einen Topf bringen?«

Vorsehung! dachte er. Und obendrein noch eine seiner Lieblingsspeisen. »Nun, hm ...«

»Oh, und Krabbenfleisch ist auch drin. Und ich verspreche, es ist kein bißchen angebrannt.«

Er lachte.

»Ich könnte schnell mal durch die Hecke springen«, sagte sie.

»Nein, kommt nicht in Frage. Ich werde Dooley bitten, zu Ihnen rüberzulaufen. Und ich habe hier zwei Zitronenpasteten, die Puny gestern gebacken hat. Ich werde Ihnen eine mitschicken.«

»Ich liebe Zitronenpasteten!« sagte sie.

»Natürlich würden wir uns auch sehr freuen, wenn Sie hier mit uns essen würden. Dooley wird seine Biologieaufgabe auf dem Fußboden des Arbeitszimmers erledigen – und wenn Ihnen ein bißchen Unordnung nichts ausmacht ...«

»Ha! Da sollten Sie mal die Unordnung hier sehen! Ich würde meine Unordnung gerne gegen Ihre tauschen!«

»Also gut, Fischeintopf und Zitronenpastete! Geben Sie uns eine Stunde Zeit, wenn Sie so freundlich sein wollen.«

»Und ob ich will! Ich freue mich schon darauf«, sagte sie.

Er konnte nicht umhin zu denken, daß seine Nachbarin

sich wie ein sehr junges Mädchen anhörte, das gerade zu einer Teeparty eingeladen worden war.

Während er sich rasierte, klingelte das Telefon.

Dooley tauchte in der Badezimmertür auf und reichte ihm den schnurlosen Apparat. »Es ist eine Frau«, sagte er und setzte sich auf den Toilettendeckel, um zu lauschen.

Pfarrer Tim hielt das Telefon von der Seifenschicht auf seinem Gesicht fern. »Hallo?«

»Hier ist Olivia.«

»Olivia! Ich habe viel an Sie gedacht.«

»Das habe ich gespürt. Ich habe Ihre Gebete ganz stark gespürt. Etwas Merkwürdiges scheint vorzugehen.«

»Ich bin ganz Ohr.« Und ganz Seifenschaum, dachte er, als er bemerkte, daß er eine erkleckliche Menge davon aufs Telefon geschmiert hatte.

»Ich habe das Gefühl, als würde die Angst vor einer möglichen Transplantation langsam von mir genommen, es ist so, als ... ja, irgendwie fällt die Angst nach und nach von mir ab. Sie wissen, ich habe über jede Möglichkeit gründlich nachgedacht, über jedes Risiko; ich habe meine Hausarbeiten gemacht – es scheint keinen Sinn zu geben, eine Transplantation in Erwägung zu ziehen, das hat schließlich sogar Leo eingesehen. Ich dachte, es wäre alles geregelt, aber jetzt ... und das ist das Merkwürdigste von allem, irgendwie fürchte ich mich wohl davor, die Furcht zu verlieren.«

»Furcht ist eine der tödlichsten Strategien des Feindes. Kämpfen Sie gegen diese Furcht an, Olivia.«

Dooley beobachtete ihn.

»Aber wie seltsam, daß ich anscheinend eine Art ... Gesinnungswechsel durchmache«, sagte sie.

»Haben Sie das auch demjenigen erzählt, der sich noch mehr als ich wünscht, diese Worte zu hören?«

»Nein«, sagte sie, »ich bin mir einfach noch nicht sicher genug, ich fühle mich so verwirrt. Wollen Sie für mich beten, daß ich die notwendige Klugheit für diese Entscheidung aufbringe? Ich möchte nicht sterben, Pater. Ich dachte, ich hätte mich damit abgefunden, aber das stimmt nicht. Es stimmt nicht!«

»Wissen Sie, ich finde es herrlich, wenn Sie so reden«, sagte er.

»Beten Sie für mich«, sagte sie, und die sanfte Heiterkeit ihrer Stimme berührte ihn.

»Sie kriegen aber 'ne Menge Anrufe von Frauen«, meinte Dooley verdrossen, als er das Telefon wieder entgegennahm. Dem Pfarrer fiel auf, daß der Wirbel des Jungen zu Berge stand.

»Mein Freund, ein Priester bekommt eine Menge Anrufe von allen möglichen Leuten. Es gibt sogar Zeiten, da würde ich am liebsten das Fenster aufmachen und das Telefon in den Garten werfen!«

»Ich könnte den Leuten ja sagen, Sie wären nicht da.«

»Das wäre aber eine Lüge, oder?«

»Denk' schon.«

»Da gibt's kein ›denk' schon‹, es wäre eine Lüge, und eine Lüge ist etwas Abscheuliches.«

»Warum?«

»Zum einen ist es mit dem Lügen wie mit dem Erdnüsseessen. Eine führt zur nächsten. Und im Handumdrehen hat man einen ganzen Beutel intus.«

Er spülte die Rasierklinge unter dem Wasserhahn ab. »Das Schlimmste ist, daß man zum Sklaven einer Sache wird, die nicht wirklich ist.«

»Wir haben in der Penne was über Sklaven gelesen. Ich möchte keiner sein.«

»Dann will ich noch einmal betonen, daß man durch Lügen zum Sklaven wird, denn wer auch immer eine Lüge über die Lippen bringt, macht sich zum Diener dieser Lüge. Ich hoffe, du wirst das in deinem Herzen bewegen, mein Sohn.« Er legte dem Jungen eine Hand auf die Schulter. »So, und jetzt würde ich sagen, wir beschäftigen uns etwas mit diesem Wirbel, bevor der Besuch kommt.«

Als Cynthia kam, trug sie ein Paar blauer Ofenhandschuhe, mit denen sie einen großen Kochtopf festhielt.

Sie stellte den Topf auf den Herd und gab Dooley das Buch, das sie sich unter den Arm geklemmt hatte. »Das ist für dich. Es ist mein neuestes Buch, und da kommt ein Junge mit roten Haaren drin vor.«

Dooley warf einen kurzen Blick auf den Buchdeckel. »Diese blöden Violet-Geschichten sind doch etwas für Babys«, sagte er gekränkt.

»Das sind sie ganz gewiß nicht! Sie sind für Leser bis zum Alter von zehn Jahren!«

»Ich bin elf«, sagte Dooley, »aber ich bin sehr reif für mein Alter.«

Hört, hört! dachte der Pfarrer.

»Okay, machen wir's so«, sagte Cynthia. »Du liest das Buch. Und wenn es dir nicht gefällt, brauchst du, solange du lebst, kein anderes Violet-Buch mehr zu lesen.«

»Dooley ist bekannt dafür, daß er sich seine Meinung bildet, bevor er die Tatsachen kennt.«

»Das verstehe ich vollkommen. Ich war Jahre und Jahre mit eben diesem Charakterzug geschlagen.«

»Kriegen wir heute abend 'ne heiße Schokolade?« wollte Dooley wissen.

»Kriegen wir, sobald du mit deiner Biologieaufgabe fertig bist. Doppelte Marshmallow-Ration für dich. Und während ich in der Küche bin, könntest du doch eben das Feuer für Miss Coppersmith schüren, oder?«

»Nenn mich Cynthia«, sagte sie zu Dooley.

»Wollen Sie mal unsere Eisenbahn sehen?« fragte Dooley.

»Oh, schrecklich gerne! Ich liebe Eisenbahnen.«

Ob es wohl irgend etwas gab, was seine Nachbarin nicht liebte? fragte er sich.

»Wonach riecht es hier?« fragte Dooley.

Pfarrer Tim nahm den Deckel von dem dampfenden Topf, und der Duft entstieg ihm wie eine köstliche Wolke. »Dies, mein Freund, ist eine Delikatesse der seltensten Art. Einfach ausgedrückt, Fischeintopf.«

»Pfui Spinne! Dieses Zeug eß ich nicht.«

»Gedankt sei Gott! Dann kriegen wir anderen mehr davon.«

»Du weißt nicht, was du verpaßt«, sagte ihre Nachbarin mit einer gewissen Schärfe. »Da sind Tintenfische drin.«

Dooley betrachtete den Topf mit einigem Schrecken.

»Ganz zu schweigen vom guten alten Kabeljau.«

»Kabeljau?«

»Und Fischaugen. Mmm. Köstlich! Mein Lieblingsessen! So zart.«

»Pfui Spinne! Würg!« sagte Dooley und entfloh ins Arbeitszimmer.

Cynthia lachte schelmisch. »Ich hoffe, Sie werden mir eine unschuldige Lüge verzeihen.«

»Hm«, sagte er grinsend, »aber nur dieses eine Mal.«

»Ich bin mit dem Buch schon halb durch«, sagte Dooley, der sein gebratenes Mortadellasandwich aufgegessen hatte und bereits an seiner Biologieaufgabe saß.

»Ich habe es gelesen, während Sie zwei in der Küche waren.«

»Und was hältst du davon?« fragte Cynthia.

»Cool.«

»Danke«, sagte sie, offensichtlich erfreut.

Sie hatten den Tisch vom Bücherregal an den Kamin geschoben und mit einem Damasttuch gedeckt, das zum Pfarrhaus gehört hatte. Dooley hatte eine grüne Weihnachtskerze angezündet und auf eine Untertasse gestellt, und die Wirkung war so festlich, daß sie sich mit der Zitronenpastete und dem Kaffee reichlich Zeit ließen.

»Ich muß noch einmal sagen, Ihre Bouillabaisse war einfach herausragend.«

»Freut mich, daß sie Ihnen geschmeckt hat.« Sie lächelte beinahe schüchtern.

»Bäh!« sagte Dooley.

»Ach, übrigens«, meinte seine Nachbarin, »wenn du

dieses Frühjahr irgendwelche Maulwürfe fängst, hätte ich gern einen davon.«

Der Gedanke war so schauerlich, daß Barnabas, der am Feuer lag, es irgendwie spürte und zu knurren begann. Ein toter Maulwurf! So eine merkwürdige und widerwärtige Bitte hatte er in seinem ganzen Leben noch nicht gehört.

»Ich muß gleich kotzen«, sagte Dooley und verschwand in die Küche.

»Sie denken wohl, Beatrix Potter hätte ihre Figuren aus dem Kopf gemalt oder nach einem flüchtigen Blick auf etwas, das mal über den Weg huschte?«

»Sie meinen, sie hat es nicht getan?«

»Natürlich nicht! Sie hatte lebendiges Anschauungsmaterial. Oder totes, je nachdem.«

»Sie sind bei weitem die ungewöhnlichste Person, die ich seit Jahren die Freude habe kennenzulernen.«

»Sehr freundlich von Ihnen, mich als ungewöhnlich zu bezeichnen. Man hat mich schon mit schlimmeren Adjektiven bedacht!«

Er lächelte. »Was Sie nicht sagen!«

»Seltsam ...«

»Nein!«

»Komisch ...«

»Bestimmt nicht.«

»Und sogar exzentrisch ...«

»Völlig unzutreffend!«

Sie seufzte.

»Es gibt wohl Leute«, sagte er, »die mich auch als merkwürdig bezeichnen würden. Ich hatte fast acht Jahre lang kein Auto und habe einen streunenden Hund aufgenommen, der sich nur durch die Rezitation der Bibel in Schach halten läßt.«

»Wie sehr ich doch wünschte, daß wir alle uns auf diese Weise in Schach halten ließen.«

Na bitte, dachte er. Was für eine großartige Bemerkung.

»Wie sind Sie eigentlich zum Malen gekommen?«

»Meine Mutter war Malerin, und mein Vater hat

gemalt. Und ich war ein Einzelkind. Sie haben mir das Sehen beigebracht. Ja, ich denke, so läßt sich das am besten ausdrücken. Ich habe nicht nur ein Gemälde oder ein Bild angesehen, ich habe jede einzelne Facette davon betrachtet. Und eine winzige Blume, die die meisten Menschen achtlos zertrampeln, nun – wir pflegten sie uns sehr genau anzusehen und haben dabei oft unerhörte Dinge entdeckt.«

»›Die Welt in einem Sandkorn zu sehen und den Himmel in einer wilden Blume‹«, zitierte er Blake.

»›Halte die Unendlichkeit in deiner Hand fest und die Ewigkeit in einer Stunde‹«, erwiderte sie.

»Schon allein für diese Bemerkung verdienen Sie einen Maulwurf. Ich kann mich zwar nicht zu irgendwelchen Versprechungen durchringen, aber ich werde sehen, was sich machen läßt.«

Sie lachte. »Ich habe gelernt, mich auf keine anderen Versprechungen zu verlassen als auf die Gottes.«

»Das ist etwas, was man gewöhnlich auf die harte Tour lernt.«

»Es war hart, ja. Ich war viele Jahre mit einem Mann verheiratet, der … zu einer wichtigen Gestalt des öffentlichen Lebens wurde. Es gibt möglicherweise keinen Menschen auf Erden, der sich so wenig zu dieser Art von Leben eignet wie ich. So etwas führt zu einer schrecklichen Spaltung in einer Ehe. Außerdem wollte er unbedingt Kinder, und ich konnte ihm keine geben. Irgendwann erfuhr ich, daß er wenigstens drei hatte, alle von verschiedenen Frauen.«

Ihre Augen, die ihm immer so leuchtend blau erschienen, wirkten plötzlich grau.

Der Tod seiner Mutter war der schärfste Schmerz in seiner Erinnerung, und sein Konflikt mit seinem Vater ließ ihm auf Dauer einfach keine Ruhe. Und doch hatte er das Gefühl, daß er, verglichen mit dem Kummer und dem Herzeleid, das andere ihm enthüllten, eine nahezu idyllische Existenz führte.

»Ich muß Ihnen sagen«, fuhr sie fort, »daß ich mir nie

erträumt hätte, jetzt hier zu sitzen – lebendig. Und glücklicher, als ich es je war oder je zu sein mir erhofft habe. Ich habe Erfolg mit meiner Arbeit, mein eigenes Haus, keine Hypotheken und einen großzügigen Nachbarn, der alles nur Erdenkliche tut, um mir das Gefühl zu geben, willkommen zu sein.«

»Ich muß etwas gestehen.«

»Und was wäre das?«

»Ich habe keineswegs alles Erdenkliche getan.«

»Ach, verflixt!« sagte sie lachend. »Und dabei hatte ich das so gehofft!« Ihre Augen waren wieder blau. »Aber wie steht es mit Ihnen? Haben Sie je unter einem gebrochenen Herzen gelitten?«

Eines mußte er seiner Nachbarin lassen. Sie erwischte einen, wenn man es am wenigsten erwartete. Obwohl mehrere Leute ihn gefragt hatten, ob er je verliebt gewesen sei, hatte sich doch nie jemand direkt nach seinem Herzen erkundigt.

»Dooley«, rief er in die Küche, ohne den Blick von Cynthia abzuwenden, »wäre es nicht langsam Zeit für die heiße Schokolade?«

Er machte heiße Schokolade mit Milch, stellte drei Becher auf ein Tablett und ging zurück ins Arbeitszimmer, wo er seine Nachbarin fand, die neben Dooley auf allen vieren lag und darauf wartete, daß der Zug durch den Tunnel kam.

Regen klatschte aufs Dach, der Junge sah glücklich und zuversichtlich aus, sein Haus war voller Lachen, und als er das Tablett auf den Tisch stellte, gab das Feuer ein einladendes Prasseln von sich.

Es entging ihm nicht, daß sich all dies zusammentat, um ihm ein Gefühl unaussprechlicher Freude zu schenken.

Ein neu aufgestellter Laufplan hatte seine Energie angestachelt. Er hatte seine Fastenzeithomilien fertig, und Dooley Barlowe hatte ›danke‹ gesagt – und das gleich viermal.

Evie Adams' Mutter hatte aufgehört, die nasse Wäsche in den Ofen zu legen. Und der Bauausschuß für das Pflegeheim hatte einen Architekten ausgesucht. Welche Rolle spielte es da schon, daß die Glocken wieder nicht pünktlich kamen, wo so viele andere Dinge sich wunderbar fügten?

Am Sonntagmorgen sah er, als er mit Dooley zur Acht-Uhr-Messe aufbrach, wie seine Nachbarin mit energischen Schritten den Gehsteig entlangging. Sie trug einen kleinen Hut und ein marineblaues Kostüm und sah, wie er fand, einfach prachtvoll aus.

»Guten Morgen!« rief er.

»Ihnen auch! Hallo, Dooley! Du siehst klasse aus mit Hosenträgern! Ich dachte, ich schau mal in Ihrer Frühmesse vorbei und finde raus, was bei den Episkopalen los ist, bevor ich zu den Presbyteriern gehe.«

»Wir freuen uns schrecklich über Ihren Besuch.«

»Danke! Es ist so ein schöner Morgen, da dachte ich, ich stehe etwas früher auf und genieße die Ruhe.«

Als sie das sagte, mußte er aus einem unerfindlichen Grund an ihren wohlgeformten Beinen hinabsehen, die ihre Füße in sein Blickfeld rückten.

Als sie den Ausdruck ehrlichen Erstaunens auf seinem Gesicht sah, blickte sie ebenfalls an sich herunter. Sie trug immer noch ihre Hauspantoffeln aus Frottee mit den aufgestickten Veilchen.

»O nein«, rief sie kläglich. Dann drehte sie sich ohne ein weiteres Wort um und floh in ihr kleines Haus.

»Das war aber komisch«, meinte Dooley.

Obwohl ihm schon der Gedanke verhaßt war, konnte er doch vollkommen verstehen, warum sie niemals die Frau eines Senators hätte sein sollen.

»Sapperlot!« sagte Emma bei dem Versuch, die Spenden des ersten Quartals zusammenzuzählen. »Wir haben nicht hundertund*achtzig*tausend eingenommen! Es waren nur *achtzehn*tausend!

»Dezimalzahlen können ganz schön vertrackt sein«, meinte er. »Aber angesichts der Rezession ist das Ergebnis gar nicht so schlecht.«

»Welcher Rezession?«

»Ich weiß, Sie hatten alle Hände voll mit Ihren Hochzeitsplänen zu tun, aber wollen Sie sagen, Sie wüßten nicht, daß wir in einer Rezession stecken?«

»Ich weiß nur, daß die bei der Post solche Sparmaßnahmen getroffen haben, daß Harold sich sein eigenes Toilettenpapier zur Arbeit mitnehmen muß.«

»Nein!«

»O doch! Können Sie sich das vorstellen? Und dabei sind die Briefmarken schon wieder teurer geworden!«

Das Telefon klingelte, und Emma hörte der Anruferin geduldig zu, bevor sie Pfarrer Tim den Hörer reichte. »Evie Adams«, flüsterte sie.

»Hallo, Evie. Wie geht's Ihnen?«

Das, dachte Emma, ist keine gute Frage, jedenfalls nicht bei Evie Adams.

»Ist das wahr? Was Sie nicht sagen! Aha. Ich verstehe. Das tut mir leid. Nun, dann … ich komme gleich nach dem Mittagessen vorbei. Ja, natürlich, ich werde für Sie beten.«

Er legte auf und schüttelte den Kopf. »Letzte Woche hat Miss Patty mit einem Regenschirm in der Badewanne gesessen.«

»Nein!«

»Nun ja, es kamen tatsächlich ein paar Tropfen aus dem Duschkopf.«

»Das ist immerhin eine Erklärung«, sagte Emma.

»Und bei Evies Bridge-Mittagessen gestern hat Miss Patty Evies rote Pumps zur Vase umfunktioniert und sie mit Osterglocken gefüllt.«

»Das klingt irgendwie nett. Ich hätt' nichts dagegen, das mal auszuprobieren.«

»Hm, wir werden ja sehen, was Ihr frischgebackener Ehemann dazu sagen würde.«

»Mein frischgebackener Ehemann!« sagte Emma geradezu verzückt. »Wissen Sie was? Gestern abend hat er mich gebeten, im Rathaus zu heiraten; diese große Hochzeit jagt ihm solche Angst ein. Dottie hat ihm aber klar gemacht, daß ich dieses rote Kostüm mit den schwarzen Aufsätzen unmöglich in einem Rathaus tragen könnte. Und wie wir an diesem Kleid geschuftet haben!«

»Kann ich mir vorstellen.«

»Ich habe am Sonntag Ihre Nachbarin aus der Frühmesse kommen sehen.«

»Ach, ja?«

»Und nach der Elf-Uhr-Messe habe ich Hoppy Harper mit Olivia Davenport wegfahren sehen.«

»Nein, wirklich?«

»Muß sie immer noch sterben?«

»Einstweilen lebt sie immer noch. Was mehr ist, als ich von den meisten Menschen behaupten kann.«

»Sie müssen deswegen nicht gleich so schroff werden«, erwiderte sie.

Er öffnete einen Brief, mit dem eines seiner Gemeindemitglieder ihm Fotos von seinem jüngsten Enkelkind schickte. Erstaunlich! Das Kind sah genauso aus wie Dick Satterfield mit einem Häkelhut.

»Wissen Sie, was Sie tun sollten?« fragte Emma plötzlich.

»Keine Ahnung.«

»Sie sollten zusehen, daß Sie mehr raus kommen. Fahren Sie mit Dooley ins Kino nach Wesley. Jungen in diesem Alter mögen Kinofilme.«

Er versenkte sich wieder in die Lektüre des Briefes, der bei den Fotos gelegen hatte.

»Oder«, sagte sie und blickte ihn über den Rand ihrer Brille an, »laden Sie Ihre Nachbarin ein.«

Er drehte seinen Drehstuhl so, daß er das Bücherregal ansah.

»Harold und Dottie und ich haben neulich abends

einen tollen Film gesehen. Das, äh, irgendwas, irgendwas, wie war noch gleich der Titel? Sie wissen schon, jeder redet davon.«

»Nein, wirklich?«

»Sapperlot! Ich kann tun, was ich will, der Titel fällt mir einfach nicht ein. Sie wissen bestimmt, was ich meine. Das Irgendwas, irgendwas. Irgendwas.«

»Wer spielt denn mit?« erkundigte er sich mit mäßigem Interesse.

»Oh, ah, wie heißt er noch? Sie wissen schon.«

Er wußte es nicht und wollte es auch nicht wissen.

»Fällt es Ihnen denn nicht ein?« fragte sie. »Es war dauernd im Fernsehen; es hieß, der Film würde in ein Kino ganz in der Nähe kommen.« Sie runzelte die Stirn. »Ich glaub', es fängt mit einem B an. Das Irgendwas, Irgendwas. B-irgendwas.«

»Aha.«

»Das macht mich noch verrückt. Kennen Sie diese Vorschauen nicht, die ständig im Fernsehen waren – da ist diese Frau mit dem langen schwarzen Haar, 'n bißchen wie Loretta Young, und dieser Mann, der aussieht wie Caesar Romero, aber der ist es nicht. Sie wissen bestimmt, wen ich meine, ziemlich groß irgendwie.«

Lieber Gott, dachte Pfarrer Tim, als du Emma Garrett erschaffen hast, ist dir wohl die Gußform entzweigegangen.

»Na, jedenfalls«, sagte sie, »Sie sollten hinfahren und ihn sich ansehen. Er läuft drüben in Wesley, im Avon. Das ist dieses neue Kino auf dem Farmer's Market. Sie wissen schon. Sie müssen da irgendwo abbiegen, ich weiß nicht mehr genau, ob nach links oder rechts, und dann kommt da vielleicht an der Ecke ein Kleiderladen.

O nein, ich glaube, es war ein Waschsalon. Na, egal, Sie können da aber nicht wenden, daher würde ich bis zur Post fahren und dann auf deren Parkplatz wenden – so macht es Harold immer.

Ich glaube jedenfalls, daß es die Post ist – könnte auch die Bibliothek sein – und dann noch ein oder zwei Häuserblocks weiter, und schon sind Sie da. Kann man gar nicht verfehlen.«

Er schlief immer noch nicht gut. Neuerdings fiel ihm nicht nur das Einschlafen schwer, er hatte auch Probleme durchzuschlafen. In den nächtlichen Wachstunden mußte er immer wieder an Andrew Gregory denken und an die hohlen Tischbeine, die Rodney erwähnt hatte, und an den Zeitungsausschnitt, den er im ›Oxford‹ gesehen hatte.

Zu seiner Erleichterung stellte er fest, daß er sich nicht vorstellen konnte, daß Andrew mit gestohlenen Gütern, seien es Juwelen oder andere Dinge, handelte. Andrew Gregory, der in die Kirche einbrach und Juwelen in einem Schrank versteckte, von dessen Existenz er höchstwahrscheinlich gar nichts wußte? Andrew Gregory, der in seinen schönen Anzügen und Kaschmirjacken wie ein gewöhnlicher Dieb durch die Dunkelheit stolperte? Nein. Unmöglich. Niemals! Andrew Gregory konnte, Gott sei's gedankt, nichts damit zu tun haben.

Nach solchen Überlegungen, die ihm wieder und wieder durch den Sinn gingen, schlief er dann langsam ein, nur um kurze Zeit später mit neuen Sorgen aufzuwachen.

Die gestohlenen Juwelen, von denen in dem Zeitungsausschnitt die Rede war, hatten in Ketten und anderen Schmuckstücken gesteckt, aber hätte man diese Edelsteine nicht aus ihren Fassungen herausnehmen können, damit niemand sie mit dem Museumsdiebstahl in Verbindung brachte? Und könnte es sein, daß jemand eben jene Edelsteine in das Bein eines englischen Bauerntisches hineingegeben und an Andrew geschickt hat? Mit einem dieser riesigen Container, die zweimal im Jahr bei ihm eintrafen? Und wenn die Behörden die Diebstähle mit Antiquitätenhändlern in Verbindung gebracht hätten, hätte er sie sich nicht sofort vom Hals geschafft? Und vielleicht in einer Kirche versteckt, wo sie niemals jemand suchen würde?

Denn Gott ist nicht ein Gott der Unordnung, sondern des Friedens, rief er es sich ein weiteres Mal ins Gedächtnis, so wie Paulus es seinerzeit den Korinthern ins Gedächtnis gerufen hatte. Die Unordnung in seinen Gedanken war gottlos, diese Nachstunde war gottlos, und Barnabas hatte in letzter Zeit begonnen, abwechselnd im Baß und im Bariton zu schnarchen.

Dann schlummerte er wieder ein, nur um kurze Zeit später erneut aufzuwachen und auf die Uhr zu blicken. Andrew Gregory, der Inbegriff der Großzügigkeit, ein Liebhaber seltener Bücher von Wordsworth. Um Himmels willen! Nein, nicht Andrew. Niemals.

Am Samstag schaltete er, kurz nachdem Dooley fürs Wochenende nach Meadowgate gefahren war, das Telefon aus und legte sich auf das Sofa im Arbeitszimmer, wo er zugedeckt mit der Häkeldecke, die Winnie ihm zu Weihnachten geschenkt hatte, zehn Stunden lang schlief. Als ihn schließlich das Bellen in der Garage weckte, stellte er zu seiner Verblüffung fest, daß es Nacht war.

Nachdem er Barnabas zur Hecke geführt und ihm zu fressen gegeben hatte, legte er sich erschöpft wieder ins Arbeitszimmer und wartete auf die Elf-Uhr-Nachrichten.

Er hätte heute Russell Jacks besuchen sollen, hätte nach Olivia sehen, Barnabas baden und die Garage aufräumen müssen. Außerdem mußte sein Auto gestaubsaugt werden, seine Schuhe geputzt und die Zeitungen für die Altpapiersammlung zusammengebunden werden. Wie merkwürdig, dachte er, einen ganzen Tag verschlafen zu haben. So etwas hatte er, soweit er sich erinnern konnte, noch nie zuvor getan. Er fühlte sich seltsam desorientiert und auch ein wenig schuldbewußt, und einen Augenblick lang konnte er sich nicht einmal auf den springenden Punkt seiner morgigen Predigt besinnen.

Um Viertel nach elf klingelte das Telefon.

»Pfarrer Tim«, sagte Hoppy Harper, »Olivia ist in Schwierigkeiten.«

In Olivias Haus an der Fliederstraße öffnete Hoppy ihm die Tür. »Das wird Ihnen nicht gefallen«, sagte er.

»Was wird mir nicht gefallen?«

»Die Art, wie sie aussieht. Sie werden …«

»Erschrecken?«

»Sehr wahrscheinlich.«

»Das wäre nicht das erste Mal, daß mich etwas erschreckt, mein Freund.«

Hoppy fuhr sich mit den Fingern durch sein zerzaustes Haar. »Ich habe mit Leo Baldwin gesprochen. Letzte Woche habe ich ein höllisches Risiko auf mich genommen und sie auf eigene Faust auf die nationale Warteliste gesetzt. Sie weiß immer noch nichts davon.«

»Gut! Genau im richtigen Augenblick«, sagte er und sah seinen Freund an, der seinen Blick gequält erwiderte. Als sie zusammen den Flur hinuntergingen, legte er Hoppy eine Hand auf die Schulter. »Was wir auch tun, wir dürfen nicht vergessen, wer hier das Sagen hat.« Olivias Haushälterin, Mrs. Kershaw, stand vor der Schlafzimmertür, wischte sich mit einem Taschentuch die geröteten Augen und schneuzte sich lautstark.

Als sie in Olivias Schlafzimmer traten, sah er nur einen großen, hohen Raum mit Wänden in sanften Farben und einem dicken Teppich. Seidenvorhänge, die an der Decke begannen, ergossen sich bis auf den Boden. Hier und da brannten Lampen und schufen Teiche warmen Lichts. Selbst in Anbetracht der Umstände spürte er, daß er in einen Hort der Ruhe und des Friedens eingetreten war.

»Hallo … Pfarrer«, sagte eine Stimme atemlos. Er drehte sich um und sah Olivia, die in einem seidenen Morgenrock auf einem Stuhl daß. Sofort traten ihm die Tränen in die Augen, und er war dankbar für das trübe Licht. Trotz all seiner priesterlichen Erfahrungen mit Leid und Schrecken hatte ihn nichts auf das hier vorbereitet.

»Pater …«, sagte sie und hob kaum merklich die Hand. Sie war so aufgedunsen, daß er sie kaum erkannt hatte. Ihre Alabasterhaut, die immer einen so atemberaubenden Hintergrund für ihre violetten Augen abgab, hatte eine erschreckende Gelbtönung angenommen. Er mußte sich jede anerzogene Strategie seines Berufsstandes ins Gedächtnis rufen, um einigermaßen gefaßt zu wirken.

»Olivia«, sagte er einfach und nahm ihre Hand. Er erkannte seine eigene Stimme nicht.

»Schock ...ierend«, sagte sie und mußte nach Luft schnappen, um dieses eine Wort herauszubringen.

Er blickte auf ihre Füße, die auf einem Hocker ruhten. Sie waren mehr als zweimal so groß wie gewöhnlich. Er konnte nicht umhin zu denken, daß die Hauspantoffeln neben dem Hocker unsinnig klein aussahen.

»Blutstauung«, sagte Hoppy. »Das Blut staut sich um ihr Herz herum und vergrößert die Leber. Ich werde sie für ein paar Wochen auf die Intensivstation einweisen und ihr Infusionen geben, um die Flüssigkeit wieder in Bewegung zu bringen. Mrs. Kershaw, haben Sie ihre Sachen gepackt?«

Mrs. Kershaw weinte jetzt unverhohlen und ohne die Förmlichkeit eines Taschentuchs. Sie ergriff den blauen Koffer, der in der Schlafzimmertür stand, und trug ihn in die Diele.

Olivias verzweifeltes Ringen um Atem produzierte das qualvollste Geräusch, das Pfarrer Tim seit der grausamen Krankheit seiner Mutter gehört hatte.

Er ließ sich vor ihren Füßen auf die Knie nieder, nahm ihre Hände in seine und begann zu beten.

»Socken«, sagte Hoppy. »Haben Sie Socken, die sie anziehen könnte?«

»Socken?« fragte Mrs. Kershaw würdevoll zurück. »Miss Olivia trägt keine Socken!« Sie hüllte die Füße ihrer Herrin liebevoll in Schals und nahm zum Schutz gegen die Nachtluft einen dunklen Nerzmantel aus dem Schrank.

Hoppy bückte sich und legte einen Arm um Olivias Schultern und den anderen unter ihre Knie. Dann hob er sie ganz vorsichtig vom Stuhl auf. »Sie könnte sich wegen der Atemnot im Krankenwagen sowieso nicht hinlegen, und die können nichts für sie tun. Wir bringen sie in meinem Wagen hin.«

Es war genau zwölf Uhr Mitternacht, als die Türen zur Notaufnahme aufschwangen und Hoppy seine Patientin hineinbrachte.

Der Arzt ging schnell durch den Flur und trug eine in Schals und Pelz gehüllte Frau auf den Armen, deren dunkles, offenes Haar sich wie ein Cape über seinem Arm ausbreitete.

»Sofort an den Tropf«, sagte er zu einer Krankenschwester, die mit einer Trage auf sie zukam; »Sauerstoff. EKG. Alles, was dazugehört.«

Als er sie auf die Trage legte und ihr ein Kissen unter den Kopf schob, sah Olivia den Pfarrer an. Sie kämpfte wie ein gestrandeter Fisch um Luft. »Philip …per vier …dreizehn … um Himmels willen«, sagte sie und lächelte.

»Schließt sie an«, sagte der Arzt.

»Wie konnte sie nur … in so einen Zustand geraten?« fragte der Pfarrer, als sie draußen vor Olivias Zimmer auf der Intensivstation standen. »Ich wußte, daß sie sich in letzter Zeit nicht besonders gut fühlte, aber sie versicherte mir, es sei nichts Beunruhigendes. Ich habe sie noch vor ein paar Tagen gesehen.«

»Die Krankheit bricht ohne Vorwarnung aus, und Olivia konnte sich der Tatsache nicht stellen, daß es wieder einmal soweit war. Sie war mehrere Monate recht gut dran, und sie hat sich gestattet … das Unglaubliche zu glauben. Als der Rückfall kam, hat sie zu lange gezögert. Mrs. Kershaw hatte strikte Anweisung, mich nicht anzurufen.«

»Was jetzt?«

»Das weiß nur Gott allein. Sie könnte jederzeit blockieren.«

»Was genau bedeutet das?«

»Sie könnte sterben.« Hoppy schnippte mit den Fingern. »Einfach so.«

»Ich verstehe.«

»Beten Sie für mich, wenn ich ihr sage, daß ich sie auf die Liste gesetzt habe.«

»Das Gebet ist vielleicht schon erhört worden. Sie hat es selbst schon in Erwägung gezogen, wollte Ihnen aber nichts davon sagen, bevor sie nicht eine endgültige Entscheidung getroffen hatte. Aber wie geht es jetzt weiter?«

»Ich werde sie mindestens ein paar Wochen dabehalten, dann kann sie zurück nach Hause ... wenn alles gutgeht.«

»Es wird gutgehen«, sagte Pfarrer Tim mit ungewöhnlicher Überzeugung.

Hoppy nahm seine Brille ab und rieb sich die Augen. »Sie müssen wissen, daß ein Drittel der Patienten auf der Warteliste während der Wartezeit sterben.«

»Das bedeutet«, erwiderte der Pfarrer gelassen, »daß zwei Drittel die Wartezeit überleben.«

Hoppy sah ihn lange an. »Sie sind ein verdammt anständiger Kerl«, sagte er.

Als er um zwei Uhr morgens, nachdem er noch bei Russell Jacks vorbeigeschaut hatte, nach Hause kam, ging er eilig in Dooleys Zimmer, um sich zu vergewissern, daß der Junge auch wirklich schlief, erinnerte sich dann aber daran, daß Dooley in Meadowgate war.

Anschließend saß er noch eine halbe Stunde lang wie betäubt auf seinem Bett, bevor er sich endlich auszog, den Wecker gewissenhaft auf fünf Uhr stellte und sich hinlegte.

Er war überrascht und entsetzt, daß er etwas tat, was er seit seiner Kindheit nicht mehr getan hatte.

Er weinte sich in den Schlaf.

Kapitel 15

Die schönste Predigt

Am Sonntagmorgen machte er Eintragungen in das Ringbuch, das für die Gebete der Kirchenbesucher bereitlag. Unter die Gebete für die Kranken schrieb er die Namen von Olivia Davenport und Russell Jacks. Dann fügte er noch Miss Sadie hinzu, die einen rauhen Hals hatte, Rebecca Jane, die unter Koliken litt, Harold Newland, der sich an einer Säge die Hand verletzt hatte, den Baptistenkindergarten, der von einer Masernepidemie heimgesucht wurde, und Dooley Barlowe, der am Morgen mit Fieber aus Meadowgate zurückgekehrt war.

Lieber Gott, betete er um sieben Uhr auf dem Weg zur Kirche, sorge dafür, daß der Junge im Bett bleibt und keine Dummheiten macht.

Während er für gewöhnlich seinen Blick auf Miss Sadies Gemälde im hinteren Teil des Mittelschiffs richtete, gestattete er es sich heute, kurz seine Gemeinde zu betrachten. Hal, dessen Pfeife aus der Jackentasche hervorlugte. Emma in einem Leopardenfellhut. Louella mit Esther Bolick. Und tatsächlich, da auf der Evangelienseite saß auch seine Nachbarin; sie wirkte glücklich und erwartungsvoll.

Als er vor der Predigt das Gebet sprach, hörte er ein scharfes, kratzendes Geräusch irgendwo hinter sich in der Sakristei. Als er mit dem Gebet fertig war, sah er, daß die ganze Gemeinde mit offenem Mund und erstauntem Gesicht dasaß und zur Decke aufschaute.

Vielleicht war es der Schlafmangel, der einen solchen Sturm der Gefühle auslöste, jedenfalls drehte er sich mit hämmerndem Herzen um und sah, daß die Dachbodentreppe heruntergelassen worden war und daß jemand mit nackten Füßen die Stufen hinunterstieg.

Er hörte, wie ein Raunen durch die Gemeinde ging, ein allgemeines Aufkeuchen. Als der Mann unten angekommen war, trat er neben den Altar und blickte auf die Gemeinde herab.

Er war groß und sehr dünn, mit einem rötlichen Bart und schulterlangem Haar. Seine Kleider fielen locker an ihm hinab, als wären sie für einen anderen gekauft worden.

Und doch war das eigentlich Bemerkenswerte an dem Zwischenfall, wie der Pfarrer später meinte, nicht das plötzliche Auftauchen des Mannes selbst, sondern das unverkennbare Leuchten seines Gesichtes.

Hal Owen stand wie erstarrt neben seiner Bankreihe auf der Epistelseite.

»Ich muß Ihnen allen ein Geständnis machen«, sagte der fremde Mann zu der Gemeinde, und seine Stimme war so klar, daß sie schwerelos dem Dachgewölk entgegenzutreiben schien. Er sah den Pfarrer an: »Wenn Sie gestatten.« Als Hal Owen zur Kanzel aufblickte, hob Tim die Hand. Laßt ihn sprechen, bedeutete diese Geste.

Der Mann trat vor das Altargitter und blieb auf der Treppe stehen. »Mein Name«, sagte er, »ist George Gaynor. Während der vergangenen Monate war Ihre Kirche mein Zuhause – und mein Gefängnis. Ich habe hinter der Totenglocke auf Ihrem Speicher gewohnt.«

Im Mittelschiff herrschte absolute Stille.

»Dieser Umstand ist ein Symbol für das Leben, das ich bisher geführt habe, denn es war in der Tat … ein Leben des Todes.

Als Kind habe ich eine Kirche wie diese besucht. Eine Episkopalkirche in Vermont, wo mein Onkel Pfarrer war. Ich habe sogar selbst daran gedacht, Priester zu werden, bis ich erfuhr, daß die Bezahlung lausig ist. Und, sehen Sie, Geld war mir sehr wichtig; auch meinem Vater und meiner Mutter war Geld sehr wichtig.

Wir gaben der Kirche eine Menge davon ab. Wir ließen einen Flügel anbauen, wir haben ein Dach gespendet, wir haben dem Pfarrer einen Cadillac geschenkt.

Es dauerte eine Weile, bis ich herausfand, was mein Onkel und mein Vater da trieben. Mein Vater gab der Kirche viele tausend Dollar und ließ sich Spendenquittungen dafür geben; mein Onkel behielt eine gewisse Provision ein und überwies den Rest auf das Schweizer Bankkonto meines Vaters. Sechshunderttausend Dollar flossen durch den Opferstock in die Soutane meines Onkels.

Als ich zwölf war, begann ich die Familientradition fortzuführen.

Das erste, was ich stahl, war ein Skateboard. Später stahl ich ein Auto, und ich hatte keine Gewissensbisse. Mein Vater kannte jeden, angefangen vom Polizeichef bis zum Gouverneur. Ich war abgesichert von oben bis unten.

Ich ging auf die Universität und machte meine Sache ziemlich gut. Für mich war der Erwerb von Wissen wie der Erwerb von Geld, von irgendwelchen Dingen. Das Wissen machte mich stark, es gab mir Macht. Ich machte meinen Doktor in Wirtschaftswissenschaften, und als ich dreiunddreißig war, hatte ich eine Stelle an einem der besten Colleges im Land.

Dann stürzte ein Flugzeug ab, in dem ich saß. Es war ein kleines Flugzeug, das einem Freund gehörte. Ich lag in den Trümmern; der Pilot starb auf der Stelle, und mein Vater und meine Mutter starben Stunden später. Ich saß bei Temperaturen unter null drei Tage lang im Cockpit und konnte mich nicht rühren.«

George Gaynor hielt inne und räusperte sich. Es verstrich eine ganze Weile, bevor er weitersprach.

»Beide Beine waren gebrochen, ich hatte eine Schädelfraktur, und das Funkgerät war zerstört. Vielleicht können Sie erraten, was ich getan habe – ich habe ein Abkommen mit Gott getroffen.

Hol mich hier raus, sagte ich, und ich bringe meine Angelegenheiten in Ordnung, ich werde wiedergutmachen, was mein Vater, mein Onkel, wir alle getan haben.

Letzten Sommer hatte ein Freund von mir, ein Antiquitätenhändler, zuviel getrunken. Er nahm mich in sein Lagerhaus mit und zog einen Tisch aus dem 18. Jahrhundert aus einer Ecke heraus. Dann schraubte er eins der Beine ab.«

Pater Tims Herz hämmerte dumpf. Er konnte es in seinen Schläfen schlagen spüren.

»Was er aus dem Tischbein herauszog, waren seltene Edelsteine im Wert von zweieinhalb Millionen Dollar, Juwelen, die aus einem Museum in England, in den Berkshires, gestohlen worden waren.

Ich war gerade nach einer zweijährigen Ehe geschieden worden, und an das Abkommen, das ich im Cockpit dieser Cessna mit Gott getroffen hatte, dachte ich längst nicht mehr.

Was ich sagen will, ist, daß mich nichts mehr interessierte.«

George Gaynor setzte sich auf die oberste Stufe der Treppe, die zum Kommunionsgitter führte. Er hätte geradesogut zu Hause mit ein paar vertrauten Freunden reden können.

»Ich stellte fest, daß mich diese Juwelen sogar sehr interessierten. Ich war plötzlich besessen von dem Gedanken, sie an mich zu bringen, diese und noch viel mehr.

Die britischen Behörden hatten Wind davon bekommen, daß die Juwelen in Antiquitätenlieferungen aus England weggeschafft wurden, und weil das FBI mißtrauisch geworden war, konnte mein Freund die Steine auch nicht an irgendwelche Hehler verkaufen.

Eines Nachts schüttete ich eine Neunzig-Dollar-Flasche Cognac in ihn rein. Er erzählte mir, daß er die Juwelen in einem seiner Oldtimer versteckt habe. Ich stahl seine Schlüssel und ging mit einem Schraubenzieher zu seinem Lagerhaus. Dort legte ich mich unter einen 1937er Packard, schraubte die Ölwanne ab und nahm die Juwelen in einer Tasche mit nach Hause.

Ich packte ein paar Sachen zusammen, dann ging ich raus auf die Straße und stahl einen Wagen. Ich wechselte das Nummernschild aus und fuhr los. Richtung Süden.«

Er hielt inne und blickte zu Boden. Er blickte ziemlich lange zu Boden. In einer der hinteren Reihen begann ein Kind zu wimmern.

Schließlich stand er, die Hände in die Tasche in der weiten braunen Hose versenkt, wieder auf. »Ich hatte seit Jahren nicht mehr mit Gott geredet. Um die Wahrheit zu sagen, ich hatte nur ein einziges Mal in meinem Leben überhaupt wirklich mit Gott geredet. Und trotzdem erinnerte ich mich an ein paar Stellen aus dem Gebetsbuch.

›Dankt dem Herrn, der all unsere Sünden verzeiht. Seine Gnade währet ewiglich.‹ Unterwegs gingen mir plötzlich diese Worte durch den Sinn. Ich fuhr an einer Parkbucht von der Straße ab, legte den Kopf aufs Steuerrad und betete um Gnade und Vergebung.

Ich würde Ihnen gern erzählen, daß mich da ein großer Friede überkam, aber so war es nicht. Ich habe den Wagen wieder angelassen und bin weitergefahren.

Ich hatte keinen Frieden, aber ich hatte ein Ziel. Ich hatte plötzlich das Gefühl zu wissen, wo ich hinfahren müsse, ganz so, als hinge ich an einer Angelrute, und jemand am anderen Ende zöge mich zu sich heran.

Ich hielt an und kaufte mir eine Kiste Konservendosen und Kräcker ... Schokoriegel und Dörrfleisch, damit ich nicht so oft zum Essen anhalten und das Risiko eingehen mußte, gesehen zu werden.

Eines Morgens, so gegen zwei, kam ich auf den Blue Ridge Parkway und blieb auf dieser Straße, bis ich ein Abfahrtsschild nach Mitford sah. Ich nahm die Ausfahrt, fuhr die Hauptstraße hinauf und fand diese Kirche.«

Seine Stimme brach.

»Ich hatte das Gefühl ... nach Hause gekommen zu sein. So etwas hatte ich mein ganzes Leben lang noch nicht empfunden. Ich konnte dem Sog, mit dem Gott mich zu sich zog, nicht widerstehen, selbst wenn ich es versucht hätte. Ich habe das Schloß am Nebeneingang aufgebrochen, Pfarrer.«

Pfarrer Tim nickte.

George wischte sich mit dem Hemdsärmel über die Augen.

»Ich brachte meine Habe in die Kirche ... Kleider zum Wechseln, eine Taschenlampe, eine Decke und meine Kiste von 7-Eleven. Dann parkte ich den Wagen ein paar Häuserblocks von hier entfernt und nahm das Nummernschild ab. Es war niemand auf der Straße. Ich ging hierher zurück. Ich suchte einen Platz zum Ausruhen, einen Platz, an dem ich mich ein paar Tage lang verstecken konnte.«

George Gaynor trat ans Lesepult. »Also, ich finde, das ist eine merkwürdige Stelle für eine Treppe.«

Die Gemeinde belohnte diese kurze Unterbrechung seines ernsten Vortrags mit dankbarem Gelächter. Der Standort der Treppe gab schon seit Jahren Anlaß zu Witzeleien und Spott.

»So kam es also, daß ich hinter die Totenglocke zog. Ich hatte keine Ahnung, warum ich mich an eben diesem Ort befand, ganz als hätte man mir befohlen, hierher zu kommen. Aber kurz vor dem Erntedankfest fand ich es heraus.

Ich bewahrte meine Sachen hinter der Glocke auf, wo man sie nicht sehen konnte. Aber die Juwelen legte ich in eine Urne in Ihrem Kolumbarium. Die kleine Kammer sah unbenutzt aus, daher glaubte ich, daß niemand dort hineinging, und ich wollte, für den Fall, daß ich entdeckt wurde, die Steine nicht bei mir tragen.

Tagsüber lebte ich auf dem Speicher des Gemeindehauses. Ich habe trainiert, am Fenster in der Sonne gesessen, ja, ich habe sogar ein paar Lieder auswendig gelernt, um mich irgendwie zu beschäftigen. Am Sonntag konnte ich jedes Wort und jeden Ton ganz deutlich hören, als säßen wir alle im gleichen Raum.

Nachts habe ich mich dann nach unten gewagt, die Toilette benutzt, in den Kühlschrank gesehen und schließlich die Essensvorräte im Keller entdeckt. Und ich trug immer Handschuhe. Vorsichtshalber.

Eines Tages, im Dezember, fielen meine Schuhe von der Plattform und landeten unten im Glockenschacht.« Mit einem Grinsen sah er erst seine Füße an, dann die Gemeinde. »Jedesmal, wenn eine Kiste mit Sachen für den Wohltätigkeitsbasar ankam, bin ich mit meiner Taschenlampe hinuntergegangen. Aber ein Paar Schuhe in Größe elf habe ich bisher nicht gefunden.«

Die Gemeinde lachte leise. Hal Owen stand nach wie

vor aufmerksam und mit leichtem Argwohn neben seiner Bank.

»Eines Nachmittags saß ich auf dem Speicher und war so verzweifelt wie noch nie in meinem Leben. Es hatte keinen Sinn, hier herumzusitzen, wo ich in Frankreich oder Südamerika hätte sein können. Aber ich konnte diese Kirche nicht verlassen. Es stand außerhalb meiner Macht.

Ich hörte, wie die Vordertür geöffnet wurde, und ein paar Minuten später rief ein Mann: ›Bist du da oben?‹

Ich war wie gelähmt vor Angst. Das war's, dachte ich. Dann hörte ich denselben Ruf noch einmal. Aber diesmal wußte ich, daß die Frage nicht an mich gerichtet war. Sie war an Gott gerichtet.

In dieser Stimme lag etwas, das ich kannte – dieselbe Verzweiflung, die ich in meiner eigenen Seele spürte. Ich habe Ihnen ja bereits gesagt, daß man die Geräusche von hier unten da oben gut hören kann, und ich habe Sie gehört, Pfarrer, wie Sie mit dem Mann sprachen.

Sie sagten, die Frage sei nicht, ob er da oben sei, sondern, ob er hier unten sei.«

Pfarrer Tim nickte.

»Er sagte zu Ihnen, daß er nicht glauben könne. Daß er nichts fühle. Und Sie sagten, es sei keine Frage des Fühlens, sondern eine Frage des Zutrauens zu Gott, und schließlich haben Sie gemeinsam ein einfaches Gebet gesprochen.«

Bei der Erinnerung bekreuzigte sich der Pfarrer. Die Gemeinde wurde plötzlich unruhig, ein erstauntes, erregtes Summen und Murmeln wurde hörbar.

»Da haben Sie zwei Fliegen mit einer Klappe geschlagen, Pfarrer, denn ich habe dieses Gebet mit Ihnen gebetet. Sie haben für einen Menschen die Angel ausgeworfen, und Gott hat zwei eingeholt.«

Die Gemeinde brach spontan in Beifall aus. Der Pfarrer bemerkte, daß Cynthia Coppersmith ihren Tränen ohne Scham freien Lauf ließ.

George Gaynor stieg die Altarstufen herunter und stellte sich in den Mittelgang. »Nachdem ich dieses Gebet mit zwei mir vollkommen fremden Menschen gesprochen und mich an einen Gott gewandt hatte, den ich nicht kannte, ging ich hinunter, Pfarrer, und stahl Ihre Bibel.«

Er sah den Pfarrer kläglich an, aber dieser nickte ihm lächelnd zu.

»Während ich im Laufe der nächsten Wochen in der Bibel las, fand ich langsam einen ganz erstaunlichen Frieden. Und ich gelangte – ganz langsam und allmählich – zu einer Vertrautheit mit Gott, die mich noch mehr erstaunte.«

Der Mann vom Speicher ging bis zur ersten Reihe auf der Evangelienseite vor und stützte sich auf die Armlehne.

»Ich bin zu Ihnen gekommen, um Sie zu drängen, selbst auch zu dieser Vertrautheit zu finden, falls Ihnen das bisher noch nicht gelungen ist.

Ich bin außerdem gekommen, um Ihnen für Ihre Gastfreundschaft zu danken, vor allem demjenigen, der diesen Orangenkuchen gebacken hat – das war der beste Kuchen, den ich in meinem ganzen Leben gegessen habe.«

Esther Bolick lief dunkelrot an und hielt sich ihr Gebetsbuch vors Gesicht, da die ganze Gemeinde sich zu ihrem Platz in der dritten Reihe hinter der Orgel umdrehte.

»Pfarrer«, sagte George Gaynor, »ich wäre Ihnen dankbar, wenn Sie jemanden hätten, der mich zur Polizei bringt.«

Der Pfarrer sah seinen Kirchenvorstand an. »Hal, geh rüber zu den Ersten Baptisten und hol Rodney Underwood.« Dann sah er seine Gemeinde an.

»Jetzt wollen wir uns erheben und unseren Glauben bekennen«, sagte er. »Wir wollen das nizäische Glaubensbekenntnis sprechen.«

Nach dem Bekenntnis der Sünden sah Pfarrer Tim, wie Hal mit Rodney und zwei Polizeibeamten eintrat und ganz hinten im Mittelschiff stehenblieb. Der Pfarrer wußte, daß sein Kirchenvorstand erst dann mit der Polizei vortreten würde, wenn er das Zeichen dazu gab. Wie wunderbar, einen Mann wie Hal Owen an seiner Seite zu wissen, dachte er. Harry Nelson hätte die gesamte Polizeitruppe mit entsicherten Revolvern die Kirche stürmen lassen.

Während des Schlußliedes ging er zu George Gaynor, der in der ersten Reihe saß, und nahm seine Hand. Gemeinsam schritten sie den Gang hinter dem Kruzifix hinunter, dem hinteren Teil der Kirche entgegen.

Ron Malcolm, der Vorsitzende des Bauausschusses für das Pflegeheim, trat auf Socken aus seiner Reihe und gab George Gaynor seine Schuhe.

Als George die Slipper entgegennahm, wechselte er einen kurzen Blick mit dem anderen Mann. Dann zog er sie ohne ein Wort an. Sie schienen ihm perfekt zu passen.

Im hinteren Teil des Mittelschiffes drehte der Pfarrer sich um und rief: »Gehet hin in Frieden, um den Herrn zu lieben und ihm zu dienen!«

»Gelobet sei Gott, der Herr!« kam es im Chor von seiner erstaunten Gemeinde.

Während Pfarrer Tim, Hal Owen und einer der Beamten George Gaynor zum Gefängnis von Mitford fuhren, holten Rodney und der andere Beamte seine Sachen aus dem Glockenturm, wo sich auch ein Krug mit den Juwelen fand.

J. C. Hogan, dem ein atemloses Mitglied der Kapelle Unseres Herrn an Lew Boyds Esso-Tankstelle von den Ereignissen berichtet hatte, stürzte zur Kirche, fand diese aber bereits verschlossen. Als er im Gefängnis ankam, wurde dort das Mittagessen aufgetragen.

»Ist er das?« fragte er Joe Joe Guthrie. J. C. beobachtete mit einem Auge den Gefangenen, der mit Pfarrer Tim in einer Zelle saß, und mit dem anderen den Rollwagen, auf dem das Sonntagsmittagessen stand.

»Das ist er, ja, tatsächlich.«

»Gebratenes Huhn?« fragte J. C.

»Gebratene Auberginen«, antwortete Joe Joe.

J. C. nahm sein Taschentuch zur Hand und wischte sich das Gesicht ab. »Ich wollte eigentlich feststellen, ob Sie heute irgendwelche besondere Leckerbissen haben, aber ich hab's mir anders überlegt.«

»Auberginen sind ganz in Ordnung, wenn man sie vorher einweichen läßt«, sagte Joe Joe, der auf einem hohen Hocker saß, den das Revier auf einem Garagenflohmarkt erstanden hatte.

»Ich höre, dieser Bursche hat sich drüben in der Kapelle Unseres Herrn auf dem Kirchdachboden versteckt.«

»Ja, war übrigens mal'n großes Tier in der Wirtschaft. Hat sich während des Gottesdienstes selbst gestellt und als Dreingabe noch 'ne gute Predigt gehalten.«

»Und wie geht es jetzt weiter?« fragte J. C. »Ich höre, er hätte Juwelen gestohlen, die ein Heidengeld wert sind.«

»Vier oder fünf Millionen, nach allem, was ich weiß«, erwiderte Joe Joe und nahm sich ein Essenstablett von dem Wagen, der gerade vorbeigeschoben wurde. Er griff mit beiden Händen nach dem Teller, hielt ihn sich unter die Nase, roch daran und unterzog ihn dann einer sorgfältigen Musterung. »Muß nur herausfinden, ob da irgendwo Zwiebeln dran sind. Ich will heute abend ausgehen.«

»Mit wem?« fragte J. C.

»Das geht Sie wohl nichts an, Mann.«

Rodney kam den Flur hinunter und rückte sein Halfter zurecht. »J. C., wie kann ich Ihnen helfen?«

»Ich würde gern mal mit Ihrem Gefangenen reden, wenn Sie nichts dagegen haben.«

»Also erstens, ich hab' was dagegen. Zweitens, das ist eine Bundessache und fällt nicht in meine Zuständigkeit. Reden Sie mit irgendeinem, der heute morgen in der Kapelle Unseres Herrn war; die Story ist in der Tat ein Knüller.«

»Vielleicht warte ich einfach auf den Pfarrer.«

»Das würd' ich an Ihrer Stelle nicht tun«, sagte Rodney ohne weitere Erklärung. »Wenn ich an Ihrer Stelle wäre, würde ich mit Ron Malcolm sprechen. Er hat dem Gefangenen die Schuhe gegeben, die er selbst an den Füßen hatte. Stellen Sie in Ihrer Geschichte den ergreifenden Aspekt des Falles heraus.«

»Die Stadt ist voll von ergreifenden Geschichten. Ich bin auf der Suche nach knallharten Nachrichten«, sagte J. C., drehte sich auf dem Absatz um und ging, wobei er die Tür hinter sich zuschlug.

»Dem würd' ich von Herzen gern mal 'n paar knallharte Nachrichten verpassen«, sagte Joe Joe.

Er saß mit dem Gefangenen in einer kleinen Zelle, die makellos sauber war, ein Bett enthielt, einen Stuhl, eine Stehlampe, eine Spüle, eine Toilette, einen Läufer und einen Tisch, auf dem einige Ausgaben der *Southern Living* säuberlich gestapelt lagen.

»Ich wußte nicht, daß Sie die Juwelen in der Urne gefunden hatten. Ich habe sie vorsichtshalber nie zu lange an einem Ort gelassen. Aber an dem Tag, an dem Sie auf den Speicher raufgekommen sind, konnte ich förmlich spüren, daß es Schwierigkeiten geben würde.

Ich saß gerade oben und las in Ihrer Bibel, als ich hörte, wie Sie die Treppe runterließen. Ich bin natürlich schleunigst in mein Versteck hinter der Glocke gehuscht. Dabei ist mir übrigens auch das Schokoladenpapier aus der Tasche gefallen. Als ich die Tür zum Turm erreichte, habe ich mich umgedreht und zurückgeschaut, und da lag mitten auf dem Boden dieses Schokoladenpapier. Es erschien mir so groß wie ein Fußball.«

»Ich esse selbst gern Nuts«, bemerkte der Pfarrer liebenswürdig.

»Ich war da oben oft richtig ausgehungert und sehnte mich nach einem anständigen Essen. Die Kiste von 7-Eleven war schnell leer, und dann fand ich die Konserven unten im Keller. Aber nach einer Weile standen mir die ganzen Tomatensuppen bis oben hin. Dann, in der Adventszeit, lebte Ihr Kaffeekränzchen auf. An einem Samstagabend habe ich die obere Lage der Sandwiches mit Pimentkäse gleich vom Tablett verschlungen.

Mein Erntedankmahl bestand aus einem Krug mit Eingewecktem und einer Dose Suppe. Zum Nachtisch habe ich mir eine Büchse Dosenmilch mit kalorienarmer Konfitüre gemischt. Ich bin mit einem neuen Herzen und einem gußeisernen Magen von Ihrem Speicher gekommen.«

Der Pfarrer lachte. »Heutzutage eine unbezahlbare Kombination.«

»Die Kapelle Unseres Herrn bedeutet mir sehr viel. So seltsam es scheinen mag, sie war mir in vieler Hinsicht ein wahres Zuhause. Da ich durch die Heizschächte hören konnte, was in der Kirche und im Gemeindehaus vor sich ging, fühlte ich mich den Menschen so nahe. Sie waren wie eine Familie für mich.«

»Der Heilige Geist hat sich heute morgen auf wunderbare Weise durch Sie Gehör verschafft. Das war die schönste Predigt, die er der Kapelle Unseres Herrn seit langer Zeit beschert hat.«

»Werde ich Sie morgen wiedersehen?«

»Morgen und übermorgen und überübermorgen. Solange Sie bei uns sind.«

»Ich würde mich gern taufen lassen.«

Er umarmte den Mann vom Speicher. »Abgemacht«, sagte er.

»Wo sind Sie gewesen?« Ein zornig dreinblickender Dooley Barlowe saß, eingehüllt in eine Decke, auf dem Sofa im Arbeitszimmer.

»Im Gefängnis.«

»Das blöde Telefon hat dauern geläutet. Ich hätt's am liebsten aus dem Fenster geschmissen.«

»Bedien dich.«

»Ich habe noch keinen Bissen zu essen gehabt.«

»Eine Erkältung soll man füttern, Fieber aber aushungern, habe ich gelernt.«

»Na, Sie haben leicht reden.«

Er zog seine Jacke aus und setzte sich aufs Sofa. Barnabas legte sich sofort zu seinen Füßen nieder. »Wer hat angerufen?«

»Ihr Doktor.«

»Was wollte er?«

»Hat bloß gesagt, Sie sollen kommen, sobald Sie können.«

»Wer sonst noch?«

»Walter.«

»Und?«

»Meinte, Sie sollen ihn heute abend anrufen, gleich nach irgendso 'ner blöden Fernsehsendung.«

»*60 Minutes*. Was sonst noch?«

»Ihre Nachbarin. Cynthia.«

»Was hat sie gesagt?«

»Sie sollen sie anrufen. Die blöde Katze sitzt im Keller fest.«

Komm hierhin. Geh dahin. Tu dies, tu das.

»Was willst du essen?«

»Mortadella.«

»Selber Mortadella«, sagte Pfarrer Tim und erhob sich.

Am Montag machte er Frühstück, schickte Dooley mit Brot und fünfunddreißig Cent für eine Tüte Saft in die Schule und begrüßte Puny, die mit strahlendem Gesicht aufgetaucht war. Er gab ihr eine kurze Zusammenfassung des großen Dramas vom Sonntag, und da er am vergangenen Nachmittag fast alle Krankenhauspatienten besucht hatte, ging er sofort mit Barnabas an seiner roten Leine zum Büro.

Im ›Oxford‹ öffnete Andrew Gregory gerade die Türen.

»Andrew, mein Freund!« sagte der Pfarrer mit unverhohlener Freude. Dann schlug er dem Antiquitätenhändler kräftig auf den Rücken und schüttelte ihm energisch und ausdauernd die Hand. »Ich kann Ihnen gar nicht sagen, wie froh ich bin, Sie zu sehen! Sie werden niemals herausfinden, *wie* froh ich bin.«

Was für eine Begrüßung! dachte der hocherfreute Andrew, als ihm an der Tür der vertraute Duft seines Ladens entgegenschlug.

Selten hatte er das Büro in so freudiger Stimmung aufgeschlossen.

Das Telefon hörte den lieben langen Tag nicht auf zu klingeln. J. C. Hogan kam zweimal vorbei, und die Associated Press rief an, nachdem ein Gemeindemitglied dem Chefredakteur der Wesley *Weekly* die ganze Geschichte erzählt hatte. Ein Fernsehteam aus Wesley schlich den ganzen Tag durchs Dorf, dann kamen sie zu ihm und baten, die Kirche für Filmaufnahmen zu öffnen. Grelle Scheinwerfer strahlten den Mortlake-Wandbehang an.

Puny rief an, um zu sagen, daß der Ausguß in der Spüle verstopft und Dooley ›so krank wie eine Hornisse‹ sei.

Er ging zu George ins Gefängnis, besuchte Olivia und Russell im Krankenhaus und unternahm einen halbherzigen Versuch, an seiner Predigt zu arbeiten. Genug für einen Tag.

Er und Barnabas überquerten die Straße und passierten in der hereinbrechenden Dämmerung das ›Blumenlädchen‹. Gerade als sie um die Ecke bogen, gingen die Laternen an. Eine gute Stunde zu früh, dachte er mit Blick auf den bewölkten Himmel.

Plötzlich ließ Barnabas ein bösartiges Knurren hören und stürzte sich auf einen Wagen, der plötzlich und direkt neben ihnen das Tempo verlangsamte. Es war der einzige Wagen auf der Straße, und sie waren die einzigen Fußgänger.

Bevor er wußte, wie ihm geschah, öffnete jemand die Hintertür des Wagens, packte Barnabas am Halsband und riß Pfarrer Tim die Leine aus der Hand. »Das wird Sie lehren, unseren verdammten Hund zu stehlen!«

Ein Arm schoß durch ein geöffnetes Fenster und schlug ihm gegen die Brust. Während er selbst zurücktaumelte, wurde Barnabas auf die Hinterbank gezerrt und bekam einen Maulkorb übergestülpt.

Pfarrer Tim streckte benommen die Hand nach dem Türgriff aus, wurde aber wiederum zurückgestoßen, diesmal so heftig, daß er gegen den Laternenpfosten prallte und auf den Gehsteig fiel.

»VAT«, las er auf dem Nummernschild, als der Wagen dröhnend davonfuhr. Er versuchte sich zu erheben, war aber für den Augenblick zu betäubt, um sich von der Stelle zu rühren.

Kapitel 16

Ein sicherer Lohn

Der Pfarrer nickte dem Polizeichef zu, woraufhin dieser seinen Halftergürtel hochzog und tief Luft holte. »Ich bringe hier George Gaynor«, sagte er mit lauter Stimme, »damit er das Sakrament der Taufe empfängt.«

»Ist es Ihr Wunsch, getauft zu werden?« fragte der Pfarrer den frischrasierten Gefangenen.

»Das ist es.«

»Widersagen Sie dem Satan und allen geistigen Mächten des Bösen, die gegen Gott aufbegehren?«

»Ich widersage.«

»Widersagen Sie den bösen Mächten dieser Welt, die die Geschöpfe Gottes verderben und zerstören?«

»Ich widersage.«

»Widersagen Sie allen sündigen Begierden, die Sie von der Liebe Gottes trennen?«

»Ich widersage.«

»Wenden Sie sich Jesus Christus zu und nehmen Sie ihn als Ihren Retter an?«

»Ja.«

»Setzen Sie Ihr Vertrauen in seine Gnade und Liebe?«

»Ja.«

»Geloben Sie, ihm als Ihrem Herrn zu folgen und zu gehorchen?«

»Ich gelobe.«

Pfarrer Tim wandte sich an den Polizeichef, Joe Joe Guthrie und zwei andere Polizeibeamte. »Wollen Sie, die Sie diese Schwüre bezeugen, alles in Ihrer Macht stehende tun, um diesen Menschen in seinem Leben in Christi zu bestärken?«

»Ja, das wollen wir!«

Nach dem Dankgebet über dem geweihten Wasser ließ George sich auf einem geflochtenen Teppich auf die Knie sinken.

Pfarrer Tim wölbte die linke Hand und füllte sie mit Wasser aus einem Krug. »George Gaynor«, sagte er und versprengte das Wasser über den Kopf des Gefangenen. »Ich taufe dich im Namen des Vaters und des Sohnes und des Heiligen Geistes. Amen.«

»Amen!« kam es im Chor von der Mitforder Polizei.

Im Anschluß an das Gebet kam der Pfarrer zu dem Teil des Gottesdienstes, der ihn in all seinen Jahren als Priester noch jedesmal zutiefst berührt hatte.

Er legte dem Gefangenen eine Hand auf den Kopf, zeichnete mit der anderen das Kreuz auf seine Stirn und sagte: »George Gaynor, du bist vom heiligen Geist in der Taufe umfangen und auf alle Zeit als Anhänger Christi gezeichnet. Amen.«

Gezeichnet! Auf alle Zeit. Er war sich dessen ganz sicher.

Nach der Taufe empfing der Gefangene das Abendmahl. Anschließend nahm er Esther Bolicks Kuchen in Empfang.

»Na, sieh mal einer an«, sagte Rodney. »Miss Bolick ist extra gekommen, um Ihnen ihren unübertroffenen Kuchen zu bringen.«

Joe Joe Guthrie trat mit einem Karton vom ›Kragenknopf‹ vor. »Ich und die anderen Jungs, wir haben Ihnen ein Hemd und eine Hose gekauft. Zum halben Preis.« Ein anderer Beamter zog ein Paar Socken aus seiner Hosentasche. »Hier«, sagte er schüchtern, »sie sind nicht mehr neu, aber meine Frau hat sie gewaschen, weil sie meinte, Sie würden welche brauchen.«

George stand sprachlos in ihrer Mitte, und die Tränen rannen ihm über die Wangen.

»Dieser Bursche«, sagte Rodney zum Pfarrer, »hat verdammt nah am Wasser gebaut. Und ein oder zwei Mal hat er's fast geschafft, mich auch noch zum Heulen zu bringen.«

»Der Heilige Geist macht das Herz weich.«

»Wissen Sie, ich will mich ja nicht in die Arbeit des Heiligen Geistes einmischen«, sagte Rodney, »aber ich meine, wir sollten jetzt langsam den Kuchen anschneiden.«

Bevor er das Gefängnis verließ, legte er dem neuen Kirchenmitglied ein Kreuz an einer silbernen Kette um den Hals.

»Die Sache mit Ihrem Hund tut mir leid«, sagte George.

Mein Hund! Es war ihm gelungen, während dieses Taufgottesdienstes seinen eigenen Kummer zu vergessen. Aber jetzt war ihm der Schmerz sofort wieder gegenwärtig. »Beten Sie für mich«, sagte er einfach.

In der Eingangshalle kam ihm Rodney entgegen. »Wir tun, was wir können. Man kann schließlich einen schwarzen Hund von der Größe eines Buicks nicht so einfach verlieren wie diese bissigen kleinen Chihuahuas. Er wird schon wieder auftauchen, denken Sie an meine Worte.«

Barnabas verschwunden! Es war undenkbar. Er konnte es immer noch nicht glauben. Es war eine Tatsache, die ihm einfach nicht in den Kopf wollte, außer des Nachts, wenn sich das Fußende seines Bettes so leer anfühlte wie ein Grab.

In den vergangenen Monaten hatte es den Anschein gehabt, als seien eine Menge wichtiger Dinge verlorengegangen. Aber bei dem Ganzen gab es einen Trost, an den er sich klammerte: Alles, was verschwunden war – Juwelen, Bibel, Dooley –, alles war zurückgekommen, alles wieder an seinen Platz gelangt. Dieser Gedanke hielt ihn aufrecht.

Joe Joe Guthrie eilte voraus, um die Tür zu öffnen.

»Die Sache mit Ihrem Hund tut uns wirklich leid, Pfarrer Tim.«

»Ich danke Ihnen für Ihr Mitgefühl, Joe Joe.«

»Meine Großmutter hält unheimlich viel von Ihnen.«

»Und ich halte unheimlich viel von der Bürgermeisterin. Sie ist eine der besten.«

»Ja, Sir«, sagte Joe Joe grinsend.

J. C. Hogan erwischte ihn, gerade als er am ›Kragenknopf‹ die Straße überqueren wollte. »Irgendwas rausgefunden?« erkundigte sich J. C. Da öffnete sich plötzlich die Aktentasche des Reporters, und allerhand Papiere ergossen sich auf den Gehsteig.

»Der Gefangene ist getauft worden«, sagte Pfarrer Tim, während der Reporter sich hinkniete, um die ungezählten Papiere aufzulesen.

J. C. stopfte sie wieder zurück in den Aktenkoffer und nahm sein Taschentuch zur Hand. »Das reicht mir nicht«, sagte er, während er sich das Gesicht abtupfte. »Ich brauche mehr.«

Die beiden Männer gingen weiter. »Das einzige, was ich Ihnen sonst noch sagen kann, ist, daß Esther Bolick ihm einen Marmeladenkuchen gebracht hat.«

»Und weiter?« fragte J. C., der mit dem forschen Tempo des Pfarrers nur mit Mühe Schritt halten konnte.

»Kein Fitzelchen oder Fetzchen, woran ich mich erinnern könnte.«

»Ich wünschte, ich könnte aus dem Zeitungsgeschäft aussteigen«, fuhr J. C. auf.

Sie gingen schweigend weiter. »Was ist mit Ihrem Hund?« erkundigte sich J. C. mit plötzlichem Enthusiasmus. »Soll ich ein Bild in die Zeitung setzen?«

»Hervorragend! Vielen Dank, daß Sie daran gedacht haben, mein Freund.«

»Bringen Sie heute irgendwann ein Bild ins Büro, dann setze ich es Montag rein.«

Plötzlich wurde ihm klar, daß er gar kein Bild hatte. Er besaß schon seit Jahren keinen Fotoapparat mehr.

»Ich habe kein Foto. Könnten Sie ihn vielleicht statt dessen beschreiben? Sie könnten bestimmt eine wunderbare Beschreibung von Barnabas zu Papier bringen. Sie sind ein guter Schriftsteller, wenn Sie mit Ihren Gedanken bei der Sache sind.«

»Gegenwärtig sind meine Gedanken jedenfalls anderswo«, sagte J. C. eingeschnappt, bevor er Pfarrer Tim stehenließ und die Straße überquerte.

Das, dachte der Pfarrer, ist unzweifelhaft ein Mann, der dringend eines Gebetes bedarf.

»Und was, bitte schön, machen Sie immer noch hier, junge Dame?« fragte er Puny, als er um fünf Uhr nach Hause kam.

»Ich habe hier mal gründlich ausgelüftet«, sagte sie grinsend. »Ich habe noch nie ein Haus gesehen, das so dringend ausgelüftet werden mußte.«

»Was genau meinen Sie mit ›auslüften‹?«

»Die Kissen ausschütteln, die Matratzenhüllen schrubben, Ihre Samen einweichen ...«

»Meine Samen einweichen?«

»Wenn Sie Tomaten von der Größe von Eßtellern haben wollen, wie Sie's gesagt haben, müssen Sie die Samen einweichen und erst mal im Haus eintopfen.«

»Ist das wahr?«

»Ich hoffe, Sie glauben nicht, man könnte diese kleinen Samen einfach irgendwo in die Erde drücken und dann sie sich selbst überlassen.«

»Darüber habe ich noch nie nachgedacht. Ich habe noch nie Tomaten gepflanzt.«

»Ich habe wahre Unmengen gepflanzt!« sagte sie glücklich.

Der Pfarrer öffnete den Kühlschrank. »Was ist das?«

»Chinasalat mit Zimt. Aus diesem Diabetesbuch. Ich hab ihn probiert, und er ist köstlich, mit Mandeln und Weintrauben.«

»Was wäre ich wohl ohne Sie, frage ich mich?«

Sie kicherte. »Ich frage es mich nicht, ich weiß es!«

Er schloß die Tür. »Nehme ich da eine, hm ... Veränderung an Ihnen wahr? Etwas wie ... oho, vielleicht hat es hier in letzter Zeit eine Parade gegeben?«

»Ha!« sagte sie errötend.

Er zog die Augenbrauen hoch und lächelte. »Nun, nun.«

»Selber nun, nun!«

»Sie haben wohl keine Lust, mir zu erzählen, was passiert ist?« fragte er beiläufig, während er an der Spüle eine Möhre abwusch.

»Ohne ungehörig erscheinen zu wollen«, sagte sie, »aber das geht Sie nichts an.«

»Was kann ich tun?« fragte Cynthia, die auf der anderen Seite der Fliegentür stand. »Ich weiß, es muß irgend etwas geben, das ich tun kann.«

»In welcher Sache denn?«

»Nun in Sachen Barnabas natürlich! Setzen Sie es in die Zeitung?«

»J. C. sagte, er würde ein Bild bringen, aber ich habe keins.«

»Aber natürlich haben Sie eins!« sagte sie gekränkt. »Ich habe es Ihnen geschenkt, als ich die Tortenplatte rüberbrachte, erinnern Sie sich nicht?«

Aber natürlich! Ein Aquarell von Barnabas, das so realistisch, so natürlich war, daß man förmlich auf ein Bellen wartete.

»Cynthia, Sie sind ...«, er suchte nach einem Wort, »einfach klasse.«

Ihre Augen leuchteten sehr blau, wenn sie lachte. »Wenn möglich, erledige ich meine Arbeit gern, bevor Bedarf besteht«, sagte sie.

»Ich brauch 'n Paar Schuhe«, sagte Dooley, als er zur Tür hereinkam und seine Bücher auf die Küchentheke schleuderte.

Der Pfarrer blickte von der Theke, wo er an seiner Predigt arbeitete, auf. »Das«, sagte er gelassen, »ist nicht der richtige Ton. Zu keiner Zeit und an keinem Ort.«

Dooley hielt seinem Blick trotzig stand. »Ich brauch' trotzdem 'n Paar Schuhe, verdammt noch mal.«

Dooleys Feindseligkeit schlug ihm mit voller Wucht entgegen, und das war ein Gefühl, das ihm überhaupt nicht gefiel. Unglücklicherweise lag bei kleinen Jungen keine Gebrauchsanweisung bei, und auf die Probleme dieses speziellen Jungen richtig zu reagieren erschien ihm nicht minder schwierig, als den Motor seines Buick nachzubauen.

»Dooley«, sagte er, »etwas in deiner Stimme macht mich ... taub gegen deinen Wunsch. Vielleicht könntest du noch mal rausgehen und dann wieder reinkommen.«

Dooley starrte ihn fassungslos an. In einer Familie mit fünf Kindern, die weder über Geld noch über eine stabile Mitte verfügte, gab es viele verschiedene Möglichkeiten, Aufmerksamkeit zu erringen, und Feindseligkeit war eine davon. Daß diese Strategie hier nicht funktionieren würde, mußte er dem Jungen um jeden Preis klarmachen.

Es entstand ein kaltes Schweigen.

»Ich würde dir das sogar dringend empfehlen. Warum gehst du nicht zur Tür raus und kommst wieder rein? Du könntest etwas sagen wie: ›Hallo‹ oder ›Na, was gibt's Neues?‹ Irgend etwas Höfliches.

Dann hast du vielleicht Lust, zu mir zu kommen und mir von den Schuhen zu erzählen, die du brauchst. Du kannst dich darauf verlassen«, sagte er und sah dem Jungen fest in die Augen, »daß ich dir ein aufmerksamer Zuhörer sein werde.«

Pfarrer Tim konnte das stumme Ringen hinter Dooleys Zögern spüren. Er sah, daß er nachdachte. Und er wußte, daß er auch die Alternative bedachte.

Dooley trat einen Schritt zurück und fluchte mit einer solchen Heftigkeit, daß der Pfarrer ihn ungläubig ansah. Dann rannte der Junge die Treppe hinauf und schlug seine Zimmertür hinter sich zu.

Allmächtiger! Ein plötzlicher donnernder Zorn stieg in ihm auf. Er zwang sich sitzenzubleiben, wo er war, bis das Gefühl verflog.

Dann schloß er sein Predigtbüchlein, nahm die Brille ab und rieb sich die Augen. Dooleys Notizbuch war quer über die Theke gerutscht und lag jetzt direkt vor ihm. Er sah, daß der Junge seinen Namen viele Male auf den Buchdeckel geschrieben hatte, wieder und wieder. Er versucht, sich selbst zu einer realen Person zu machen, dachte Pfarrer Tim.

Er griff nach dem Notizbuch und hielt es neben sein eigenes. Zwei Notizbücher. Zwei Menschen, die versuchten, dem Leben einen Sinn abzuringen.

Da kam ihm ein seltsamer Gedanke. Der Junge hatte seit Wochen hier gelebt, ohne solche Worte zu benutzen.

Angesichts seines Hintergrundes war das immerhin eine außergewöhnliche Leistung.

»Behalte diese Leistung im Auge, Timothy. Und dann reagiere auf das, was gerade passiert ist.«

Eine Stelle aus den Psalmen kam ihm in den Sinn: ›Ich will dich unterweisen und dir den Weg zeigen, den du gehen sollst. Ich will dich mit meinen Augen leiten.‹

Vom Frieden dieses Versprechens ergriffen, ging er nach oben.

Er klopfte an, aber es kam keine Antwort. »Dooley?«

Stille. Natürlich, was hatte er auch anderes erwartet?

Er öffnete die Tür.

Dooley saß schluchzend auf der Bettkante. Sein ganzer Körper schien von Trauer, Frustration und Zorn zu künden. Mein Herz, dachte der Pfarrer, als er spürte, wie es sich vor Kummer zusammenzog. Noch nie hat mein Herz in so kurzer Zeit so viele Gefühle zu spüren bekommen.

Er setzte sich neben Dooley Barlowe und nahm ihn in den Arm. Er nahm ihn ganz fest in den Arm, als wollte er sagen: Halte durch. Ich lasse dich nicht los.

»Ich nehm 'n paar Zwiebeln, Sie auch?« fragte Dooley, dessen Gesicht zwar vom Weinen gerötet war, aber deutliche Erleichterung zeigte. Es war eine der wenigen Gelegenheiten, bei denen der Pfarrer erleben durfte, daß Dooley tatsächlich nicht älter als elf Jahre aussah.

Die Hamburger zischelten in der schwarzen Eisenpfanne. »Ja, gern. Mayonnaise?«

»Mayonnaise, Ketchup, Senf, Gewürze, Gurken, alles, was dazugehört.«

»Übrigens, ich glaube, es müßte dir mal jemand sagen, daß Weinen an und für sich eine gute Sache ist. Ich hoffe, du wirst niemals zulassen, daß dich jemand vom Gegenteil überzeugt.« Er trat an den Herd, um die Hamburger umzudrehen.

Dooley sagte nichts, aber der Pfarrer wußte, daß er zuhörte.

»Ermöglicht dir einen neuen Anfang, könnte man sagen. Und wo wir gerade von neuen Anfängen sprechen, ich möchte, daß du weißt, daß ich deine Entschuldigung annehme. Diese Entschuldigung ermöglicht nämlich dir und mir einen neuen Anfang.«

Dooley legte Besteck und Teller auf die Theke. »Weinen Sie?«

»Manchmal.«

»Haben Sie geweint, weil man Ihren Hund geklaut hat?«

»Noch nicht, aber mir war oft danach zumute.«

»Ich hab's getan. Ich habe wegen dem blöden alten Hund geheult. Ich vermisse ihn nämlich, auch wenn er Mundgeruch hat. Mir ist's egal, ob er Mundgeruch hat. Mir ist das piepegal, ich wünschte, er würde zurückkommen. Dann würde ich ihm einen großen dicken Knochen geben oder … oder sogar meinen Hamburger.«

Pfarrer Tim schluckte.

»Kann ich Sie noch was fragen?«

»Nur zu.«

»Wo Sie doch Prediger sind, wie schaffen Sie's da, mit Lügen durchzukommen?«

»Nun, zunächst einmal kommt niemand jemals wirklich mit einer Lüge durch, ob er Prediger ist oder nicht. Wann habe ich denn gelogen?«

»Nun, es geht um Gänsedaunen Owen. Sie sagten, wir würden jeden Monat hinfahren, und Gänsedaunen könnte sozusagen mir gehören, wenn ich mich nicht mehr in Schlägereien reinziehen lasse. Sie und ich, wir waren zusammen überhaupt nicht mehr draußen, und ich allein bloß 'n einziges Mal. Also, das war eine faustdicke Lüge.«

Das stimmte und stimmte auch wieder nicht. Die Umstände ändern manches, hatte sein Onkel Chester immer gesagt.

»Als ich das zu dir sagte, war das vollkommen ernst gemeint. Dann war wochenlang jeden Samstag schlechtes Wetter, und es hatte keinen Sinn, aufs Land zu fahren, nur um im Haus rumzusitzen. Dann kam Weihnachten, die Taufe, und danach hatten die Owens Besuch und dann bist du weggelaufen. Siehst du, die Umstände ändern eben manches.«

Dooley runzelte die Stirn. Er trug ein rotes Hemd und eine saubere Blue Jeans, und sein Wirbel hatte den Widerstand aufgegeben. »Für mich sah's aus wie eine Lüge.«

»Ich verstehe. Also werde ich keine voreiligen Versprechungen mehr machen. Ich werde dich einfach mitnehmen, wann immer ich kann. Wie wäre das?«

»Dieses Wochenende?«

»Wenn wir deinen Großvater mit seiner Pflegerin gut untergebracht haben, könnten wir's schaffen. Laß mich mal einen Blick in meinen Kalender werfen. Das heißt, zuerst mal wollen wir wohl einen Blick auf unsere Hamburger werfen.«

»Cool«, sagte Dooley, als der Pfarrer die heiße Platte auf die Theke setzte.

»Ich muß um vier mit Dooley ins Schuhgeschäft.« Er legte das Wechselgeld aus seinen Taschen in den blauen Opferstock.

»Was soll das?« fragte Emma. »Sie haben ihm doch gerade erst Schuhe gekauft.«

»Jungs haben einen ziemlichen Verschleiß an Schuhen.«

»Was für welche wollen Sie ihm denn kaufen?«

»Pumps«, sagte der Pfarrer, der sich reichlich töricht vorkam.

»Pumps!«

»So was tragen die Jungs heutzutage.«

»Pumps?« Emma war erstaunt.

»Ja, und ich überlege, ob ich mir nicht selbst auch ein Paar kaufe, wo ich schon mal dabei bin.« So. Jetzt war es raus. Hatte der Bischof nicht gesagt, er solle einmal etwas ganz Besonderes für sich tun?

»Ich bin sprachlos«, sagte Emma.

Halleluja, dachte der Pfarrer.

»Wissen Sie, Sie sehen heute gar nicht gut aus. Nehmen Sie auch Ihre Medizin?«

»Ich muß sie nachfüllen lassen. Ich werd's heute erledigen.«

»Und, hm, sehen Sie Ihre Nachbarin noch manchmal?«

Er konnte kaum glauben, was da aus seinem Mund kam. »Nicht oft genug!« Was hatte ihn zu dieser Bemerkung getrieben? Seine Worte schienen reglos in der Luft zu hängen. Er ließ den Drehstuhl zum Bücherregal wirbeln und spürte, wie ihm die Röte ins Gesicht stieg. »Das ließe sich doch machen«, sagte Emma vernünftig – sehr zu seiner Überraschung. »Ich höre, sie kocht gern, da könnte sie Sie doch mal einladen.« Es entstand eine bedeutungsschwere Pause. »Und da Sie selbst auch gern kochen, warum laden Sie sie nicht mal ein?«

Es erfüllte ihn mit Freude, daß Emma ausnahmsweise der Entwicklung beträchtlich hinterherhinkte.

Bei seinem Besuch im Gefängnis – er ging jetzt täglich hin – fiel ihm in der Nähe der Außentür ein Stapel Kartons auf.

»Schuhe«, sagte Rodney. »Aus dem ganzen Land regnet es Schuhe auf uns herab. Alte Schuhe, neue Schuhe, schwarze Schuhe, blaue Schuhe. Wir ersticken in Schuhen. Das FBI wird George wohl mit einem Umzugswagen nach Connecticut zurückbringen müssen.«

»Erzähl ihm von den Schmorgerichten«, sagte Joe Joe.

»Sieben Schmorgerichte«, las Rodney von einer Liste vor, »zwei Blaubeerpasteten, ein Pfund Truthahnscheiben, weil er sein Erntedankfestessen verpaßt hat, sowie einen Karton sortierte Schokoriegel vom Drugstore. Dann noch Cremehörnchen und Doughnuts von Winnie, ein Kokosnußkuchen von der Küchenhilfe oben bei Miss Sadie und eine Bibel von, äh …, wie war doch gleich der Name, Joe Joe?«

»Sieht aus wie Cynthia … Cynthia Copperfield.«

»Wir brauchen einen Abfertigungsschalter«, meinte Rodney.

Ein frisch rasierter George Gaynor, der sein neues Hemd und seine neue Hose trug, saß auf der Pritsche und schrieb. Als der Pfarrer eintrat, stand er auf und lächelte ihn an.

»Wie gefällt Ihnen die Frisur, die ich ihm verpaßt habe? Und rasiert habe ich ihn auch!« sagte Rodney, der die Zellentür aufschloß.

»Sie könnten Joe Ivey um sein Geschäft bringen.«

»Ich bin froh, Sie zu sehen«, sagte George, der die Hand des Pfarrers in beiden Händen hielt. Er sah ganz anders aus als der ausgezehrte, bärtige Mann, der seinerzeit vom Speicher geklettert war. »Irgendwas von Ihrem Hund gehört?«

»Nichts.«

»Ich würde gerne eine Belohnung aussetzen, falls Rodney mich an mein Geld läßt. Ich hatte ungefähr zweihundert Dollar in meiner Brieftasche.«

»Vielen Dank, George. Vielen Dank.«

»Stocken wir auf zweihundertfünfundzwanzig auf«, sagte Joe Joe Guthrie und nahm seine Brieftasche heraus.

»Warum richten wir nicht einen Fonds für die Belohnung ein? Ich bewahre das Geld in meiner Schublade auf«, sagte der Polizeichef und zog sein Halfter hoch. »Geld redet, wissen Sie.«

Bevor er zum Laden ging, führte er ein Telefongespräch.

»Ron, wir müssen uns um Russell Jacks kümmern. Betty Craig hat angeboten, ihn in ihrem Haus zu pflegen. Ich schätze, er wird mindestens noch drei oder vier Monate Pflege brauchen. Was Sie uns auch zur Verfügung stellen können, ich werde die Summe verdoppeln.«

»Sie haben schon mehr als genug getan«, sagte Ron Malcolm. »Teilen Sie mir mit, was Sie brauchen, und Sie werden es bekommen.«

»Sie sind wirklich ein Freund. Gott sei gedankt. Wann bekommen wir die Rohentwürfe zu sehen?«

»Könnte gut Sommer werden, bevor wir überhaupt

was zu sehen kriegen. Der Architekt trifft sich am Dienstag mit Miss Sadie. Irgendwann im Juli müßten wir eigentlich eine grobe Vorstellung von den Ausmaßen haben. Bevor es schnell geht, Pfarrer, geht es immer erst einmal langsam.«

»Grüßen Sie Wilma von mir«, sagte der Pfarrer.

Auf dem Weg zum Krämer ging er kurz bei der Grillstube vorbei. »Wir sammeln Geld, um eine Belohnung auszusetzen«, sagte Mule Skinner, der an der Theke saß und zählte. »Fünfundsechzig, fünfundsiebzig, fünfundneunzig, hundert …«

Esther Cunningham, die an einem Tisch saß, eine Tasse Kaffee trank und ein Stück Zitronentorte aß, wühlte in einem großen Strickbeutel nach ihrem Scheckbuch. Sie gab Mule einen Scheck über fünfzig Dollar. »In Mitford sind wir füreinander da«, zitierte sie voller Stolz den Hauptpunkt ihres Parteiprogramms.

»Sie können Ihr Geld gleich wieder einstecken«, sagte einer der Kreditberater von der Bank auf der anderen Straßenseite. »Dieser Hund ist doch lange über die Staatsgrenze, wenn Sie wissen wollen, was ich davon halte.«

»Ich persönlich will es bestimmt nicht wissen«, fuhr Percy den Mann an. Dann wandte er sich an Pfarrer Tim. »Wir kriegen den alten Barnabas schon zurück, warten Sie's nur ab.«

Avis Packard, den er hinter der Fleischtheke entdeckte, trug eine Metzgerschürze mit der Aufschrift: *Der weltberühmteste Laden: Gute Weine und erstklassiges Fleisch.*

»Avis, wie sieht es nun mit diesem Entchen aus, von dem Sie mir bei Onkel Billys Kunstausstellung erzählt haben?«

»Sie stehen gerade davor«, sagte Avis, der in eine Fleischvitrine griff und ein Entchen hochhielt. »Weniger Fett, mehr Geschmack, mit Korn gefüttert, keine Chemikalien. Und hier drin wäre eine große schöne Leber, mit der Sie sich eine Pastete so weich wie Seide machen können.«

Der Barde des guten Essens, genau das war Avis Packard.

»Vier komma zwei Pfund. Genau richtig für zwei Leute. Und wenn ich Sie wäre«, sagte Avis mit vertraulich gesenkter Stimme, »würde ich diesem Essen einen schönen frischen Champagner folgen lassen.«

»Wickeln Sie's ein«, sagte der Pfarrer, der sich dumpf der unangenehmen Tatsache bewußt war, daß er seine Einladung für den Samstagabend noch gar nicht ausgesprochen hatte.

Er hatte Olivia besucht, die im Bett saß und fast schon wieder wie früher aussah. Die Schwellung war zurückgegangen und Hoppy war willens, sie am Sonntag nach Hause zu schicken. Obwohl es ihr immer noch an Energie mangelte, würde sie, hatte er gesagt, im Haus herumlaufen und sogar für ein oder zwei Stunden mit Mrs. Kershaw zum Einkaufen gehen können.

Eine gewaltige Erleichterung, dachte er. Und dasselbe galt für seine Besuche bei Russell Jacks, der irgendwann nächste Woche in Betty Craigs schmuckes kleines Haus überm Krankenhaus ziehen würde. Zwei Triumphe. Zwei Siege.

Außerdem hatte er einen Anruf von Marge Owen bekommen, die Dooley fürs Wochenende einladen wollte. Ein perfektes Timing in mehr als einer Hinsicht, denn das bedeutete, daß er sich besser auf seine Osterpredigt konzentrieren konnte, etwas, wofür ihm jetzt nur noch vierzehn Tage Zeit blieben. Ein Anruf bei Rodney gab ihm die Gewißheit, daß George am Ostersonntag, flankiert von zwei Polizeibeamten, an der Elf-Uhr-Messe teilnehmen durfte. Falls das FBI ihn bis dahin noch nicht abgeholt hatte.

Am Freitag um fünf, gerade als Dooley für seinen Besuch in Meadowgate packte, rief Miss Sadie an.

»Klingeln Ihnen nicht die Ohren«, fragte sie fröhlich.

»Hm, mal sehen. Nein, ich glaube nicht.«

»Tja, das sollten sie aber! Louella und ich haben den lieben langen Tag von Ihnen geredet.«

»Miss Sadie, es schockiert mich, daß Sie kein besseres Gesprächsthema finden können.«

»Und wissen Sie, zu welchem Schluß wir gekommen sind?«

»Sie wollen auf dem Rasen von Fernbank japanische Laternen aufhängen und ein Frühlingsfest veranstalten.«

Sie lachte entzückt. »Sie dürfen noch mal raten.«

»Hm, mal sehen ... Sie wollen einen Chauffeur anheuern und für einen Tag zum Einkaufen nach Charlotte fahren.«

»Daneben!« sagte Miss Sadie. »Einmal dürfen Sie noch.«

»Das ist wirklich zu schwierig. Warten Sie mal. Sie haben beschlossen, mich zum Mittagessen einzuladen.«

»Genau. Aber das Beste daran würden Sie nie erraten.«

»Bitte, erwarten Sie nicht von mir, daß ich's versuche.«

»Wir werden Rodney Underwood eine Kleinigkeit für den Belohnungsfonds geben.«

»Nun, hm ...«

»Tausend Dollar!«

»Miss Sadie!«

»Ja, wirklich, und Sie brauchen sich nicht mal bei mir dafür zu bedanken. Louella hat gebetet, und ich habe gebetet, und wir haben beide dieselbe Botschaft bekommen.«

»Sind Sie sich, was die Summe betrifft, auch sicher? Sind Sie sicher, daß Er nicht von hundert Dollar gesprochen hat? Dezimalzahlen können vertrackt sein.«

»Wir sind uns sicher. Und wir wünschen uns ehrlich, daß Sie Ihren Barnabas zurückbekommen. Diese abscheuliche Untat bricht uns schier das Herz. Wenn man sich vorstellt, daß so etwas in Mitford passiert – noch dazu bei hellichtem Tag.«

»Ich bin Ihnen so dankbar für Ihr Mitgefühl ... mehr als ich sagen kann.«

»Dann kommen Sie Ostern zum Mittagessen, Sie und Dooley?«

»Abgemacht!« sagte er zu seinem ältesten Gemeindemitglied.

Als Dooley gegangen war, suchte er die Spitzendecke, die die Ehefrau eines früheren Bischofs der Kapelle Unseres Herrn geschenkt hatte. Dieses Deckchen würde er über den rosenfarbenen Damast legen, den Puny nach Weihnachten gereinigt hatte.

Und gleich morgen früh wollte er Jenna im Blumenlädchen anrufen und eine Bestellung aufgeben … Nur was? Rosen natürlich.

Er polierte die Kerzenständer aus Messing, die Walter und Katherine ihm zu seinem vierzigsten Geburtstag geschenkt hatten. Vierzig! Dieser Wendepunkt war ihm kaum im Gedächtnis geblieben, nur daß er damals glaubte, er werde alt. Jetzt kannte er die Wahrheit. Vierzig war nicht alt, nicht im mindesten. Mit sechzig war man alt, und die Einundsechzig stand ihm unmittelbar bevor. Er beschloß, nicht weiter über diesen wunden Punkt nachzudenken.

Als Vorspeise wollte er etwas Einfaches machen. Vielleicht die Pastete. Aber er mußte um jeden Preis den Eindruck vermeiden, hm … ja, was mußte er vermeiden? Vielleicht wollte er nicht aufdringlich erscheinen, als sei der Abend zu sorgfältig geplant.

Er legte die Tischdecken auf und deckte die Tafel mit dem Haviland-Porzellan seiner Großmutter und den Servietten. Dann ging er in sein Arbeitszimmer, um den Rest der Mahlzeit zu planen. Zum Nachtisch, dachte er, vielleicht Birnen. Gedünstet und mit einer Soße aus Kaffee und Zucker, Brandy und Schokolade.

Wann sollte er anrufen? Oder sollte er an ihre Tür klopfen und sie persönlich einladen? Er stand auf und lief vor seinem Schreibtisch auf und ab; plötzlich hatte er ein brennendes Gefühl im Magen. Ein Magengeschwür, ganz sicher! Und das kurz bevor er jemanden zum Abendessen einladen wollte.

Warum hob er nicht einfach den Hörer auf und rief seine Nachbarin an? Früher hätte er das ganz gewiß getan. Das war kein gutes Zeichen. Er ging in die Küche und sah sich unentschlossen um. Dann stieg er die Treppe hinauf und blickte auf Cynthias kleines Haus hinunter. Er sah Violet auf dem Dach sitzen.

Ein Fingerzeig Gottes!

Er ging die Treppe hinunter an seinen Schreibtisch. »Cynthia«, sagte er, als sie ans Telefon ging. »Ich habe gerade Violet auf Ihrem Dach sitzen sehen.«

»Nein!«

»Doch. Sie hat sich Pfoten geleckt.«

»O wie schrecklich. Erst im Keller, jetzt auf dem Dach, ich kann sie einfach keine Minute aus den Augen lassen. Und sich die Pfoten zu lecken! Hört sich an, als hätte sie einen Vogel getötet. Ich will Ihnen die Wahrheit sagen, ich wünschte, ich hätte einen Hund!«

Das wäre eine Idee. »Soll ich sie für Sie runterholen?«

»Nein! Sie kann da oben sitzen bleiben, bis sie schwarz wird. Ich meine, ja, wenn Sie so freundlich sein würden?«

»Ich bin gleich bei Ihnen«, sagte er.

Sie kam ihm an der Hintertür entgegen.

Daß sie atemberaubend aussah, wäre eine Untertreibung gewesen. Ihr Kleid hatte die Farbe einer Clematis, die er einmal besessen hatte, so blau, daß es fast ins Purpurne spielte. Und ihm fiel auf, daß es etwas ganz Außergewöhnliches mit ihren Augen anstellte.

»Hallo!« sagte sie lächelnd. »Es ist unwahrscheinlich nett von Ihnen rüberzukommen. Es ist mir nur furchtbar peinlich, daß Sie jetzt meine alte Holzleiter rausziehen müssen; sie wiegt eine Tonne.«

Es wäre ihm unmöglich gewesen, ihr Parfum nicht wahrzunehmen. Wie Blauregen, wie etwas aus dem Garten.

»Das ist doch gar kein Problem. Ich weiß genau, wo die

Leiter steht, noch von dem Tag, an dem Violet in der Heizlüftung steckengeblieben ist.«

»Wo war sie, als Sie sie gesehen haben?«

»Als sie das letzte Mal gesichtet wurde, war sie irgendwo über Ihrem Schlafzimmer.«

»Meinen Sie, es würde etwas nützen, wenn ich versuchte, sie runterzulocken? Ich habe gerade eine Büchse mit ihrem Lieblingsgericht aufgemacht.«

»Das könnten wir versuchen.«

Sie lief in die Küche und kam mit einem übelriechenden braunen Klumpen in einer Schale zurück. Trotzdem griff es ihm irgendwie ans Herz, denn auch für Barnabas wäre jetzt Abendessenszeit gewesen. »Leber, igitt«, sagte sie, während sie sich das Schüsselchen über den Kopf hielt und rief: »Pussy, Pussy, Pussy.«

»Ich glaube nicht, daß Sie es hochhalten müssen«, sagte der Pfarrer, der ihr die Schüssel abnahm. »Ich glaube, der Geruch wird, äh, für sich selbst sprechen.«

»Ach herrje«, sagte Cynthia, zog sich ihr Kleid glatt und warf einen Blick auf die Uhr. »Violet, du Biest«, rief sie zum Dach hinauf, »komm sofort da runter!«

Er hätte etwas sagen können wie: Cynthia, ich hab überlegt, ob Sie morgen abend nicht vielleicht zum Essen rüberspringen wollen. Natürlich müßte es relativ früh am Abend sein, wegen der Sonntagsgottesdienste …

»Halb sieben!« rief Cynthia entgeistert und sah abermals auf ihre Armbanduhr. »Ach herrje. Ich bin für heute abend in den Country Club eingeladen.«

»Nun, dann werde ich mich eben um diese Sache hier kümmern, und Sie gehen schon mal.«

»Das wäre wunderbar, einfach wunderbar! Wie nett von Ihnen, wie überaus freundlich. Ich werde auch etwas für Sie tun, das verspreche ich.«

»Aber das haben Sie doch schon. Und außerdem, ich habe überlegt, ob Sie nicht vielleicht …«

»Da klingelt es. Wollen Sie Andrew Gregory Hallo sagen?«

Andrew Gregory!

»Äh, nein«, sagte er heiser, »ich setze lieber meine Rettungsaktion fort.«

»Sie sind so lieb, Pfarrer. Werfen Sie sie einfach nur durch die Hintertür, ich sperre nie ab. Also dann, auf Wiedersehen«, sagte sie, warf ihm eine Kußhand zu und ging mit schnellen Schritten durch den Flur auf die Haustür zu. Er lief genauso schnell in den Keller hinunter und holte die schwere Leiter. Es war völlig überflüssig, kostbare Zeit darauf zu verwenden, nach einer vagabundierenden Katze zu rufen.

Er trug die Leiter zur Veranda, kletterte aufs Dach und erblickte auch schon Violet, die sich zufrieden neben dem Schornstein zusammengerollt hatte.

Er hörte, wie der Motor des Mercedes ansprang und der Wagen sich leise vom Straßenrand entfernte. Von seinem Standort aus konnte er Cynthia sehen, die ängstlich zu ihm aufblickte, aber sie sah ihn nicht.

Sein Herz hämmerte dumpf.

»Violet, du Biest«, sagte er.

Es gab viele Gefühle, die er nicht mochte. Aber sich töricht vorzukommen stand ganz oben auf der Liste. Keine Frage. Es war alles zu plötzlich passiert. Da war Emmas unerwarteter Kommentar gewesen und die überraschende Erkenntnis, daß ihm seine kurzen Begegnungen mit Cynthia fehlten. Dann war er impulsiv und ohne jeden vernünftigen Grund zum Laden gerannt. Hatte das Pferd von hinten aufgezäumt. Natürlich hätte er sie zuerst einladen und dann mit der Planung anfangen sollen. Andererseits ging es darum eigentlich gar nicht. Es ging um Andrew Gregory. Den großen, zuvorkommenden, gutaussehenden Andrew Gregory.

Nachdem er Violet wie vorgeschlagen durch die Hintertür geworfen hatte, kehrte er in ein Haus zurück, das ihm leer wie ein Grab erschien. Kein streunender Hund, der vor Freude über sein Kommen aufsprang. Kein Junge mit einem widerspenstigen Wirbel, der angefeuchtet werden mußte, keine heiße Schokolade, keine Hausaufgaben, die er überprüfen mußte.

Er würde es Avis niemals eingestehen, aber er legte die Ente in die Gefriertruhe. Eine frische, heimische, korngefütterte junge Ente einzufrieren, grenzte wahrscheinlich an eine Art moralisches Vergehen.

Er ging im Wohnzimmer auf und ab, schaute mit leerem Blick durch die Tür, schlenderte dann durchs Speisezimmer und betrachtete den Tisch, der trotz der alten Spitze und des rosenfarbenen Damastes irgendwie verloren aussah.

Der kalte Wind, der am Gründonnerstag auch noch ein Schneegestöber mit sich brachte, ließ den nackten, seiner ganzen Pracht entkleideten Altar noch erschreckender erscheinen. Nach der Abendmesse verließ die Gemeinde schweigend die Kirche, und es fiel kein Wort, bevor die Leute nicht das Friedhofstor, das zur Alten Kirchgasse hinausging, durchschritten hatten.

Pfarrer Tim fand, daß dieser Gottesdienst der freudloseste in der ganzen Kirchenliturgie war, aber er hielt ihn auch gleichzeitig für einen der wichtigsten. Sich in der Osterfreude zu sonnen, ohne einen Gedanken auf den Schmerz des Kreuzes zu verwenden, war eine riskante Angelegenheit für den Geist.

Am Sonntag war es immer noch windig, aber die Sonne schien strahlend vom Himmel. Und viele Gemeindemitglieder der Kapelle Unseres Herrn hatten das Gefühl, endlich durch einen dunklen Tunnel in ein neues Leben eingetreten zu sein.

Daß George Gaynor am Ostermorgen am Kommunionsgitter knien würde, war für den Pfarrer eine zusätzliche persönliche Freude. Rodney und Joe Joe standen mit offizieller Feierlichkeit hinter dem Gefangenen, als dieser die Hostie und den Becher entgegennahm, und eskortierten ihn dann zurück zu seinem Platz auf der Evangelienseite.

Für Mittwoch wurden FBI-Leute in Mitford erwartet, aber niemand ließ den Mann vom Kirchenspeicher gern ziehen. Das ganze Dorf hatte eine seltsame Sympathie für diesen höchst ungewöhnlichen Dieb entwickelt, was auch den Schulkindern nicht verborgen geblieben war. Briefe und Postkarten hagelten auf das Gefängnis herab, und in vielen Umschlägen lagen Bleistiftzeichnungen oder Aquarelle, die sich der Gefangene an die Wände seiner Zelle geklebt hatte.

Abgesehen von Priestern waren keine Besucher erlaubt, und Cleo hatte an der Tür Aufstellung genommen, um die wohlmeinenden Dorfbewohner abzuwimmeln.

»Verflixt und zugenäht, ich sage es ja nur ungern«, sagte der Polizeichef, »aber ich werde froh sein, diesen Bruder ziehen zu sehen. Wenn die FBI-Leute am Mittwoch nicht kämen, müßte ich extra noch jemanden einstellen.«

»Was glauben Sie, wie lange wird er … kriegen?«

»Ich weiß nichts über diese großen, verrückten Juwelensachen«, sagte Rodney und zog sich seinen Halftergürtel hoch. »Aber ich schätze, zwanzig Jahre.«

Zwanzig Jahre, dachte der Pfarrer. Zwanzig Jahre aus dem Leben seines neuen Freundes. Auf der anderen Seite hatte er die Ewigkeit gewonnen.

Die beiden Männer verabschiedeten sich in der Zelle. Nachdem sie einander tief gerührt umarmt hatten, strömten George die Tränen übers Gesicht.

»Wie lange«, erkundigte er sich lachend, »wird das wohl anhalten?«

Der Pfarrer konnte kaum sprechen. »Wovon reden Sie, mein Freund?«

»Von dieser … Heulerei.«

»Möge sie ewig dauern«, erwiderte der Pfarrer, der um die schlimmen Konsequenzen eines verhärteten Herzens wußte.

Er ließ das Gefängnis mit schnellen Schritten hinter sich und hatte eigentlich vor, nach Hause zu gehen und eine

Stunde lang die Erde um seine Rosenbüsche umzugraben. Aber Percy und seine Zehn-Uhr-Stammkunden standen auf dem Gehsteig und warteten darauf, daß der FBI-Wagen auf seinem Weg aus der Stadt an ihnen vorbeifuhr.

»Ich habe mich schon verabschiedet«, erklärte er Percy.

»Ach, bleiben Sie bei uns, dann sind wir einer mehr«, drängte ihn Mule Skinner.

Er bemerke, daß die Leute aus den Läden gekommen waren und nun zu beiden Seiten der Straße die Gehsteige säumten.

Gerade als der Wagen auf sie zugefahren kam, kam Cynthia Coppersmith im Laufschritt und mit einem Einkaufsbeutel unterm Arm aus dem Laden. Atemlos trat sie neben den Pfarrer.

Überall auf der Straße winkten die Zuschauer dem Wagen, dessen Insassen hinter verdunkelten Fenstern verborgen waren, schweigend nach.

Cynthia nahm die Hand des Pfarrers, drückte sie und lief dann eilig weiter. Der graue Wagen mit dem offiziellen Kennzeichen fuhr langsam um das Denkmal herum und war schließlich nicht mehr zu sehen.

Die Gesamtsumme des für die Belohnung eingesammelten Geldes belief sich auf zweitausendvierhundert Dollar, bis Winnie und Joe Ivey ebenfalls einen Hunderter beisteuerten. An diesem Punkt beschloß das Belohnungskomitee, bestehend aus Rodney Underwood und Percy Mosley, in der Druckerei Plakate drucken zu lassen, die kurze Zeit später überall in der Stadt zu sehen waren.

»Zweitausendfünfhundert Mäuse«, sagte Mule Skinner. »Wenn das diese schmutzigen, miesen Mistkerle nicht gehörig aufscheucht, dann weiß ich auch nicht weiter.«

Den Gerüchten zufolge machte sich nun Miss Rose Watson auf die Schuhe nach Barnabas, und mit ihr viele andere Dorfbewohner, zu denen auch Coot Hendrick zählte, der sich zwei Päckchen Erdnüsse in den Overall gesteckt hatte und in seinem Pick-up mit runtergekurbelten Fenstern pfeifend und rufend Richtung Farmer fuhr.

»Verehrte Bürgermeisterin«, sagte der Pfarrer in einem frühmorgendlichen Telefongespräch, »mir ist gerade ein Gedanke gekommen.

Sie sagten, die Stadt könnte Onkel Billy vielleicht, falls Miss Rose vor ihm stirbt, in Porter Place wohnen lassen. Was wäre, wenn Miss Rose das Haus jetzt der Stadt überschriebe und sich in zwei oder drei Räumen und einem Bad ein lebenslanges Wohnrecht vorbehält? Würde der Stadtrat diese Regelung auf beide ausdehnen?«

Zwei behagliche, gut geheizte Räume, die von der Stadt in Ordnung gehalten wurden. Kühl im Sommer, warm im Winter, mit einem guten Dach und einem stabilen Fußboden und einer Toilette, die bei jeder Benutzung auch tatsächlich abspülte. Außerdem hätten sie dann ein renoviertes Haus, das gegenüber vom Denkmal auf seinem grünen Rasen in alter Pracht erstrahlen und nur noch hinter Fernbank zurückstehen würde. Wenn man die Sache jedoch nicht bald in Angriff nahm, war es zu spät. Pfarrer Tim fand, daß es die beste Idee war, die ihm in letzter Zeit gekommen war.

»Ich werde der Sache mal nachgehen«, versprach Esther Cunningham, »dann rufe ich Sie wieder an. Haben Sie schon über Ihre Rede nachgedacht?«

»Welche Rede?«

»Ihre Rede zum Rosenfestival natürlich.«

»Wie wär's mit folgendem: ›Rosen: Ich mag sie. Würd' heute welche pflanzen. Amen.‹«

»Sie können ja richtig witzig sein«, sagte sie mit ihrem rauhen Lachen.

»Das will ich doch hoffen.«

»Joe Joe hat mir von der ganzen Aufregung um den Mann auf dem Speicher berichtet. Ich nehme an, das war ein Streich, den Sie sich ausgedacht haben, um auf sich aufmerksam zu machen?«

»Da haben Sie recht, wie gewöhnlich. Sie hätten mal die ungezählten Baptisten sehen sollen, die wir am folgenden Sonntag kassieren konnten.«

»Ha! Nun müssen Sie sich aber mächtig anstrengen, um

uns Baptisten dazu zu bringen, drüben bei Ihnen diese deprimierenden Lieder zu singen.«

»Bürgermeisterin, diese Lieder sind nicht deprimierend; sie sind uralt. Das ist ein Unterschied.«

Sie schnaubte. »Nun, denken Sie mal an Ray, der ist uralt *und* deprimierend. Wissen Sie, wie lange wir morgen um vier Uhr verheiratet sein werden?«

»Zu lange?«

»Treffer! Achtundvierzig Jahre.«

»Das einzige, was ich jemals achtundvierzig Jahre lang hintereinander getan habe, ist Luft holen.«

»Wir geben am Samstag ein Fest und würden Sie gern einladen. Alle Kinder und Omas und Uromas werden da sein.«

»Ich werd' mal drüber nachdenken. Dooley würde das vielleicht gefallen.«

»Ich wollte noch was mit Ihnen besprechen. Ich nehme an, Sie wissen von Joe Joe und Ihrer Puny.«

Aha! Nein, wußte er nicht. Aber jetzt wußte er's. »Nun ja«, sagte er und lächelte vor Freude.

»Ich wüßte ganz gern, was Sie von ihr halten, wo sie doch eine Waise ist und so weiter.«

»Also, ich kann Ihnen sagen, was ich von Puny Bradshaw halte. Sie ist das beste, fleißigste, anständigste und ehrlichste Mädchen auf Gottes Erden.«

»Ah!« sagte die Bürgermeisterin erfreut. »Sie wissen natürlich, daß Joe Joe mein erster Enkel ist, und ich würde es gar nicht gern sehen, wenn jemand, der nicht ...«

»Also, Bürgermeisterin, diese Sache muß natürlich auf Gegenseitigkeit beruhen. Was ist mit *Joe Joes* Referenzen?«

»Joe Joe«, sagte sie mit Inbrunst, »ist ein Cunningham!«

Nach Meinung der Bürgermeisterin erklärte das alles. Es war ein Quell unablässigen Staunens für ihn wie auch für andere, daß unter den fünf schönen Cunningham-Töchtern und den mehr als zwanzig Enkelkindern kein einziges schwarzes Schaf war. Abgesehen von Omer.

»Wir wissen natürlich alle, was Omer getan hat«, sagte sie scharf, »aber das ist Schnee von gestern.«

»Sagen wir nur, daß mein Einsatz bei diesem Spiel fast genau so hoch ist wie Ihrer«, erwiderte der Pfarrer. »Ich mag Joe Joe nämlich sehr. Und wenn aus dieser Sache was wird, wäre er der glücklichste Mann unter der Sonne. Nach Ray natürlich.«

»Pfarrer«, sagte die Bürgermeisterin, »mit Schmeicheleien kann man bei mir alles erreichen.«

»Wissen Sie, wie sie mich draußen auf dem Bauernhof nennen?«

»Wie?«

»Onkel Dools.«

Der Pfarrer, der in einem Beet kniete, blickte auf und lachte. »Onkel Dools?«

Dooley stand mit über der Brust verschränkten Armen da, und sein Wirbel stand wie ein Geysir von seinem Kopf ab. Ein paar Tage Sonne hatten seine Sommersprossen vermehrt, und seine Augen schienen blauer denn je.

»Ja, und Gänsedaunen hat doch tatsächlich schon wieder versucht, mir diesen blöden Streich zu spielen und mich in den Schweinetrog zu schmeißen, aber ich hab' felsenfest auf ihr draufgesessen.«

Es entstand eine lange Pause. Ein Vogel sang. Friede kehrte in das Herz des Pfarrers ein.

»Ich habe das Baby dreimal im Arm gehabt.«

»Ach ja?«

»Sie hat mich angelacht, bestimmt.«

Er warf den Löwenzahn auf einen Haufen und jätete weiter Unkraut.

»Dann hat sie meinen Namen gesagt.«

Der Pfarrer hörte mit dem Jäten auf und erhob sich; die Steifheit in seinen Knien ließ sich nicht leugnen. Er hatte plötzlich das Gefühl, daß Dooley etwas für ihn sehr Kostbares mit ihm teilte. »Das ist nicht dein Ernst!«

»Doch, bestimmt, sie hat gesagt: ›Doo-oo-ools‹, genau so. Ich wär' fast aus den Latschen gekippt. Sie ist noch keine sechs Monate alt und hat nicht mal Zähne.«

»Meine Güte«, sagte der Pfarrer.

»Niemand hat es gehört außer mir«, erzählte der Junge ihm, als frage er sich, ob er seinen Ohren trauen könne.

»Ich glaube dir, mein Sohn.«

Dooley nickte feierlich. Gerade eben war etwas sehr Wichtiges zwischen ihnen geschehen. Pfarrer Tim konnte es spüren.

›Der Frühling‹, so stand auf der Gartenseite der *Muse* zu lesen, ›klettert nur langsam über die Berge nach Mitford; er trägt ein Kleid aus Morgennebel und hat einen Arm voll Forsythien dabei. Die Forsythien sind mit Efeu und Löwenzahn durchsetzt, und Eisenhutzweiglein haben sich in ihr Haar gewunden. Unglücklicherweise läßt der Frühling sich leicht ablenken und unterbricht oft seine Reise, um auf einem Bett aus Moos zu verweilen, wo er dann tagelang schläft.‹

Lachend legte Pfarrer Tim die Zeitung weg und trat an sein geöffnetes Schlafzimmerfenster. Hessie Mayhew hatte mal wieder Coleridge gelesen!

Er sah den grauen Mercedes vorm Haus seiner Nachbarin am Straßenrand stehen. Gütiger Himmel, hatte der Mann denn kein eigenes Zuhause?

Er verknotete den Gürtel seines Bademantels und stützte sich mit den Ellbogen aufs Fenstersims. Die Luft war mild und einladend und das Geräusch des Regens so sanft wie das Wispern von Mottenflügeln.

Er atmete tief durch. Morgen gab es viel zu tun. Winnie Ivey, die sich von einer Gallenblasenoperation erholte, besuchen. Der Heimatlose mußte eine Ausgabe des neuen Testaments und der Psalmen bekommen. Russell sollte ein Pfund von Jenkins' Leberkäse aus der Tiefkühltruhe haben. Diese Marke war nur in Wesley zu finden, und wer konnte von Betty Craig verlangen, eigens dorthin zu fahren, wo sie doch weit wichtigere Dinge für ihren widerspenstigen Patienten zu tun hatte?

Zu guter Letzt mußte er einen energischen Brief wegen

der Glocken schreiben. Die Glocken! Nun, das war wirklich ein Akt des Allmächtigen.

Wären die Glocken gekommen, solange George Gaynor noch auf dem Speicher hauste, hätte man ihn sicher entdeckt und verhaftet, und Gottes Plan wäre nicht aufgegangen. Vielleicht sollte er an die englische Restaurationsfirma schreiben und ihnen seine Anerkennung für ihre endlosen Verzögerungen aussprechen! ›Meine Herren, vielen Dank für Ihre unentschuldbare Nachlässigkeit; jemand hat hinter unserer Totenglocke ein neues Leben gefunden!‹

Gegen Mittag mußte er zur Schule gehen und mit Dooley in der Mensa zu Mittag essen, da morgen der Tag war, an dem die Eltern eingeladen waren, dieses nostalgische Ritual mit ihren Sprößlingen zu teilen.

Er mußte sich seine Medizin nachfüllen lassen. Oder hatte er das bereits erledigt? Er konnte sich nicht erinnern. Er sah auf seine Uhr. Zehn. Eigentlich Zeit fürs Gebet.

Plötzlich wurde ihm klar, daß er diese endlose Liste nur deshalb durchgegangen war, weil er sich von etwas viel Wichtigerem ablenken wollte. Was ging da drüben eigentlich vor?

Er hörte, wie sich die Haustür seiner Nachbarin öffnete, dann Cynthias Maulwurflachen, das ihm zum ersten Mal bei Onkel Billys Bilderausstellung aufgefallen war. Er hatte das Gefühl, sich nicht von der Stelle bewegen zu können.

»Nun, denken Sie einmal darüber nach«, sagte Andrew Gregory.

»Oh, aber ich habe bereits darüber nachgedacht«, erwiderte Cynthia.

Ihre Stimmen klangen so deutlich zu ihm herauf, als stünden sie im selben Zimmer. Mit einer Anstrengung, die ihm gewaltig erschien, schloß er das Fenster.

Ich habe keinen Anspruch auf sie, nicht den geringsten, und auch keinen Grund, mich für ihre Aktivitäten zu interessieren.

»Verraten Sie mir doch eins«, sagte seine Nachbarin, die auf der anderen Seite seiner Fliegentür stand. »Warum sind Sie böse auf mich?«

Ihr plötzliches Auftauchen und ihre ungewöhnliche Frage verblüfften ihn, aber noch erstaunlicher war das Funkeln in ihren Augen. Aber er hatte ihre Augen doch viele Male gesehen, warum also fiel ihm jetzt die Intensität ihrer Farbe so sehr auf?

»Nun?« fragte sie mit einer Offenheit, die ihn völlig entwaffnete.

»Ich bin nicht ...«

»Sie können es mir ruhig sagen«, erklärte sie, während sie ihn fragend ansah.

»Aber was bringt Sie auf ...?«

»Ich spüre es einfach«, sagte sie.

»Warum kommen Sie nicht rein?«

»Warum kommen Sie nicht raus? Wir könnten uns auf Ihre Gartenbank setzen. Ich wünsche mir schon lange, mal auf Ihrer alten Bank zu sitzen.« Sie legte den Kopf schräg und sah ihn mit einem nur angedeuteten Lächeln an.

»Nun ...« Sein Herz hämmerte, und das war ein Gefühl, das ihm nicht gefiel, das ihm überhaupt nicht gefiel. Jahre ohne ein solches Gefühl, Jahre, in denen er vollauf zufrieden damit war, überhaupt keine derartigen Gefühle zu haben, und jetzt dies. Er spürte, wie seine Kehle sich zusammenschnürte, so daß sein Versuch, etwas zu sagen, in einem Krächzen endete. Bis dieser fürchterliche Zustand verflogen war, konnte er nur eins tun, nämlich den Mund halten.

Seiner Meinung nach war es viel zu kühl, um auf einer moosbedeckten Steinbank zu sitzen, aber er folgte ihr auf die andere Seite des Pfarrhauses.

Höchstwahrscheinlich, überlegte er, geschah das alles gar nicht wirklich. Wahrscheinlich war er auf seinem Sofa im Arbeitszimmer eingedöst, und dies war ein Gebilde, das sein Unterbewußtsein zusammenbraute.

»Einfach schön«, murmelte Cynthia, als sie sich setzte. Er war sicher, daß das feuchte Moos ihr Kleid beschmutzen würde, aber andererseits war es nicht an ihm, etwas derartiges zu bemerken.

»Ich würde dieses kleine verborgene Fleckchen gern einmal zeichnen«, gestand sie ihm. »Ich kann von meinem Schlafzimmerfenster aus hier hinunterschauen, und sogar im Winter erscheint mir dieser Ort wie verzaubert.«

Er nickte dumpf.

»Bitte, setzen Sie sich doch«, sagte sie; sie blickte zu ihm auf und klopfte auf die Bank.

Er setzte sich.

»Sind wir nicht glückliche Menschen, daß wir Stunden wie diese haben, in denen alle anderen unter irgendwelchen Leuchtstoffröhren arbeiten, ohne ein Fenster, um hinauszublicken, und ohne einen Junko, der über ihren Köpfen schwebt.«

Der kleine graue Vogel landete auf einem Rhododendronzweig und putzte sich.

»Hmm«, sagte Pfarrer Tim, weil er seiner Stimme immer noch nicht traute. Sie drehte sich zu ihm um. »Wissen Sie, es ist nichts, was Sie gesagt oder getan hätten, wirklich nicht. Ich habe einfach das Gefühl, als wäre es nicht mehr so wie ... so wie früher zwischen uns. Vielleicht hätte ich es wirklich nicht erwähnen sollen, aber ich ... hm, wissen Sie, für mich ist es wichtig.« Sie sah ihn offen an. »Ich würde die Sache schrecklich gern wieder in Ordnung bringen.«

Er hatte das Gefühl, als würde er am liebsten über die Hecke springen und Hals über Kopf in den Baxter-Park fliehen.

»Da gibt es nichts ...«, begann er und stellte zu seinem Entsetzen fest, daß er immer noch krächzte.

Sie sah ihn gelassen an und versuchte, nicht zu lachen. Er spürte, wie ihm die Röte ins Gesicht trat.

»Sie sind so komisch«, sagte sie. »Sie sind wie ein kleiner Junge, wirklich.«

»Entwicklungsstillstand!« rief er aus. Na endlich! Gott sei Dank hatte er seine Stimme wieder.

Ein kühler Luftzug wehte ihren Rock gegen seine Beine.

»Wollen wir nicht doch lieber reingehen?« fragte er; das Moos unter ihm fühlte sich an wie ein durchweichtes Kirchbankkissen.

»Nein, lassen Sie uns einfach hier draußen sitzen und zusammen frieren.« Der Junko flog singend zwischen den Zweigen umher. »Mal sehen«, sagte sie und schloß die Augen, »Sie sind böse auf mich, weil sie aufs Dach klettern und Violet holen mußten.«

»Aber überhaupt nicht. Dieser Ausflug hat mir eine ganz neue Perspektive verschafft.«

»Dann sind Sie wütend, weil ich letzte Woche Fischeintopf gemacht habe, und Sie haben es gerochen, und ich habe Ihnen nichts davon abgegeben.«

»Ich hatte eine Erkältung«, erklärte er schniefend, »und konnte unmöglich etwas riechen.«

Cynthia lachte donnernd. Er wußte nicht, was daran komisch war.

»Timothy«, sagte sie, »ich habe diskrete Nachforschungen angestellt und herausgefunden, daß es nicht respektlos ist, wenn ein Freund oder eine Freundin einen Priester beim Vornamen nennt.«

»Vollkommen korrekt.«

»Dann bliebe nur noch eines herauszufinden.«

»Und das wäre?« fragte er. Die Feuchtigkeit des Mooses drang durch seinen Hosenboden.

»Sind wir Freunde?«

Er fand, daß sie überraschend ängstlich aussah.

»Natürlich sind wir Freunde. Hätte ich dieses Monstrum von einer Leiter etwa aus einem anderen Keller als dem Ihren raufgeschleppt? Oder wäre ich wankend vor Schwindel auf Ihr Dach geklettert, wenn wir nicht Freunde wären?«

»O Timothy, es ist so schwer herauszufinden, was man in diesem Leben tun soll oder was nicht. Wirklich, ich hatte solche Angst, an Ihre Tür zu kommen und Sie zu fragen, warum Sie böse auf mich sind.«

»Warum hatten Sie Angst?«

»Weil ich dachte, Sie würden es mir vielleicht sagen,

deshalb! Aber nun ist es ganz offensichtlich, daß Sie mir nichts sagen werden. Was mich freut. Denn jetzt fühle ich mich besser. Jetzt ist es zwischen uns wieder wie früher.«

»Warum trinken Sie dann nicht eine Tasse Tee mit mir?« fragte er.

»Wunderbar!« rief sie. »Eine Tasse Tee wäre einfach wunderbar.«

»Andrew!« sagte er, als er sah, wie der Antiquitätenhändler die Tür des ›Oxford‹ aufsperrte.

»Pfarrer Tim, guten Morgen! Gut sehen Sie aus.« Andrew begrüßte ihn mit einem herzlichen Händeschütteln. »Und dünn, das muß ich schon sagen.«

»Fit wäre mir zwar lieber, aber für den Augenblick ist dünn gar nicht so schlecht, vielen Dank. Wie geht es Ihnen, mein Freund?«

»Könnte nicht besser sein. Ich will sehen, ob ich nicht vor den Frühjahrssintfluten noch einen Kurzurlaub in Florida einlegen kann.«

Andrew zog schwungvoll eine der schweren Doppeltüren seines Ladens auf, und der Duft nach altem Holz und Limonenöl wehte ihnen wie Weihrauch entgegen.

»Kommen Sie doch rein und trinken Sie eine Tasse Kaffee mit mir. Es ist schon Monate her, seit wir das letzte Mal miteinander geredet haben. Es gibt viel zu erzählen! Ich möchte alles über den Mann auf dem Speicher erfahren.«

»Nicht heute, fürchte ich. Die Pflicht ruft. Aber ganz sicher demnächst einmal«, sagte er.

»Ich betrachte das als ein Versprechen«, sagte Andrew, während er die Schlüssel in seine Jackentasche fallen ließ.

»Wollen Sie zum Golfspielen rausfahren?« fragte der Pfarrer.

»Ja, ich denke, ich werde den Laden geöffnet lassen und eine der Cunningham-Töchter bitten, sich um die notwendigen Dinge zu kümmern. Nur drei oder vier Tage; ich will eins meiner Kinder da unten treffen und an einem Turnier teilnehmen. Ich hoffe, ich kann Ihre Nachbarin dazu bewegen, mich zu begleiten; mein Sohn und seine Frau würden uns einladen.«

»Aha!«

In Andrews Büro im hinteren Teil des Ladens klingelte das Telefon.

»Also dann auf bald«, sagte der Ladenbesitzer, hob dann noch einmal grüßend die Hand und wandte sich zum Gehen.

Als er am Donnerstag wieder im ›Oxford‹ vorbeiging, um sich ein altes Buch über Rosen anzusehen, das der Königin Victoria gewidmet war, wurde er von Marcie Guthrie begrüßt.

Daß sie von hinten wie eine genaue Kopie ihrer Mutter aussah, war nicht weiter überraschend. Die Überraschung traf einen erst, wenn sie sich umdrehte, denn die älteste Tochter der Bürgermeisterin war erstaunlich schön. Und obwohl sie, genau wie die Bürgermeisterin, ein Kleid in Größe sechsundvierzig trug, kam sie ihm mit bewundernswerter Anmut entgegen.

»Mama sagt, Sie würden auf dem Festival eine Rede halten.«

»So Gott will, ja, aber was ich sagen werde, ist eine andere Frage. Glauben Sie, die Leute würden stillsitzen, um eine aufgewärmte Predigt zum Thema Müßiggang über sich ergehen zu lassen?«

»Wohl kaum«, meinte sie lachend und zeigte dabei ihre blendend weißen Zähne.

»Hm, wie wäre es dann mit einem Vortrag über schlichte Faulheit, den allerschlimmsten Feind des Rosengärtners?«

»Ich dachte, das wäre der Japanische Käfer«, sagte Marcie mit gekrauster Stirn.

»Ist der Chef Richtung Golfplatz abgeflogen?«

»Ja, gestern.«

»Ich hoffe, er hat jemanden mitgenommen. Es ist doch eine ganz hübsche Entfernung.«

»O nein. Nein, er ist allein geflogen. Was wirklich ein Glück ist. Er hat sich nämlich über irgendwas furchtbar aufgeregt. So habe ich ihn überhaupt noch nie erlebt! Völlig daneben, könnte man sagen, wie ein Baby mit Kolik.«

Der Pfarrer erlitt einen plötzlichen Anfall von guter Laune. »Wo wir gerade von Babys sprechen, sind Sie nicht wieder Großmutter geworden?«

»Ich dachte schon, Sie würden nie fragen!« antwortete eine strahlende Marcie, die ein kleines Fotoalbum hervorzauberte, das ihre sämtlichen sieben Enkelkinder vorführte. »Wenn ich doch nur jemanden für Joe Joe finden könnte«, sagte sie sehnsüchtig. »Er ist das einzige von meinen Kindern, das noch nicht verheiratet ist.«

Pfarrer Tim setzte sich an einen niedrigen Teetisch aus Walnußholz und betrachtete mit aufrichtiger Freude jedes einzelne lächelnde Gesicht.

Kapitel 17

Eine überraschende Frage

Während Dooley am Donnerstagabend seine Schularbeiten machte, ging der Pfarrer auf die Veranda hinterm Haus und setzte sich aufs Geländer. Es standen ihnen gewiß noch viele eiskalte Nächte bevor, und diese letzten milden Abende mußten ausgekostet werden.

Er sah, daß in Cynthias Haus Licht brannte. Und er fragte sich, was sie wohl mit ihren Abenden anfing, wenn sie nicht gerade in den Country Club eingeladen war. Auch er hätte eine Mitgliedschaft in dem Klub haben können; der Kirchenvorstand hatte sie ihm gleich bei seiner Ankunft angeboten. Aber nein, er war kein Golfspieler, er war kein Schwimmer, und Gäste lud er zu sich nach Hause ein. Also hatte er darum gebeten, daß die Gelder, die für eine Klubmitgliedschaft zur Verfügung standen, in einen Fonds für hungernde Kinder flossen, von denen er wußte, daß die Spenden auch tatsächlich ans Ziel gelangten. Er hatte das nie bedauert, und niemand hatte es ihm verübelt.

Er hörte, wie im Nachbarhaus die Hintertür zuschlug.

»Violet!« zischte Cynthia. »Violet, du elendes, geistloses Geschöpf, komm auf der Stelle wieder her!«

Anschließend hörte der Pfarrer ein ohrenbetäubendes Durcheinander von Geräuschen, in denen er einen erbitterten Katzenkampf der Alarmstufe 3 erkannte.

»Violet!« rief ihre Herrin, »dafür werde ich dich mit eigenen Händen erwürgen!« Wenn nur Barnabas hier wäre, dachte er mit einem leisen Kichern, dann würden sich die Wege dieser beiden Katzen auf der Stelle trennen.

Er trat an die Hecke. »Cynthia!« rief er. Brauchen Sie Hilfe?«

Cynthia flog in Morgenmantel und Pantoffeln zu ihrer Seite der Hecke hinüber; auf ihrem Kopf tanzten die vertrauten, rosafarbenen Wickel.

»Timothy!« Violet ist mir entwischt, und zwei Kater bringen einander um! Ich muß sie wieder reinschaffen. Sie ist rollig!«

Ach, du meine Güte, dachte der Pfarrer, griff nach dem Rechen, der an der Veranda lehnte, und stolperte durch die dunkle Hecke.

»Sie waren wunderbar«, sagte Cynthia mit großen Augen. Sie saß in ihrem Arbeitszimmer auf einem Sofa, das eher in ein Puppenhaus gepaßt hätte. »Einfach wunderbar. Zuerst haben Sie diese marodierenden Kater verscheucht, und dann sind Sie in den Kohlenschacht geklettert, um Violet zu retten. Sie werden nie erfahren, wie dankbar ich Ihnen dafür bin. Nein, nie!« sagte sie heftig.

Dann füllte sie zwei Gläser mit dem atemberaubenden Sherry, den sie, wie es schien, nur für ihn vorrätig hielt.

»Sie sollten sich mal sehen!« sagte sie und bestaunte den feinen Kohlenstaub, der ihn von Kopf bis Fuß einhüllte.

Ha, sie sollte sich *selber* mal sehen, dachte er, in diesen komischen Pantoffeln und diesem alten Morgenrock und mit den Lockenwicklern, die ihr wie Schornsteinkappen vom Kopf abstanden.

Er lachte. »Wir geben bestimmt ein schönes Paar ab. Und da dachte ich, Sie wären dieses Wochenende vielleicht … verreist.«

»Verreist?« fragte sie und sah ihn durchdringend an. »Oh.« Eine Pause. »Verreist. Hm«, sagte sie mit augenscheinlicher Verwirrung, »wie Sie sehen, bin ich nicht verreist; ich bin genau hier zu Hause, wo ich in jeder Hinsicht glücklich bin.«

»Aha.«

Er sah sich in ihrem kleinen Arbeitsraum um. Jeder Zentimeter an der Wand war mit fröhlichen Zeichnungen oder Aquarellen bedeckt, und hier und da hingen auch ein paar Zeitschriftenausschnitte. Sie hatte eine Textstelle aus dem sechzehnten Kapitel der Sprüche abgeschrieben und mit einem Heftzwecken über ihren Zeichentisch befestigt: ›Befiehl dem Herrn deine Werke, so wird dein Vorhaben gelingen‹.

»Das«, sagte er, »ist eine sehr gute Art, an die Sache heranzugehen.«

»Für mich ist es die einzige Art. Ich nehme niemals eine Arbeit in Angriff, ohne sie vorher Gott anzuempfehlen. Ich habe es früher anders versucht und festgestellt, daß eine Arbeit, die ich ihm widme, ganz anders ausfällt.«

Punkt, aus, Schluß! Der Pfarrer lächelte. Cynthias praktische Beziehung zu Gott gefiel ihm. Sie hatte nichts von der Kühnheit, die Olivia Davenports strahlenden Glauben auszeichnete. Sie war einfach und schlicht. Cynthia, so schien es, stand in himmlischen Dingen eindeutig mit beiden Füßen auf der Erde.

»Nun denn«, sagte er und setzte sein leeres Glas auf ein Regal, das sich unter ungezählten Kinderbüchern bog, »ich muß jetzt zu meinem jungen Schüler. Er lernt für eine Klassenarbeit morgen, und ich will ihm helfen, falls er Hilfe braucht.«

Sie lächelte und lege den Kopf zur Seite. »Sie sind so nett«, sagte sie.

»Sie auch«, hörte er sich antworten.

»Was grinsen Sie so komisch vor sich hin?« fragte Dooley, der bereits müde und ein klein wenig verschwommen dreinblickte.

»Ich grinse überhaupt nicht.« Er setzte sich auf die Bettkante. »Bist du mit dem Lernen zurechtgekommen? Hättest du meine Hilfe gebraucht?«

»Nee, ich bin mit dem Kram auch allein fertig geworden.«

»Ich werde morgen um eins, wenn deine Klassenarbeit beginnt, für dich beten.«

»So ’ner blöden Klassenarbeit nützt Beten gar nix.«

»Da hast du recht, mein Freund. Aber dir wird das Beten sehr wohl etwas nützen.«

Dooley gähnte und drehte sich zur Seite.

»Nacht«, sagte er.

»Nacht«, sagte der Pfarrer und legte dem Jungen eine Hand auf die Schulter.

Vater, betete er schweigend, ich danke dir, daß du diesen Jungen in mein Leben gegeben hast. Ich danke dir für die Freude, die er mir bringt, wie für den Kummer. Sei immer mit ihm, um ihn mit dem richtigen Einfluß zu umgeben, und wenn schon Prüfungen irgendeiner Art kommen müssen, dann gib ihm die Klugheit und die Kraft, nach deinem Willen zu handeln. Wache auch über seine Mutter und die anderen Kinder, wo immer sie sein mögen. Gib ihnen Kleider und Speise, bewahre sie vor Schaden und führe sie eines Tages der Gnade deines Sohnes zu.

Lange Zeit saß er so da, die Hand auf die Schulter des schlafenden Jungen gelegt und das Herz voller Zärtlichkeit. Dann ging er die Treppe hinunter und nahm das Telefon ab. »Cynthia, mir ist gerade etwas eingefallen.«

»Was denn?« fragte sie fröhlich.

»Ich würde mich freuen, wenn Sie morgen abend zum Abendessen kämen ... wenn Sie nichts anderes vorhaben.«

»Nein, gar nichts«, sagte sie. »Ich komme schrecklich gerne!«

Als er zum Kühlschrank ging, stellte er zu seiner Überraschung fest, daß ihm eine Reihe winziger Schweißperlen auf der Stirn standen.

Er öffnete die Tür des Gefrierschranks und nahm die Ente heraus.

Als er am Freitag zum Mittagessen nach Hause kam, hatten Punys Kochkünste die Küchenfenster beschlagen lassen.

»Ich lasse Ihnen ein gekochtes Huhn und etwas Kartoffelsalat fürs Wochenende da.«

»Tausend Dank.«

Er setzte sich an die Theke und spähte unter die obere Brotscheibe seines Sandwiches. Tofu!

»Ich hätte nie gedacht, daß ich mal den Tag erleben würde, an dem ich dieses Zeug anrühre«, sagte Puny, die ihn aus den Augenwinkeln heraus beobachtete, »aber ich habe gelesen, es wäre gut für Leute wie Sie, also essen Sie nur! Sie würden mir nicht glauben, was das für ein Gefühl ist, dieses Zeug zu schneiden. Puh.« Sie schauderte vor Ekel.

»Ich würde ein Stück von ihrem gebratenen Maisbrot bei weitem vorziehen.«

»Sie können vorziehen, was Sie wollen, ich werde Ihnen einen ganzen Monat lang kein Maisbrot mehr backen. Ich hab's mir im Kalender angekreuzt.«

Er aß sein Sandwich mit einiger Bestürzung, sagte aber nichts.

»Ich hab' Ihren Eßtisch gesehen. Sieht aus, als kämen Charles und Diana heute abend rüber. Wen haben Sie denn eingeladen?«

Mit einiger Schwierigkeit schluckte der Pfarrer den Rest seines Sandwichs herunter und wischte sich den Mund ab. »Das, meine liebe Miss Bradshaw«, sagte er mit unverhohlener Freude, »geht Sie gar nichts an.« Nachdem er Dooley mit einem Modellflugzeug in sein Zimmer verfrachtet hatte, ging er zum Kühlschrank. Wenn er das Essen um sieben Uhr fertig haben wollte, war jetzt der Zeitpunkt gekommen, zur Tat zu schreiten.

Was er dann entdeckte, erstaunte ihn, um es milde auszudrücken. Puny Bradshaw hatte seine I-a-Bio-Ente für ein Hühnchen gehalten und gekocht.

»Nur wenn Sie entkoffeinierten da haben«, sagte Cynthia. »Sonst liege ich bis Erntedank wach!«

»Das wollen wir doch vermeiden«, sagte ihr Gastgeber, der flugs mit einem silbernen Tablett zurückkehrte, auf dem eine Kaffeekanne, Tassen und zwei Schalen mit gedünsteten Birnen standen.

»Oh! Ich liebe Birnen!«

»Cynthia«, fragte er, »was lieben Sie eigentlich *nicht?*«

Während er den duftenden Kaffee einschenkte, dachte sie einen Augenblick lang nach.

»Hmm. Leute, die nie pünktlich sind. Es ist so gedankenlos, wie sie uns die Stunden rauben, die wir mit Warten verbringen.«

»Sie sprechen mir aus dem Herzen.«

»Mal sehen, was noch. Gartenschnecken!«

»Aha.«

»Künstliche Blumen!«

»Dito.«

»Laute Musik. Kräcker, die nicht mehr knusprig sind. Fluchen. Jammern.«

Er lachte.

»Sie werden erleichtert sein zu hören, daß ich Ihnen keine so dumme Frage stellen werde«, sagte sie. »Ich würde Sie viel lieber etwas anderes fragen.«

»Und das wäre …«

»Wie waren Ihre Eltern?«

Er schenkte sich ebenfalls Kaffee ein und reichte ihr ein Schälchen Birnen.

»Meine Mutter war eine schöne Frau mit einem liebenden Herzen. Sie konnte außerdem stur sein, streng und manchmal sogar kalt, aber für gewöhnlich nur meinem Vater gegenüber, der *immer* stur, streng und kalt war.« Er sah sie mit einem schiefen Lächeln an.

»Meine Mutter war Baptistin, Enkelin eines großen Predigers am Mississippi. Sie war sehr bibelfest, hatte einen eigenen Kopf und obendrein einen erstaunlichen Humor. Als ich noch ein Kind war, schenkte sie mir Gott.

Sie erzog mich mit der Bibel, und das Ungewöhnliche daran ist, daß sie mich lehrte, die Schrift auch zu lieben. Einige Menschen, die mit der Bibel groß werden, haben später nur böse Worte für sie, denn man hat sie ihnen mit dem falschen Geist nahegebracht. Aber wer hätte sich einer Sache verschließen können, die meine Mutter ihm nahebringen wollte? Jedermann hat sie bewundert. Jeder, bis auf meinen Vater, wie ich zu meinem Bedauern sagen muß.«

Sein Gast rührte sich etwas Sahne in den Kaffee und hörte ihm aufmerksam zu.

»Sie waren so verschieden – meine Mutter, die überquoll von Leidenschaft, von Liebe zu Gott und zu den Menschen, und mein Vater, distanziert, arrogant, gutaussehend, unbeliebt. Ich erinnere mich an eine Bemerkung, die mein Onkel Gus einmal machte: ›Ein hochtrabender, halb erstarrter Episkopale und eine engstirnige, bibelbesessene Baptistin. Der Nordpol und der Südpol unter demselben Dach!‹ Warum sie geheiratet haben? Ich glaube, meine Mutter sah in ihm einen schwachen Menschen und hatte das Gefühl, ihn ändern zu können.«

»O je«, sagte Cynthia mitfühlend.

»Im Alter von zehn Jahren oder so hatte ich einen der entscheidendsten Verse zum Thema Ehe gelernt.« Er lachte und dachte an die häufigen Anspielungen seiner Mutter auf diese Bibelstelle. »›Zieht nicht am fremden Joch mit den Ungläubigen ... denn es gibt keine Verbindung von Licht und Finsternis.‹ Mein Vater hatte einen dunklen Geist, und ihr Leuchten schien ihn immer weiter in die Dunkelheit hineinzutreiben.

Die Kirche war jahrelang ein furchtbar wichtiges Thema bei uns. Mutter besuchte Vaters Kirche, bis sie, wie sie sich auszudrücken pflegte, von Frostbeulen befallen wurde. Schließlich trat er endgültig aus der Kirche aus, und Mutter kehrte zu ihren baptistischen Wurzeln zurück. Mit mir im Schlepptau.«

Er nahm einen Schluck Kaffee aus der Haviland-Tasse. Sein Gast, selbst eine begabte Geschichtenerzählerin, schien wie gebannt. »Was hielten Sie davon?« wollte sie wissen.

»Mir gefiel es. Es war, als zöge man seinen Stuhl näher an den Kamin. Kirchenessen, Hymnensingen, eine familiäre Atmosphäre. Eine sehr familiäre Atmosphäre. Ich habe dort etwas gefunden, was ich bei meinem Vater nie finden konnte: bedingungslose Liebe. Aber eine bedingungslose Liebe mit einer Prise Salz, denn diese Kirche trug Gottes Grundsätzen wahrlich Rechnung. Die Kirche in Walnut Grove war sehr schlicht, ein Umstand, dem ich gewiß meine Liebe zur Schlichtheit zu verdanken habe. Und dort habe ich wohl auch meinen früheren Wunsch, Priester zu werden, entwickelt.

Ich wollte es nie zum Bischof bringen. Ich wollte immer nur Pastor einer kleinen Gemeinde sein und mich in das Leben einer Pfarre einbringen … den Menschen ein Freund sein.«

»Und das haben Sie auch getan. Mit wunderbaren Ergebnissen.«

»Ich weiß nicht. Ich weiß es sehr oft nicht.«

»Aber natürlich wissen Sie das nicht! Das ist doch nichts Besonderes. Ich weiß auch oft nicht, ob ein Aquarell gelungen ist. Ich wünschte, ich hätte jemanden, zu dem ich hinlaufen könnte. Sieh dir das mal an, was hältst du davon? Dann würde derjenige vielleicht sagen, das ist toll, mach weiter so. Oder: Sind dir da die Köpfe nicht etwas zu groß geraten?«

Er lachte.

»Diese Birnen«, sagte sie, »sind ein Gedicht, um es einfach auszudrücken.«

Er lachte. »Eine der Eigenschaften, die ich an Ihnen so mag, ist, daß Sie sich einfach ausdrücken.«

»Was mögen Sie denn sonst noch an mir?« fragte sie und leckte schamlos die Sahne von ihrem Löffel.

»Also, Cynthia …« Eine leichte Panik überkam ihn.

»Ach, sagen Sie es doch! Und dann sage ich, was ich an Ihnen mag.« Der Gedanke, daß er in eben diesem Augenblick in tiefem Frieden und in seinem burgunderroten Morgenmantel und den alten Pantoffeln hier sitzen, lesen oder dösen könnte … »Nun, hm. Wie sind die Regeln? Absolute Offenheit? Oder wollen wir die Wahrheit ummänteln und einander schmeicheln?«

»Die absolute Wahrheit!«

»›Das ist's aber, was ihr tun sollt: Rede einer mit dem anderen die Wahrheit‹«, zitierte er nach dem Propheten Secharja.

»Da sehen Sie's!« rief sie lachend.

Er lehnte sich auf dem alten Sofa mit dem achtlos ausgewählten Schonbezug zurück. »Eines der Dinge, die mir an Ihnen gefallen, ist ...« – er kostete eine zähe, lange Pause aus, während derer sich ihre Augen in gespielter Erwartung weiteten – »... daß es Spaß macht, mit Ihnen zusammenzusein«, sagte er lächelnd.

»O wunderbar!«

»Was ich sonst noch an Ihnen mag«, fuhr er fort und erwärmte sich langsam für sein Thema, »ist ... Ihre Begeisterungsfähigkeit.«

»Wirklich?«

»Und noch etwas mag ich an Ihnen: Ihren Mut.«

»Meinen Mut?«

»Ja. Sie haben mir zwar keine Geschichten erzählt, die von Ihrer Tapferkeit künden, aber ich spüre es einfach. Was ich natürlich am meisten an Ihnen schätze, ist, daß Sie viel zu nett sind, um mich diese Liste weiter fortsetzen zu lassen. Das heißt, nicht ehe ich Sie besser kenne.«

»Abgemacht!« sagte sie und kratzte den Soßenrest in ihrem Schälchen zusammen, bevor sie den Löffel ein letztes Mal ableckte. Dann stellte sie das Schälchen auf den Couchtisch und schob sich die Ärmel hoch. »So, jetzt zu Ihnen.«

»Seien Sie bitte nachsichtig«, flehte er.

Cynthia machte es sich in der Ecke des Sofas gemütlich. »Eines der Dinge, die ich an Ihnen mag, ist ... daß Sie so romantisch sind.«

Er spürte, wie er rot wurde. »Dazu möchte ich sagen, daß ich mich noch nie für romantisch gehalten habe.«

»Aber wie konnte Ihnen das entgehen? Es ist doch so offensichtlich wie die Nase in Ihrem Gesicht. Denken Sie doch nur daran, wie sehr Sie die alten Schriftsteller lieben, vor allem Wordsworth. Und Ihre Rosen und die Gärten, die zur Kapelle Unseres Herrn gehören. Und dann Ihre Art, den Tisch mit Familienporzellan zu decken und sich den Nöten Ihrer Freunde zu widmen ... und, oh, und jahrelang ohne ein Auto auszukommen!«

»Das ist romantisch?« fragte er verdutzt.

»Ungeheuer!«

Diese Art von Abendunterhaltung schlug gewiß jedes Dinner im Country Club. Er hätte sich jetzt sogar zu einer Bridgepartie überreden lassen – ein Spiel, das er für gewöhnlich zutiefst verabscheute –, oder, schlimmer noch, zu einem Foxtrott mit Hessie Mayhew. Ein Abend in Gesellschaft von Cynthia Coppersmith hatte jedoch auch seinen Preis: Er spürte, daß ihm sein Kragen langsam zu eng wurde.

»Ich könnte noch weitermachen«, bemerkte sie, legte den Kopf schief und sah ihn an.

»Bitte nicht!« sagte er. Bitte doch, dachte er.

»Warum gehen wir nicht ein bißchen spazieren?« Seine Nachbarin stand auf und strich sich über das Kleid, das, wie er nun feststellte, die Farbe von in einem Sahneschüsselchen zerdrückten Himbeeren hatte. »Was für ein herrliches Essen! Ich bin regelrecht benommen.«

Er grinste. »Das ist genau der richtige Ausdruck dafür.«

Sie schlenderten zum Denkmal hinüber und bemerkten die leichte Kühle, die in der Luft lag. Die Plakate in jedem Schaufenster, an dem sie vorbeikamen, waren nicht zu übersehen; neben dem Versprechen einer Belohnung blickte ihm Cynthias kühne Zeichnung von Barnabas wehmütig entgegen.

Als sie um das Denkmal herumgingen und am Porter Place vorbeikamen, sah er, daß Miss Rose und Onkel Billy herausgekommen waren und sich auf die Chromstühle gesetzt hatten. »Na, sieh mal einer an, Rose, wenn das nicht der Prediger ist!«

»Das sehe ich selber«, fuhr Miss Rose ihn an, die Überschuhe aus Gummi trug, einen Morgenmantel aus Chenille, ein Hauskleid aus Baumwolle und dazu Pyjamahosen und eine Golfmütze. Pfarrer Tim konnte über ihre Ausstattung nur staunen.

»Miss Rose, Onkel Billy, ich glaube, meine Nachbarin kennen Sie bereits.«

»Cynthia Coppersmith!« sagte Cynthia und streckte die Hand aus. »Wir sind uns in der Kirche begegnet. Wie schön, Sie einmal wiederzusehen. Ich bewundere Ihr Haus.«

»Versuchen Sie nicht, es zu kaufen«, warnte Miss Rose sie düster.

»Prediger, warum kommen Sie nicht auf einen Sprung zu uns rein? Trinken Sie einen Schluck von dem Tee, den Rose heute gekocht hat. Sie haben unser Haus hier noch nie gesehen.«

»Mein Haus«, sagte Miss Rose und versetzte ihm einen scharfen Stoß mit dem Ellbogen.

»Rose, spiel dich nicht auf. Wir haben Besuch.«

»Onkel Billy, ich glaube nicht …«

»Ach, kommen Sie schon, nur ein kleiner Besuch. Wir würden uns so freuen.«

Der Pfarrer sah seine Nachbarin an, die begeistert nickte. »Gehen wir! Ich liebe alte Häuser.«

Als sie in der Dunkelheit über die zerbrochenen Pflastersteine gingen, nahm er Cynthias Arm und flüsterte: »Sie sollten vielleicht vorsichtig mit den Erfrischungen sein.«

Cynthia lachte entzückt. Er wußte instinktiv, daß ihr das Ganze wie ein prächtiges Abenteuer erschien. Wie aufregend, irgendwo hinzugehen, wo man mit den Erfrischungen vorsichtig sein mußte!

Als sie das Haus betraten, knipste Onkel Billy das Flurlicht an. In einem großen Kronleuchter kämpften die Glühbirnen gegen eine Schicht aus Schmutz und Staub. »Es fehlen 'n paar Birnen«, sagte ihr Gastgeber entschuldigend.

Er hörte Cynthias erstauntes Murmeln. Sie standen in einem geräumigen Foyer, dessen Decke zwei Stockwerke hoch war. Zu beiden Seiten führte eine Treppe hoch, die selbst bei der geisterhaften Beleuchtung in ihrer Machart höchst ungewöhnlich wirkten. Verblichene Wandgemälde, die prächtige Gärten und Skulpturen zeigten, exotische Vögel und Vasen, aus denen die Früchte quollen, säumten die Wände. Ein Teil des geschnitzten Geländers fehlte, und einige Stücke schienen immer noch genau dort zu liegen, wo sie hingefallen waren.

Auf eine seltsame Art und Weise war es ein Privileg, im Porter Place zu sein, da nur wenige Leute hierher eingeladen worden waren und in letzter Zeit auch kaum jemand mehr den Wunsch danach verspürte.

»Dies ist die Eingangshalle«, sagte Miss Rose, die ihre Gäste mit einem funkelnden Blick bedachte.

»Herrlich!« sagte Cynthia. »Einfach herrlich. Wer hat Ihr Haus gebaut?«

»Mein Bruder Willard«, sagte Miss Rose, deren Eis plötzlich zu schmelzen begann. »Mein Bruder, Willard James Porter. Dort hängt sein Bild.« Sie zeigte auf die Treppe auf der rechten Seite, wo ein großes Porträt in einem breiten Rahmen hing. Pfarrer Tim erkannte das auffallend hübsche Gesicht des gefühlvollen jungen Mannes wieder – er hatte es in Miss Sadies Silberrahmen gesehen.

»Was für ein gutaussehender Mann!« rief seine Nachbarin.

In einem überraschenden Anfall von Höflichkeit fragte Miss Rose, ob sie gern ein Stück Früchtebrot hätten.

»Ich liebe Früchtebrot!« sagte Cynthia.

Jetzt sitzen wir in der Falle, dachte er.

»Na, dann geht ihr schon mal durch ins Speisezimmer«, sagte Onkel Billy und öffnete die Balkontüren zu ihrer Rechten. »Rose und ich bilden die Nachhut.«

Pfarrer Tim blickte in einen riesigen dunklen Raum, durch den ein schmaler, zu beiden Seite von hohen Stapeln modriger Zeitungen gesäumter Weg führte.

»Gehen Sie vor«, sagte Cynthia.

Er nahm seine Nachbarin bei der Hand und stürzte sich in die Dunkelheit, einem Licht entgegen, das unter einer fernen Tür hindurchschien.

Er sah, daß sie Früchtebrot aß, als hätte sie den ganzen Abend noch keinen Bissen bekommen. Sie hatte nicht mal ihren Teller oder ihre Gabel vorher inspiziert. Er sah das jedoch anders; er brach sich ein unendlich kleines Stück von der Ecke der dünnen Scheibe ab und deckte den Rest mit seiner Serviette zu. Es war eine Sache, ohne Rücksicht auf Verluste gute Manieren zu demonstrieren, überlegte er, und eine ganz andere, ein vernünftiges Maß an Vorsicht walten zu lassen.

Er sah, daß in der riesigen Küche Platz genug für eine ganze Atelierwohnung gewesen wäre, vor allem, da sie durch einen Flur mit einem Badezimmer verbunden war. Nach beträchtlichen Reparaturarbeiten würde dies ein wunderschönes Heim werden.

»Mein Bruder«, sagte Miss Rose mit lauter Stimme zu Cynthia, »hätte beinahe geheiratet, wissen Sie.«

»Wirklich?«

»O ja. Natürlich wäre es das Schrecklichste gewesen, was er je hätte tun können.«

»Ich verstehe.«

»Hat einen gewaltigen Tumult gegeben.«

»Hmm.«

»Und ein ganz schönes Durcheinander produziert!«

»Ach?«

»Hätte fast seinen Glauben zerstört.«

»O nein!«

»Hat uns die Klatschbasen auf den Hals gehetzt.«

»Ach, du liebe Güte.« Cynthia sah den Pfarrer hilfesuchend an.

»Wollt Ihr zwei noch den Rest des Hauses sehen?« erkundigte sich Onkel Billy.

»O ja!« rief Cynthia und sprang so schnell auf, daß sie beinahe den Tisch umgeworfen hätte.

Seine Nachbarin klammerte sich während der ganzen Hausführung an seine Hand. Immerhin gab es in jedem Zimmer Zeitungsstapel, dazu alte Bilder, zerbrochene Möbelstücke, ja sogar einen Spiegel, der von der Wand gefallen und sein Glas über den Teppich verteilt hatte. In einem ansonsten leeren Zimmer, dessen Tapeten sich rollenweise von den Wänden lösten, lagen ein Dutzend silberne Kandelaber, die schwarz angelaufen waren.

Gewiß war der junge Willard Porter durch eben diese Räume gegangen und hatte ihre hohen Decken bewundert, das kunstvolle Buntglas in den Badezimmern, die geschnitzten Treppengeländer und die Hartholzfußböden. Allmählich wünschte er sich, sie wären nicht Zeuge des morbiden Verfalls seines Prachthauses geworden.

Am Ende eines Gangs im oberen Stock rief Cynthia: »Was ist das?« und zeigte auf eine blaue Tür. Es war eine sehr kleine Tür, die für Kinder gemacht zu sein schien.

»Das ist mein Spielzimmer!« sagte Miss Rose, die sich einen ihrer Gummiüberschuhe ausgezogen hatte, weil er an ihrem Hühnerauge scheuerte. »Mein lieber Bruder hat dieses Zimmerchen hier oben für seine kleine Schwester einrichten lassen. Außer mir konnte da keine Menschenseele rein.«

»Ist denn *jemals* jemand außer Ihnen in diesem Zimmer gewesen?«

Miss Rose warf Onkel Billy einen wilden Blick zu. »Billy Watson, warst du jemals da drin?«

»Nein, Sir, nie«, erklärte ihr schwergeprüfter Ehemann. »Nein, Sir, auf Ehre!«

»Hm, wir werden ja sehen. Ich würde es sofort merken, wenn jemand auch nur einen Fuß in mein Spielzimmer gesetzt hat.«

»Du hast doch selber seit hundert Jahren keinen Fuß mehr da reingesetzt!«

Miss Rose bückte sich, fand unter einem zerbrochenen Blumentopf an der Tür einen kleinen verrosteten Schlüssel und schob ihn ins Schloß.

Der Pfarrer hörte ein leises Klicken, und die kleine blaue Tür öffnete sich mühelos. »Man muß sich auf alle viere runterlassen«, wies Miss Rose die anderen an, während sie selbst mit gutem Beispiel voranging, »und reinkriechen.« Cynthia tat wie geheißen.

»Cynthia«, sagte der Pfarrer, »wollen Sie da etwa rein?«

»Aber natürlich geh ich rein! Wie könnte ich da widerstehen?«

Ja, wie könnte sie? Es war wie ein kleines schwarzes

Loch in der Wand, ohne jede Belüftung oder Licht. »So!« sagte Miss Rose zufrieden, als sie auf der anderen Seite angelangt war und an einer Kette zog, die das kleine Zimmerchen mit überraschender Wärme beleuchtete. »Gehen wir.«

Ohne jede Rücksicht auf ihr Seidenkleid schlängelte Cynthia sich durch den kleinen Eingang und verschwand.

»Sie brauchen bloß dem Überschuh und dem Strumpf zu folgen«, rief Onkel Billy ihr hinterher.

Als nächstes hörten die beiden Männer Freudengekreisch, endloses Niesen und ausgelassenes Kichern aus der Wand. »Timothy, falls ich das Weiße Kaninchen treffe, würden Sie sich dann bitte um Violet kümmern?«

Der Pfarrer sah seinen Gastgeber verwundert an.

»Ist das nicht ein starkes Stück, was zwei erwachsene Frauen da drin treiben? Wenn das nicht alles schlägt!«

»O Timothy, hier ist ein Teegedeck! Haviland, genau wie das Porzellan Ihrer Großmutter! Sie *müssen* reinkommen!«

Binnen einer Woche war er für Cynthia Coppersmith oben auf einem Dach und unten in einem Kohlenschacht gewesen, und das reichte ihm völlig. Er zog sich einen arg mitgenommenen Morris-Stuhl heran und blieb draußen vor der kleinen Tür sitzen – wie eine Katze, die auf die Maus wartet. »Sie werden es schon mit rausbringen müssen, Cynthia«, rief er, während er sich zurücklehnte und Onkel Billy zublinzelte.

»So ist es richtig, Prediger!«

»Ich fürchte nur, wir werden frühestens in ein paar Stunden wieder rauskommen«, gab Cynthia bekannt.

»Und du, Billy Watson«, rief Miss Rose, »untersteh dich, hier reinzukommen!«

Ihr Ehemann lachte. »Da braucht sie sich nun wirklich keine Sorgen zu machen.«

»Onkel Billy, ich weiß wirklich nicht, wie Sie es all die Jahre mit Miss Rose ausgehalten haben.«

»Naja, ich hatte ihr mein Wort gegeben, das wissen Sie doch.«

So. Damit war die Sache auf den Punkt gebracht, den

Punkt, den die wenigsten Menschen heute noch ernstnehmen.

Onkel Billy schüttelte den Kopf. »Wissen Sie, Prediger, je mehr Dinge man besitzt, umso mehr wird man von den Dingen in Besitz genommen. Rose besitzt dieses alte Haus, seit sie denken kann, und sie kann nicht raus, kann es nicht verkaufen, wegen der Bedingungen, die ihr Bruder mit dem Anwalt ausgemacht hat. Dabei ist der Kasten viel zu groß und zugig. Wir leben nur in zwei Räumen, und die halbe Zeit liegt das Öl unangerührt im Tank, weil sie keine Almosen annehmen will. Aber sie geniert sich nicht, auf der Straße um Essen zu betteln …«

Sie hörten Miss Rose vor Freude quieken.

»Immer, wenn ich Sie da hab' reinkriechen sehen, war ihre Arthritis plötzlich verflogen, und sie war wieder ein kleines Mädchen.«

»Wir haben übrigens mittlerweile eine Lösung für Ihr Problem gefunden. Miss Rose könnte das Haus der Stadt überschreiben und die Bedingung daran knüpfen, in ein paar Räumen Wohnrecht auf Lebenszeit zu bekommen. Dann kann die Stadt den Rest des Gebäudes irgendwann mal in ein Museum oder eine Konzerthalle verwandeln. Ihr Teil des Hauses würde gut geheizt sein, ein gutes Dach haben sowie eine schöne, moderne Küche und ein Badezimmer. Was meinen Sie, wie wir ihr das schmackhaft machen könnten?«

»Heiliger Himmel, wenn ich das wüßte. Sie klammert sich an dieses Haus wie an ein Rettungsfloß, und dabei fällt es uns überm Kopf zusammen. Das letzte Mal, daß ich auf eine Leiter geklettert bin, ist lange, lange her, und die Leiter liegt immer noch halb verrottet genau da, wo ich sie zurückgelassen hab.«

»Nun, mein Freund, wir können den Dingen nicht länger einfach ihren Lauf lassen.«

»Wissen Sie, Rose hat davon gesprochen, eine Statue von Willard draußen im Garten aufzustellen. Wenn Sie die Stadt dazu bewegen könnten, hätten wir vielleicht gar keine so schlechten Karten.«

»Aha!«

»Aber ich fänd's schrecklich, da draußen eine Statue von Willard stehen zu haben; käme mir viel zu großspurig vor. Wenn Sie ihn allerdings hinsetzen könnten, das würd' vielleicht funktionieren.«

»Onkel Billy, Sie sind ein Genie!«

»Timothy!«

Gerade als er durch die kleine Tür blickte, kroch seine zerzauste Nachbarin mit einem kleinen Bündel unterm Arm hindurch.

»Sehen Sie nur, Timothy! Onkel Billy! Das sind Ihre Tuschezeichnungen! Ein ganzer Stapel davon! Miss Rose wollte sie verbrennen, hat es dann aber vergessen!«

»Was für ein Abenteuer«, sagte Cynthia, als sie durch die verlassene Hauptstraße nach Hause gingen. Er trug das zugestaubte Bündel mit Zeichnungen unterm Arm, da Miss Rose darauf bestanden hatte, daß sie zunächst bei Cynthia untergebracht werden sollten. »Ist auch am besten so«, hatte Onkel Billy gesagt, der vor Freude kaum an sich halten konnte.

»Ich bin ganz erschöpft von soviel Spaß«, seufzte seine Nachbarin.

Der Pfarrer lachte. »So eine Bemerkung hören wir in Mitford nur selten.« Aber auch er verspürte eine deutliche Erfrischung des Geistes.

An der Tür zu ihrem Cottage reichte er ihr die Zeichnungen. »Ich muß jetzt zu meinem Jungen«, sagte er. »Vielen Dank für Ihre Gesellschaft. Der heutige Abend hat mich an noch etwas erinnert, das ich an Ihnen mag.«

»Und?« fragte sie lächelnd.

»Sie sind schlicht.«

»Ich bin vielleicht die einzige Frau unter Gottes Sonne, die diese Bemerkung als Kompliment auffaßt.«

Er lachte. »Ich wußte, Sie würden mich verstehen«, sagte er und griff nach ihrer Hand.

»Timothy?«

»Ja?«

»Hätten Sie Interesse an einer festen Beziehung?«

Er hatte das Gefühl, als gäbe die ganze Veranda unter ihm nach, stellte aber fest, daß es lediglich seine Knie waren. Er wagte nicht zu sprechen, da er wußte, daß er in Krächzverfassung war.

»Oh, Sie brauchen nicht gleich zu antworten«, sagte sie und sah ihn belustigt an. »Denken Sie einfach mal drüber nach.«

Sie beugte sich vor und legte für einen winzigen Augenblick ihre Wange an seine. Gartenblumen!

Dann drehte sie sich um und ging hinein. »Gute Nacht«, sagte sie, während sie die Tür hinter sich schloß.

Er wußte nicht, wie lange er auf ihrer Treppe gesessen hatte, völlig außerstande, die wenigen Meter zu seiner Veranda zu gehen.

Kapitel 18

Etwas zum Nachdenken

Als Betty Craig die Tür öffnete, wirkte sie besorgt.

»Pfarrer«, sagte sie, als sie seine wöchentliche Lieferung von einem Pfund Leberkäse entgegennahm, »ich bin froh, daß Sie hier sind. Sein Leberkäse heitert ihn immer für ein oder zwei Tage auf.«

»Wie macht er sich denn so?«

»Störrisch wie ein Esel.«

Sie gingen in Bettys blitzsaubere, mit Gänsen in blauen Häubchen tapezierte Küche. Auf dem Fensterbrett tummelten sich afrikanische Veilchen, und draußen vorm Fenster sah er Dutzende von Vogelhäuschen, die aus Plastikmilchbehältern gemacht waren.

»Wie geht's Russell denn so?«

»Setzen Sie sich, Pater, dann werde ich es Ihnen erzählen.«

Betty, einer der positivsten Menschen, sah ihn trostlos an. Sie saßen auf bequemen Holzstühlen mit blauen Kissen an Bettys rundem Tisch.

»Er steht morgens schwadronierend auf und geht abends schwadronierend zu Bett. Ida hätte dies getan, Ida hätte das getan. Er haßt meine Küche und will seine Medizin nicht nehmen. Und er schneidet sich die Zehennägel auf dem Läufer. Er hat meine Katze mit einem Regenschirm durch den Flur gejagt und ...«

Sie blickte auf ihre Hände herab, die sie ganz augenscheinlich rang.

»Und was?«

»Und zweimal ins Bett gemacht, aus reiner Gemeinheit!«

»Nein!«

»Ja, Sir«, sagte Betty, deren Unterlippe zu zittern begonnen hatte.

»Betty Craig, Sie sind die beste Pflegerin in diesen Bergen. Sie sind liebevoll, empfindsam, tapfer und ausdauernd. Und Sie sind noch etwas anderes.«

»Was denn?« fragte sie kläglich.

»Zäh! Ich bitte Sie, Sie haben Männer gepflegt, die so breit waren wie Kleiderschränke, und genug Bettpfannen ausgeleert, um ein Schiff sinken zu lassen. Wie um alles in der Welt ist es einem alten Ziegenbock wie Russell Jacks gelungen, Sie in eine solche Verfassung zu bringen?«

Sie sah ihn grimmig an. »Ich weiß es nicht.«

»Nun, denken Sie mal darüber nach. Sie haben doch Parrish Guthrie in seinen letzten Tagen gepflegt, nicht wahr?«

»Und ob!«

»Dann müßten Sie doch mit einem Dutzend Russell Jacks fertig werden – mindestens.«

Sie seufzte tief. »Ich habe vor etwa einem Monat meine Vitamine abgesetzt.«

»Na bitte! Das ist es! Nehmen Sie diese Vitamine wieder, Betty. Ziehen Sie diesen Karren aus dem Dreck! Hieven Sie diesen Heuballen hoch!«

»Was ist bloß in Sie gefahren, Pfarrer?«

»Ich werd' mit Russell reden. Ich werde ihm den Kopf waschen und ihm klarmachen, daß Sie ihn mit seinem Koffer auf die Veranda setzen werden, wenn er sich nicht auf der Stelle anständig benimmt.«

Betty sah ihn erleichtert an. »Das würden Sie tun!« sagte sie und kämpfte blinzelnd gegen die Tränen. »Und ich hoffe, es hilft. Denn wenn Mr. Jacks geht«, sagte sie mit unverkennbarem Schrecken, »soll ich Miss Patty aufnehmen!«

Russell lag in einem Zimmer voller Sonnenlicht und schlief, während *All my Children* aus dem Fernsehen dröhnte. Der Pfarrer stellte den Apparat leise ab. Seine beiden letzten Besuche waren voller Hast gewesen. Heute würde er eine ganze Stunde bleiben.

Er setzte sich in einen Ohrensessel neben dem Bett und betete für den alten Mann.

»Ich schlafe nicht«, sagte Russell, ohne die Augen zu öffnen.

»Ach, nein?«

»Jawoll. Ich kann in diesem Haus nämlich nicht schlafen.«

Dooley Barlowe, wie er leibte und lebte!

»Und warum nicht?«

»Krach. Ständiges Kommen und Gehen hier, die Katze schliddert mir um die Knöchel, das Telefon klingelt, die Nachbarn hämmern an die Tür.«

Wenn er eines in seiner Ausbildung gelernt hatte, dann, daß Mitleid tödlich sein kann. Er wechselte das Thema.

»Russell, ich wollte Sie fragen ... wissen Sie eigentlich, ob der Junge getauft ist?«

»Nein, Sir. Solche Sachen hätten Sie Ida fragen müssen. Sie hat eine Bibel mit solchen Dingen gehabt; da stand unser Hochzeitsdatum drin und wann die Kinder geboren worden sind und solche Sachen. Ida war eine fromme Frau, und ich möchte gar nicht daran denken, wie oft sie mich gebeten hat, mit ihr in die Kirche zu gehen.«

Der alte Mann schwieg lange und wandte den Kopf ab. Als er den Pfarrer wieder ansah, weinte er. »Ich würde alles auf dieser grünen Erde geben, wenn ich jetzt mit Ida in die Kirche gehen könnte. Aber ich habe zu lange gewartet. Jetzt ist es zu spät.«

Wie viele Male hatte er diese Worte von trauernden Gemeindemitgliedern gehört? Zu spät! Zu spät, um zu lieben. Zu spät, um zu helfen. Zu spät, um zuzuhören. Zu spät, um sich zu bessern. Zu spät, um zu bereuen.

»Russell, es ist zu spät, um zu tun, was Ida wollte, aber es ist nicht zu spät, um zu tun, was Betty will.« Er hörte sich mit ungewohntem Ernst sprechen

Russell stieß einen Seufzer aus. »Sie haben recht, Herr Pfarrer, Sie haben verdammt recht, und ich weiß es. Ich bin der blödeste alte Esel, den Sie je gesehen haben, wenn es darum geht, jemanden ins Herz zu schließen. Das ist auch der Grund, warum ich so lange gegen Gott gekämpft habe, denn wenn ich ihm folge, bedeutet das, daß ich ihm mein Herz schenke. Dieser Kampf gegen Gott hat mich ganz schön fertiggemacht. Was nicht heißt, daß ich ihn nicht respektieren täte. Ich tu's wirklich. Aber ich möcht' ihm nicht mein Herz schenken.«

Der ungebildete Russell Jacks, dachte der Pfarrer, hatte gerade eben den Urquell, dem die Leiden dieser Welt entsprangen, in einige wenige präzise Worte gefaßt.

»Hm, Russell, wenn wir Sie ersetzen …«

Der alte Mann setzte sich mit erstaunlicher Kraft auf. »Sie stellen einen anderen ein, der meine Arbeit tun soll?«

»Na ja, wir müssen. So wie sich die Situation hier mit Betty entwickelt, heißt das, daß Sie wahrscheinlich bald Ihre Sachen packen und wieder in Ihrer eigenen Wohnung leben müssen. Wenn Sie keine Pflegerin mehr hätten, würde Sie das möglicherweise um ein paar Monate zurückwerfen, vielleicht sogar wieder ins Krankenhaus bringen. Und so lange werden die Gärten nicht ohne Pflege auskommen.«

Russell warf die Decken weg und setzte sich auf die Bettkante, was zu einem heftigen Hustenanfall führte.

»Das wird mir ja 'n rechtes Durcheinander sein«, sagte er atemlos, »wo all diese Knospen jetzt verblüht sind und die Stengel und Blätter absterben und das ganze Unkraut rauskommt, und Ihr Fischteich ist bestimmt auch schon ganz verdreckt …«

»Und Sie verschwenden hier Ihre Energie darauf, Bettys Katze zu jagen, wo Sie doch eigentlich zu Kräften kommen sollten.« Pfarrer Tim sah ihn mit ruhigem Blick an.

Es entstand ein langes Schweigen, während Russell Jacks seine Füße betrachtete.

»Werden Sie mir den Job freihalten?«

»Werden Sie Ihr Temperament zügeln?«

Russell dachte über die Frage nach. »Mach' ich«, versprach er.

»Das erwarte ich auch«, erwiderte der Pfarrer.

Und wieder kehrte Schweigen ein.

»Sie sollten den Jungen im Kirchhof helfen lassen, wann immer er kann. Er hat ein gutes Händchen dafür.«

»Wissen Sie, was ich wirklich gern täte, Russell? Ich würde diesen Jungen gern mal lachen sehen.«

»Tut er nicht. War immer schon der ernsteste kleine Kerl, den man sich denken kann. Natürlich war er auch der Älteste, und die ganze Last der Welt lag auf seinen Schultern, wo er sich doch dauernd um die Kleinen kümmern mußte.«

Dooley lachen sehen! Auf seiner Liste zu erledigender Dinge war dieses spezielle Anliegen ganz nach oben an die erste Stelle gerückt.

Betty Craig klopfte leise an die offene Tür und kam mit einem Tablett herein. »Zeit für Ihre Medizin!« sagte sie und sah den Pfarrer in der Hoffnung auf ein positives Zeichen fragend an.

»*Sie* sind die beste Medizin, die dieser alte Knabe bekommen kann«, erwiderte ein äußerst liebenswürdiger Russell Jacks.

Denken Sie drüber nach, hatte sie zu ihm gesagt. Denken Sie drüber nach! Als könnte er das auch nur einen Augenblick lang vergessen. Er hätte nur allzugern Walter angerufen, konnte sich aber nicht überwinden, nach dem Telefon zu greifen. Ob Walter schockiert wäre? Wahrscheinlich nicht. Belustigt? Nicht besonders. Aber eines würde Walter gewiß sein, nämlich skeptisch.

»Sie sind wie 'ne alte Katze«, beklagte sich Dooley.

»Den einen Augenblick lachen Sie, und den nächsten würden Sie mir am liebsten den Kopf abreißen«, fuhr Emma ihn an.

»Nehmen Sie eigentlich Ihre Medizin?« wollte Puny wissen. Hm, nein, tat er nicht. Er hatte es sich aber vorgenommen, und er würde es auch bestimmt tun. Noch am selben Abend.

»Sie trauern Ihrem Hund nach, nicht wahr?« sagte Joe Ivey, als er den Nacken des Pfarrers ausrasierte. Anscheinend fühlte sich im Augenblick jeder bemüßigt, Kommentare zu seinem Verhalten abzugeben.

Eine feste Beziehung? In seinem Alter? Bis auf die elf Monate, in denen er Peggy Cramer den Hof gemacht hatte, hatte er in seinem ganzen Leben keine Beziehung gehabt. Was bedeutete das überhaupt? Wie in Gottes Namen sollte er wissen, daß es ihm gefallen würde, wo er nicht mal den leisesten Schimmer hatte, was es eigentlich bedeutete?

Außerdem – wie war das überhaupt passiert? Er hatte gar nicht gewollt, daß irgend etwas ›passierte‹. Nur ein gelegentliches Essen, bei dem er den Klang ihres Lachens hören und sich an ihrer offenen, arglosen Ausdrucksweise erfreuen konnte.

Der Kern der Sache war, daß er sie mochte. So! Das war's. Das und nichts anderes. Mehr war auch nicht nötig.

Er fühlte sich seltsam aufgeregt. So, so – er mochte Cynthia. Was war so Ungewöhnliches daran? Hatte er das bisher nicht gewußt? Vielleicht. Aber er hatte es sich bisher nie so deutlich eingestanden. Die Feststellung dieser einfachen Tatsache war wie eine Befreiung. Er fühlte sich plötzlich erleichtert.

Die Erleichterung hielt jedoch nicht lange an. Sein unverwüstlicher Sinn fürs Praktische warf sofort die Frage auf, was er angesichts seiner Gefühle für Cynthia *unternehmen* sollte. Auf der anderen Seite, überlegte er, warum konnte er sie nicht einfach mögen, ohne sich gezwungen zu fühlen, etwas zu unternehmen?

Als er feststellte, daß er wie ein aufgezogenes Spielzeug in seinem Arbeitszimmer auf und ab lief, ging er ins Schlafzimmer und zog sich einen Jogginganzug an.

Auf dem Weg zum Baxter-Park blickte er durch ihre Hecke und sah sie mit Violet auf dem Schoß hinterm Haus auf der Veranda sitzen. Sie schaute in seine Richtung.

Sein Herz hämmerte, und er tat etwas, was er seines Wissens nach in den vergangenen Jahren mit niemandem mehr gemacht hatte.

Er wandte den Kopf, als hätte er sie überhaupt nicht gesehen, und lief saft- und kraftlos durch den Park.

Am Montagmorgen rief Louella an.

»Miss Sadie geht es nicht so besonders. Also, ich will nicht sagen, daß ihr letztes Stündchen geschlagen hat, aber ich dachte, Sie könnten Jesus vielleicht bitten, die Sache in die Hand zu nehmen, so wie er das bei Hiskia getan hat. Sie erinnern sich doch an die Sache mit Hiskia?«

»Natürlich tu ich das. Er war krank und hat Gott angerufen, der sagte: ›Ich habe dein Gebet gehört und deine Tränen gesehen. Siehe, ich will dich gesund machen.‹ Und er verlängerte das Leben des alten Königs um fünfzehn Jahre.«

»Ich hoffe, daß der liebe Gott das bei Miss Sadie genauso macht.«

»Sagen Sie ihr, sie ist in meinen Gebeten, und ich werde sie morgen besuchen. Meinen Sie, daß ihr etwas Gesellschaft willkommen wäre?«

»Hier oben ist Gesellschaft immer eine gute Medizin. Und, Pfarrer Tim …?«

»Ja?«

»Sie redet Tag und Nacht davon, daß sie Ihnen ihre Liebesgeschichte erzählen will. Mir gefällt dieses Gerede nicht, kommt mir vor, als müßte sie sich irgendwie beeilen, bevor sie die Augen zumacht.«

»Nun, dann sagen Sie ihr, ich werde kommen, um mir ihre Geschichte anzuhören, und sie kann sich darauf verlassen.«

Einen Augenblick später klingelte das Telefon wieder. Manche Tage waren eben so.

»Pfarrer Tim?«

»Olivia!«

»Ich wollte nur guten Morgen sagen, und daß ich an Sie denke, und daß ich hoffe, nächsten Sonntag in die Kirche kommen zu können.«

»Gott sei gedankt!«

»Und ich danke auch Ihnen dafür, daß Sie mir das Abendmahl gebracht haben und daß Sie so treu zu mir gehalten haben.«

»Was meint Hoppy denn zu Ihren Fortschritten?«

»Ich scheine einen stabilen Zustand erreicht zu haben. Ich sehe die meiste Zeit aus wie ein Schreckgespenst, wie Sie ja selber gesehen haben, aber trotzdem fühle ich mich stark. Ich glaube fest, daß das Herz kommen wird, ich spüre es einfach!«

»Und wie ist es … äh, wie ist es um das Herz Ihres Arztes bestellt?«

Olivia lachte entzückt auf. »Sehr empfindlich«, sagte sie. »Und ungeheuer groß.«

»Die Diagnose hätte sogar ich stellen können!«

»Beten Sie weiter für uns.«

»Sie sind immer in meinen Gebeten.«

»Irgend etwas scheint Ihnen Sorgen zu machen, Pfarrer«, sagte Ron Malcolm, der seit vielen Jahren ein bekannter Bauunternehmer in dieser Gegend war. »Es muß der Verlust Ihres Hundes sein. Ich weiß, wieviel er Ihnen bedeutet hat.« Offen gesagt hatte er gar keine Zeit gehabt, an Barnabas zu denken, was manch einer als Segen betrachten würde. Aber plötzlich überkamen ihn gerade aufgrund dieser Tatsache verzweifelte Schuldgefühle. Lieber Stuart, sah er sich tippen, ich habe der Sache mehr als ein Jahr gegeben, und ich glaube, es wäre das Beste, wenn ich sofort und offiziell meinen Rücktritt anböte …

»Hm, ich glaube, das ist alles, was ich zu berichten hatte«, sagte Ron, dann stand er auf und sah ihn mit einiger Besorgnis an.

»Vielen Dank, mein Freund«, erwiderte der Pfarrer und schüttelte dem anderen Mann die Hand. »Grüßen Sie Wilma von mir.«

Als er allein war, setzte er sich nieder und legte wie ein Schuljunge den Kopf auf den Schreibtisch. Weswegen hatte Ron ihn eigentlich aufgesucht? Er hatte das Gefühl, als sei sein Geist während des gesamten Besuches auf einem vagen Botengang gewesen.

Als sein Blick auf die Papiere fiel, die Ron in seinem Eingangskörbchen gelassen hatte, atmete er erleichtert auf. Natürlich! Der Architekt und Miss Sadie waren sich über die Plazierung des Speisesaals in die Haare geraten. Sie wollte ihn mit Blick aufs Tal; der Architekt bevorzugte den Blick aufs Dorf. »Was könnten wir da überhaupt falsch machen?« fragte der Pfarrer laut und dachte an die atemberaubende Schönheit beider Aussichten.

Als er versuchte, die Kopien der vorläufigen Entwürfe zu studieren, verweigerten ihm seine Augen den Dienst. Alles, was er sah, war verschwommen, und er stellte zu seinem Entsetzen fest, daß seine Hände zitterten.

»Ich eß nichts mehr von diesem Schweinefraß«, sagte Dooley, der an der Theke saß, während der Pfarrer das Abendessen kochte.

»Von welchem Schweinefraß genau sprichst du?«

»Von dem Schweinefraß in der Schule. Heute haben sie uns Fleischklops und Kirschtorte gegeben.«

Sein Lieblingsessen in seiner gesamten Schulzeit! Was war nur los mit den Leuten heute?

»Alle vernünftigen Leute nehmen sich ihr Mittagsbrot mit, nur die Waschlappen essen Schweinefraß.«

Der Pfarrer zuckte mit den Achseln. »Also, mach dir auch ein Mittagsbrot.«

»Ich?«

»Du.«

Dooley kratzte sich am Kopf.

»Sag Puny, was du brauchst, dann wird sie's im Laden besorgen, und den Rest erledigst du selbst. Außerdem fangen die Ferien bald an, und dann wirst du kaum Zeit haben, dir deine Mortadella zu braten.« Ferien! Was um alles in der Welt sollte er einen ganzen Sommer lang mit Dooley Barlowe anfangen?

Dooley schwieg eine Weile, saß nur auf dem Küchenhocker und ließ die Beine baumeln. »Ich hab' neuerdings 'n Freund«, sagte er endlich.

»Aha! Erzähl mir mehr darüber.«

»Heißt Tommy.«

»Tommy! Ich hatte auch mal einen Freund namens Tommy. Tommy Knowles. Kleine Welt.«

»Er hat fünf Vögel, elf Enten, ein Schwein und drei Hunde.«

»Nein!«

»Ich hab' ihm gesagt, er könnte mal rüberkommen und die Nacht hier schlafen.«

»Das war zwar etwas übereilt von dir, aber wir können drüber reden«, sagte Pfarrer Tim, der die Zwiebeln für die Hamburger sortierte. »Wie ist denn dieser Tommy?«

Dooley dachte angestrengt nach. »Er hat schwarze Haare.«

»Ich sehe ihn direkt vor mir.«

»Huhu«, rief jemand durch die Fliegentür. Sein Herz galoppierte. Es war seine Nachbarin, die eine mit einem Trockentuch bedeckte Schüssel trug. »Raten Sie mal!«

»Kommen Sie rein, dann können wir beide raten«, sagte er, während er die Fliegentür öffnete.

»Hi«, sagte Dooley.

»Selber hi«, erwiderte sie. Das hatte sich zu ihrer Standardbegrüßung entwickelt. »Ich hab' meine Meinung geändert«, sagte sie, an den Pfarrer gewandt. »Sie brauchen mir keinen Maulwurf zu bringen, wenn Sie einen fangen. Sie sind jetzt in meinem eigenen Rasen aufgetaucht, die kleinen Biester, und jede Leidenschaft, die ich mal für Maulwürfe hatte, gehört der Vergangenheit an.«

»Gelobt sei Gott!« sagte er lachend.

»Wissen Sie, wie viele Maulwürfe Beatrix Potter gezeichnet hat?«

Niemand wußte es.

»Einen! Genau einen! Diggory Diggory Delvet. Damit scheint völlig klar zu sein, daß man auf Maulwürfe keine Karriere gründen kann.«

»Bestimmt nicht.«

»Und wenn ich auch zu dem Schluß gekommen bin, daß ich keinen Maulwurf zeichnen kann, wollte ich doch wenigstens einen kochen.« Sie reichte ihm die heiße Schüssel.

Dooley sah sie erschrocken an. »In dieser Schüssel ist ein *Maulwurf*!«

»Ganz bestimmt! Ich habe ihn unter einem Busch gefunden, und seine scheußlichen kleinen Grabefüße ragten in die Luft. Alles verwenden, nichts verschwenden ist mein Motto.«

»Cynthia, Sie würden doch nicht …«

»Oh, wahrscheinlich würde ich nicht. Aber andererseits, wer weiß, vielleicht würde ich doch.« Sie legte den Kopf schief und lachte.

»Lassen Sie mich den Maulwurf mal sehen«, sagte Dooley.

»Du würdest einen Maulwurf auch nicht erkennen, wenn du ihm auf der Straße begegnen würdest«, sagte der Pfarrer und zog das Geschirrtuch weg. In der Schüssel lag ein dampfender Lebkuchenmaulwurf mit Schnurrbarthaaren, winzigen Augen und Zähnen, alles aus Zitronenglasur. Und natürlich trug er einen angeknöpften Kragen.

»Das ist aber lustig«, sagte Dooley lachend. »Wirklich lustig. Sehen Sie sich nur diese Füße an, wenn die nicht lustig sind!« Dooley warf den Kopf zurück und lachte donnernd.

Dooley lachte!

Cynthia verstand, ohne daß er ihr erst etwas erklären mußte, und ihre Augen glänzten.

Dooley lachte! Sein Gebet war so schnell erhört worden, daß dem Pfarrer beinahe schwindlig wurde. »Trinken Sie ein Glas Tee mit uns«, lud er seine Nachbarin ein.

»Schrecklich gern«, sagte sie. »Dooley, du würdest nie erraten, was ich heute getan habe.«

»Keine Ahnung.«

»Rate mal!«

»Kann ich nicht.«

»Klar kannst du. Wenn man rät, muß man nicht unbedingt recht haben, man muß bloß raten.«

Dooley blickte hinab und scharrte mit den Füßen. »Hm, Haben Sie vielleicht Violet einen Knoten in den Schwanz gemacht?«

»Daneben geraten. Obwohl sie es bestimmt verdient hätte. Du darfst noch zweimal raten. Ich habe etwas bekommen, das ich noch nie hatte. Und alle drei sind braun.«

»Ich hasse diese blöde Raterei.«

»Das tun die meisten Männer«, seufzte sie. »Also verrat ich's dir. Ich habe drei braune Kaninchen!«

»Nein!«

»Doch!«

»Wofür haben Sie die denn gekriegt?«

»Zum Zeichnen! Ich habe Violet gesagt, daß sie sich anderswo nach einer Stelle umsehen muß. Ich kann einfach nicht noch ein Violet-Buch zeichnen, und wenn es um mein Leben ging, dabei muß ich laut Vertrag dieses Jahr noch zwei Bücher abliefern!«

»Wo sind sie denn?«

»In meinem Haus.«

»Das muß ich sehen.«

Sie blickte den Pfarrer fragend an. »Ich setze bloß den Deckel drauf, dann komme ich mit euch«, sagte er glücklich. Kaninchen! Er war aufgeregt wie ein Kind.

»Ich kann Ihnen versichern«, sagte die Rektorin und verschränkte die Arme vor der Brust, »wenn wir jetzt nicht bald Ferien bekämen, würde Dooley Barlowe von der Schule verwiesen.« Sie sah den Pfarrer durchdringend an, um sicherzugehen, daß sie sich auch klar genug ausgedrückt hatte. Dies war eine ernste Angelegenheit, und das sollte er keinen Augenblick lang vergessen.

Von der Schule lief er zurück zum Pfarrhaus, als wäre ein Drachen hinter ihm her.

Schon wieder Buster Austin. Diesmal in der Mensa. Keine gute, solide Prügelei auf dem Schulhof. O nein. Nichts so Einfaches und Unkompliziertes für Dooley Barlowe. Es war ein Handgemenge nach allen Regeln der Kunst gewesen, mit blauen Augen, einer blutigen Nase und reichlich durch die Gegend geworfenem Kartoffelpüree. »Und«, hatte die Rektorin düster gesagt, »nachdem er die Kartoffeln geworfen hatte, ließ er ihnen auch noch die Soße folgen.«

Was genau war dieser Schlägerei vorangegangen? Es schien der Rektorin ein großes Vergnügen zu sein, ihm zu erzählen, daß Buster Austin den Pfarrer einen Torfkopf genannt habe.

Da Dooley schon früher nach Hause geschickt worden war und jetzt hinter geschlossener Tür in seinem Zimmer hockte, beschloß der Pfarrer, sich mit dieser Angelegenheit Zeit zu lassen. Das alltägliche Zusammenleben mit einem Fünftklässler war hart genug, auch ohne diese Krise, die ohne jede Vorwarnung ausgebrochen war.

Immer hübsch eins nach dem anderen, dachte er, während er in seinem Arbeitszimmer zum Telefon griff.

»Cynthia«, sagte er, »ich rufe an, weil ich glaube, Sie verfügen über einiges Wissen über Kinder, an dem es mir völlig gebricht. Meine Frage ist folgende: Was genau ist ein Torfkopf?« Er lauschte aufmerksam. »Aha. Hm. Das mußte ich wissen. Sie waren mir eine große Hilfe, wie immer. Ja, ich würde Ihre Kaninchenzeichnungen schrecklich gern sehen. Ich ruf' Sie bald mal an. Ja, vielen Dank.«

Das hieß es also! Um die Wahrheit zu sagen, er hätte selbst gute Lust, Buster Austin eine ordentliche Tracht Prügel zu verpassen.

Wie sollte er die Sache angehen? Natürlich konnte ein Junge nicht einfach Nasen zerhauen und mit Kartoffelbrei um sich werfen, andererseits hatte er ihm schon einmal ein Ultimatum gestellt, und jetzt mußte er das offensichtlich wieder tun. Dem ursprünglichen Ultimatum hatte es offensichtlich an Überzeugungskraft gemangelt, aber er hatte keine Ahnung, was er sonst tun sollte. Hal Owen vielleicht? Der hatte schließlich mal einen Jungen großgezogen!

Er tat es schon wieder. Er lief im Kreis herum.

Hallo Walter, sagte er im Lauf seiner imaginären Unterhaltung, hier Timothy, ich breche in einer Stunde auf und erwarte dich wie abgemacht am Flugplatz von Shannon.

Ich hoffe, du hast deinen Wanderstock eingepackt. Wann ich vorhabe zurückzukehren? Walter, ich habe überhaupt nicht vor zurückzukehren. Überhaupt nicht. Sieh mal, hier ist ein Junge, der mich in den Wahnsinn treibt, und eine Frau, die den Dreh raus hat, mein Herz hämmern zu lassen, und jemand hat mir mit Gewalt meinen Hund entrissen, und damit ist die Liste noch nicht zu Ende. Nein, ehrlich, ich kaufe mir ein kleines Cottage, möglichst mit Strohdach. Allerdings, ich hab' mir sagen lassen, daß Stroh Mäuse anzieht …

Verwünscht! Er erinnerte sich an Emmas Hochzeit am Samstag, für die er ein wenig übereilt das Versprechen gegeben hatte, einen Schinken zu backen und sich um die Blumen zu kümmern. Trotz seiner gewählten Ausdrucksweise und seiner hervorragenden Ausbildung hatte er nie gelernt, ein einziges einfaches Wort über die Lippen zu bringen: nein.

Es klopfte leise an der Tür. Seine Nachbarin, dessen war er sich absolut sicher, wollte er auf keinen Fall sehen. Da hörte er es wieder, was ihn seltsam wütend machte.

Er öffnete die Hintertür und sah ein Mädchen mit blondem Haar und großen, grauen Augen, das ihn durch die Fliegentür anblickte.

»Kann Dooley rauskommen?« fragte sie mit leicht verängstigter Miene.

»Tut mir leid, kann er nicht«, erwiderte der Pfarrer.

»Vielen Dank«, sagte sie und ging die Treppe hinunter und durch die Hecke Richtung Baxter-Park.

Emmas Hochzeit. Miss Sadies Liebesgeschichte. Cynthias erschreckender Antrag. Und jetzt eine hübsche Besucherin für Dooley. War das eine Epidemie?

Er verspürte einen jähen brennenden Durst und trank ein Glas Wasser. Danach war er plötzlich zu müde, um zu stehen. Er setzte sich für eine Weile auf das Sofa im Arbeitszimmer. Er wußte einfach nicht, was er mit Dooley machen sollte. Er würde die Sache in seine Gebete einschließen und ganz in Gottes Hand legen und darauf bauen, daß Er das Kind schon schaukeln würde.

Es wurde bereits dunkel, als er die Treppe hinaufstieg und an Dooleys Tür klopfte.

»Jaa«, sagte Dooley. Er trat ein.

»Wir haben ziemlich viel zu bereden, wenn wir die Sache in Ordnung bringen wollen. Aber bevor das passiert, möchte ich gern etwas sagen.«

Der Junge blickte auf. Sein Gesicht trug neue Schwielen, aber es waren die alten Schwielen in seiner Seele, die der Pfarrer sah und spürte.

»Dooley«, sagte er schlicht, »Ich möchte dir danken, daß du heute für mich eingetreten bist.«

Kapitel 19

Eine Liebesgeschichte

»Kommen Sie rein, mein Lieber, wir freuen uns, ein junges Gesicht in diesem sonst nur von alten Leuten bevölkerten Haus zu sehen.«

Er umfaßte Louella mit einem Arm, während er mit dem anderen die Gloxinie festhielt, die er im Blumenlädchen aufgelesen hatte.

»Was soll ich denn damit anfangen?« fragte Louella, die gerade einen überaus heiklen Bostoner Farn verloren hatte.

»Stellen Sie sie in Miss Sadies Fenster und geben Sie ihr einmal die Woche Wasser.«

»Ich könnte sie auch einfach hier stehenlassen, damit sie sich ihr eigenes Wasser holt. Sehen Sie das da hinten?«

Er blickte die abbröckelnde Farbe hinauf zu einem dunklen Fleck an der Decke. »Das sieht aber gar nicht gut aus.«

»Miss Sadie sagt, lassen wir's reinregnen; ihr ist's egal, solange wir das Wasser in einem Eimer auffangen. Meinen Sie nicht auch, daß sie, wenn sie vorhätte, noch eine Weile zu leben, ein neues Dach machen ließe?«

»Hm ...«

»Und wenn sie vorhätte weiterzuleben, hätte sie es dann so eilig, Ihnen ihre Liebesgeschichte zu erzählen?« Louella schüttelte den Kopf. »Diese ganze Sache macht mir große Sorgen.«

Miss Sadie saß im Bett, gestützt von den geblümten Kissen ihres Diwans, und sah in einem Bettjäckchen aus Satin strahlend und erwartungsvoll aus.

»Pfarrer Tim! Sie haben uns Ihre berühmte Gloxinie mitgebracht. Louella, wenn der Pfarrer Ihnen jemals eine Gloxinie mitbringt, sind Sie offiziell krank.«

»Miss Sadie, Sie sind aber nicht offiziell krank.«

»Hm, tja, egal. Setzen Sie sich gleich hierhin.« Sie

klopfte auf den Arm eines Sessels, der bereits am Bett stand. Pfarrer Tim stellte den Blumentopf auf Miss Sadies sonniges Fenstersims und setzte sich.

»Hm, so, also, erzählen Sie's mir«, sagte er, während er sich seine Jacke aufknöpfte. »Sind Sie krank?«

»Kein Fitzelchen. Ich bin bloß müde. Manch einer verwechselt krank mit müde. Aber ich kenne den Unterschied, und ich bin eindeutig müde.«

»All die Jahre, wo Sie nur gefrorene Pasteten und Weißbrot gegessen haben, die sind schuld an der Müdigkeit«, sagte Louella und stemmte die Hände in die Hüften. »Ich gehe jetzt runter und machte das Mittagessen fertig, und es gibt gekochtes Gemüse mit einem schönen Stück Schweinefleisch drin. In Gemüse ist viel Eisen, auch wenn anschließend das ganze Haus danach stinkt. Ihnen wird es auf jeden Fall gut tun, habe ich nicht recht, Pfarrer Tim?«

Sie zwinkerte dem Pastor zu, ging aus dem Zimmer und schloß die Tür hinter sich.

»Sie ist die beste Aufmunterung der Welt für mich«, sagte Miss Sadie zufrieden. »Ich hab' in diesem leeren alten Haus gescheppert wie ein Samen in einem Kürbis. Wenn ich jetzt niese, sagt wenigstens jemand: ›Gott segne dich‹!«

Jemand, der ›Gott segne dich‹ sagt, dachte der Pfarrer. Das wäre mal ein Predigtmotiv!

»Ich werde in ein oder zwei Tagen dieses Bett verlassen, und dann bin ich so gut wie neu. Aber erzählen Sie mir etwas von sich. Vermissen Sie Ihren Hund?«

»Schrecklich«, sagte er. »Ich hätte mir nie träumen lassen ...« Er räusperte sich, und sie schwiegen einen Augenblick lang. »Ich hätte mir nie träumen lassen, daß einem ein Tier so viel bedeuten kann. Vielleicht klingt das etwas töricht, aber Barnabas hatte wirklich eine nachdenkliche Seele. Er war mir in jeder Hinsicht ein Kamerad.«

Sie sah ihn aufmerksam an. »Sie sagen, er *war* Ihnen ein Kamerad, und er *hatte* eine nachdenkliche Seele. Das ist Vergangenheit.« Sie hielt ihm die Hand hin. »Das Leben ist so kurz, lassen Sie uns im Präsens reden, ja? Ich bin von ganzem Herzen davon überzeugt, daß Sie Ihren Barnabas zurückbekommen werden.«

Sie lächelte und drückte seine Hand, eine Geste, die ihm unermeßlich tröstlich schien.

»Vielen Dank, Miss Sadie. Sie wissen, ich bin hergekommen, um mir Ihre Liebesgeschichte anzuhören, falls Sie in Stimmung sind, sie zu erzählen. Das einzige, was ich heute noch vorhabe, ist ein Besuch bei Evie Adams, also haben wir jede Menge Zeit.«

»Evie? Was hat Miss Patty jetzt schon wieder angestellt?«

»Sie hat die Vogeltränke weggegeben.«

»Ach herrje, diese allseits berühmte Vogeltränke! Als ich das letzte Mal von ihr hörte, war Miss Patty im Morgenrock aufs Dach geklettert und sang ›Amazing Grace‹. Ich hoffe, ich werde niemals alt!«

»Ich glaube, diese Gelegenheit haben Sie schon vor einer ganzen Weile verpaßt.«

»Das Pflegeheim wird manches besser machen, nicht wahr, Pfarrer Tim?«

»Mehr als wir uns jetzt vorstellen können.«

»Es ist wunderbar, was einem alles in den Sinn kommt, wenn man sich wirklich Zeit zum Nachdenken nimmt. Daß ich hier die letzten Tage einfach nur rumgelegen habe, hat mir geholfen, die Dinge klarer zu sehen. Zum einen möchte ich es nicht Pflegeheim nennen. Ich weiß, daß es ein Heim sein wird und daß die Menschen darin Pflege brauchen, aber das Wort Pflegeheim hat einen so traurigen Beiklang, daß wir unseres einfach anders nennen müssen. Würden Sie mir helfen, einen Namen zu finden?«

»Mit Freuden.«

Ein leichter Luftzug wehte durch die offenen Fenster des Schlafzimmers mit seiner hohen Decke und dem kühlen Hartholzfußboden. Auf Miss Sadies Ankleidekommode sah Pfarrer Tim wieder die alten Fotos in den Silberrahmen. Da war das Gesicht der Frau, das auf so unheimliche Weise dem Olivia Davenports glich. Und der grüblerische, leidenschaftliche Blick des Mannes namens

Willard Porter, dessen prachtvolles Haus vor den Augen des ganzen Dorfes zu einer Ruine zerfiel.

Miss Sadie holte tief Luft.

»Pfarrer Tim«, sagte sie, »das, was ich Ihnen jetzt erzähle, hat noch keine Menschenseele gehört. Ich baue darauf, daß Sie es mit ins Grab nehmen.«

»Versprochen«, sagte er feierlich und lehnte sich dann im Sessel zurück, der äußerst bequem war.

»Ich habe immer wieder darüber nachgedacht, wo ich anfangen soll«, sagte sie, faltete ihre kleinen Hände und blickte zum offenen Fenster hin. »Und obwohl es mit dem Rest der Geschichte eigentlich nicht viel zu tun hat, wandern meine Gedanken immer zu der Zeit zurück, als ich ein kleines Mädchen war und in diesen Apfelgärten spielte. Sie können sich gar nicht vorstellen, wie ich die Obstgärten damals geliebt habe. Und dann die Art, wie die Äpfel ins Gras fielen und in der warmen Sonne aufbrachen. Dann kamen die Bienen und Schmetterlinge zu Hunderten, und der Duft, der vom Boden des Obstgartens aufstieg, war immer wieder ein süßes und berauschendes Erleben.«

Sie legte sich wieder in die Kissen und schloß lächelnd die Augen. »Macht es Ihnen etwas aus, wenn ich ein wenig abschweife?«

»Ich wäre enttäuscht, wenn Sie es nicht täten.«

»Ich habe immer meine Puppen mit nach draußen in den Garten genommen. Wenn man die Hintertreppe hinunterläuft, von dort aus am Tor und an der alten Waschküche vorbeigeht und sich dann nach rechts wendet – das war mein Lieblingsplatz. Louellas Mutter, China Mae, ging so gerne mit mir hin! Ja wirklich, sie spielte mit den Puppen, als wäre sie selbst noch ein kleines Mädchen. Sie war so fröhlich, so voller Leben. Ich war neun, als wir von Wesley hierherzogen, in das neue Haus, das Papa gebaut hatte, und China Mae war zwanzig. Sie war meine allerbeste Freundin auf Erden.

Sie war so schwarz, Pater! Ich habe gern ihren Kopf hin und her gedreht, um zu sehen, wie das Licht auf ihrem

Gesicht spielte, um den blauen Schimmer in dem Schwarz zu sehen!

Sie hat mich immer kleine Kröte genannt. Ich habe keine Ahnung, warum, und ich würde es gerne wissen. Aber das werde ich wohl rausfinden, wenn ich sie im Himmel wiedersehe.«

»Ich hoffe, Sie haben nicht vor, es bald herauszufinden.«

»Natürlich nicht! Ich werde noch ewig und ewig leben. Ich habe noch so viel zu tun, wissen Sie.«

Die Uhr tickte auf der Kommode.

»Nun, damals gab es ein großes Haus in Mitford, genau da, wo heute die Baptistenkirche steht. Es hieß Boxwood, und es war ein herrliches Haus. Es gehörte Miss Lureen Thompson. Sie war wie ich ein Einzelkind; ihre Eltern waren bei einem Picknick von einem Steinschlag getötet worden. Ihr Chauffeur wartete im Wagen darauf, daß sie zurückkehrten, und sie kamen und kamen nicht, und als er nachsehen ging ...« Miss Sadie schauderte. »Es war furchtbar, haben die Leute gesagt. Miss Lureen war am Boden zerstört. Wissen Sie, wie sie versuchte, darüber hinwegzukommen?«

Er wußte es nicht.

»Partys! Bei Miss Lureen war immer was los. Und China Mae und ich wurden stets eingeladen, um vor einer Party die Süßigkeiten zu kosten. Ihre Köchin war genauso groß wie ihr Ofen, und ihre Cremehörnchen waren das beste, was Sie je gekostet haben, ganz zu schweigen von ihrer Götterspeise. Ich habe mehrmals davon geträumt. Sie hat immer eine riesige Abwaschschüssel voll gemacht, weil die Leute so verrückt danach waren.

Miss Lureen sagte oft: ›Die Libelle leuchtet nur im Flug. Genauso ist es mit uns. Wenn wir stehenbleiben, verdunkeln wir uns.‹ Das habe ich nie vergessen.

Oh, wir alle liebten Boxwood! Ungezählte Diener liefen im Haus herum, und sie schienen alle so glücklich mit ihrer Arbeit zu sein. Miss Lureen war gut zu ihren Leuten. Wissen Sie, was sie mit ihrem Packard gemacht hat, als der langsam klapprig wurde? Sie hat ihn ihrem Chauffeur geschenkt. Ihrem Chauffeur! Er hat ihn wieder fahrtüchtig gemacht, und er war so gut wie neu, als er ihn nach Miss Lureens Tod zurück nach Charleston fuhr.

Sein Name war Soot Tobin. Schwarz wie Ruß, sagten die Leute. Er war ein großer, kräftiger Mann, der so furchtbar stotterte, daß er kaum je etwas sagte. Aber wenn er es dann tat, hörten die Leute zu, Schwarze wie Weiße, denn seine Stimme war so tief wie der Baß einer Kirchenorgel. China Mae wurde regelrecht schwindelig, wenn sie ihm zuhörte. Egal, was er sagte, sie kicherte immer nur, kicherte, was das Zeug hielt. Sie müssen wissen, daß China Mae nicht richtig ... nun, sie wurde niemals richtig erwachsen, was einer der Gründe ist, warum ich sie so liebte. Sie war genau wie ich!

Eines Tages kam ich von der Schule nach Hause und konnte nicht glauben, was passiert war.

China Mae würde nie wieder mit meinen Babypuppen spielen müssen, denn sie hatte jetzt selbst eine, genauso schwarz wie sie. Sie lag schlafend neben ihr im Bett und hatte ein weißes Kleidchen an. Meine Mama stand am Bett und blickte auf das Baby hinab, während ihr die Tränen nur so übers Gesicht liefen.

›Sadie‹, sagte sie zu mir. ›Das ist Louella. Gott hat sie zu uns geschickt, damit sie von jetzt an bei uns lebt.‹«

Miss Sadie schüttelte den Kopf und lächelte den Pfarrer an. »Ist das nicht eine Überraschung? Eines Tages von der Schule nach Hause zu kommen und seine zweitbeste Lebensgefährtin vorzufinden, direkt vom Himmel geschickt?«

Er lachte froh. Gab es etwas Erstaunlicheres und Wunderbareres als die Lebensgeschichte eines anderen Menschen?

»Nun, ich habe mich geradezu auf die Kleine gestürzt. Ich habe sie gewiegt, ich habe sie gebadet, ich habe sie in einem kleinen Wagen herumgefahren, ich habe ihr Kleider genäht – ich war überglücklich, sie zum Spielen und Liebhaben bei mir zu haben, und Mama ging es da nicht anders.

Als sie nicht mehr gestillt wurde, fing ich an, sie mit in die Stadt zu nehmen. Ich zog sie genauso an wie mich selbst, und die Leute sagten: ›Da kommt Sadie Baxter mit diesem kleinen Nigger.‹

Das habe ich nie gern gehört, nicht mal als Kind. Ich wollte, daß Louella meine Schwester war, ich spielte, daß wir Schwestern wären, und wenn ich dann in die Stadt fuhr, sagten die Leute so was! Also fuhr ich nicht mehr hin.

Wir blieben zu Hause und spielten. Ich habe meine Besuche in der Stadt nie vermißt. Mama engagierte einen Privatlehrer für mich. Mr. Kingsley. Ich sag' Ihnen eins, er hatte den schlimmsten Mundgeruch auf der Welt, aber er brachte mir die schönste Schreibschrift bei, die Sie je gesehen haben, und er war wirklich gut in Geschichte. Mama ließ all meine Kleider und Schuhe ins Haus liefern, China Mae schnitt mir das Haar, und wir gingen zu dem Arzt und dem Zahnarzt, die ihre Praxis in der Nähe von Papas Sägewerk hatten. Manchmal kamen die Ärzte aber auch rauf in die Berge, um uns zu untersuchen, und Mama legte eine prächtige Decke auf, als käme der Präsident persönlich.

Wir nannten es ›Doktortag‹, aber ich konnte mich für diesen Tag nie erwärmen. Ich schnappte mir Louella, und wir liefen davon, um uns im Obstgarten zu verstecken.«

Miss Sadie lachte mit geschlossenen Augen. Pfarrer Tim konnte sehen, daß ein Film vor ihr ablief, in dem sie gleichzeitig der Star und der Regisseur war. Auch er schloß die Augen und zog seine Füße lautlos aus den Slippern.

»Als Louella ungefähr drei Jahre alt war, sagte Mama, sie hätte keine Lust mehr, sie und China Mae zu Hause zu lassen, wenn wir zur Kapelle Unseres Herrn gingen. Es gab nur ungefähr ein Dutzend Schwarze in Mitford, wahrscheinlich nicht genug für eine eigene Kirche. Also, sagte Mama, würden wir von nun an alle zusammen hingehen, genau dazu habe Gott uns nämlich die Kirchen gegeben.

Papa gefiel das überhaupt nicht, aber Mama gab nicht nach. Sie holte die Bibel und das Gebetbuch und rieb ihm unter die Nase, was da geschrieben stand.

Von da an gingen also China Mae, Louella, Papa, Mama

und ich die Straße hinunter zur alten Kapelle Unseres Herrn. Wir saßen alle in derselben Bank.

Ich glaube nicht, daß jemand jemals ›Nigger‹ sagte, denn die Leute hatten Angst vor meinem Vater. Ich meine, sie respektierten ihn, ganz zu schweigen von der Tatsache, daß er viel Geld spendete.

Nach kurzer Zeit schien es, als würde niemand mehr Notiz davon nehmen; es war die natürlichste Sache auf Erden. Was die Leute außerhalb der Kirchentore sagten, weiß ich nicht, aber wenn China Mae mal einen Sonntag nicht mitkam, weil sie krank war, erkundigten sich viele Damen nach ihrem Befinden.

Das Leben war in jenen Tagen besser. Wirklich, das war es. Wenn China Mae die Wäsche besorgte, war das ein richtiges Ereignis. China Mae hatte ihre helle Freude daran, die Kleider wieder sauberzumachen, während die Leute das heute als Plackerei betrachten würden. Wir haben den Waschtag jedenfalls immer geradezu gefeiert. Mama machte einen gestürzten Ananaskuchen, und Louella und ich buken Plätzchen aus Biskuitteig und Zimt und Zucker, und nachdem der Großteil der Arbeit getan war, setzten wir uns alle hin und gaben ganz für uns allein eine richtige Teegesellschaft.«

Draußen vor dem offenen Fenster zwitscherte ein Vogel, und ein Lufthauch bauschte die luftigen Vorhänge. Pfarrer Tim ertappte sich dabei, wie er einnickte, und setzte sich sofort aufrecht hin.

»Sie wissen doch, daß in der Bibel immer die Rede von den Armen ist? Zweimal die Woche besuchte Mama die Armen. Sie packte einen großen Korb mit den besten Sachen auf der Welt, band sich ihr blaues Tuch um den Kopf und ging zu den Armen.

Sie nahm mich nie mit, nicht ein einziges Mal, aber sie brachte mir einige Verse aus den Sprüchen Salomos bei, aus dem einunddreißigsten Kapitel: ›Sie breitet ihre Hände aus zu den Armen und reicht ihre Hand den Bedürftigen …‹ Das war ihre liebste Stelle in der ganzen Bibel; sie sagte, sie habe sie sich zum Vorbild genommen.

Diese goldenen Tage gingen so schnell dahin. Ich wollte immer Kind bleiben, aber bevor ich richtig wach war, war ich sechzehn, und es war Zeit, nach Übersee zu gehen. Übersee! Was für ein hassenswertes Wort. Ich lernte, es von Herzen zu verabscheuen. So viele Mädchen hätten alles dafür gegeben, ›nach Übersee‹ zu gehen.

Als ich hörte, daß Onkel Haywood Papa überredet hatte, mich wegzuschicken, war ich schockiert; ich fühlte mich verraten. Wie konnte er mich in ein anderes Land schicken? Ich wußte, ich hatte mich hunderte Male über Mr. Kingsleys Mundgeruch beklagt, aber das war für mich noch lange kein Grund, meine Ausbildung auf die andere Seite der Welt zu verlegen!«

Miss Sadie öffnete die Augen. Sie schwieg einen Moment lang und betrachtete die verblichenen gelben Rosen der Tapete.

»Ich sehe Papa heute noch vor mir. Kurz bevor wir soweit waren, daß wir nach Charleston fahren konnten, um dort das Schiff zu nehmen, erschien er in der Haustür. Ich erinnere mich noch an das ganze Gepäck, die großen Schiffskoffer und die Hutschachteln; alles war in der Halle aufgestapelt, und da kam Papa hereingestürmt und warf seinen Hut auf den Tisch. Er war außer sich vor Zorn; ich hatte ihn noch nie so zornig gesehen. Die Adern an seinem Hals traten hervor, und seine Kopfhaut war da, wo das Haar dünner wurde, so rot wie Feuer.

›Dieser Schweinehund!‹ sagte er immer wieder. Er schrie. Ich dachte wirklich, ein Hund hätte ihn gebissen! Aber nein, es war viel schlimmer.

Mama versuchte, ihn dazu zu bewegen, sich hinzusetzen und eine Limonade zu trinken. Es war so heiß, daß ihm das Hemd am Leibe klebte. Es war August. Aber er wollte nicht auf sie hören und fing von neuem an, sagte Sachen wie ›Schurke‹ und ›Abschaum der Erde‹.

Es stellte sich heraus, daß er mit dem Wagen vom Sägewerk auf einem Holzweg den Berg heraufgefahren war, und jemand hatte ihn so schnell überholt, daß Papa seinen Buick in den Graben gefahren hatte, wodurch der schöne

Kühlergrill und die Kotflügel beträchtlichen Schaden nahmen.«

Miss Sadie sah den Pfarrer an. »Mein Papa war ein guter Mensch, aber nicht die Art Mann, die man gern von der Straße drängen würde, und schon gar nicht in einen Graben hinein. Wissen Sie, damals waren die Zeiten anders, und es galt als geradezu ehrenhaft für einen Mann, wegen einer Ungerechtigkeit zu zürnen.«

Sie seufzte. »Ich nehme nicht an, daß ich Ihnen sagen muß, wer ihn von der Straße gedrängt hat.«

Nein. Nein, das brauchte sie nicht. Pfarrer Tim blickte zu dem Foto des hübschen jungen Willard Porter auf der anderen Seite des Zimmers, dieses jungen Mannes, dessen dunkler Blick den Raum so machtvoll zu durchbohren schien, daß er genauso gut hätte anwesend sein und lauschen können.

»Papa mußte einen Wagen borgen, um nach Charleston zu fahren, und in jenen Tagen verliehen die Leute ihre Autos nicht gern, was Papa noch mehr erregte. Unterwegs sprach er über den Zwischenfall auf dem Holzweg. Er schien nicht darüber hinwegzukommen. Er wußte nicht, wer es getan hatte, er hatte den Wagen nicht erkannt, aber es war ein neuer, ziemlich auffälliger Wagen gewesen. Und je mehr er darüber redete, um so weiter entfernte er sich von seinem eigentlichen Charakter. Natürlich versuchte er, nicht über meinen Abschied zu reden, denn jedesmal, wenn er das tat, weinte er ein wenig.

Er hatte seit ihrer Hochzeit niemals eine Nacht fern von meiner Mutter zugebracht, und es war ein großes Opfer für ihn, auf uns beide gleichzeitig zu verzichten, denn sie ging mit mir – um bei uns zu bleiben, bis ich mich eingelebt hatte.

Man hätte dieses große Schiff auf unseren Tränen zu Wasser lassen können!« sagte Miss Sadie lachend. »Und stellen Sie sich vor – nachdem wir all diese prächtigen Kleider und Hüte und Schiffskoffer gekauft hatten, nachdem wir ausgerechnet im August nach Charleston gefahren waren und diese lange Reise quer über den Ozean gemacht hatten, noch dazu in diesem gewaltigen Sturm, der einen Frachter in zwei Stück riß, und nach all diesen tränenbenetzten, heimwehkranken Briefen – nach alledem kehrten wir einfach zwei Monate später wie der geölte Blitz nach Hause zurück!«

»Aber denken Sie nur, welche Erinnerungen Ihnen über all die Jahre von dieser kurzen Zeit geblieben sind.«

Mit dem einzigen Anflug von Ironie, den er je in ihrer Stimme gehört hatte, sagte sie: »Ja. Aber denken Sie nur, was diese Reise meinem Herzen angetan hat.« Plötzlich schrillte eine Alarmglocke so laut, daß sein eigenes Herz zu hämmern begann. »Gütiger Gott!« rief er, schob seine Füße hastig zurück in seine Schuhe und stand auf der Stelle auf.

»Das ist nur Louella«, sagte sie strahlend. »Das Mittagessen muß fertig sein. Pfarrer Tim, mein lieber Freund, würden Sie sich freundlicherweise kurz umdrehen und zur Tür blicken?«

Mit klingelnden Ohren tat er wie geheißen, während sie aus dem Bett stieg und in Pantoffeln und Morgenrock schlüpfte.

»Jetzt können Sie wieder hinsehen!« sagte sie, trat dann auf die Wand gegenüber ihrem Bett zu und ergriff etwas, das wie ein Schubladengriff unter einem Gemälde aussah. Eine kleine Tür in der Wand öffnete sich, und Miss Sadie steckte den Kopf hindurch. »Ja, Louella?«

»Miss Sadie!« hörte er Louellas helle Sopranstimme den Schacht hinaufdröhnen: »Will der Pfarrer Essig in seinem Gemüse?«

»Pfarrer Tim, wollen Sie Essig in Ihrem Gemüse?«

»Ich glaube nicht. Ein wenig Butter vielleicht.«

»Louella, er möchte keinen Essig, er möchte Butter.«

»Butter! Ich hab' noch nie gehört, daß man Butter ans Gemüse gibt. Miss Sadie, wollen Sie Ihren Tee heiß oder kalt?«

»Was ist einfacher?«

»Kalt wäre fertig.«

»Schick kalten rauf«, sagte Miss Sadie mit einigem Vergnügen. »Und denk dran, daß der Pfarrer seinen gerne sehr süß hat.«

»Ah, jetzt nicht mehr«, sagte der Pfarrer, der ein wenig nervös geworden war.

»Louella, jetzt nicht mehr«, rief seine Gastgeberin.

»Was haben Sie gesagt?«

»Er trinkt seinen Tee heute nicht mehr so besonders süß.«

»Keinen Zucker«, sagte er und fühlte sich so elend dabei, als hätte er gerade ein Klagegedicht verfaßt.

»Ich esse hier unten in der Küche«, rief Louella. »Wollen Sie beide eine Beilage zu Ihren Bohnen?«

»O ja, gern«, sagte der Pfarrer, der im Zimmer auf und ab ging.

»Ja, Louella und zwar jede Menge. Und laß nicht wieder die Glocke klingeln; er wäre vorhin fast ohnmächtig geworden. Klopf einfach zweimal mit dem Besenstiel und schick alles rauf.«

Die Diskussion über die Einzelheiten des Mittagessens hatte ihm wieder das alte Zucken in der Magengegend beschert, aber der Tee, der mit dem schweigenden Butler hinaufkam, belebte ihn.

»Pfarrer Tim«, sagte Miss Sadie, die sich nach dem Mittagessen wieder ins Bett gesetzt hatte, »Sie können sich gar nicht vorstellen, wie wunderbar es ist, jemanden zu haben, der mich einfach reden läßt. Ist Ihnen je aufgefallen, daß gerade dann, wenn die Leute alt werden und so viel zu erzählen haben, den anderen es lieber wäre, sie würden schweigen? Ich hoffe, wenn Sie alt werden, werden Sie auch jemanden haben, der Sie einfach reden läßt.«

»Ich empfinde es als großen Segen, daß die Leute mich jeden Sonntag meines Lebens drauflosreden lassen«, sagte er munter, während er seine Serviette zusammenfaltete und auf das Tablett legte.

»Ach, papperlapapp, Sie sind zu bescheiden. Sie reden keineswegs drauflos, Sie kommen gleich auf den Punkt, und das ist immer Gottes Punkt. Aber wissen Sie, was ich noch mehr schätze als Ihre Predigten?«

»Was denn?«

»Die Tatsache, daß Sie uns lieben. Ja, für mich ist es genug, daß Sie uns lieben.« Sie schloß die Augen und atmete langsam aus. »Ah, der Frieden. Was für ein Segen. Werden Sie mich morgen wieder besuchen? Solange das Eisen noch heiß ist, könnte man sagen. Ich glaube nicht, daß ich die Kraft habe, meine Geschichte heute bis zum Ende zu erzählen.«

»Gern. Gleich nach dem Mittagessen. Sie brauchen morgen nichts für mich zu arrangieren. Ich bringen Ihnen einen Doughnut von Winnie mit.«

»Einen einfachen«, murmelte Miss Sadie. »Ohne Füllung.«

Er ging, so leise er konnte, über den knarrenden Fußboden und schloß die Tür hinter sich.

Miss Sadie saß mit einer Wolldecke auf den Knien in einem Ohrensessel mit Schonbezug am Fenster. »Ich habe die ganze Nacht nachgedacht«, sagte sie, »und ich möchte keinen Augenblick verschwenden.«

Er nahm auf dem Ohrensessel ihr gegenüber Platz und knöpfte seine Jacke auf. »Ich habe bis drei Uhr Zeit, Miss Sadie. Bis dahin gehöre ich Ihnen.«

»Als Mama und ich Willard in Paris kennenlernten, hätten wir uns natürlich nie träumen lassen, daß er derjenige war, der Papa von der Straße abgedrängt hatte. Er war so nett, so aufmerksam, so natürlich. Er war gerade von Tennessee nach Mitford gezogen, und wir erfuhren aus seinen Bemerkungen, daß seine Familie über keinen nennenswerten Besitz verfügte. Er war ein Junge, der versuchte, aus seinen gottgegebenen Talenten das Beste zu machen; er erfand eine Sache nach der anderen, immer auf pharmazeutischem Gebiet.

Zu seinen Erfindungen gehörte auch ›Formel R‹, wobei das R für Rose stand. Formel R war gut als Salbe für Verbrennungen oder andere Wunden. Es war ein Antiseptikum und wirkte wahre Wunder, aber es brannte wie Feuer.

Wir hatten eine so wunderbare Zeit zusammen in Paris. Aber als wir nach Hause kamen und Papa von dem Jungen aus Mitford erzählten, mit dem wir uns an diesem fremden Ort angefreundet hatten – nun, ich dachte, er würde einen Schlaganfall bekommen.

Der entsetzliche Zorn, der in ihm aufwallte, war völlig unfaßlich für mich; so etwas hatte ich noch nie erlebt. Er sagte, Willard Porter sei Abschaum von der niedersten Art, ein ungebildeter Heide ohne einen Pfennig in der Tasche, ohne Zukunft oder Herkunft, und wir durften seinen Namen in unserem Haus kein einziges Mal mehr erwähnen. Er war so böse auf Mama, als hätte er ihn betrogen.

Später fand ich heraus, daß Papa sich mit Willard befaßt hatte, nachdem dieser aus Paris zurückgekommen war, denn als ich Willard eines Tages um das Denkmal herumfahren sah, tat er, als hätte er mich nicht bemerkt.

Eines Tages brachte China Mae mir einen Brief. Er war winzig klein zusammengefaltet. Sie hatte ihn in ihrem Kleid versteckt. Er war von Willard, und als ich die Handschrift sah, dieselbe Handschrift wie in den Briefen, die in Paris mit den Rosen gekommen waren, schlug mein Herz so wild, daß ich mich niedersetzen mußte.

China Mae sagte: ›Wagen Sie es ja nicht, ohnmächtig zu werden, Ohnmachten sind eine gräßliche, typisch weiße Angewohnheit.‹

Ich habe das kleine Briefchen immer noch. Seine Botschaft lautete wie folgt: ›Ich habe den allerschlimmsten Fehler meines Lebens gemacht. Der Zwischenfall auf der Straße war unentschuldbar und vollkommen unbeabsichtigt. Ich bedaure zutiefst, daß ich diesen Zwist verursacht habe, und ich bin bereit, alles in meiner Macht Stehende zu tun, um die Erinnerung daran auszulöschen. Ich habe mich mit von Herzen kommender Aufrichtigkeit bei Ihrem Vater entschuldigt, aber er weigert sich, mich anzuhören. Ich weiß nicht, was ich im Augenblick noch mehr tun kann. Bitte, verzeihen Sie mir. Ihr treuer Diener Willard James Porter.‹

›Mama‹, sagte ich, ›ich glaube, ich liebe Willard.‹

Sie sagte: ›Du darfst nicht einmal davon sprechen, nicht einmal deinem Herzen gestatten, so etwas zu denken. Dieser Zwischenfall hat deinen Vater auf eine Art und Weise verändert, die mir unbegreiflich ist.‹

Wie schon als kleines Mädchen fuhr ich einfach nicht mehr in die Stadt. Wir ließen meine Kleider wieder ins Haus bringen. Mama half mir, meine Ausbildung zu vollenden, und ich spielte Klavier, stickte, las Bücher und ging jeden Abend in die Kirche, wo ich eine Kerze entzündete, niederkniete und mit Gott sprach. Man hätte meinen können, der Himmel habe sich vor mir verbarrikadiert, als habe Gott befohlen: ›Nagelt alles schön fest zusammen, falls Sadie Baxter versucht, zu uns durchzukommen.‹

Es schien unendlich lange Zeit vergangen zu sein, als China Mae eines Tages erzählte, daß jemand drüben in der Stadt ein großes Haus baute, eine richtige Villa, ganz weiß und mit einer Rundum-Veranda und zahllosen Giebeln und sogar einem Ausguck auf dem Dach, obwohl der Ozean Hunderte von Meilen entfernt war.

In der Kirche redeten alle darüber, jeder sprach von Willard, der mit seinen pharmazeutischen Erfindungen reich wurde.

Wann immer Willards Name fiel, ob in der Kirche oder woanders, ging mit Papa eine schreckliche Veränderung vor sich. Man sollte meinen, die Jahre hätten sein Herz wegen eines törichten, unglücklichen Zwischenfalls weicher gemacht, aber so war es nicht.

Wissen Sie, Pfarrer Tim, wenn ich so zurückblicke, waren Papa und Willard sich recht ähnlich. Auch er kam aus dem Nichts, auch er hatte keine besondere Ausbildung; in vieler Hinsicht war er ein rauher Mann, aber er hat hart an sich gearbeitet. Er las Bücher und hatte Zutritt zu den besten Kreisen, genau wie Willard.

China Mae kam ab und zu ganz aufgeregt aus dem Dorf

nach Hause. ›Ich hab' ihn gesehen, Miss Sadie‹, sagte sie dann, ›ich hab' Ihren Willard gesehen, und er ist einfach der hübscheste Mann, den Sie sich nur denken können.‹

Er eröffnete dann eine Apotheke auf der Hauptstraße, wo jetzt Happy Endings drin ist. Und dann noch eine in Wesley und zwei in Holding.

Eines Tages bekam ich einen Brief von ihm, aus heiterem Himmel. Den würde ich Ihnen gern zeigen. Ob Sie wohl so freundlich wären, Pfarrer Tim, die rechte obere Schublade der Kommode zu öffnen?«

Er öffnete die Schublade, und eine Wolke von Lavendelduft schlug ihm entgegen. Er nahm den elfenbeinfarbenen Umschlag an sich und ging zu seinem Sessel am Fenster zurück.

Er zog das spröde Briefpapier heraus, entfaltete es, und sah gleich das Datum des Schreibens: 13. Juni 1927. Er las laut vor: »›Meine liebe Sadie, ich habe Sie gestern vorbeigehen sehen, und obwohl Sie mich nicht gesehen haben, war ich von Ihrer Süße und Anmut doch zutiefst berührt. Ich weiß, es ist riskant, Ihnen zu schreiben, und ich habe China Mae ausdrücklich aufgetragen, daß Sie diesen Brief, nachdem Sie ihn gelesen haben, verbrennen müssen. Ich flehe Sie an, das zu tun, denn ich nehme mir diese Freiheit nur mit großer Sorge um Ihr Glück.

Ich habe einmal gesagt, daß ich Sie, wenn Sie erwachsen sind, gern heiraten würde. Heute sind Sie einundzwanzig, und ich glaube, das kann wohl als erwachsen gelten.

Ich selbst bin sechsundzwanzig, mein Geschäft läuft endlich recht gut, und ich fange an, für mich, meine Mutter und meine kleine Schwester ein Heim zu schaffen. Zum ersten Mal ist es mir möglich zu heiraten, aber die, die ich aus ganzem Herzen liebe und an die ich Tag und Nacht denke, ausgerechnet die kann ich nicht heiraten.

Ich weiß nichts von Ihren Gefühlen für mich, außer dem, was China Mae mir anvertraut hat – und ich bitte Sie aufrichtig, sie nicht dafür zu bestrafen, daß sie darüber gesprochen hat.

Ich habe wieder und wieder versucht, einen Weg zu ersinnen, um die Meinung Ihres Vaters über mich zu ändern, aber ich komme jedesmal zu demselben bitteren Schluß. Er verachtet mich, und alles, was ich versuchen könnte, um Ihre Hand zu gewinnen, würde Ihnen und Ihrer Mutter nur Aufruhr und Verzweiflung bringen.

Sie wissen vielleicht, daß ich mir im Dorf ein Haus baue, auf der Wiese, wo Amos Medford seinerzeit seine Kühe geweidet hat. Jeder Stein des Fundaments wurde mit der Hoffnung gelegt, daß ich vielleicht doch noch Gelegenheit bekäme, meiner liebevollen Zuneigung für Sie Ausdruck zu verleihen, Sadie.

Es ist eine Kühnheit von mir, Ihnen solches zu schreiben, aber an diesem Ihrem einundzwanzigsten Geburtstag bin ich so voller Sehnsucht, daß ich beinahe keine Worte finde.

Ich werde diesem Haus einen Namen geben in dem Vertrauen darauf, daß die Dinge sich zwischen uns vielleicht doch noch ändern. Ich lasse den Namen auf einem Zedernbalken an der höchsten Stelle des Dachbodens eingravieren, und ich hoffe, daß seine Botschaft Ihnen eines Tages vielleicht ein wenig Freude oder Glück schenken wird.

Vielleicht wird Ihr Vater, so Gott will, bald einsehen, daß ich Ihnen doch etwas zu bieten hätte, und nachgeben. Bis dahin, meine liebe Sadie, kann ich Ihnen nur meine innige Liebe und von Herzen kommende Zuneigung anbieten.‹«

Pfarrer Tim saß eine Weile schweigend da und schob dann den Brief zurück in den elfenbeinfarbenen Umschlag. Miss Sadie wandte den Kopf ab und blickte aus dem Fenster. Es war ein warmer, heller Frühlingstag. »Solch eine Verschwendung«, sagte sie nur.

Er wartete.

»Ich betete für Papa, betete, daß Gott ihm ein neues Herz schenken möge, wie er es bei Saulus getan hat. Aber er tat es nicht. In jenen Tagen war man mit einundzwanzig schon eine alte Jungfer, und ich glaube, Papa tat es manchmal leid, daß mir niemand den Hof machte. Aber es war niemand da, verstehen Sie, niemand außer Willard. Und dann … zwei oder drei Jahre später, war da Absalom Greer.«

Miss Sadie zwinkerte. »Absalom Greer! Noch ein ungebildeter Mann! Das war so typisch für mich. Deshalb wollte Onkel Haywood ja auch, daß ich nach Paris gehe. Und dann sollte ich in Atlanta mein Debüt machen, wo ich all diese tollen Jungs kennenlernen würde. Onkel Haywood sagte zu Papa, daß ich, wenn ich in Mitford bliebe, als alte Jungfer enden würde – oder mit roten, schwieligen Händen, als Frau eines Bauern!

Ich mochte Onkel Haywood nie leiden«, sagte sie kurz und bündig. »Übrigens, haben Sie mir meinen Doughnut mitgebracht?«

»Ihren Doughnut!« sagte der Pfarrer, klopfte seine Jackentaschen ab und förderte eine schon ziemlich plattgedrückte Tüte zutage. »Ich muß Ihnen leider mitteilen, daß Winnie die Doughnuts ausgegangen sind. Alles, was sie noch hatte, waren die Löcher, also habe ich Ihnen vier davon mitgebracht!«

»Vier Doughnutlöcher«, sagte Miss Sadie feierlich und spähte in die Tüte. »Die machen nicht sehr satt, oder?«

Plötzlich lachte sie, und zum ersten Mal erblickte er das Mädchen, das sie gewesen sein mußte. Es war nur einen Augenblick zu sehen, dieses Mädchengesicht, aber es war da, und etwas in ihm fühlte sich der jungen Sadie sofort verbunden.

»Absalom Greer arbeitete in Papas Sägewerk. Natürlich bin ich nur selten hingegangen, aber wenn ich es tat, gefiel es mir. Ich hatte mir angewöhnt, trübselig im Haus herumzusitzen, nur um Papa zu zeigen, wie schlecht er zu mir war und daß ich ihm nicht vergessen konnte, was er getan hatte.

Schließlich meinte er, was ich brauche, seien frische Luft und harte Arbeit. Also nahm er mich ins Sägewerk mit, setzte mich dort in sein Büro und öffnete alle Fenster – das war die frische Luft.

Dann gab er mir eine Rechenmaschine und die Rechenbücher, und das war die harte Arbeit!

Ich habe Papa jetzt als einen niederträchtigen Menschen geschildert. Aber das ist nur die halbe Wahrheit. Ich liebte ihn, und er konnte so heiter sein. An manchen Tagen entspannte er sich einfach und lachte und verhätschelte mich, daß es jeder Beschreibung spottete. Aber wie sehr er sich auch bemühte, er konnte mir nicht beibringen, diese abscheulichen Bücher zu führen.

Eines Tages klopfte ein junger Mann an die Bürotür. Ich öffnete, und vor mir stand ein großer Bursche, so schlank wie eine Bohnenstange, mit einer Mütze auf dem Kopf und einer Bibel unterm Arm. Er hatte etwas Elektrisierendes an sich. Er blickte auf mich herab und sagte: ›Miss Sadie Baxter, sind Sie erlöst?‹

Also, ich sage Ihnen, ich wußte nicht, wovon er überhaupt sprach! Ich blickte ihm direkt in die Augen und sagte: ›Nun, ich bin jedenfalls nicht verloren!‹

Er war einfach süß, so groß und freundlich, und er hatte das herzlichste Lachen und das netteste Lächeln. Und er redete, wie ihm der Schnabel gewachsen war. Ich fühlte mich einfach wohl bei ihm, wie bei einem Bruder, und er war so voll von Gott und der Bibel. Einmal kam Papa herein, und Absalom saß da und las mir in seiner Mittagspause eine Geschichte aus der Bibel vor. Er setzte keinen Augenblick lang aus, sondern hob lediglich die Stimme und las lauter.

Papa setzte sich an seinen Schreibtisch; er war maßlos erstaunt. Ich glaube nicht, daß er wußte, wie er sich verhalten sollte, also tat er gar nichts. Mich machte das irgendwie nervös, aber Absalom las bis zum Ende des zweiten Buchs Samuel, stand dann auf, klemmte sich seine Bibel unter den Arm, tippte sich an die Mütze, und machte sich wieder an die Arbeit.«

Pfarrer Tim lachte auf. Wie gut er sich diesen Jungen, der besessen von Gott war, vorstellen konnte, diesen Jungen, der aus der Silbermine nach Hause gekommen war und den es eines Nachts aus dem Bett geworfen hatte, diesen Jungen, der dann endlich aufstand, um Gottes Ruf zu folgen.

»Jeden Tag zur Mittagszeit war Papa gewöhnlich draußen auf dem Hof, und Absalom kam herein und las mir vor. Was für eine schöne Stimme er hatte, und wie sehr er versuchte, seine Aussprache zu verbessern und seine Redeweise zu verfeinern! Es war wunderbar, jemanden mit so wenig Schulbildung und so viel Sehnsucht zu erleben.

Dann kam der Tag, an dem er fragte, ob er mir den Hof machen dürfe. ›Fragen Sie Papa‹, sagte ich, vor Angst zitternd. Mir hatte noch nie im Leben jemand den Hof gemacht, und ich war fast fünfundzwanzig Jahre alt. Mein Vater war der reichste Mann in ganz Mitford und Wesley, und ein Arbeiter aus seinem Sägewerk bat darum, mir den Hof machen zu dürfen. Ich hatte nicht viel Hoffnung.

Ich erinnere mich daran, daß ich so aufgeregt und nervös war, daß ich zur Hintertür lief, um mich zu übergeben, wenn Sie mir die Bemerkung verzeihen, Pfarrer Tim.

Am nächsten Morgen blickte Papa auf dem Weg zum Sägewerk stur auf die Straße und sagte: ›Sadie, Absalom Greer hat mich gefragt, ob er dir den Hof machen dürfe. Wie stehst du dazu?‹

Ich traute meinen Ohren nicht! Papa fragte mich, wie ich zu irgendeiner Sache stand. Ich sagte: ›Papa, ich habe Zwiesprache mit Gott gehalten, und ich würde mir gern von Absalom Greer den Hof machen lassen.‹ Mein Herz hämmerte so heftig, daß ich fürchtete, ohnmächtig zu werden, aber ich erinnerte mich immer daran, daß China Mae Ohnmachten als gräßliche, typisch weiße Angewohnheit bezeichnet hatte, also tat ich es einfach nicht.

›Nun denn‹, sagte Papa. ›Ich werde ihm also meine Erlaubnis geben.‹

›Papa‹, sagte ich, ›ich danke dir für deine Erlaubnis, aber was ich mir wünsche, ist dein Segen.‹

Er muß ihn uns gegeben haben, denn Absalom wurde

in unserem Haus empfangen. Er aß sonntags mit uns zu Abend, bevor er seine Predigten hielt, und oft ging ich mit ihm und saß in der ersten Reihe. Bei besonderen Gelegenheiten durften wir Papas Stadtwagen benutzen, und einmal schenkte Papa Absalom einen wunderschönen Anzug, der ihm zu eng geworden war. Er paßte Absalom, als wäre er für ihn gemacht! Ich werde nie vergessen, was Mama sagte. Sie sagte: ›Meine Güte! Sie sehen aus wie ein Anwalt aus Philadelphia.‹ Was für eine Freude sie Absalom damit gemacht hatte!

Sie hätten ihn mal predigen hören sollen, Pater! Nein, wirklich, es wurde einem ganz wirr im Kopf, wenn man ihm zuhörte. Die Kapelle Unseres Herrn hatte lange Zeit keinen guten Prediger mehr gehabt, und ich dürstete geradezu danach, solch wunderbare Dinge zu hören – über Rettung und Erlösung und Christus, der am Kreuz für mich gestorben war.

Absalom machte alles so persönlich, genau wie Sie es oft tun, und unter seiner Führung wurde die Bibel für mich lebendig. Er war auch derjenige, der versuchte, mir die ungeheure Bedeutung von Philipper 4, 13 beizubringen.«

Der Vers, der ihr Erkennungszeichen geworden ist, dachte er lächelnd.

»Aber Absalom war wie ein Bruder für mich ... Meine Liebe gehörte nach wie vor Willard. Jetzt, da ich öfter aus dem Haus kam, sah ich auch Willard häufiger, und der Schmerz saß immer noch sehr tief. Sein Haus war natürlich fertig und das schönste überhaupt in der Stadt – es war noch wunderbarer als Boxwood.

Die Leute erzählten sich, Willard arbeite die ganze Zeit; auch wenn er inzwischen dem neuen Country Club beigetreten war, bestand sein Leben trotzdem immer noch nur aus Arbeit. Er ging zu den Presbyteriern und arbeitete auch dort. Er half ihnen sogar, in kaum mehr als einem Jahr genug Geld für ein neues Gebäude aufzutreiben, und das war in jenen Tagen wahrhaftig ein Triumph.

Rose ging es damals überhaupt nicht gut. Die Leute

wußten nicht viel über ihre Krankheit, und wie ich höre, weiß man auch heute nicht viel mehr darüber. Aber ihr Bruder hat sich so liebevoll um sie gekümmert, und dann starb seine Mutter, und da waren nur noch sie beide in diesem großartigen Haus, ein einsamer Mann und ein verwirrtes Mädchen. Pfarrer Tim, es gab Zeiten, da tat mir das Herz so weh für ihn, daß ich mir nichts mehr wünschte, als an seine Tür zu klopfen und zu ihm zu gehen und nie wieder heimzukehren.

Aber nach einer Weile passierte etwas, ungefähr zwei oder drei Jahre nachdem Absalom begonnen hatte, um mich zu werben. Es war nicht so, daß mir Willard gleichgültig geworden wäre, aber meine Gefühle für ihn hatten mich erschöpft. Es waren so viele Gefühle, soviel Liebe und soviel Hoffnung, daß ich ganz müde geworden war.«

Sie nahm einen Schluck Wasser.

»Papa und Mama hatten Absalom liebgewonnen, und obwohl er kein Geld hatte und wahrscheinlich nie welches haben würde, wäre er ihnen als Schwiegersohn recht gewesen, und all der Schmerz und der Zorn schienen … der Vergangenheit anzugehören. Dieses zerbrechliche Gleichgewicht hätte ich um nichts in der Welt zerstört.

Wenn ich Willard sah, tippte er grüßend an seinen Hut, obwohl es hieß, Papa habe ihm gedroht, ihn zu töten, falls er jemals das Wort an mich richten würde. Es ist hart, wenn man seine Meinung über jemanden ändern muß, den man liebt, und meine Meinung von Papa änderte sich unaufhaltsam, ganz gleich, wie sehr ich dagegen ankämpfte. Es war, als versuche man, den Ozean aufzuhalten.

Das Holzgeschäft ging furchtbar schlecht, und ich glaube nicht, daß sich unsere Finanzen jemals von dem Geld, das Fernbank gekostet hatte, erholten. Sie haben ja nie den kleinen Ballraum mit der bemalten Decke gesehen, da er in all diesen Jahren geschlossen war, aber der hat allein ein Vermögen gekostet. Der Mann, der ihn gemalt hat, kam aus Italien und lebte vierunddreißig Monate hier. Und Sie brauchen sich natürlich nur all diese

Stuckarbeiten anzusehen. Niemand im Westen Carolinas besaß etwas Schöneres, außer natürlich Mister Vanderbilt.

Pfarrer Tim, Sie wissen, wie sich Nachrichten in einer kleinen Stadt verbreiten, und so wurden auch unsere finanziellen Umstände bekannt. Auch Willard hörte es, und er trat an Papa heran und bot ihm an, seine Firma aufzukaufen. Ich weiß, warum Willard das tat, es war seine Art zu sagen, hier, ich gebe Ihnen einen guten Preis für Ihr Geschäft, damit Sie Ihr Gesicht wahren können, und wir bringen auf diese Weise die Sache nach all diesen Jahren in Ordnung.

Aber Papa faßte es nicht so auf. Es machte ihn so wütend zu denken, daß Willard Mitleid mit ihm hatte, daß wir glaubten, er würde einen Herzanfall bekommen.

Mama sagte: ›Ich bin sie so leid, diese abscheuliche Fehde zwischen dir und diesem Mann, der einen törichten Fehler gemacht hat, den er sein ganzes Leben lang bedauert und für den er sich entschuldigt hat. Ich werde den düsteren Geist, den diese Fehde über unser Haus und meinen Mann und in das Herz meines Kindes bringt, nicht länger dulden. Ich bitte dich im Namen von allem, was heilig ist: Triff dich mit Willard Porter, und stelle dich ihm wie ein Ehrenmann, damit ihr eure Differenzen beilegen und Gott um Verzeihung bitten könnt.‹

Das war die kühnste Ansprache, die ich je von meiner Mutter gehört habe.

Wissen Sie, daß mein Vater den Kopf senkte und weinte? Mama trat neben ihn und legte ihm den Arm um die Schulter, und ich ließ mich zu seinen Füßen nieder und schlang die Arme um seine Beine, und wir weinten alle zusammen. China Mae stand draußen vor der Tür, und auch ihr strömten die Tränen übers Gesicht, und sie betete und dankte Gott.«

Miss Sadie zog ein Taschentuch aus der Tasche ihres Morgenmantels und tupfte sich die Augen ab.

»Ich sehe das alles so deutlich vor mir, als wäre es erst gestern gewesen. Ich erinnere mich daran, daß das Feuer im Kamin knisterte, und Papa sagte, wir bräuchten mehr

Holz, denn uns stehe ein gewaltiger Temperatursturz bevor; es war Januar. Er stand auf, nahm uns beide in die Arme, und Mama sagte: ›Warum versuchst du nicht, Mr. Porter gleich jetzt zu finden, solange deine Entschlossenheit noch frisch ist? Dann kommst du nach Hause, um dich einmal richtig auszuschlafen; das hättest du schon so lange einmal nötig.‹

›Ich werde es tun‹, sagte er und ich erinnere mich, daß ich am ganzen Leib zitterte, als er die Vermittlung anrief und nach Willard Porter fragte.

Er erklärte Willard, daß er zur Kirche gehen müsse, um sich dort um etwas zu kümmern; er war der Vorsitzende des Kirchenvorstands, und außerdem wäre es ein passender Ort, um ihre Differenzen beizulegen. Er fragte Willard, ob ihm dieser Treffpunkt recht sei.

Die Sache war Papa furchtbar peinlich, das konnte ich sehen. Mama stand neben mir und klammerte sich an meinem Arm fest, als gelte es ihr Leben. Ich glaube nicht, daß sie auch nur ein einziges Mal atmete, bevor das Telefongespräch beendet war.

Ich weiß nicht, warum, aber ich hatte große Angst. Mama ging auf ihr Zimmer, um zu beten, und sie bat mich, ebenfalls zu beten, was ich auch tat. Ich kniete vor meinem Bett nieder. Dann stand ich auf, nahm meinen Alpakaumhang mit der Kapuze und meine Pelzhandschuhe – es war sehr kalt – und verließ das Haus.

Ich ging einfach zur Kirche hinunter. Und obwohl es stockdunkel war, war mir fast, als ginge ich nur vom Speisezimmer in die Küche, so vertraut erschien mir der Weg. Ich weiß nicht, was ich erwartet habe oder warum ich hinunterging, ich schien einfach unter Zwang zu stehen. Ich erinnere mich noch daran, wie laut mein Herz in meinen Ohren dröhnte.

Überall entlang der Straße hatte sich Eis gebildet, und an manchen Stellen war der Weg sehr glatt und gefährlich, aber ich marschierte einfach immer weiter durch diese bittere Kälte und die tiefe Dunkelheit.

Wissen Sie, wo die alten Stufen in der Steinmauer längs

des Kirchbergwegs sind? Nun, ich stieg jedenfalls diese eisigen Stufen hinauf, hielt mich am Geländer fest und konnte gleich sehen, daß Papas und Willards Wagen hinter der Kirche standen, denn plötzlich war der Mond herausgekommen.«

Miss Sadie zog sich die Wolldecke um die Schultern und zitterte leicht. Pfarrer Tim bemerkte plötzlich, daß sie sehr alt aussah, etwas, das ihm vorher nicht aufgefallen war.

»Als ich an die Tür kam, hörte ich schon ihre Stimmen, und es waren nicht die friedlichen Stimmen, die zu hören ich mir so sehr wünschte. Sie waren wütend und schrien sich an. Papa beschuldigte Willard, er versuche, ihn vor der ganzen Stadt zu demütigen, und Willard sagte, er sei gekommen, um Frieden zu schließen, und er würde sich nicht noch mehr Beleidigungen und Lügen anhören.

Die Tür stand offen, und ich konnte die beiden so deutlich sehen. Papa hatte eine Öllampe entzündet; sie stand auf dem kleinen Tisch hinten im Mittelschiff, und ich erinnere mich an den starken Geruch des Leinsamenöls, der von den Böden aufstieg; sie waren gerade für eine Hochzeit am kommenden Sonntag gebohnert worden.

Papa stand auf der einen Seite des Tisches und Willard auf der anderen. Ich wäre am liebsten hineingestürmt, um sie davon anzuhalten, weiter zu streiten, aber ich blieb wie angewurzelt stehen. Ich wußte, daß Papa das Haus mit den besten Absichten verlassen hatte, aber irgendwie hatte ihn unterwegs der *Feind* beim Wickel bekommen.

Papa ballte die Faust und wollte auf Willard einschlagen, aber Willard trat zurück. Da traf Papas Schlag die Öllampe; sie fiel vom Tisch und krachte auf den Boden, und plötzlich sprangen furchtbare Flammen auf. Das Ganze kam so plötzlich und war so schrecklich. Ich kann Ihnen gar nicht sagen, wie schnell dieses Flammenmeer über den geölten Boden schoß. Ich spürte, daß die Seele des Bösen selbst entfesselt worden war. Und immer noch konnte ich mich nicht von der Stelle rühren, obwohl ich mich daran erinnere, daß ich mich schreien hörte.

Ich drehte mich um und rannte, so schnell ich konnte, nach Hause, rutschte auf dem Eis aus und hielt mich dann möglichst am Straßenrand, wo es nicht so glatt war.

Ich drehte mich um und blickte einmal zurück: die Kirche leuchtete von innen auf. Es war so schrecklich, ich werde diesen Anblick, solange ich lebe, nicht vergessen. Jahrelang habe ich gebetet, sterben zu können, damit die Erinnerung an jene Stunden ausgelöscht werde.

Ich schlich mich ins Haus, ging nach oben und blickte aus meinem Fenster. Die Flammen züngelten bereits die Holzwände hinauf, und es schien, als stünden im Umkreis vieler Meilen die Felder in Brand.

Als die Feuerwehr endlich kam, so erzählten die Leute, war das Wasser gefroren, und sie konnten nichts tun, als zuzusehen, wie die Kirche abbrannte. Das Wasser war überall so hart wie Stein, und die alles verzehrenden Flammen konnten in maßloser Gier an dem gefrorenen Hügel lecken.«

Miss Sadie schloß die Augen und stieß einen erschauernden Seufzer aus. »›Sie verbrennen dein Heiligtum‹«, zitierte sie langsam aus dem vierundsiebzigsten Psalm, »›bis auf den Grund entweihen sie die Wohnung deines Namens.‹« Sie lehnte den Kopf wieder an das Kissen des Sessels.

Die Uhr tickte im Zimmer, und der Pfarrer spürte, wie sein Herz dumpf schlug. Wie war es dieser kleinen Frau gelungen, ein solches Geheimnis so lange für sich zu behalten?

»Mein Vater«, fuhr sie mit geschlossenen Augen fort, »erzählte den Feuerwehrleuten, er sei zur Kirche gefahren, um wegen der Minustemperaturen die Rohre zu überprüfen, und als er ankam, habe sie bereits in Flammen gestanden. Willard Porter hatte den Schauplatz verlassen, und niemand wußte, daß er dort gewesen war. Man vermutete Brandstiftung.

Der Schmerz, den ich litt, war fast unerträglich, ich konnte nicht aus dem Bett. Es war übrigens eben dieses Bett in eben diesem Zimmer. Ich hielt die Vorhänge geschlossen und lebte wie in einem Traum. Ich fühlte mich todkrank und furchtbar verwundbar; ich begann herumzuschleichen wie eine alte Frau. Nicht einmal China Mae, meiner besten Freundin, konnte ich mich anvertrauen, und auch Louella nicht. Und natürlich konnte ich nicht mit Mama sprechen, die vor Sorge um mich dem Zusammenbruch nahe war. Ich weigerte mich, Absalom zu sehen, aber trotzdem gab er eines Tages einen Brief bei uns zu Hause ab und bat mich, ihn zu heiraten.

»Heiraten!« Miss Sadie schüttelte den Kopf. »Endlich wußte ich ganz genau, daß ich niemals heiraten würde.

Mein Vater enthüllte die Wahrheit niemandem, und die Schuld und die Scham drückten ihn so sehr nieder, daß ich glaubte, er werde sterben. Der Arzt kam regelmäßig den Berg hinauf nach Fernbank; unsere Geheimnisse und unser Kummer zehrten furchtbar an uns. In meinem Fall war es nicht nur das, was ich mit angesehen hatte, und das Wissen um Papas Verrat, es war auch eine furchtbare Traurigkeit über den Verlust der Kapelle Unseres Herrn, der liebreizendsten Kirche in Mitford.

Es sollte viel Zeit vergehen, bis ich erfuhr, daß Papa Willard befohlen hatte, den Schauplatz des Feuers zu verlassen, und daß Willard während all dieser Jahre bereit war, Papa zu beschützen. Er sagte niemals ein Wort. Er nahm die Wahrheit mit in sein Grab in Frankreich.

Es schien, als hätte Satan selbst sich gegen uns verschworen. Ich dachte, Louella würde über das Grauen dieser Zeit niemals hinwegkommen. Auch unser Glaube half uns nicht weiter, Pfarrer Tim; selbst meine Mutter brach unter der Last dessen, was sie nicht verstehen konnte, zusammen.«

Sie griff nach dem Glas auf dem Fenstersims und nahm noch einen Schluck Wasser.

»Papas Geschäft kam wieder auf die Beine, und er überschlug sich, um Geld für den Wiederaufbau der Kapelle Unseres Herrn in der Alten Kirchgasse aufzubringen. Er kaufte auch Ihr kleines steinernes Büro, das damals ein Eiskeller war, und schenkte es der Gemeinde. Das Pfarrhaus gehörte bereits der Kirche und stand da, wo es heute steht. Als die Zeit kam, spendete Papa die Bänke und die Orgel und setzte das Dach auf das Mittelschiff und die Sakristei. Und er ließ den Garten umgraben und bepflanzen.

Ich habe das Gefühl, daß Papa mich dann letzten Endes doch Willard hätte heiraten lassen, aber es war zu spät. Oh, es war so spät. Als der Krieg anfing, ging Willard natürlich zu den Waffen, und er wurde in Frankreich getötet und dort begraben.« Sie hielt inne und blickte aus dem Fenster. »Und Absalom? Nun, den sah ich kaum jemals wieder. Ich weiß, daß seine Schwester Lottie es nie fertig gebracht hat, mir zu verzeihen, denn ich habe ihn verletzt, und sie liebte ihn so sehr.

Als Papa und Mama starben, tat ich vielleicht zum ersten Mal etwas aus eigenem Antrieb.« Sie sah ihn an und lächelte schwach. »Ich siedelte auf die andere Seite des Gangs über und saß fortan auf der Evangelienseite.«

Sie sank ein wenig in sich zusammen. Pfarrer Tim beugte sich vor und griff nach ihrer Hand, die sich klein und kalt anfühlte.

»Das ist meine Liebesgeschichte, Pfarrer Tim. Es tut mir leid, daß sie kein glücklicheres Ende hat. Aber das Pflegeheim wird ihr ein glückliches Ende geben. Das Gebäude soll dem Andenken meiner Eltern gewidmet sein. Der wunderschöne Springbrunnen vor dem Haus soll an Captain Willard James Porter erinnern. Es wird ein Ort des Trostes und des Friedens sein, ein Ort der Heilung.«

Pfarrer Tim stand von seinem Sessel auf und legte eine Hand auf ihre zierlichen Schultern. »Vater«, betete er, »ich bitte dich, tilge auch die letzten Spuren bitteren Schmerzes in deinem Kind Sadie und bringe durch die Macht des Heiligen Geistes jetzt und für immer nur jene Erinnerungen in ihren Sinn und in ihr Herz zurück, die ihr Kraft, Erquickung und Freude schenken. Im Namen Jesu Christi, deines Sohnes, unseres Herrn, Amen.«

»Amen!« sagte sie und legte ihre Hand auf die seine.

»Sie beide haben jetzt so lange geredet, Sie müssen ja völlig ausgetrocknet sein.«

Louella setzte ein Tablett auf das Fußende des Bettes und reichte ihnen hohe, mit leuchtenden Zitronenscheiben geschmückte Teegläser.

»Vielen Dank, Louella, und bitte, setz dich zu uns. Es ist vollbracht.«

»Dank sei dir, Jesus!« sagte Louella und setzte sich auf Miss Sadies mit blauem Samt bezogenen Schminkschemel.

»Hier, nimm auch ein Doughnutloch, Louella«, sagte Miss Sadie und hielt ihr die Bäckereitüte hin. »Pfarrer Tim?« fragte sie und bot ihm ebenfalls eins an.

Was konnte das Loch eines Doughnuts schon schaden? überlegte er und griff in die Tüte.

»Damit«, rief Miss Sadie fröhlich, »wären noch zwei für mich übrig!« Der Pfarrer bemerkte, daß sie langsam wieder Farbe bekam. »O Pfarrer, da ist noch etwas, das ich Sie fragen wollte. Sie kennen doch diese schöne Frau, die wie Mama aussieht? Ich glaube, ihr Name ist Olivia Davenport. Ich würde ihr gern Mamas Hüte schenken; sie versteht es, einen Hut mit solcher Eleganz zu tragen! Wissen Sie, ich habe ja selbst keine Familie, an die ich sie weitergeben könnte, und da oben auf dem Speicher sind so viele bezaubernde Hüte, an denen niemand mehr Freude hat. Meinen Sie, sie würde es als Beleidigung auffassen?«

»Aber nein! Nein, das glaube ich nicht. Ich glaube, Olivia würde sich sehr über diese Hüte freuen. Vielleicht könnten Sie sie anrufen und mit ihr reden. Ich glaube, sie würde sich freuen, etwas von Ihnen zu hören. Sie kommt ja kaum noch aus dem Haus, wie Sie wissen.«

»Sie wird ein neues Herz bekommen, nicht wahr?«

»So Gott will. Sie steht auf einer Warteliste, aber sie hat eine seltene Blutgruppe. Das Kunststück wird darin bestehen, das Herz zu ihr oder sie zu dem Herzen zu bringen, und das auch noch rechtzeitig.«

»Ein neues Herz! Wie aufregend! Ich werde für sie beten, und ich werde sie gleich morgen oder übermorgen anrufen. Würden Sie die Hüte zu ihr rüberbringen, falls sie sich dafür interessiert? Wären Sie so nett? Ich könnte Luther bitten, Sie mit dem Pick-up rüberzubringen, aber er hat Rückenschmerzen und kann nicht fahren.«

»Wir werden das schon regeln«, sagte er, leerte das Teeglas und stand auf. Dann bückte er sich und küßte Miss Sadie auf die Stirn.

»Geben Sie gut auf sich acht«, sagte er. »Ich melde mich wieder.«

Louella folgte ihm durch die Tür und schloß sie hinter sich.

Sie begleitete ihn bis zum Fuß der Treppe. »Pfarrer Tim«, sagte sie mit leiser Stimme, »Miss Sadie ist nicht die einzige, die ein Geheimnis mit ins Grab nehmen wird. Ich habe selber auch eins, und irgend etwas sagt mir, daß ich es Ihnen besser erzählen sollte, nur für den Fall des Falles.«

Gütiger Himmel, dachte der Pfarrer. Kein Wunder, daß er niemals den Wunsch verspürte, Krimis zu lesen. Es verging kaum ein Tag, an dem er nicht selber mit einem konfrontiert wurde.

»Wenn ich an Ihrer Stelle wäre, würde ich Miss Olivia und Miss Sadie einander nicht zu nahe kommen lassen. Sie wissen, wie die Leute immer reden – ›wer war Ihre Mama und Ihre Großmama, und wo sind Sie geboren‹ und all das. Eine Sache könnte zur nächsten führen, und soweit ich weiß, könnte Miss Sadie etwas rausfinden, das sie ganz sicher niederschmettern würde.«

Er hatte Angst zu fragen. »Und was wäre das?«

»Daß ihre Mama, Gott hab sie selig, ein kleines Mädchen hatte, bevor sie Miss Sadies Daddy heiratete. Und dieses Kind war die Großmutter von Miss Olivia.«

Louella sah dem Pfarrer direkt ins Gesicht.

»Verstehen Sie mich nicht falsch. Miss Sadies Mama, die war eine Heilige, sie ging immer zu den Armen, genau wie die Bibel es von uns verlangt. Und besonders oft hat sie dieses kleine Mädchen besucht, das nicht weit von Fernbank entfernt lebte. Eine Dame aus Alabama hat sie großgezogen. Dieses Mädchen hieß Miss Lydia. Nun, sie wurde erwachsen und bekam Miss Caroline, und Miss Caroline, Gott hab sie selig, bekam Miss Olivia, und soweit ich weiß, weiß niemand gar nichts, so gut haben sie die Sache hinbekommen. Und wissen Sie, was das Traurige daran ist?«

»Was denn?« fragte der Pfarrer, der heute so viel Trauriges gehört hatte.

»Miss Sadie redet immer davon, daß sie keine Verwandten hat, wo doch eine Blutsverwandte von ihr gleich unten am Hügel lebt – und Miss Olivia denkt auch, daß sie keine Verwandte hätte!«

»Louella, ich danke Ihnen, daß Sie mir das erzählt haben. Wollen wir beide für Miss Sadie und Miss Olivia beten?«

»Mein lieber Freund, Sie wissen, daß ich das tun will!«

»Der Psalm sagt uns, daß Gott die Einsamen nach Hause bringt. Wollen wir beten, daß es Gott gefallen möge, diese beiden zu einer Familie zu vereinen, auf seine eigene Art.«

»Laß dein Brot übers Wasser fahren«, sagte Louella mit breitem Grinsen.

»Und manchmal«, erwiderte der Pfarrer, »kommt es als gebutterter Toast zu uns zurück.«

Er fuhr den Kirchbergweg entlang, der zu der zerstörten Kirche führte. Nie wieder würde er diesen Hügel ohne eine Art von Kummer ansehen können. Seine Arbeit als Priester enthüllte ihm oft mehr, als er wissen wollte.

An dieser Stelle, dachte er, als er nach rechts auf die Alte Kirchgasse einbog, an dieser Stelle war er das erste Mal mit seinem neuen Jogginganzug aus dem ›Kragenknopf‹ den Hügel hinaufgekeucht. Diese unschuldige Zeit schien lange zurückzuliegen.

Mit einem scharfen Schmerz in der Brust mußte er, als er langsam den Hügel hinauffuhr, an Barnabas denken, aber dann rief er sich in Erinnerung, daß Barnabas immerhin nur ein Hund war.

Nur ein Hund? Sofort wurde ihm klar, woher dieser perverse Gedanke kam. Er hatte mit seinem Vater bei den Käfigen gestanden und in erstarrtem Entsetzen die toten Körper seiner ganzen Herde betrachtet. »Es hat keinen Sinn, sich zu grämen«, hatte sein Vater kalt gesagt, »es sind doch nur Kaninchen.«

Er hatte erfahren, daß die Schwierigkeit, kindlichen Glauben an einen himmlischen Vater zu entwickeln, darin bestand, daß irdische Väter einem Kind bittere Enttäuschungen bereiten konnten. Nun, nicht jeder Mensch mußte sich mit dieser Schwierigkeit herumplagen, aber Miss Sadie hatte ganz gewiß ihren Teil abbekommen und er ebenfalls. Aber er hatte sich damit arrangiert und seinem Vater schon vor langen Jahren vergeben.

Sein Blick streifte die Rosenbögen, die längs der Alten Kirchgasse in Blüte getreten waren. Das Rosenfestival! Er hatte immer noch keine Ahnung, worüber er reden sollte.

Über den Rosenkrieg? Nein. Es wurde heutzutage schon genug vom Krieg geredet.

Er würde später darüber nachdenken, vielleicht am Abend, wenn Dooley schlief. Das Thema, das ihn eigentlich beschäftigte, war natürlich die Frage, was er während des Sommers mit Dooley anfangen sollte. Und dann mußte er sich endlich mit Cynthias Frage auseinandersetzen.

Als er im Büro ankam und seinen Frieden ganz für sich allein hatte, fühlte er sich seltsam erleichtert.

Er hörte seinen Anrufbeantworter ab und warf einen Blick auf seinen Kalender. Treffen mit der Altargilde um drei Uhr wegen Entwürfen für neue Kniekissen, um die alten, lederbezogenen zu ersetzen. Essen bei Wilma und Ron Malcolm mit Dooley im Schlepptau, morgen abend. Im Laden vorbeispringen und einen Schinken holen, der für den Newland-Empfang am Samstag gebacken werden mußte. Hätte er Miss Sadie, die ebenfalls zu kommen hoffte, warnen sollen, daß Absalom Greer auch da sein würde?

Eine Notiz von Emma besagte: »Winnie erwartet Sie.

Olivia wohlauf. Russell gezähmt. Kaninchenfutter herabgesetzt.«

Als er die Schutzhülle seiner manuellen Schreibmaschine abnahm, um schnell ein paar Zeilen an Stuart Cullen zu tippen, hörte er ein donnerndes Geräusch vorm Haus und hatte das Gefühl, als würde das Gebäude erzittern. Dann folgten das explosive Zittern von Luftbremsen und eine Sekunde später ein lautes Klopfen an der Tür. Er öffnete und sah einen Laster so groß wie einen Vortragssaal auf der Straße stehen.

»Ja?« fragte er einen großen bärtigen Mann mit einem Priem im Mund.

»Glocken«, sagte der Fahrer und reichte ihm einen Klemmblock samt Lieferschein.

Kapitel 20

Baxter-Park

Puny hatte das Bügelbrett in seinem Schlafzimmer aufgestellt, damit sie die Vorhänge bügeln konnte, die jetzt seit zwei Jahren über einem Kleiderbügel hingen. Dooley hatte versprochen, ihr zu helfen, sie am Nachmittag aufzuhängen.

»Ich hab' dieses gewaltige Chaos im Kirchhof gesehen«, sagte sie. »Was soll das sein?«

»Glocken. Glocken unter einem Segeltuch, geliefert ohne Vorwarnung, und niemand, der sie vor nächstem Mittwoch im Turm aufhängen kann.«

»Ich dachte, Emma wollte am Samstag heiraten. Das wird aber nicht gut aussehen auf der Hochzeit.«

»Ach?« Er ging seinen Hosentaschen durch und machte ein Kleiderhäufchen für den Reinigungswagen zurecht.

»Dieser Schinken, den Sie da gekauft haben, ist ja ein Mordsding. Wollen Sie, daß ich ihn am Freitag backe?«

»Ich wäre Ihnen sehr verbunden, wenn Sie das tun würden.«

»Ich werde die Ananassoße machen, die Joe Joe ... ich meine, eh, hm, naja.« Sie lief blutrot an.

»Joe Joe, ja?«

»Verflixt!« sagte sie, »das ist mir so rausgeschlüpft.«

»Und warum auch nicht? Haben Sie vergessen, wer für eine Parade gebetet hat?« Er freute sich derart über ihr unbeabsichtigtes Geständnis, daß er sein selbstgefälliges Frohlocken kaum zu verbergen vermochte.

»Ich glaube nicht, daß man über solche Dinge reden sollte, bevor man weiß, was wirklich mit jemandem los ist. Das jedenfalls hat meine Mama gesagt. Sie hat unserem Daddy ein ganzes Jahr lang den Hof gemacht, bevor sie darüber sprach.«

Stirnrunzelnd zog sie den schweren, gestreiften Vorhangstoff vom Bügelbrett. »Ich wünschte, Sie würden mir helfen, dieses Ding über die Stuhllehne zu legen; es wiegt eine Tonne.«

»Ich habe nie begriffen, wie man so etwas geheimhalten kann«, sagte er. Er nahm das eine Ende und half ihr, es auszubreiten.

»Ach, erzählen Sie mir doch nichts«, sagte sie und blinzelte ihm zu. »Sie wissen es sehr wohl. Ich meine, sehen Sie sich doch nur selber an!«

»Was soll das heißen, sehen Sie sich selber an?«

»Ich meine Ihre Nachbarin. Genau die meine ich, haha.«

»Selber haha«, sagte er und spürte, wie sich eine leichte Röte in sein Gesicht stahl.

»Ich hab' läuten hören, sie wär'n neulich abends zusammen draußen rumgelaufen, mitten auf der Hauptstraße.«

»Ein Spaziergang auf der Hauptstraße heißt wohl kaum, daß man etwas geheimhält. Können zwei Leute nicht ein bißchen frische Luft schnappen, ohne daß gleich getratscht wird?«

Puny lachte. »Tratschen ist so ziemlich das einzige, was die Leute hier in Mitford tun!«

»Na, na. Setzen Sie sich bei mir nur nicht auf Ihr hohes Wesleyer Roß, junge Dame.«

»Na, wie dem auch sei, ich finde sie richtig süß. Ich mag sie. Sie ist anders.«

»Da bin ich Ihrer Ansicht.«

»In welcher Hinsicht? Daß sie richtig süß ist oder daß sie anders ist?« Punys Augen blitzten schelmisch auf.

»Ich hoffe ernsthaft, daß Sie Joe Joe nicht auf die gleiche Art zusetzen«, sagte er, während er zwei Vierteldollarstücke und ein Zehn-Cent-Stück aus einer seiner Hosentaschen fischte. »Und da wir gerade von Paraden sprechen: Marschiert Joe Joe denn nun bei den Trommlern und Pfeifern mit, gehört er zum Spielmannszug oder fährt er auf dem Feuerwehrwagen?«

»Joe Joe«, sagte sie hingerissen, »ist der Nikolaus am Ende mit einem großen Sack voller Geschenke, aus dem er den Kindern Süßigkeiten zuwirft.«

Er lag auf Händen und Knien und suchte unter der Kommode nach dem Zehn-Cent-Stück, das über den Boden gerollt war. »Das ist eins der überschwenglichsten Komplimente, die ich je gehört habe, glaube ich.«

»Er ist nett, er hat gute Manieren, er hat Arbeit. Ganz zu schweigen von seinem guten Aussehen.«

Er stand auf und lächelte sie an. »Ich bin in all diesen Punkten und noch in einigen weiteren ganz Ihrer Meinung. Sie haben meinen Segen, ohne darum gebeten zu haben.«

»Und Sie«, erwiderte sie grinsend, »haben meinen.«

»Herr Pfarrer«, sagte der Anrufer, »hier ist Pete Jamison.«

»Pete! Ich bin froh, Ihre Stimme zu hören.«

»Ich wollt' nur mal kurz durchklingeln und mich melden. Ich bin in St. Paul. Wie geht es Ihnen?«

»Gut! Kann nicht klagen. Und Ihnen?«

»Nicht schlecht. Ich habe einen Preis für die meisten Verkäufe im ersten Quartal bekommen. Wenn man bedenkt, daß ich letztes Jahr um diese Zeit die wenigsten Verkäufe hatte ...«

»Ich gratuliere Ihnen, Pete. Sie ahnen ja gar nicht, wie sehr es mich freut, das zu hören.«

»Nun, was ich Ihnen jetzt zu sagen habe, wird Ihnen wahrscheinlich nicht so gut gefallen. Sie erinnern sich sicher an die vier Dinge, die Sie mir aufgetragen haben, als ich mich an jenem Tag verabschiedete?«

»Beten Sie. Lesen Sie Ihre Bibel. Lassen Sie sich taufen. Gehen Sie in die Kirche.«

»Nun, ich gehe in die Kirche. Aber ich muß Ihnen sagen, daß sie voller Heuchler ist.«

Pfarrer Tim lachte. Wenn es je einen beliebten Refrain im modernen Christentum gegeben hatte, dann war es vielleicht dieser.

»Mein Freund, wenn Sie Ihren Blick auf die Christen richten, werden Sie jeden Tag Ihres Lebens Enttäuschungen erfahren. Ihre einzige Hoffnung besteht darin, Christus im Blick zu behalten.«

»Hm, ja …«

»Ich werde Sie enttäuschen, Pete, die anderen Christen werden Sie enttäuschen, aber Er wird Sie niemals enttäuschen.«

»Ich war drauf und dran zu sagen, zum Teufel mit alledem.«

»Lassen Sie nicht locker! Lesen Sie Ihre Bibel?«

»Ah, hm … Ich habe es getan.«

»Und dann haben Sie damit aufgehört.«

»Genau.«

»Wann kommen Sie mal wieder in diese Richtung?«

»Ich hoffe, schon bald. Mein Gebiet ist so groß; es zieht mich wie ein Gummiband in die Länge.«

»Bewahren Sie Ihren Glauben, und Sie werden nicht zerreißen«, sagte der Pfarrer, gerade als Harold Newland mit der Morgenpost hereinkam und ihm das kleine Päckchen Briefe übergab. »Entschuldigen Sie mich, Pete. Vielen Dank, Harold, wir sehen uns am Samstag.« Harold errötete tief. Obenauf lag ein Brief von dem Mann auf dem Speicher; als Antwortadresse war ein Bundesgefängnis angegeben.

»Pete«, fragte Pfarrer Tim, »haben Sie einen Bruder?«

»Nein, Sir. Habe mir aber immer einen gewünscht.«

»Nun, jetzt haben Sie einen. Ich möchte Ihnen eine Geschichte erzählen.«

»Hm«, sagte Dooley und warf schwungvoll seine Büchertasche auf die Küchentheke. »Das war's.«

»Was war's?«

»Die blöde Schule ist aus.«

»Natürlich! Das hatte ich doch glatt vergessen.«

»Ich hab' Tommy gesagt, er kann heute nacht hier pennen.«

»Wir wollten doch zuerst darüber reden. Warum hast du ihn eingeladen, ohne mich vorher zu fragen?«

»Hab's vergessen.«

Vergessen! Hm, genau wie er. Nachdem er sich wochenlang ziemlich lahm mit der Frage auseinandergesetzt hatte, was er in den Ferien mit Dooley anfangen sollte, hatte er völlig vergessen, daß heute der letzte Schultag war. Punkt, aus, Schluß. Und hier saß er nun und las den *Anglican Digest*.

Schuldgefühle plagten ihn. Hatten nicht alle anderen für den Sommer irgendwelche klaren Pläne für ihre Schutzbefohlenen? Positive Dinge wie Ferienarbeiten, Geld verdienen, Barkonten eröffnen, ein Leseprogramm oder vielleicht ein Ferienlager. Ferienlager! Es erstaunte ihn, daß ihm die naheliegendste Lösung erst in diesem Augenblick eingefallen war. Würde er diese Sache denn nie in den Griff bekommen?

»Pack deine Schulsachen weg, dann machen wir uns einen Imbiß. Anschließend besuchen wir deinen Großvater und bringen ihm seinen Leberkäse.«

Er hörte Dooley die Treppe hinaufrennen. Sein Gesicht hatte es nicht verraten, aber er war gewiß fast ekstatisch angesichts seiner neuen Freiheit. Pfarrer Tim erinnerte sich schwach an seine eigene Ekstase am letzten Schultag, und ja, sie hatte etwas mit Freunden zu tun. Tommy konnte auf jeden Fall kommen. Freunde konnten das Problem des vor ihnen liegenden Sommers jedoch nicht vollständig lösen. Er selbst hatte vor all diesen Jahren in Holly Springs immer etwas gehabt, worauf er sich freuen konnte, irgendein Projekt vielleicht, auf jeden Fall etwas Konkretes.

Er griff nach dem Telefon. »Dora«, sagte er zu seiner Bekannten in der Eisenwarenhandlung, »haben Sie zufällig Kaninchen auf Lager?«

Er hatte den Käfig mit einem glänzenden, merkwürdig schwarzweißen Flämischen Riesen nach Hause gebracht und stellte ihn gerade auf die Veranda, als das Telefon klingelte.

»Pfarrer Tim?« sagte Miss Sadie. »Ich hab' nachgedacht. Gestern war die Schule aus, und ich habe überlegt, ob

Dooley gern einen Job für den Sommer hätte? Sie wissen doch, daß in diesem Haus jede Menge zu tun wäre.«

»Miss Sadie«, sagte er, »ich will mit ihm darüber reden. Vielleicht setze ich ihn auch in den Kirchgärten ein.«

Als er Cynthia im Laden traf, blieben sie einen Moment vor den Getreidefässern stehen. Man hatte sie gebeten, in der Bibliothek aus ihren Büchern zu lesen, als Teil eines kulturellen Sommerprogramms, und sie war außer sich vor Freude.

Bevor sie in ihren verschiedenen Gängen verschwanden, sagte sie: »Ich habe nachgedacht. Mein Keller müßte dringend mal gut saubergemacht werden. Meinen Sie, Dooley hätte Interesse? Und wir könnten hinten ein paar Blumenbeete anlegen; mein Onkel hat diesen Teil des Gartens völlig verwildern lassen. Oh, und vielleicht könnten wir zwei auch einen Kaninchenstall bauen. Ich würde ihn natürlich bezahlen, und ich würde ihm das Aquarellmalen beibringen!«

»Aquarelle? Dooley?«

»Nun, warum nicht?«

Ja wirklich, warum eigentlich nicht?

Später kam Hal Owen im Pfarrhaus vorbei.

»Ich bin in die Stadt gekommen, um ein Päckchen mit Serum abzuholen. Wir haben uns lange nicht mehr gesehen, seit wir uns nicht mehr regelmäßig zum Kaffee treffen. Wie geht es dir, Tim?«

»Nicht schlecht, wenn man alles bedenkt.«

»Wenn man was bedenkt?«

»Wenn man bedenkt, daß ich einen Jungen habe, der Leitung, Klugheit, Führung, Unterweisung, Disziplin und nicht zuletzt eine Beschäftigung für den Sommer braucht.«

»Das ist der eigentliche Grund, warum ich hergekommen bin«, sagte Hal grinsend und nahm seine Pfeife heraus. »Wir dachten, du würdest Onkel Dooles vielleicht ein paar Wochen nach Meadowgate bringen lassen.«

Als der Pfarrer zum Landhandel zurückging, um das Kaninchenfutter zu holen, das er auf der Theke liegengelassen hatte, lief er zufällig Dooleys Lehrerin über den Weg.

»Miss Powell, wie haben wir uns denn in diesem Jahr geschlagen?«

»Ich habe einige positive Veränderungen bei Dooley festgestellt«, antwortete sie lächelnd. »Aber er hat noch einen weiten Weg vor sich.«

»Und, äh, in welche Richtung könnte Ihrer Meinung nach sein Weg führen?«

»Oh, ich sehe deutlich eine herausragende Begabung in Mathematik. Außerdem hat er sich als ziemlich tüchtiger Schläger auf dem Ballfeld erwiesen. Und dann wäre da noch sein Gesang.«

»Gesang?«

»Ja, natürlich. Wir haben ihn vor einigen Wochen in einen gemischten Chor hineingedrängt, das wollte ich Ihnen schon die ganze Zeit erzählen. Er hat eine wunderbare Stimme und großes Rhythmusgefühl. Möglich, daß wir da ein echtes Talent haben.«

Ein singender Dooley! Was für ein ungewöhnlicher Gedanke.

»Jenna«, sagte er, nachdem er seine Sonntagsschullehrerin zu Hause angerufen hatte, »haben wir jemals daran gedacht, einen Jugendchor ins Leben zu rufen?«

»Nun, dran gedacht haben wir wohl, aber irgendwie ist es nie dazu gekommen.«

»Wären Sie wohl so freundlich, dafür zu sorgen, daß es jetzt dazu kommt?« fragte er.

Er sah Barnabas auf der anderen Seite des Feldes stehen; er rannte auf ihn zu. »Na, komm schon, Junge«, schrie er. »Komm her, meine Freund!« Aber obwohl Barnabas rannte und rannte, kam er von der anderen Seite des Feldes nicht weg. Er versuchte selber auf den großen, schwarzen, bellenden Hund zuzurennen, fühlte sich aber, als steckte er bis zur Taille in Mississippischlamm fest. In seiner Qual und seiner verzweifelten Sehnsucht unternahm er eine gewaltige Anstrengung, die ihm das Herz im Leibe zu zerreißen schien.

Als er in Schweiß gebadet aufwachte, stand Dooley mit erschrockenem Gesicht vor seinem Bett. »Warum brüllen Sie nach dem Hund? Der Hund ist doch weg!« sagte er vernünftig.

Wie er diese Träume haßte, in denen er sich gefesselt fühlte wie eine Mumie, außerstande sich zu bewegen, obwohl sein Herz gleichzeitig wie ein Vorschlaghammer dröhnte. »Geh wieder ins Bett«, sagte er zu dem Jungen, der ihn immer noch fragend ansah. »Mach' ich nicht. Nicht bevor Sie aufgehört haben zu brüllen.«

»Ich habe aufgehört, um Himmels willen. Hast du noch nie einen Alptraum gehabt?«

»Na und ob. Jede Menge«, sagte der Junge und stieg zu ihm ins Bett.

»Nun, dann weißt du ja Bescheid.« Er legte sich wieder in die Kissen und warf einen Blick auf seinen Wecker. Vier Uhr.

»Ich hatte neulich auf dem Bauernhof einen von diesen Träumen. Ich hab' geträumt, mein kleiner Bruder, Kenny, wär' in den Bach gefallen und hätt' sich in einen Fisch verwandelt, und ich rannte am Ufer neben ihm her und hab' gebrüllt: ›Kenny, Kenny, komm zurück, du sollst kein Fisch sein, laß mich nicht allein!‹, und Miz Owen sagte, ich hätte Rebecca Jane aufgeweckt, aber das war nicht so schlimm; dann ist Miz Owen zu mir reingekommen und hat mit mir geredet.«

»Vermißt du deinen Bruder?«

»Ja. Er war mein bester Freund.«

Gütiger Gott! Fünf Kinder, auseinandergerissen wie ein Wurf Katzen.

»Erzähl mir von deinen Geschwistern.«

»Also, da wäre einmal Jessie, sie ist das Baby in der Familie und macht sich noch in die Hose, und Sammy, der ist fünf und stottert. Und dann noch Poobaw ...«

»Was heißt Poobaw?«

»Heißt, daß er einem Poolball ähnelte, den meine

Mama einmal mit nach Hause brachte; hatte eine Acht drauf; sie sagte, es wäre ein Andenken. Poobaw schleppte das blöde Ding dauernd mit sich rum. Er nahm es nachts sogar mit ins Bett, und daher hat er nun seinen Namen. Früher hieß er Henry.«

»Wie ist Henry denn so?«

»Macht ins Bett und ist sieben Jahre alt.«

Die nächste Frage war ihm schrecklich. »Weißt du, wo sie sind?«

»Mama sagte, sie würde es keinem erzählen, sonst würde der Staat sie holen kommen. Ich war der letzte, der wegging.« Dann schwiegen sie beide.

Wenn es ihm schon selbst das Herz zerriß, diese Geschichte zu hören, wie mußte es dann um Dooleys Herz bestellt sein? »Hast du schon mal für deine Brüder und deine kleine Schwester gebetet?«

»Nee.«

»Gebete sind eine Möglichkeit, ihnen auch weiterhin nahe zu sein. Du kannst sie nicht sehen, aber du kannst für sie beten, und Gott wird dieses Gebet hören. Es ist das Beste, was du im Augenblick für sie tun kannst.«

»Wie macht man das denn?«

»Du springst einfach mitten rein und tust es. Ungefähr so. Du kannst es mit mir zusammen sprechen. Unser Vater ...«

»Lieber Gott ...«

»Wache über meinen Bruder Kenny und hilf ihm ...«

»Wache über meinen Bruder Kenny und hilf ihm ...«

»Stark zu sein, tapfer zu sein, dich zu lieben und mich zu lieben.«

»Stark zu sein, tapfer zu sein, dich zu lieben und mich zu lieben.«

»Ganz egal unter welchen Umständen ...«

»Ganz egal unter welchen Umständen.«

»Und bitte, lieber Gott ...«

»Und bitte, lieber Gott ...«

»Wache auch über alle jene, deren Namen Dooley dir jetzt ans Herz legen wird ...«

Er hörte etwas Hartes und Entschlossenes in der Stimme des Jungen. »Mama. Großvater. Jessie und Sammy und Poobaw. Miss Ivey in der Kirche und Tommy. Dieser alte Hund … mein Kaninchen … Miz Coppersmith und Violet und alle.« Er vergrub sein Gesicht in dem Kissen und zog es sich über die Ohren. Die Uhr tickte. Irgendwo hörte man durch ein offenes Alkovenfenster den Hahn krähen, den Hahn, dessen Aufenthaltsort er nicht ermitteln konnte, dessen Ruf ihn aber häufig mit einer gewissen scharfen Freude erfüllte. Dooley schmiegte sich enger an ihn, und wenige Minuten später hörte er ein leises, ungleichmäßiges Schnarchen. Er setzte sich auf und zog die Decke über die schlafende Gestalt des Jungen.

Er wußte nicht warum, aber er hatte das Gefühl, daß dies ein herrlicher Sommer für Dooley Barlowe werden würde.

Als seine Nachbarin herüberkam, um sich das neue Kaninchen anzusehen, setzten sie sich auf die oberste Stufe der Veranda. Die Luft war warm und mild, und eine leichte Brise regte sich in den Bäumen.

»Vielen Dank, daß Sie in die Bibliothek gekommen sind, um mir zuzuhören«, sagte sie.

»Was bringt Sie auf den Gedanken, daß ich deswegen gekommen wäre? Haben Sie nicht gesehen, daß ich das *Journal* gelesen habe?«

»Ha!« sagte sie, »Sie haben keine einzige Seite umgeblättert!«

Er lachte. »Ist das wahr?«

»Das ist es, und Sie wissen es auch.«

»Nun, wo wir schon beim Danken sind, möchte ich noch sagen, daß ich es sehr zu schätzen weiß, wenn Sie kommen, um mich anzuhören, und den Presbyteriern die kalte Schulter zeigen.«

»Ist mir ein Vergnügen«, erwiderte sie, sah ihm direkt in die Augen und lächelte. »Ich werde mich wohl bald entscheiden müssen, welcher Kirche ich beitrete.«

»Es wäre ein Segen für mich, wenn ich von der Kanzel aus Ihr Gesicht sehen könnte.«

Dooley kam durch die Hintertür und schlug die Fliegentür hinter sich zu. »Hi«, sagte er zu Cynthia.

»Selber hi.«

»Wir ha'm überhaupt keinen Salat mehr. Un' Karotten auch nich!«

Der Pfarrer zog einen Zehn-Dollar-Schein aus seiner Brieftasche. »Geh zu Alice und leg dir einen Vorrat an.«

Cynthia sah dem roten Fahrrad, das um die Ecke des Pfarrhauses verschwand, nach. »Können wir nicht irgend etwas an seinem Englisch tun?«

»Oder an seiner negativen Einstellung? Oder an seinen Tischmanieren? Oder an seinem mörderischen Temperament? Oder an seinem Schmerz? Es gibt zu viele Dinge, um die man sich kümmern müßte.«

»Überwältigend, wie?«

»Sehr.«

»Lassen Sie nicht den Mut sinken, Timothy. Ich glaube, Sie haben schon wahre Wunder bei ihm gewirkt.«

»Ich hab' seinen Wirbel gekämmt und ihm Tennisschuhe gekauft. Mehr eigentlich nicht. Das eigentliche Problem ist sein mangelndes Vertrauen; er traut niemandem. Jenna machte ihre Sache in der Sonntagsschule wirklich gut, und er lernt ein paar von den grundlegenden Dingen. Ich überlege mir, wie ich darauf aufbauen kann.«

»Was ist mit dem Sommer?«

»Über Nacht hat er plötzlich eine volle Tanzkarte. Meiner Meinung nach wäre es am besten, ihn für drei oder vier Wochen nach Meadowgate zu schicken, da draußen gibt es eine Menge Liebe für ihn, und das Leben auf einer Farm wird ihm guttun. Dann nehme ich ihn wieder zu mir und arbeite mit ihm in den Kirchgärten. Außerdem soll er versuchen, Ihren Keller zu reinigen. Was Ihre Blumenbeete betrifft, die kann ich auch umgraben. Ich grabe seit zwanzig Jahren Blumenbeete um, meine Referenzen sind also bestens.«

»Entschuldigung.« Es war das Mädchen, das schon einmal nach Dooley gefragt hatte. »Ist Dooley zu Hause?«

»Du hast ihn gerade verpaßt«, sagte der Pfarrer. »Aber er wird im Nu wieder da sein, warum bleibst du nicht und wartest auf ihn?«

»Vielen Dank«, sagte sie leise.

Cynthia klopfte neben sich auf die Treppe. »Komm. Setz dich zu uns. Ich bin gerade rübergesprungen, um nach dem neuen Kaninchen zu sehen.«

»Ich mag Kaninchen«, sagte das Mädchen und setzte sich. Sie trug ein ärmelloses Kleid, das ihre braunen Arme freigab, und ihr blondes Haar war zu einem Pferdeschwanz geflochten. Ein hübsches Mädchen, das aussah, als sei es einem nordischen Märchen entsprungen, dachte der Pfarrer.

»Wie heißt du?« wollte Cynthia wissen.

»Jenny. Sehen Sie das rote Dach da drüben? Da wohne ich.«

Noch eine Nachbarin! Und noch ein Paar leuchtender Augen.

»Ich heiße Cynthia, und das ist Pfarrer Tim.«

»Erfreut, Sie kennenzulernen«, sagte sie. »Und wie heißt das Häschen?«

Cynthia lachte. »Ich wollte ja, daß sie es Clarence taufen, aber auf mich hört hier keiner. Kannst du ihn nicht direkt vor dir sehen, mit einer kleinen Hornbrille und Tweed-Knickerbockers? Wie dem auch sei, er hat noch keinen Namen. Sobald Dooley zurückkommt, werden wir ihm einen geben. Ich habe selbst zwei Häschen.«

»Und haben die Namen?«

»Flopsy und Mopsy. Ich hatte an dem Tag zuviel zu tun, um besonders originell zu sein.«

»Der da könnte Wollschwänzchen heißen.«

»Könnte er«, meinte Cynthia, »aber ich glaube nicht, daß sie sich dafür entscheiden werden.«

Als das rote Fahrrad ums Pfarrhaus sauste, sah Dooley, der in der einen Hand eine Einkaufstüte hielt und mit der anderen lenkte, die Besucherin voller Staunen an und krachte, ohne das Tempo zu verlangsamen, Hals über Kopf gegen die Platane.

Die Glocken lagen weiter unter einem Segeltuch auf dem Rasen der Kapelle Unseres Herrn, obwohl er fast jeden Tag versuchte, genug Leute zusammenzubringen, um sie zu installieren. Aber wie es schien, arbeiteten alle verfügbaren Männer auf dem Golfplatz in Wesley. »Wer Golf vor Gott stellt!« sagte er zu Ron Malcolm. »Das wäre auch mal ein Motto für eine Predigt, und ich sollte Manns genug sein, diese Predigt eines Tages tatsächlich zu halten!«

Der früheste Termin, zu dem sie die Glocke anbringen könnten, sagten sie, sei Freitag, der 28. Juni. Sie würden gleich um acht Uhr morgens anfangen, und am Mittag müßten die Glocken dann eigentlich schon läuten. Er notierte sich das Datum in seinem Kalender. Der 28. Juni? Warum kam ihm das Datum so vertraut vor?

Er würde dieses Jahr nicht noch mehr Rosen in seinem eigenen Garten pflanzen, aber er würde ganz gewiß ein neues Beet in den Kirchgärten anlegen. Er hatte die Gedenktafel dafür nach einem Katalog bestellt und war mit den kühnen gotischen Buchstaben sehr zufrieden.

Die Souvenir de la Malmaison mit ihren gut zwölf Zentimeter langen rosafarbenen Blüten trug ihren Namen zu Ehren der berühmten Gärten der Kaiserin Josephine, und er hatte sich seit Jahren von ihrem Ruf einschüchtern lassen; sie galt als schwierig und wurde angeblich kaum irgendwo heimisch. Nun denn, es hatte keinen Sinn, länger zu zaudern, sagte er sich, es hieß jetzt oder nie.

Außerdem bestellte er mehrere Madame Isaac Pereires, die in dem Ruf standen, weit weniger temperamentvoll zu sein; die sollten dann die Ostwand hinaufklettern. Angeblich dufteten sie noch schöner als die Malmaison – wie zerdrückte Himbeeren. Was für eine außergewöhnliche Sache eine Rose doch war! Langsam kamen ihm die ersten Inspirationen für seine Rede bei dem Festival.

»Sie sollten das Loch größer machen«, meinte Dooley,

der ihm half, die Rosen einzupflanzen, bevor er nach Meadowgate abfuhr. »Das Loch ist nicht annähernd groß genug.«

»Und woher weißt du das, bitte schön?«

»Ich weiß es einfach, das ist alles.«

Als sie den Dünger in die Löcher füllten, merkte der Pfarrer, daß er vergessen hatte, ein zweites Paar Handschuhe mitzunehmen.

»Ich bin nich bange vor 'n bißchen Kuhscheiße«, sagte der Junge, während er selbige flink mit den Händen in die Erde einarbeitete.

»Guter Junge. Übrigens, was hatte Jenny neulich zu erzählen?«

»Sie meinte, es täte ihr leid, daß ich in Schwierigkeiten geraten wäre, weil ich Buster Austin eins auf die Augen gegeben habe. Meinte, er hätte direkt darum gebeten, er würde immer drum bitten.«

»Ja, aber mußt du ihm immer geben, worum er bittet?«

»Muß ich nicht. Nicht mehr.«

»Gelobt sei Gott. Und darf man auch erfahren, weshalb?«

»Deshalb.«

»Was soll das heißen?«

Dooley holte tief Luft. Es entstand ein langes Schweigen, und dann sagte er bedächtig: »Einfach deshalb.«

»Also, wir machen es folgendermaßen«, sagte Walter, der vor den Abendnachrichten anrief. »Katherine und ich haben alles genau geplant. Wir holen dich am 21. Juli vom Flugplatz in Shannon ab. Von dort aus nehmen wir einen Bus zum Bahnhof in Limerick City und fahren dann mit dem Zug rauf nach Sligo, wo wir drei Wochen in einem herrlichen alten Bauernhaus in der Nähe von Lough Gill verbringen. Dann mieten wir einen Wagen und fahren runter nach Claremorris und Roscommon, vielleicht sogar bis nach Ballinasloe. Margaret sagt, wir würden in einer Abtei in Ballinasloe einige Familienarchive finden, aber du weißt ja, wie sie die schlichte Wahrheit zu schönen pflegt.«

»Es ist absolut unmöglich, daß ich jetzt einfach wegfahre, ich habe zu viele ...«

»Timothy, um Gottes willen! Du drückst dich jetzt schon seit fünfzehn Jahren mit irgendwelchen Ausreden um diese Reise herum! Na, komm schon, alter Knabe, wenn du wartest, bis du Zeit hast, wirst du niemals mehr einen Fuß aus Mitford raussetzen.«

»Das stimmt. Da bin ich völlig deiner Meinung!«

»Dann laß es uns einfach in Angriff nehmen! Katherine und ich könnten natürlich auch allein fahren, aber wir würden viel lieber mit dir zusammensein. Du weißt doch, was wir besprochen haben – tagsüber wollen wir uns trennen und verschiedene Wege gehen, um die Familiengeheimnisse aufzuspüren, und dann kommen wir jeden Abend zusammen, um alles in einen Topf zu werfen. Was könnten wir da nicht alles schaffen! Es wäre eine ungeheure Erfahrung, diese verschlungenen Wege zurück zum Schloß unserer Vorfahren zu verfolgen. Timothy, das ist das richtige Jahr dafür! Vertrau mir.«

»Walter, ich habe jetzt einen kleinen Jungen, das weißt du ja, und der lange Sommer erstreckt sich vor ihm wie eine Flugzeuglandebahn. Er braucht jemanden, der hier die Festung hält. Außerdem ist da noch sein Großvater, der sich gerade von einer Lungenentzündung erholt, ein Gemeindemitglied, das auf eine Herztransplantation wartet, und ein Fünf-Millionen-Dollar-Pflegeheim, das bisher nur auf dem Zeichenbrett existiert. Und was noch wichtiger ist, ich habe gerade ein Dutzend gewaltig teurer Rosen gepflanzt, um die sich jemand kümern muß. Versteh doch, ich kann einfach nicht. Vielleicht nächstes Jahr ...«

»Vetter, du machst dir etwas vor. Es wird immer einen Jungen und ein Pflegeheim und einen Fall von Lungenentzündung geben oder sonst was.«

Er bemerkte, daß Walter ehrlich enttäuscht klang.

»Ich hasse es, nein zu sagen, wieder und wieder diesen wunderschönen Traum auszuschlagen ...« Seine Stimme verlor sich. Seine eigene ewige Unfähigkeit, sich aufzuraffen und zu gehen, enttäuschte ihn bis ins Mark; es machte ihn fast krank, daß er nicht ein einziges Mal die Initiative ergreifen und all die Dinge tun konnte, zu denen andere Leute anscheinend in der Lage waren, Dinge, die die Welt so sehr bewunderte.

Es gab Zeiten, da hatte er das Gefühl, die Irlandreise sei zum Greifen nah, und sein Herz wurde leichter. Dann fing er an, Pläne zu schmieden, Reiseberichte zu lesen und Tagträumen nachzuhängen. Und plötzlich schien es ihm wieder geradezu lächerlich aussichtslos und sogar unwichtig, ein triviales Unterfangen in einer Welt, in der so viel Leid und Schmerz war. Wie töricht, den eigenen mausetoten Vorfahren und einer vagen Schloßruine nachzujagen!

»Und da wäre noch etwas«, sagte er mit neuer Energie, »Barnabas ist verschwunden, und wenn diese Zweitausendfünfhundert-Dollar-Belohnung so funktioniert, wie viele Leute sich das vorstellen – wer wäre hier, um ihn zu Hause willkommen zu heißen?« So! Das war etwas, was Walter nicht vom Tisch wischen konnte, absolut nicht.

»Nun, natürlich«, sagte sein Vetter vernünftig. »Du hast recht. Katherine wird enttäuscht sein, aber vielleicht reicht unser Enthusiasmus, um trotzdem zu fahren, nur wir zwei. Wir werden die Ergebnisse unserer Forschungen mit nach Hause bringen und feststellen, was *du* daraus machen kannst.«

»Ja!« sagte er unglaublich erleichtert, »das ist eine tolle Idee. Ihr macht die Beinarbeit, ich grübele über den Papieren und Daten und versuche, dem Ganzen einen Sinn zu geben, und dann könnten wir vielleicht später noch mal rüberfahren und die Lücken schließen.« Warum mußte er das sagen? Daß er aber auch nie den Mund halten konnte!

Am 13. Juni brachte er, weil er sich an das Datum oben auf dem Brief von Willard Porter erinnerte, Miss Sadie eine Geburtstagskarte. Der Spaziergang hügelaufwärts erwärmte ihn beträchtlich, und er sehnte sich nach seiner

Laufkleidung, die er seit Wochen nicht mehr angelegt hatte. Er mußte Hoppy anrufen, aber es widerstrebte ihm zutiefst, ihm zu beichten, wie sehr er sein Trainings- und Diätprogramm vernachlässigt hatte.

So lange Zeit hatte er sich bestens geschlagen, und dann hatte er die Kontrolle verloren. Ein paar Tage ohne seine Medizin hier, ein paar verbotene Speisen auf seinem Teller dort, und im Handumdrehen war er wieder übergewichtig, erschöpft, mutlos und verärgert über den Sog, der von seinem eigenen verhaßten Chaos ausging.

Als Louella ihm ein Stückchen Kokosnußgeburtstagskuchen anbot, reagierte er mit solcher Heftigkeit, daß sie ihn bestürzt ansah.

»Tut mir leid, Louella, ich habe mich selbst angefahren, nicht Sie. Bitte, verzeihen Sie mir.«

Miss Sadie kam aus dem Schlafzimmer gerauscht; sie hatte Rouge aufgelegt und war drauf und dran, mit Louella in die Stadt zu fahren, um im Drugstore Q-Tips zu besorgen.

»Ich bin froh zu sehen, daß Sie Ihre Müdigkeit überwunden haben. Alles Gute zum Geburtstag!« Er küßte sie auf die Stirn. »Mögen noch viele weitere kommen.«

»Ich möchte alles haben, was Gott mir geben kann!« sagte sie freudestrahlend. »Oh, und es freut mich, Ihnen erzählen zu können, daß Olivia Davenport Mamas Hüte schrecklich gern haben möchte. Aber als ich ihr sagte, es gäbe zweiunddreißig davon, war sie doch ein wenig schockiert, glaube ich.«

»Ich werde dafür sorgen, daß das in den nächsten Tagen erledigt wird. So, und was kann ich an Ihrem Geburtstag für Sie tun? Ich habe ungefähr eine halbe Stunde Zeit.« Er dachte, sie würde ihn vielleicht bitten, ein Möbelstück zu verrücken oder irgend etwas in den Keller zu tragen.

»Sie haben schon mehr als genug getan. Mehr als genug! Aber wenn Sie irgendwann demnächst einmal ein wenig Zeit übrig haben, wäre ich Ihnen unendlich dankbar, wenn Sie für mich herausfinden könnten, was auf diesem Balken in Willards Speicher eingraviert ist.«

Als Dooley auf sein Zimmer ging, um für Meadowgate zu packen, hatte Pfarrer Tim ein seltsam flaues Gefühl in der Magengegend. Er spürte, wie es werden würde; das Haus schien schon jetzt einsam und verlassen. Was hatte er nur in all den Jahren ohne einen Hund und ohne einen Jungen gemacht, in all den Jahren, in denen er nur die unausgesetzte Monotonie seiner eigenen Gesellschaft gekannt hatte? Wahrscheinlich war es ihm gar nicht so sehr aufgefallen, daß er allein war, ein Beweis für das alte Sprichwort, daß ›man nicht vermissen kann, was man nie besessen hat‹.

Er ging in seinem Arbeitszimmer auf und ab und dachte: Es sind nur drei oder vier Wochen, stell dir vor, was du ohne Störung in dieser Zeit hier erledigen kannst; du brauchst keine Mortadella zu braten, keine Hamburger fertigzumachen, keine Jeans zu waschen, keine Hausaufgaben zu überwachen. Er versuchte, sich vorzustellen, wie er mit hochgelegten Füßen dasaß und Erzbischof Careys Buch las, aber irgendwie schien ihm das alles nicht sehr interessant zu sein.

Er hörte Dooley die Treppe runterspringen. Der Junge zog einen Koffer hinter sich her, der offensichtlich mit Blei gefüllt war.

»Was hast du in das Ding reingepackt?«

»Bloß 'n bißchen alten Kram für Rebecca Jane.«

»Und was wäre das, bitte schön?«

»Bloß ein Baseball und ein Kipper und solches Zeug.«

»Hal wird jeden Augenblick hier sein. Ich hoffe nur, daß du dich an alles erinnern kannst, worüber wir geredet haben.«

»Sag bitte und danke, fluch nicht, gib Miz Owen keine frechen Antworten, zieh zwischendurch frische Unterwäsche an, mach das Bett. Das war doch alles, oder?«

»Nee, war es nicht«, entgegnete der Pfarrer.

»Und ich soll meine Gebete sprechen?«

»Genau. Guter Junge. Und ich werde dich zweimal die Woche anrufen und versuchen, selbst demnächst mal rauszukommen.« Er konnte nur staunen, daß ihm gerade ein ›Nee‹ entschlüpft war, als sei es das Natürlichste der Welt. Nur gut, daß Dooley Barlowe für eine Weile wegging, denn er hatte bereits begonnen, genauso zu reden wie der Junge.

Er hatte natürlich recht gehabt. Das Haus erschien ihm so hohl wie ein Kürbis. Er hörte seine Schritte dumpf durch den Flur hallen.

Er nahm zwei Möhren aus dem Kühlschrank und ging in die Garage. »Nun, Jack«, sagte er, bückte sich und schob die Karotten in den Kaninchenstall, »jetzt sind wir zwei allein, alter Junge.«

Er ging wieder in sein Arbeitszimmer und blickte auf die Uhr auf dem Kaminsims. Viertel nach fünf. Vielleicht sollte er mal wieder laufen. Puny war heute nicht gekommen, also müßte er eigentlich im Laden etwas fürs Abendessen besorgen. Er war völlig ausgehungert, da er ohne jede Absicht das Mittagessen hatte ausfallen lassen. Er hatte bis halb eins an seiner Predigt gearbeitet, und dann hatte das Telefon angefangen zu läuten, und irgendwie war ihm der ganze Nachmittag davongeschlüpft. Dann war er nach Hause gekommen, um sich von Dooley zu verabschieden, und jetzt stand er mitten im Zimmer und fühlte sich so elend, als hätte er gerade seinen letzten Freund verloren. Er warf einen Blick auf den Baxter-Park, der halb verborgen hinter der Rhododendronhecke lag. Das Licht hatte sich sanft über dem weiten, offenen Park ausgebreitet, der zu allen Seiten von dunkelgrünen Hecken umgrenzt wurde.

Was für eine Kostbarkeit, dieser Park, und dennoch nutzte er ihn niemals aus. Ein herrlicher Platz, um einfach dazusitzen und zu lesen. Dazusitzen und nachzudenken. Ein Picknick zu machen.

Ein Picknick?

Er sah in den Kühlschrank, fand vier Zitronen und machte sich einen Krug Limonade. Außerdem entdeckte er etwas kaltes Huhn, ein schönes Stück Brie und Brötchen. Vom Frühstück waren noch ein paar Beeren übrig, und Punys Bananenbrot war nicht einmal angeschnitten.

Er legte alles in einen Picknickkorb und fügte noch Damastservietten und eine gestärkte Tischdecke aus der untersten Schublade der Anrichte hinzu. Plötzlich hielt er inne und schüttelte den Kopf. Wieder einmal hatte er den Karren vors Pferd gespannt.

»Cynthia?« sagte er, als sie sich am anderen Ende der Leitung meldete, »hätten Sie Lust auf ein Picknick?« Er befürchtete das Schlimmste. Sie hatte wahrscheinlich eine Einladung in den Country Club, vielleicht zu einem Tanzabend mit einem vollen Orchester.

»Ja, wirklich?« So freudig hatte er nun auch wieder nicht klingen wollen.

Cynthia saß in Jeansrock und Leinenbluse auf der Tischdecke und hatte eine große Serviette auf dem Schoß liegen. Sie hob die Hände. »Es wird doch nicht regnen?«

»Nein, bestimmt nicht. Das war nur Tau von den Blättern. Es gibt keinen Regen.« Er goß die Limonade in Kristallgläser. Was für eine wunderbare Idee das doch gewesen war, ganz anders als die, die er gewöhnlich hatte. Vielleicht war er doch noch nicht so stumpfsinnig, wie er sich nach dem Gespräch mit Walter vorgekommen war.

»Cynthia«, sagte er und hob sein Glas, »auf Ihr nächstes Buch und all Ihre zukünftigen Bücher! Auf Ihre Illustrationen – mögen sie auf der Seite lebendig werden! Auf Ihr Glück, auf Ihre Gesundheit und auf Ihren Wohlstand!«

Sie tranken.

»Puh!« machte sie, »das war vielleicht ein Trinkspruch. Meine Güte!«

»Ein Picknick, Cynthia, denken Sie doch nur! Wie lange ist es her, daß Sie das letzte Mal bei einem Picknick dabei waren?«

»Soll ich Ihnen die Wahrheit sagen?«

»Natürlich. Immer.«

»Gestern«, sagte sie einfach.

Er war am Boden zerstört. Da hielt er sich für klug und originell, nur um zu erfahren, daß es sich für sie um eine alltägliche Angelegenheit handelte. Andrew Gregory, vermutete er, und sein Magen krampfte sich zusammen.

»Violet und ich haben uns ein moosbewachsenes Ufer am Kleinen Mitfordbach gesucht und gefüllte Eier, Popcorn und Thunfisch auf Toast gegessen.«

Er war so erleichtert, daß er am liebsten laut aufgelacht hätte. Ein Beisammensein mit Cynthia war die reinste Achterbahnfahrt für seine Gefühle.

»Ich habe Marienkäfer und Moos gezeichnet, es war einfach herrlich. Violet hat in der Sonne geschlafen, und ein Schmetterling hat sich auf ihr Ohr gesetzt. Können Sie sich das vorstellen?«

Er konnte, aber nur mit einiger Mühe. Er lehnte sich gegen die Bank, neben der sie das Tuch ausgebreitet hatten. In diesem Augenblick hatte er das Gefühl, bis zu den Toren des Himmels vorgedrungen zu sein, wo er eine milde Brise vorfand, einen Ort fern der Alltagssorgen – und das Beste von allem, einen Menschen, mit dem sich mühelos reden ließ.

Sie verweilten noch ein wenig im abendlichen Zwielicht, während das Vogelgezwitscher laut und triumphierend aus den Hecken drang.

Er wußte, daß er sie früher oder später fragen würde, aber jedesmal, wenn er daran dachte, schlug ihm das Herz bis zum Hals. »Cynthia«, sagte er endlich und war dankbar für das schwindende Licht, »was genau meinen Sie mit … einer festen Beziehung?«

»Nun, es ist eines der schönsten Dinge überhaupt und bedeutet, daß man zu jemandem gehört. Grundsätzlich! Und man geht mit niemand sonst aus.«

»Ich gehe jetzt schon mit niemand sonst aus.«

»Ja, aber ich tue es. Oder habe es getan! Oder würde es vielleicht sogar wieder tun.« Sie legte den Kopf zur Seite und lächelte.

»Warum können die Dinge nicht einfach so bleiben, wie sie sind?« Er fühlte sich leicht verärgert.

»So, wie die Dinge sind, sind sie so ... inoffiziell ... Ich weiß nie, wann ich Sie einmal sehe. Es wäre schön, etwas zu haben, worauf ich mich mit Ihnen gemeinsam freuen kann, ich meine, wir könnten zum Beispiel ins Kino gehen. Oder Sie würden öfter zum Essen zu mir rüberkommen, ganz einfache Dinge.«

»Ich verstehe nicht, warum wir eine feste Beziehung haben müssen, um diese Dinge zu tun.«

»Nun, natürlich müssen wir das nicht. Es wäre nur netter; zu wissen, daß jemand etwas Besonderes ist, nicht so wie alle anderen.«

Er räusperte sich. »Sie haben ... Sie haben sich mit Andrew Gregory getroffen, glaube ich.«

»Andrew ist schrecklich lieb, wirklich. Sehr großzügig und amüsant. Aber ständig heißt es, Churchill hier und Churchill da, und ich kann Churchill einfach nicht ertragen! Er war scheußlich zu seiner Frau, grob zu seinen Gästen und fluchte wie ein Seemann. Und jedesmal, wenn wir im Club waren, hatte ich einen schrecklichen Knoten im Magen. Ich tauge einfach nicht zu solchen Dingen. Außerdem spielt er gerne Bridge, und ich hasse Bridge einfach!« Sie sah ihn durchdringend an.

»Sie sind eindeutig die interessanteste Frau, die ich je kennengelernt habe.«

»Meinen Sie das ernst?«

»Ja. Es ist schön, mit Ihnen zusammenzusein, Sie sind nachdenklich und witzig, Sie sind ungeheuer talentiert und, ja, sehr schön anzusehen.« So. Er hatte alles gesagt.

Warum war das so schwierig? Sie hatte ihm schließlich nur eine einfache Ja-oder-nein-Frage gestellt: Wollen wir zusammengehören? Trotzdem hatte er das Gefühl, als müsse er zur Antwort eine ganze Predigt schreiben.

»Die Wahrheit ist«, sagte er, »ich fürchte mich vor allem, das mich von meiner Arbeit ...«

»Von ihrer Arbeit ablenken könnte.«

»Ja.«

»Typisch.«

»Wie meinen Sie das, typisch?«

»Männer haben immer Angst, daß irgend etwas sie von ihrer Arbeit ablenken könnte.« Jetzt schien auch sie ärgerlich zu sein. »Sie könnten versuchen, es als etwas zu betrachten, das Ihnen Kraft für Ihre Arbeit gibt, als eine willkommene Zerstreuung, die Ihnen bei Ihrer Arbeit vielleicht sogar helfen könnte.«

Eine ganz neue Art, die Dinge zu betrachten, dachte er mit einiger Überraschung.

»Wissen Sie, der Knoten im Magen, den eine Party im Country Club mit sich bringt, ist harmlos im Vergleich zu dem, was ich im Augenblick empfinde.«

»Was empfinden Sie denn?«

»Ich bin so nervös, daß ich mich übergeben könnte. Ich habe noch nie in meinem Leben über etwas in dieser Art diskutiert. Es ist mir nie in den Sinn gekommen, daß eine einfache Frage eine philosophische Debatte à la Platon nach sich ziehen könnte. Schließlich habe ich Sie nicht gefragt, ob Sie mich *heiraten* wollen, Timothy!« Sie stand plötzlich auf, und er erhob sich ebenfalls und faßte sie am Arm.

»Bitte! Machen Sie sich keine Gedanken. Es war eine wunderbare Frage, ich sollte mich geschmeichelt fühlen und unaussprechlich dankbar sein, daß Sie mich gefragt haben. Es tut mir leid.« Ohne nachzudenken, legte er die Arme um sie und zog sie an sich. Ihre Weichheit war ein Schock für ihn, für die Stelle, wo er sein Herz unter Schloß und Riegel hielt, und er bemerkte verwundert, daß es überhaupt nicht hämmerte, sondern völlig friedlich war.

Sie hörten ihn, bevor sie ihn spürten. »Regen!« riefen sie einstimmig, griffen nach dem Korb und dem Tischtuch und flohen quer durch den Park, während Regen in einem plötzlichen Sturzbach auf sie niederprasselte.

Der Frieden war immer noch da, dachte er, als er um drei Uhr morgens wach lag und dem Flüstern des Regens lauschte. Es war etwas Greifbares, dieses Gefühl, unbeschmutzt von Sorge oder Zweifeln. Er betete für Cynthia und bewunderte ihren Mut, so offen zu sprechen. »Tretet mit Zuversicht zu dem Thron der Gnade«, hatte Paulus an die Hebräer geschrieben. Wie sehr ihm ihre Zuversicht gefiel!

Er war selbst von einer gewissen erregten Erwartung für den Sommer erfüllt, als hätte er ebenfalls Ferien bekommen.

Es war ein Gefühl, als vibriere der Donner durch sein Bett.

Entsetzt setzte er sich auf und sah Lichter wild durch den Raum blitzen. In dem Geräusch, das die Luft wie ein zweiter Mensch mit seiner Gegenwart erfüllte, hörte er einen seltsam vertrauten Rhythmus: tack, tack, tack, tack.

Er sprang aus dem Bett und trat an das Alkovenfenster, konnte aber nichts anderes sehen als das zuckende Licht, das sich schnell im Kreise zu drehen schien wie ein Leuchtfeuer. Ohne das Flurlicht einzuschalten, lief er die Treppe hinunter zum Küchenfenster.

Ein Hubschrauber! Im Baxter-Park. Und Leute, die hin und her rannten, und da sah er auch, gerade als das Licht darüber hinweg huschte, Hornlies blauen Volvo.

Gütiger Gott! Olivia! Er schlüpfte in seine Gartenschuhe und rannte auf die Hecke zu und durch sie hindurch, obwohl ihn das gleißende Licht blendete und der ohrenbetäubende Lärm ihm Übelkeit verursachte.

Er sah Hoppy und zwei andere Männer, die Olivia aus dem Wagen holten.

»Ich bin hier!« rief er und kämpfte gegen den Sturm der Gefühle, der sich in ihm erhob.

»Beten Sie!« schrie Hoppy, der sie auf den Armen trug. Olivia sah ihn an und streckte die Hand aus. Er konnte nur ihre Fingerspitzen berühren, da lief Hoppy auch schon mit ihr zu der Tür des Hubschraubers und reichte sie an die wartenden Hände weiter. Dann kletterte der Arzt hinein, und die Tür schloß sich. Jemand setzte den Wagen quer durch den Park zurück, ein Manöver, das tiefe Furchen in dem vom Regen durchweichten Gras hinterließ. Und beinahe augenblicklich hob der Hubschrauber ab, hob ab, war in der Luft und verschwand auch schon über die Baumgipfel.

»Philipper 4, 13, um Himmels willen«, flüsterte er heiser in die plötzliche Dunkelheit.

»Was für ein schrecklicher Alptraum! Was war denn bloß los?«

Cynthia kam mit einer Taschenlampe durch ihre Hecke.

»Olivia. Ich weiß nicht, worum es geht. Ich bete zu Gott, daß sie zu ihrem Herzen fliegt.« Daß sie zu ihrem Herzen fliegt! Das Wunder aller Wunder.

Cynthia nahm seine Hand und ließ die Taschenlampe sinken. Sie beleuchtete seine Füße. »Ach, du liebe Güte«, sagte sie und blickte hinab. Er hatte einen seiner unverschnürten Tennisschuhe verloren, der andere war voller Schlamm, seine Pyjamabeine waren fast bis zu den Knien durchweicht, und Violet strich ihm behaglich um die Knöchel.

Er legte die Arme um Cynthia und hielt sie fest. Wie gut es tat, jemanden im Arm halten zu können, vor allem nach dem Schock dieser aufwühlenden Minuten im Park. »Wirklich schön, murmelte sie an seiner Schulter, während sie ihm über die Wange strich. »Zwei liebe Umarmungen an einem Tag. Fast so gut wie …«

»Wie eine feste Beziehung?«

»Hmm.«

Er lachte ein wenig. »Fast, vielleicht. Aber bestimmt nicht ganz.«

Es war halb fünf Uhr morgens, als er sich neben seinem Bett auf die Knie sinken ließ und begann, inbrünstig zu beten. Als er von dem Teppich aufstand – seine Gelenke knirschten, und er verspürte einen brennenden Durst –, stellte er zu seinem Erstaunen fest, daß es sechs Uhr war.

Den ganzen Tag über fühlte er sich wie entgleist, oder als hätte jemand ihm seine Ankertaue gekappt. Der Schlafmangel, die sich ansammelnde Müdigkeit – vielleicht war es doch sein Alter. Er hatte vergessen, Hoppy anzurufen, aber wie die Dinge lagen, war das vielleicht nur gut. Er würde ihn ganz bestimmt nächste Woche aufsuchen – vorausgesetzt, daß Hoppy bis dahin wieder zurück war. Aber zu dem neuen Arzt, Wilson, der noch grün hinter den Ohren zu sein schien, zu dem ging er bestimmt nicht.

Im Briefkasten im Büro war eine Karte von Emma.

»Wir verleben wunderschöne Tage hier und vermissen Sie überhaupt nicht, ätsch. Sie hätten mal sehen sollen, wie Harold sich mit Mickey Mouse unterhielt; ich habe einen ganzen Film verknipst. Alles Liebe, Emma.«

Er ging auf ein spätes Frühstück in die Grillstube und fühlte sich von der vertrauten Umgebung und Percys verläßlicher, lärmender Gegenwart sehr getröstet. »Hab' gehört, daß letzte Nacht 'n Hubschrauber im Park runtergegangen ist. Hat Velma zu Tode erschreckt. Und Sie sehen auch so aus, als wär's Ihnen ganz schön in die Glieder gefahren. Sie sind weiß wie 'n Laken.«

»Ich komme hier rein, um mich aufheitern zu lassen, und statt dessen erzählen Sie mir so was. Sehe ich wirklich so weiß aus wie ein Laken?«

»Wie ausgespuckt. Irgendwie grau. Krank …«

»Das reicht, vielen, vielen Dank.«

»Nicht der Rede wert.«

Er saß an seinem Tisch und bestrich sich seinen Toast mit Butter. Gerade zu dem Zeitpunkt, wo er einen zweiten Wind bekommen sollte, fühlte er sich wie nach einer Bruchlandung. Es schien ein guter Zeitpunkt zu sein, um an Stuart Cullen zu schreiben, vielleicht sogar ein guter Zeitpunkt, um ihn persönlich aufzusuchen. Aber der Gedanke an die lange Fahrt war ihm schrecklich. Vielleicht könnte er Cynthia mitnehmen. Na also! Eine brillante Idee. Sie und Martha würden sich bestens verstehen, und Stuart wäre sicher baß erstaunt.

»Es ist folgendermaßen …«, würde er erklären. Ja, wie

war es denn? Nun, natürlich wußte er das selbst nicht genau, also würde er es Stuart überlassen, die Sache auszuknobeln und ihm dann das Ergebnis mitzuteilen.

J. C. Hogan trat mit seinem schier überquellenden Aktenkoffer ein und setzte sich an seinen Tisch. »Wann kriegen Sie endlich einen Brief von dem Mann auf dem Speicher? Ich muß etwas leeren Platz ausfüllen; es kommen nicht mehr so viele Anzeigen rein wie früher.«

»Ein Brief von George Gaynor ist in meinen Augen eigentlich kein Füllsel. Aber ich habe gerade einen Brief bekommen, und Sie können ihn nächste Woche haben.«

»Zu spät. Ich hätte ihn gerne morgen, für die Montagsausgabe.«

»Lassen Sie mich erst mal zu Ende frühstücken. Ich komme zwar gerade aus dem Büro, aber ich werde noch mal hingehen.«

J. C. stand auf und stieß so heftig gegen den Tisch, daß das Frühstück beinahe auf dem Schoß des Pfarrers gelandet wäre. »Sie brauchen ihn mir nur raufzubringen; ich bin oben und mache das Layout.«

»Ich werd' mich drum kümmern«, sagte Pfarrer Tim knapp.

Coot Hendrick trat an seinen Tisch; er trug eine rote Schirmmütze vom Landhandel. »Ich wünschte zu Gott, man bekäme hier mal 'n ordentlichen Teller Hühnermägen vorgesetzt.«

»Hühnermägen, ja?«

»Ich bin mit Hühnermägen groß geworden; eß ich lieber als weißes Fleisch.«

»Sie werden bei mir ganz bestimmt keinen Teller mit Hühnermägen vorgesetzt bekommen«, brüllte Percy, der ihr Gespräch vom Grill aus mit anhören konnte.

»Irgendwas Neues von Ihrem Hund?« wollte Coot wissen.

Er tunkte seinen Toast in das gekochte Ei. »Kein Wort.«

»Hätt' mich auch gewundert.«

»Ach, ja?«

»Wenn ihn irgend jemand hier in der Gegend geklaut

hätte, hätte er sich doch auf das Geld gestürzt wie ein Beagle auf ein Kaninchen. Nee, ich glaub', der Hund ist lange über alle Berge.«

Percy warf seinen Löffel weg und kam drohend auf sie zu. »Lassen Sie sich eins gesagt sein, Freundchen, noch ein einziges Wort zu dem Pfarrer von wegen, der Hund wär' lange über alle Berge, dann …«

»Nun haben Sie sich mal nicht so«, sagte Coot. »Ist doch bloß 'n Hund.«

»Der einzige, der je bei mir rausgeflogen ist, war Parrish Guthrie. Ich hab' gesagt, er würde auch der einzige bleiben, und ich will mein Versprechen nicht brechen. Warum gehen Sie nicht da rüber und setzen sich ans Fenster?«

Coot stand auf, ohne den Imbißstubenbesitzer aus den Augen zu lassen, und stapfte zu dem Fenstertisch hinüber.

»Hören Sie nicht auf ihn«, knurrte Percy. »Der ist doch dumm wie Stroh.«

»Percy, Sie hätten das nicht tun sollen, aber ich danke Ihnen trotzdem. Coot ist schon ganz in Ordnung, er hat es nicht böse gemeint.«

Genau in diesem Augenblick wurde die Tür mit einiger Heftigkeit aufgerissen, und Hobbs, der Heimatlose, kam auf seiner Krücke hinein. »Pfarrer Tim!« rief er. »Sind Sie hier drin? Ich habe Ihren Hund gefunden ! Ich habe Barnabas gefunden!«

Der Pfarrer schnellte von seinem Stuhl hoch und stand wie angewurzelt neben der Theke.

»Er ist da oben auf dem Hügel hinter dem Bach. Sie haben ihn angebunden, aber ich hab' ihn mit meinen eigenen Augen gesehen. Ich bin da raufgegangen, um einem kranken Burschen was zu essen zu bringen, und der gute alte Barnabas hat mich gewittert und sich fast die Seele aus dem Leib gebellt. Dann sind 'n paar ziemlich rauhe Typen aus diesem Haus gekommen und haben ihn 'reingezerrt.«

»Wie sieht er aus?«

»Ich hasse es, Ihnen das sagen zu müssen, aber er sah ziemlich verhungert aus, das arme Vieh.«

»Ich rufe sofort Rodney an«, sagte Percy und nahm bereits den Hörer in die Hand.

»Ich habe mich wegen dieser Burschen, die da wohnen, mal umgehört – die Leute sagen, sie hätten mit Drogen zu tun. Einer meinte, sie wären vielleicht bewaffnet. Ich werde Rodney sagen, daß er verdammt vorsichtig sein soll.«

Während die wenigen frühen Mittagsgäste ihre stumme Aufmerksamkeit auf das Drama richteten, das sich vor ihren Augen entfaltete, hielt Percy dem Pfarrer den Hörer hin. »Er ist dran.«

»Hallo, Rodney! Es ist etwas Wunderbares passiert. Der Heimatlose sagt, er hätte Barnabas in einem Haus oben am Bach gesehen. Ja, ja. Sieht ein bißchen verhungert aus, sagt er. Ich verstehe. Ja, ich werd' ihn fragen.

Können Sie Rodney erklären, wo das Haus ist?«

»Ich glaube nicht, daß man von hier aus hinkommt. Ich müßte mit ihm fahren und es ihm zeigen.«

»Rodney, er müßte mit Ihnen fahren, es ist oben auf dem Hügel hinterm Bach. Er sagt, er hätte gehört, sie wären vielleicht bewaffnet. Ja, gut. Wir sind in der Grillstube.«

»Wenn jemand einen Doughnut möchte«, sagte Percy zu seinen Kunden, »geht aufs Haus!«

Es war fast drei Uhr, bevor er den Streifenwagen vorm Haus vorfahren sah, und als Rodney den Gehsteig heraufkam, stand er bereits an der Tür. Er sah sofort, daß die Mission nicht erfolgreich gewesen war.

»Nichts«, sagte der Polizeichef. »Wir haben uns auf dem Weg dahin furchtbar verirrt. Außerdem war der Heimatlose schon vorher dagewesen, und als wir das Haus endlich fanden, war es verriegelt und verrammelt. Niemand zu Hause, kein Hund, der bellte. Nichts. Ich hasse es, Ihnen das sagen zu müssen.« Rodney stand mit niedergeschlagenem Blick auf der obersten Treppenstufe.

»Nun, da kann man nichts machen.«

»Wir haben zwei alte Autos da oben gesehen, einen Wagen unter einer Plane und einen Lieferwagen, den sie mehr oder weniger ins Gebüsch geschoben hatten.«

»Haben Sie sich das Nummernschild des Wagens angesehen?«

»Hab' ich. Ich hab's in meinem Bericht notiert. Moment mal«, sagte er, ging runter zur Straße und nahm einen Klemmblock vom Vordersitz. Dann kam er langsam zur Verandatreppe zurück und warf einen Blick auf das Papier. »Mal sehen, hier. VAT 7841.«

»Das ist es! Das stand auf dem Nummernschild des Wagens, der Barnabas mitgenommen hat. Bis zu diesem Augenblick hatte ich das völlig vergessen. VAT!«

»Nun, wir können nur das Haus im Auge behalten, mehr nicht. Ich werde Joe Joe heute abend hinschicken und morgen wieder. Wir werden schon irgendwas rauskriegen. Da Sie ihn länger als drei Tage hatten, gehört er dem Gesetz unseres Staates nach Ihnen, also haben die ihn gekidnappt, schlicht und einfach, und obendrein scheinen wir's ja auch noch mit Tierquälerei zu tun zu haben. Diese Leute haben nicht den Hauch einer Chance.«

Er fühlte sich hin- und hergerissen zwischen Jubel und Enttäuschung. »Vielen Dank, mein Freund. Halten Sie mich auf dem laufenden.«

Er ging in sein Arbeitszimmer und setzte sich aufs Sofa; eine verzweifelte Müdigkeit ergriff ihn. Außerdem hatte er wieder diesen qualvollen Durst, von dem er wußte, daß er eine Warnung war, aber er war zu müde, um aufzustehen und sich ein Glas Wasser zu holen. »Eine Minute noch«, murmelte er laut und lehnte den Kopf an. »Ich werde es in einer Minute tun.«

Am Samstagabend klingelte das Telefon. »Pfarrer Tim, ich bin's, Joe Joe.«

»Joe Joe!«

»Ich bin da 'raufgegangen und hab' mich umgesehen, aber ich habe nichts gefunden. Ich habe an ein paar Türen geklopft, aber ich konnte nur eine alte Frau und zwei kleine Kinder aufscheuchen, und die wußten nicht viel. Es ist ziemlich unheimlich da oben. Machen Sie sich mal keine Sorgen, ich fahre morgen wieder hin, gleich nach der Kirche.«

Kirche! Über all der Aufregung hatte er seine Predigt völlig vergessen.

»Vielen Dank, Joe Joe. Gott segne Sie«, sagte er und trat sofort an seinen Schreibtisch.

So! Das Motto lautete: »Schlechte Zeiten, gute Herzen«. Der Text war säuberlicher getippt als gewöhnlich und schien soweit ganz in Ordnung zu sein. Er knipste das Licht aus und ging hinauf. Wenn er erst mal eine ganze Nacht geschlafen hatte und der Druck des Sonntags ihm von den Schultern genommen war, würde er wieder so gut wie neu sein. Nächste Woche würde er Cynthia vielleicht ins Kino einladen.

»Nichts«, sagte Rodney, als er ihn nach dem Gottesdienst anrief. »Joe Joe ist da oben gewesen und mit leeren Händen zurückgekommen. Die Autos sind nicht von der Stelle bewegt worden, und von dem Hund war keine Spur zu sehen bis auf ein paar Haufen unter einem Baum. Ich schätze, da hatten sie ihn angebunden. Ich sage Ihnen was, ich werde meine Instinkte mal an dieser Sache erproben, und am Dienstag postiere ich einen Mann da oben im Wald. Vielleicht haben wir sie verscheucht, als wir mit dem Streifenwagen da rumgefahren sind. Aber ich wittere Unrat.«

»Unrat wittern ist Ihr Job, und den machen Sie verdammt gut. Erinnern Sie sich noch, wie Sie auf dieses Schokoladenpapier angesprungen sind?«

»Man muß auf Kleinigkeiten achten«, sagte Rodney mit würdevoller Autorität.

Kaum hatte er den Hörer aufgelegt, klingelte das Telefon wieder.

»Kommen Sie heute hier raus?«

»Dooley! Nein, nein, ich kann nicht. Nicht heute.«

»Ich dachte, Sie würden vielleicht kommen.«

»Ich hoffe, daß ich nächsten Sonntag kommen kann, aber nicht heute, wir haben hier ziemlich viel Aufregung gehabt. Wir glauben, daß wir vielleicht Barnabas wiedergefunden haben.«

»Nein!«

»Oh, ich glaube, wir haben ihn wirklich gefunden. Nun, man wird sehen. Rodney will einen Mann im Wald postieren, um das Haus zu überwachen; es liegt auf dem Hügel über dem Bach. Der Heimatlose hat jemandem da oben was zu essen gebracht und ihn gesehen. Barnabas hat ihn angebellt, sagte er.«

»Das ist ja super«, rief Dooley. »Einfach irre!«

»Ich halte dich auf dem laufenden. Du kommst doch gut zurecht, oder?«

»Ja, aber Rebecca Jane schläft die ganze Zeit, wie es scheint. Ich habe schon mit den Hunden gespielt und das Pferd geritten und alles mögliche.«

»Nun, wir bleiben in Verbindung. Tust du, worüber wir gesprochen haben?«

»Gestern abend habe ich vergessen, mir frische Unterwäsche anzuziehen.«

»Nun, dann hast du heute abend ja wieder eine Chance.«

»Grüßen Sie Großvater von mir.«

»Mach' ich.«

»Und sagen Sie Cynthia hi und Violet und Jack und allen.«

»Klar, verspreche ich.«

»Hm, ja, dann tschüs«, sagte Dooley und hängte auf.

Mit einem warmen Gefühl der Freude wurde ihm klar, daß Dooley Barlowe Heimweh hatte.

Er wollte gerade eine heiße Dusche nehmen, als das Telefon klingelte.

»Pfarrer Tim?« Es war sein Arzt, der ihm eine Menge zu erzählen hatte.

»Sie hat es überstanden! Alles sieht gut aus. Sie schläft jetzt. Leo Baldwin ist ein Meister seines Faches. Gott sei gedankt für Leo. Sie haben bis gestern abend um acht operiert. Ich hätte Sie früher angerufen, aber ich konnte nicht, ich bin wie ein Stein auf ein Bett in Leos Büro gefallen und habe tief geschlafen. Heute war es furchtbar hektisch und …« Seine Stimme brach leicht. »Das ist eine wunderbare Antwort auf unsere Gebete, Pfarrer Tim, ich danke Ihnen, ich danke Ihnen.«

Er hatte seinen Freund noch nie so glücklich gehört.

»Erzählen Sie mir alles, wenn Sie die Kraft dazu haben.«

»Wir sind mit dem Hubschrauber nach Charlotte gefahren, haben sie dann in eine Lear gesetzt und sind nach Boston geflogen. Da stand schon ein Krankenwagen bereit – wir waren keine drei Stunden später im Mass General. Der Spender war ein Junge, achtzehn Jahre alt, Motorrad, kein Helm, schwere Kopfverletzungen. Scheußliche Angelegenheit. Sie hatten ihn am Unfallort an ein Sauerstoffgerät angeschlossen, ihn ins Krankenhaus gefahren und das Gehirn untersucht; es war nicht mehr durchblutet.

Die Notaufnahme rief Leo an, Leo sprach mit den Eltern, sie waren einverstanden, und Leo rief mich an. Was für ein unheimliches, unglaubliches Wunder! Tausend zu eins, Sie wissen ja.« Hoppy schwieg einen Augenblick lang und räusperte sich dann.

»Sie wird im Mass bleiben, bis wir wissen, ob sie das Herz abstößt, das wird wahrscheinlich ein paar Wochen dauern. Anschließend will Leo sie noch vier bis sechs Monate in Boston behalten.«

»Das sind aber schlechte Neuigkeiten.«

»Ich werde sie besuchen, wann immer ich kann. Gott sei gedankt für Wilson, ich habe ihn gerade noch rechtzeitig eingestellt.«

»Gottes Zeitgefühl ist immer perfekt.«

»Das begreife ich auch langsam, sogar im Hinblick auf … Carol.«

»Machen Sie die Namen der Eltern ausfindig, die ihre Zustimmung gegeben haben; ich würde gerne für sie beten.«

»Das mache ich.«

»Wann kommen Sie nach Hause?«

»Morgen früh. Wilson geht wahrscheinlich auf dem Zahnfleisch, aber er ist jung, er wird's verkraften. Und beten Sie weiter, mein Freund.«

»Versprochen«, sagte er und wußte, daß dies eine Medizin war, die nachzufüllen er nicht vergessen würde.

Kapitel 21

Die Glocken

Am Montag füllte er seine Medikamente nach einem Besuch im Krankenhaus auf, frühstückte in der Grillstube und eilte dann ins Büro. Vielleicht sollte er anfangen, sich den Montag frei zu nehmen, wie viele Geistliche das taten. Aber der Gedanke daran, einen vollen Arbeitstag zu verlieren, erschien ihm beunruhigend.

Er begann mit der Liste der Anrufe, die er zu machen hatte. »Miss Sadie?«

»Guten Morgen, Pfarrer Tim!«

»Erinnern Sie sich, daß Sie mich gebeten haben, über einen Namen für das Pflegeheim nachzudenken? Ich glaube, das Bibelzitat, das Sie über der Vordertür eingraviert haben wollen, ist Psalm 33, Vers 22: ›Deine Güte, Herr, sei über uns, wie wir auf dich hoffen.‹«

»Was haben Sie für ein Gedächtnis! Aber natürlich, Sie sind ja jung.«

»Hm. Was halten Sie von dem Namen ›Haus der Hoffnung‹?«

»Haus der Hoffnung? Perfekt! Absolut perfekt! Ich wußte, daß ich mich auf Sie verlassen kann.«

»Was die andere Angelegenheit betrifft – die Sache mit dem Balken auf dem Speicher – hm, leider bin ich bisher noch nicht dazu gekommen, aber ich werde es nicht vergessen. So, und jetzt zu den guten Neuigkeiten. Wir glauben, wir haben Barnabas gefunden.«

Nachdem er einen sehr verstimmten J. C. Hogan angerufen hatte, um ihm zu sagen, daß er ihm George Gaynors Brief gegen Mittag bringen würde, rief er Cynthia an.

»Was führen Sie im Schilde?« fragte er.

»Nichts Gutes!« sagte sie fröhlich. »Der Versuch, von einem Violet-Buch zu einer anderen Art von Buch zu springen, ist haarsträubend. Ich meine, was ist, wenn ich es nicht schaffe? Was, wenn es mir bestimmt ist, für den Rest meines Lebens Katzen zu zeichnen? Also zwinge ich mich zum Arbeiten, und ich zeichne eine … hm, nun, um die Wahrheit zu sagen, eine Maus!«

»Aus der Erinnerung, wie ich inbrünstig hoffe.«

»Anhand eines lebenden Vorbilds. Es befindet sich in einem Käfig auf meinem Zeichenbrett. Ich habe vor, es mit einem Stückchen Gouda zu belohnen und dann in der Hecke freizulassen.«

»Cynthia, Cynthia.«

»Jetzt kommt der Knüller. Die Geschichte handelt von einer Maus, die in dem Stall lebte, in dem Jesus geboren wurde. Es geht hier um eine Betrachtung des Lebens von unten. Eine schlichte Maus, die das große Drama einer bescheidenen Geburt miterlebt.«

»Gefällt mir.«

»Es ist für Kinder von vier bis acht Jahren gedacht, also bin ich mit dem Alter meines Lesepublikums noch weiter nach unten gegangen. Timothy, ich habe Angst.«

»Das müssen Sie nicht. Philipper 4, 13.

Sie lachte. »Das habe ich gebraucht.«

»Wie geht's den Kaninchen?«

»Bestens! Sie sind mir eine solche Hilfe. Ich habe ungezählte Seiten gezeichnet. Ich möchte wirklich ein Kaninchenbuch machen, denke ich, aber diese andere Sache geht mir einfach nicht aus dem Kopf.«

»Folgen Sie Ihrem Herzen«, sagte er. »Und wo wir gerade von Herzen reden, Olivia hat die Operation hervorragend überstanden. Sie ruht sich jetzt aus.«

»Wunderbar!«

»Ich danke Ihnen für Ihre Gebete. Außerdem habe ich angerufen, um Ihnen zu sagen, daß wir wahrscheinlich Barnabas gefunden haben.«

»Timothy!«

»Nun, man wird sehen. Bisher haben wir noch nichts Konkretes, aber ich halte Sie auf dem laufenden. Und ich glaube, daß Dooley Heimweh hat.«

»Hören die Wunder denn niemals auf?«

»Hoffen wir, daß sie's nicht tun. Wie wär's mit einem Kinofilm diese Woche?«

»Sie laden mich wirklich ins Kino ein?« sagte sie voller Staunen. »Das ist der endgültige Beweis dafür, daß die Wunder nie aufhören!«

Am Mittwoch kam eine Postkarte: »Ich in so braun geworden, Sie werden 's nicht glauben. Harolds Beine sind wie gebraten. Grüße Emma.«

Von Stuart kam ebenfalls ein kurzes Schreiben:

»Vielen Dank für Deinen Brief. Wie immer tut es gut, von Dir zu hören. Natürlich kannst Du uns besuchen und Cynthia Coppersmith mitbringen. Nächsten Dienstag paßt nicht so gut, weil ich dann nicht da sein werde. Kannst Du vielleicht am folgenden Dienstag kommen? Martha besteht darauf, Dich schon zum Mittag hier zu haben, obwohl ich mich galanterweise erboten habe, Euch in ein erstklassiges Restaurant einzuladen. Was hab' ich doch ein Glück!

Ruf doch kurz Norma an, damit sie es in meinen Kalender im Büro einträgt. Immer der Deine in Seinem Frieden.«

Um elf Uhr rief Rodney an. »Sie sind so gut wie festgenagelt. Sie bringen tonnenweise Drogen ins Land und wieder raus. Sie halten sich Barnabas als Wachhund, und wenn sie nicht wollen, daß er bellt, legen sie ihm einen Maulkorb an. Könnte eine ziemlich heikle Angelegenheit sein.«

»Was werden Sie jetzt machen?«

»Wir heften uns ihnen an die Fersen. Das Kunststück besteht darin, einzugreifen, wenn eine Ladung Drogen ankommt. Letzte Nacht sind sie mit dem Lieferwagen weggefahren; Joe Joe ist dann runter zu seinem Wagen und hat uns über Funk verständigt, aber bis wir die Staatspolizei informiert hatten, waren die Burschen bereits über alle Berge. Sie fahren vielleicht zu einem Laster hier irgendwo in der Gegend und laden das Zeug um. Ich werde Joe Joe weiter da oben lassen.«

»Seien Sie vorsichtig, Rodney. Die Sache gefällt mir überhaupt nicht.«

»Mir auch nicht. Das ist der Grund, warum ich mich darauf verlasse, daß Sie eines der wesentlichen Dinge tun, für die Gott Sie angestellt hat – beten Sie.«

Es hatte keinen Sinn, über die Dinge, die da vorgingen, zu grübeln. Statt dessen würde er sich irgendwie beschäftigen. Als nächstes konnte er Dooley anrufen. Er fühlte sich jämmerlich, weil er ihn einfach irgendwohin verfrachtet hatte, gerade als er anfing, Wurzeln zu schlagen.

Wie konnte ich nur so gedankenlos sein? fragte er sich und blickte aus dem Fenster. Sehr wahrscheinlich blickt er jetzt auch gerade aus dem Fenster und zählt die Tage, bis er wieder nach Hause kommen kann, nach Mitford.

»Hallo, Marge? Hier Tim. Wie ist denn unser kleiner Schatz so?«

»Schön. Unendlich kostbar. Unaussprechlich wunderbar.«

»Und wie geht's unserem Jungen?«

»Warum fragst du ihn nicht selber, und dann unterhalten wir uns noch mal, bevor du auflegst.«

»Dooley!« hörte er Marge rufen. »Für dich!«

Er hörte jemanden ans Telefon stampfen. »Hi.«

»Selber hi. Was machst du denn so?«

»Ich kann jetzt nicht reden, ich fahr' mit Doc Owen raus. Tschüs!«

»Tja«, sagte Marge, »ich schätze, ich werde dich wohl selbst auf den neuesten Stand bringen müssen. Er ist beschäftigt von morgens bis abends, reitet Gänsedaunen, spielt Basketball mit dem Jungen an der McGuire-Farm, spielt mit Rebecca Jane, zieht mit Hal los. Ich glaube, gerade eben brechen sie auf, um ein Kalb auf die Welt zu holen.«

»Dann hat er also kein … Heimweh?«

»Heimweh? Dooley? Vielleicht die ersten fünf Minuten, aber er ist lange drüber weg.«

Als nächstes las er einen Brief von Pater Roland:

»Ich muß Ihnen sagen, daß der Druck hier nicht nachläßt. Sie sagen, ich bin jung und es täte mir gut, aber all das wird mich gewiß vor der Zeit altern lassen. Wie gern ich Sie doch in diesem verschlafenen kleinen Dorf besuchen würde. Ich sehe direkt vor mir, wie Sie über die Hauptstraße schlendern, Ihre Runden drehen, sich Zeit lassen. Genau so hat Gott sich gewiß unser Leben vorgestellt! Mein Freund, seien Sie dankbar für diese Gnade, und denken Sie in Ihren Gebeten an mich, daß ich vielleicht doch noch lerne, mir Seinen Frieden für die Arbeit in diesem anstrengenden Tumult eines städtischen Weingartens zu eigen zu machen.«

Ha! Und noch mal ha! dachte der Pfarrer. Wie ich meine Runden drehe, mir Zeit lasse … und welches verschlafene kleine Dorf, bitte schön? Das letzte Mal, daß ich in diesem Dorf eine ganze Nacht lang durchgeschlafen habe, ist so lange her, daß ich mich gar nicht mehr dran erinnere.

Was, wenn sie im Kino gerade einen von diesen erotischen Mammutfilmen zeigten, der sie beide vor Verlegenheit in den Erdboden versinken lassen würde? Und sollte er seinen Priesterkragen tragen oder lieber ein Sporthemd? Er war seit weit über zehn Jahren nicht mehr ins Kino gegangen, und warum sollte er auch? Als er das letzte Mal mit einigen Freunden aus der Gemeinde dort gewesen war, hatten ihn die widerwärtige Sprache, der beiläufige Sex und das gleichermaßen beiläufige Blutvergießen dermaßen erstaunt, daß er das Kino mit hämmernden Kopfschmerzen verlassen hatte und sich schwor: »Nie wieder.«

»Cynthia«, sagte er, als sie sich am Telefon meldete, »meinen Sie, daß ich meinen Priesterkragen tragen sollte oder besser ein Sporthemd?«

»Ich meine, Sie sollten Ihren Priesterkragen tragen. Schließlich sind Sie nicht nur von neun bis fünf im Amt, sondern vierundzwanzig Stunden am Tag, nicht wahr?«

Er fühlte sich seltsam erleichtert und sehr glücklich.

»Ah … welchen Film sehen wir uns denn an?« fragte er.

»Einen Walt Disney«, sagte sie, »ich hoffe, es ist Ihnen recht.«

Recht? Er war begeistert.

In dem Augenblick, in dem sie das dunkle Kino betraten, spürte er, wie die Jahre von ihm abfielen. Er war ganz gewiß wieder zwölf und dies das alte Delta-Kino, und jeden Augenblick würden die *Flying Tigers* auf der Leinwand erscheinen. Das Mädchen an seiner Seite war Elizabeth Mooney, deren Eltern in dem Lokal auf der anderen Straßenseite warteten und Kaffee tranken. Er erinnerte sich daran, wie unangenehm es ihm gewesen war, daß jemand eineinhalb Stunden Kaffee trinken mußte, um ihm einen Gefallen zu tun. »Wo möchten Sie sitzen?« fragte er Cynthia im Flüsterton.

»Ich mag die Evangelienseite«, flüsterte sie zurück. »Ziemlich weit vorne.«

Wenn er zu weit vorn saß, mußte er sich, und zwar buchstäblich, übergeben – und wie sollte er das erklären?

Er führte sie etwa in die Mitte des Saales, und sie traten mit einer Schachtel Popcorn, einer Sprite light, einer Cola und einer Schachtel Milchdrops in eine leere Reihe. Er hatte die Milchdrops, seine Lieblingssüßigkeit aus Kindertagen, in den letzten Jahren völlig vergessen, und obwohl er natürlich keinen einzigen davon essen würde, dachte er doch, es wäre schön, welche zu haben, erinnerungshalber. Er steckte sie in seine Jackentasche.

Cynthia hatte sich zufrieden in einen der Plüschsitze geschmiegt, die zu seiner Überraschung hin- und herschaukelten. »Wo sind die Milchdrops?« flüsterte sie. »Habe ich Sie nicht Milchdrops kaufen sehen?«

In der Luft lag ein Hauch von Blauregenduft, als wehte eine Gartenbrise in den Saal, und an genau den Stellen, die er selber komisch fand, hörte er ihr warmes Lachen. Daher war es keine Überraschung, daß er überlegte, ob er nicht nach ihrer Hand suchen sollte. Er mußte jedoch feststellen, daß er außerstande war, diese Idee in die Tat umzusetzen.

Lieber Gott, betete er, ich bin dieses abendliche Ausgehen nicht gewöhnt. Manch einer würde mir raten, meinen Instinkten zu folgen, aber ich habe so viele Jahre mit dem Bemühen zugebracht, deinen Instinkten zu folgen, daß ich es mehr oder weniger verlernt habe, auf meine zu hören. Also, ich danke dir, daß du in dieser Sache bei mir bist, und bitte, regele sie nach deinem Dafürhalten.

So! Damit hatte er seine Last auf die Schultern des Allmächtigen gelegt.

An irgendeiner Stelle während des Films sahen sie einander an, während sie beide über eine komische Szene lachten, und als er seinen Blick wieder der Leinwand zuwandte, stellte er zu seinem Erstaunen fest, daß er ihre Hand hielt.

Er bemerkte, mit welcher Wonne sie seine letzten Milchdrops verzehrte.

Er sagte ihr gerade vor ihrer Veranda gute Nacht, als ein Streifenwagen vorm Pfarrhaus vorfuhr und jemand ausstieg.

Pfarrer Tim ging schnell die Stufen zum Gehsteig hinunter. »Hallo! Suchen Sie mich?«

Es war Rodneys neuer Mann. »Ja, Sir, Sind Sie Pfarrer Tim?«

»Der bin ich.«

»Ich habe es gerade über Funk von Chief Underwood gehört. Er dachte, Sie würden wissen wollen, daß Joe Joe angeschossen wurde.«

Der neue Polizist sah aus, als wäre er kaum der High School entwachsen. »Ich weiß nicht, was passiert ist, Sir«, sagte er, als sie zum Krankenhaus fuhren, »ich habe nur den Bericht bekommen, daß er angeschossen wurde. Der

Chief ist oben auf dem Hügel und nimmt diesen Drogenladen auseinander. Er hat die ganze Truppe zusammengerufen, das Gefängnis einfach abgeschlossen und ist losgefahren.«

Er hörte einen gewissen sehnsüchtigen Ton in der Stimme des jungen Beamten; es gefiel ihm offensichtlich gar nicht, daß er hier einen Priester durch die Gegend chauffieren mußte, während seine Kameraden ihr Leben aufs Spiel setzten.

»Wie geht es ihm?« fragte er die junge Schwester Kennedy, die Joe Joes Kusine war.

»Könnte schlimmer sein, Pfarrer. Die Kugel hat seine linke Niere zwar nur gestreift, ist aber in seinem Unterleib steckengeblieben. Dr. Wilson operiert gerade.«

»Und wo ist Dr. Harper?«

»In seiner Praxis.«

In seiner Praxis? Warum in Gottes Namen war er nicht im Operationssaal? Offensichtlich überließ Hoppy da jemandem, dem es an praktischer Erfahrung mangelte, viel zu viel Verantwortung. Er war plötzlich sehr wütend.

»Wie geht es ihm?« Marcie Guthrie stürzte durch die Pendeltür, die zum Wartezimmer der Notaufnahme führte. Sie trug einen leichten Morgenmantel und hielt eine in rosa Leder gebundene Bibel in der Hand.

»Dr. Wilson ist bei ihm, Tante Marcie. Ich glaube, es geht ihm gut, wirklich.« Schwester Kennedy nahm ihre zu Tode erschrockene Tante tröstend in die Arme.

»So etwas habe ich schon seit Jahren befürchtet. Und Boyd ist unterwegs, irgendwo in South Carolina! Wie ist das bloß passiert?« Marcie tupfte sich die rotgeweinten Augen mit einem Taschentuch ab.

»Ich weiß nicht«, sagte Schwester Kennedy, »sie haben ihn gerade erst hergebracht und sind gleich wieder weg. Die Einzelheiten kenne ich nicht. Sie haben nur irgendwas von Drogen und einem Hund gesagt.«

Das Herz des Pfarrers hämmerte. »Was haben sie über den Hund gesagt?«

»Nur, daß Joe Joe ihn bellen gehört hätte.«

J. C. Hogan kam mit grimmigem Gesichtsausdruck durch die Pendeltür. »Was ist passiert?« Seine barsche Frage galt offensichtlich dem Pfarrer. »Das ist wahrscheinlich nicht der beste Zeitpunkt, um an die Story 'ranzukommen. Vielleicht sollten Sie mit Rodney reden, wenn er da oben am Bach fertig ist.«

»Was tut er denn da?«

»Man hat mir gesagt, er sei mit seinen Männern bei einer Drogenrazzia.«

J. C. sah ihn wütend an. »Wenn ich eine Story über eine Drogenrazzia wollte, würde ich danach fragen. Ich bin hier, um eine Story über eine Schießerei zu schreiben.«

Wenn es irgend jemanden gibt, dem ich gerne mal eins auf die Augen gäbe, dachte er, dann ist das dieser Bursche. Er konnte die Schlagzeile in der *Muse* Montag direkt vor sich sehen, aber natürlich falsch geschrieben.

»Der einzige, der die Story kennt, liegt gegenwärtig im Operationssaal und ist nicht in der Lage, sie gerade jetzt zu erzählen.«

Mit hochrotem Gesicht sah J. C. erst Marcie und dann den Pfarrer an, bevor er durch die Pendeltür aus dem Gebäude stürmte.

»Dieser abscheuliche Teufel«, sagte Marcie. »Ich sollte ihm Mama auf den Hals hetzen.«

Lange nach Mitternacht warteten Joe Joes Prediger, Esther und Ray Cunningham, drei Vettern, zwei Tanten und ein Onkel zusammen mit dem Pfarrer auf dem Korridor vor der Notaufnahme. Als er glaubte, eine vertraute Stimme gehört zu haben, hob Pfarrer Tim den Kopf und schaute durch das Glas der Pendeltür. Puny Bradshaw, die eine erzürnte Schwester Herman im Schlepptau hatte, stürzte mit solcher Heftigkeit hindurch, daß sie Pfarrer Tim beinahe gegen die Wand geworfen hätte. »Junge Dame, um in dieser Abteilung zu warten, müssen Sie entweder zur Familie gehören oder Priester sein. Sind Sie seine Frau?«

»Nein, bin ich nicht«, fuhr Puny sie an, »aber ich habe

eine gute Chance, es zu werden, und das sollte jedem, der fragt, absolut genügen.«

Dann blieb sie plötzlich wie angewurzelt stehen und blickte in die Gesichter eines beträchtlichen Teils des Cunningham-Clans. »Ach, du liebe Güte«, sagte sie und lief dunkelrot an.

Bürgermeisterin Cunningham erhob sich mit der ganzen Würde ihres imposanten Leibesumfangs vom Klappstuhl. »Puny Bradshaw?«

Puny sah so verängstigt aus, daß der Pfarrer sich nur mit Mühe zurückhalten konnte, ihr zu Hilfe zu eilen.

»Ja, Ma'am?«

Die augenblickliche Sorge verlieh der Bürgermeisterin einen ungewöhnlichen Ernst. Hinzu kam, daß sie ihre Lesebrille trug, ein Umstand, der sie veranlaßte, mit einiger Schärfe auf die Haushaltshilfe des Pfarrers hinunterzublicken. »Wir haben schon eine Menge von Ihnen gehört«, sagte die Bürgermeisterin.

»Ach, ja?« fragte Puny mit bebender Stimme.

»Und ich glaube, es ist höchste Zeit, daß wir uns alle mal kennenlernen.« Das Gesicht der Bürgermeisterin wurde weicher, und dann malte sich ein herzliches Lächeln auf ihren Zügen ab, und sie nahm Puny energisch in die Arme. Marcie Guthrie folgte ihrem Beispiel ebenso wie der Rest der Gruppe einschließlich Joe Joes Prediger, der immer noch die Traineruniform der Kinder-Baseball-Liga trug.

»Ich sehe, daß Sie bereits angefangen haben zu feiern«, sagte Hoppy, der den Flur hinunterkan. »Es wird Sie freuen zu erfahren, daß die Operation erfolgreich verlaufen ist und der Patient sich auf dem Wege der Besserung befindet.«

»Gelobt sei Gott!« rief Marcie.

»Die Kugel ist links unten im Rücken eingetreten, hat die Rippen durchschlagen, eine Niere gestreift und ist im Unterleib steckengeblieben. Natürlich hat der Dünndarm eine Anzahl von Perforationen erlitten, daher war es eine zähe Geschichte. Aber er hatte auch einen zähen Arzt.« Dr.

Wilson erschien, und Hoppy trat beiseite. Die ganze Gruppe brach in spontanen Applaus aus.

Ich werde Dooley Barlowe doch jeden Tag ähnlicher, dachte der Pfarrer, nachdem er das Lächeln gesehen hatte, das aus dem Gesicht des erschöpften jungen Arztes leuchtete. Ich habe mir vorschnell eine Meinung gebildet.

Rodney und Cleo stürzten durch die Pendeltür. »Wie schlimm ist es?« Das Gesicht des Polizeichefs war zerkratzt und blutete, und er humpelte sichtbar. Sofort kehrte wieder Stille ein.

»Die Kugel ist draußen; kommt aus einer Automatik Kaliber 25. Dem Patienten geht es den Umständen entsprechend gut«, sagte Dr. Wilson. »Sie sehen aus, als könnten Sie selber ein bißchen medizinische Pflege brauchen.«

Während der Polizeichef sein Halfter hochzog und sich räusperte, sahen ihn alle Anwesenden aufmerksam an. »Sie sind uns entwischt«, sagte er und versuchte mannhaft, seine Gefühle unter Kontrolle zu halten. »Wir haben das Haus umstellt und ihnen zugerufen, daß sie rauskommen sollen ...«

»Aber sie waren nicht drin; das einzige, was wir gefunden haben, waren warmes Bier und kalte Pizza«, sagte Cleo kopfschüttelnd.

»Also, das war folgendermaßen«, erzählte Joe Joe, als der Pfarrer ihn am folgenden Tag in seinem Krankenzimmer besuchte, »der Chef hat mich zu Ihnen rübergeschickt, damit ich das Schokopapier abhole, und, naja, die Wahrheit ist, Sir, ich hab' was weit Süßeres gefunden als Schokolade.« Er grinste Puny an, die an seinem Bett stand, und nahm ihre Hand. Pfarrer Tim lachte.

»Wenn Sie wüßten, wie lange ich versucht habe, das aus ihr rauszulocken.«

»Es ist schwer zu reden mit diesem verdammten Ding in meiner Nase«, sagte Joe Joe, »aber ich möchte, daß Sie wissen, wie leid mir die Sache mit Ihrem Hund tut, Pfarrer. Es war mir wirklich wichtig, diese Mistkerle hochgehen zu lassen, aber wichtiger als alles andere war mir die Hoffnung, vielleicht Ihren Hund zurückzuholen.«

Pfarrer Tim wußte, daß er nicht in der Lage war zu sprechen, daher sagte er nichts.

»Ich habe ihn da drin bellen hören. Ich hätte ohne Verstärkung auf keinen Fall so nah rangehen dürfen, aber sie brachten das Zeug zum Lieferwagen. Ich wollte mir die Ladung näher ansehen, um dann den Chief per Funk zu unterrichten, daß wir sie festnageln könnten. Es war Kokain, genau wie ich gedacht habe. Sie haben es im Haus geschnitten und für den Verkauf in kleine Tüten umgepackt. Aber dann hat jemand an der Seite des Hauses Licht gemacht. Als sie mich sahen, bin ich natürlich losgelaufen – und sie haben mit ihrer Automatik hinter mir her geballert.«

Joe Joe schüttelte den Kopf und seufzte. »Ich hab's aber zurück zu meinem Wagen geschafft und das Revier verständigt. Cleo kam sofort zu mir, aber bis der Chief und die Jungs auftauchten, waren die Burschen schon über alle Berge. Das Ganze ist mir schrecklich, Pfarrer Tim. Sie ahnen gar nicht, wie schrecklich.«

Der Pfarrer nickte. »Sie haben die Entscheidung getroffen, die Sie für die beste hielten, und was Sie aus dieser Sache gelernt haben, wird Ihnen zu einer anderen Zeit und an einem anderen Ort sicher einmal von Nutzen sein.«

»Er hat immer eine aufmunternde Bemerkung auf Lager«, sagte Puny mit augenscheinlichem Stolz zu Joe Joe.

»Nein, nicht immer. Aber ich hoffe, mir fällt etwas Aufmunterndes für unseren Polizeichef ein.«

Puny nickte ernst. »Jeder, der auf einen Baumstumpen geschossen hat, weil er ihn für einen Mann hielt, und anschließend bis zum Kragen in ein Loch reingefallen ist, wird wohl etwas Aufmunterung brauchen.«

Als er um fünf Uhr aufwachte, war die Luft mild und samten gewesen. Jetzt, gegen zehn, war es so kalt, daß er überlegte, ob er nicht die Badezimmerheizung anstellen sollte.

Aber damit nicht genug, es war ein dichter Nebel aufgekommen, der die Antiquitätenhandlung ›Oxford‹ praktisch vor seinen Blicken verbarg.

Er hatte eine Aufarbeitungsliste angelegt, brachte aber kaum Begeisterung für den ganz oben stehenden Punkt auf: Die Inschrift auf diesem Balken auf dem Speicher von Porter Place. Er hatte keine Lust, sich durch Stapel uralter Zeitungen zu kämpfen, durch Berge von Glasscherben, Jahrzehnte von Staub und einen Wirrwarr zerfallener Möbel und schon gar nicht an einem kalten, nebligen Tag wie diesem. Am Montag sollten aber die Glocken installiert werden, und das würde ihn für eine Weile lahmlegen. Also war es besser, die Sache gleich in Angriff zu nehmen.

Als er in seiner Schreibtischschublade nach einer Briefmarke suchte, fiel sein Blick auf die überzähligen Plakate, die einen Finderlohn für Barnabas versprachen, und er schaute hastig weg.

Nein, dachte er, während er sich seine Windjacke überzog, ich habe genug getrauert. Ich werde die Erinnerung an Barnabas in die Hände dessen legen, der ihn mir geschickt hat, und dankbar für das Glück sein, diesen guten Kerl gekannt zu haben. Erst gestern abend war er über einen wunderbaren Ausspruch von Shaw gestolpert. »Ein bißchen Promenadenmischung ist mir durchaus recht, sei es bei Mensch oder Tier. Das sind die besten Kameraden für den Alltag.«

Nun, dachte er, während er sich seine Mütze aufsetzte, ich habe meinen Frieden mit dieser grausamen Angelegenheit gemacht.

Er hatte bereits die Hand auf den Türknauf gelegt, als er plötzlich stehenblieb, den Kopf gegen den Türrahmen lehnte und versuchte, den schrecklichen Knoten in seiner Kehle herunterzuschlucken. Er stand sehr lange dort, nur um zu seiner tiefen Enttäuschung festzustellen, daß er endlich doch ›um diesen alten Hund‹ weinte.

Er folgte Onkel Billy in einen Raum, durch den eine Wäscheleine gespannt war. Darüber hingen lange Vorhänge, die ihn in zwei Hälften teilten. »Das ist meine Seite«, sagte er, »und das ist ihre. Sie ist vor 'ner Weile reingegangen und wird höchstwahrscheinlich erst zum Abendessen wieder rauskommen. Rose, der Prediger ist hier.«

»Ich bin indisponiert«, sagte sie hochmütig.

»Er möchte wissen, ob er auf den Speicher gehen und sich umsehen darf?«

»Auf den Speicher?« kreischte Miss Rose. »Was will er denn da?«

Onkel Billy sah ihn an. »Weswegen möchten Sie da raufgehen? Ich hab's doch glatt vergessen.«

»Nun, ich habe so viel darüber gehört, wie dieses Haus gebaut wurde, ich würde mir gern mal ansehen, wie Willard diese außergewöhnlichen Giebel hingekriegt hat.« Unter seiner Mütze, die abzulegen er vergessen hatte, fing er bereits leicht an zu schwitzen. Er hatte sich aus der Affäre gezogen, ohne Zuflucht bei einer absoluten Lüge suchen zu müssen.

»Sag ihm, er kann ruhig raufgehen, aber er soll mir nicht den Staub aufwirbeln.«

Onkel Billy grinste, und sein Goldzahn wurde sichtbar. »Wirbeln Sie nicht den Staub auf, sagt Rose.«

Der erste Blick in das riesige schwarze Loch bescherte ihm eine Gänsehaut. Wo steckte Cynthia, wenn er sie brauchte? Zweifellos wäre sie vor ihm die Treppe hinaufgesprungen, immer zwei Stufen gleichzeitig und felsenfest davon überzeugt, im nächsten Augenblick eine aufregende Entdeckung zu machen.

»Lieber Gott!« rief er unwillkürlich.

»Na, ob beten da was nützt?« bemerkte Onkel Billy.

»Wo ist der Lichtschalter?«

»Oh, der Lichtschalter. Der muß irgendwo sein. Ja, Sir, genau hier ist er.« Eine einsame Glühbirne erwachte zum Leben und leuchtete schwach gegen eine riesige, hohe, finstere Decke an. »Wenn Sie runterkommen«, sagte der alte Mann, »wär' ich Ihnen sehr dankbar, wenn Sie mir die

Hühneraugen schneiden würden; Rose hat eine zittrige Hand mit der Rasierklinge. Ich werd' sie vorher auch gut einweichen.«

Oben auf der Treppe sah er zuerst noch einmal nach unten, um festzustellen, ob Onkel Billy immer noch an der Tür stand. Tat er nicht.

Der Speicher war so vollgestellt, daß es ihm kaum gelang, sich zwischen dem ganzen Schutt hindurchzubewegen. Warum hatte er keine Taschenlampe mit oder unten um eine gebeten? Dort war der Balken, genau da, wo er sein sollte, exakt im Zentrum der Finsternis. Es war gewiß göttlichem Eingreifen zu verdanken, daß die Glühbirne ihr Licht in das Deckengewölbe warf und direkt auf die eingravierten Lettern schien. »W!« rief er und hörte etwas über den Boden huschen. Dem W, in altenglischer Schrift geschrieben, folgten ein I, dann ein N. »Win«, sagte er laut und blinzelte in den schwach beleuchteten Raum. Wenn er nur eine Trittleiter hätte, irgend etwas, um näher heranzukommen.

Es gelang ihm, auf den Sitz eines zerbrochenen Stuhls zu steigen, der höchst bedenklich auf zwei nebeneinander gerückten Schiffskoffern wackelte.

»Winter!« murmelte er; jetzt konnte er die Buchstaben deutlicher sehen. Während der Stuhl unter ihm schwankte, hoffte er inbrünstig, daß J. C. Hogan nicht erlauben würde, daß Hessie Mayhew seinen Nachruf verfaßte.

»Winterpast ... Der Winter ist vergangen«, flüsterte er leise.

Unter diesen Worten stand »Das Hohelied Salomos.«

Vorsichtig kletterte er von seiner provisorischen Leiter hinunter und eilte mit einem Gefühl der Erregung die Treppe hinab. »Onkel Billy!« rief er, »bringen Sie mir Ihre Bibel!«

Da jedoch niemand unten auf ihn wartete, wanderte er durch den modrigen Flur, bis er zur Küche kam. Onkel Billy saß neben dem Tisch und weichte seine Füße in einer Abwaschschüssel ein.

»Nun, Prediger, wenn Sie jetzt für die Hühneraugenoperation bereit wären – ich bin's.«

Der alte Mann sah ihn mit einem so erwartungsvollen Grinsen an, daß der Pfarrer sich die Ärmel aufrollte und sich gleich an die vor ihm liegende Aufgabe machte. Ganz plötzlich fiel ihm ein, daß er mal von einem Ort gehört hatte, wo Milchwagenfahrer immer noch eine Anstellung finden konnten. Unglücklicherweise lag dieser Ort in Nova Scotia.

Das Wetter tat gegenwärtig eines der einhundertsechsunddreißig Dinge, die Mark Twain ihm zugeschrieben hatte.

Der Sonnenschein war herrlich und der Himmel lichtblau, als Pfarrer Tim sich im Jogginganzug auf den Weg durch den Baxter-Park machte. Er konnte sich auf keine Mission in jüngster Zeit besinnen, die ihm mehr Spaß gemacht hatte.

»Miss Sadie«, sagte er atemlos, als er sie mit Louella auf der Veranda sitzen sah, »ich war auf dem Speicher.«

»Kommen Sie und erzählen Sie uns alles!« sagte sie eifrig und klopfte auf den grünen Schaukelstuhl neben dem ihren.

»Nun, hm, dürfte ich die Damen um eine Bibel bitten, wenn es keine Umstände macht?« fragte er und nahm seine Lesebrille aus der Tasche seiner Jogginghose.

»Wir haben eine hier«, sagte eine strahlende Louella, die eine abgegriffene, in Leder gebundene Ausgabe geöffnet auf ihrem Schoß liegen hatte. »Wenn Sie natürlich so 'ne neumodische Bibel meinen, die werden Sie hier nicht finden. Wir haben nur die von König James.«

»Meine Lieblingsbibel, seit ich denken kann«, sagte er, während er ihr das Buch abnahm und sich in den Schaukelstuhl setzte.

»Miss Sadie, in Willards Brief stand, er hoffe, die Dinge würden sich eines Tages für Sie beide ändern, und die Inschrift auf dem Balken würde sein Vertrauen auf eine glücklichere Zeit bezeugen. Als er den Namen des Hauses enthüllte, das er mit Ihnen als seiner Frau zu teilen hoffte, wünschte er sich wohl, daß Sie eines Tages dort stünden, wo ich heute stand.«

Sie nickte, und er bemerkte, daß ihre Wangen plötzlich wieder Farbe bekommen hatten. »Der Name des Hauses, Miss Sadie, ist … Winterpast.«

Sie sah ihn lange an. »Winterpast«, wiederholte sie langsam. »Nein, was für ein wunderschöner Name.«

»Willard hinterließ Ihnen eine weitere Inschrift, die uns zu dem Hohenlied Salomos führt.« Er setzte seine Lesebrille auf, blätterte die Seiten um und las:

»›Denn siehe, der Winter ist vergangen, der Regen ist vorbei und dahin. Die Blumen sind aufgegangen im Lande; der Lenz ist gekommen, und die Vögel singen wieder.‹«

Miss Sadie faltete die Hände auf dem Schoß zusammen und wandte den Blick ab. Das einzige Geräusch war das Vogelgezwitscher. Sie schwieg eine Weile, dann sagte sie: »Es ist gut, Hoffnung zu haben. Ich bin so froh, daß Willard Hoffnung hatte.«

»Auch viele Wasser, Miss Sadie, können die Liebe nicht auslöschen, und Ströme können sie nicht ertränken. Auch das stammt aus dem Hohenlied.«

Sie sah ihn mit einem kleinen Leuchten in den Augen an.

»So sei es«, sagte sie.

Wie konnte er es nur je in Erwägung ziehen, sich den Montag frei zu nehmen? Der Montag war das Sprungbrett, das über dem Rest der Woche schwebte. Man trat auf das Brett hinaus, überblickte die Situation, plante seine Strategie, hüpfte ein paarmal auf und ab, um ein Gefühl für die Dinge zu bekommen, und legte dann einen ordentlichen Sprung hin. Ohne den Montag würde man einfach mit dem Bauch auf dem Wasser aufschlagen.

Zu seinem Erstaunen trat ihm Punkt acht im Kirchhof die Glockenmannschaft entgegen, und es dauerte auch nicht lange, bis seine schlimmsten Befürchtungen Wahrheit wurden. Der samtene Rasen, der tagelang unter einem beharrlichen Nieselregen gelegen hatte, sah durch das Ziehen und Zerren der drei riesigen Glocken bald wie ein Schlachtfeld aus.

Kurz nach ein Uhr läuteten die Glocken.

»Lassen Sie sie läuten«, wies er den Vorarbeiter an. »Lassen Sie sie läuten!« Was für ein wildes und zugleich zärtliches Gefühl der Klang dieser herrlichen Glocken in seinem Herzen wachrief!

Eine kleine Schar von Menschen kam zusammen und betrachtete voller Staunen den normannischen Turm, der die Musik erschallen ließ. Andrew Gregory kam mit energischem Schritt die Straße herunter, um ihm zu gratulieren. »Also wirklich«, sagte er zu dem Pfarrer, »war ja doch 'n bißchen nüchtern hier ohne Ihre Glocken.«

Auch J. C. Hogan hörte das Geläut. Er lief eiligst herbei und erhielt dafür eine detailreiche Story über die Geschichte der Glocken, über Herstellung und den langen Aufenthalt in ihrem Heimatland, aus dem sie gerade erst zurückgekehrt waren.

Es war Viertel nach zwei, bevor er zum ersten Mal an diesem Tag in sein Büro kam, die Post aus dem Briefkasten holte und dabei bemerkte, daß das Bündel ungewöhnlich dick schien. Als er aufsperrte und hineinging, klingelte das Telefon. »Timothy! Wie eindrucksvoll daß Sie an Ihrem Geburtstag die Glocken läuten lassen!« sagte Cynthia.

»An meinem was?«

»Also, ich finde, das ist wirklich verwegen.«

»Wie bitte?«

»Ich hätte nie gedacht, daß Sie dazu ... ich habe Sie immer für so unendlich bescheiden gehalten! Was für eine Überraschung!«

Sein Geburtstag! Wie bemerkenswert, daß er das vergessen hatte. Aber andererseits war ja auch niemand dagewesen, der ihn daran erinnert hätte, und Walter sagte vorher niemals ein Wort, sondern übermittelte ihm seine Glückwünsche immer in Form eines Päckchens von Tiffanys Schreibwarenhandlung – eines Päckchens, das übrigens gewöhnlich dem Datum des Ereignisses um mehrere Tage hinterherhinkte.

Er lachte. »Nun denn, jetzt wissen Sie die Wahrheit. Ich habe heute Geburtstag, und Sie erleben die Überraschung.«

»Für Sie gibt es auch eine Überraschung. Aber nur, wenn Sie heute abend zum Essen kommen.«

»Das täte ich sehr gern. Woher wußten Sie eigentlich, daß ich heute Geburtstag habe?«

»Das Datum steht in dem Pfarrbrief, den ich letzten Sonntag aus der Vorhalle mitgenommen habe.«

»Ah, ist den Leuten denn gar nichts mehr heilig?«

Er sah, daß das dicke Bündel Post größtenteils aus Geburtstagskarten bestand, von denen zwei ebenfalls eine Einladung zum Abendessen enthielten. Eine kam von Jenna Ivey, die schrieb: »Pfarrer Tim, Sie sind uns mit jedem Jahr teurer.« Und eine von Meadowgate, die unterschrieben war von Hal, Marge, Dooley, Rebecca Jane, Gänsedaunen und den sechs Hofhunden, die ihn ihrer Botschaft zufolge allesamt zu einem frühen Abendessen am Sonntag erwarteten.

Emma schickte eine Karte mit einem Rosenaquarell und einem Polaroidfoto von Harold und sich selbst am Strand, das wahrscheinlich von einem Fremden aufgenommen worden war, den sie dazu verdonnert hatte. Er befestigte das Photo mit einer Reißzwecke an der Badezimmertür und bemerkte dabei, daß Emma eine Spur dicker geworden war, während Harold ein wenig dürr aussah.

Außerdem war ein handgeschriebener Brief von Stuart in der Post; er schickte ihm seine herzlichsten Grüße und wünschte ihm ein frohes Herz und gute Gesundheit.

Mit einem gewissen Gefühl des Trostes saß er vor dem Stapel Karten.

Dann schaltete er den Anrufbeantworter ein und lauschte einer langen Reihe von Gratulanten. »Pfarrer«, sagte Winnie Ivey, »ich hasse es, auf dieses Ding zu sprechen, aber ich wollte Ihnen doch sagen, wieviel Sie uns allen hier bedeuten. Ich weiß nicht, wie auch nur ein einziger von uns ohne Sie zurechtkäme …« Er hörte Winnie schniefen. »Also … also, hm … Auf Wiedersehen!«

Was für ein erfreulicher Wirbel um ein Ereignis, das er selbst vollkommen vergessen hatte!

Nach dem Abendessen schlenderten sie zum Baxter-Park hinüber und setzten sich auf die alte Bank gegenüber von Rachel Baxters Gedenkbrunnen.

»Sagen Sie mir, wie Sie sich fühlen, wenn Sie an Barnabas denken«, forderte sie ihn auf.

»Schrecklich, und ich glaube, ich habe endlich aufgehört zu versuchen, dieses Gefühl zu unterdrücken. Wissen Sie, wenn er an Altersschwäche gestorben wäre, wäre das eine Sache. Aber daß man ihn mir so gewaltsam entrissen hat ... Ich habe Angst, welch dunklen Einfluß das auf seinen Geist haben könnte.«

»Aber denken Sie nur an all die schönen, leuchtenden Einflüsse, die er von Ihnen erfuhr. Wirklich, dieser Hund kennt mehr Bibelstellen als die meisten Menschen!«

Er lachte, und genau in diesem Augenblick läuteten die Glocken der Kapelle Unseres Herrn die neunte Stunde.

»Nehmen wir an, die Waagschale wiegt auf der Seite des Lichtes schwerer als auf der des Dunkels, und daß Barnabas ausreichend gestärkt ist, um mit seinen gegenwärtigen Umständen fertigzuwerden.« Sie sah ihn eifrig an. »So wie, hm, wie ein Kamel, das sein Wasser über lange Zeit aufzustauen vermag.«

Er dachte darüber nach. Es half ein wenig, und er war dankbar. Er legte einen Arm auf die Rückenlehne der Bank und berührte ihre Schulter. »Vielen Dank«, sagte er.

Dann saßen sie schweigend eine Weile da. In dem schwindenden Licht war das Grün der Hecke so dunkel wie Jade. Wie glücklich sie sich schätzen durften, hier in diesem Frieden zu sitzen, abgeschirmt gegen das Leiden der Welt da draußen. »Ich hoffe doch«,schrieb Pater Roland einmal, »daß Sie nicht den Kopf in den Sand stecken und sich die Herausforderung und die Leidenschaft ersparen, weiter an vorderster Front zu dienen.«

Vielleicht blieb ihm in einer kleinen Gemeinde die Leidenschaft erspart, aber an Herausforderungen mangelte es ihm gewiß nicht. Mehr denn je war er sicher, daß er genau da stand, wo Gott ihn haben wollte. Alles, was er wirklich brauchte, war das Vermögen, mit Standhaftigkeit und Hingabe dort zu sein.

»Glauben Sie, daß Sie in Mitford bleiben werden, Timothy?«

»Merkwürdig, daß Sie das fragen. Ich möchte es gern. Aber ich fühle mich ... irgendwie ausgelaugt. Wie dünne Suppe. Ich bin unfähig, auch nur eins der Dinge zu tun, die mir helfen würden, meine Batterie neu aufzuladen.«

»Und was wäre das?«

»Mal Pause machen. Ich fürchte, Pastor Greer hat mich eines Abends festgenagelt. Er fragte, ob ich zu müde sei, um wegzulaufen, und zu furchtsam, um mich auszuruhen. Und die Antwort ist ja. Ja. Und meine Unfähigkeit, mein eigenes Leben in die Hand zu nehmen, verwirrt und beschämt mich.«

»Ich verstehe.«

»Wirklich?«

»O ja«, sagte sie, ohne jedoch näher darauf einzugehen.

Plötzlich ging ihm durch den Sinn, daß er seit sehr langer Zeit niemanden mehr hatte sagen hören »Ich verstehe.« Auf einmal wurde er sich der Wärme ihrer Schulter unter der Seidenbluse bewußt.

»Begleiten Sie mich nächsten Dienstag, wenn ich den Bischof und seine Frau besuche? Wir wollen genau diese Sache besprechen, und ich hätte Sie gern dabei.« Die Wahrheit war, sie würde ihm die lange Fahrt wie einen herrlichen freien Tag erscheinen lassen.

Sie sah ihn auf die offene Art an, die er so reizvoll fand. »Nächsten Dienstag? Ich weiß nicht. Ich versuche, den ersten Entwurf des neuen Buchs für meine Agentin abzuschließen. Ich will wissen, was sie davon hält. Wenn Sie für mich beten, dann wird es natürlich bis dahin fertig, ich kann es abschicken und mit Ihnen zum Bischof fahren.«

»Wird gemacht«, sagte er, und eine Woge des Glücks schlug über ihm zusammen.

Kapitel 22

Befehl von oben

Wenn man das Tal von der abgebrannten Kirche aus betrachtete, wo das Haus der Hoffnung erbaut werden sollte, breitete es sich wie ein smaragdener Teppich unter einem aus; ein von Gärten gesprenkelter Teppich, der zweimal die Woche die Kühlbehälter des Ladens füllte.

Jetzt wurde der Mais namens Silver Queen jeden Dienstag und Freitag den Berg hinaufgebracht, wo man ihn in Holzkübel umlud. Und wie immer konnte man sich darauf verlassen, daß die Dorfbewohner die ganze Wagenladung an einem einzigen Tag aufkauften, so daß jeder wußte, was es am Abend im Dorf zu essen gab.

Auch Pfarrer Tim stand dann in freudiger Erwartung vor den Holzkübeln auf dem Gehsteig Schlange, obwohl ihm unausweichlich irgend jemand seinen Platz ganz vorne in der Schlange anbieten würde. Nein, er wollte sich nicht so schnell durch die Maisschlange bewegen, er wollte das leise Summen der Erregung, die Kameradschaft und das Lachen auskosten, die dieses Ereignis immer mit sich brachte.

Er wollte Zeit haben, um in aller Ruhe Avis Packards Gesicht beobachten zu können, wenn dieser die Hüllblätter und Narbenfäden zurückschob, um staubperlengleiche Kerne freizulegen. »Da ist nicht ein einziger Wurm drin. Wer einen Wurm findet, kriegt einen Kolben umsonst.«

Miss Rose kam herbei und suchte aufmerksam nach Würmern, während Onkel Billy auf der Bank neben der Straßenlaterne saß und einem gebannten Publikum seinen neuesten Witz erzählte. Winnie Ivey schloß die Bäckerei und füllte sich und ihrem Bruder ebenfalls einen Sack ab.

Während Louella einem Dutzend perfekter Kolben nachjagte, saß Miss Sadie in dem Wagen, den sie vor der Bibliothek nebenan auf den Gehsteig gefahren hatte, und

Percy Mosley kam in seiner Schürze über die Straße, um den Scheffel Mais abzuholen, den Avis für die Grillstube zurückgelegt hatte.

Einmal fragte ein Tourist einen Einheimischen: »Findet hier im Dorf gerade ein Festival statt?«

»Nee, is' bloß gerade der Mais reingekommen.«

»Wie drollig! Vielleicht sollte ich mir auch welchen kaufen.«

»Weiß nicht, ob ich das an Ihrer Stelle täte«, warnte ihn der Einheimische düster. »Es heißt, der Mais würde sauer, wenn man ihn im Wagen transportiert.« Mitford verkaufte seinen frühen Mais nicht gern an Auswärtige, die ihn, wie die Leute sagten, viel zu lange kochen ließen und ihn sowieso nicht zu schätzen wußten.

Nachdem Pfarrer Tim einen Scheffel Mais für die Frau des Bischofs gekauft hatte, fuhr er mit seiner Nachbarin, die in ihrem narzissengelben Kleid wieder bezaubernd aussah, um das Denkmal herum. Gerade als er den Weg nach Wesley einschlug, schlugen die Glocken die neunte Stunde. »Sobald man um das Denkmal herumfährt«, sagte er, »kommt man in eine andere Welt.«

»Ich bin ja so aufgeregt! Wissen Sie, ich habe, seit ich letzten Herbst hierherkam, die Stadt kaum verlassen.«

Er lachte. »Da sind Sie sicher nicht die einzige. Ich habe die Stadtgrenzen kaum verlassen, seit ich vor zwölf Jahren hierherkam.«

»Vielleicht ist dies der Tag, an dem die Dinge ins Rollen kommen.«

»Das würde ich mir gerne einbilden. Alter und schleichender Provinzionalismus sind eine gräßliche Kombination.«

»Habe ich Ihnen eigentlich schon gesagt, wie gut mir Ihre Predigt am Sonntag gefallen hat?«

»Haben Sie nicht, sonst würde ich mich sicher daran erinnern.«

»Also, sie war wunderbar. Ich fand es sehr verwegen von Ihnen, über die Sünde zu predigen. Das ist ein Thema, über das kaum jemand gerne etwas hört.«

»Timothy!« Stuart Cullen kam mit ausgestreckten Armen die Treppe herunter.

»Stuart, alter Freund!« sagte der Pfarrer, während sie einander umarmten.

»Du hast einen langen Weg hinter dir, und die Erquickung wartet bereits auf dem Tisch«, versicherte der Bischof. »Und wer ist diese schöne Frau?«

Cynthia ergriff seine ausgestreckte Hand. »Das ist meine Nachbarin, Cynthia Coppersmith. Cynthia, Bischof Cullen, mein Vertrauter aus Seminarzeiten, mein hochgeschätzter Freund und – gelobt sei Gott – mein Bischof.«

Cynthia deutete einen Knicks an. »Oh, tut mir leid. Das war eigentlich nicht beabsichtigt …«

Er lachte. »Sie sind ein Jahrhundert oder so zu spät dran, Cynthia, aber ich freue mich trotzdem darüber.« Er hielt immer noch ihre Hand und zog sie nun sanft auf die Haustür zu.

Der Pfarrer sah, daß sich in Stuarts sandfarbenes Haar nun deutlich mehr graue Strähnen mischten, und seine Stirn war von Furchen durchzogen, die ihm bei ihrem letzten Treffen vor einigen Monaten noch nicht aufgefallen waren. Dennoch wirkte er überraschend elastisch und jungenhaft, und sein ungekünstelter Charme, der nie zu versiegen schien, war immer noch Teil seines Wesens. Er verspürte eine tiefe Zuneigung zu diesem Mann, der eine Konstante in seinem Leben gewesen war.

»Kommt doch bitte rein. Wir haben das Familiensilber aufgelegt, und Marthas Brötchen kommen gerade aus dem Ofen. Dein Zeitgefühl war schon immer hervorragend, Timothy.« Als sie das Foyer betraten, sah der Pfarrer etwas, das er nicht hatte sehen können, solange Cynthia auf der Beifahrerseite gesessen hatte. Es war einer dieser infernalischen rosa Lockenwickler, der fröhlich hinter ihrem rechten Ohr auf und ab wippte, während sie die Frau des Bischofs begrüßte.

Während des Essens unternahm er alles, um sie auf den Lockenwickler aufmerksam zu machen, aber vergebens.

Schließlich kam er zu dem Ergebnis, daß er sich wohl

nicht sehr gut darauf verstand, heimliche Signale auszusenden, und irgendwann während der Kalbskoteletts gab er es auf. Er erinnerte sich daran, daß sein Vater immer dafür zuständig gewesen war, seiner Mutter zu sagen, ob ihr Unterrock vorguckte, bevor sie zur Kirche aufbrachen. Irgendwelche Laufmaschen? Zuviel Rouge? Lugten irgendwelche Kleideretiketten vor, wo sie nichts zu suchen hatten?

Er wußte, daß sein Vater diese Aufgabe ziemlich ernst genommen hatte und sie sogar zu mögen schien, obwohl Tim nicht die leiseste Ahnung hatte, warum.

Im Arbeitszimmer saß Stuart Cullen in einem ledernen Ohrensessel und sah den Pfarrer mit seinem offenen Blick an.

»Und jetzt mußt du mir alles erzählen, Timothy.«

»Ich habe versucht, Ordnung in meine Gedanken zu bringen, damit ich dir Zeit sparen kann.«

»Bitte, laß das meine Sorge sein. Ich habe alles bis auf eine Versammlung in meinem Büro um sechs beiseite geschoben.«

»Nun denn. Die Dinge haben sich seit dem Brief, den ich dir vor anderthalb Jahren schrieb, nicht wesentlich geändert. Es gibt Zeiten, da bin ich vor Erschöpfung wie gelähmt, und am Ende schleppe ich mich nur noch dahin, was auch meine Predigten widerspiegeln.

Ich muß an den Tag denken, an dem der Kirchenvorstand in das Haus eines neuen Gemeindemitgliedes eingeladen war, eines Mannes, der nach allgemeinem Standard als ziemlich wohlhabend gelten darf.

Die meisten von uns haben aufgeregt darüber spekuliert, was für ein Festmahl wohl aufgetischt werden würde.« Er lachte. »Nun, wir saßen bis neun Uhr abends herum und aßen alte Kräcker und einen Cheddar, der so hart war, daß das Käsemesser abbrach.«

Als der Bischof lächelte, erschienen feine Linien um seine Augen.

»Ich habe das Gefühl, daß ich auch solche Dinge auftische. Überall sucht Gottes Volk nach einem Festmahl, aber die Leute bekommen nur kleine Rationen. ›Weide meine Schafe‹, hat er gesagt. Das ist ein direkter Auftrag, ein Befehl von oben.

Über mangelnde Liebe in meiner Gemeinde kann ich mich wahrlich nicht beklagen. Die Kirche wächst, wir kommen unseren Zahlungsverpflichtungen pünktlich nach, und schon bald werden wir eines der schönsten Pflegeheime im ganzen Land bauen. Von außen betrachtet, scheint alles völlig in Ordnung zu sein.«

Er schwieg einen Moment. »Ich glaube, ich will eigentlich etwas ganz anderes sagen, Stuart. Ich wünschte mir eben, es wäre mehr als nur in Ordnung. Es *muß* einfach mehr sein als bloß … in Ordnung. Das ist der Punkt, an dem ich stehe, und ich weiß nicht, wohin ich von hier aus gehen soll.«

»Cynthia scheint der Auffassung zu sein, daß deine Predigt am Sonntag sehr viel mehr war als eine kleine Ration. Und obwohl ich sie gerade erst kennengelernt habe, vertraue ich ihrem Urteil. Sie hat, wie mir scheint, einen sehr lebendigen Glauben.«

»Ja, hm …«

»Du erwartest doch bestimmt nicht, daß deine Predigten jedesmal vom Gipfel des Berges aus gehalten werden? Du weißt so gut wie ich, daß wir auch aus dem Tal predigen müssen.«

»Ja, ich weiß. Aber die Zeiten auf dem Berg waren so rar. Ich bin in vieler Hinsicht von mir selbst enttäuscht, und wenn das so ist, dann muß ich auch eine Enttäuschung für andere sein. Es fällt mir schwer, mich klar auszudrücken, Stuart, aber ich fühle mich so … schal.«

»Das ist eine klare Ausdrucksweise.«

»Irgendwie scheinen sich die Dinge seit dem Ausbruch der Diabetes verändert zu haben.«

»Diabetes? Du hast mir nie erzählt, daß du Diabetes hast.«

»Ach, na ja«, sagte er achselzuckend, »es ist eine nicht

insulinabhängige Variante, daher kein Grund zur Sorge. Ich wollte dich nicht mit etwas Unwichtigem belasten.«

»Marthas Schwester ist Diabetikerin. Und glaub mir, es ist nicht unwichtig. Es ist eine ernstzunehmende Störung.«

»Aber nichts, was man mit Diät und körperlicher Betätigung nicht in den Griff kriegen könnte. Marthas Schwester ist wahrscheinlich insulinabhängig.«

»Jetzt ja«, sagte Stuart, »aber sie war früher einmal genau da, wo du jetzt bist. Und ganz plötzlich hat es sich zu etwas weit Ernsterem entwickelt. Diese Sache macht mir Sorgen.«

Das letzte, was er wollte, war, seinem Bischof irgendwelche ernsthaften Sorgen zu bereiten. Das war nicht der Grund, warum er hergekommen war.

»Nimmst du deine medizinische Behandlung, deine Diät und dein Trainingsprogramm auch wirklich ernst?«

Er konnte nicht lügen. »Nein. Das tue ich nicht.«

»Timothy. Um Himmels willen.«

»Ich habe ein erbärmlich schlechtes Gewissen deswegen, und ich möchte dir versprechen, daß ich diese Dinge wieder ernst nehmen werde – sofort. Aber ich möchte diese Sache auf keinen Fall mit dem schwerwiegenderen Problem vermischen.«

»Ich bin nicht davon überzeugt, daß deine Krankheit nicht ein Teil dieses schwerwiegenderen Problems ist. Die körperliche Erschöpfung, die fast immer mit dieser abscheulichen Krankheit einhergeht, kann auch den Geist in Mitleidenschaft ziehen. Und wie soll der Heilige Geist mit einem Gefäß arbeiten, das genau so schnell leerläuft, wie er es zu füllen vermag?

Wenn ich dich richtig kenne«, fuhr der Bischof freundschaftlich fort, »gönnst du dir nicht genug Ruhe. Du regenerierst dich nicht. Du hast sehr lange keinen Urlaub mehr gehabt, wenn ich mich recht erinnere.«

»Ja. Das stimmt.«

»Wie ist es dir in der letzten Zeit ergangen? Sehen wir uns nur die letzten paar Monate an.«

»Ein Junge. Ich habe einen Jungen bekommen, er ist fast

zwölf. Dooley.« Er vermißte Dooley, wie ihm plötzlich klar wurde. »Das war ...«

»Hart.«

»Ja. Für einen alten Junggesellen wie mich schon. Dann die Sache mit den Juwelen natürlich. Das alles war auf morbide Weise beängstigend, obwohl die Ergebnisse, wie ich dir am Telefon erzählt habe, wunderbar waren.

Und Barnabas – mein Hund – wurde mir auf der Straße entrissen, und im Laufe dieser ganzen traurigen Angelegenheit wurde obendrein noch ein junger Mann angeschossen.«

»Das tut mir leid ...«

»Ganz zu schweigen von einem Gemeindemitglied, einer guten Freundin, die sich gerade gegen alle Wahrscheinlichkeit einer Herztransplantation unterzogen hat.«

»So. Also keine Erholung irgendwelcher Art, aber dafür eine Reihe besonders anstrengender Umstände, die zu deinen gewöhnlichen Pflichten hinzukommen. Und obendrein noch die Symptome der Diabetes. Hast du Probleme mit dem Schlafen gehabt?«

»Die allerschlimmsten.«

»Warst du in letzter Zeit mal bei deinem Arzt?«

»In letzter Zeit nicht. Die Vorbereitung der Transplantation hat ihn sehr in Anspruch genommen.«

»Lausige Ausrede! Gefällt mir gar nicht! Such sofort deinen Arzt auf.«

Er nickte. »Du hast mein Wort darauf.«

»So, jetzt möchte ich mal meine Autorität als dein Bischof geltend machen und dir noch etwas sagen. Ich möchte, daß du zwei Monate weggehst.«

»Aber da ist der Junge und ...«

»Ich interessiere mich nicht für den Jungen und auch nicht für die anderen Umstände, die es augenblicklich in deinem Leben gibt. Das klingt kalt und hart, aber es ist weder das eine noch das andere. Mein Interesse gilt dir, nicht weil du mein Freund bist, sondern weil du dieser Diözese von größtem Wert bist und ich nicht möchte, daß sich daran etwas ändert.

Du warst immer bekannt dafür, daß du dich um alles und jeden kümmerst, nur nicht um dich selbst. Ich kann das unbedenklich sagen, weil ich mit der gleichen Schwäche geschlagen bin, und vertrau mir, es ist eine Schwäche. Aber ich bin mit einer Frau gesegnet, die über mich wacht, während du niemanden hast, der das für dich tut. Wenn du auch weiterhin ein Leben im Leib Christi führen willst, Timothy, mußt du sofort handeln. Du mußt dich regenerieren und neue Energie tanken. Du erzählst mir, du seist verbraucht, schal – aber die Gesundheit deiner Gemeinde beweist das Gegenteil. ›Darum: an ihren Früchten sollt ihr sie erkennen‹, hat Christus gesagt. Und daran erkenne ich dich, mein Freund, an deinen Früchten. Du hast Ihn nicht im Stich gelassen, du hast mich nicht im Stich gelassen und auch deine Gemeinde nicht. Aber du hast dich selbst im Stich gelassen – auf schändliche Art und Weise.«

Pfarrer Tim war plötzlich bedrückt und gereizt. Er wünschte, er wäre nie hergekommen. Warum hatte er nicht geschwiegen und statt dessen lieber seine eigenen Entscheidungen getroffen? Ausgeschimpft zu werden wie ein Kind war ein schwerer Schock, und er spürte, wie ihm auf unangenehme Weise der Schweiß ausbrach.

»Glaubst du, ich spreche gern so mit dir?« fragte Stuart. »Ich tue es nicht. Aber es muß getan werden. Wenn du Geld brauchst, um wegzufahren, wird dieses Problem sofort gelöst werden.«

»Es geht nicht um Geld.«

»Ich erinnere mich, daß deine Mutter dir eine beträchtliche Summe hinterlassen hat, falls du noch nicht alles weggeschenkt hast.«

»Nicht alles«, sagte er und wurde rot.

Der Bischof wartete einen Augenblick. »Erzähl mir … was ist mit Cynthia? Bedeutet sie dir etwas?«

»Ja. Ich glaube schon.«

»Du scheinst dir unsicher zu sein«

»Ich bin mir nicht unsicher, ob sie mir etwas bedeutet oder nicht; ich bin mir nur unsicher, welche Konsequenzen das nach sich zieht.«

»Du meinst, ob es in eine Ehe münden könnte?«

»Ja. Und wenn das so ist, frage ich mich, ob das in diesem Stadium meines Lebens gut und richtig für mich wäre, und ob es für sie gut wäre …«

»Ich glaube, sie ist dir sehr zugetan.«

Es gefiel ihm weit besser, über Cynthia zu reden, als über seine Probleme im Amt. »Sie hat mich gefragt, ob ich …«, er räusperte sich, »ob ich eine feste Beziehung möchte.«

Stuart lachte herzlich. »Aber das ist doch wunderbar! Das ist doch herrlich!«

Er wartete ungeduldig darauf, daß der andere aufhörte zu lachen. Verwünscht! Warum hatte er das Thema nur aufgebracht?

»Da muß sie aber all ihren Mut zusammengenommen haben.«

»Ja, sie sagte etwas in der Art.«

»Was hast du geantwortet?«

»Sie hat mich gebeten, darüber nachzudenken – und das tue ich immer noch.«

In Stuarts Augen blitzte eine fröhliche Belustigung auf. »Wenn du fertig bist mit Denken, hoffe ich doch, daß du mich das Ergebnis wissen läßt. Ich mag sie, sie ist erfrischend. Und eine Erfrischung ist schließlich genau das, was du so dringend brauchst.«

Nun waren sie glücklich vom Thema abgekommen, und schon steuerten sie wieder darauf zu. »Willst du mir sagen, daß ich weitermachen soll? Daß ich mir eine Ruhepause gönnen und dann weitermachen soll?«

»Genau das. Seit deinem Brief vor ein paar Monaten hast du nichts an deiner Situation geändert. Aber jetzt ist es Zeit, etwas anders zu machen; du mußt dich ausruhen und mit frischen Kräften noch einmal Gott in dieser Angelegenheit um Rat fragen. Ich würde gern sehen, daß du deine Angelegenheiten schnellstens in Ordnung bringst und dich auf den Weg machst. Wir können Pater John auf deine Kanzel stellen, wenn du damit einverstanden bist. Er würde dort hinpassen wie eine Hand, die in einen

Handschuh schlüpft, und du kannst darauf bauen, daß er dir in deiner Abwesenheit nicht deine Gemeinde auf den Kopf stellt.«

»Sehr gut«, antwortete er lächelnd. »Du hast mir wieder einmal sehr geholfen.«

Der Bischof lächelte, und die beiden Männer standen auf und umarmten sich. »Aber ich tue das nur alle fünfunddreißig Jahre einmal!«

Also war es fünfunddreißig Jahre her, seit sein Freund ihm geholfen hatte, eine Entscheidung wegen Peggy Kramer zu treffen.

»Stuart«, sagte er, als sie einen Augenblick lang an der Tür des Arbeitszimmers standen, »ich würde gerne etwas ziemlich Unorthodoxes tun.«

»Ich habe genug Vertrauen in deine Orthodoxie, um auch deinen unorthodoxen Ideen zu trauen.«

»Ich würde gern ab und zu einen alten Baptistenprediger auf meine Kanzel stellen. Er hat uns eine Menge zu sagen, glaube ich, und ich vertraue ihm. Er hat sich selbst ausgebildet und ist seit Jahren in vielen Landkirchen als Pastor tätig. Seine Theologie ist so verläßlich wie der Dollar, und sein Geist brennt für den Herrn. Ich glaube, schon die Merkwürdigkeit dieses Vorgehens würde viele Menschen zum Zuhören bringen, die bisher keine Ohren zu hören hatten.«

»Dann tu es.«

»Vielen Dank. Also, wohin soll ich den Mais bringen?«

Er war erleichtert, daß Cynthia nicht ihn, sondern das Armaturenbrett ansah, als sie mit großer Erregung zu sprechen begann. »Ich kann es einfach nicht glauben – egal, wie sehr ich es versuche –, daß Sie mir nicht gesagt haben, daß dieser dumme Lockenwickler an meinem Hinterkopf baumelte. Ich wäre fast gestorben, als ich ihn fand! Da saßen die beiden so fein am Tisch, und ich hatte diesen blöden Lockenwickler im Haar. Und was noch schlimmer ist, er war auf der Seite des Bischofs!«

»Es war doch nur Stuart«, sagte er sanft.

»Aber warum haben Sie nichts gesagt?« jammerte Cynthia.

»Ich hab's versucht. Ich hab' es getan! Ich habe dauernd auf meinen Kopf gezeigt, ich dachte, das würde vielleicht …«

»Ich dachte, Sie kratzten sich am Ohr, um Himmels willen!«

»Ich war noch nie ein Meister der Körpersprache.«

»Als Sie beide im Arbeitszimmer waren, streckte Martha einfach die Hand aus und sagte: ›Wissen Sie, genau da vergesse ich auch immer einen‹, was die abscheulichste Lüge war, da sie sich ihr ganzes Leben noch nie das Haar gekraust hat; es ist so gerade wie ein Stock!«

Wenn er es gewagt hätte, sie auch nur aus den Augenwinkeln anzusehen, hätte er vor Lachen gebrüllt.

»Timothy, Sie lachen mich aus, das sehe ich! Ihr Magen gluckst! Warum tun Sie's nicht einfach? Warum lachen Sie nicht, bis Ihnen die Tränen kommen? Na los, Sie sind herzlich eingeladen.«

Er räusperte sich, da er immer noch nicht sprechen konnte.

»Ich meine, was wäre, wenn Ihr Hosenschlitz offengestanden hätte?«

»Wie bitte?«

»Nun, denken Sie mal drüber nach! Wenn Ihr Hosenschlitz für alle Augen sichtbar offengestanden hätte, glauben Sie nicht, ich hätte Sie davon in Kenntnis gesetzt?«

Er mußte zugeben, daß das ein ernüchternder Gedanke war. »Cynthia«, sagte er, ohne dabei die Straße aus den Augen zu lassen, »es tut mir leid. Es tut mir wirklich leid. Ich habe ganz bestimmt versucht, Sie darauf aufmerksam zu machen. Verzeihen Sie mir.«

Ein langes Schweigen folgte. »Ach, zum Kuckuck! Ich verzeihe Ihnen.« Sie lehnte sich im Sitz zurück, als sei sie plötzlich erschöpft. »Ob ich mich denn nie richtig benehmen werde?«

»Ich glaube, Sie benehmen sich weit besser als die meisten Leute, wenn Sie meine Meinung hören wollen.«

»Wirklich?«

»Ja, wirklich, das glaube ich. Und der Bischof auch. Er sagt, Sie seien erfrischend. Erfrischend! Hört sich das nach dem grausamen Urteil eines Mannes an, den der Anblick eines schnöden Lockenwicklers entsetzt hat?«

Obwohl er keineswegs die Neigung hatte, am Steuerrad eines Wagens sorglos zu sein, streckte er den Arm aus und nahm ihre Hand.

»Nun ja ...«, sagte sie, und ihre Miene hellte sich sichtbar auf.

Er wachte in der Nacht auf und stellte fest, daß er in Schweiß gebadet war; sein Pyjama klebte ihm feucht an den Beinen. Wasser! Das war's, was er brauchte. Er verging fast vor Durst.

Mit großer Mühe setzte er sich auf, zwang sich dann, ins Badezimmer zu gehen und ein Glas unter den Wasserhahn zu halten. Lieber Gott, wie müde er war und wie niedergeschlagen.

Ab morgen würde er peinlich genau darauf achten, seine Medizin zu nehmen, und um sechs Uhr aufstehen und joggen. Es wäre gut, sich wieder an einen gewissen Zeitplan zu halten. Er erinnerte sich daran, wie hervorragend er sich während jener ersten Monate des Laufens gefühlt hatte, in denen er Mitford aus einer ganz neuen Perspektive gesehen hatte.

Er zog sich einen frischen Schlafanzug an, ging wieder ins Bett und sprach laut in den stillen Raum hinein einen Vers aus den Psalmen: »Du aber, Herr, wollest deine Barmherzigkeit nicht von mir wenden; laß deine Güte und Treue allewege mich behüten ...«

Bevor er wieder einschlief, stand ihm das Bild von Cynthia in dem atemberaubenden gelben Kleid vor Augen.

Er fuhr noch im Jogginganzug beim Krankenhaus vorbei und verbrachte eine halbe Stunde mit Joe Joe, der es kaum erwarten konnte, endlich nach Hause zu kommen. Dann sah er noch bei Russell und Betty Craig vorbei, die zu einem fröhlichen Waffenstillstand gelangt zu sein schienen. Nach einem leichten Frühstück im Pfarrhaus und einem kurzen Besuch bei Puny ging er ins Büro, um zu tun, was der Bischof ihm aufgetragen hatte.

»Es tut mir leid, Pfarrer Tim«, sagte die Krankenschwester, als er anrief, »aber Dr. Harper hat die Stadt für eine Woche verlassen. Dr. Wilson würde sich mit Freuden um Sie kümmern; ich werde Sie dazwischenschieben ...«

»Nein, das ist schon gut. Ich werde auf Dr. Harper warten. Wenn Sie mir freundlicherweise einen Termin gleich nach seiner Rückkehr geben wollten?«

»Mal sehen. In der Woche nach seiner Rückkehr habe ich nichts mehr frei, aber falls jemand absagt, könnte ich Sie anrufen.«

»Bestens! Tun Sie das«, sagte er.

So. Er hatte noch ein Rezept in seinem Schubtisch liegen, er hatte seine Medizin genommen, er war gelaufen, er hatte ein vernünftiges Frühstück zu sich genommen und seinen Koffeinverbrauch eingeschränkt, und er hatte Hoppys Helferin angerufen.

Das war alles nicht weiter schwierig gewesen. Eine ganz andere Sache war da die Planung seines zweimonatigen Studienurlaubs!

So abscheulich ihm die Aussicht auch erschien, er war trotzdem dankbar. Ein Bischof von anderem Kaliber hätte darauf gebaut, daß er das Problem selber löste. Aber Stuart hatte seine ganze Autorität geltend gemacht, um ihm einen Befehl zu erteilen, und er hatte absolut recht gehabt. Sein Bischof hatte getan, wozu ihm selbst der Mut fehlte. Er mußte sich von dem Gefühl befreien, in diesem Dorf festzusitzen wie Moos auf einem Baum, wie eine Flechte auf einem Stamm.

»Hallo, Walter? Hier Timothy. Komm' ich euch ungelegen? Nein? Ja, also, wenn es nicht zu spät ist, um mich dir und Katherine auf eurer Reise anzuschließen, würde ich gerne mitkommen.«

Am anderen Ende herrschte verblüfftes Schweigen. »Walter? Walter! Hallo?«

Hatte der *Feind* ihn in all diesen Jahren genasführt und ihm weisgemacht, niemand käme ohne ihn aus?

War nicht Russell in bester Verfassung? Hatte Olivia nicht ein neues Herz, und ging es ihr nicht täglich besser, ohne die geringste Spur einer Abstoßungsreaktion?

Standen in der Kapelle Unseres Herrn die Dinge nicht gerade jetzt zum Besten? So wenig Gezänk und Uneinigkeit wie zur Zeit hatte es in den vergangenen Jahren selten gegeben.

Machte sich nicht auch die Sonntagsschule, die ein wichtiges Bedürfnis befriedigte, immer besser? Und nahm der neue Jugendchor nicht ein volles Programm für den kommenden Herbst in Angriff?

Und war Miss Sadie nicht besser in Form denn je, jetzt, da sie sich ihr Geheimnis von der Seele geredet hatte und Louella wieder unter ihrem Dach lebte?

Er durchforschte sein Gewissen nach irgend jemandem, der ihn wirklich brauchte. In ein oder zwei Tagen würde er an Miss Rose wegen des Hausverkaufs herantreten und fragen, ob sie nicht gleich anfangen könnten – natürlich erst, nachdem er die Frage einer Willard-Statue geklärt hatte.

Die endgültigen Entwürfe für das Haus der Hoffnung waren noch lange nicht zu erwarten, und wenn sie kamen, war Ron Malcolm durchaus in der Lage, sie gerecht zu beurteilen und mit dem Kirchenvorstand zusammen zu einer einstweiligen Entscheidung zu kommen.

Emma würde nun auch jederzeit wieder zurückkommen und könnte alle anfallenden Arbeiten mühelos ohne ihn erledigen. Pater John war ein freundlicher Bursche, wenn auch ein wenig faul. Und Cynthia würde gewiß sein Kaninchen übernehmen. Puny könnte weiter an den zwei

Tagen, für die der Kirchenvorstand zahlte, kochen und saubermachen, was bei Pater John sehr wahrscheinlich den Eindruck erwecken würde, daß er gestorben und in den Himmel gekommen sei.

Und vielleicht, nur vielleicht, würde Hessie Mayhew, wenn er ihr versprach, ihr einen Kelch aus Waterford mitzubringen, mal rüberkommen und die Rosen im Gedenkgarten sprengen.

Aber was war mit Dooley? Er wollte auf keinen Fall, daß Dooley sich abermals entwurzelt und zerrissen fühlte.

»Ich hätte gerne einen Jungen bei mir«, sagte Cynthia mit tapferer Miene, »ich könnte ...«

»Sie könnten was?«

»Ihn zeichnen!«

»Aha«, sagte er wenig überzeugt.

»Ich hatte schon einmal einen Jungen in meinem Leben, den Neffen meines Mannes. Seine Mutter starb, und Elliott und ich haben ihn zu uns genommen, während er das College besuchte. David und ich waren die dicksten Freunde und die besten Kameraden; er war ein solcher Segen für mich, wenn Elliott Wochen und Monate fort war. Sie haben ihn nie kennengelernt, aber das werden wir nachholen.«

»Ich bin Ihnen sehr dankbar für Ihr Angebot, aber Gott hat mir noch nicht offenbart, was ich mit Dooley machen soll.«

»Aber er wird es Ihnen offenbaren, also entspannen Sie sich einfach, ja?«

Entspannen? Jawohl. Hm, das war eine gute Idee.

Die Bürotür wurde aufgerissen.

»Sie haben sie geschnappt«, sagte Rodney stolz. »Unten in Holding haben sie die Mistkerle festgenagelt. Die Polizei hatte eine Straßensperre aufgebaut und Führerscheine überprüft. Da war ein blutjunger Polizist dabei, der sich an den bundesweiten Steckbrief erinnerte und sie wiedererkannte. Sie hatten ihren Lieferwagen neu lackiert und alles, aber er hat sofort Lunte gerochen. Hat sie wegen eines kaputten Scheinwerfers rangewunken und über Funk Verstärkung gerufen, ohne daß sie's gemerkt haben. Dann sind drei Wagen mit Holdings besten Männern rübergeprescht, und zack, das war's!« sagte Rodney mit beträchtlicher Genugtuung, bevor er sein Halfter hochzog. »Das war die spektakulärste Verhaftung, die die Jungs in Holding je vorgenommen haben. Sie haben eine ganze Wagenladung Drogen einkassiert.«

»Barnabas. Was ist mit Barnabas ...?«

»Nichts. Tut mir leid. Das sind schlechte Nachrichten«, sagte Rodney und nahm den Hut ab. »Keine Spur von Ihrem Hund. Ich sag Ihnen was, Pfarrer Tim, vielleicht ist das nur gut so, wenn Sie verstehen, was ich meine.«

Er verstand es nicht genau und wollte es wahrscheinlich auch gar nicht.

»Hi«, sagte Dooley, als er an den Apparat kam.

»Selber hi. Wie steht's denn so?«

»Super.«

»Erzähl mir mehr davon.«

»Ich und Kenny McGuire haben diesen Pferden heute morgen mal gezeigt, was ein ordentlicher Ausritt ist. Dann haben wir mit den Jungs unten am Teich Softball gespielt und sie so fertiggemacht, daß sie fast angefangen hätten zu flennen. Kommen Sie Sonntag wieder raus?«

»Auf jeden Fall.«

»Ich möchte, daß Sie sehen, wie ich Gänsedaunen reite. Ich hab' sie endlich soweit, daß sie mich leiden kann. Im Grunde genommen ist sie ja nur wie 'n kleines Baby oder so was.«

»Wo wir gerade davon sprechen – wie geht es Rebecca Jane?«

»Heult jedesmal hinter mir her, wenn ich aus dem Haus muß. Dools hier, Dools da. Sie wissen ja, wie so was geht.«

»O ja, ich weiß, ich weiß«, erwiderte der Pfarrer.

Für manche Leute, dachte er, als er auflegte, hätte sich

dies wie ein ganz gewöhnliches Gespräch angehört. Aber es war mehr; es war Musik in seinen Ohren.

Während der Abkündigungen in der Elf-Uhr-Messe lenkte er die Aufmerksamkeit seiner Gemeinde auf das Treffen der Altargilde und die Zusammenkunft der Laienleser; dann bat er noch einmal um weitere Meldungen zu dem neuen Jugendchor. Er versuchte, für die Baptisten die Trommel zu rühren, die einen Basar zugunsten ihrer Auslandsmissionen abhielten, und für die Presbyterianer, die Selbstgebackenes verkaufen wollten, um von dem Erlös Gesangbücher anzuschaffen.

»Gibt es sonst noch Abkündigungen?« fragte er.

»Ah, ja«, sagte Hal Owen und kam zu den Stufen vor dem Altar. Er hielt etwas in der Hand. »Ich würde mich gern im Namen der ganzen Gemeinde entschuldigen, daß wir so lange für Ihr Geburtstagsgeschenk gebraucht haben.«

Er spürte, wie es ihm plötzlich heiß wurde.

»Sehen Sie, wir mußten warten, bis alle ihre Punkte zusammen hatten, damit wir Ihnen diesen Umschlag geben konnten. Damit können Sie überall hin, wohin Sie möchten … und wir wären Ihnen dankbar, wenn Sie auch wieder zurückkämen.«

Als er den Umschlag entgegennahm, brach die Gemeinde in begeisterten Applaus aus. »Ich weiß nicht, was ich sagen soll«, stieß er hervor.

Hal grinste. »Ach, irgend etwas, das Ihnen gerade in den Sinn kommt.«

»Halleluja!« rief er, und man konnte den Kloß in seiner Kehle deutlich hören.

»Ich weiß nicht, wie ich Ihnen das erklären soll«, sagte Emma, die braungebrannt war, den Henna-Anteil in ihrem Haarwaschmittel erhöht hatte und Ohrringe trug, die aussahen wie kleine Hände aus Bananen.

»Fangen Sie einfach vorne an«, riet er ihr.

»Ich werde wieder Baptistin«, erklärte sie unumwunden.

»Emma, Sie haben eindeutig zuviel Sonne abbekommen. Baptisten werden ziemlich oft Episkopale, aber Episkopale werden so gut wie nie Baptisten. Sie schwimmen gegen den Strom.«

»Ich pfeif' auf den Strom. Harold und ich haben drüber geredet und sind zu dem Schluß gekommen, daß es töricht wäre, wenn er am Sonntag in die eine Richtung loszieht und ich in die andere. Denn die Wahrheit ist, Harold wird nie ein Episkopaler.«

»Stimmt, Emma, stimmt.«

»Er meinte zwar, ich solle Ihnen das nicht erzählen, aber wenn er weiter diese blöden Lieder in unserem Gesangbuch singen müßte, würde er aus dem Fenster springen.«

»Das wäre in der Tat ein Anblick für die Götter. Mit dem Kopf zuerst, nehme ich an?«

»Wollen Sie nun auch noch die gute Nachricht hören? Ich werde genau wie früher hier arbeiten, die gleiche Stundenzahl und alles. Daran wird sich nichts ändern.«

Verwünscht.

»Und ich werde Ihnen Bericht erstatten, wie die Baptisten arbeiten. Das wird uns hier eine große Hilfe sein. Haben Sie zum Beispiel jemals erlebt, daß es den Ersten Baptisten an Geld fehlt? Nie und nimmer! Das liegt daran, daß sie sich nie um diese Brutto- und Netto-Geschichten kümmern. Bei den Baptisten ist es alles brutto, genau, wie es in der Bibel steht, Schluß, aus.«

Vielleicht springe ich selber mit dem Kopf zuerst aus dem Fenster, dachte er.

»Also, Esther wird sonntags in Zukunft die Kollekte mit nach Hause nehmen und sie mir am Montag rüberbringen. Im Winter, hab' ich ihr gesagt, kann sie das Geld unterm Mantel tragen und im Sommer in eine Büchertasche unter irgendwelche Bücher aus der Bibliothek stecken. Heutzutage kann man ja nie wissen.«

»Ganz recht!«

Sie beugte sich über ihre Schreibmaschine und sah ihn an. »Ist alles in Ordnung mit Ihnen? Sie sehen blaß aus. Wann hat Joe Ihnen das letzte Mal die Haare geschnitten? Haben Sie Ihre Nachbarin noch mal getroffen? Oh, und wie geht's ihrer Katze – müssen Sie nicht immer niesen, wenn Katzen in der Nähe sind? Ich bin heute morgen an ihrem Haus vorbeigefahren und habe ihren Garten gesehen. Sie sollten ihr anbieten, ihn zu mähen.«

Höchstwahrscheinlich war Emma Garrett die Buße, die man ihm auferlegt hatte, um für die Freude zu zahlen, die ihm Puny Bradshaw bereitete.

»Also sagte Rose zu mir: ›Bill Watson, ich werde dir mal meine Meinung sagen‹, und ich sagte: ›Aber bitte nicht so doll.‹« Er grinste den Pfarrer breit an.

»Ja, Sir, ich hab' ihr von Ihrer Idee erzählt – daß sie das Haus der Stadt geben soll, und die würden ihr dafür dann eine schöne, moderne Wohnung ganz hinten im Haus geben, alles frisch renoviert, und sie sagte, sie würde es bloß tun, wenn die Statue wie die von Sherman oder Grant würde. Da habe ich dann gesagt, daß es eine Statue im Sitzen werden soll, und da hätt' sie fast Krämpfe gekriegt.«

Onkel Billy kicherte. »Prediger, ich habe Rose für gute und für schlechte Zeiten genommen, aber gute Zeiten hab' ich nicht mit ihr erlebt. Vielleicht sollten wir ihr die stehende Statue geben. Mir graut vor dem nächsten Winter, wissen Sie, wenn der Wind durch die Ritzen bläst und das Öl unbenutzt im Tank schwimmt.«

Der Pfarrer dachte an Miss Sadie, was sie empfinden würde, wenn sie an einer solchen Statue vorbeifuhr.

»Es wäre möglich, bis zum Winter wenigstens einen Raum modernisieren zu lassen, vielleicht mit einem Badezimmer daneben, wenn wir uns sofort über diese Sache verständigen könnten.«

»Meine Güte«, sagte der alte Mann, »ich gäbe so manches für ein heißes Bad, wenn Arthur mir erlaubt, mich in eine Badewanne zu setzen.«

»Warum machen wir nicht mit der stehenden Version weiter? Wenn wir zu lange darüber debattieren, ob er sitzen oder stehen soll, kommen Sie vielleicht nur noch liegend hier raus.«

»Sie haben den Nagel auf den Kopf getroffen. Warum übernehmen Sie eigentlich nicht das Reden, und ich übernehme das Kopfeinziehen?«

»Wir können Porter Place in Angriff nehmen«, sagte er zu Esther Cunningham, als er kurz bei ihr im Büro vorbeischaute. »Ich an Ihrer Stelle würde ein paar Arbeiten sofort in Angriff nehmen, damit Miss Rose das Gefühl hat, die Sache läuft. Sonst ändert sie vielleicht noch einmal ihre Meinung. Wir müssen natürlich sofort mit ihrem Anwalt reden, und ich hoffe, daß wir sie bis zum Winter in einem behaglichen Zimmer mit Bad untergebracht haben.«

»Zuerst würden wir sämtliche Erlöse vom Rosenfestival in den Restaurationsfonds fließen lassen.« Auf dem Gesicht der Bürgermeisterin waren rote Flecken aufgetaucht, ein Zeichen ihrer Erregung. »Diese Sache wird ein Vermögen kosten; wir müssen darauf hoffen, daß ein paar große Tiere hier aus der Gegend uns unter die Arme greifen. Wie ist es mit Ihnen …«

»Versuchen Sie nicht, mich dafür einzuspannen, Geld aufzutreiben. Ich kann es in Ihren Augen lesen.«

Die Bürgermeisterin lachte herzlich. »Sie sind aber flink.«

»Ich muß auch flink sein, wenn ich den Kugeln ausweichen will, die Sie auf mich abfeuern würden, falls ich Ihnen auch nur den Hauch einer Gelegenheit dazu gäbe.«

»Wo wir gerade von Kugeln reden – unser Junge sieht gut aus, wollte gestern abend Kartoffelpüree mit Soße zum Essen. Puny hat ihm eine ganze Schüssel hingebracht.«

»Was halten Sie von diesem Mädchen?«

»Sie nennt sich Bradshaw, aber sie ist durch und durch eine Cunningham. Wir lieben sie über alles. Ray sagt, er würde seine Kriegsrente für die Art und Weise geben, wie sie ihm über den Mund fährt.«

»Na, vielleicht wird sie jetzt, wo sie Ray hat, aufhören, mir über den Mund zu fahren.«

»Da würd' ich mich nicht drauf verlassen«, sagte die Bürgermeisterin.

Es war Olivia.

»Pfarrer Tim, ich rufe nur an, um Ihnen zu sagen, daß ich Sie lieb habe.«

»Hm, ja? Wie wunderbar, so etwas zu hören.« Ihm war, als hätte jemand einen Eimer warmes Wasser über ihm ausgeschüttet. Liebe! Manchmal rief der bloße Klang dieses Wortes schon das Gefühl selbst wach.

»Mir fehlen Ihre Predigten. Hoppy berichtet mir zwar davon, aber manchmal vergißt er, um was es ging.«

Er lachte glücklich. »Ich schicke Ihnen jetzt jede Woche meine Predigten zu, ja? Der Heilige Geist sendet zwar manchmal mehr, als Sie auf dem Papier getippt finden werden, aber zumindest ist es ein kleiner Gruß von daheim.«

»Vielen Dank! Ich habe auch einen Vorschlag für Sie.«

»Dann spannen Sie mich nicht länger auf die Folter.«

»Wie würde es Ihnen gefallen, mit Hoppy nach Boston zu fliegen und ein paar Tage hier zu verbringen? Es wäre eine wunderbare Medizin für mich, Sie wiederzusehen. Und Sie könnten Leo kennenlernen. Sie würden einander bestimmt mögen. Es wäre phantastisch!«

Nach fast dreizehn Jahren, in denen er sich kaum von der Stelle gerührt hatte, hieß es plötzlich: ›Komm mit nach Irland!‹ und ›Kommen Sie nach Boston!‹

Hunger oder Überfluß.

Kapitel 23

Wieder daheim

»Sind Sie in Stimmung, sich Ihr Beet umgraben zu lassen?« erkundigte er sich durch die Fliegentür.

»Na, und ob«, rief sie und wandte sich vom Herd ab.

»Gut, denn ich bin zufällig in Stimmung, es zu tun.«

»Kommen Sie rein und trinken Sie eine Tasse Tee – das Wasser ist noch heiß. Ich bin gleich umgezogen. Also wirklich, Sie sind ja ein richtiger Frühaufsteher. Um Himmels willen, sehen Sie mich bloß nicht an«, sagte Cynthia und floh im Bademantel aus der Küche.

Er nahm einen Löffel Tee aus der Dose, gab ihn in das silberne Tee-Ei, goß kochendes Wasser in den Becher und setzte sich auf den Hocker neben dem Wandtelefon. Der Tapetenwechsel tat ihm gut; es war schön, aufzustehen und in einer anderen Küche zu sitzen und durch die Gartentür eines anderen zu blicken. Eine weitere Abwechslung war die Tatsache, daß er gut geschlafen hatte und sich, da es Samstag war, keinen Wecker hatte stellen müssen. Dann war er über den Kirchbergweg an den Obstgärten entlanggelaufen und hatte auf das Dorf in seiner Frühlingspracht hinabgeblickt. Da hatte ihn eine solche Zärtlichkeit für diese kleine Stadt erfaßt, die da so fein säuberlich am Fuß des Hügels saß, daß er kurz Pause gemacht hatte, um sich auf die Steinmauer zu setzen.

Dann hatte er einfach nur auf den Steinen gesessen, seinen Blick müßig schweifen lassen und kaum an etwas gedacht. Stuart Cullen wäre stolz auf ihn gewesen.

»So!« sagte Cynthia, die ihr blondes Haar mit einem gelben Band gebändigt hatte und nun Blue Jeans, ein Sweatshirt und Turnschuhe trug. Er fand, daß sie keinen Tag älter als zwanzig aussah.

»Haben Sie etwas von Ihrer Agentin gehört?«

»Sie hat gestern abend angerufen. Sie würde gerne mehr Menschen in dem Buch sehen, nicht nur Tiere. Also habe ich nachgedacht. Ob Sie wohl einen guten weisen Mann abgeben würden?«

»Ich als weiser Mann – das ist wohl ein Widerspruch in sich. Soll das eine Zeichnung nach dem lebendigen Vorbild werden … oder eine von der anderen Art?«

Sie lachte. »Kommt ganz drauf an. Wenn Sie mich zu einer Party bei den Sturgeons begleiten, ersteres. Wenn Sie sich weigern mitzukommen, muß ich mich wohl für … die andere Möglichkeit entscheiden.«

Ein Beet umzugraben war keine Arbeit für einen Menschen von kleinmütiger Veranlagung, dachte er, und schon gar nicht, wenn es um so ein gewaltiges Beet ging.

»Sie brauchen bloß hier zu graben«, sagte sie und ging den Bereich, den sie meinte, mit ihren Turnschuhen ab, »und dann hier um die Ecke – so.« Was sie da markierte, hatte die Ausmaße eines kleinen Fußballfelds.

»Cynthia«, sagte er und wischte sich die Stirn ab, »das ist kein Beet, das ist Ihr ganzer Garten!«

Sie schob sich ihre Brille wieder die Nase hinauf und sah sich versonnen um.

»Eine Arbeit für einen Bagger«, rief er und hoffte stark, daß er sich auch klar genug ausdrückte. »Einen John-Deere-Traktor! Einen Trupp Maultiere!«

»Hm, na dann machen Sie's halt so, wie Sie's für richtig halten«, sagte sie fröhlich.

Er grub ein langes, schmales Beet in der Nähe des Gehsteigs um, wo der Garten nicht vom Schatten der Eiche berührt wurde. »Haben Sie etwas, womit wir die Erdklumpen aufbrechen und den Boden dann glattrechen können?«

Sie kam mit einer kunterbunten Auswahl Gartenwerkzeuge zurück, die ihrem verstorbenen Onkel gehört hatten; die müßten eigentlich in bestem Zustand sein, da er sie nie benutzt hatte. Voller Stolz warf sie sie neben das Beet.

»Nun denn«, sagte er; er konnte nicht viel mehr entdecken als eine uralte Pflanzschaufel. »Am besten, wir brechen die Erdklumpen mit den Händen auf. Ich sehe, Sie haben Handschuhe. Anschließend werden wir den Boden rechen. Wie wär' das?«

»Perfekt!« sagte sie mit einem Eifer, der alles andere wieder wettmachte.

»Was wollen Sie denn hier pflanzen?« erkundigte er sich, als sie Seite an Seite knieten und sich an die Arbeit machten.

»Glockenblumen. Rittersporn. Fingerhut. Schmuckkörbchen. Und im Herbst doppelte Stockrosen. Unmengen.«

Genau in diesem Augenblick hörte er von irgendwoher ein seltsam vertrautes Geräusch. Was war es? Noch immer kniend, hob er den Kopf, um zu lauschen.

Es war das gewaltige und dröhnende Gebell, so tief wie der Baß der Orgel in der Kapelle Unseres Herrn.

Bevor er aufstehen oder sich umdrehen konnte, wurde er der Länge nach in den Lehm des frisch umgegrabenen Beetes seiner Nachbarin geworfen, und seinem linken Ohr wurde ein warmes und ausgiebiges Bad zuteil.

Barnabas war heimgekommen.

Pfarrer Tim rollte sich auf den Rücken, brüllte vor Freude und versuchte aufzustehen, aber Barnabas stellte sich sofort auf seinen Bauch, was er für einen guten Stützpunkt hielt, um auch Cynthias Gesicht ein Bad zuteil werden zu lassen. »Timothy!« kreischte sie. »Sagen Sie eine Bibelstelle, und zwar schnell!«

»Und wir wissen, daß alles sich zum besten wendet für die, die auf Gott vertrauen«, rief er.

Barnabas saß auf dem Bauch des Pfarrers und seufzte.

Da lag er nun im Schmutz, mit einem riesigen, schlammbespritzten Hund auf dem Bauch, während seine erstaunte Nachbarin Dresche von einem wedelnden Schwanz bezog, der die Ausmaße eines Küchenbesens hatte. Er lachte, bis ihm die Tränen kamen.

»Von dieser Szene hätte ich gern ein Foto gemacht«, sagte eine Stimme über ihm.

Er blickte auf in das Gesicht des heimatlosen Hobbs.

»Dieses Untier hier hat heute morgen beim ersten Tageslicht vor meiner Tür gestanden. Er war völlig ausgehungert, also habe ich ihm ein halbes Maisbrot gegeben, und das war mit einem Bissen weg. Dann habe ich ihm die Suppe von gestern abend vorgesetzt, und die hat er auch gegessen. Anschließend hatte ich nur noch zwei Pasteten, und die hat er mit einem Eimer Wasser runtergespült, als wären sie gar nichts. Ich hatte meine Sachen gewaschen und mußte warten, bis mein Hemd wieder trocken war, also hab' ich ihm ein Seil um den Hals gebunden und ihn an meiner Hütte festgemacht. Kurz drauf sind wir dann hierhergekommen, und als er Sie reden hörte, hätt' er mich fast von den Füßen gerissen, also hab' ich ihn losgelassen.«

Pfarrer Tim stand auf und nahm seinen Freund vom Bach in die Arme, während Barnabas sich mit einem zufriedenen Ächzen in den Schmutz fallen ließ. »Heimatloser, ich möchte Ihnen meine Nachbarin, Cynthia Coppersmith, vorstellen. Cynthia, das ist Samuel K. Hobbs.«

»Mr. Hobbs«, sagte sie und schlang ihm die Arme um den Hals, »seien Sie uns gesegnet dafür!«

»Ich glaube, ich habe meinen Segen gerade schon bekommen.«

Pfarrer Tim untersuchte Barnabas so gut, wie er das durch das schlammige Fell vermochte. »Sieht so aus, als wäre er eine ganze Weile auf der Straße gewesen. Sehen Sie hier, seine Füße haben geblutet, ganz zu schweigen davon, daß er unter diesem ganzen Zottelhaar nur noch Haut und Knochen ist. Ich werde ihn heute nachmittag wohl zu Hal schaffen müssen.«

Barnabas wieder daheim! Wie unglaublich, wie unbeschreiblich. Er hatte das Gefühl, als sei ein Teil von ihm selbst zurückgekehrt, wie ein Arm vielleicht oder ein Bein. Plötzlich fühlte er sich auf seltsame Weise ganz. Was er jetzt brauchte, war etwas, was dem Anlaß gerecht wurde – vielleicht sollte er laut schreien oder etwas ganz Hemmungsloses tun!

Gerade in diesem Augenblick kam Violet ums Haus herumgeschlendert, und Barnabas sprang auf und schoß wie ein Pfeil auf sein Ziel zu. Ein weißes, gestaltloses Bündel preschte durchs Gras und verschwand den Kohlenschacht hinunter, während Barnabas einen Lärm machte, der dem Anlaß mehr als gerecht wurde.

Der Heimatlose saß an der Küchentheke, während der Pfarrer eine Kanne Kaffee braute und ein erschöpfter Barnabas schlafend neben seinem Freßnapf an der Tür lag.

»Schön, Sie zur Abwechslung mal in meiner Küche zu haben«, sagte er zu seinem Freund vom Bach. »Wissen Sie, Sie haben mir etwas zurückgebracht, von dem ich nicht gedacht hätte, daß ich es jemals wiederfinden würde.«

»Das bringt mich auf eine andere Sache zu sprechen, die mich hergeführt hat«, sagte der Heimatlose. »Es hat sich auch etwas wieder eingefunden, das ich verloren hatte.«

»Und was wäre das?«

»Mein Glaube. Sieht so aus, als wäre er zurückgekommen. Und um die Wahrheit zu sagen, er ist ein ganzes Stück kräftiger als zu der Zeit, als ich ihn verlor.«

»Wie froh ich bin, das zu hören. Sie wissen gar nicht, wie froh.«

»Hm, ich hab' mir das Neue Testament, das Sie mir mitgebracht haben, vorgenommen und gedacht, ich schlag's mal nur für 'n Augenblick auf – ich wußte, ich wollte keine Religion draus haben, nee, ganz bestimmt nicht.

Also hab' ich mir 'n Köder aufgespießt und meine Angelrute ausgelegt und mich ans Bachufer gesetzt und was getan, was ich nicht mehr getan hatte, seit ich ein Junge war – ich hab' die Angelschnur an meinen großen Zeh gebunden. Verstehen Sie, das ist gar nicht so dumm, man braucht sich auf die Weise nicht mit 'ner Rute 'rumzuärgern. Wenn dann einer anbeißt, braucht man ihn bloß noch 'raufzuziehen. Spart Zeit!

Also sitz' ich da und fang' an zu lesen, und bevor ich

noch weiß, wie mir geschieht, bin ich auch schon mittendrin. Irgendwann hatte ich dann 'n Crappie am Haken, hab' ihn losgemacht, einen neuen Köder aufgesetzt und weitergelesen. Damit habe ich den ganzen Tag zugebracht, und als ich mir ein paar Fische gebraten und ein gutes Essen zu mir genommen hatte, war mir mit einem Schlag klar, daß mein Glaube wieder da war. Gott hat nach all diesen Jahren wieder seine Hand nach mir ausgestreckt. Wissen Sie, was ich denke?«

»Nein, was denn?«

»Ich denke, was kann man schon verlieren? Jesus sagte: ›Wahrlich, ich sage euch, wer an mich glaubt, der wird das ewige Leben erlangen.‹

Nun, Sir, aber was, wenn das eine Lüge ist? Wenn es eine Lüge ist, dann lebst du eben in Sünde und stirbst in Sünde, und die Würmer fressen trotzdem dein Fleisch. Aber wenn es Gottes Wahrheit ist, so wie er es uns gesagt hat, dann kannst du nur gewinnen. Er vergibt dir alle Sünden, du kannst noch mal von vorne anfangen, und wenn du stirbst, gewinnst du das ewige Leben.

Ich finde, das ist ein Geschäft, das man nicht ausschlagen darf. Erstens ist es kostenlos. Zweitens, man kann nicht verlieren.« Der Heimatlose grinste glücklich. »Es ist ein gutes Gefühl. Als hätte ich ein Zuhause gefunden.«

»Ihr Herz sagt Ihnen, daß Sie nicht länger heimatlos sind.«

»Ich weiß natürlich noch nicht, was ich deswegen unternehmen soll.«

»Freuen Sie sich einfach dran!« sagte der Pfarrer. »Alles andere werden Sie schon schnell genug herausfinden. Und wenn Sie bereit sind, reden wir darüber, falls Sie das möchten.«

»Gemacht!«

Er schenkte seinem Gast Kaffee ein. »Ich habe keinen Tropfen Sahne da, aber etwas Zucker.«

»Ich nehme keine Sahne mehr, seit ich auf den Schnaps verzichtet habe. Da gibt's eigentlich keinen Zusammenhang, hat sich nur zufällig so ergeben.«

»Wissen Sie, man wird Ihnen diese zweitausendfünfhundert Dollar sofort aushändigen.«

»Nun, ich werde sie jedenfalls nicht annehmen, sagte der Heimatlose, während er auf seinen dampfenden Kaffee blies. »Aber ich habe eine Idee.«

»Sprechen Sie weiter.«

»Oben auf dem Hügel hinterm Bach gibt's 'ne Menge Leute, die das Geld dringender brauchen als ich. 's sind 'n paar kleine Babys dabei, die nicht richtig zu essen kriegen, und alte Leute, die Medizin brauchen und eine heiße Mahlzeit ab und zu. Es sind Leute, die auf die eine oder andere Weise durch die Maschen gefallen sind. Ich möchte, daß das Geld in einen Fonds kommt, der denen hilft, die es am dringendsten brauchen.

Geben Sie dem Fred Geld, damit er sich 'ne eigene Hose kaufen kann, statt sich meine zu borgen, wenn er auf Arbeitssuche geht. Kaufen Sie dem kleinen Pritchard-Jungen was zum Anziehen, damit er nicht mehr nackt rumlaufen muß. Besorgen Sie der alten Harmon ein Paar Schuhe; sie läuft jetzt seit zwei Wintern mehr oder weniger barfuß rum. Vielleicht könnten sie einmal die Woche ein kostenloses Essen kriegen; ich würde das Kochen übernehmen.«

»Ich dachte, wir hätten in diesem Land so was wie eine staatliche Sozialfürsorge.«

»Es gibt eine Art Sozialfürsorge, aber die bringt's nicht immer, wenn Sie wissen, was ich meine.«

»Ich weiß.«

»Also, wenn diese Belohnung sowieso ausgezahlt werden soll, hätte ich gern, daß sie in einen Sonderfonds kommt, vielleicht nennen wir diesen Fonds die Bach-Bank.«

»Was für eine großartige Idee – in jeder Hinsicht!« Als Barnabas seinen Herrn lachen hörte, blickte er auf. »Siehst du, alter Knabe, was du angestellt hast? Du hast Fred zu einer neuen Hose verholfen!«

»Heimatloser lehnt Scheck über zweitausendfünfhundert Dollar ab«, lautete die Schlagzeile der *Muse* am Montag.

Daß die Geschichte im ganzen Einzugsbereich der Zeitung Herzen rührte, war keine Überraschung. Die Überraschung war das zusätzliche Geld, das sie einbrachte. Binnen einer Woche belief sich die Summe schon auf dreitausendachthundert Dollar.

Die Schlagzeile der ersten Seite am folgenden Montag brachte die Leser dann auch auf den neuesten Stand der Dinge: »Bach-Bank tritt über die Ufer.«

»Und das«, sagte Mule Skinner, »das ist die absolut beste Schlagzeile, die J. C. Hogan je geschrieben hat.«

Er machte alles richtig, fühlte sich aber irgendwie trotzdem nicht recht wohl. Er bemerkte, daß seine Hand, wenn er morgens die Zeitung las, häufig zitterte, daß seine Sehkraft gelegentlich nachließ und sein Durst auffälliger wurde. Obwohl das alles schon früher vorgekommen war und keine ernsten Konsequenzen nach sich gezogen hatte, war er doch erleichtert, daß Hoppy ihn in zwei Tagen endlich untersuchen würde.

Er fühlte sich noch am stabilsten und entspanntesten, wenn er mitten in der Nacht aufwachte und Barnabas am Fußende des Bettes spürte. Das war so tröstlich, daß es einige der anderen, geringeren Störungen wettmachte. Wenn er wach im Bett lag, fragte er sich oft, wie eine Reise durch ein fremdes Land, bei der er in fremden Betten schlief und fremde Nahrungsmittel zu sich nahm, dazu beitragen sollte, seinen Gesundheitszustand zu verbessern.

Er schrieb an George Gaynor und informierte ihn über alles, was sich in letzter Zeit in der Kirche ereignet hatte, einschließlich eines Todesfalls und zwei Neuzugängen in den Mitforder Kinderzimmern.

»Wem schreiben Sie?« fragte Emma.

»Dem Mann vom Speicher.«

»Glauben Sie, ich sollte ihm etwas Fondant schicken?«

»Das ist ein hervorragender Gedanke.«

»Ich mache heute abend eine große Portion davon für Harold. Er ist so mager, daß ich schon die Laken ausschütteln muß, um ihn zu finden. Ich mache einfach eine doppelte Portion und schicke die Hälfte morgen ab. Glauben Sie, man wird es röntgen, um nach Feilen, Rasierklingen oder was auch immer Ausschau zu halten?«

»Wahrscheinlich.«

»Wenn die da ihren Job ernst nehmen, werden sie es bestimmt tun«, sagte sie mit einiger Autorität. »Wissen Sie, was wir am Sonntag gesungen haben?«

»Was denn?« murmelte er, während er in seiner Schreibtischschublade nach etwas Klebstoff suchte, um seine Buchstütze zu reparieren.

»*Amazing Grace.*«

»Aha.«

»Wenn die Episkopalen das öfter singen würden, statt all diese Lieder ohne Melodie, würden Sie staunen, wie die Leute herbeigelaufen kämen.«

»Ist das eine Tatsache? Ich nehme an, Sie glauben, ein Baptist hätte diese Hymne geschrieben.«

»Natürlich hat sie ein Baptist geschrieben; die singen es doch dauernd.«

»Meine liebe Emma«, sagte er mit augenfälliger Ungeduld, »diese Hymne wurde von einem Priester der Episkopalen geschrieben.«

»Dann ist er wahrscheinlich von Baptisten großgezogen worden«, sagte sie gereizt.

Esther Bolick stand mit einer Kuchenschachtel vor der Tür des Pfarrhauses. Und sofort wußte er, daß er ihr auf gar keinen Fall erlauben durfte, ihm zu geben, was auch immer diese Schachtel enthielt.

»Pfarrer Tim?«

»Esther, kommen Sie doch rein!«

»Nein, ich kann nicht«, sagte sie. »Ich habe den Motor laufenlassen, und Gene ist zu Hause und wartet auf sein

Abendessen, aber ich habe heute gebacken, und ich weiß doch, wie gern Sie meinen Orangenmarmeladenkuchen essen. Also habe ich einen für Genes Geburtstag morgen gebacken und einen für Sie, und oh, ich hoffe, Sie mögen ihn, denn ich glaube, er ist der beste Kuchen, den ich je gebacken habe!«

So. Das gab ihm den Rest. Als er in diese strahlenden, erwartungsvollen Augen blickte, wußte er, daß er den Kuchen genausowenig zurückweisen konnte, wie er splitternackt den Kirchbergweg hätte hinauflaufen können.

Nachdem Esther gegangen war, lief er volle zehn Minuten vor dem Kühlschrank auf und ab und kam schließlich zu dem Schluß, daß er den Kuchen auf der Stelle aus dem Haus schaffen mußte.

Bei Cynthia ging niemand an den Apparat. Russell? Russell und Betty! Nein, nein. Er wollte ja übermorgen nach Meadowgate, und dann würde er ihn mitnehmen. So wie er diesen Kuchen kannte, wußte er, daß er mit der Zeit nur besser wurde.

»Nun denn«, sagte er schwach und starrte den Kühlschrank an.

Barnabas war nicht ohne Narben aus dieser abscheulichen Erfahrung hervorgegangen, das wurde ihm bald klar. Wenn ihm ein Buch auf den Hartholzboden des Arbeitszimmers fiel, schoß der Hund vor Angst zitternd unter seinem Ohrensessel hervor und sprang die Treppe hinauf, um sich unterm Bett zu verstecken.

Er rief in Meadowgate an. »Er wird schon drüber wegkommen«, sagte Hal. »Gib ihm ein halbes Jahr Zeit, damit sein Nervensystem heilen kann, und mach einfach alles so, wie du es immer gemacht hast. Nimmt er die Vitamine?«

»Wie Bonbons.«

»Er hat eine harte Zeit hinter sich und ist wahrscheinlich den ganzen Weg von Holding nach Mitford gelaufen, was kein Spaziergang ist. Hast du schon irgendwelche

Pläne, was du mit deinen Reisegutscheinen machen willst?«

»Darüber würde ich gern am Mittwoch mit dir und Marge reden.«

»Wenn du den Jungen bei uns lassen willst, während du Urlaub machst, kannst du das ohne weiteres tun, das weißt du ja. Er übernimmt hier immer mehr Verantwortung. Heute morgen hat er die Hunde gefüttert, mir geholfen, die Zwinger sauberzumachen, und dann hat er noch etwas für Marge erledigt. Er ist ein guter Junge.«

»Ich wollte eigentlich bis zu meinem Besuch bei euch damit warten, aber ich plane eine Reise nach Irland.«

»Hören die Wunder denn niemals auf? Darüber redest du doch schon seit Jahren.«

»Hm, ich finde, es heißt jetzt oder nie. Aber ich möchte, daß du weißt, daß ich auch andere Arrangements für Dooley treffen könnte. Die Sache könnte ein paar Monate dauern ...«

»Hm. Nun, er schlägt hier langsam Wurzeln. Ich glaube nicht, daß ich versuchen würde, die gleich wieder auszureißen, Tim.«

»Aber ich möchte dem Jungen noch nichts davon sagen.«

»Dann komm doch einfach erst mal zu uns raus. Ich habe ein krankes Pferd auf dem Nachbarhof, und es sieht nicht allzu gut aus – Kolik. Vielleicht nehme ich Dooley mit, aber zum Abendessen werden wir uns dann wohl sehen.«

»Vielen Dank, mein Freund. Vielen Dank.«

»Keine Ursache«, sagte Hal Owen.

Er litt an seiner gewohnten abendlichen Erschöpfung, die er seit neuestem als ›Altersschwäche‹ identifizierte. Vielleicht sollte er sich Barnabas' Vitaminprogramm anschließen.

Kurz nach neun klingelte das Telefon. Es war Stuart.

»Störe ich dich bei irgendwas?«

»Du störst mich jedenfalls bei nichts Wichtigem, muß ich leider sagen.« Es tat ihm in der Tat sogar sehr leid, das zu sagen. Viel lieber hätte er erzählt, daß er gerade Erzbischof Careys Buch las oder Gymnastik machte oder sonst irgend etwas Lohnendes.

»Ich habe gerade mit Pater John gesprochen. Seine Mutter ist gestern nacht gestorben. Ganz plötzlich; die Familie ist am Boden zerstört. Er fährt morgen früh nach Hause, um einige Zeit mit seinem Vater zu verbringen, dem es nicht gutgeht. Das tut mir aus vielen Gründen leid, nicht zuletzt, weil es deine Reise kompliziert. Du *planst* doch eine Reise?«

»O ja! Die Gemeinde hat mir viele Reisegutscheine geschenkt. Ich habe vor, mit Walter und Katherine nach Irland zu fahren.«

»Bravo! Gut gemacht! Es wird nur eine Spur länger dauern, Plan B auszuarbeiten.«

»Pater Douglas? Wäre der verfügbar?«

»Pater Douglas schreibt ein Buch und läßt sich um keinen Preis von seinem PC weglocken.«

»Aha.«

»Laß mich die Sache noch einmal durchdenken, dann melde ich mich wieder bei dir. Wie geht es Cynthia?«

»Ich muß anrufen und es rausfinden. Das wollte ich vorhin gerade tun.«

»Ja bitte, mach das, Timothy«, sagte der Bischof. »Wer zögert, ist verloren, vor allem, wenn es um Frauen geht. Übrigens, ich habe mich sehr über deine Nachricht wegen Barnabas gefreut.«

Als er auflegte, bemerkte er, daß ihm der Hörer so schwer wie eine Hantel erschien.

Er knipste die Lichter im Arbeitszimmer aus, ging dann in die Küche und öffnete den Kühlschrank.

Da lag diese verwünschte Kuchenschachtel. Gott sei Dank war sie nicht durchsichtig. Ein Blick auf diesen Kuchen, und es wäre um ihn geschehen. So aber könnte die Schachtel, soweit es ihn betraf, auch einen Klumpen Kohle enthalten.

Barnabas schlief bereits am Fußende des Bettes, als er die Treppe hinaufging.

Als er sich die Socken auszog, bemerkte er, daß seine Füße und Knöchel seltsam geschwollen waren, etwas, das ihm noch nie zuvor aufgefallen war. War er denn heute so viel auf den Beinen gewesen? Nicht mehr als sonst auch. Er erinnerte sich daran, daß er einmal mit einigen Gemeindemitgliedern eine sehr anstrengende dreitägige Busfahrt durch die Gärten Vermonts unternommen hatte. Da waren seine Knöchel genauso angeschwollen gewesen wie heute. »Es ist das viele Laufen«, sagte sein Kurat. »Es ist das viele Sitzen«, sagte der Chorleiter.

»Das gefällt mir aber gar nicht«, sagte Hoppy am Dienstagnachmittag zu ihm und machte sich daran, eine Reihe unangenehmer Untersuchungen durchzuführen. Der Pfarrer kam zu dem Schluß, daß er abwarten würde, bis am Mittwoch morgen die Ergebnisse eintrafen, bevor er nach Meadowgate aufbrach. Bis dahin war der Gemeindebrief fertig, die Abkündigungen für die Abendandachten waren gerade neu gedruckt worden, und sowohl er als auch Barnabas könnten ein wenig Landluft gut gebrauchen.

Nach seinem Besuch bei Hoppy kehrte er in sein Büro zurück, wo er einfach nur dasaß und die Tür anstarrte. Er gab sich alle Mühe, seine Aufmerksamkeit auf den Kalender zu richten, und entdeckte das gefürchtete Wort ›Rosenfestival‹, das er für den kommenden Freitag und Samstag eingetragen hatte. Hatte er überhaupt etwas vorbereitet, was er sagen konnte? Und wenn sein Leben davon abhinge, er war sich nicht sicher, ob er es getan hatte oder nicht. Er blickte an den buchgesäumten Wänden entlang, die ihm immer näher zu kommen schienen, und betrachtete dann Barnabas, der in der Ecke lag und schnarchte.

Nein, es war nicht Barnabas, den er schnarchen hörte, es war das Geräusch seines eigenen Atems, der in kurzen, flachen Stößen ging. Er saß da und betete. Dann verließ er mit dem letzten Funken Energie, den er aufbringen konnte, sein Büro, vergaß die Tür abzuschließen und ging nach Hause.

Als er um das Pfarrhaus herumging, sah er Cynthia in ihrem Garten.

»Hallo!« sagte sie fröhlich und kam ihm in Jeans und blauem Arbeitskittel durch die Hecke entgegen. »Ich freue mich schon so auf heute abend. Gegen halb sieben, haben sie gesagt. Ich hoffe, das ist für Sie in Ordnung? Sie werden die Spurgeons mögen, das verspreche ich Ihnen.«

Diese Fischleute. Halb sieben? Was sagte sie da?

»Sie sehen ein bißchen mitgenommen aus, Timothy. Hätten Sie gern eine Tasse Tee oder einen Sherry?«

»Nein«, sagte er barsch.

»Hm, na dann«, murmelte sie und zog sich mit verwirrter Miene zurück. »Also, treffen wir uns gegen Viertel nach sechs bei mir?«

»Ich werde da sein«, sagte er vage und stieg dann die Hintertreppe hinauf. Weswegen wollte er da sein? Aber das würde sich später finden. Im Augenblick wollte er ein Glas Tee, Wasser, irgend etwas, Hauptsache kalt.

Er ließ die Leine fallen und hörte Barnabas in den Flur stürzen und die Treppe hinaufspringen.

Er sah den Teekrug in der Kühlschranktür, aber der Anblick der Kuchenschachtel war plötzlich so unwiderstehlich, daß er sich einfach nicht davon losreißen konnte. Etwas Kaltes! Der Kuchen war kalt. Und süß. Lieber Gott, er wurde plötzlich von einem heißen Verlangen nach etwas Süßem verzehrt, wenn es auch nur ein einziger Bissen war. Ein kleiner Bissen konnte doch nichts schaden!

Er nahm die Schachtel vorsichtig heraus, als habe er Angst, einen Alarm auszulösen und der ganzen Nachbarschaft seine Unbeherrschtheit preiszugeben.

Mit zitternden Händen brach er sich ein Stück ab und starrte das Werk an, das Esther Bolick in einem Akt unschuldiger Großzügigkeit vollbracht hatte. Dann schnitt er sich, ohne weiter darüber nachzudenken, ein weiteres, großes Stück ab, aß es im Stehen über der Spüle und nahm sich dann noch eins.

Um vier Uhr – er fühlte sich ein wenig erfrischt – saß er in dem Ohrensessel im Schlafzimmer. Er versuchte, sich für den Abend anzuziehen, aber irgend etwas stimmte da nicht. Er blickte auf seine Füße, Wahrscheinlich waren es die Schuhe. Er schien einen schwarzen Slipper und einen braunen zu tragen. War es das? Er war sich nicht sicher.

Er dachte angestrengt nach, hielt dabei die Uhr im Auge und stellte schließlich mit Interesse fest, daß er keine Hose angezogen hatte. Er saß in Unterhosen da. Das mußte es wohl sein, denn er konnte seine Beine ganz deutlich sehen.

»Hose«, sagte er laut. Er sah in seinen Schrank und fand etwas, das sich wie eine Hose anfühlte. Es war keine Jacke, es war eindeutig eine Hose, die da zusammengefaltet über einem Kleiderbügel hing.

Wasser. Er hatte Wasser trinken wollen, es dann aber irgendwie vergessen. Zuerst mußte er seine Hose anziehen, obwohl er nicht recht wußte, wie er das bewerkstelligen sollte. Vielleicht hielt er sie verkehrt herum. Er sah, daß er seine Füße nicht durch die Stulpen bekommen würde; das war nicht richtig, er wußte, daß das nicht richtig war. Er würde sich hinsetzen und nachdenken, überlegte er, während er die Hose hinter sich her schleifte und zur Kommode ging.

Er brauchte noch etwas ... Was war es doch gleich? Manschettenknöpfe? Die Spurgeons würden vielleicht elegante Kleidung bevorzugen. Charles Spurgeon hatte gesagt: »Die Christenheit hat ihr Fundament auf der Tatsache, daß Christus von den Toten auferstanden ist; seine Herrschaft beruht auf seiner Auferstehung.«

Die Aussicht auf einen Besuch bei den Spurgeons erfüllte ihn mit Begeisterung. In der Tat gehörte Spurgeon zu den Heiligen, denen im Himmel wiederzubegegnen er sich aufrichtig wünschte.

Das Zimmer schien so still wie ein Grab zu sein, als schwebe es zusammenhanglos in der Zeit. Endlich wußte er, daß er mit dem Joggen nicht weitermachen konnte; ihm ging die Puste aus.

Er tastete sich zum Fußende des Bettes vor und ging langsam auf die andere Seite herum. Dann zog er die Decken zurück und legte sich hin; er trug immer noch seine Schuhe und hielt seine Hose umklammert, während er flüsterte: »Die Gaben Gottes für das Volk Gottes; nehmt sie im Eingedenken, daß Christus für euch gestorben ist, und nährt eure Herzen in Glauben und Dankbarkeit.«

Es überraschte ihn nicht festzustellen, daß es bei den Spurgeons Fisch zum Essen gab. Was ihn aber doch überraschte, war, daß Gott am Tisch saß, als sie in den hohen Raum traten. Er spürte, wie sein Herz in seiner Brust hämmerte.

»Timothy, ich habe in dieser Zeit deines Lebens etwas mit dir vor.«

»Ja, lieber Gott«, erwiderte er, und sofort hörte das Hämmern auf; ein süßer Friede bemächtigte sich seiner, und er trieb schwerelos dahin.

Er erhob sich durch das Dach des Pfarrhauses in die Lüfte und schwebte über dem Dorf. Er sah das Denkmal, das die kleine Stadt wie ein Anker festhielt, und Lew Boyds Esso-Tankstelle, wo Coot und Lew aufblickten und ihm zuwinkten, während er über sie hinwegflog.

Er bemerkte, daß er große Flügel hatte. Es waren Schmetterlingsflügel von durchscheinendem Gelb und Purpur und so weich wie Samt. Die Luft strömte wie eine Liebkosung unter ihm dahin; er wurde mühelos weitergetragen und stellte schließlich fest, daß die Bewegungen seiner Flügel nicht dazu dienten, ihn in der Luft zu halten, sondern einzig zu seiner Freude da waren.

Er flog über die Stadt, über das grüne, sanft gewellte Land, und in der Ferne sah er ein Band im Licht funkeln. Es war ein Fluß, ein breiter, gewundener Fluß, und auf der anderen Seite stand eine kleine Kirche.

Er flog hinunter, magisch angezogen von einer einzigen Blume auf dem Kirchhof, auf der er dann auch landete.

Dann kam die Prozession; alle waren weiß gekleidet, und an der Spitze ging ein Mann, der ein hölzernes Kreuz trug.

Er stellte das Kreuz in ein frisch gegrabenes Loch nahe der Kirchentür, dann wurde Erde in das Loch geworfen, und die Kinder brachten Blumen und drückten ihre Wurzeln in die feuchte Erde.

Nun hob der Mann die Hände und betete, dankte Gott für neues Leben und für Hoffnung. Der Schmetterling flog auf das Kreuz zu und landete dort.

»So wie er das Leichentuch abgeworfen hat«, sagte der Mann, »um zu neuem Leben aufzuerstehen, so hat dieser Schmetterling, der einst in einem Kokon gefangen war, seine Freiheit gewonnen. Gehet hin in ein neues Leben mit Jesus Christus. Geht und seid wie der Schmetterling.«

Der Schmetterling hob die Flügel und flog davon. Er schwebte über der Kirche im Sonnenschein. Er sah wieder den Fluß, und von Westen kam eine kühle, jähe Brise, wie man sie kurz vor einem Sturm erlebte.

Der Schmetterling glitt über die Stadt mit dem Denkmal im Zentrum, und dann über Fernbank, das inmitten der Obstgärten auf seinem Hügel thronte. Dann war da das rote Dach des kleinen Hauses nebenan und das Schieferdach des Pfarrhauses.

Sein Kopf fühlte sich schwer an, als hätte man ihn betäubt oder ihm einen schweren Schlag versetzt. Mit einem Gefühl des Unbehagens rollte er sich zur Seite und sah etwas im Schein seiner Nachttischlampe sitzen und ihn ansehen.

Cynthia legte ihm eine Hand auf die Stirn. Er konnte nicht sprechen und konnte sie auch nicht verstehen, als sie sprach. »Timothy«, sagte sie, »ich bin hier.«

Kapitel 24

Ein neues Leben

»Schwere Exsikkose«, sagte Hoppy. Er hatte die Kiefer des Pfarrers mit einiger Kraft geöffnet und sah sich nun seine Zunge und seinen Mund an. »Er reagiert nicht. Möglich, daß er einen Schlaganfall hatte.«

»Nein«, sagte Cynthia leise. Von irgendwoher hörte sie eine Sirene.

»Oder sein Zucker ist total abgesackt. Ich werde ihm jetzt ein klein wenig Dextrose geben. Ich habe dem Krankenwagen Anweisung erteilt, mir zu folgen, nur für den Fall des Falles. Gehen Sie 'runter und sorgen Sie dafür, daß sie uns finden; sie haben einen neuen Fahrer.«

Als sie zusammen mit den Sanitätern die Treppe wieder raufkam, blickte sie mit neuerlichem Entsetzen in die Augen, die sie nicht sehen konnten.

»Ich glaube, ich weiß, was da los ist«, sagte Hoppy zu Schwester Kennedy, während sie hinter der Trage den Flur hinuntergingen. »Ich will sofort Laborergebnisse haben.«

»Aber Doktor, es ist niemand ...«

»Ich will nichts davon hören«, fuhr er sie an. »Sie tun, was getan werden muß. Pronto.«

»Ja, Sir.«

»Ich werde beten«, sagte Cynthia.

Er drehte sich zu der älteren Schwester um, die gelassen auf seine Anweisungen wartete. »Schwester Herman, er braucht Flüssigkeit, und zwar jede Menge. Geben Sie ihm einen Liter halbnormale Salzlösung sofort und gehen Sie dann auf fünfhundert runter, bis wir den Bericht haben.«

»Ja, Doktor.«

Er ging eine Treppenflucht hinauf. Die Stufen schienen immer schmaler zu werden und auf einen bestimmten Punkt zuzulaufen, an dessen Ende sich eine Öffnung befand, die so klein war wie ein Nadelöhr. Ein leuchtendes Licht fiel durch die Öffnung. Er wußte nicht, ob er hindurchschlüpfen konnte …

»Nun, mein Freund.«

Er öffnete die Augen und schaute in das Gesicht des Arztes, ein Anblick, der ihm unaussprechlich willkommen war.

»Nun was?« krächzte er, dankbar für den Klang seiner eigenen Stimme.

»Sie haben sich einen K. O. eingehandelt.«

»Ach, du liebe Güte.«

»Sie haben's geschafft; jetzt sind Sie wirklich dran.«

»Und das heißt?«

»Die ganze Latte. Sie werden anfangen müssen, sich zu spritzen und auf einen Papierstreifen zu pinkeln. Die Schwestern hier werden Ihnen beibringen, wie Sie sich selbst Insulin verabreichen können, und ich habe ein Glukometer für Sie bestellt, damit Sie Ihren Blutzucker messen können.«

»Schlechte Neuigkeiten.«

»Die gute Neuigkeit ist: Sie leben noch. Nicht selbstverständlich nach mehreren Stunden Koma.«

Mit einiger Mühe wurde ihm klar, was die eigentliche gute Neuigkeit war – er würde auf diesem verwünschten Rosenfestival keine Rede halten müssen.

Obwohl er sich schon wieder ganz gut fühlte, war es ihm streng verboten, Besuch zu empfangen.

»Mit Ausnahme Ihrer Nachbarin«, sagte der Arzt ohne weiteren Kommentar.

Er erfuhr zu seiner Überraschung, daß er nach wenigen Tagen schon aufstehen durfte; er würde dann wieder so gut wie neu sein, und seiner Reise stand nichts im Wege. Zwar würde es gewisse Unannehmlichkeiten geben wie eine tägliche Spritze, die er sich selber setzen mußte, ferner mußte er extreme Vorsicht mit seiner Ernährung walten lassen und sich jede Menge Bewegung verschaffen müssen, alles Dinge, die eine Reise im Ausland nicht gerade bereichern.

In der Zwischenzeit hatte man Pater Douglas doch von seinem PC loseisen können, damit er die beiden Predigten für den kommenden Sonntag übernahm. Pater Lewis in Wesley hatte sich mit Freuden erboten, die Messe zu lesen.

Am zweiten Tag bekam er sieben Blumenarrangements, eine Gloxinie und einen Zwergbaum, was bedeutete, daß wenigstens Jenna Ivey von seinem Zustand profitierte.

Cynthia kam zu Besuch, bekleidet mit etwas fließend Smaragdfarbenem. »Eine Gute-Nacht-Geschichte«, sagte sie und öffnete einen Umschlag, in dem ihr neues Manuskript steckte. »Sagen Sie mir, was Sie davon halten.« Sie machte es sich am Fußende seines Bettes bequem und las ihm die Geschichte von der Maus im Stall von Bethlehem vor.

Was er davon hielt? Er fand, daß sie zum Nachdenken anregte, daß sie wunderschön geschrieben und einfach bezaubernd war, ganz zu schweigen davon, daß er sie rührend und komisch fand und sicher war, daß sie Anerkennung finden würde.

»Das alles?«

»Das alles und noch mehr.«

»Ich habe gehört, daß Krankheit oft das Herz weicher macht, aber die Krankheit hat Ihr Herz riesig werden lassen!«

»Danke, daß Sie gekommen sind«, sagte er und nahm ihre Hand.

»Als Sie mich nicht für unseren Besuch bei den Spurgeons abholten, dachte ich, Sie hätten mich versetzt. Ich wußte, daß Sie dieser Party nicht begeistert entgegenfieberten. Also habe ich gewartet und gewartet, aber Sie sind nicht gekommen. Schließlich bin ich durch die Hecke gegangen und habe an Ihre Tür geklopft. Es kam keine Antwort, aber Barnabas war in der Küche und bellte sich die Seele aus dem Leib. Ich habe nach Ihnen gerufen, konnte Sie aber nicht finden. Dann habe ich im Arbeitszimmer nachgesehen, in der Garage, überall. Und schließlich bin ich nach oben gegangen und habe Sie im Bett gefunden, wo Sie eine Hose umklammert hielten.«

»Nein, wirklich?«

»Und Sie hatten die Schuhe an!«

»Also das übliche.«

Sie lachte. »Aber ich konnte sehen, daß Sie nicht schliefen. Sie sahen so merkwürdig aus, und Sie schwitzten, und Ihr Mund bewegte sich, obwohl kein Laut über Ihre Lippen kam. Ich hab' im Krankenhaus angerufen, aber Hoppy war nicht da, also habe ich gesagt, es sei ein Notfall. Sie haben ihn gesucht und Gott sei Dank zu uns geschickt!«

Er drückte ihre Hand. »Ich erinnere mich an überhaupt nichts mehr. An gar nichts. Das Letzte, woran ich mich erinnere, ist Esthers Kuchen, den ich mehr oder weniger aufgegessen habe.«

»Esthers Kuchen?«

Er sah sie hilflos an. »Ich hoffe, Sie werden Hoppy nichts verraten.«

Er sah die Besorgnis in ihren Augen. »Ich verspreche es. Aber lassen Sie sich das um Himmels willen eine Lehre sein.«

»Werden Sie morgen wiederkommen?«

»Ja«, sagte sie und beugte sich herab, um ihm mit den Lippen über die Wangen zu streichen. An der Tür drehte sie sich um und winkte. Er fand, daß sie einen Augenblick lang ausgesehen hatte wie ein sehnsüchtiges Kind. »Süße Träume wünsche ich«, sagte sie und legte den Kopf zur Seite.

Der schwache Blauregenduft auf seinem Kissen war ihm ein großer Trost.

»Ich an Ihrer Stelle würde jedenfalls nicht den Blarney Stone küssen«, sagte Puny, während sie die Kissen auf dem Sofa aufschüttelte. »Man stelle sich nur vor, wie viele Leute ihren Mund schon auf dieses Ding gelegt haben – da kriegt man ja 'ne Gänsehaut.«

»Ich habe bestimmt nicht die Absicht, mich über irgendeinen Felsvorsprung zu lehnen, um einen Stein zu küssen«, sagte der Pfarrer, der sich im Arbeitszimmer seine ärztlich verordnete Mittagsruhe gönnte. »Statt dessen werde ich diese Zeit darauf verwenden, etwas für eine gewisse Puny Bradshaw zu erstehen und ihr eine Überraschung zu schicken.«

»Als hätte ich nicht schon genug Überraschungen«, sagte sie spitz und machte sich daran, den Kaminsims abzustauben.

»Wie zum Beispiel?«

»Wie Joe Joe, der sich anschießen läßt, und Sie, der Sie ins Koma fallen und fast sterben. Für mich waren das genug Überraschungen, vielen Dank – von der vielen Arbeit mal ganz zu schweigen.«

»Wo wir gerade von Arbeit sprechen, würden Sie die wunderbaren Dinge, die Sie für mich tun, auch für den Priester tun, der mich vertritt, solange ich in Irland bin?«

»Möglicherweise«, sagte sie vorsichtig. »Ich müßte ihn mir erst mal ansehen. Ich arbeite nämlich nicht für Meckerfritzen. Auch nicht für Nörgler oder Heuchler und schon gar nicht für tyrannische, gemeine oder knauserige Leute.«

»Eine gute Devise. Ich wünschte, ich könnte dasselbe von mir sagen. Ich werde immer noch weg sein, wenn die Schule wieder anfängt; könnten Sie dann hier wohnen und sich um Dooley kümmern, bis ich wieder da bin?«

»Hm ...«

»Stellen Sie sich nur vor – Joe Joe müßte dann nicht den ganzen Weg nach Wesley rausfahren, um Ihnen den Hof zu machen, er könnte einfach die Straße runtergehen.«

Sie errötete.

»Denken Sie mal drüber nach. Sie würden fast den doppelten Lohn bekommen, und das einzige, was sie für den

Jungen zu kochen brauchen, wäre Mortadella, die der Priester, wenn er jung genug ist, wahrscheinlich auch mag.«

Sie seufzte. »Ich frage mich, warum mir der liebe Gott immer Prediger zuteilt.«

Liebe Freunde:

Als ich vor einigen Wochen Mitford verließ, konnten Sie mich nicht sehen, aber ich konnte Sie sehen. Ich danke Ihnen dafür, daß Sie gekommen sind, um mir zum Abschied nachzuwinken.

Vor allem möchte ich den Kindern danken, die Anteil genommen haben und mir diese wunderbaren Zeichnungen ins Gefängnis schickten. Ich durfte ein paar davon in meiner Zelle aufhängen, und Sie wären überrascht festzustellen, wieviel sie auch den anderen Gefangenen bedeuten. An diesem grimmigen und bedrückenden Ort fallen die leuchtenden Farben ganz besonders ins Auge, aber wichtiger als alles andere sind die Freude und die Freiheit, die aus diesen Zeichnungen sprechen. Sie sind so spontan und aufrichtig und scheinen den Menschen hier, die die Hoffnung bereits verloren hatten, ein gewisses Maß davon zurückzugeben. Ich habe nicht viel Kontakt zu den anderen Insassen, da ich mit nur fünf anderen Männern in der Wäscherei arbeite. Unser Sportplatz ist ungefähr so groß wie die Grasfläche, die Ihr Stadtdenkmal umgibt. Ich gehe jeden Abend nach dem Essen raus und versuche, mich in Form zu halten. Meistens tut es mir schon deshalb gut, weil ich dann wieder einen klaren Kopf bekomme; das Leben hier stürzt mich oft geradezu in Panik.

Man sagte mir, ich müsse meine Armbanduhr und mein Rasierzeug im Auge behalten, aber niemand würde meine Bibel stehlen. Wenn die Leute hier eine Ahnung von den Reichtümern hätten, die darin zu finden sind, wären sie gewiß alle hinter ihr her, und ich bete dafür, daß genau das eines Tages passiert.

Ich weiß nicht, was ich in diesem Brief schreiben darf, ich weiß nicht, was zensiert wird, aber ich bin ziemlich sicher, daß man mir erlauben wird, folgendes zu sagen:

Ich habe in Mitford etwas gefunden, von dessen Existenz ich vorher nicht einmal etwas wußte. Nachdem ich dieses Gebet mit Pfarrer Tim und meinem neuen Bruder, Pete Jamison, gebetet habe, hat Gott mein Leben verändert. Dann hat er mir durch Sie alle seine Liebe gezeigt.

Vielen Dank für die Schuhe. Die Eintöpfe. Die Kuchen. Die Pasteten. Und für Ihre Gebete. Bitte, schreiben Sie mir, wenn Sie können.

Mit freundlichen Grüßen
Ihr George Gaynor

Der Pfarrer ließ die jüngste Ausgabe der *Muse* in seinen Schoß sinken. Auf die Postzusteller im Gefängnis wartete eine Menge Arbeit.

»Es ist Mr. Gregory«, verkündete Puny und wischte sich die Hände an ihrer Schürze ab.

Er wußte doch, daß er sich heute morgen hätte rasieren sollen! »Sagen Sie ihm, er soll reinkommen.«

Er hörte Andrews Schritte energisch den Flur hinunterkommen. »Ein Junggesellenparadies!« sagte er, während sein Blick über das mit Büchern gesäumte Arbeitszimmer, den Ausblick auf den Baxter-Park und das strahlende Gesicht von Puny Bradshaw glitt. Er atmete tief ein und fand offensichtlich Gefallen an dem Duft, der seine Quelle zweifellos in der Küche hatte.

Der Pfarrer stand auf und nahm seinen Lieblingsantiquar herzlich in die Arme. »Setzen Sie sich, mein Freund, und erzählen Sie mir alles. Ich habe Sie seit ... ja, seit wann haben wir uns nicht mehr gesehen? Man sollte meinen, daß wir uns öfter begegnen würden. Wir wohnen schließlich nur einen Steinwurf voneinander entfernt.«

»Das Leben, Pfarrer Tim, das Leben«, sagte Andrew, setzte sich in einen Ohrensessel und knöpfte sich die Jacke auf. »Es ist viel zu hektisch.«

»Sogar in Mitford.«

»Ganz besonders in Mitford, denke ich manchmal. Wie geht es Ihnen? Werden Sie mit der Sache klarkommen?«

»Oh, ich denke doch. Eine scheußliche Unannehmlichkeit, aber mehr nicht.«

»Hätten Sie gern 'ne Tasse Kaffee oder ein Glas Tee?« erkundigte sich Puny. Der Pfarrer fand, daß sie eine Augenweide war; sie trug eine neue Schürze und hatte sich das rote Haar mit einer grünen Schleife zurückgebunden.

»Tee!« antwortete Andrew eifrig. »Ohne Zucker, bitte.«

»Für mich dasselbe«, sagte der Pfarrer. Dann amüsierte er sich insgeheim, als er sah, daß Puny, die ihren gutaussehenden Besucher mit einiger Ehrfurcht zu betrachten schien, knickste, bevor sie das Zimmer verließ.

»Wo um alles in der Welt haben Sie ein solches Juwel gefunden?«

»Ein Geschenk des Himmels!«

»Wo wir gerade vom Himmel sprechen, ich erwarte eine neue Bücherladung von einer Abtei in Northhamptonshire. Sehr seltene Sachen. Ungewöhnlich. Eines Tages werden sie solche Schätze nicht mehr aus dem Land lassen. Es ist eine ganz frühe *Imitation Christi* dabei. Ich dachte, Sie würden vielleicht gern mal rüberkommen und es sich ansehen.«

»Mache ich. Nur gut, daß Bücher für diese ärgerliche Krankheit nicht schädlich sind, sonst wäre ich ein toter Mann. Haben Sie übrigens noch mehr von Onkel Billys Zeichnungen verkauft?«

»Ja, habe ich. Noch vier Stück, und ich habe ihm erst gestern einen Umschlag gebracht. Er hat gern Bargeld, wissen Sie, keine Schecks. Ich fürchte, er bewahrt es unter seiner Matratze auf.«

»Keine schlechte Idee, wenn man bedenkt, in welchen Zeiten wir leben.«

Andrew lachte. »Ich habe George Gaynors Brief in der Zeitung gelesen. Und erst gestern habe ich gehört, daß in Norwich zwei oder drei britische Händler verhaftet worden sind. Die Umstände waren wirklich faszinierend; ich habe versucht, die Sache in der Zeitung zu verfolgen. Und ich habe alle meine Tischbeine inspiziert, aber kein einziger davon ist auch nur einen roten Heller wert!«

»Was können Sie mir über Irland erzählen?«

»Irland? Nur wenig. Hoffnungslos anglophil, Sie wissen ja. Natürlich sind irische Antiquitäten in manchen Kreisen sehr begehrt, aber mein Ding sind sie nicht. Zu primitiv. Warum fragen Sie?«

»Ich werde in einigen Tagen hinfliegen. Dachte, Sie hätten vielleicht ein paar Vorschläge zu machen. Wir werden in Sligo wohnen.«

»Ah! Ein rauhes Land. Unterentwickelt. Aber sagenhaft schön, habe ich mir sagen lassen. Nehmen Sie einen Regenmantel mit, hohe Gummistiefel, eine wasserfeste Uhr ...«

Verwünscht, dachte er, warum machte man sich überhaupt die Mühe, ein solches Land aufzusuchen?

»Ihr Tee, Sir«, sagte Puny, die die besten Damastservietten des Pfarrers auf das Tablett gelegt hatte und die feinsten Wassergläser aus geschliffenem Glas brachte.

Andrew nahm einen Schluck Tee und drückte sich die gestärkte Serviette an die Lippen. »Ich habe Ihre Nachbarin in letzter Zeit kaum noch gesehen. Ist sie immer noch hier in der Gegend?«

»Na und ob.«

»Kluge Dame.«

»Ja. Ja, das ist sie.«

»Ungemein attraktiv.«

»Ziemlich hübsch, ja.«

»Und amüsant, finde ich.«

»Ich bin Ihrer Meinung.«

»Aber ich scheine bei ihr nicht voranzukommen. Ich nehme an, Sie kennen sie etwas besser, da Sie ja Nachbarn sind. Haben Sie irgendwelche Vorschläge?«

Der große, zuvorkommende, flotte, weltgewandte Andrew Gregory holte sich bei *ihm* Rat?

Er dachte einen Augenblick lang nach.

»Oh, sie würde sich wahrscheinlich über weitere Einladungen zu diesen vornehmen Festen im Country Club freuen, vielleicht spielt sie auch gern mal Bridge, solche Dinge eben«, log er. Lieber Gott, verzeih mir, betete er, ich verspreche auch, ich will es nicht wieder tun.

Als Puny Andrew zur Tür brachte, klingelte das Telefon.

»Hallo«, sagte er. Er hörte jemanden atmen. »Hallo?«

»Ich habe dieses Gebet gebetet«, sagte eine heisere Stimme, dann wurde aufgelegt.

»War das zufällig Joe Joe?« fragte Puny, die eifrig ins Arbeitszimmer trat.

»Nein. Ich weiß nicht genau, wer es war.« Die Stimme hatte seltsam vertraut geklungen, aber nein ... nein, es konnte unmöglich derjenige gewesen sein, den er vermutete.

»Sie wissen nicht, wer es war?«

»Ich habe die Stimme nicht direkt erkannt, und dann wurde aufgelegt.«

»Verwählt!« sagte Puny, stellte die Gläser auf das Tablett und brachte es in die Küche.

Absalom Greer sah ihn gelassen an. »Mein Freund, wenn ich auf Ihre Kanzel trete, werden einige Ihrer Schäfchen nicht zu Ihnen zurückkehren.«

»Dann soll es so sein.«

Sie saßen auf den Stufen seines Gemischtwarenladens, und es war so heiß, daß sie sich beide die Jacke ausgezogen und die Hemdsärmel aufgerollt hatten.

»Sie wissen, daß ich über die Sünde sprechen werde.«

»Nur zu.«

»Ich werde auch über eine persönliche Beziehung zu Jesus Christus sprechen.«

»Das hoffe ich von ganzem Herzen.«

»Und ich werde über das Kreuz sprechen.«

»Das sind Dinge, über die wir alle dringend etwas hören wollen. Möge Gott Sie segnen, mein Freund.«

»Und möge er Sie segnen, Timothy. Als ich letzte Woche meine kleinen Kirchen verließ, um mich ein wenig auszuruhen, wußte ich nicht, daß der Herr mich gleich wieder anschirren würde, noch bevor er die alten Zugriemen fallen läßt.« Der alte Pastor lachte glücklich. »Ich werde dafür sorgen, daß Lottie mich ordentlich anzieht, und ich werde mir die Schuhe putzen und immer ein Taschentuch bei mir tragen.«

»Das ist mehr, als ich gewöhnlich zuwege bringe. Wie dankbar ich bin, daß Ihr Zeitplan das zuläßt. Es war eine plötzliche Eingebung mitten in der Nacht. Ich glaube, der Heilige Geist hat sie in mein Herz gelegt. Können Sie für zwei Monate die Stellung halten?«

»Wenn es ums Predigen geht, immer. Ich werde diesem Ruf an Ihrer Stelle folgen, und dann werde ich wieder gehen.«

Sie standen auf, und Pfarrer Tim ergriff die Hand des anderen Mannes. »Wir werden die Gottesdienstordnung durchgehen, bis Sie sich alles Nötige eingeprägt haben, und der Bischof wird uns jemanden schicken, der die Messe liest.«

»Das ist ziemlich unorthodox, wie Sie sicher wissen«, sagte Absalom.

»Ich vertraue dem Orthodoxen genug, um diesen unorthodoxen Schritt zu wagen«, antwortete der Pfarrer, erwiderte den Blick des anderen und lächelte.

Die Fahrt zum Flughafen wäre beinahe zu einem Dilemma geworden. Joe Ivey, Mule Skinner, Ron Malcolm und Hal Owen hatten sich alle freiwillig erboten, ihn hinzubringen.

Emma jedoch hatte darauf bestanden, und damit war diese schwerwiegende Angelegenheit entschieden. »Natürlich läßt du Barnabas bei uns«, sagte Marge, als sie miteinander telefonierten.

»Aber ihr habt schon so viel getan – und tut es noch –«, protestierte er aufrichtig.

»Denk doch nur an all das, was du für uns tust, Timothy!«

Offengestanden fiel ihm diesbezüglich absolut nichts ein.

In seiner letzten Predigt hatte er sich große Mühe gegeben, die Gemeinde vorzubereiten.

»Pastor Greer hat mich gewarnt, daß einige meiner Schäfchen bis zu meiner Rückkehr über die Mauer springen werden. Aber ich fordere euch auf, im Pferch zu bleiben, euch anzuhören, was er zu sagen hat und es in euren Herzen zu bewegen. Ich habe mir diese Entscheidung nicht leichtgemacht, und auch der Bischof hat seinen Segen dazu nicht leichthin gegeben. Es wird sehr wahrscheinlich einige peinliche Augenblicke geben, denn Pastor Greer kennt unsere Gottesdienstordnung nicht, aber ich möchte, daß ihr alle für ihn betet und ihm die Hand bietet und überdies eine starke Hecke um euch herum wachsen laßt, bis ich zurückkehre.«

Einige seiner Schäfchen sahen ihn fragend an, als er sie auf dem Kirchrasen begrüßte. Niemand möchte Veränderungen, und warum im Namen des Himmels hatte er nicht Pater Douglas hergeholt, den sie zumindest kannten? Was spielte es für eine Rolle, wenn seine Predigten überwiegend lauwarm waren? Er war umgänglich, sie waren umgänglich, und gewiß hätte jeder Bischof, der etwas taugte, ihn dazu überreden können, sein Buch, das wahrscheinlich ohnehin nicht sehr aufregend war, für eine Weile im Stich zu lassen. Oder Pater Randall, das war mal jemand, der den Laden in Schwung bringen würde. Trotz seiner unglücklichen Vorliebe für Gitarrenmusik in der Elf-Uhr-Messe. Aber einen fremden Prediger auf die Kanzel zu stellen – einen Baptisten, um Himmels willen! Sie konnten nur hoffen, daß er nicht die Stimme erheben und herumbrüllen würde! In der Kühle des Abends ging er mit Barnabas nach Fernbank. Er ließ sich reichlich Zeit und fand an seinem Ziel schließlich Miss Sadie und Louella, die sich beide Luft zufächelten, auf der Veranda vor.

»Meine Damen, was gibt's Neues?«

»Das ist leicht gesagt – wir wünschen uns etwas Gesellschaft«, erklärte Miss Sadie ihm. »Louella und ich haben gerade davon gesprochen, daß die Leute heutzutage sonntags keine Besuche mehr machen, wie das früher üblich war. Was um alles in der Welt *tun* die Leute eigentlich, wenn sie nicht auf Besuch gehen?«

»Sie gehen ins Einkaufszentrum«, antwortete der Pfarrer atemlos. Er setzte sich mit Barnabas, der dankbar für die kühlen Stufen auf der Ostseite des Hauses war, auf die Treppe.

»Unmöglich!«

»Aber die guten alten Sitten sind nicht völlig ausgestorben. Immerhin bin ich hier.«

»Lassen Sie Barnabas doch raufkommen«, sagte Miss Sadie, die immer noch ihre Kirchenkleider trug.

Louella schrak vor Barnabas zurück. »Das ist der größte Hund, den ich je gesehen habe. Ich habe in Häusern gelebt, die nicht so groß waren wie dieser Hund.«

Barnabas legte sich Miss Sadie vor die Füße und gähnte zufrieden. »Nein, sehen Sie sich das nur an! Louella, meinst du nicht, wir sollten uns auch einen Hund anschaffen?«

»Ach du liebe Güte!« Louella war sprachlos.

»Nun, Pfarrer Tim, Sie sollten wissen, daß wir alle ganz aus dem Häuschen sind, seit wir gehört haben, daß Absalom Greer Sie während Ihrer Abwesenheit vertreten soll. Ich finde, das war sehr merkwürdig von Ihnen, aber ich bin trotzdem aufgeregt deswegen.«

»Sie haben recht. Es war sehr merkwürdig von mir. Aber ich denke, die Merkwürdigkeit dieses Vorgehens wird ihre Wirkung zeigen. Wollen Sie mir gelegentlich Bericht erstatten, wie die Dinge hier stehen? Ich lasse Ihnen einen Reiseplan mit Adressen und Telefonnummern da. Und ich wollte ankündigen, daß ich Ihnen beiden jede Woche schreiben werde. Das ist ein Versprechen.«

»Sie haben uns sehr verwöhnt, Pfarrer Tim, wirklich. Beinahe dreizehn Jahre, und fast nie haben Sie einen Sonntag ausgelassen, abgesehen von einigen Zusammenkünften der Diözese und diesem schrecklichen Winter, als die Grippe Sie erwischt hatte.«

»Sie wissen, daß Sie Hal oder Ron anrufen können, wenn Sie etwas brauchen, und Esther Bolick und Emma werden sich ebenfalls um Sie kümmern. Nach ein oder zwei Tagen werden Sie sagen: Pfarrer wer?«

»Klingt wirklich sehr wahrscheinlich!«

»Sie wissen sicher, daß Olivia bald nach Hause kommen wird«, sagte er. »Vielleicht haben Sie ja mal Lust, sie anzurufen.«

»Oh, darüber haben wir schon gesprochen«, sagte Louella. »Miss Sadie möchte, daß sie raufkommt, um all diese schönen Hüte anzuprobieren, und ich würde ihr ein Hühnchen braten, das ihr auf der Zunge zergeht.«

»Und wir werden am Eßtisch sitzen, nicht wahr, und Mamas Porzellan benutzen?«

»Oh, ich weiß etwas Besseres. Wir setzen uns in die Küche, wo es bequem ist, und verzichten bei Miss Olivia auf das vornehme Getue. Behandeln wir sie doch einfach, als gehörte sie zur Familie.«

»Ich muß schon sagen, Louella, das ist eine hervorragende Idee. Welche Beilagen werden wir denn zu dem Huhn bekommen?«

Pfarrer Tim stand auf und trat an Miss Sadies Schaukelstuhl. Dann bückte er sich, küßte sein ältestes Gemeindemitglied auf die Stirn, drehte sich um und gab auch Louella einen Kuß auf die warme Wange. »Machen Sie nur weiter so«, sagte er. »Und denken Sie dran, ich werde Ihnen jede Woche schreiben.«

Schließlich lief er mit Barnabas die Treppe hinunter und zur Einfahrt, wo er noch einmal stehenblieb und sich grinsend umdrehte. »Und passen Sie auf, daß Sie nicht in Schwierigkeiten geraten!« rief er.

»Gönnen wir uns ein romantisches Essen bei Kerzenschein«, schlug Cynthia vor, die auf dem Weg zum Laden in seinem Büro vorbeigeschaut hatte.

»Das hört sich gut an. Aber ich hätte einen anderen Vorschlag, wenn Sie Interesse haben.«

»Versuchen Sie's«, sagte sie, legte den Kopf schief und sah ihn an, als wäre sie mit dem Leben sehr zufrieden.

»Warum fahren wir nicht raus aufs Land?«

»Ein wunderbarer Gedanke!«

»Mit meinem Motorroller.«

»Mit Ihrem Motorroller? Mit diesem kleinen roten Ding?«

»Mit eben dem. Wir können unterwegs picknicken.«

»Und wo wollen wir die Sachen unterbringen?«

»Hm, ich weiß nicht. Darüber habe ich noch nicht nachgedacht.«

»Offensichtlich nicht.«

»Aber das hole ich nach; ich werde mir was überlegen. Ich werde einen Plan schmieden, und Sie werden staunen über seine Brillanz, seinen Witz, seine … Torheit!«

Sie lachte fröhlich. »Ich finde es wunderbar, wenn Sie so reden! Sobald Sie Ihren Plan haben, lassen Sie es mich wissen. Kann ich Ihnen irgendwas vom – Laden mitbringen?«

»Nichts, vielen Dank«, sagte er und begleitete sie an die Tür.

Sie stand bereits auf dem Gehweg, als er ihr nachrief: »Cynthia?«

»Ja?« Sie drehte sich um und lächelte.

»Ich werde Sie vermissen«, sagte er.

Er fürchtete sich, fürchtete sich vor allem. Er hatte seit neun Jahren nicht mehr im Flugzeug gesessen, und über den Ozean zu fliegen erschien ihm plötzlich undenkbar. Eine Reise war etwas Wunderbares, wenn man das Ziel im Auge hatte, aber etwas ganz anderes war es, wenn man an die Mittel und Wege dachte. Walter und Katherine hatten ihm jubilierend mitgeteilt, daß das Bauernhaus über Federbetten verfüge, aber wenn ihn seine Erinnerungen aus Kindertagen bei seinem Großvater nicht trogen, enthielten Federbetten mehr als nur Federn. Er erinnerte sich daran, leise Kaugeräusche gehört zu haben, die die liebe lange Nacht hindurch andauerten.

Dann war noch die Frage zu klären, wo die Badezimmer lagen. Sie glaubten, beide Zimmer hätten ein eigenes Bad, aber andererseits war möglicherweise eines der Bäder – und man durfte raten, wessen Badezimmer das sein würde – vielleicht ein oder zwei Schritte den Flur hinunter gelegen.

Er saß in seinem Sessel im Schlafzimmer und sah sich die Ergebnisse seiner halbherzigen Packversuche an. Er würde erst in vier Tagen abfahren, aber er hielt es für das Beste, dieses unangenehme Projekt sofort in Angriff zu nehmen.

»Timothy«, sagte er laut, woraufhin Barnabas erstaunt aufblickte, »du hast eine miserable Einstellung zu dieser Reise. Reiß dich zusammen und fang noch mal von vorne an! Vielen Dank, lieber Gott, für die Gelegenheit, diesen wunderschönen Teil deiner Welt aufsuchen zu dürfen, ich danke dir dafür, daß du durch die Opfer so vieler Menschen Vorsorge getroffen hast. Du hast alles zusammengefügt, was für diese Reise notwendig war, und so einen deutlichen Beweis deiner Gnade geliefert.

Ich danke dir, daß du Dooley und Barnabas mit einem guten Heim versehen hast, mögest du die Owens mit einem Übermaß an Segen für all ihre Fürsorge bedenken. Vergib mir, daß ich diese große Vergünstigung, die diese Reise zweifellos darstellt, mit so finsterem Sinn betrachte, und gib mir die Kraft, alles richtig zu ordnen, bevor ich aufbreche. Und, lieber Gott, zeig mir, wie man Koffer packt.«

»Lassen Sie diese Koffer in Ruhe!« sagte Puny. »Sie machen ja ein furchtbares Durcheinander. Sie haben zweimal Unterwäsche hier drin und neun Taschentücher. Sie haben drei Paar Manschettenknöpfe und kein einziges Hemd mit Manschetten.« Mit Schrecken sah er zu, wie sie alles, was er so mühsam eingepackt hatte, wieder auspackte.

»Lassen Sie mich das machen. Ich habe immer für meinen Großvater gepackt, wenn er auf Zeltevangelisation ging. Und er war immer blitzsauber. Er sagte, die Leute hätten ihm ständig deswegen Komplimente gemacht. Was ist das da?«

»Das«, sagte er gereizt, »ist mein Diabetesköfferchen.«

»Igitt«, sagte sie, als sie hineinblickte. »Spritzen! Und was ist das?«

»Das sind die Streifen, die ich in meinen Urin tauche, um den Blutzucker zu messen.«

»Haben Sie etwas, wo Sie reinpinkeln können?«

»Puny ...«

»Nun, denken Sie drüber nach. Sie brauchen vielleicht einen kleinen Krug. Sonst fahren Sie noch in dieses fremde Land und wissen nicht, wo Sie reinpinkeln sollen.«

»Dann packen Sie in Gottes Namen einen Krug mit ein«, sagte er.

»Ich bin so froh, daß Sie Mr. Greer genommen haben und nicht irgend 'n fremder Prediger hier einzieht. Ich hoffe, Sie sind mir nicht böse, weil ich darum gebetet habe.«

Sie hatten den Wagen auf der unbefestigten Straße geparkt, waren durch einen Stacheldrahtzaun geklettert, hatten eine Wiese voller Gänseblümchen überquert und schließlich einen grünen, mit Butterblümchen gesprenkelten Hügel erklommen. Dort breiteten sie die Decke an einer Stelle aus, an der Kiefern und Blautannen Schatten und Kühle spendeten.

Er legte sich hin, verschränkte die Hände hinterm Kopf und blickte in den Himmel auf, an dem große Kumuluswolken standen. Er hatte das Gefühl, als wären seine einundsechzig Lebensjahre vielleicht nichts anderes gewesen als eine Reise zu eben diesem Ort. Diesem Ort, der gewiß Ziel genug war. Konnte Irland grüner sein? Seine Hügel nobler?

»Ist das der Himmel?« fragte Cynthia, die ebenfalls auf dem Rücken lag und zu den Wolken aufblickte. »Hm, natürlich ist er das! Schauen Sie nur mal da drüben rechts – sehen Sie diesen Triumphwagen, der von einem Engel gefahren wird? Sehen Sie das, Timothy?«

Noch etwas, das ihm an seiner Nachbarin gefiel. Es brauchte nicht viel, um sie zu unterhalten.

»Ich habe gerade Beethovens Gesicht betrachtet.«

»Wo?« fragte sie eifrig.

»Setzen Sie sich auf. Sehen Sie da, diesen wilden Haarschopf?«

»Aber das ist doch überhaupt nicht Beethoven«, sagte sie mit absoluter Ernsthaftigkeit. »Das ist doch Jefferson Davis!«

Er überraschte sich selbst, indem er so inbrünstig lachte, daß er nicht mehr aufhören konnte. Und auch gar nicht aufhören wollte. Die Tatsache, daß seine Nachbarin ihm bei diesem törichten Zusammenbruch Gesellschaft leistete, machte das Ganze sogar noch besser.

Als der Krampf vorüber war, holte Cynthia ein Taschentuch aus ihrer Rocktasche und putzte sich mit Hingabe die Nase. »Ist es nicht ein wunderbares Gefühl, grundlos lachen zu können?« fragte sie. »Warum lachen wir nicht öfter?«

»Ich glaube, wir haben's vergessen«, sagte er und wischte sich über die Augen.

»Wie können wir nur vergessen zu lachen, wo es so guttut und so vieles wiedergutmacht? Wie kann man so etwas nur vergessen?«

Darauf wußte er nichts zu antworten. Seit seiner Kindheit hatte er eine gewisse Neigung, das Lachen zu vergessen.

»Als ich noch ein kleines Mädchen war, mußte ich in der Kirche immer furchtbar kichern. Es war das herrlichste Lachen, das ich je in meinem Leben genossen habe, denn es war natürlich absolut verboten. Aber es war auch furchtbar schmerzhaft. Ich lachte, bis es weh tat, und die Tränen strömten mir über die Wangen, aber alles andere mußte ich innerlich abmachen, denn wenn mir nur ein winzig kleines Lachen entschlüpft wäre – na, Sie wissen schon.«

»Ein frühzeitiger Tod!«

»Die liebe kleine Cynthia«, sagten die Leute, Sie sitzt in der Kapelle und weint, was für ein mitfühlendes Herz! Ach, du liebe Güte.«

Er lächelte. Wie schön, einfach auf dem Rücken zu liegen und über Belangloses zu reden, ab und zu einen Lufthauch zu spüren, das Brüllen eines Kalbs zu hören und das Gezwitscher der Vögel in den Hecken. Er konnte sich nicht daran erinnern, wann er das letzte Mal so durch und durch zufrieden gewesen war.

Er streckte den Arm aus, nahm ihre Hand und drehte sich um, um sie anzusehen. Wenn er es jetzt wagte, sie zu küssen, dachte er, würde er kein Ende finden. Er würde ihre liebreizende Wange küssen und ihre Nasenspitze, ihre Stirn und ihr Haar, und er würde nicht mehr für sein Tun verantwortlich sein. Es erschien ihm gefährlich, auch nur zu atmen.

»Timothy, sehen Sie mal diese komische Kuh, die uns anstarrt.«

Er hob leicht den Kopf und erstarrte. »Bewegen Sie sich nicht«, sagte er. »Das ist ein Bulle.«

»Oh, um Himmels willen«, flüsterte sie, »so was passiert doch nur in komischen Büchern, nicht im wirklichen Leben. Wird er uns auf die Hörner nehmen?«

Es erschien ihm gefährlich, sich aufzusetzen, aber noch gefährlicher, liegenzubleiben. Also hielt er weiter den Kopf hoch und sah den Bullen irgendwo oberhalb seiner linken Flanke an, da ihm Blickkontakt nicht unbedingt geraten schien.

»Ich glaube, ich tue jetzt am besten folgendes: Ich stehe ganz langsam auf, und dann laufen Sie in den Wald.«

»Ich nehme den Korb mit«, antwortete sie mit leiser Stimme. »Ich habe nämlich nicht die Absicht, meine Himbeertorte mit diesem Hornochsen zu teilen.«

Gegen beträchtliche innere Widerstände erhob er sich in eine sitzende Position. Wo würde J. C. diese Story bringen? Bei den Nachrufen oder auf der ersten Seite?

Der Bulle sah ihn mit erschreckendem Interesse an. Es gelang Pfarrer Tim, sich auf zitternde Beine zu stellen. Seine Knie verweigerten ihm beinahe den Dienst. »Okay, laufen Sie«, sagte er mit ruhiger Stimme zu seiner Nachbarin. Und hörte gleich darauf, wie sie seinen Rat befolgte.

Ob Reisegutscheine zurückerstattet wurden? überlegte er.

Der Bulle sah ihn gelassen an. Dann senkte er den Kopf, drehte sich um und schlenderte, ohne noch einmal zurückzublicken, den Hügel hinunter zu einem schattigen Baum am Rande der Wiese.

Der Pfarrer hob die Decke auf und trottete auf den Waldrand zu, wo Cynthia unter einer Kiefer stand und sich vor Lachen bog.

»Das Leben auf dem Land ist eben anstrengend«, sagte er grinsend.

»Ich schwöre, das war das beste Picknick meines Lebens!« rief sie. »Das beste kalte Huhn, das beste Baguette, der beste Käse, die beste Himbeertorte!«

»Ich bin in sämtlichen Punkten Ihrer Meinung!« sagte er und versuchte seinen wachsenden Drang zu ignorieren, sie in die Arme zu nehmen.

Sie zog ein kleines Zeichenbuch und eine Schachtel Bleistifte aus ihrer Rocktasche. »Sie haben nicht zufällig Lust, sich die Decke über den Kopf zu ziehen?«

»Nicht direkt. Und warum um Himmels willen?«

»Ich nehme mir jetzt den weisen Mann vor, und das hier ist meine allerletzte Chance mit Ihnen, wissen Sie. Sie brauchen bloß da drüben zu sitzen und sich die Decke umzulegen, so.«

Sie machte es ihm vor.

»Das ist alles? Wie lange wird es dauern?«

»Fünf Minuten! Ich mache auch ganz schnell. Wenn ich dann an mein Zeichenbrett zurückkomme, benutze ich die Skizze als Vorlage für das Aquarell.« Sie sah ihn an. »Wenn Sie sich hinknien, würde es übrigens einfacher werden.«

»Für wen?«

»Für mich, denke ich. So, knien Sie sich jetzt hin, und ich lege Ihnen die Decke wie eine Art Burnus um.« Sie nahm den Bast, mit dem er die Serviette um das Brot gebunden hatte, zog ihm die Decke über den Kopf und band sie zu.

»So«, sagte sie beifällig, »Sie sehen aus, als kämen Sie von weit her!«

Er war sehr erleichtert, daß das Martyrium sich seinem Ende näherte, als er plötzlich aufblickte und einen alten Mann und eine Frau über den Weg kommen sah, der vom Wald zu dem Hügel führte. Sie trugen Jutesäcke mit frisch ausgegrabenem Farn, eine Beschäftigung, der viele Einheimische nachgingen.

Obwohl die Situation genauso peinlich war, als hätte man ihn beim Hühnerstehlen erwischt, schien er sich weder von der Stelle rühren noch seinen Burnus entfernen zu können. »Guten Tag!« rief er schwach. Die beiden blieben stehen, sahen ihn fragend an, wandten sich dann ab und liefen hastig zurück in den Wald.

»Und so was will ein Priester sein!« hörte er den Mann zu seiner Frau sagen.

Sie saßen auf dem grasbewachsenen Hügel, bis die Schatten immer länger wurden und schließlich über ihre Decke fielen. Sie hatten heute Frieden und Lachen hier gefunden, und er war dankbar für beides.

»Cynthia«, sagte er leise, während er ihre Hände festhielt, »ich habe darüber nachgedacht.«

Sie legte den Kopf zur Seite und sah ihn an. In ihren Augen stand ein glückliches Leuchten, das ihre Gedanken verriet.

Er hatte beschlossen, schlicht und direkt zu sein. »Ich kann diese Entscheidung noch nicht treffen«, sagte er. »Ich würde gerne, während ich fort bin, noch eine Weile darüber nachdenken. Aber wenn das zuviel verlangt ist, dann brauchen Sie nur ... brauchen Sie mir nur das Privileg, weiter darüber nachzudenken, zu verweigern.«

Sie hörte zu, ohne selbst etwas zu sagen, aber ihre Hände umfaßten seine mit festem Griff.

»Ich will Ihnen nichts vormachen. Ich weiß einfach nicht, was ich tun soll. Ich weiß nur eins – ich möchte, daß die Entscheidung richtig und gut wird. Wenn ich jünger wäre, würde mir diese Entscheidung leichter fallen. Aber ich habe so lange ein so eingleisiges Leben geführt, daß ich nicht weiß, ob ich jetzt auf zwei Gleisen fahren kann, ohne einen Zusammenstoß zu verursachen.«

Sie nickte lächelnd.

»Sie bedeuten mir sehr viel, Cynthia.« Er hatte plötzlich die böse Vorahnung, daß er gleich anfangen würde zu krächzen, daher schwieg er eine Weile und sah sie nur an.

Er las eine solch zärtliche Bereitwilligkeit in ihren Augen, daß es ihm ans Herz griff. Sie hatte eine große Begabung, ihm ans Herz zu greifen – mit Lachen, mit Freude, mit tiefen Gefühlen, mit Hoffnung.

»Zuerst«, sagte sie leise, »war ich verletzt, weil Sie nicht sofort geantwortet haben. Aber ich glaube, gerade in letzter Zeit verstehe ich Sie besser, und was Sie sagen, gefällt mir. Trotzdem ist da etwas in mir, das mir sagt, du Närrin, du warst vorschnell und aufdringlich, du bist ihm keinen Deut wichtiger als all die anderen Menschen, zu denen er so nett ist, und du wirst ihn verschrecken, wenn du dich nicht zurückziehst, und dann … und dann wird der Weg durch die Hecke zuwachsen …«

Dann wird der Weg durch die Hecke zuwachsen …

War nicht sie diejenige gewesen, die den Mut gehabt hatte, diesen Weg überhaupt erst zu schaffen?

Er nahm sie in die Arme, hielt sie fest und küßte ihr Haar. Sie schwiegen eine Weile. Dann küßte er ihre Wangen und ihre Nase. »Wir dürfen den Weg durch die Hecke nicht zuwachsen lassen«, sagte er mit tiefem Gefühl.

»Guten Morgen, guten Morgen, guten Morgen«, sagte Mule Skinner, der in einem orange- und türkisfarbenen Hemd mit einem indianischen Deckenmotiv durch die Tür trat.

»Ich habe dieses Hemd durch die Tür verfolgt«, sagte Rodney, der hinter ihm stand »und Sie sind verhaftet.«

»Wie lautet die Anklage?« fragte Mule.

»Friedensbruch.«

»Wenn Sie jemanden verhaften wollen, nehmen Sie sich den Burschen da drüben vor«, sagte Mule und zeigte auf J. C. Hogan, der in der hinteren Nische mit Pfarrer Tim saß.

»Was hat er getan?«

»Hat vergessen, diese Woche meine Annonce zu schalten, und es war eine halbe Seite.«

J. C. tunkte seinen Toast in die Würstchensoße. »Ich werde sie nächste Woche schalten, und übernächste Woche kriegen Sie sie kostenlos.«

»Das ist nicht mehr, als die Leute von der Wesley-Zeitung auch machen würden«, sagte Mule, der oft gedroht hatte, seine Immobilienanzeigen anderswo zu schalten.

»Na schön, wie wär's, wenn ich Ihnen zwei kostenlose Annoncen gäbe?«

Es herrschte verblüfftes Schweigen.

»Das würd' ich mir nicht zweimal sagen lassen!« bemerkte Rodney.

»Abgemacht«, sagte Mule ungläubig.

»Jeweils eine Viertelseite«, sagte J. C.

Der Pfarrer grinste. Wie sehr er sich doch an die schlichte Vertrautheit der Freunde an diesem kleinen Ort auf der Landkarte gewöhnt hatte. Mitford hatte ihm eine weitverzweigte Familie geschenkt, mit Dutzenden von Vettern, und keiner ähnelte dem anderen.

»Das übliche«, sagte Mule zu Percy, »und quetsch vorher das Fett raus.«

»Ich werde dir gleich das Fett rausquetschen – auf deinen kahlen Kopf.«

Was würde er in Sligo vorfinden? Wenn man bedachte, daß halb Mitford irisches Blut hatte – mit einer ordentlichen Dosis schottischer Sparsamkeit drin –, war das, was er in Irland finden würde, vielleicht doch nicht so anders. Er hoffte, daß es in dem Dorf in der Nähe ihres Bauernhauses einen schönen warmen Ort wie die Grillstube gab.

»Percy«, sagte J. C., »dieser Maisschrot ist irgendwie nicht so wie sonst.«

»Ach, ja?« fragte Percy argwöhnisch.

»Er ist wirklich gut und dick und mit viel Butter drin, so wie ich ihn mag.«

Percy strahlte. »Ich hab' früher nie Maisgrütze gegessen, aber jetzt, wo ich angefangen habe, mir morgens selber eine Portion zu machen, koche ich sie so, wie ich sie selber mag.«

Hatte J. C. sich irgendwie verändert? fragte sich Pfarrer Tim. Vielleicht ja, aber er konnte nicht den Finger darauf legen.

»Das Dumme ist nur«, sagte J. C., »daß in dieser Soße Klumpen drin sind, so groß wie Wachteleier.«

Der Pfarrer trank seinen Kaffee aus und stand auf. »Jungs, ich hab' noch so viel zu tun, daß ich gar nicht weiß, wo ich anfangen soll, und Emma holt mich morgen früh beim ersten Hahnenschrei ab. Haltet die Sache am Laufen, bis ich wieder da bin.«

Alle Anwesenden erhoben sich. Schließlich brach nicht jeden Tag einer von ihnen zu einer Reise in ein fremdes Land auf.

Mule schlug ihm auf den Rücken. »Lassen Sie sich keine falschen Fünf-Cent-Stücke andrehen, Kumpel.«

»Schreiben Sie uns mal 'n paar Worte«, sagte J. C., »aber fassen Sie sich kurz und vor allem – kürzen Sie die langen Worte ab.«

Rodney schüttelte ihm die Hand. »Lassen Sie's langsam angehen, Pfarrer. Ich werd' mich direkt langweilen nach dem ganzen Wirbel, den wir Ihnen in letzter Zeit zu verdanken hatten.«

»Gott segne Sie«, sagte Percy mit erstickter Stimme. »Und stecken Sie Ihr Geld wieder weg; das geht aufs Haus.«

So, dachte er, als er Barnabas von der Bank auf dem Gehsteig losband. Jetzt ist es offiziell. Ich werde diese Sache also wirklich durchziehen.

Sie gingen dorthin, wo Dooley gerade seine Fischköder fing, hinunter in den kühlen, süß duftenden Wald, wo die einzigen Geräusche Vogelgezwitscher und das Plätschern des Wassers waren. Wie dankbar er dafür war, daß Dooley Barlowe diese goldene Zeit in seinem Leben zuteil wurde. Sie würde ihm für den Rest seiner Tage Kraft geben.

»So, ich wollte noch mal kurz rauskommen und auf Wiedersehen sagen«, sagte er, als er sich neben den Jungen ans Bachufer hockte.

»Selber auf Wiedersehen«, entgegnete Dooley und klatschte mit einem Stock aufs Wasser.

»Ich fahre weg, weil ich muß, mein Sohn, nicht unbedingt, weil ich will. Und ich möchte dir sagen, daß ich dich vermissen werde.« Er zerzauste dem Jungen das Haar.

»Sie brauchen mich nicht zu vermissen«, sagte Dooley und sah ihn offen an. »Ich habe jede Menge zu tun. Ich werde Sie wahrscheinlich nicht vermissen.«

»Hm, verflixt. Und dabei hatte ich irgendwie gehofft, daß du mich vermissen würdest.«

»Na ja, tu ich ja vielleicht auch, manchmal, wissen Sie, wenn ich grad nichts anderes vorhabe.«

»Das reicht mir. Hal und Marge sagen, du kämst hier draußen gut zurecht. Die beiden sind alte Freunde und bedeuten mir sehr viel, daher danke ich dir dafür, daß du ihnen hilfst.«

»Die haben etwas Hilfe auch dringend nötig«, sagte Dooley kategorisch. »Wo die Rebecca Jane doch so viel schreit und rumkrabbelt und Hundefutter aus Bonemeals Napf ißt und sich in die Hosen macht. Und dann der Doc Owen, der hat niemand, der ihm hilft, den Pferdemist sauberzumachen und sich um die Zwinger zu kümmern. Dem helf' ich jetzt sogar, Kälber zur Welt bringen.«

Er hatte Dooley noch nie so stolz gesehen. Und er hätte schwören können, daß er ganze drei oder vier Zentimeter gewachsen war, seit er ihn vor zehn Tagen das letzte Mal gesehen hatte.

»Du wirst viel lernen von Hal Owen.«

»Wissen Sie, was er zu mir gesagt hat?«

»Nein, was denn?«

»Er sagte, ich könnte alles werden, was ich werden will.«

»Das stimmt. Das kannst du.«

Dooley schlug mit dem Stock aufs Wasser. »Alles?«

»Alles.«

Es folgte ein langes Schweigen, das nur von dem Ruf eines Kardinalvogels, der sein Weibchen suchte, unterbrochen wurde.

»Die Owens werden dich ins Dorf fahren, damit du deinen Großvater besuchen kannst. Du bist eine gute Medizin für ihn, weißt du. Und ich hoffe, du wirst auch ein Auge auf Barnabas haben.«

»Wann kommen Sie zurück?«

»Im September. Bis dahin hat die Schule wieder angefangen, und Puny wird bei dir wohnen. Und bevor du deine erste Eins in Mathe geschrieben hast, bin ich wieder da.«

»Die Puny, die mag ich.«

»Und Puny mag dich.«

»War Jenny zufällig mal da, um nach mir zu fragen?«

»Nein, nicht daß ich wüßte. Ein hübsches Mädchen übrigens.«

»Hm.« Er stach den Stock in das Moos am Ufer.

»Was geht in dir vor, Dooley?«

Er zögerte. »Ich hab' gebetet.«

»Wirklich? Erzähl!«

»Geht es auch in Ordnung, wenn man um ganz blöde Sachen bittet?«

»Das hoffe ich doch sehr, ich bitte nämlich oft um blöde Sachen.«

»Ich meine, wie zum Beispiel, hilf mir, es richtig zu machen, wenn Doc Owen mich bittet, irgendwas in der Scheune zu erledigen oder ihm was zu reichen, wenn ein Kalb kommt ...«

»Das ist kein blödes Zeug. Gott möchte, daß wir ihn um Hilfe bitten. Und wo wir gerade davon sprechen – du weißt doch, was Gott dir zu sagen hat, Dooley?«

Dooley sah ihn verblüfft an. »Nein, was denn?«

Im zweiunddreißigsten Psalm sagt er: »Ich will dich unterweisen, Dooley, und dir den Weg zeigen, den du gehen sollst; ich will dich mit meinen Augen leiten.«

»Hat er meinen Namen mit da reingesetzt?«

»Hat er. Genauso, wie er meinen Namen mit eingesetzt hat und den Namen der Owens und Cynthias Namen. Die Bibel spricht zu jedem, der auf Ihn baut.«

»Ich kann hier nicht sitzen und quatschen«, sagte Dooley und sprang auf. »Ich muß die Hunde füttern. Wollen Sie mitkommen?«

»Ich folge dir.«

Der Junge ging im Laufschritt den gewundenen Pfad hinauf, der zur Scheune und zu den Zwingern führte. Dann hörte er ein dröhnendes Bellen und sah Barnabas auf Dooley zurennen, der seinerseits die Arme um den schwarzen Hund schlang, sich mit ihm über den Boden rollte, seinen Namen rief und lachte.

Eines mußte man seiner Sekretärin auf jeden Fall lassen. Wenn er irgendwelche Vorbehalte oder Ängste bezüglich dieser Reise hatte, konnte er es nach der Fahrt mit Emma Garrett – nur den Berg hinunter nach Holding – gar nicht mehr erwarten, endlich ins Flugzeug zu steigen, je eher, desto besser. Sie hatte ihn erbarmungslos ausgefragt, hatte wissen wollen, was er eingepackt und was er vergessen hatte, bis er schließlich zugab, daß er es beim besten Willen nicht wußte, da Puny Bradshaw nämlich das Packen besorgt hatte – mit seinem Segen. Sie war entsetzt, daß er etwas so Persönliches von einem anderen hatte erledigen lassen. Wie konnte er sicher sein, daß er drüben auf der anderen Seite des Ozeans, von wo aus er nicht mal kurz nach Hause laufen konnte, auch alles haben würde?

Als er feststellte, daß er den ersten Abschnitt seiner Reise in einem kleinen Flugzeug zurücklegen würde, das wie eine Badewanne aussah und offenkundig aus Blech gemacht war, zuckte er mit keiner Miene. Plötzlich waren alle Horrorgeschichten über kleine Flugzeuge, die in fremder Leute Schlafzimmer krachten oder möglicherweise über ebensowenig Luft verfügten wie Brotkästen, vergessen.

Er nahm sein Gepäck aus dem Kofferraum von Emmas lilafarbenem Oldsmobile und gab ihr, obwohl er unter dem Gewicht des Koffers und der Reisetasche beinahe zusammenbrach, einen Kuß auf ihre tränenfeuchte Wange, bevor er endgültig im Flughafengebäude verschwand.

Er blickte hinaus auf die Startbahn, die unter einer grimmigen Sommersonne glühte. Er war derjenige, der wegging; warum fühlte er sich wie ein Ausgestoßener? Warum hatten sie ihn ziehen lassen, die anderen? Da stand er nun, gezwungen, diese Sache durchzuziehen, Tausende von Meilen zu reisen, quer über einen ganzen Ozean, ein Abenteuer zu erleben – ob er wollte oder nicht.

Das kleine Flugzeug hob mit einem Rattern und einem so grimmigen Ächzen ab, daß er befürchtete, das ganze Ding würde unter ihm in Stücke brechen. Wenn dies das sogenannte und vielgerühmte technologische Zeitalter war – wieso war man da so erbärmlich gescheitert bei dem Versuch, ein Flugzeug zu schaffen, das seine Funktion besser erfüllte als dieses hier?

Er klammerte sich an die lederne Aktentasche auf seinem Schoß, die der Kirchenvorstand ihm vor Jahren zu Weihnachten geschenkt hatte. Was hatte er denn nun alles vergessen? Es erschreckte ihn doch ein klein wenig, daß alles so wohl geordnet war, daß es nichts mehr zu regeln gab. Aber warum eigentlich? Warum erschreckte ihn das so? Aus dem einfachen Grund, daß es so selten im Leben vorkam, daß es einfach Argwohn weckte, darum.

Er öffnete seinen Aktenkoffer und zog eine Mappe mit Schreibblock und Füller heraus. Dann fing er an, sich Notizen über ein Predigtthema zu machen, das ihm erst gestern in den Sinn gekommen war. So. Jetzt fühlte er sich schon besser. Als nächstes würde er eine Liste von Dingen machen, nach denen er sich zu Hause erkundigen wollte, wie zum Beispiel: Wie war das Rosenfestival? Er hatte ganz vergessen zu fragen. Und würde jemand darauf achten, daß die neue Badewanne für den Porter Place stabile

Griffe erhielt, an denen man sich festhalten konnte? Und wenn Cynthia von ihrer Agentin etwas über Onkel Billys Tuschezeichnungen hörte, würde sie es ihn sofort wissen lassen? Und hatte er die Versicherungspolice für den Mortlake-Wandbehang in seine Schreibtischschublade gelegt oder Ron für das nächste Treffen des Kirchenvorstands mitgegeben? Es überraschte ihn, was für eine lange Liste er aufstellen konnte, wenn er sich nur darauf konzentrierte.

Zufällig blickte er aus dem Fenster.

Sie flogen über üppiges, gewelltes Land, und zu seiner Rechten erhoben sich seine heimatlichen blauen Berge. Dies war vielleicht das Schönste, was er seit sehr langer Zeit gesehen hatte.

Da lag eine friedliche Farm mit grünen, ordentlich angelegten Äckern, und ein Traktor fuhr über die Straße. Da hinten war ein See, der die Wolken, den blauen Himmel und den Schatten des kleinen Flugzeugs widerspiegelte, das über ihn hinwegflog.

Wenn er den Blick ein wenig weiter in die Ferne richtete, sah er einen gewundenen Wasserlauf, der sich im Sonnenlicht glitzernd durchs Land zog, und hinter dem Fluß eine kleine weiße Kirche, deren Turm das Strahlen der Sonne einfing.

Er schlug die Mappe auf seinem Schoß zu.

»Gehe in ein neues Leben«, ging es ihm unwillkürlich durch den Kopf.

Er hatte das Gefühl, aus einem langen, schmalen Korridor herauszutreten oder vielleicht aus einem Kokon. Während das kleine Flugzeug seine funkelnden Flügel über die Felder erhob, spürte er, wie alles Schwere von ihm abfiel.

Gehe in ein neues Leben, mit Christus, sagte er lautlos und staunte gleichzeitig über den seltsam vertrauten Gedanken.

Geh und sei wie der Schmetterling.

ENDE

Band 13 873
Nicholas Luard
Das Tal der Elefanten

Billy und Violet, zwei Kinder auf der Fahrt vom Orient nach England. Aus einer zufälligen Reisebekanntschaft entwickelt sich eine Beziehung voller Zuneigung. Im Hochland von Kenia entdecken sie das bisher unberührte Tal der Elefanten. Hier schwelgen Violet und Billy in der Beobachtung dieser majestätischen Tiere.
Wieder in England, verlieren sie einander aus den Augen. Jahre später gerät Billy ins Milieu des organisierten Verbrechens; Violet schlittert von einer Ehekrise in die nächste. Die Wiederbegegnung im Tal der Elefanten nach fast einem halben Jahrhundert läßt die alte Liebe noch einmal aufflammen – doch unter dramatischen Umständen. Die Ausgrabungspläne eines skrupellosen Wissenschaftlers drohen das Tal zu zerstören.

BASTEI LÜBBE

Sie erhalten diesen Band im Buchhandel, bei Ihrem Zeitschriftenhändler sowie im Bahnhofsbuchhandel.